Ungewollt geboren

Ein autobiografischer
Schicksalsbericht

von

Adelheit Tholei

Bibliografische Information der Deutschen Nationalbibliothek
Die Deutsche Nationalbibliothek verzeichnet diese Publikation in der Deutschen Nationalbibliografie; detaillierte bibliografische Daten sind im Internet über http://dnb.d-nb.de abrufbar.

Adelheit Tholei
Ungewollt geboren
– Ein Schicksal –

Berlin: Pro BUSINESS 2012

ISBN 978-3-86386-364-7

1. Auflage 2012

Produktion und Herstellung: Pro BUSINESS GmbH
Gedruckt auf alterungsbeständigem Papier
Printed in Germany
www.book-on-demand.de

Lektorat und Satz: Thomas Kliche, www.textbild-berlin.de
Titelbild: *Atlantis*, 2011 – Sibylle Prange, www.sibylleprange.de

Adelheit Tholei

Ungewollt geboren

– Ein Schicksal –

Mit diesem Buch …

möchte ich all diejenigen erreichen, die in der Kindheit und auf ihrem Lebensweg eine ähnliche Destruktion erfahren haben. Dabei geht von diesen schmerzvollen Erinnerungen nichts verloren, sie werden nur separiert und schwer zugänglich in den Hintergrund des Bewusstseins gerückt, von wo aus sie die Seele jedoch stets bedrücken.
Eines Tages aber drängt die Seele den Geist des Schöpfers zur Aufklärung der Wahrheit. Die Reinigung der Seele und des Geistes lässt sich nicht länger aufschieben. Danach fühlt sich der Schöpfer rein, edel, frei.

Inhalt

Ein Schicksal

Ungewollt geboren,
hat sie mich verloren.
Ohne Liebe groß geworden,
ertrug ich ihre Sorgen.
Mitleid machte sich in mir breit,
als ich sah so viel Leid.
Härte und Strenge
trieben mich in die Enge.
Ich wurde beschmutzt
und hatte zu schweigen.
Angst war mein Begleiter,
doch die half niemals weiter.
Mit vielen Hieben
wurde ich in den Wald vertrieben.

Ich grub mich ein,
ich blieb allein.

Langsam bricht die Mauer auf,
die ich seit Jahren um mich erbaut,
und meine Seele schreit nun laut
zum Himmel empor:

»Lass mich raus, öffne das Tor,
mach dich frei von all dem Schmutz
und öffne dich dem Geist in dir
und du erntest die Liebe auf Erden dafür!«

Über dieses Buch

Als Adelheit auf die Welt kommt, ahnt niemand, dass ihr Leben eine Zerreißprobe werden würde. In einem Häuschen mit Garten fühlt sie sich einerseits geborgen, andererseits wächst sie zu einem pflichtbewussten, ungeliebten und befleckten Kind heran. Angst und Bitterkeit sind ihre Begleiter. Später verlässt sie den Heimathafen, sucht in der Fremde Vertrauen und Liebe, findet jedoch beides nicht. Stattdessen wird sie erneut mit ihrer Vergangenheit konfrontiert.

Sie heiratet – es ist ein Bund ohne Liebe. Er verspricht ihr zunächst Sicherheit und einen neuen Namen. Sie bringt ein Kind zur Welt. Drei Jahre später bekommt sie Krebs. Infolge eines Narkosefehlers erwacht sie während der Operation und hat anschließend eine Nahtoderfahrung. An dieser Schwelle zum Jenseits findet sie das, wonach sie sucht: Frieden, Stille, Liebe und das, was sie bis ins Innerste ergriffen und berührt hat. Sie überlebt.

Jahre später zerbricht der Ring und der Mann räumt das Feld. In einer neuen Beziehung findet sie Vertrauen, Liebe und aktives Miteinander. Gemeinsam verlassen sie illegal die DDR. Bevor ihr Mann stirbt, willigt sie in seinen letzten Wunsch ein: Sie begleitet ihn auf seinem schwersten Weg. Er stirbt – und dennoch ist sie nicht allein, denn es geschehen merkwürdige Dinge mit ihr und um sie herum. Sie wendet sich den Grenzwissenschaften zu und nimmt ihre eigene Spiritualität zur Kenntnis. Dabei erfährt sie, was nach dem Tod ihres Mannes geschehen ist. Sie trägt seine Seele, die sie drängt, ihm seinen letzten Wunsch zu erfüllen.

Bei einer neuen Liebe voll tiefgründiger Leidenschaft erblüht die Rosenknospe in ihr – bis auch dieser Mann stirbt. Längst ist sie eine reife Frau, die sich begierig mit der Lehre von der Wirklichkeit und Wirksamkeit des Geistes weiterentwickelt. Mit der ererbten protestantischen Arbeitsethik – nur wer viel arbeitet, ist was wert – legt sie sich ins Zeug, bis sie peu à peu an Lebensenergie verliert. Von Depressionen geplagt, setzt sie sich mit dieser Problematik auseinander. Sie erkennt, dass es die ewig wirkenden alten Verhaltensmuster sind, in denen sie sich wie in einem Spinnennetz gefangen fühlt.

Über die Auseinandersetzung mit ihrer Kindheit, der Erziehung der Eltern und ihre gesamte Sozialisation gelangt sie zu der Erkenntnis, dass sich niemand der Prägung durch seine Familie entziehen kann. Man trägt sie immer bei sich. Von dieser schweren Last der Programmierung möchte sie sich befreien. Als sie endlich dazu bereit ist, verzichtet sie auf professionelle Hilfe und therapiert sich selbst – auch so eine familiäre Prägung autonomen Handelns, gegen die sie jedoch nichts auszurichten vermag.

Sie beschreitet einen Weg, der sie in immer tiefere Schichten ihres Selbst führt, und je weiter sie geht, desto dunkler werden die Schatten. Die Abwärtsspirale ihres äußerlich sichtbaren Lebens beginnt sich in das Gedächtnis ihrer Seele hinabzudrehen. Doch so soll es sein, wenn sie ihre Lebenskraft zurückgewinnen will. Nun durchlebt sie das Dunkle noch einmal: die von den Eltern missbrauchte Macht über ihr Kind, die Gewalt des Vaters, das Nicht-sehen-können und -wollen der Mutter. Dabei wird sie physisch und psychisch tief erschüttert.

Es dauert lange, doch es gelingt ihr, mit der Vergangenheit abzuschließen und allen, die sie verletzt haben, zu vergeben. Beim Hindurchgehen durch das Böse dämmern ihr die Möglichkeiten ihres wahren Selbst und die Achtung davor. Sie erfährt, dass auf dem Grund der Tiefe ihres Wesens eine unendliche Quelle von Liebe sprudelt. Diese Liebe erfüllt ihre Seele und ihren Geist mit neuer Energie und Lebensfreude. Die Reise nach innen hat sich gelohnt. Sie ist allein, aber nicht einsam. Sie fühlt sich frei. Sie ist frei!

Späte Heimkehr

Nur Gott weiß, warum ich immer wieder an den Ort und in das Haus meiner Familie zurückkehre. Ein Teil von mir steckt dort fest: im Keller, auf dem Dachboden, im Mauerwerk. Wie ein Magnet zieht mich die »Eishölle« – wie ich die elterliche Behausung als Kind getauft habe – in Abständen zu sich heran, jenes Gebäude, indem ich heranwuchs und erzogen wurde. Als Kind nannte ich meine Eltern »Mutti« und »Vati«, weil diese Worte für mich einen feinen Klang besaßen. In einer schrecklichen Nacht erst wandelte ich sie in »die Mutter« und »der Alte« um.

Die zu Beginn des vergangenen Jahrhunderts geborenen Eltern wurden zu einer Zeit erwachsen, in der das Familienbild noch ein völlig anderes war, als es heute ist. Allerdings unterscheidet sich die damalige Verschwiegenheit zu innerfamiliären Vorgängen nur unwesentlich von der heutigen. Später nahm ich Abschied von meiner Herkunftsfamilie, vom Geburtsort, wo mein Herz so weit gekommen war, zerfetzt zu werden. Der Kontakt zur Familie, vor allem zur Mutter, spielte dennoch weiterhin eine wichtige Rolle in meinem Leben. Den Clan trägt man immer bei sich, ob man will oder nicht, bewusst oder unbewusst. Von Zeit zu Zeit ertönte jene Melodie in mir, die mein Leben längst geprägt hatte, begleitet von dem Ruf: »Komm bald wieder nach Hause. Komm zu mir!« Und ich folgte dem Ruf, ohne zu zögern, indem ich mich auf jene Reise begab, die in den Heimathafen führte, im Gepäck dieselben Fragen, die mich schon jahrelang begleiteten, für die ich aber nie den Mut fand, sie der Mutter zu stellen. Meine Achtung vor ihr und ihre Macht über mich, die sie heute noch ausübt, hielten mich davon ab, ihr gegenüber meine Problematik zu enthüllen.

Ich war angekommen im heimatlichen Hafen, der Kreisstadt Bautzen, wo zwei Kulturen aufeinandertreffen und in Eintracht miteinander leben. Die Schilder aller Straßen und Plätze im Ort sind zweisprachig beschriftet, was jenes Miteinander der deutschen und der sorbischen Kultur würdigt. Die Sorben sind das kleinste und am weitesten im Westen Europas siedelnde slawische Volk. Im Haus des Clans begrüßte mich die Mutter bei bester Gesundheit. Im hohen Alter hatte sie noch immer volles, wenn auch graues Haar. Im Greisenalter war sie sehr belesen. In ihren Äußerungen manifestierte sich, dass ihr Geist nichts verloren gab. Auch die laute, harte, dominante Stimmlage und das energische Auftreten behielt sie bis zum Tod. Seit ich denken kann, habe ich zu diesen charakteristischen Merkmalen ein ambivalentes Verhältnis. In der Kindheit stellten ihre aus voller Kehle gellenden Worte und ihre intolerante Haltung eine Bedrohung für mich dar. Noch heute spüre ich ihre Macht und Unnahbarkeit. Meine Achtung vor ihr ist so groß wie ein Wolkenkratzer. Vor dieser Erhabenheit mache ich mich klein – nein, ich bin klein.

In diesem Haus, vor dem ich da stand, starb der Alte. Seit er tot ist, sind Bruder Ulrich und seine Frau Veronika Besitzer dieses Bauwerks. Durch Aus- und Umbauten der alten Gemäuer schufen sie ein komfortables Heim für sich selbst und die Mutter. Sie haben auch die Betreuung der alten Dame bis an ihr Lebensende übernommen. An jenem Abend aber saßen wir mit ihr in beschaulicher Runde beisammen, bis ich mich nicht mehr zurückhalten konnte und diese einmalige Gelegenheit wahrnahm, die Mutter mit allem verfügbaren Mut zu fragen: »Was fühltest du, als du mit mir schwanger gingst?«

Sofort drehte sie mir ihren Rücken zu. Sie wandte sich demonstrativ ab. Noch deutlicher konnte sie mir ihre Ablehnung nicht vor Augen führen. Schon in der Kindheit witterte ich diese drastische Zurückhaltung ihrerseits: Bleib mir fern und komm mir nicht zu nahe! Fass mich ja nicht an! Kein Wunder, dass ich mich von ihr nicht geliebt fühlte. Nicht einmal im Erwachsenenleben nahm sie mich wahr. Immer noch fühlte ich mich von ihr als Tochter nicht angenommen und fand keinen Zugang zu ihr.

Nach meiner Frage schwieg sie sich lange aus. Dann forderte Ulrich sie auf: »Erzähl der Adelheit, was sie wissen möchte!« Nach weiterem Zögern begann die Mutter endlich zu reden: »Ich …« Sie zog das Wort in die Länge und pausierte erneut, ehe sie schließlich gestand: »Ich wollte dich abtreiben!« Diesen Satz spuckte sie förmlich mit Nachdruck auf die Tischplatte. Ihre Gefühlskälte und Hartherzigkeit bohrten mir schon als Kind einen Stachel in den Körper, der bis heute feststeckt. Wenn ich ihre Nähe suchte, strafte sie mich mit scharfer Kränkung. Noch heute, über die Distanz spüre ich ihre mich beherrschende Macht.

Sie berichtete stockend weiter: »Es war Krieg! Der Vater war bei der Feuerwehr und in Bereitschaft. Er bekam keinen Urlaub, um mit mir zum Doktor zu gehen.« »Warum bist du nicht allein zum Arzt gegangen?«, wollte ich wissen. »Aus Angst!«, rief sie aus. »Doch die Zeit verging. Als er endlich einen Tag freibekam, gingen wir zum Doktor. Auf dem Weg dahin überdachten wir noch einmal unser Vorhaben. Vor der Praxistür stand dann unser Entschluss fest, dich abtreiben zu lassen. Während der Doktor meinen Bauch abhorchte, fragte er: ›Warum wollen Sie das Kind nicht?‹ ›Weil ich schon acht Kinder zu Hause habe, Herr Doktor!‹, sagte ich ihm. ›Sind Ihre Kinder gesund?‹, fragte er weiter. ›Aber ja, Herr Doktor!‹«

Während die Mutter das sagte, hob sich ihr Brustkorb, sodass sie stolz und kerzengerade auf ihrem Stuhl saß. Mir hatte sie noch immer ihren Rücken zugewandt. Nach der Geburt ihres achten Kindes hatte sie das »Mutterkreuz in Gold« verliehen bekommen. Die Voraussetzung dafür aber war der sogenannte »Ariernachweis«, aus dem hervorging, dass sie »erbgesund, anständig und sittlich einwandfrei« war. Auf der Rückseite des Kreuzes stand: »Das Kind adelt die Mutter«. Diesen Nachweis legte sie der Behörde vor und erhielt so die höchste Auszeichnung, die das Dritte Reich für kinderreiche Mütter vorgesehen hatte. Weitere Vorzüge folgten, zum Beispiel ein Kindermädchen, eine Waschfrau und für die große Wäsche, die einmal im Monat stattfand, bekam sie sogar zwei Frauen gestellt, die tüchtig anpackten. Die Mutter bekam ein schönes Kleid geschenkt und der Alte einen Anzug für gemeinsame monatliche Theaterbesuche. Man wünschte, dass sie sich amüsierten und die Mutter noch mehr Kinder gebären sollte.

»›Dann tragen Sie auch dieses Kind aus!‹«, gab sie die strikte Anweisung des Doktors wieder. »In welchem Monat warst du da?«, fragte ich nach. »Woher soll ich denn das wissen? Ich hatte mich immer auf die Aussagen des Doktors verlassen, auch bei den anderen Kindern. Man sah schon, dass ich schwanger war.« »Wenn man schon sah, dass du schwanger warst, dann war der Zeitpunkt bereits überschritten, bis zu dem eine Unterbrechung gestattet wird«, sagte ich. »Weiß ich nicht! Zu jener Zeit waren Abtreibungen überhaupt verboten. Schweigen war meine Pflicht. Nach der Untersuchung hing ich weinend am Arm meines Mannes, eurem Vater.«

»Warum hast du geweint?«, wollte ich den Grund erfahren. »Auf eine Art war ich froh, dass der Eingriff nicht stattfand, weil ich danach keine richtige Frau mehr zu sein glaubte. Das flößte mir Angst ein – aber auch, dass ich dich auszutragen hatte.« »Du wusstest selbst nicht, was du wolltest?«, fragte ich spontan. »Ja! Es war Krieg!«, erwiderte sie forsch.

Als sei der Krieg der Grund ihrer Zweifel gewesen. Die Furcht, nach dem Eingriff keine richtige Frau mehr zu sein, mag zur damaligen Zeit und nach acht geborenen Kindern betrachtet, unbegründet sein. Schließlich trieben Frauen sogar eigenhändig ab, weil sie von polnischen oder russischen Soldaten vergewaltigt worden waren und einen ›Bastard‹ in sich trugen. »Allerdings überlebten einige Frauen diese Abtreibungen ohne ärztliche Hilfe auch nicht«, ergänzte ich.

Dazu schwieg die Mutter und setzte dann fort: »Nach diesem Tag sah ich euren Vater nicht wieder. Im Mai wurdest du dann geboren und im August trieb man uns zur Flucht. Mit dem bisschen Hab und Gut, das jedes Kind tragen konnte, stieß man uns auf einen Lastkraftwagen hinauf. Keiner von denen, die mit uns auf dem Lkw saßen, ahnte, wohin die Fahrt gehen sollte. Nach einigen Kilometern sah ich, dass der Laster in Richtung Dresden fuhr. Dort wären wir alle entweder verhungert oder bei Luftangriffen umgekommen. Kurz entschlossen forderte ich, den Wagen anzuhalten und ließ mich mit der Rasselbande auf einer Landstraße absetzen. Feldeinwärts zogen wir weiter ins Ungewisse. Während du dir im Kinderwagen die Seele aus dem Leib brülltest, sah ich eine Kuh auf der Wiese stehen. Ich ging zu ihr, melkte sie und füllte die Babyflasche mit Milch. Dann gab ich sie dir zu trinken. Zügig leertest du die Flasche.«

Endlich war Ruhe, dachte ich und fragte: »Aber was geschah dann?«
»Du hast alles wieder ausgespuckt und weitergebrüllt. Mit deinem Geschrei hast du mir den letzten Nerv geraubt. Ich konnte dein Plärren nicht mehr hören, nicht mehr ertragen, und so ließ ich den Kinderwagen auf dem Acker stehen. Während wir weitergingen, schleppte Elisa den Kinderwagen mit sich. Sie war damals zwölf Jahre alt und es tat ihr leid, dich zurückzulassen.« Mutters Offenbarung erweckte bei mir den Eindruck, dass sie alles andere als froh darüber war, dass Elisa sich meiner annahm und den Wagen mit sich zog.

Dann berichtete sie weiter: »Bei einem Bauern durften wir in der Scheune übernachten, aber zu essen gab er uns nichts. Die Jungs gingen ins Dorf und bettelten um Nahrung oder sie klauten Lebensmittel. Dabei war ich froh, wenn sie zurückkamen, ohne erwischt worden zu sein.« »Und womit hast du mich ernährt?«, fragte ich neugierig, denn schließlich war ich erst drei Monate auf der Welt. »Weiß ich heute nicht mehr«, sagte sie mit gesenktem Kopf und spielte nervös mit ihren Fingern. »Hast du mich denn nicht gestillt?«, fragte ich verhalten. »Die Kraft brauchte ich für mich selbst, um durchzuhalten. Da konnte ich dich nicht auch noch stillen.«

Damit hatte sie meine bange Frage beantwortet. Ich hatte das Gefühl, daran noch Jahre später zu verhungern und warf ihr vor: »Babys schreien nun mal, wenn sie Hunger haben. Wenn du mir das Stillen verweigert hast, war es nur verständlich, dass ich ständig schrie. Wie du selbst sagtest, hast du alle deine Kinder gestillt, weil dir reichlich Muttermilch zur Verfügung stand.« »Ja, das stimmt!«, antwortete sie und setzte nach einer Pause fort: »Nach zwei Monaten im Dreck fürchtete ich mich vor dem einbrechenden Winter, sodass wir uns querfeldein auf den Heimweg machten. Wenn das Brummen der Flieger über der Landschaft hörbar wurde, warfen wir uns flach auf den nasskalten Acker. Wir wollten weder gesehen noch beschossen werden. Es war eine bedrohliche Zeit, voller Angst und Schrecken – ihr könnt euch das gar nicht vorstellen!« Während sie das sagte, spielte sie wieder nervös mit ihren Fingern, zog die Arme fest an den Körper und neigte ihren Kopf tief. Die Angst und den Schmerz dieser schlimmen Zeit auf der Flucht hatte sie soeben noch einmal hautnah gespürt. »Bewusst habe ich diese Zeit nicht erlebt, meine Seele aber schon«, ergänzte ich. »Die Kriegsjahre waren grausam und traumatisch für alle Menschen.«

Dazu schwieg die Mutter und setzte später fort: »Als ich mit den Kindern vor den Stufen unseres Hauses stand, ging plötzlich die Tür auf. Ein russischer Oberleutnant kam heraus und starrte mich mit seinen großen blauen Augen an. Sofort überkam mich die Angst und ich zitterte am ganzen Körper.« Bei diesen Worten machte die Mutter einen Rundrücken, als erlebte sie dieses beängstigende Gefühl noch einmal. »Der Russe fragte in gebrochenem Deutsch: ›Alle deine Kinder?‹ Ich nickte mit dem Kopf und er verstand mich wohl auch, denn kurz nachdem er ins Haus zurückgegangen war, kamen viele Soldaten aus der Tür, gingen an uns vorbei und zum Hoftor hinaus. Dann winkte uns der Oberleutnant einzutreten. ›Endlich wieder zu Hause‹, seufzten die Kinder und ich auch. Doch im Haus stank es ekelhaft. Haufen von Müll und Kot füllten die Zimmer. Die Soldaten wussten offenbar nicht, wo sich die Toilette befindet oder wofür sie gedacht ist, denn ihre Fäkalien hatten sie überall in den Zimmerecken hinterlassen. Ich war entsetzt, dass sie auch die Federbetten aufgeschlitzt hatten, denn die Nächte waren kalt und die Kinder wollten sich zudecken. Der Oberleutnant blieb da. Mir war bange, dass er mich vergewaltigen würde. Sogleich scharten sich die Kinder um mich und hielten sich an meinen Sachen fest, weil sie meine Angst vor diesem fremden Mann in Uniform spürten. Doch der staunte nur, wie es mir gelungen war, mit den vielen Kindern über die Runden zu kommen. Er hatte nicht die Absicht, mich zu vergewaltigen.

Beim Aufräumen packten die Kinder tatkräftig an. Die Federbetten-Inletts flickte ich so gut es noch ging zusammen, damit die Körper der Kinder nachts zugedeckt waren. Das war alles nicht so schlimm, wie das würdelose Quartier bei dem Bauern in der Scheune. Die Ordnung im Haus ließ sich schließlich wieder herstellen. Viel wichtiger war es aber, überhaupt zu Hause wieder angekommen zu sein, um Hoffnung und neuen Mut schöpfen zu können. Während unseres Aufenthalts in der Scheune träumte ich von der Normalität des Alltags zu Hause. Dieser Traum und unser Gefühl der Zusammengehörigkeit halfen mir dort, nicht zu verzweifeln.

Gottfried, der Fünftgeborene, kletterte ab und zu bei den Russen durchs Kellerfenster und stahl aus deren Lebensmitteldepot Naturalien. Eines Tages wurde er dabei erwischt. Am Hemdkragen zog ihn der Oberleutnant nach Hause und stellte mich sogleich zur Rede. Mir war klar, dass solcher Diebstahl hart bestraft werden würde. Der Oberleutnant drohte, mich dafür ins Gefängnis zu sperren. Die Kinder schrien sofort ›Nein, nein! Das dürfen Sie nicht tun!‹ und bildeten einen Kreis um mich herum. Der Russe sah das höchst verdutzt mit an und versuchte zu verstehen, was die Kinder da forderten. Sie klammerten sich wieder alle fest an mich und weinten bitterlich. Das hat er dann wohl verstanden, denn nach einer Weile sagte er: ›Nicht noch einmal soll der Bub sich erwischen lassen!‹ Dass die Kinder einen Schutzwall um mich herum gebildet haben und ihre Mutter nicht freigeben wollten, hat ihn offenbar stark beeindruckt, denn er wollte mich zuerst tatsächlich verhaften und einsperren. In seinem gebrochenen Deutsch sagte er mir dann: ›Du meine Wäsche waschen, ich bringe Hamham!‹ Dabei führte er seine Hand zum Mund. ›Hamham‹ hieß also er würde für Nahrung sorgen.

Seitdem hatten wir zu essen und unsere Mägen etwas zu verdauen. Man stelle sich das vor: Ein russischer Oberleutnant stahl aus dem Magazin seiner Armee Proviant für eine deutsche Familie! Dabei begab er sich in große Gefahr. Erwischten seine Leute ihn beim Stehlen, würde er erst brutal verhört werden und vor seiner Erschießung noch das eigene Grab ausheben.

Der Oberleutnant war gegangen, als es bald mächtig an der Haustür donnerte. Ich ging, um sie zu öffnen. Dabei trat sogleich ein polnischer Soldat über die Schwelle und trieb mich, mit dem Gewehr drohend, die Treppen hinauf in die Schlafstube der Kinder. Noch bevor ich protestieren konnte, hörte ich, wie er den Schlüssel im Schloss drehte. Unerträgliche Angst raste durch meinen Körper, dass er mich nun vergewaltigen würde.

Während die Kinder lautstark an die Tür hämmerten, warf er mich auf das Bett. Dann weinten die Kinder herzergreifend vor der Tür und schrien: ›Mutti, Mutti, komm heraus!‹ Dabei heulten sie unaufhörlich laut und donnerten weiter an die Tür. Bei diesem gewaltigen Lärm verging es dem Soldaten, mich zu beschmutzen. Wütend schloss er endlich die Tür auf und richtete sein Gewehr auf die Kinder, die sich sofort flach auf den Fußboden warfen. Dieser Anblick war traumatisch für mich und ich schrie: ›Nein, nein! Ich mache, was sie wollen!‹ Doch der polnische Soldat sagte in gebrochenem Deutsch: ›Morgen ich komme wieder!‹ Dann trampelte er die Treppe hinunter und warf die Haustür mit Gewalt hinter sich ins Schloss.«

Nach Sekunden der Stille sagte die Mutter plötzlich: »Noch einmal Glück gehabt! Die Kinder waren meine Rettung.« Sie hielt den Oberkörper vornüber gebeugt und betrachtete ihre Schuhspitzen. Das erweckte bei mir den Eindruck, als durchlebte sie die Begegnung mit dem polnischen Soldaten und ihre damalige Angst soeben noch einmal.

Nach einem Moment des Versinkens in ihren Erinnerungen richtete sie sich wieder auf und sprach weiter. »Am nächsten Tag wünschte ich mir, der russische Oberleutnant würde mich vor dem polnischen Soldaten besuchen. Mein Wunsch ging in Erfüllung. Der Oberleutnant kam, um sich zu verabschieden. ›Ich soll zurück in die Heimat‹, sagte er und erzählte mir von seiner Familie. Ich verstand nur wenig, weil er die ganze Zeit russisch sprach. Unhöflich wollte ich nicht sein und ließ ihn daher reden. Doch die Zeit verging und meine Angst vor dem Besuch des polnischen Soldaten wuchs immens.

›Werden Sie noch leben?‹, fragte der Russe von mir abgewandt plötzlich auf Deutsch in den Raum hinein. Daraufhin zeigte er mir Fotos von seiner Frau, ihrem Jungen und den Eltern. Mir war angst und bange, dass er gehen könnte, bevor der polnische Soldat eintreffen würde. Erst jetzt erzählte ich ihm, was nach seinem Besuch am Tag zuvor passiert war. Sogleich hämmerte es mächtig an der Haustür und der polnische Soldat rief: ›Offen machen! Los, offen machen!‹ Der Schreck fuhr mir in die Glieder und ich glaubte, meinen Herzschlag im ganzen Zimmer zu hören. Dabei jagte mir die Halsschlagader das Blut in den Kopf und ich drängte mich vor Angst in die Ecke zwischen Herd und Küchenschrank. Von dort aus starrte ich mit tausend Ängsten in den Augen den Oberleutnant an, flehend, er möge die Tür öffnen gehen. Hinter der offenen Luke verschanzte ich mich und sah, wie er dem polnischen Soldaten in Windeseile das Gewehr entriss, es auf ihn richtete und ihn dann mit einem Stiefeltritt die Stufen nach unten beförderte. Bis er zum Hoftor hinaus flüchtete, hielt der Oberleutnant das Gewehr auf ihn gerichtet.

Der polnische Soldat kam nie mehr wieder. Mit meinen Händen umfasste ich dann die des Oberleutnants und bedankte mich von ganzem Herzen, dass er mich vor einer Vergewaltigung bewahrt hatte. Und so bin ich während des Krieges rein geblieben. Doch die Leute erzählten in der Siedlung herum der Oberleutnant sei mein Geliebter, weil sie ihn öfter bei uns zur Haustür haben hinein- aber nicht hinausgehen sehen. Ich verpetzte ihn selbstverständlich nicht, dass er uns mit Lebensmitteln versorgte und nur deshalb bei uns ein- und ausging. Also verbreiteten die Nachbarn weiterhin Unwahrheiten über mich, aber wer weiß, was passiert wäre, wenn sie erfahren hätten, dass er eine deutsche Familie mit Naturalien versorgte? – Der Neid lauert schließlich überall!«

Während die Mutter davon sprach, sie sei »während des Krieges rein geblieben«, richtete sie stolz ihren Oberkörper auf und zeigte sich mit hoch erhobenem Haupt erhaben über die für sie wohl schlimmste aller Gewalttaten. Dann berichtete sie weiter: »Nachdem der Oberleutnant abkommandiert worden war, schmolz auch unser Vorrat an Naturalien schnell dahin. Obst und Gemüse bauten wir zwar im Garten an, aber es reichte vorn und hinten nicht, sodass der Wintervorrat bald aufgebraucht war. Der Vater war erst im Krieg, dann in Gefangenschaft und schließlich im Lazarett. Zwei Jahre später stand plötzlich ein fremder Mann vor unserem Tor. Ich dachte noch bei mir, was will denn dieser Kerl hier?, als er plötzlich meinen Namen rief. Erst an der Stimme erkannte ich meinen Mann. Er war dick, richtig aufgeschwemmt und auf den ersten Blick nicht wiederzuerkennen. Unverhofft stand also euer Vater vor mir.«

Zu mir sagten die Geschwister damals: »Das ist dein Vati Adelheit!« Ich verstand nicht, was sie mir damit sagen wollten. Das Wort ›Vati‹ hatte ich noch nie gehört. Da lachten sie mich aus. Mit zweieinhalb Jahren konnte ich gar nicht wissen, was los war. Heute aber plauderte die Mutter so freigiebig, da wollte ich unbedingt eine wichtige Frage loswerden. Noch einmal nahm ich meinen ganzen Mut zusammen, wobei mein Herz eine hohe Leistung vollbrachte, und fragte sie: »Nachdem du das elfte Kind zur Welt gebracht hattest, machtest du da hinterher zu?« »Was heißt denn ›zumachen‹?«, fragte sie erstaunt zurück. »Hast du dich deinem Mann verweigert?«, kam es mir trotz Herzklopfen spontan über die Lippen. »Stimmt! Während der letzten Geburt wäre ich beinahe gestorben. Die Ärzte bemühten sich sehr darum, mein Leben zu erhalten – schließlich warteten zu Hause zehn Kinder auf ihre Mutter. Nur deshalb ließ ich ihn nicht mehr so nahe an mich heran. Schließlich wollte ich so eine bedrohliche Situation nicht noch einmal erleben«, sagte sie bestimmt.

Was ich heute gut verstehen kann, denn sicher hatte sie sich ihr Leben auch anders vorgestellt, als nur Kinder zu gebären. »Anschließend wünschtest du deinem Mann eine Krankheit und suggeriertest ihm diese«, plapperte ich einfach heraus und war selbst verblüfft über meine Courage. »Ja, das stimmt, weil er auch zu keiner anderen Frau gehen sollte!«, sagte sie voller Kraft und Überzeugung, dass diese Taktik sogar aufging.

Und ich sollte dafür büßen, ging es mir grimmig durch den Kopf. Den Satz laut auszusprechen getraute ich mich nicht, weil sie mich dann zum Teufel gejagt und ich nie mehr etwas von ihr erfahren hätte. Gerade das wollte ich nicht. Sie ist nun mal die Hauptkontrollinstanz des Familienclans. Dabei ging es mir ausschließlich darum, zu erfahren, warum meine Kindheit und Jugend an ihrer Seite so unerträglich gewesen sind. Sie ließ mich deutlich ihre Abwehr spüren, sinngemäß: Halte den Dreck meines Mannes unter Verschluss. Beschmutze ja nicht die Familie! Sie blickte nur kurz in meine Richtung und sagte dann knapp: »Was du alles von mir wissen willst Mädel! – Nun erzähle ich nichts mehr. Ich wünsche euch eine angenehme Nachtruhe!« Dabei erhob sie sich und ging in ihr Zimmer.

Von meiner ältesten Schwester Elisa erfuhr ich später: »Die Mutter sah dich nie mehr an. Sie kümmerte sich in keiner Weise um dein Wohl. Dein lautes Brüllen machte sie wütend und so aggressiv, dass sie den Kinderwagen einfach auf den Hof stellte, auch im Winter. Wenn ich dann aus der Schule kam, nahm ich mich deiner an. Die Nachbarsleute dachten sogar, du wärst mein Kind.«

Das erklärt, warum ich zur Mutter keinen Zugang finden konnte. Sie hatte sich bereits während ihrer Schwangerschaft bewusst von mir abgewandt. Daher hatte sie später, als sie mich dem Alten zuschob, auch keinerlei Gewissensbisse, sondern zog mit ihm sogar an demselben Strang, den Weg dieses ungewollt geborenen Kindes ins Leben zu attackieren, zu entwürdigen, zu zerstören. Mein Kampf begann nicht mit dem ersten Atemzug während der Geburt, sondern schon viel früher als Embryo im Mutterleib, der ja bereits alles mitbekommt. Die Seele ist vom ersten

Augenblick der Zellteilung an vorhanden. In der achten Woche verfügt der Embryo bereits über eine einfache Körpersprache, kann Kopf, Arme und Rumpf bewegen. Körper und Seele gehören zusammen.

Später dann wurde ich auf der Flucht ausgestoßen und ohne Nahrung von der Mutter allein gelassen – ein Mangel an Mutterliebe und Nähe, der gravierender kaum sein konnte. Dieser Mangel setzte sich in den Folgejahren fort; er hat mich geprägt und ist mit mir verschmolzen. Mein weiteres Leben war ein täglicher Kampf, auch gegen den Tod als vermeintlichen Erlöser. Ihre schwierigen Umstände begreifend, verstehe ich die sie heute besser, und umso weniger wirksam ist ihre Macht, die sie immer noch gebraucht, um mich zu beherrschen. Die Besuche bei ihr wühlten mich jedes Mal derart auf, dass ich nachts träumte, kleine Geister würden eine Lade im Gehirn aufschieben und ich könnte während des teuflischen Kampfes mit ihnen ihre Gesichter sehen. Dabei fuhr ich stets schweißgebadet weinend aus dem Schlaf. Mit klappernden Zähnen und dennoch beflügelt kehrte ich nach Hause zurück. Doch bei der nächsten Melodie, die in mir ertönte, fuhr ich wieder mit dem Auto los, die Mutter besuchen. Wie lange noch würde sie dieses Spielchen mit mir treiben?

Mit ihrem Erstgeborenen namens Alfred zogen die Eltern damals in das Häuschen ein. Als die Mutter Andreas zur Welt brachte, war dieser bereits ihr achtes Kind und es tobte der Zweite Weltkrieg. Später trug sie mich in ihrem Bauch, während die Fronten des Krieges näher rückten, bis sie hautnah zu spüren waren. Dieses Kind wollte sie nicht mehr austragen und die Schwangerschaft abbrechen lassen. Die Angst vor dem Eingriff zog in jede Zelle des Embryos. Da der Doktor die Abtreibung verweigerte, gebar sie schließlich ihr ungeliebtes neuntes Kind namens Adelheit.

In den viel zu engen Räumlichkeiten des Hauses zogen die Eltern ihre Kinder mit strenger Struktur und Disziplin heran. Gleich hinter der Eingangstür befand sich ein Miniklosett. Eine Tür weiter ging es in die Küche mit einer Butze, die ›Speisekammer‹ genannt wurde. Am Ende des Flures befand sich im Zimmer hinter der rechten Tür ein hoher gelber Kachelofen. Daneben stand ein niedriger Kindertisch mit vier kleinen Stühlen, bei denen Tischplatte und Sitzflächen mit grünem Linoleum beklebt waren. Daneben standen zwei große dunkelbraune Tische mit Stühlen. Zwei davon waren gepolstert, auf ihnen saßen die Eltern. Die älteren Geschwister speisten mit den Eltern am Tisch. Hinter der Tür stand noch ein zweiteiliger Kleiderschrank und somit war die Stube voll.

In der oberen Etage befand sich links vom Treppenaufgang die Kinderschlafstube; sie lag also direkt über der Wohnstube. Dort standen fünf Betten und hinter der Tür zusätzlich ein kleines Kinderbett. Im Zimmer nebenan, über der Küche gelegen, pflegten die Eltern zu ruhen. Wenn man in das Zimmer trat, stand dort rechts über Eck die Frisierkommode. Neben ihr nahm dann ein viertüriger Kleiderschrank die gesamte rechte Wand ein und ihm gegenüber standen die Ehebetten. Am Ende der oberen Diele war ein Fenster und ihm gegenüber befand sich eine Tür, hinter der es über eine Holztreppe zum Dachboden hinauf ging. Dort trocknete im Winter oder bei Regenwetter die Wäsche. Der Keller war in zwei Räume geteilt: einen für den Vorrat an Kohlen für die Heizperiode und einen, direkt unter der Stube gelegen, in dem eine Hobelbank stand und wo diverses Kleinholz sowie der Wintervorrat an Kartoffeln, Obst und Gemüse aus dem Garten gelagert wurden.

In diesem kleinen Haus erhielt jedes Kind von den Eltern eine pflichtbewusste Erziehung. Dabei waren Ordnung, Zucht und Disziplin oberstes Gebot. Jeder ordentlich aufgeräumte Schrank, die blankgewienerten Schuhe, selbst die wöchentlich weiß gescheuerten Dielen in der Küche verströmten die Atmosphäre strenger Reglementierung. Diese Vorschriften erstreckten sich auch auf den Garten: Die Beete waren schnurgerade angelegt, das darin wachsende Unkraut wurde samt Wurzeln herausgezogen. Die Kaninchen aus den Buchten schlachtete der Alte jedes Jahr zu Weihnachten.

An Sonn- und Feiertagen fand sich die Familie zum gemeinsamen Mittagessen ein. Dabei legten die Eltern sehr großen Wert auf die Essmanieren ihrer Kinder. Die linke Hand hatte neben dem Teller flach auf dem Tisch zu liegen, die rechte führte Gabel oder Löffel langsam zum Mund, nicht etwa umgekehrt. Alle Kinder hatten gerade zu sitzen, sich nicht anzulehnen und die Füße still zu halten. Es herrschte absolutes Sprechverbot. Nicht zu essen, was auf den Tisch kam, gab es nicht. Wenn jemand seinen Tellerrand mit Speise säumte, weil er dieses oder jenes nicht essen wollte, warf der Alte seine Gabel demjenigen auf den Teller oder an den Kopf, wobei auch alle anderen stets erschraken.

Es hieß: Wer essen will, habe sich das erst einmal zu verdienen, also in Haus und Garten tüchtig anzupacken. Wenn sich eines der Kinder darüber beklagte, bekam es nichts zu beißen. Die Stullen, die Mutter für jedes Kind abzählte und belegte – meistens mit Leberwurst – hatten auszureichen. Die

Geschwister, die bereits in die Lehre gingen, durften auch schon mal Fleisch und Eier kauen. Die anderen schauten zu, doch keiner erhob Einspruch. Später ging der Alte zur Schlachtbank und brachte von dort normales und vorgewelltes Fleisch mit. Von da an bekam jeder Fleischnahrung.

Den Eltern durfte nicht widersprochen werden. Ihre Worte hatten höchste Autorität. Schwäche zeigen und Weinen wurden mit Prügel, Stubenarrest und noch mehr Hausarbeit bestraft. Wenn sich ein Kind trotzig oder eingeschnappt gebärdete, schlug ihm die Mutter mit dem Handrücken derart ins Gesicht, dass bisweilen die Nase blutete. Wir schliefen stets zu zweit in einem Bett, ein Kind am Kopfende das andere zu seinen Füßen, getreu dem Motto: Zwei in einem Bett spart Platz. Bewährte Waffe gegen Kinderlärm war die Lederriemenpeitsche. Und wie es in den Großfamilien üblich war, passten die älteren Mädchen auf ihre jüngeren Geschwister auf – die älteren Jungen waren davon befreit. Vor dem Krieg gingen die Kinder noch mit einem Heft in der Hand in den Laden, in das die Mutter die zu besorgenden Waren eintrug. Der Kaufmann notierte jeweils die Preise hinter der Ware und am Monatsende ging der Alte dann den Gesamtbetrag bezahlen. Auch dies gehörte zu den Anerkennungen für das ›Mutterkreuz in Gold‹. Nach dem Krieg gab es diese erleichternde Handhabung nicht mehr. Die Umstellung fiel der Mutter sehr schwer. Ihr standen nur geringe finanzielle Mittel zur Verfügung, die große Familie zu ernähren, weshalb sie den Kaufmann weiterhin gelegentlich anschreiben ließ.

Die Jahre vergingen und die älteren Geschwister wurden flügge. Sie zogen aus und gründeten eigene Familien. Einige verließen den Heimathafen, andere blieben in dem Ort wohnen, der nach dem Krieg in der sowjetischen Besatzungszone lag, die ab dem 7. Oktober 1949 Deutsche Demokratische Republik hieß. Und jedes der ausziehenden Kinder nahm die von den Eltern eingebläuten Strukturen, Gesetze und Normen auf den eigenen Lebensweg mit. Elisa blieb bei den Eltern wohnen. Sie hatte zunächst eine Anstellung außerhalb der Ortschaft gefunden und kam nur selten nach Hause. Nachdem der als sechstes Kind geborene Hans seinen Gesellenbrief in der Tasche hatte, sagte er dem Elternhaus Adieu und zog in die Fremde. Von da an lebten noch sechs Kinder und ein Enkelkind unter dem elterlichen Dach: die zweitgeborene Elisa und ihre Tochter Franka, der siebtgeborene Willy, der achtgeborene Andreas, die neuntgeborene Adelheit, der zehntgeborene Ulrich und die elftgeborene Freya.

Erste Enttäuschung

Das Leben kann Geschichten erzählen, in denen sich Menschen versöhnen und ihrem Schicksal vergeben, auch dort, wo Erinnerungen Brandmarken gleichen, wo Verbitterung, Hassgefühle und Unversöhntes geherrscht haben – bis eines Tages Seele und Geist zur Wahrheit drängen. Sie hören nicht auf, ihre Stimme zu erheben, wenn anderes pressierender zu sein scheint, als dieser Drang zur Wahrheit.

So ist es mir ergangen. Ich bereitete mich bewusst auf diesen Gang zur Wahrheit vor. Wenn sie mir zuerst auch noch so hässlich erschienen war: Ich sah ihr ins Gesicht. An der Auseinandersetzung mit meinem Schicksal wollte ich geduldig arbeiten. Dieses ›Dranbleiben‹ war mein fester Vorsatz, um die Freiheit zu gewinnen, endlich gesund und glücklich leben zu können.

Ich beginne zu erkennen und schaue auf frühere Generationen zurück, die Ahnen, die in einer langen Reihe nebeneinander stehen. Ich tauche in Welten ein, die mir noch verborgen sind. Ich werde zum Schöpfer meiner selbst: ein freies Individuum mit Seele, Geist und Körper, voll unermesslicher Liebe zur Mutti, die nicht erwidert wurde. Dabei bin ich von Natur aus rein, süß, edel, fein – ein Paradies, das verloren ging.

»Was würdest du sagen Adelheit, wenn du noch ein Brüderchen bekämst?«, fragte mich der Vati, während wir über den Spielplatz gingen. Unerwartet blieb er stehen und wir sahen einander an. Ich hob ratlos die Schultern. Was sollte ich schon sagen mit drei Jahren? Plötzlich war die Mutti fort. Voller Traurigkeit und Bangen, dass sie nie mehr wiederkommen könnte, stand ich jeden Tag am Eingangstor und wartete auf sie. Ein Schmerz tobte in mir, dass ich sie nie mehr wiedersehen würde. Die Mutti nicht in meiner Nähe zu haben, hieß für mich, sie hat mich verlassen. In der Küche hockte ich mich traurig zwischen Schrank und Ofen in die Ecke, dabei lieb und fest ständig an die Mutti denkend.

Endlich kam sie heim! Sie brachte ein Baby namens Ulrich mit. In der Wohnstube auf dem Tisch lag der Neuling auf einem weißen Kissen und schrie laut. Ich kletterte auf den Stuhl und sah nach, weshalb er solch einen Lärm machte. Auch als ich ihn neugierig ansah, plärrte er unablässig weiter. »Hör auf!«, sagte ich zu ihm. Da ging auf einmal die Tür auf und die Mutti kam herein. Sogleich schimpfte sie mit mir: »Was machst du da mit Ulrich, dass er so mächtig brüllt? Lass ihn gefälligst in Ruhe! Verschwinde!«, sagte sie böse. Rasch kletterte ich vom Stuhl und lief beleidigt vor die Haustür, wo warm die Sonne schien. Tränen kullerten über mein Gesicht, weil sie laut und böse zu mir sprach, was mich sehr ängstigte. Schließlich hatte ich den Neuling nicht einmal berührt; er schrie von ganz allein.

Bald schon vergaß ich den Schmerz und ging zurück zur Mutti, um ihre Nähe zu spüren. Sacht und sanft legte ich meine Hand in die ihre, um meine Freude darüber zu zeigen, dass sie wieder zu Hause war. Doch sie stieß mich fort, dass ich mit dem Po auf den Boden fiel. »Aua!«, rief ich und weinte. Ich war bitter traurig darüber, dass sie mich so wegschubste, und blieb auf dem Fußboden sitzen. Nach einer Weile packte sie mich an der Kleidung und stellte mich aufrecht hin. Dabei schlug sie mir links und rechts ins Gesicht. »Auwei!«, schrie ich laut. »Jetzt hast du einen Grund zum Heulen, vorher hattest du keinen!«, sprach sie garstig. Ich war schockiert, dass sie mich so herb und barsch behandelte. Dabei liefen mir die Tränen übers Gesicht, weil sie mich strafte, obwohl ich sie doch so sehr liebte. Dieser Schmerz tat sehr weh und grub sich tief in meinen kleinen Körper ein. Während ihr Liebesentzug mich so traurig machte, zog ich mich beleidigt zurück. Dabei rief sie mir hinterher: »Spielst du leidig Adelheit, kriegst du noch mehr davon, aber dann mit der Peitsche, damit du es auch spürst!« Warum bist du nur so böse zu mir Mutti?, fragte ich mich, ich liebe dich doch so sehr.

Als ihre Grobheit mir gegenüber nachließ, suchte ich sehnsüchtig wieder ihre Nähe auf. Mein Hunger nach ihrer Liebe war nicht zu stillen. Ich war anders als meine Geschwister, sehr empfindsam, sehr sensibel. Von nun an getraute ich mich nicht mehr, die Mutti zu berühren, aber allein schon ihre Nähe zu spüren, erfüllte mein Herz mit Freude und Fröhlichkeit.

Die Zeit verging und ich wurde älter. Eines Tages sagte sie: »Adelheit, du darfst die Umgebung des Hauses verlassen und mit den anderen Kindern aus der Siedlung auf den Spielplatz spielen gehen.« Schnell flitzte ich dorthin, wo die beiden Mädels Michaela und Hanne Hopper spielten. Ich sah ihnen zu, wie sie hopsten, und bald hopste ich mit. Auf dem Spielplatz fühlte ich mich von Mutti unbeobachtet; da konnte ich lachen und albern sein. Im Haus ertrug sie meine Ausgelassenheit nicht und ermahnte mich mit drohend erhobener Faust, sodass meine Fröhlichkeit schnell dahin war. Mit herrischer Stimmlage zwang sie mich: »Sei bloß ruhig! Sei still! Halte deinen Mund! Wenn ich dich noch einmal ermahnen muss, kriegst du eine Tracht Prügel, dass dir Hören und Sehen vergehen!« Ich fragte mich, warum sie so laut und böse zu mir war. Spürte sie denn nicht, dass ich sie liebte und nur in ihrer Nähe sein wollte? Dann wiederholte ich leise: »Dass dir Hören und Sehen vergehen?« Ich fragte mich: Was meint sie damit? Mit den Ohren hören, mit den Augen sehen – soll ich nichts mehr hören und auch nichts mehr sehen? Schlägt sie mir etwa die Augen und Ohren kaputt?

Fortan schwieg ich, nur um still in Muttis Nähe sein zu können. Sobald sie meinen Namen aussprach, zuckte ich vor Angst zusammen, etwas Falsches getan zu haben und dafür bestraft zu werden. Lange hielt dieser Zustand jedoch nicht an, denn meine Liebe zu ihr überwog alles, was sie auch sagte. Mein Herz stand sperrangelweit offen dafür, nur einmal von ihr in die Arme genommen und gedrückt zu werden. Doch dieses weit geöffnete Tor sah sie nicht. Vielmehr stieß sie mich unaufhörlich weg. Wie konnte ich da Liebe und Warmherzigkeit empfinden? Ohne die Herzenswärme ihrerseits brannte ein Wundschmerz in mir wie glühende Kohlen im Küchenherd und wirkte bedrohlich auf mich.

Als Ulrich laufen konnte, gab ich auf ihn acht. Sogar auf den Spielplatz schleppte ich ihn mit. »Pass gut auf deinen Bruder auf, dass ihm ja kein Unheil passiert!«, schärfte Mutti mir ein, wenn sie ihn in meine Obhut gab. Dass ich selbst noch ein Kind war und lieber mit den anderen Kindern spielen und herumalbern wollte, als auf den Buben aufzupassen, hatte Mutti offenbar vergessen. Meinen Spielgefährten war das nicht recht, dass ich ihn stets zum Spielen mitbrachte. Also überließ ich ihn am Wiesenrand des Spielplatzes sich selbst. Als er sich einmal wehtat, schrie er herzzerreißend laut, dass die Mutti herbei eilte und mich anschnauzte: »Du vernachlässigst deine Pflicht Adelheit! Du sollst auf deinen Bruder aufpassen!« »Ich will aber mit den Mädels spielen!«, gab ich zurück und stampfte mit einem Bein auf. Da boxte sie auf meinen Rücken, schlug mir kräftig ins Gesicht und sagte: »Halt deinen Mund! Du hast nicht aufzustampfen, noch etwas zu wollen! Tu gefälligst das, was ich dir sage! Merk dir das endlich!« Sie drückte mir eine alte braune Ledertasche in die Hand und sprach: »Geh in die Kaserne Holz sammeln und nimm Ulrich mit! Pass mir bloß gut auf den Jungen auf!« Als ich mich zum Gehen abwandte, boxte sie mir noch einmal auf den Rücken, sodass ich der Länge nach zu Boden fiel. Dabei murmelte ich leise: »Und wer passt auf mich auf?« – Da war ich fünf Jahre alt.

Die Mutti wusste ganz genau, dass sie mich am besten von den anderen Kindern fernhielt, indem sie mir stets neue Aufgaben erteilte. Dabei war ich gern mit meinen Spielgefährten zusammen, da konnte ich lachen und fröhlich sein. Auf dem Spielplatz unterbrach mich niemand und zügelte auch nicht meine Ausgelassenheit, wie es die Mutti zuhause ständig tat. Wenn dann auch noch die alte Frau an ihrem Gartenzaun stand, war ich glücklich. Oft rief sie mich zu sich herüber und drückte mir Süßigkeiten in die Hand, während sie sagte: »Ess sie allein! Steck sie gleich in den Mund!« Rasch stopfte ich die Leckerei hinein und leckte mir herzhaft die Lippen. Es waren ganz kleine Schokoladentropfen, mit denen man noch heute Kuchen und Torten verziert. Für Naschereien war ich immer zu haben. Zurück bei den Spielgefährten, fragten sie mich: »Was wollte denn die Alte von dir?« »Ach, nichts weiter«, antwortete ich. Meine Hoffnung, die alte Frau noch öfter am Gartenzaun stehen zu sehen, sollte sich nicht erfüllen. Sie starb und ich war traurig, weil die Süßigkeiten nun ausblieben.

Während sich Willy und Andreas in der Freizeit tummeln konnten, zog mich die Mutti zum Kindermädchen und zu ihrer Magd heran. Einmal beschwerte ich mich darüber, weil ich lieber spielen wollte, als auf den kleinen Bruder aufzupassen, einzukaufen, Holz zu sammeln oder im Garten das Unkraut aus den Beeten zu ziehen. Da schnauzte sie mich mächtig an: »Du hast nichts zu wollen! Zu gehorchen hast du! Merk dir das endlich! Sonst gar nichts!« Dabei schlug sie mir rechts und links derb ins Gesicht. Diese Schläge taten sehr weh. Die Abdrücke ihrer Hände markierten mein Gesicht und ich zog mich beleidigt zurück. Sie folgte mir, packte mich grob an den Oberarmen und schüttelte wie Frau Holle heftig meinen Körper aus, während sie rief: »Wenn du beleidigt bist, kriegst du eine Tracht Prügel mit der Lederriemenpeitsche, damit du endlich begreifst, nicht beleidigt zu sein, wenn ich dir etwas sage!« Sie war ungemein zornig.

Dabei war ich doch so empfindsam und tatsächlich schnell beleidigt, wenn ich hart angefasst wurde. Aber ich lachte auch gern und war fröhlich, wenn um mich herum alles friedlich gestimmt war. Meine Unbekümmertheit ertrug die Mutti nicht. Sie schlug mit dem auf mich ein, was sie gerade in der Hand hielt – und wenn es ein Topfdeckel oder der Feuerhaken war. »Halt deinen Mund! Wenn ich dich noch einmal ermahnen muss, kriegst du die Peitsche zu spüren und nicht nur den Topfdeckel!«, rief sie garstig, dabei verwendete sie aber nie schmutzige Schimpfwörter.

Mir ging dann immer durch den Kopf: Du brauchst doch nicht böse sein, wenn ich fröhlich bin, Mutti! Zu den Jungs bist du doch auch nicht so streng und ärgerlich wie zu mir. Dabei liebe ich dich doch über alles auf der ganzen Welt. Ich wünsche mir nur, dass du mich einmal in deine Arme nimmst, drückst und hältst. Mein kleiner Körper hungert nach deiner Liebe und Geborgenheit. Nur einmal will ich mich an dich kuscheln, deine Wärme spüren und fühlen, dass du mich lieb hast.

Da ich jedoch keine Liebe von ihr empfing, hängte ich mich bei jeder Gelegenheit in einem gewissen Abstand an ihren Schürzenzipfel, bis sie es gewahr wurde und rief: »Hau ab! Verschwinde!« Sie stieß mich barsch zur Seite, dass ich entweder an die Tür, den Tisch oder den Ofen schlug. Oft stürzte ich auch zu Boden, doch meine Liebe zu ihr war grenzenlos.

Als die Mutti eines Tages plötzlich nicht zu Hause war, stieg mächtige Angst in mir auf, ich würde sie nie mehr wiedersehen. Meine Sehnsucht nach ihr wuchs ins Unermessliche. Dann hörte ich den Vati mit Elisa heimlich tuscheln: »Die Ärzte können entweder die Mutti oder das Kind retten.« Darauf wollte Elisa wissen: »Und – was hast du geantwortet?« »Die Mutti meiner zehn Kinder retten!«, sprach er. Eine Weile später kam sie endlich heim. Vor Freude klopfte mein Herz ganz stark, und in meiner Glückseligkeit, sie wieder in meiner Nähe zu haben, vollführte ich einen Luftsprung und drehte mich im Kreis. Doch meine Freude sah die Mutti nicht, sie beachtete mich gar nicht. Ein Baby namens Freya brachte sie mit heim und ich dachte bei mir: Was denn, schon wieder ein neues Kind im Haus? Da war ich gerade sechs Jahre alt und sollte im Herbst eingeschult werden. Doch mein erster Schultag wurde dann um ein Jahr verschoben – ich habe keine Ahnung warum.

Voller Wohlgefühl betrachtete ich die Mutti heimlich oder steckte meinen Kopf unbemerkt durch die Küchentür, um sie sehen zu können. Sie nahm mich gar nicht wahr. Das Baby war ihr wichtiger. Der Säugling war mir aber nicht so wichtig, weil ich mich selbst danach sehnte, in Muttis Arme genommen zu werden – wo jetzt Freya und vor ihr Ulrich behütet wurden. Während sie mit den beiden vor dem Einschlafen betete, überlegte ich, ob sie mit mir wohl auch gebetet hat, als ich so klein war. Das Gefühl, von ihr so geborgen, geliebt und wohlbehütet zu werden, wie die beiden Nachkömmlinge, konnte ich beim Nachspüren in meinen frühesten Erinnerungen nicht finden.

Also blieb es mir nur vergönnt, von einer liebevollen und warmherzigen Kindheit zu träumen. Dabei verlangte ich so sehr nach einem sonnenbeschienenen Dasein mit meiner Mutti, und meine Liebe zu ihr wuchs stetig bis zum größten Baum der Welt heran. Der Alltag aber kränkte diese Liebe schmerzlich, weil sie mich stets spüren ließ: Ich will dich nicht! Oft hatte ich das Bedürfnis, sie zu fragen, ob sie mich liebt, traute mich aber nie, aus Angst, enttäuscht zu werden. Dabei war das Bedürfnis nach ihrer Liebe eine starke Antriebskraft für mich. Sie war intuitiv, aus dem Bauch heraus, nicht abstrakt und nicht nur vorgestellt. Umso deutlicher ließ sie mich ihre Unnahbarkeit, Lieblosigkeit und Kaltherzigkeit spüren, die mit Schrecken und lauten Tönen einherging. Kein Jammer, keine Klage von mir drang zu ihr durch. Selbst ihre zum Himmel erhobene Faust, mit der sie mir stets drohte, tat nicht so weh, wie ihre lieblose Behandlung, die mich meine Einsamkeit so sehr spüren ließ.

Was sie befahl, führte ich stets korrekt und sofort aus, um sie nicht zu verärgern. Es hieß bei ihr: »Wer essen will, der verdiene es sich gefälligst.« Das bedeutete: Streng dich an! Gewiss strengte ich mich an, allein schon um ihre Liebe zu gewinnen. Dennoch fühlte ich mich stets schuldig, auch wenn alle Aufgaben, die sie mir erteilt hatte, erfüllt waren. Warum gab es dieses Schuldgefühl überhaupt in mir? Die Zeit an ihrer Seite war für mich als kleines Wesen schwer und belastend, manches Mal sogar unerträglich. Obwohl ich stets zu spüren bekam, nicht willkommen zu sein, schmerzte mich das Getrenntsein von der Mutti noch bitterer. In meinen Augen war sie sehr stark, wirkte aber auch bedrohlich auf mich, als würde sie mich lieber auffressen oder fortschicken wollen. Doch dann würden ihr auch das Kindermädchen und die Magd fehlen.

Bald nachdem Freya ins Haus eingezogen war, brachte Elisa ein Baby namens Franka mit heim, mit dem sie die ausgebaute Dachbodenkammer bezog. Seitdem stellte die Mutti jeden Tag den Kinderwagen auf dem Hof für mich bereit, in dem Freya am Kopfende und Franka zu ihren Füßen lag. Dabei ballte sie die Hand zur Faust und meinte: »Pass gut auf die Kinder auf, dass ihnen ja kein Unheil geschieht, sonst Gnade dir!« So wetterte sie stets, wenn sie ihre Pflicht zu meiner Aufgabe machte, denn auf diese Weise schaffte sie sich bequem das Kindergeschrei vom Hals. »Nimm mich mit!«, rief Ulrich, der sogleich angerannt kam und sich an der Kinderwagenstange festhielt. Während ein Vulkan in mir brodelte, entluden sich die Tränen. Die Mutti zwang mich zu etwas, worauf ich keine Lust hatte. Sie fragte nicht einmal, was ich wollte, nämlich spielen und herumtoben. Stattdessen schob ich den Kinderwagen eilig, wütend und traurig vor mir her, bis Ulrich sagte: »Lauf doch nicht so schnell Adelheit!« Er konnte ebenso wenig dafür, wie die Säuglinge im Kinderwagen, wenn die Mutti ihre Aufsichtspflicht zu meiner machte. Nach dem Tränenfluss fühlte ich mich halbwegs erleichtert, begann frohen Mutes den Kindern etwas vorzusingen und erzählte ihnen anschließend eine erfundene Geschichte, die meistens von der Mutti und dem traurigen Mädel handelte – also von mir. Dabei schob und schaukelte ich die Kinder frohgemut durch die Gegend.

Zurück im Haus, nahm Mutti dann Freya und Franka in ihre Obhut und bereitete sie für die Nachtruhe vor. Ihre missionarische Stimmlage, die mein Herz mit Furchtsamkeit erfüllte und zugleich Gehorsam forderte, prägte sich mir tief ein. Mit den Pflichten eines Kindermädchens begannen meine Freiheitsberaubung und der Entzug der eigenen Kindheit. Auf drei Kinder aufzupassen und zusätzlich noch im Haus zu helfen, war entschieden zu viel für mich. Wie die anderen Kinder spielen, das wollte ich auch, doch die Mutti fragte nicht, was ich wollte. Sie verlangte Gefügigkeit, Folgsamkeit und Manieren von mir. Aus Liebe zu ihr tat ich stets das, worauf sie Anspruch erhob.

Tage und Wochen vergingen, in denen mein Spielplatz ein Arbeitsplatz war, an dem ich meine Funktion als Kindermädchen ausübte. Mit Wut im Bauch schob ich den Kinderwagen zur großen Wiese. Die saftige Grünfläche lud dazu ein, die Kinder – trotz Muttis Verbot, sie aus dem Wagen zu nehmen – ins Gras zu legen, wo ich sie besser im Auge behalten konnte, wenn ich mit Ulrich herumtobte. An die Grünfläche grenzte die Kläre, und hinter dieser kam wieder eine Wiese. Rechts ging es einen steilen Hang hinauf, der im Winter als Rodelbahn diente. Hinter dem Hang erstreckte sich eine neue Wohnanlage und ihr gegenüber befand sich das Kloster. Erhabene Häuser mit großen Kastanienbäumen davor reihten sich entlang der linken Seite der Rasenfläche.

Zurück vom Ausflug, gab mir Mutti die alte braune Ledertasche in die Hand und meinte: »Geh in die Kaserne Holz sammeln! Nimm Ulrich mit!« Der kam sogleich zu mir, als er seinen Namen hörte. Die Kaserne war bei Kriegsende von den Russen bezogen worden, die das gesamte Gelände mit einer Holzverschalung von der Bevölkerung getrennt hatten. Oft schaute ich durch einen schmalen Schlitz hindurch und sah dort Soldaten mit geschulterten Gewehren. Bald schon zogen die Russen ab und die

Kaserne war für alle zugänglich. Der Zaun wurde niedergerissen, diente uns und anderen als Brennholz. Später wurden die Gebäude zu Wohnblocks umgebaut. Rechts vom Eingang stand eine rote Ziegelsteinmauer von etwa anderthalb Meter Höhe, die unsere Siedlung von der Kaserne trennte und stehen blieb. Vor ihr wuchsen buschige Sträucher mit weißen duftenden Blüten. Links vom Zugang stand ein Gebäude von mächtiger Erhabenheit, wo einst die russischen Soldaten lebten. Dahinter befanden sich der Sportplatz, den die Russen angelegt hatten, und daneben ein Ascheplatz, der damals der Allgemeinheit diente. Auf diesem Müllplatz suchte ich nach Brennbarem und füllte damit die Ledertasche. Da ich ohne Schuhwerk über die Müllhalde spazierte, gab ich gut acht, mich nicht zu verletzen. Emsig spähten meine Augen nach brennbarem Material, das Mutti dann im Küchenherd verbrannte, um darauf das Essen in den Töpfen zu garen. Und jedes Mal, wenn sie mich Holzsammeln schickte, klangen in mir ihre Worte wieder, die sie den älteren Mädels einmal sagte: »Geht niemals im Dunkeln durch die Kaserne, da werdet ihr umgebracht! Einige fanden dort schon den Tod.« Diese Warnung tönte stets in meinem Kopf, wenn ich Holz sammelte. Dabei schaute ich ab und zu in alle Richtungen, weil es mich gruselte, ein böser Mann könnte kommen und mich umbringen. Außer Brennbarem suchte ich auch vergoldete und verzierte Porzellanstücke, wobei ich die Verletzungsgefahr außer Acht ließ, weil mir die schönen Bruchstücke wichtiger schienen. Diese tauschte ich dann bei meinen Spielgefährten gegen noch schönere. Und so manches Mal vergaß ich beim Sammeln die Zeit, bis die herrische Stimme der Mutti vom Kasernentor zu mir herüberdröhnte, dass ich einmal vor Schreck in einen rostigen Nagel trat, der aus einem Brett ragte. Das Blut lief und der Schmerz war groß. Trotzdem zeigte ich vor der Mutti keine Schwäche. Während sie Ulrich an der Hand hielt, als wenn er nicht hätte allein laufen können, buckelte ich humpelnd die schwere Tasche nach Hause. Trotz meiner Verletzung hatte sie kein Erbarmen und ließ mich allein die volle Tasche nach Hause schleppen.

Einmal sah ich die Mutti weinen. Das tat mir so sehr weh, dass es mir fast das Herz zerriss. Während es laut in meiner Brust pochte, atmete ich im Takt des Pulses mit. Einen so herzergreifenden Anblick hatte sie mir noch nie geboten. Während ihr die Tränen flossen, spürte ich einen Schmerz im Bauch. In diesem Moment waren alle ihre harten strengen Worte wie ausgelöscht. Meine Liebe zu ihr war lautlos und ohne Ende. Es war aber auch als betrachtete ich sie wie durch eine Blechschüssel mit vielen Löchern im Boden – aussichtslos und unerreichbar. Wir Kinder saßen an leeren Tischen und warteten auf das Abendbrot, das nicht kam. Während die Mutti stehend ihren schmerzenden Rücken am Ofen wärmte, weinte sie und sagte: »Ich weiß nicht, was ich euch heute zu essen geben soll. Die Speicherräume sind leer.« Sie wusste nicht, wie sie die vielen hungrigen Mäuler stopfen sollte. »Kein Bäcker, kein Lebensmittelladen schreibt für uns noch etwas an«, fügte sie kleinlaut hinzu. Spontan platzte ich heraus: »Geh doch selbst zum Bäcker und erzähl ihm, dass alle deine Kinder Hunger haben!« Bald darauf ging sie los, brachte tatsächlich zwei große Brote mit und lächelte. »Wenn du lächelst Mutti, siehst du schön aus«, dachte ich stolz. Das Abendessen war gesichert. Trocken Brot und Malzkaffee füllten an diesem Abend die Kindermägen.

Durch den Auszug der älteren Geschwister bekamen Willy und Andreas ihr eigenes Bett. Ulrich und ich teilten uns weiterhin eine Matratze. Am Abend vor dem Einschlafen war erst einmal toben angesagt. Jeder von uns wusste, wenn wir tobten, konnte der Vati mit der Peitsche blitzschnell im Raum stehen und uns damit vermöbeln. Das Verbot zu toben, hatten wir eines Abends vergessen, hüpften vergnügt auf den Matratzen wie auf einem Trampolin, schlugen uns die Kopfkissen gegenseitig um die Ohren und kreischten herzhaft, bis durch unseren Lärm Freya aufwachte und schrie. Während der Vati – leise, wie eine Feder fällt – im dunklen Zimmer erschien, erschrak ich mächtig. Er schwenkte die Peitsche in der Hand und drosch dann auf unsere Beine, Hintern und Rücken ein. Die Schläge taten so sehr weh, dass ich weinte und reumütig rief: »Ich tobe nie mehr!« Da hielt der Vati inne. Im Laufe der Zeit schnitten wir alle Riemen von der Peitsche, bis auf einen einzigen ab. Als der Vati diese Bescherung sah, geriet er außer sich. Zur Strafe zwang er uns im Keller die langen Briketts zu stapeln. Er bastelte sich dann eine neue Peitsche, die er versteckt hielt, aber auch immer seltener benutzte.

Raupen und Maikäfer im Glas

Reinen Herzens naiv
fürchte ich mich.
Reinen Herzens in Not
fühl ich mich bedroht.
Entwürdigung, Herzschmerz und Leid
machen sich in mir breit.

Der November war kalt, regnerisch und windig. Trostlose ungemütliche Tage hielten Einzug. Die Leute verkrochen sich in ihren warmen Stuben. Kurz vor Ladenschluss rief Mutti: »Adelheit, laufe schnell zu Frau Schwarz und hole etwas aufs Brot!« Frau Schwarz besaß einen Fleisch- und Wurstwarenladen zwei Straßenecken von uns entfernt. Die Mutti griff nach meiner rechten Hand, legte den Einkaufzettel und obenauf einen Geldschein hinein. Zum ersten Mal hatte ich einen Geldschein in der Hand. Münzen waren mir vertraut, aber einen Schein hatte ich noch nie gesehen. Umso stolzer war ich, damit bezahlen zu können, denn für das Anschreibenlassen schämte ich mich jedes Mal. »Gib gut auf das Geld acht! Verlierst du es, brauchst du nicht mehr nach Hause zu kommen!«, drohte sie und drückte meine Hand, mit Zettel und Geldschein fest zu. »Hast du verstanden, was ich in Worte fasste?«, fragte sie und schüttelte dabei zur Probe meinen Arm, um zu testen, ob ich die Faust auch wirklich bis zum Laden geballt halten konnte. Ich bin doch nicht taub!, wollte ich ausrufen, antwortete aber lieber so, wie sie es hören wollte: »Ja Mutti, was du sagtest, habe ich verstanden!« Schließlich traf mich ihre Warnung wie ein Dolch im Herzen. Umso mehr gab ich acht, das Geld nicht zu verlieren. Unter freiem Himmel zu übernachten ist ja grausam. Das wollte ich nicht. Allein den Gedanken von ihr getrennt zu werden, konnte ich nicht ertragen.

Freudestrahlend machte ich mich auf den Weg zu Frau Schwarz und betrat fröhlich das Geschäft. Ich streckte der Verkäuferin meine geballte Faust entgegen und öffnete sie. Auf der flachen Hand lag nur noch der Einkaufzettel. Mich traf der Schlag: Der Geldschein war weg. Angst raste mir vom Kopf bis in die Füße. »Oh weh!«, rief ich und flitzte aus der Ladentür. Muttis harte Drohung hallte in mir wieder: »Verlierst du das Geld, brauchst du nicht mehr nach Hause zu kommen!« Mein Herz klopfte ganz schnell und übers Gesicht kullerten mir die Tränen. Auf allen vieren suchte ich die Bürgersteige und Bordsteinkanten nach dem Schein ab, durchwühlte das nasse Laub, das die Linden zu dieser Zeit gerade abwarfen – doch der Geldschein blieb verschollen. »Bitte lieber Gott, lass mich den Schein wiederfinden!«, flehte ich. Die Mutti betete jeden Abend mit Freya: »Lieber Gott, ich bin klein, mein Herz ist rein, soll niemand drin wohnen, als Jesus allein.« Und: »Lieber Gott, mach mich fromm, dass ich in den Himmel komm.« Ich dachte: Mein Herz ist auch rein, ich sage immer die Wahrheit, aber wie erkläre ich ihr, dass der Schein weg ist? Sie fordert doch immer eine Antwort von mir. Ich hatte keine Ahnung, wie das Geld aus meiner Faust fallen konnte. Große Angst plagte mich, im Dunkeln irgendwo draußen in einer Ecke schlafen zu sollen – frierend, zitternd und mich fürchtend. Das wollte ich ganz und gar nicht. Ich schluchzte so heftig, dass mir der Bauch wehtat. Die Anforderung, die Mutti an mich stellte, erfüllte ich nicht. Ich war selbst schuld, weil ich ungehorsam war. In der Dämmerung war kein Mensch zu sehen, nur ein kleines sechsjähriges Mädchen suchte nach einem Geldschein. Hatte der Wind ihn längst fortgetragen?

Mit Herzschmerzen und Angst im Genick schlich ich schwerfüßig dann doch heim. Mit tränenüberströmtem Gesicht wartete ich vor der Haustür und überlegte, ob ich die Tür öffnen oder besser abhauen sollte. Schließlich öffnete ich nur einen schmalen Spalt und trat leise über die Schwelle. Doch da tönte auch schon die harte mitleidslose Stimme der Mutti aus dem Wohnzimmer hinaus in den Flur und traf mich mit voller Wucht an meinem ohnehin schon von Furcht und Reue schweren Kopf: »Wo bleibst du nur so lange? Deine Bummelei habe ich satt!« Oh Mutti, wenn du wüsstest, was ich für Angst habe, dann würdest du mich nicht so anbrüllen, flehte ich. Wie sage ich es dir nur am besten? Im Türrahmen stehend, spielte ich nervös mit den Fingern. Das Herz klopfte mir bis unter die Schädeldecke, während ich murmelte: »Das Geld habe ich verloren.« Sie sprang wie von einer Biene gestochen vom Stuhl auf, packte mich derb an den Oberarmen und schüttelte wie Frau Holle meinen Körper aus, dass ich nur noch mit den Zehenspitzen Bodenkontakt fühlte. Dann warf sie mich mit Gewalt gegen die Wand und brüllte voller Zorn: »Du bist zu dumm! Du bist zu nichts zu gebrauchen! Du bist dumm wie Bohnenstroh! Ich möchte nur einmal wissen, was du in deiner Birne hast! Nichts als Stroh!« Mein Rücken schmerzte so sehr, dass ich die Hände vors Gesicht hielt und an der Wand herab in die Hocke rutschte. Plötzlich spürte ich Leere um mich herum. Mich traf ein Schock. Wo ich die Mutti doch über alles liebte, behandelte sie mich derart lieblos und biestig. Rasch flitzte ich in den Flur hinaus und setzte mich auf die unterste Stufe der Treppe, die zu den Schlafgemächern führte. Dabei weinte ich und wiederholte leise: »Du hast nichts als Stroh in der Birne?« Was soll denn sonst in der runden Birne drin sein, wenn kein Stroh?, dachte ich, zog mir den Mantel über die Knie, stützte die Ellenbogen darauf und hielt mit den Händen meinen schweren Kopf fest. Vor geschlossenen Augen sah ich noch einmal, wie die Mutti mir Gewalt antat, und spürte es wie einen Messerstich im Bauch. Ich winselte und murmelte wie ein räudiger Hund: »Mutti, liebst du mich denn gar kein bisschen? Wenn du mich jetzt in deine Arme nehmen würdest, könnte ich den Schmerz vergessen.« Sie nahm mich aber nicht in ihre Arme. Mein Gesicht glühte und ich fühlte mich sehr krank. Im Weinen versuchte ich die Last der Schuld und den Schmerz loszuwerden.

Die Geschwister schliefen bereits. Der Vati war mir nicht so wichtig. Er hatte den Wutanfall der Mutti zwar mit angesehen, sagte aber kein Wort dazu. Würde er mir beistehen? Unerwartet leise kam er auf mich zu, sodass ich rasch die Tränen mit dem Ärmel wegwischte. Ohne ein Wort zu sagen, stellte er sich vor mich hin und versetzte mir zwei derart kräftige Schläge, dass mein Kopf erst ans Geländer krachte und dann gegen die Wand prallte. Dann ging er in den Keller und ich weinte gedämpft, wie ein neugeborenes Kätzchen. Da ich doch auf Beistand von ihm hoffte, wurde in mir eine ungeheure Wut auf ihn entfacht. Mit einer Sturmlampe in der Hand kehrte er aus dem Keller zurück. Er stellte eine brennende Kerze hinein, drückte mir die Sturmlampe in die Hand, öffnete die Haustür und stieß mich hinaus. Auf dem Podest gab er mir noch eine Kopfnuss und zischte garstig: »Geh und such das Geld! Komm mir ja nicht ohne den Schein zurück, sonst bleibt die Haustür für dich auf immer verschlossen!«

Da es dunkel war, ließ ich die Tränen einfach laufen. Ich war am Verzweifeln: Was ist der Vati nur für eine Bestie! Konnte er nicht nachvollziehen, was er mir mit seiner Drohung antat? Ein Grund mehr, ihn zu verabscheuen. Er flößte mir noch mehr Angst ein, als ich ohnehin schon hatte. Mit brennenden Herzschmerzen suchte ich die Strecke noch einmal ab, dann zum zweiten, dritten und vierten Mal – der Geldschein war unauffindbar. Die Kerzenflamme in der Sturmlaterne beleuchtete das nasse Laub nur dürftig. Ich setzte mich auf den Bordstein und dachte nach. Die Eltern hatten wenig Geld. Das wusste ich, weil die schulpflichtigen Geschwister für ihr Schreibmaterial selbst zu sorgen hatten, indem sie anderen Leuten dienten: Kohlen in die Keller tragen, Einkäufe erledigen, Gartenarbeiten verrichten und Ähnliches. Dafür erhielten sie stets ein paar Groschen. War die Zeit gekommen, pflückten sie Lindenblüten von den Bäumen und breiteten sie auf Papier zum Trocknen auf dem Hausboden aus. Die getrockneten Blüten lieferten sie dann bei der Teeannahmestelle ab, wo sie per Kilo vergütet wurden. Von dem Geld kauften die Geschwister dann Schreibmaterial für das neue Schuljahr. Die Lehrbücher erhielten sie von der Schule umsonst, weil wir als kinderreiche Familie begünstigt wurden.

Im Dunkeln auf dem Pflaster kriechend, faltete ich jedes Blatt noch einmal auseinander und strich es glatt. Da fühlte ich ein kleines Röllchen in der Hand. Ich hielt es dicht vor das glimmende Licht der Laterne und rollte es auf. Es war tatsächlich der gesuchte Geldschein! Ich sprang vor Freude auf und jubelte. Mein sehnlichster Wunsch, von der Mutti nicht getrennt zu werden, war in Erfüllung gegangen! Ich war so glücklich, dass ich frohen Mutes nach Hause hüpfte. Würde Mutti sich mit mir freuen?

Nein, das tat sie nicht. Stattdessen sagte sie: »Da hast du noch einmal Schwein gehabt, sonst wärst du heute ohne Abendessen ins Bett gegangen!« Ich dachte mir: Was denn, ich hätte also nicht auf der Straße schlafen brauchen? Warum droht ihr mir dann damit? Die Eltern hämmerten mir Schuldgefühle und wilde Drohungen in den Kopf, die Angst und Wut in mir entfachten. Die Stulle, die sie mir dann noch zuschob, konnte ich nicht essen, weil mein Magen bereits voll von Gehässigkeit war. Doch das mochte die Mutti überhaupt nicht, weil sie dann nämlich glaubte, ich sei beleidigt oder »tücksch« – und dafür gab es Prügel. Plötzlich stolperte mein Herz und setzte kurz aus. In meinem Kopf drehte sich alles. So viele Schikanen auf einmal konnte ich wirklich nicht aushalten. Schließlich nahm ich das Brot und kaute schwer daran, als sei es mit Gift belegt worden.

Als ich den Eltern Gute Nacht sagte, stellte ich mir vor, wie ich das Glas, in dem ich heimlich Maikäfer und Engerlinge sammelte, vor ihnen auf dem Tisch auskippen würde. Dabei sah ich die Mutti sich ekeln und hörte sie quieken. Das war meine Revanche für ihre Niedertracht. Mein Körper sehnte sich nach Ruhe und Schlaf. Ich rollte mich im Bett zu Ulrichs Füßen zusammen und schlief rasch ein. Doch mitten in der Nacht fuhr ich plötzlich aus dem Schlaf und tastete noch immer nach dem verlorenen Geldschein. An diesem Abend ließ meine Liebe zur Mutti deutlich nach. Er blieb in meinem Kopf so sehr haften, dass ich bis heute keine Einzelheit vergessen habe.

Der unerfüllte Traum von Mutterliebe

Zucker statt Liebe:
Die Süße weckte Freude in mir.
Leckereien machten mich
nur kurze Zeit glücklich.
Die Sehnsucht danach
war grenzenlos.
Mutti, ich brauche dich.

Der Winter kam und ging. Ihm folgte der Frühling und am Ende des Sommers sollte ich endlich eingeschult werden. Ich malte mir aus, mein ›Arbeitsplatz‹ würde fortan die Schule sein und ich bräuchte keine Zeit mehr für die Betreuung meiner jüngeren Geschwister aufbringen. Zu meiner Einschulung kamen mein älterer Bruder Alfred und seine Frau Gisa zu Besuch – und vom ersten Tag an hänselte er mich. »Du bekommst keine Schultüte Adelheit!«, sagte er höhnisch. Ich flitzte weinend zur Mutti und fragte sie: »Bekomme ich nun eine Schultüte oder nicht?« Ich wollte von ihr die Wahrheit hören, doch sie sagte nur: »Wart ab, bis es so weit ist!« Nun war ich genauso schlau wie vorher und ziemlich verzweifelt. Jeden Tag ärgerte mich Alfred mit seinem Spruch und ich dachte bei mir: Du Idiot! Er ist vierzehn Jahre älter als ich, weshalb ich ihn damals nie als Bruder betrachtete, sondern eher als Onkel.

Endlich war es so weit: Der Tag der Einschulung war gekommen. In der Schule saßen in einem großen Raum viele Mädchen und Jungen auf harten hölzernen Klappsitzbänken. Die Eltern und Gäste standen ringsherum. Der Lehrer rief jedes Kind namentlich auf und es durfte sich dann seine Schultüte bei ihm am Lehrertisch abholen. Schließlich saßen noch zwei Mädchen in den Bänken, aber auf dem Tisch lag nur noch eine Schultüte bereit. Mein Herz klopfte ganz schnell und ich flehte die Tüte an: »Du gehörst mir!« Doch der Lehrer rief das andere Mädchen auf und mich traf der Schlag. Wie von einem Hund gebissen jagte ich aus der Tür und durch das Gebäude hinaus auf die Straße. Dabei liefen mir die Tränen in Strömen übers Gesicht. Ich flitzte und heulte und verfluchte Alfred, weil der mir ja ständig angekündigt hatte, ich würde keine Tüte bekommen. Die Mutti wusste Bescheid, aber die Wahrheit verschwieg sie mir. Als Andreas eingeschult wurde, hatte er schließlich auch eine Tüte bekommen. Ich war so wütend auf Alfred und die Mutti, dass ich nur noch weit weg wollte. Dabei qualmte mir der Kopf, als hätte sich ›das Stroh‹ darin entzündet. Es tat mir so weh in Herz und Bauch, dass ich keine Schultüte bekommen hatte. Ich wollte es einfach nicht glauben, fühlte mich in die Irre geführt, ungeliebt, übersehen, schlecht behandelt.

Auf einmal hörte ich Alfreds Stimme: »Adelheit warte! Ich habe deine Schultüte!« Hörten meine Ohren da tatsächlich »Schultüte«? Abrupt drehte ich mich um und sah tatsächlich, dass er eine Tüte im Arm hielt. Ich rannte ihm entgegen und er sagte: »Ich bin zu spät gekommen!« Ich hatte keine Ahnung, was er mir damit sagen wollte, denn ich sah nur die Tüte und war überglücklich. Fest hielt ich sie im Arm und murmelte: »Oh, du bist aber schwer! Ihr vielen Süßigkeiten hier drin, bald werdet ihr von mir verspeist. Sehnsuchtsvoll wartete ich auf euch, doch ihr wart mir nicht vergönnt. Das tat sehr weh.« Dann schwenkte Alfred sein Taschentuch über mein Gesicht, wischte die Tränen ab und die Nase trocken. Zu Hause legte Mutti die Tüte oben auf den Schrank. Ich wartete geduldig auf den nächsten Tag, an dem sie mir erlauben wollte, sie zu öffnen. Da standen die Geschwister rings um mich herum und ich verteilte einige Süßigkeiten an sie, naschte aber heimlich auch selbst.

Weiterhin stand jeden Tag, wenn ich vom Unterricht heimkam, der Kinderwagen auf dem Hof für mich bereit, in dem Freya, ein Jahr alt, und Franka, acht Monate alt, zusammen lagen. »Ich bin eine Erstklässlerin. Ich soll für die Schule lernen und kann nicht Kindermädchen spielen«, sagte ich mir und setzte mich in der Wohnstube an den Tisch, blätterte im Lesebuch und sah mir die Bilder darin an. Plötzlich flog die Tür auf und die Mutti trat mit drohender, geballt erhobener Faust vor mich hin. Mit lauter Stimme schnauzte sie: »Was sitzt du hier faul herum? Die Kinder warten auf dich! Fahr sie gefälligst spazieren! Pass bloß gut auf sie auf, dass ihnen kein Unheil geschieht, sonst Gnade dir!« Sie flößte mir mit ihrer bösen Art Angst ein. Ich wollte antworten: »Ich bin jetzt ein Schulkind und kein Kindermädchen!«, aber sie packte mich am Schlafittchen und schob mich vor sich her zur Haustür. Dort stieß sie mich hinaus auf das Podest, dass ich die Stufen hinunter stolperte. Mit ihrem Zorn ließ sie mich deutlich spüren, dass ich auch als Schulkind meine alten Pflichten zu erfüllen hatte.

Statt zu lernen, fuhr ich die Kinder wieder täglich spazieren. Eines Tages nahm ich mir vor, mit den Sprösslingen meine Klassenkameradin Bärbel in der Bergsiedlung zu besuchen. Sie war das einzige Mädchen, mit dem ich in der Schule sprach. Ihre langen blonden Haare gefielen mir. Sie hatte keine Geschwister. Ulrich hielt sich an der Kinderwagenstange fest und wir liefen los. Um Zeit zu sparen, schob ich den Kinderwagen über die große Wiese und dann über die Kläre, wo das stinkende Abwasser in einer offenen Betonmulde dahinfloss. Die eine Seite ging steil nach unten, dann kam die Rinne mit der Gülle und auf der anderen Seite ging es wieder steil nach oben auf die Wiese. In der Rinne kam ich aber mit dem Kinderwagen nicht die Betonschräge hinauf, weil die Vorderräder in der Kloake stecken blieben. Vor dem aasigen Geruch ekelte ich mich. »Ulrich, gib auf die Kinder acht! Ich hole Hilfe«, sagte ich und sauste los.

Daheim erzählte ich der Mutti, was ich vorhatte und was mir dann passiert war. Sie jedoch drehte meine Aussage einfach um: »Mit Absicht hast du den Kinderwagen in die Kläre gefahren!« Dabei schlug sie mir mit ihrem Handrücken links und rechts gewaltig ins Gesicht, dass die Nase zu bluten begann und alles auf meine schöne Strickjacke tropfte. Mein Gesicht glühte schmerzhaft. Ich wehrte mich gegen ihre Unterstellung und rief: »Nein, hab ich nicht! Den Weg wollte ich abkürzen, um Zeit zu sparen!« Dabei bog ich den Kopf in den Nacken, um das Nasenbluten zu stoppen. »Du hast mir nicht zu widersprechen! Dir bringe ich noch Manieren und Anstand bei, und dass du mich nicht belügst!«, keifte sie und boxte dabei auf meinen Körper ein.

Ich dachte mir, wie garstig du doch bist Mutti! Ich sage die Wahrheit und du willst sie gar nicht hören. Du drehst das, was ich sage, einfach um, wie du es gern hättest, um mich dann zu demütigen! Warum? Du bestehst doch sonst immer auf der Wahrheit! Welche Wahrheit sollte das sein? Wohl eher deine als meine. Deine Wahrheit war widersprüchlich und aus Misstrauen gebildet; sie entsprach einfach nicht den Tatsachen. Denn schließlich war sie gar nicht dabei, als ich den Kinderwagen in die Kläre fuhr. Nun war ich ganz durcheinander: Was war richtig, was falsch? In diesem Moment ihres Zornes zog sich mein Herz zusammen, weil ich zu Unrecht Schläge bekam. Die Tränen standen mir in den Augen und ich schluckte sie herunter, weil die Mutti keine schwächliche Heulsuse sehen wollte. Ihr rechter schlagkräftiger Handrücken saß locker und die boxende Faust tat ihr Übriges. Nach ihrem Zornausbruch fühlte ich mich traurig und verletzt; sie hatte mich maßlos enttäuscht.

In einigem Abstand lief ich ihr dann zur Unfallstelle hinterher und murmelte: »Warum bist du nur so hart und böse zu mir Mutti? Liebst du mich gar kein bisschen?« Als sie dann den Kinderwagen in der Gülle stehen sah, boxte sie mich so derb auf den Rücken, dass ich mit dem Gesicht im Gras landete. Das tat weh!, hätte ich am liebsten laut aufgeschrien, hielt den Schmerz aber im Mund fest und spuckte ihn aus. Mühelos zog sie den Kinderwagen aus der Kloake hinauf auf die Wiese. Die Lust auf einen Besuch bei Bärbel war mir an diesem Tag längst vergangen.

In der Winterzeit lehrte mich die Mutti stopfen, flicken und bügeln. Tag für Tag, Woche für Woche war ich somit nach der Schule eingesperrt, um mich in die Pflichten der Erwachsenen einzuarbeiten. So manches Mal bekam ich dabei Atemnot und stahl mich wie ein Dieb nur leicht bekleidet aus dem Haus, die Folgen nicht bedenkend, die mich später trafen. Zu dritt gingen wir rodeln. Michaela und ich hatten jedoch keinen Schlitten und auf den von Hanne passten nur zwei Mädchen drauf, sodass wir uns auf der Fahrt den Berg hinab abwechselten. Da ich vor Freude juchzte, fragte mich Michaela: »Was ist los mit dir Adelheit? Du bist ja richtig aufgedreht!« Ich rief aus: »Endlich Spaß haben, im Schnee wälzen, austoben – und nicht Mutti Pflichten erfüllen!« In Gegenwart der Mädels benahm ich mich wie ein Clown, lachte und sprang herum. Ich formte Bälle aus der weißen Pracht und warf sie ihnen an die Köpfe. Wenn ein Schneeball sein Ziel traf, hüpfte ich jubelnd herum und krümmte mich vor Lachen. Hanne und Michaela konnten das vielleicht nicht verstehen, weil sie kaum so eingesperrt waren wie ich, die alles um sich herum vergaß und so ausgelassen war, wie schon lange nicht mehr – einfach nur ein glücklich spielendes Kind. Beim Rodeln dampfte mein Körper; er erfreute sich am Freigang ebenso wie ich.

Zurück im Haus, empfing mich die Mutti mit Prügel und sprach vier Wochen Stubenarrest aus. Dennoch fand meine Ausgelassenheit im Kinderschlafzimmer kein Ende: Andreas, Ulrich und ich tobten köstlich auf den Matratzen herum. Von unserem Lärm wachte Freya auf und schrie. Plötzlich erschrak ich zutiefst, als der Vati leise und im Dunkeln fast unsichtbar im Raum erschien. Er schwenkte seine Peitsche in der Hand und schlug damit auf unsere Gliedmaßen ein. Dabei sprach er: »Andreas, ab Morgen gehst du eine Woche lang in die elterliche Schlafstube schlafen, damit eure Toberei ein Ende hat! Wenn ich dann ins Bett komme, trage ich dich huckepack rüber. Die nächste Woche ist dann Adelheit dran.« Während er so leise ging, wie ein Blatt vom Baum fällt und die Tür hinter sich anlehnte, dachte ich glücklich: Bei den Eltern darf ich schlafen? Sogleich verdrängte ich den Schmerz, den die Peitsche verursacht hatte, und stellte mir vor, wie ich mich an die Mutti kuscheln und spüren würde, wie lieb sie mich hat. All ihre Boshaftigkeiten gegen mich waren nicht so schmerzhaft, wenn ich nur das Gefühl gehabt hätte, von ihr geliebt zu werden.

Dann war es so weit. Als ich dem Vati eine gute Nacht wünschte, sagte er: »Leg dich in mein Bett! Ich trage dich dann rüber«, das hieß zu Ulrichs Füßen in unser gemeinsames Bett. Überglücklich und freudestrahlend wartete ich auf Vatis Matratze, dass die Mutti zu Bett gehen würde. Als sie dann kam, weitete sich mein Herz vor Glück. Leise und sachte legte sie sich ins Bett und drehte mir den Rücken zu. Sie sah lieber die Wand an, als mich. Doch ich redete mir ein, sie würde bestimmt denken, ich schliefe schon. Mein Herz klopfte ganz schnell. Während vor meinen Augen große und kleine leuchtende Herzen tanzten, schlug mir das Herz bis in den Hals hinauf. Diese Freude hielt ich nicht mehr aus und fragte kleinlaut: »Mutti, darf ich mich bei dir ankuscheln?« Auf einmal schnarchte sie leise. Aus Enttäuschung, dass sie nichts sagte und lieber schnarchte, weinte ich ins Kissen. Eine so außergewöhnliche Situation wollte ich dennoch nutzen und fragte sie zaghaft: »Liebst du mich Mutti?« Sie das zu fragen, war schon lange mein großer Wunsch. Da sie nicht reagierte, rutschte ich langsam an sie heran und erschrak zutiefst, als sie streng, wenn auch gedämpft, sagte: »Verschwinde! Hau ab! Lass mich in Ruhe! Mach die Augen zu!« Sie versetzte mich so sehr in Angst und Schrecken, dass ich zurückzuckte. Damit verpasste sie mir einen Stich ins Herz, das es sich wieder traurig und verletzt fühlte. Weinend flüchtete ich zu Ulrich ins Bett und grübelte über die Mutti nach: Was habe ich falsch gemacht, dass sie mir keine Zuwendung gewährt und mich mit Liebesentzug straft? Ich schwor ihr, dass ich sie über alles auf der ganzen Welt liebte. Dabei weinte ich in mein Kissen und schlief endlich ein.

Am Morgen sagte der Vati auf der Treppe zu mir: »Heute Abend wartest du, bis ich ins Bett komme! Hast du mich verstanden?« Dabei hörte ich deutlich einen drohenden Unterton. Ich bin doch nicht schwerhörig, wollte ich ihm entgegnen, antwortete aber lieber so, wie er es gern hören wollte: »Ja Vati, ich habe verstanden, was du sagtest.« Diese Unterwürfigkeit liebte er genauso wie die Mutti. So, wie die Eltern sich ausdrückten, sollte auch ich es tun. Aber ich war ein Kind und kam mir wie dressiert vor.

Am nächsten Abend legte sich die Mutti wieder eher ins Bett, als der Vati. Bald darauf schnarchte sie. Plötzlich sagte der Vati: »Komm!« Im Dunkeln stand er neben dem Bett und schleppte meinen noch schlafenden Körper huckepack hinaus auf den Flur. Dort, wo keiner etwas sehen konnte, fummelte er mit seinen Fingern an meiner Musch herum. Sofort war ich hellwach und wollte von seinem Rücken springen, doch er hielt mich fest. Anschließend kippte er seine verletzte Tochter bei Ulrich ins Bett ab. Während mir der Schlaf vergangen war, dachte ich über die schmutzige Szene nach: Warum berührte mich der Vati ausgerechnet dort, wo ich es ganz und gar nicht mochte? Am nächsten Morgen, es war Sonntag, konnte ich ihn nicht ansehen und auch jemals nicht vergessen, was er mir angetan hat.

Bald darauf wurde der Vati krank und konnte erst das Haus, dann das Zimmer und schließlich das Bett nicht mehr verlassen. Dabei wünschte ich mir, er möge aus der Koje nie mehr aufstehen, weil er mich dort berührt hatte, wo ich es überhaupt nicht leiden konnte. Da war ich acht Jahre alt! Während der Arzt ins Haus kam, schickte die Mutti uns Kinder in die Wohnstube, als wenn er uns nicht sehen durfte. Durch die Krankheit verlor der Vati seine Arbeitsstelle und unser bisschen Geld wurde noch knapper. Nachdem Hans in die Fremde gezogen war, lebten noch sechs Kinder und ein Enkelkind unter dem Dach der Eltern. Elisa kam nur selten nach Hause, sodass die Mutti sich auch um deren Tochter Franka kümmerte und mir als Kindermädchen weiterhin die Aufsicht übertrug.

Nach der Schule kamen Franka, Freya und Ulrich in meine Obhut. Darüber war ich nicht nur sauer und stinkig, sondern verfluchte geradezu mein Kindermädchendasein. »Ich will mit meinen Gefährten spielen und nicht auf die Kinder aufpassen!«, beschwerte ich mich bei der Mutti. Da wurden ihre Lippen schmal: »Wann begreifst du es endlich, nicht aufzumotzen!?« Sie hielt den Kartoffelstampfer in der Hand, holte aus und schlug auf mich ein. Vor Schmerz und Wut wünschte ich mir, ihr in den Bauch zu beißen, schließlich behandelte sie mich furchtbar biestig. Da ich das nicht fertigbrachte, beschimpfte ich sie: »Böse, böse Mutti!«

Einige Zeit später schleppte sie den Vati morgens huckepack die Treppen hinab in die Wohnstube und am Abend retour hinauf in seine Koje. Bald schon rappelte sich Vati wieder auf, konnte in seiner früheren Anstellung aber nicht mehr arbeiten. Also suchte sich die Mutti eine Tätigkeit. Wenn sie früh aus dem Haus ging und mittags, wenn ich aus Schule kam, wieder daheim war, sprach sie täglich dieselbe Leier: »Pass auf die Kinder auf! Beschäftige sie, spiel mit ihnen im Garten. Gnade dir, wenn ihnen ein Unheil geschieht!« Dabei wünschte ich, sie läge mal eine andere Platte auf – aber das kam nie vor.

Am Samstag kam Elisa nach Hause und nahm das Zepter für ihre Tochter Franka selbst in die Hand. Am nächsten Tag reichte sie uns eine Tüte hin, aus der sich jeder ein Bonbon nehmen durfte. »Das schmeckt aber lecker nach Himbeere! Elisa, kriege ich noch eins?« »Nein Adelheit!« Und so passte ich auf, wo sie die Bonbontüte ablegte. Wir Kinder bekamen sonst nur zu Ostern und Weihnachten Süßigkeiten, aber mein Gaumen verlangte öfter danach. Wenn ich heimlich Zucker stahl, den die Mutti versteckt hielt, durfte nicht ein Krümel auf die Schrankablage fallen, weil sie stets wiederholte: »Ich sehe alles, höre alles und kriege auch sonst alles mit!« Da war ich doch doppelt wachsam, wenn ich wie ein Dieb den Finger benetzte, ihn in die Zuckertüte steckte und dann ableckte. Dabei war größte Vorsicht geboten, denn fürs Stehlen gab es nämlich Prügel mit der Peitsche.

Bei dieser Gelegenheit dachte ich jedoch nicht an die Strafe und stahl zwei Bonbons aus Elisas Tüte. Dabei hielt ich mich noch für gnädig, denn am liebsten hätte ich gleich alle zerkaut, weil sie so lecker schmeckten. Am Abend fragte Elisa dann: »Wer war an meiner Bonbontüte?« Die Geschwister sagten kein Wort, ich auch nicht. Wie von einer Hornisse gestochen, schrie die Mutti plötzlich: »Das war Adelheit! Das kann nur sie gewesen sein. Von den Jungs war es keiner!« Immer stand sie den Jungen bei. Wieso hatte sie beim Stehlen sofort mich im Verdacht? Sah sie wirklich alles, was ich tat? Während sie mich an den Haaren packte, rief sie zornig: »Gib es endlich zu, du verlogenes Stück!« Dabei entkam ich ihr und lief aus dem Raum, durch den Flur die Treppen hinauf – sie hinterher. Am linken Bein packte sie mich und zerrte an mir, dass ich mit dem Gesicht vornüber auf einer Stufe aufschlug. Dann schlug sie mit der Holzseite vom Handfeger kräftig auf mich ein, traf Rücken, Po und Beine und kreischte dabei: »Dir werd' ich es zeigen! Du stiehlst niemanden mehr etwas! Du verlogener Dieb! Du gehst mir sooo auf die Nerven!« Während sie ihre Aggressionen an meinem Körper austobte, weinte und schrie ich: »Aua! Aua! Aua!« Doch umso brutaler krachte es auf meine Beine herab, dass ich glaubte, sie schlägt mir die Knochen flach und breit. »Du verdammter

Dieb! Ich prügle dir das Stehlen aus dem Leib heraus, und wenn du nicht mehr sitzen kannst!« Sie spuckte Feuer wie ein Drachen.

Da eilte Elisa herbei und zog die Mutti von mir weg: »Das reicht! Du schlägst sie ja sonst noch tot!« Und ich dachte bei mir: Daran bist nur du schuld, blöde Gans! Heulend flüchtete ich in die Schlafstube und sofort unter die Bettdecke. Kurz darauf hörte ich das Knipsen des Lichtschalters und Elisa sagen: »Lass sie schlafen. Morgen ist alles vorbei.« Da wusste ich, dass sie mit der Mutti vor meinem Bett stand. Wie hätte ich nach dieser Brutalität schlafen können? Nur wegen dieser zwei gestohlenen Bonbons reagierte die Mutti abartig böse und verprügelte ihre Tochter, als sei diese ein wildes Tier. Dabei hätte sie mit mir beinahe ihr Kindermädchen zum Krüppel geschlagen. Sie selbst hätte dann meine Arbeit übernehmen dürfen. Von Mütterlichkeit konnte hier keine Rede sein. Was sie meinem kleinen Körper mit dieser besinnungslosen Züchtigung angetan hat, war nicht wiedergutzumachen und hat mich für mein weiteres Leben geprägt.

Am nächsten Tag konnte ich in der Schule auf der harten Holzbank nicht still sitzen, sodass der Lehrer mich ermahnte: »Adelheit, jetzt sitz endlich still, sonst verbringst du die nächste Zeit vor der Tür!« Und ich dachte bei mir: Du hast gut reden! Mein Hintern ist blau von Blutergüssen. Wie bitteschön soll ich da still sitzen? Natürlich wusste der Lehrer das nicht, denn trotz allem hätte ich die Mutti niemals verpetzt. Um die Verletzungen, die sie mir zugefügt hatte, zu verbergen, kaufte sie mir eine lange Trainingshose für den Turnunterricht. Das Geld dafür entnahm sie der Wirtschaftskasse und ließ ihre Wut über diese Sonderausgabe abermals an mir aus. Sie nörgelte, meckerte, schimpfte und hatte stets etwas an mir auszusetzen. Wenn sie mich mit ihrem Ellenbogen wegstieß und »Verschwinde!« zischte, entfernte ich mich gehorsam. Doch dann rief sie mir sofort hinterher: »Wo willst du denn hin? Komm gefälligst zurück!« Wenn ich dann wieder in der Küche stand, keifte sie erneut: »Hau ab!« Einmal hüh und einmal hott – das wurde mir unerträglich. Ich spürte deutlich ihre Launenhaftigkeit aus Unzufriedenheit, die sehr bedrohlich auf mich wirkte.

Inhaftierte Taube

Kinderhirn ist formbar,
verformbar und auch belastbar.
Mit der Mutti verbunden,
doch sie heilt keine Wunden.
Mutti ich brauche dich,
doch sie beschneidet mich.
Bin flügellahm.
Will fort ohne Wort.

In den Sommerferien schien die Sonne so warm und ich sehnte mich danach, das Haus zu verlassen. Wehleidig bat ich den Vati: »Ich möchte raus, mit den anderen spielen.« Er zeigte sich gnädig: »Ausnahmsweise. Geh ein paar Stunden raus. Die Aufsicht der Kinder übernehme ich so lange.« Außer mir vor Freude, dass er mir Freigang gewährte, sprang ich die Treppe vor dem Haus in einem Satz hinunter. Dabei sah ich Christa im Nachbargarten sitzen, wo sie ihren Geschwistern etwas vorlas. Sie war das älteste der vier Kinder der Nachbarsfamilie Thoma. Statt in die Siedlung zu sprinten, ging ich in unseren Garten und lauschte hinter der Hecke, die unsere Gärten voneinander trennte, was sie da vorlas. Plötzlich rief Christa: »Komm doch rüber Adelheit!« »Oh!«, entfuhr es mir, hatte sie mich doch beim heimlichen Zuhören ertappt. Trotz des Verbotes der Eltern, diesen Garten nicht zu betreten, ging ich hinüber. Vertieft in die Geschichte, die Christa vorlas, bekam ich unerwartet von ihrer Schwester Erika einen Schubs, dass ich in das Bohnenbeet hineinfiel. Dann schlüpfte Erika durch das Heckenloch in unseren Garten hinüber und ich jagte hinter ihr her. Bei der dritten Rundumjagd knallte sie, das klapprige Gartentor der Thomas vor mir zu, aber mein Bein war schon dazwischen. Der Schmerz war groß und ich brach in Tränen aus.

Humpelnd schlich ich in unser Haus und setzte mich in der Wohnstube aufs Sofa. Hier stöhnte und jammerte ich: »Aua, aua!« Der Vati kam herein und fragte: »Warum sielst du dich auf dem Sofa herum? Sonst willst du doch immer raus, raus, raus.« »Mein Knie ist verletzt!«, stöhnte ich und erzählte ihm, wie es dazu gekommen war. »Na dann bleib liegen!«, sagte er mitfühlend. Als die Mutti von der Arbeit nach Hause kam und mich auf dem Sofa liegen sah, schnauzte sie mich wie der Teufel persönlich an:

»Verschwinde nach draußen! Gib gefälligst auf die Kinder acht! Beschäftige sie! Wenn ihnen ein Unheil passiert, dann Gnade dir!« Auch ihr wollte ich erzählen, was mir zugestoßen war, aber das interessierte sie nicht. Fuchsteufelswild zerrte sie mich vom Sofa, stieß mich vor sich her zur Haustür hinaus und zischte: »Das ist die Strafe, weil du im Nachbargarten nichts zu suchen hast! Raus hier! Verschwinde!« Dann schlug sie die Tür hinter mir zu. Was hatte ich ihr nur getan? Nicht einmal in den Nachbargarten durfte ich gehen, um dort mit anderen Kindern zusammen zu sein?

Je älter ich wurde, umso boshafter wurde die Mutti zu mir. Sie erzog mich weder meinem Alter noch meiner Belastbarkeit und schon gar nicht meinen Neigungen entsprechend. Dabei war ich ein ganz normales Kind, das spielen und Spaß haben wollte, das sich austoben und mit Freunden auf Entdeckungsreise gehen wollte, wobei ich mich ganz selbstverständlich hätte öffnen und entwickeln können. Doch die Mutti schnitt mich von den anderen Kindern einfach ab. Warum nur? Nach Tagen bekam ich Fieber und hütete das Bett. Das verletzte Knie schwoll an, errötete und pochte heftig von innen her. Währenddessen kümmerte sich der Vati so gut er konnte um den Nachwuchs. Wenn die Mutti von der Arbeit kam, hörte ich sie sogleich die Treppen nach oben trampeln. Überhaupt bemerkte ich zu dieser Zeit: Je stiller der Vati wurde, desto energischer hantierte sie im Haus. Voller Zorn riss sie die Tür auf, trat wie ein Unteroffizier auf die Schwelle und brüllte: »Die Jüngsten sind allein im Garten und ihre Aufsicht sielt sich im Bett herum! Los steh auf, du faules Stück! Erledige gefälligst deine Pflichten!« Dabei zog sie mir mit einem Ruck die Bettdecke weg und zerrte mich von der Matratze. Beim Auftreten schmerzte mein Bein sehr und ich sagte ihr: »Ich habe Fieber!« »Dann scher dich gefälligst zum Arzt, damit dein Jammern endlich ein Ende hat!« »Wo ist ein Arzt?«, fragte ich, weil ich noch nie bei einem war und hoffte, sie würde mir wenigstens den Weg zu ihm weisen. »Habe ich mich verletzt oder du?«, ätzte sie. »Geh zu Doktor Zimmermann. Frag unterwegs, wo du ihn findest«, fügte sie noch hinzu. All das warf sie mir von der Tür aus wie einen nassen Scheuerlappen an den Kopf, ehe sie ihre kranke Tochter allein ließ. Bei solchen Auftritten dachte ich wirklich sie hat Spaß daran, mich zu quälen.

Um den Arzt aufzusuchen, wollte ich mit dem Bus fahren, erhielt aber nicht einmal die zwei Groschen für das Fahrgeld von den Eltern. Also war ich gezwungen, von Zaun zu Zaun und von Baum zu Baum bis mitten in die Stadt zu humpeln. Dort hüpfte ich von einer Hauswand zur nächsten und fragte die Passanten: »Kennen Sie Doktor Zimmermann? Wissen Sie, wo er wohnt?« Niemand kannte ihn offenbar. Verzweifelt und traurig darüber wollte ich schon aufgeben, als mir dann doch eine Frau den Weg zu ihm weisen konnte.

Endlich stand ich vor der Tür des Arztes, klingelte und eine mollige Frau öffnete mir. Sie fragte: »Wie können wir dir helfen?« Ich zeigte ihr mein dickes Knie und sie stellte mich sofort dem Doktor vor. Der sah es sich aufmerksam an und sagte: »Das bringen wir wieder in Ordnung!« Dann schmierte er Salbe auf das Knie und umwickelte es mit einer weißen Binde. »In einer Woche kommst du den Verband wechseln«, gab er mir auf den Heimweg mit.

In dieser Woche stieg mein Fieber auf 39 Grad. So geschwächt war ich gar nicht fähig, zum Arzt zu humpeln. Dem Vati reichte es jetzt. Gemeinsam mit Ulrich zog er mich im Handwagen zu Doktor Zimmermann und sprach mit ihm unter vier Augen. Dann sagte der Arzt zu mir: »Ich mache jetzt etwas, was dir sehr wehtun wird Adelheit!« Ich dachte erschrocken, er schneidet mir jetzt das Bein ab. Während er an meinem kranken Knie herumdrückte, schrie ich laut auf. »Auweh, aua! Was machen Sie denn da? Lassen Sie das, Doktor!« Dabei sprang ein Holzstück auf den Fußboden und Wundsekret floss nach. »Jetzt wird alles gut«, meinte der Doktor und verzierte mein Knie mit einer sauberen weißen Binde.

Eine Woche später war das Fieber immer noch hoch, im Knie pochte es stark, es war heiß und geschwollen, sodass ich weiterhin das Bett zu hüten hatte. Wieder fuhren mich der Vati und Ulrich im Handwagen zum Arzt, der sagte: »Ich mache jetzt noch einmal, was sehr weh tut!« Dabei wurstelte er wieder so derb an meinem Knie herum, dass ich laut aufschrie: »Aua, aua! Lassen Sie das, Doktor! Hören Sie auf!« Da sprang plötzlich ein zweites Holzstück aus der Wunde und Sekret floss hinterher. »Aber jetzt wird alles gut!«, versprach der Doktor erleichtert und lächelte. Der Vati gab mir einen Schlag an den Kopf, weil ich schrie und mich so jämmerlich benahm.

Dann saß ich im Handwagen im Hof unter dem Apfelbaum und Vati sagte: »Die Sonnenstrahlen heilen dein verletztes Knie.« Tag für Tag saß ich nun faul im Handwagen herum. Dabei hatte ich fest das Eingangstor im Blick und lauerte darauf, dass die Mutti von der Arbeit heimkam. Wenn sie es dann öffnete, würdigte sie mich keines Blickes. Ich war behindert, saß unnütz herum, war zu nichts zu gebrauchen. Für sie war ich nichts mehr wert. Die Pflichten im Haus blieben liegen, bis mein Knie verheilt sein würde. Dabei half der Vati so gut er konnte. Und ich beobachtete die Kinder im Garten vom Handwagen aus, dass ihnen kein Unheil zustieß. Die schlechte Laune und das tägliche Meckern der Mutti, wenn sie von der Arbeit kam, griffen meinen Körper an, da ich mich stets schuldig fühlte. Wenn ich ihr abends eine gute Nacht wünschte, sagte sie: »Du bist und bleibst ein faules Stück! Wozu habe ich dich bloß auf die Welt gebracht? Du bist zu nichts tauglich und nichts wert!« Sie war so böse auf mich. Es war ihr offenbar ein Bedürfnis, mich mit ihren Kränkungen zu quälen. Was hatte ich ihr nur getan? Warum die Grausamkeit? Im Bett weinte ich mir die Augen aus und spürte, dass meine Liebe zu ihr nicht mehr so stark war, wie noch vor der Knieverletzung.

Als Erika mich im Handwagen sitzen sah, rieb sie sich schadenfroh die Hände: »Das hast du nun davon! Betrete nie mehr unseren Garten, blöde Ziege!«, sagte sie und steckte dabei ihre Zunge raus. Während ich mir dachte, Rache ist Blutwurst, radelte sie mit ihrem Fahrrad davon. Mein Knie war verheilt und die Ferien waren vorbei, als ich Erika eines Tages auflauerte. Sie kehrte mit einer schweren Tasche vom Einkauf zurück. Ich hielt ihr freundlich das Hoftor auf und schloss es hinter ihr wieder. Als sie die Tasche auf der Treppe abstellte, nutzte ich die Gelegenheit, zerrte sie an den Haaren zur Hauswand und schlug ihren Kopf einige Male dagegen, während sie laut »Mutti, Mutti!« rief. Die eilte sofort herbei und fragte: »Was ist denn los mein Kind?« »Adelheit hat meinen Kopf gegen die Hauswand geknallt!«, jammerte Erika und ihre Mutti rief besorgt: »Du kannst dir ja eine Gehirnerschütterung zugezogen haben mein Kind!« »Ja Mutti, ich habe Kopfschmerzen! Bestimmt habe ich eine Gehirnerschütterung.« Du Lügnerin, dachte ich bei mir. Immerhin erlosch durch diese Genugtuung meine Wut auf sie. Freundinnen wurden wir allerdings nie.

Aufgrund der Lieblosigkeit, Unnahbarkeit und Boshaftigkeit der Mutti mir gegenüber zerstörte sie das liebevolle Mutterbild in mir und ich entwickelte ein ablehnendes und nachteiliges Verhältnis zu ihr. Mein Wunsch nach ihrer Nähe, die ich einst so sehr gesucht hatte, flog mit den Vögeln davon, die im Vogelkasten vor unserem Schlafstubenfester nisteten. Meine Fröhlichkeit, die bisweilen impulsiv aus mir heraussprudelte, züchtigte sie mit Prügel um ihrer Ruhe willen. Das Widersprechen und Beleidigtsein, das Weinen und das Stehlen trieb sie mir gewaltsam aus. Mein Wunsch, wie ein normales Kind spielen zu dürfen und Erfahrungen mit Gleichgesinnten zu sammeln, fand keine Beachtung bei ihr. Wenn ich Gefühle zeigte, belohnte sie das mit Dresche und noch mehr Hausarbeit. Ich war sehr empfindsam und schnell beleidigt, innerlich verletzt und traurig, wenn sie mich strafte und demütigte. Dabei war die Sehnsucht nach Süßem so groß. Keine Liebe, keine Geborgenheit, keine Wärme durfte ich spüren. Dass ich außerdem noch auf das Naschen verzichten sollte, fand ich äußerst grausam. Dadurch wuchs meine Gier nach Süßem erst recht ins Unermessliche.

Eines Tages lief ich einfach aus dem Haus und ging mit Elli, einem Mädchen aus der Siedlung einkaufen. Für ein Pfund lose Marmelade nahm sie eine Porzellanschüssel mit. Auf dem Heimweg wechselte sie die schwere Tasche mit der Schüssel öfter von der einen Hand in die andere, sodass ich sie hilfsbereit fragte: »Soll ich dir die Schüssel abnehmen Elli?« »Nein Adelheit, ich schaffe das schon. Lass gut sein!« Beim nächsten Mal, als sie die Tasche abstellte, nahm ich mir einfach das Gefäß und trug es ihr nach Hause. »Aber nicht naschen Adelheit! Hörst du?« »Nein, tu ich nicht Elli, versprochen!« Doch nun war ich dem Süßen so nah, dass mir vor Gier danach die Spucke im Mund zusammenlief. Heimlich schleckte ich einmal, zweimal, viermal von der Marmelade – und vor Ellis Wohnungstür war die Schüssel leer. Elli weinte: »Adelheit, was sage ich jetzt meiner Mutti?« Ich antwortete: »Sag ihr einfach die Wahrheit. Die Schuld nehme ich auf mich.« Einige Tage später kam mir ihre Mutti auf der Straße entgegen. Vor Bangigkeit, sie würde mich auf die Marmelade ansprechen, wechselte ich die Straßenseite. Ich hatte Schiss und schämte mich meiner Gier. Wenn sie meiner Mutti den Diebstahl gepetzt hätte, wäre ich dafür totgeprügelt worden. Doch zum Glück verriet mich Ellis Mutti nicht.

Wenig später schied ich schwarzen Urin aus und sagte es der Mutti. »Scher dich zum Arzt!«, wetterte sie. Dieser erkannte: »Du hast Nierenbluten. Was ist passiert? Was hast du getrunken oder gegessen? Hast du dich vielleicht an den Nieren gestoßen?« Ich gestand dem Arzt: »Nein, aber die Mutti hat mir mit der Holzseite vom Handfeger den Rücken grün und blau geschlagen.« Der Doktor verschrieb mir Bettruhe, salzlose Nahrung und Lebertran. Der schmeckte so ekelhaft nach Fisch, dass ich ihn nach der Einnahme gleich wieder erbrach. Mir fehlte die Süße.

Einige Tage später kam die Mutti nach der Arbeit leise an mein Bett und fragte: »Was möchtest du gern einmal essen Adelheit?« Oh, dachte ich, ist das etwa meine Mutti? Mit sanfter Stimme fragt sie mich, was ich einmal gern essen würde? Das klingt so unwirklich aus ihrem Munde. Vor Freude weitete sich mein Herz, wurde groß und größer. Kannst du es klopfen hören Mutti?, dachte ich und antwortete ihr: »Ein Stück Quarkkuchen möchte ich gern einmal essen.« Sie ging los. An diesem Tag zeigte sich die Mutti so, wie ich es mir ersehnte: liebevoll, warmherzig und in normaler Stimmlage sprechend. Meine Liebe zu ihr erblühte und glänzte wie neu, sodass ich vor Glückseligkeit auf der Matratze hüpfte. Wieder zurück, reichte sie mir einen kleinen Teller mit einem Stück Quarkkuchen darauf. Sogleich verschwand sie wieder, als hätte ich eine ansteckende Krankheit. Doch das machte mir nichts aus, denn dieses eine Mal war sie gut zu mir.

Nach meiner Gesundung wandelte sie sich wieder zur Rachegöttin. Die Krankheit des Vatis besserte sich nicht. Immerhin heizte er den Küchenherd, damit das Essen in den Gefäßen darauf garen konnte. Wenn ich aus der Schule kam, säuberte ich die Räumlichkeiten und bereitete das Essen vor. Dann setzte ich mich an die Schularbeiten, aber da rief die Mutti sogleich: »Mach gefälligst den Abwasch!« Also ließ ich die Schulsachen auf dem Wohnzimmertisch liegen und erledigte zuerst den Abwasch. Dabei blieben die Nachkömmlinge im Wohnzimmer ohne Aufsicht und schmierten in meinem Heft herum. Als ich das Resultat sah, weinte ich bitterlich. Daraufhin riss der Vati die vollgekritzelten Seiten einfach heraus und behauptete: »So, jetzt ist alles wieder in Ordnung!« Aber für mich war gar nichts in Ordnung, weil mir die Seiten jetzt fehlten. Um auch nur einen Groschen für ein neues Schulheft zu erhalten, hatte ich ihn mir bei anderen Leuten verdienen. Mir fehlte aber die Zeit dafür. Wie sollte ich bitteschön bei meinen lückenlosen Pflichten auch noch anderen Leuten zu Diensten sein? Diese ›Erziehung‹ durch ausbeuterische Verpflichtungen hemmte meinen Entwicklungsprozess und prägte mein Leben. Ich war gezwungen, Willy um einen Groschen für ein neues Heft anzubetteln, den er mir zunächst schenkte. Doch bald darauf verlangte er dafür, dass ich ihm die Haare am Hinterkopf zu einer ›Ente‹ kämmen sollte, wie es gerade Mode war.

Wenig später überließ mir die Mutti auch noch das Bettenmachen als Pflicht. Dabei hatte ich große Mühe, alle Teile zu bewältigen und ordnungsgemäß zu richten. Anschließend hatte ich auf allen vieren rutschend die Fußböden zweimal nass und zweimal trocken zu wischen. Unter einem der Betten blieb ich einfach liegen und weinte die verdammten Pflichten heraus. Immerhin ging mir die Arbeit danach schneller von der Hand. Jeden Tag, wenn die Mutti von der Arbeit kam, kontrollierte sie zuerst die Erledigung meiner Pflichten. Sie fand dabei keinen Krümel, denn schließlich machte ich hundertprozentig sauber. Doch während ihrer Kontrolle liebte sie dieses Spiel, mich ihre Macht spüren zu lassen. Eisern und konsequent sorgte sie für Disziplin und Ordnung im Haus. Spiel und Spaß hatten darin keinen Platz. So, wie sie selbst keine Gefühle zuließ, so unterdrückte sie mit ihrer Macht auch meine Gefühlswelt. Da stand sie dem Vati in nichts nach. Für mein Empfinden waren die Eltern zu hart, zu unnahbar, zu lieblos, zu kalt.

Als ich eines Tages von der Schule heimkam und gerade die Klinke der Haustür berührte, wurde diese von innen geöffnet. Der Vati stand dahinter und hielt die Tür für mich weit offen. Oh, ich werde empfangen, dachte ich geschmeichelt, wenigstens meint er es heute mal gut mit mir. Falsch gedacht! Denn kaum fiel die Tür hinter mir ins Schloss, bedrängte er mich: »Komm, komm! Beeilung! Tu die Mappe in den Schrank!« Er stieß mich hastig durch den Flur in die Wohnstube zum Schrank hin, wo die Tür schon offen stand. Was ging hier vor?, fragte ich mich und wollte von ihm wissen: »Was hab ich getan? Warum diese Eile?« Da fuhr er mich plötzlich zornig an: »Halt dein Maul! Frag nicht so viel! Mach endlich, was ich dir sage!« Den Ausdruck »Maul« hatte er sonst nie gebraucht, warum gerade heute? Seine Hektik machte mir Angst. Was hatte ich nur falsch gemacht? Hatte ich irgendwas vergessen oder nicht erledigt, dass er so wütend und in Hast war? Freya und Franka machten ihren Mittagschlaf. Ulrich war im Garten, Andreas in der Schule, Willy und Mutti waren auf der Arbeit. Was hat er nur vor? Einer Schuld war ich mir nicht bewusst, und doch kreisten meine Gedanken ständig darum. »Geh in die Küche, setz dich auf den Stuhl!«, stieß er mich vorwärts. Ich gehorchte, wie sonst auch, und zerbrach mir unablässig den Kopf darüber, welche Regel ich nicht beachtet haben könnte.

Die Situation wurde immer verzerrter, als er schließlich sagte: »Schau her zu mir!« Dabei lehnte er sich an den Küchenschrank und ich saß auf dem Stuhl und schaute zu ihm hin. Dann holte er einen Kolben aus seinem Hosenschlitz und fummelte daran herum. »Warum soll ich mir das ansehen?«, wollte ich von ihm wissen. »Halt endlich dein Maul und schau her!«, sprach er garstig. Während ich zur Tür starrte und hoffte, jemand würde eintreten, raste mein Herz vor Angst. Als aus der Spitze seines Kolbens eine weiße Flüssigkeit herauskam, ließ er sie in den Ausguss fallen, den ich täglich zu scheuern hatte – so eine Schweinerei! Und was war das, was er da aus seinem Hosenschlitz geholt hatte? Ulrichs Pullermatz war doch viel kleiner. Diese Schweinigelei wollte ich nicht noch einmal mit ansehen. Sein Gesicht war ganz rot; auch davor fürchtete ich mich nun. Innerlich wappnete ich mich bereits gegen seine Schläge. Es ekelte mich sehr, was der Vati da tat. Ich stürmte zur Tür, die er jedoch abgeschlossen hatte, und rief daher aufgebracht: »Mach die Tür auf! Ich will raus hier!« Da zog er mir mein linkes Ohr lang und sagte ausdrücklich: »Du hast nichts zu wollen, noch zu fordern! Merk dir das endlich. Zu gehorchen hast du mir und weiter gar nichts!«

Hiernach packte er mich am linken Oberarm und flüsterte, als hätten die Wände Ohren: »Zu gehorchen hast du mir! Hör jetzt gut zu: Das, was du eben gesehen hast, ist ein Geheimnis! Und dieses Geheimnis behältst du für dich. Das erzählst du niemandem, sonst bringe ich dich um! In der Nacht, wenn alle schlafen, tu ich es. Da bekommt keiner etwas mit. Dann vergrabe ich dich im Garten unter dem Steinbeet! Hast du verstanden, was ich dir eben gesagt habe?«, fragte er biestig und drückte meinen Oberarm noch fester. Am liebsten hätte ich geschrien: Ich bin doch nicht taub, du Idiot! Da versetzte er mir einen Faustschlag an den Kopf und wurde noch deutlicher: »Antworte gefälligst, wenn ich dir etwas sage! Bisschen dalli!« Erschrocken hielt ich die Hände vors Gesicht und sagte: »Ja Vati, ich habe verstanden, was du sagtest. Ich behalte es für mich.« Dabei flammten ungeheurer Hass und Wut in mir auf, sodass ich ihn dann leise beschimpfte. Ich schwor ihm aber nicht, das Geheimnis für mich zu behalten, denn es war eine Sauerei und durfte nicht geheim bleiben. Dennoch nahm ich seine Drohung sehr ernst. War das mein Vati? Eine emotionale Bindung zu ihm bestand meinerseits nicht.

Von diesem Schock erholte ich mich nicht mehr, weil sich die Handlung von nun an täglich wiederholte. Dass sie sich noch auszudehnen drohte, ahnte ich zu dieser Zeit nicht, und so verschwieg ich »unser Geheimnis«, wie der Vati es nannte. Mit Ausnahme der Wochenenden war ich nun jeden Tag Zeuge seiner schweinischen Darbietung. Wie ich mit dieser schmutzigen Situation umgehen sollte, der er mich einfach aussetzte, sagte er nicht. Nur für den Fall, dass ich sie irgendjemandem erzählen würde, drohte er mir. Wie sehr mich diese Taten jedoch belasteten, interessierte ihn auch nicht. Den Kindern wurde eingebläut: Der Vati ist der Herr des Hauses, vor dem jeder Respekt zu haben hat. Respekt jedoch, der durch Drohungen erzwungen wird, kann kein wirklicher Respekt sein. In mir brach jedenfalls eine Welt zusammen. Was war von der Autorität des Vatis übrig geblieben? Angst, Furcht, Ekel und Abscheu!

Wie hätte ich mich verhalten sollen? Wenn ich der Mutti die Wahrheit gesagt hätte, wäre der Spieß sofort wieder umgedreht und auf mich gerichtet worden. Sie hätte sicher behauptet, ich würde sie anlügen, und wenn sich das Geheimnis als Lüge herausgestellt hätte – weil der Vati es einfach abstritt – hätte sie mich dafür totgeschlagen. Nun verlangte er ganz ausdrücklich, dass ich zu lügen habe. Für mich herrschte in diesem Haus fortan der reinste Wirrwahn. Adelheit, setz dich zur Wehr!, rief es empört in mir. Aber wie sollte ich das anstellen, wenn mir der eigene Vati so etwas antat? Schweigen, Schlucken und Rückzug, waren die einzigen Reaktionen, die ich wählen konnte. Ich durfte ja ohnehin nur sprechen, wenn ich gefragt wurde, sonst hatte ich den Mund zu halten. Nun fiel mir das Schweigen über dieses Geheimnis auch nicht schwer. Nach außen hin war ich gewillt, mich so zu verhalten, wie man es verlangte. Dabei war ich innerlich zerrissen, traurig, verletzt und beschmutzt.

Manches Mal verlangte der Vati, dass ich nach der Schweinerei die Schulaufgaben machte. Dabei saß er neben mir auf einem Stuhl und sein Augenmerk galt der Federspitze meines Füllhalters: »Nur keinen Fehler machen Adelheit!« Wenn mir dann doch einer unterlief, donnerte er mehrmals mit der Faust auf meinem Kopf, dass er auf das Heft aufschlug. Ich weinte vor Wut. Meine Tränen tropften auf das Heft und verwischten die Schrift. Während er dann meinen Kopf auf das Heft drückte, machte er deutlich: »Alles noch einmal schreiben! Aber ein bisschen dalli! Gleich kommt die Mutti von der Arbeit, dann bist du fertig!« Wenn ich die Hausaufgabe dann ein zweites Mal erledigt hatte, wünschte er, dass ich ihm aus dem Lesebuch vorlas. Beim ersten Fehler, den ich machte, boxte er auf meinem Kopf herum und sagte: »Du hast doch nur Stroh in deiner Birne, sonst würdest du fehlerfrei lesen! Dann will ich mal nachhelfen und das Stroh etwas lockern!« Dabei lachte er höhnisch. »Nimm dir ein Beispiel an Andreas, der liest fehlerfrei!« »Er ist auch zwei Jahre älter als ich, du Idiot!«, murmelte ich. Ich war so sehr wütend auf ihn, dass ich ihn am liebsten angespuckt und beschimpft hätte, wie er es sonst mit mir machte. Doch ich hielt mich lieber zurück, weil er sonst die Riemenpeitsche auf meinem Körper hätte tanzen lassen. Nach so vielen Demütigungen kam kein Wort mehr aus mir heraus. Wenn er dann den Raum verließ, weinte ich leise: »Endlich allein, du Idiot! Ohne dich läuft es viel besser.«

Beim lauten Vorlesen in der Schule war dann mein Hals wie zugeschnürt und kein Wort kam über meine Lippen. Der Lehrer schickte mich zum Lesen in den Nachhilfeunterricht. Eine Stunde lang saß ich dann bei einem unbekannten Mann namens Stiele in der Wohnstube am Tisch, das aufgeklappte Lesebuch vor mir. Leise las ich den Text dann viermal, wobei ich die Geschichte wie in einem Film vor mir ablaufen sah. Hiernach schweiften die Augen über die schön verzierten Möbelstücke mit den hübsch gestickten Deckchen und Kristallschalen darauf. Dunkelbraune verzierte Bilderrahmen hingen an den Wänden, mit Motiven, die mich magisch anzogen. Ein Bild offenbarte mir viel mehr, als es darauf zu sehen gab. Unter dem Tisch zog ich die Schuhe aus, um mit dem Teppich Fühlung aufzunehmen. Es war ein weiches samtiges Gefühl, was mir sehr gefiel. Hübsche Puppen füllten eine Sofaecke. Wenn ich nur eine davon mein eigen nennen könnte, wünschte ich mir. Eine so schöne Wohnstube hatte ich noch nie gesehen. Da ich mich bei ihm beharrlich ausschwieg, gab Herr Stiele seine Mühe bald auf.

Rückgrat eines Fisches

Psychischer Terror:
Das kleine, reine, unschuldige,
menschliche Wesen
leidet und klagt seine Not.
Die tiefen Wunden
lösen den Schmerz nicht auf.
Es hat Angst.
Es hält weiter aus:
die bittere Süße.

Wenn ich das Gartentor von Herrn Stiele hinter mir geschlossen hatte, flitzte ich in flottem Tempo zur grünen Oase und übte mich dort in Handstand und Radschlagen – solange, bis ich erschöpft auf dem Rücken im Gras lag, ausruhte und beim Anblick des Himmels nachdachte: Die Freiheit kann nur dort oben auf einer weißen Wolke sein. Anschließend dachte ich lieb und fest an die Mutti: Gewinne ich ihre Liebe, wenn ich ihr das Geheimnis vom Vati anvertraue? Dann werde ich bestimmt auch den Kloß im Hals wieder los und die Heiserkeit löst sich auf. Plötzlich wurde mir ganz mulmig im Bauch, denn eine Stimme sagte: Nein, das darfst du nicht tun! Gib auf keinen Fall das Geheimnis preis, sonst ist es doch kein Geheimnis mehr. Außerdem zieht die Mutti doch stets die Jungs vor und ist gegen alles, was dich glücklich macht. »Oh mein Gott!«, rief ich aus. »Wer spricht da mit mir?« Ich sah mich in alle Himmelsrichtungen um, konnte aber niemanden entdecken, der mit mir hätte sprechen können.

Nachdenklich ging ich dann heim. Als ich dort ankam, versetzte mir der Vati einen kräftigen Schlag an den Kopf und behauptete: »Du kommst eine Stunde zu spät. Wo warst du?« »Bei Herrn Stiele«, sagte ich und murmelte leise »Du Idiot!« hinterher. Jeden Tag, wenn ich aus der Schule heimkam, lauerte hinter der Haustür der Ekel auf mich. Sicherheit fand ich in den Räumen dieses Hauses keine mehr, stattdessen herrschte hier das Chaos und griff auf mich über. Ich dachte an Weglaufen. Aber Wohin? Ich sollte in die Schule gehen, das Haus sauber halten und auf die jüngeren Kinder aufpassen. Wer würde das alles erledigen, wenn ich wegliefe? Außerdem hätte ich nicht wie ein Tier in der Natur leben können. Wann würde dieses Durcheinander ein Ende haben?

Ohne dass ich dabei an irgendwelche Folgen dachte, lud ich zu meinem zehnten Geburtstag drei Mitschüler ein. Den Zauber einer Geburtstagsfeier wollte ich auch einmal erleben und danach freudig von der Feier berichten, wie die anderen Schüler es taten – das wollte ich auch. Die Klassenkameraden schenkten mir Blumen und Süßigkeiten. Anschließend saßen wir gemeinsam am Wohnzimmertisch der Eltern und warteten auf den Kuchen, der nicht kam. Nach einer Weile fragte ich die Mutti: »Hast du Kuchen zu meinem Geburtstag gebacken?« Plötzlich schlug sie mir links und rechts ins Gesicht und sagt sehr böse: »Hab ich Geburtstag oder du! Sieh zu, wo du Kuchen herkriegst! Und schleppe nicht noch einmal fremde Kinder in unsere Wohnung. Dann kannst du gleich mit ihnen gehen, dass wir uns verstanden haben! Und jetzt verschwinde. Hau ab!«

Sie war so garstig und grob zu mir, dass ich beleidigt war und meine Wut auf sie am liebsten gezeigt hätte, indem ich sie mit Füßen getreten und in den Bauch geboxt hätte. Doch hätte ich ihr meine Wut wirklich auf diese Art gezeigt, wie sie es mir gegenüber sonst tat, wäre sie gleich mit dem Feuerhaken über mich hergefallen, bis ich tot am Boden gelegen hätte. Schweren Herzens kehrte ich zu meinen Gästen zurück und teilte ihnen traurig meine Notlüge mit: »Morgen bäckt meine Mutti Kuchen. Dann kommt ihr eben morgen noch einmal wieder.« Die Kinder gingen, ließen ihre Geschenke aber zurück. Die Süßigkeiten schmeckten lecker, allerdings vergaß ich bei ihrem Verzehr die Folgen, die ich zu gewärtigen hatte.

Aus lauter Bangigkeit empfing ich die Freunde am nächsten Tag gleich am Eingangstor, um ihnen mitzuteilen: »Meine Mutti hat keinen Kuchen gebacken.« »Du Lügnerin! Du wolltest nur die Geschenke haben! Gib sie sofort zurück!«, redeten sie auf mich ein. Doch die Süßigkeiten waren bereits verdaut, nur den Blumentopf konnte ich zurückgeben. Dabei schämte ich mich unbeschreiblich. »Wir sind fertig mit dir!«, sprachen sie ihre Warnung aus. Nicht nur, dass sie mich von da an links liegen ließen, schließlich verbreiteten sie mein Missgeschick auch noch in der Klasse, was mir sehr peinlich war. Dadurch isolierten sie mich obendrein von anderen Mitschülern. Ich strengte mich im Unterricht sehr an, um ihnen zu zeigen, dass ich besser bin, aber das war ihnen völlig egal. An ihrer Strafe hatte ich lange Zeit zu kauen.

Wenn mich der Unterricht langweilte, sah ich Szenen vor mir, die ich nicht sehen wollte, nämlich die Schweinereien meines Vatis. Tage später stand eine Mathearbeit an. Mathematik liebte ich sehr und war auch gut darin. In der Pause sprach mich Frank an: »Adelheit, du hilfst mir doch bei der Mathearbeit?« Ich war bereit dazu, um bei ihm wieder zu punkten, schließlich hatte er sich am lautesten empört, als ich die Geburtstagsgäste am Gartentor in Empfang genommen hatte. Er saß eine Bank hinter mir und reichte heimlich sein Heft nach vorn. Da ich zuerst seine Aufgaben löste, wurde ich aus Zeitmangel mit meinen eigenen nicht rechtzeitig fertig. Frank bekam eine sehr gute Note, ich nur eine zufriedenstellende.

Stillschweigend wechselte ich auf einen Platz in der ersten Reihe. Je näher die letzte Stunde rückte, desto verschlossener wurde ich. Ich grübelte und zermarterte mir den Kopf, weshalb der Vati das tat. Dann fürchtete ich heimzugehen, weil hinter der Haustür stets die Schweinerei auf mich wartete. Dieses dunkle Geheimnis, das da hinter den Fensterscheiben stattfand, ängstigte mich bereits auf meinen Heimwegen. Wenn ich einmal später von der Schule nach Hause kam, war der Vati aufgrund des Zeitmangels sehr in Eile und brachte die Sauerei zügig hinter sich. Wenn er damit dann fertig war, schlug er auf mich ein und sagte: »Wegen dir musste ich mich beeilen! Sei Morgen pünktlich zu Hause.« Während ich anschließend die Pflichten im Haus erledigte, weinte ich mir den Dreck leise heraus und beschimpfte ihn in Gedanken: Idiot! Arsch! Die Zeit verging, doch ein Ende der Schweinerei kam nicht in Sicht.

Eines Tages kehrte Andreas eher aus der Schule nach Hause zurück, als es in seinem Stundenplan geschrieben stand, der in der Küche an der Wand hing. Weil die Haustür abgeschlossen war, klingelte er Sturm und trampelte schließlich heftig mit den Füßen dagegen. Der Vati nahm keine Notiz davon und setzte seine Schweinerei fort, bis er die Flüssigkeit in den Ausguss fallen ließ. Dann packte er mich fest am Oberarm und drohte: »Halt bloß dein Maul! Du weißt, was sonst passiert?« Dabei drückte er noch fester zu. Ich murmelte: »Das brauchst du nicht zu wiederholen, du Idiot!« Dann stürmte ich zur Haustür und riss sie auf. Andreas schnauzte mich zornig an: »Warum ist die Tür verschlossen? Nie ist sie sonst verriegelt, warum heute?« Wütend stieß er mich beiseite: »Schließ nicht noch einmal die Tür ab, sonst Gnade dir!« Oh, ging es mir durch den Kopf, er plappert schon nach, was die Mutti sagt. Für die verschlossene Tür machte er also mich verantwortlich, dabei hatte sie doch der Vati verriegelt. Dennoch verpetzte ich ihn nicht.

Andreas war Anführer der Clique der Jungs aus der Siedlung. Sein Wort hatte Geltung und alle Kumpels richteten sich danach. Jeden Tag genoss er ausgiebig seine Freizeit, gab weder auf den Nachwuchs acht, noch half er im Haus oder im Garten. Dafür putzte er einmal wöchentlich die Schuhe aller Hausbewohner. Anschließend standen sie gewienert und poliert auf den Kellertreppen. Bald schon war ihm diese Pflicht jedoch zu albern und er hob sie einfach auf. Auch ich wollte lieber mit den Freundinnen zusammen sein, als die verdammten Pflichten im Haus erledigen. »Erst die Arbeit, dann das Vergnügen!«, rief die Mutti jedes Mal, wenn ich zum Spielen hinaus wollte. Immer enger schnürte sie meinen Freiraum mit Arbeit ab.

In der letzten Woche des Monats fand jeweils der Großwaschtag statt. Das war schon vor dem Krieg so und wurde als eingeführtes Ritual danach beibehalten. Meine Kraft war dabei sehr gefragt. Die erforderlichen Werkzeuge dafür transportierten Willy und Andreas auf dem Handwagen zum Waschhaus. Der Weg führte an der rechten Hausseite an angrenzenden Gärten vorbei über den Spielplatz und bog an dessen Ende links zum Waschhaus ab. Das Gebäude besaß vier Waschräume mit separaten Eingängen. Davor befand sich eine Rasenfläche, in die einige Betonpfosten eingelassen waren. Sie wiesen jeder Parzelle ihren eigenen Trockenplatz zu. Während der Vati unter dem Waschkessel kräftig einheizte, stand ich auf einem Stuhl und stopfte die großen Wäschestücke mit einem langen dicken Holzstab unter die Seifenlauge im Kessel. Waschmaschinen gab es zu dieser Zeit noch nicht. Mit dem Waschbrett, einer großen Scheuerbürste und viel Seifenpulver, meistens *Immi* oder *Genthina,* schrubbte ich die kleinen Stücke rechts- und linksherum sauber, meine Fingerknöchel gleich mit. Von der Seifenlauge wurde die Haut ganz schrumpelig und das verzinkte Waschbrett war so hart, dass ich sie wund scheuerte. Bei Sonnenschein lagen die weißen Wäschestücke dann auf der Rasenfläche zum Bleichen aus. Mit der Gießkanne besprühte ich sie mehrmals und meine Beine gleich mit. Das machte mir Riesenspaß. Eine ganze Woche lang wurde so gewaschen, gebügelt und repariert.

Die Mangelwäsche trugen Mutti und ich im Wäschekorb zur Frau Novaka, die eine Häuserecke weiter wohnte und eine Mangel besaß. Die Maschine war so groß, dass sie den ganzen Raum ausfüllte. Das Gerät kam mir wie ein riesiges Monster vor und ich daneben wie ein Zwerg. Es war aus massivem Holz gebaut mit großen Zahnrädern daran, vor denen ich mich mächtig fürchtete. Während die Mutti die Mangel in Gang setzte, rief sie laut, um den Lärm zu übertönen: »Leg die kleinen Teile schnell auf die Leinentücher der Mangel!« Dabei stand ich auf einem Hocker, um die Ablage und die Tücher überhaupt erreichen zu können. Einmal in Bewegung gesetzt, dröhnte das Gerät unerträglich laut los, sodass mein Herz gleich schneller klopfte und ich mich in eine Ecke drängte, wo ich mir die Ohren zuhielt. Anschließend kletterte die Mutti vom Hochstand herab, entnahm die gemangelte Wäsche, legte sie zusammen und dann in den Korb. Dabei wickelte sie das alles sehr schnell ab und stieg rasch wieder die Leiter hinauf, um die Maschine erneut in Gang zu setzen. Sie hatte das alles im Griff. Mit der Zeit lernte ich, das Monster selbst zu bedienen und vertraute dem Scheusal schließlich sogar.

In den großen Ferien fuhr ich ins Kinderferienlager. Die Mutti trug meinen Koffer bis zum Reichenturm, dem Wahrzeichen unserer Stadt. Dort wartete der Busfahrer, der die Kinder an ihr Ziel brachte. Während er meinen Koffer verstaute, suchte ich mir im Bus einen Platz aus und stieg gleich wieder aus, um mich von der Mutti zu verabschieden. Sie war aber schon längst fort, ohne mir Auf Wiedersehen zu sagen. Komm zurück!, wollte ich hinterherrufen, doch das stand mir nicht zu. Andere Eltern nahmen ihre Kinder zum Abschied in die Arme und sagten, sie würden sich auf ihre Rückkehr freuen. Das wünschte ich mir auch von meiner Mutti: einfach in ihre Arme genommen werden. Hätte sie es denn getan? Während der Fahrt war ich traurig und weinte.

Als wir in Cunewalde ankamen, zeigte ich mich zurückhaltend, öffnete mich aber bald den anderen Kindern gegenüber und war glücklich, dort zu sein. Im Ferienlager gefiel es mir so gut, dass ich gar nicht wieder nach Hause wollte. Der Bus stand zur Abfahrt bereit und alle Kinder warteten auf mich. Die Gefährten freuten sich, dass es wieder zurück in die Heimat zu den Eltern ging. Ich aber versteckte mich im Wald, saß gelehnt an die Wurzeln eines großen Baumes, weinte und sagte: »Ich will hier bleiben!« Denn hier durfte ich Kind sein, mit Gleichgesinnten spielen und herumtoben, sogar manchen Streich spielen. Es gefiel mir deshalb so gut, weil ich hier drei Wochen ohne Schweinereien und von den Eltern auferlegte Pflichten verbringen konnte.

Die Erzieher suchten nach mir. Laut riefen sie meinen Namen und ihre Stimmen hallten endlos im Wald wider. Plötzlich stand Elke vor mir. Ich mochte sie sehr. Einfühlsam redete sie auf mich ein: »Bitte Adelheit, komm mit zurück! Alle Spielgefährten warten auf dich. Der Busfahrer kann nicht abfahren, bevor du nicht an Bord bist.« Ich konnte ihr nicht sagen, dass ich dableiben wollte, denn ich wusste doch, dass dies unmöglich war. Aber nach Hause wollte ich auch nicht zurück. Ihre warmherzige Stimme berührte mein Herz, sodass ich schließlich doch mit ihr zu den anderen ging. Während sich der Bus in Bewegung setzte, trauerte mein Herz so qualvoll, dass ich kein Wort mehr zu meinen Spielgefährten sprach. Sie alle waren fröhlich, ich aber traurig. Sie hatten bestimmt ein gutes Zuhause, ich dagegen ein liebloses, eiskaltes und beflecktes.

In der Heimatstadt, wieder am Reichenturm, stellte der Busfahrer den Motor ab und öffnete die Türen. Alle Spielgefährten sprangen hinaus, direkt in die Arme ihrer Eltern. Dieser herzliche Empfang zerriss mir fast das Herz, denn mich holte niemand ab. Als sich alle vom Platz entfernt hatten, blieb ich allein zurück. Traurig saß ich auf meinem Köfferchen und weinte. Dann entschloss ich mich, das Gepäck heimzubuckeln. Als ich dort ankam, sagte der Vati: »Das wird aber Zeit, dass du heimkommst!« Trotz allem verspürte ich in Muttis Nähe ein Wohlgefühl. Ich freute mich wirklich, sie zu sehen.

Am nächsten Tag holte mich der Alltagstrott wieder ein: Saubermachen, Kindermädchen spielen und der Schweinerei des Vatis beiwohnen. Im Ferienlager war ich ein Kind unter anderen, auch in meinem Alter. Da fühlte ich mich frei von allem Schmutz. Wie mich die Sauereien des Vatis bereits vor dem Aufenthalt im Ferienlager belastet hatten, spürte ich in den nächsten Tagen sehr deutlich, in denen ich mich wieder besonders heftig zum Schmutzfink herabgewürdigt fühlte. »Adelheit, zieh Ulrich die Schuhe aus!«, rief die Mutti in ihrem Befehlston durch die leicht geöffnete Stubentür in den Flur hinaus. »Mensch, der Junge ist alt genug. Er kann sich doch selbst die Schuhe ausziehen!«, murmelte ich. Ulrich versuchte es tatsächlich schon allein, zog sich aber einen Knoten in den Senkel. Ohne Hilfsmittel bekam er diesen auch nicht mehr auf. »Warte Ulrich, ich hole eine Gabel aus der Küche!«, rief ich und ging los. In der Zwischenzeit saß Freya auf der Treppe und wollte auch ihre Schuhe ausgezogen haben. Also legte ich die Gabel auf der Treppe ab und zog erst ihr die Schuhe von den Füßen. Währenddessen versuchte Ulrich mit der Gabel bereits den Knoten zu lösen. Er rutschte ab und stach sich damit ins linke Auge. Er schrie wie am Spieß, sodass die Mutti sofort herbei eilte und erregt fragte: »Was ist passiert?« Ulrich heulte: »Ich habe mir die Gabel ins Auge gestochen!« »Waaas«, zog die Mutti ihre Frage in die Länge, »hast du gemacht?« Dabei boxte sie bereits auf meinen Rücken ein und rief noch garstiger: »Du solltest ihm die Schuhe ausziehen! Das war deine Pflicht!« Dann schlug sie mir rechts und links ins Gesicht, ergriff derb meine Oberarme, rüttelte und schüttelte meinen Körper, bevor sie ihn mit Gewalt gegen die Haustür warf und brüllte: »Wenn Ulrich das Augenlicht verliert, dann Gnade dir! Mach dich schon mal auf was gefasst! Du raubst mir nicht länger die Nerven. Dann vergesse ich mich wahrhaftig an dir!« Oh mein Gott!, zitterte ich, sie wird mich wirklich totschlagen, wenn Ulrich mit dem Auge nichts mehr sehen kann.

Sie veranstaltete ein Experiment, um Ulrich zu testen und mich auf die Strafe vorzubereiten. Sie stellte einen Stapel Teller auf den Küchentisch und fragte Ulrich: »Siehst du mit dem verletzten Auge die Teller?« In diesem Moment blinzelte er mich verschmitzt an und ich wusste, dass er die Teller sehen konnte. Doch dann log er: »Nein Mutti, die Teller sehe ich nicht!« Ich wusste genau, dass er nicht die Wahrheit sagte. Sie ging mit ihm zum Arzt. Ich wartete sehnsüchtig und mit Herzklopfen auf ihre Rückkehr mit einer guten Nachricht. Dabei gerieten mir Kopf und Magen in Aufruhr. Wieder zurück, sagte die Mutti: »Du hast Schwein gehabt! Ulrich kann mit dem Auge alles sehen!« Doch dabei boxte sie wie der Teufel auf meinem Kopf und Körper herum und brüllte: »Das nächste Mal gib besser auf die Kinder acht! Das Stroh in deinem Kopf will ab und zu wachgerüttelt werden!« Ihre Grausamkeit und die Schläge taten mir sehr weh. Das Missgeschick schmerzte mich schon ungemein, da brauchte sie nicht noch mit Prügel nachzuhelfen. Wieder richtete ich die stillen Fragen an sie: Was bedeute ich dir eigentlich? Warum behandelst du mich so biestig? Ulrich ist alt genug; er kann auf sich selbst aufpassen. Wer passt denn auf mich auf? Ich war der Mutti völlig ausgeliefert. Dabei zerrte sie an meinen Nerven, nicht etwa ich an ihren. Pausenlos hämmerte sie mir Schuldgefühle ein und quälte mich mitleidlos. Diesen Wundschmerz weinte ich dann im Bett in mein Kissen. Jenes Erlebnis machte mich misstrauisch, weil Ulrich die Unwahrheit gesagt hatte und ich dafür biestig bestraft worden war. In meinem Gehirn blieb diese doppelte Demütigung fest stecken.

Jahr für Jahr legten der Vati und ich trockene Bohnen in die Erde. Später zog ich das Unkraut samt Wurzeln heraus, ehe die Bohnenernte begann. Nach dem Ernten wusch ich das Gemüse und schnippelte es, um Bohnensuppe daraus zu machen. Dabei schnitt ich mir einmal die Spitze des linken Zeigefingers ab. Das Blut tropfte auf die Bohnen. Dafür versetzte mir der Vati einen gewaltigen Schlag an den Kopf und fragte boshaft: »Wie dumm bist du eigentlich noch?« Dann klebte er ein Pflaster über die Wunde, doch das Blut rann weiter darunter hervor.

Die Ferien neigten sich dem Ende zu. Endlich begann wieder der Unterricht. Ich ging gern zur Schule, denn da war ich unter Gleichgesinnten, konnte lernen und in den Pausen lachen. Daheim jedoch zwang mich der Vati stets, seiner Schweinerei beizuwohnen. Oft sprach ich vor mich hin: »Ich hasse dich und das, was du tust Vati!«

Leben im Gedankenknast

Abgelehnt.
Mit dornenreicher Last
in eine Form gepresst,
liegt Tau auf dem Herz.
Es schreit leise:
»Ich will das nicht!«
Unschuldige Augen
weinen dezent –
nichts benennt.

Wenn aufgrund von Zeitmangel die Schweinerei des Vatis ausblieb, hielt er mich am nächsten Tag ganz vom Unterricht fern. Er ersann eine neue Taktik, das Versäumte nachholen zu können. Als ich am Morgen meine Schuhe von der Kellertreppe holen wollte, versperrte er mir den Rückweg. »Ich komme zu spät zum Unterricht! Mach die Tür auf!«, schrie ich und trampelte mit den Füßen gegen die Kellertür. Weinend saß ich dann auf der Treppe und dachte bei mir, Pünktlichkeit und Disziplin verlangt er von mir, und heute komme ich zum ersten Mal zu spät zum Unterricht. Was ging hier vor?

Dann öffnete sich die Tür und mit erhobener Stimme verkündete der Vati: »Heute brauchst du nicht zur Schule gehen!« »Und – warum nicht?«, wollte ich neugierig den Grund dafür erfahren. Doch da presste er bereits seinen Körper an mich und scheuerte ihn an mir hin und her, bevor er sagte: »Ich gebe dir schulfrei!« Fast singend sprach er diesen Satz aus. Nun war mir klar, weshalb er mich vom Unterricht fernhielt. Mit seiner neuen Taktik gewann er ausreichend Zeit, die Schweinerei ohne Störung nachzuholen. »Und was sage ich morgen dem Lehrer Buchwille, dass ich heute ohne Krankheit dem Unterricht ferngeblieben bin?« Unbedingt wollte ich dadurch Zeit schinden, um seinem Schmutz zu entkommen. Doch das war in den Wind gesagt, denn er hielt die Küchentür schon weit auf und sagte: »Darüber zerbrech dir nicht den Kopf, sonst drückst du das Stroh darin noch dichter zusammen. Ich mach das schon. Komm jetzt in die Küche!«

Doch dort sprang ich auf den Küchentisch und öffnete schnell das Fenster, um hinauszuspringen. Einen Fensterflügel hatte ich bereits geöffnet, als er mich auch schon von hinten packte, in Windeseile vom Tisch herunterzog und auf den Fußboden warf. Hier versetzte er mir dann mit seinen derben Hausschuhen Fußtritte am ganzen Körper und sprach dabei zornig: »Mach das nie wieder! Sonst vergesse ich mich an dir! Und das würde dir leid tun!« Vor Schmerzen blieb ich gekrümmt auf dem Fußboden liegen und weinte, während er mir weitere Fußtritte verpasste und keifte: »Steh endlich auf, du verfluchtes Weib! Dich zähme ich noch und bring dir Gehorsam bei, dass du endlich das machst, was ich dir sage. Darauf kannst du Gift nehmen!« Leise wimmerte ich vor mich hin: »Was bist du nur für ein Miststück!«

Auf dem Stuhl sitzend, starrte ich zur Tür und wünschte mir, jemand würde eintreten und mich von dem Miststück befreien. Doch im Haus war niemand weiter, außer dem Vati und mir. Als die Sauerei vorbei war, sagte er: »Heute machst du der Mutti eine Freude und wischst dich durchs Haus. Von der Bodentreppe bis hinunter zur Kellertreppe!« Wehleidig beklagte ich mich: »Was denn, das habe ich doch gestern erst gemacht!« »Halt endlich dein Maul und tu, was ich dir sage oder willst du eine Tracht Prügel mit der Peitsche?« Er erschien mir wie ein Ungeheuer.

Dennoch führte ich seinen Auftrag schnell und korrekt aus, um vielleicht doch noch spielen zu dürfen. Als dann aber die Mutti von der Arbeit kam, forderte sie von mir: »Zertrenn die alten Sachen und mach Putzlappen daraus!« Nachdem sie eine große Menge alter Kluft auf dem Wohnzimmertisch ausgelegt hatte, ging sie ohne ein Wort aus der Tür. Sofort stürmte ich zum Fenster und beobachtete die Freundinnen auf dem Spielplatz. »Auaaa!«, schrie ich plötzlich, weil mir die Mutti die Rasierklinge zum Auftrennen des Stoffes auf meinen rechten Handrücken presste, und so eine Wunde schnitt, die zu bluten begann. Ich war zutiefst erschrocken, weil ich sie nicht hatte kommen hören. Beim Verlassen des Raumes lehnte sie die Tür nur an, um mich heimlich kontrollieren zu können, ob ich auch wirklich arbeitete. »Wenn du heute bei Tag die Arbeit nicht schaffst, dann steht dir noch die ganze Nacht zur Verfügung!«, drohte sie und reichte mir die Rasierklinge. Das hieß: Fang endlich an! »Was habe ich dir nur getan Mutti, dass du mich so sehr strafst?«, fragte ich mich leise. »Reicht das nicht, was mir der Vati antut?« Sodann zeigte ich den alten Klamotten meine Empörung und Wut, indem ich sie zerrte, riss und auseinanderfetzte. Vor dem Zubettgehen galt die Regel, den Eltern eine Gute Nacht zu wünschen, was längst zum Ritual erstarrt war.

Eines Abends, als ich dem Vati eine Gute Nacht wünschte, sagte der: »Du gehst in mein Bett! Wenn ich dann schlafen komme, trage ich dich rüber.« Oh nein, bitte nicht, schoss es mir durch den Kopf. Tu mir das nicht an!, schrie es in mir. Sofort zog sich mein Herz zusammen und der Magen blähte sich auf. Während mein Kopf vornüber fiel, raste die Furcht durch meinen Körper und mein Hirn erinnerte mich daran: Dieses Spiel hast du schon einmal erlebt, und beim Rübertragen hat er dann an deiner Musch herumgefummelt. Nein, nein, nein: Das wollte ich nicht noch einmal erleben! Das darf nicht sein! Bitte nicht, winselte ich innerlich wie ein kleines Kätzchen. Ich sah die Mutti an, die neben ihm auf dem Sofa saß, dann wieder zum Vati, der auf meine Antwort wartete. Vor Entsetzen war ich wie gelähmt. Als sich die Mutti plötzlich empörte, zuckte mein Körper zusammen: »Kannst du nicht antworten oder willst du nicht? Dann verdienst du eben die Peitsche.«

Infolge ihrer Reaktion war jede einzelne Zelle meines Körpers in Aufruhr. Der Pulsschlag hob und senkte meine Schädeldecke. Was in diesem Augenblick in mir vorging, ahnten beide nicht. Die Mutti schmetterte durch ihre blauen Augen hindurch einen Dolch in die meinigen, dessen Spitze in meinem Herz stecken blieb, dann quer durch meinen Körper eine Wunde schnitt und aus der großen Zehenspitze wieder herausschoss. Mir tat unheimlich weh, was die beiden da von mir verlangten. Bei so viel Schmerz und Demütigung füllten sich meine Augen mit Tränen, die ich rasch hinunter schluckte. Dabei grinste der Vati auch noch höhnisch. Und ich dachte bei mir: Warum tust du mir das an Mutti? Du bist nicht wirklich da, wenn ich dich brauche. Wenn meine Arme nach dir greifen, lässt du mich fallen, wie eine heiße Kartoffel. Warum half Gott nicht? Warum ließ er zu, wie die Eltern mit mir umgingen?

Hastig und wütend stand die Mutti dann auf, nahm die Stuhllehne in die Hand und drohte mir damit: »Kannst du nicht oder willst du nicht antworten? Zum letzten Mal! Dann kriegst du eben den Stuhl zu spüren!« Überstürzt haspelte ich die Antwort laut und deutlich heraus: »Ja, ich gehe in Vati sein Bett!« »Da hast du gerade noch einmal Schwein gehabt!«, keifte sie und setzte sich wieder neben ihren Mann auf das Sofa. Vor Freude, dass sie ihm beistand, zog er die Mundwinkel in die Breite und feixte schadenfroh. Seine neue Taktik ging auf und zeigte Wirkung. Die Mutti kannte keine Gnade. Sie nahm das erstbeste Stück, das sie greifen konnte, und wenn es der Stuhl war, den sie auf meinem Körper kaputt schlug. Der Vati würde es wieder richten, mit Holzleim und Zwingen.

Auf dem Weg nach oben in das elterliche Schlafgemach gingen meine Gedanken dahin: Die Befehle der Eltern sind mir ein Groll. Wegen meiner Liebe zur Mutti war ich ihr hörig und sie beeinflusste mich stark. Meine Wahrheit stand gegen ihre Auffassung, ihre Art zu denken. Sie verschleierte die Wahrheit, um mich klein zu halten, ihren Zorn und ihre Aggressionen an mir auszulassen und mein Wesen zum Gehorsam zu zwingen. Die Verweigerung des Gehorsams kam mir nie in den Sinn, weil ich die Folgen zur Genüge kannte. In ihren Augen war ich das letzte Stück Dreck, das sie geboren hatte. Für sie existierte ich nicht als ihre Tochter, sondern als Magd, die den Herrschaften des Hauses diente.

Dem, was dann geschah, konnte ich nicht entkommen. Ich lag bedrückt, verletzt und voller Angst auf der Matratze des Vatis. Dabei wünschte ich mir eine Taschenlampe in die Hand, um die Gefahr, die auf mich lauerte, zu beleuchten. Die Mutti legte sich eher in die Koje als der Vati und drehte mir ihren Rücken zu. Bald schnarchte sie leise. Dabei lauschte ich auf jedes noch so kleinste Geräusch, das der Vati beim Treppengang verursachte, um ja nicht einzuschlafen. Plötzlich erschrak ich zutiefst, als er sich an meinen Rücken legte und flüsterte: »Sei bloß still!« Dabei war ich wütend auf mich, dass ich doch eingeschlafen war. Sofort zuckte ich in einer Art Fluchtreflex, aber er hielt mich am Nachthemd fest und boxte mir dabei in den Rücken. »Oh nein, lieber Gott!«, wimmerte ich. Was hat er vor? Mein langes weißes Nachthemd mit den kleinen rosafarbenen Röschen darauf, das ich so sehr liebte, schob er ganz nach oben, sodass ich bis über den Bauchnabel nackt im Bett lag und er sich dicht an meinen Rücken drängte. Dann spürte ich etwas warmes Hartes von meinem Po bis zur Musch sich stetig hin und her bewegen. Dann wurde es nass. Während dieser Tat gingen meine Gedanken in die Küche, wo er stets seine Sauerei abzog. Es war demnach sein Penis, den er bei mir vom Po bis zur Musch hin und her scheuerte. Das Nasse war das, was aus der Spitze herauskam. Damit beschmutzte der Vati mich und meinen kleinen Körper nun direkt. Seine neue Taktik zeigte Erfolg. Dabei lag die Mutti direkt vor mir auf der Matratze und rührte sich nicht. Voller Sehnsucht wünschte ich mir: Bitte dreh dich um und seh dir an, was der Vati mit mir macht!« Aber sie träumte ihren eigenen Traum. Bei ihr fand ich weder Halt noch Schutz. Selbst in meinem größten Kummer fing sie mich nicht auf. Dabei verstummte mein innerer Aufschrei im Hals. Nun war ich nass zwischen den Beinen und es ekelte mich ungemein. Erneut boxte er mich in den Rücken und zischte: »Verschwinde!«

Mein schönes Nachthemd war schmutzig. In der Küche reinigte ich mich unten herum und säuberte das Nachthemd von Vatis Dreck. Während ich auf dem schmutzigen Stuhl saß, weinte ich mir die Augen aus und wünschte, ich wäre tot oder nie geboren worden. Der Schlaf war mir vergangen und bei all dem Ekel konnte ich mich nicht beruhigen. Zu dieser Stunde taufte ich das Elternhaus in »die Eishölle« um. Eiskalt und unnahbar war die Mutti. Die Hölle war mein Gefängnis, wo ich keine Luft bekam und ohne Strafe nicht durch das Netz gelangen konnte. Dem Fluch des Grauens, den engen erregten Bahnen der alten Herrschaften wollte ich um Mitternacht entweichen – aber wohin? Ich brauchte Futter und einen Schlafplatz. Meine kindliche Abhängigkeit und meine Schuldgefühle nutzten die Eltern aus und taten mit mir, was sie wollten. Beide brachten mein Wesen aus dem Gleichgewicht. Sie halfen weder meine Persönlichkeit zu entwickeln noch überhaupt einen Weg ins Leben zu finden. Sie terrorisierten und versklavten mich, beschnitten mir meine Flügel. Beide tobten ihre Macht am eigenen Kind aus. Der Feind steckte in den eigenen Reihen, in den Eltern, in den Gemäuern der Eishölle, wo ich ihrer Grausamkeit ausgesetzt war.

Das Wort »Vati« taufte ich in dieser Nacht in das Wort »der Alte« um, weil ich der Annahme war, dass nur alte Männer so etwas Dreckiges machten. Von dieser Nacht an hasste ich den Alten wie die Pest. Zwar wusste ich nicht, was die Pest ist, hörte es die Mutti aber in schrecklichen Zusammenhängen sagen. Die Anrede »Mutti« änderte ich in »Mutter« oder sprach sie gar nicht mehr aus, indem ich sie einfach umging. Meine Liebe zu ihr verwandelte sich in Hassgefühle. Von nun an hasste ich die Eltern wie mich selbst. Beide machten mich tieftraurig. Ich verdammte mich dafür, geboren worden zu sein. Wegen des Ekels, der Verletzungen und Beschämungen meines kleinen Wesens, wollte ich lieber tot sein. Diese abartig dreckige dunkle Nachtstunde vergaß ich nie, nie mehr. Der Dreck klebte in meinem Gesicht, in den Haaren, am ganzen Körper wie Teer und füllte meinen Kopf wie mit Blei. Ja ich bin schmutzig, innen und außen am ganzen Leibe. Im Gehirn wird diese Erschütterung immer gewärtig bleiben. Nie mehr wollte ich solch eine abscheuliche Situation erleben, wie in dieser dunklen Nacht. Lieber wäre ich im Ort von der Friedensbrücke in den Fluss gesprungen, der sich durch das Tal schlängelt. Diesen Namen trägt der Übergang zurecht, weil einige verzweifelte Menschen den Sprung von ihr wagten, um sich von Kummer und Sorgen zu befreien. Sie fanden im Todessprung von der Brücke ihren Frieden und die Freiheit.

Seit jener schmutzigen Nacht entwickelte ich große Hassgefühle gegen die Eltern, wie gegen mich selbst. Dabei loderte die Liebe zur Mutter im Flammentod. Was sich bei einer derartigen Schweinerei im Inneren eines Kindes abspielt, das weder die physischen noch die psychischen Voraussetzungen zur Sexualität hat, kann kein außenstehender Erwachsener nachvollziehen. Was der Alte beinahe täglich in der Küche vor mir inszenierte, war vorbei. Dafür setzte sich der verdammte ekelhafte Schmutz Abend für Abend, Woche für Woche, Monat für Monat und Jahr für Jahr auf seiner Matratze fort. Dabei wollte ich öfter schon die Koje anzünden, damit der Dreck aufhörte, aber wo schliefen dann die Eltern? Statt die Matratze abzufackeln, flehte ich Abend für Abend Gott um Hilfe an. Aber Gott half mir nicht, dem Schmerz ein Ende zu setzen. Auf meinem dornenvollen und tränennassen Weg griff er niemals helfend ein. Nur der Tod hätte diesen Albtraum beenden können.

In der Folgezeit suchte ich nach dem Unterricht öfter die Friedensbrücke auf. Von hier starrte ich auf den Fluss hinunter, der manchmal reißend war und dann wieder still dahin plätscherte. Während mein Oberkörper über dem Geländer hing, weinte ich viele Tränen. Aus dem Flussbett ragten große Gesteinsbrocken hervor. Wenn ich auf solch einen großen Stein falle, bin ich tot, dachte ich, oder auch nicht. Plötzlich und völlig unerwartet legte sich sanft etwas auf meinen Kopf. Wer konnte das sein? Langsam drehte ich mich um, aber niemand war da, der mir etwas auf den Kopf hätte legen können. Wer war das? Sollte das Gott gewesen sein? Schließlich hatte ich ihn schon häufig um Hilfe gebeten. Aber so deutlich hatte ich ihn noch nie spüren können. Warum nahm ich ihn gerade jetzt und hier auf der Brücke wahr? Da ich den tödlichen Freiheitssprung nicht wagte, kehrte ich geknickt in die Eishölle zurück.

Als ich dort ankam, schnauzte der Alte lautstark: »Wo kommst du jetzt erst her? Wo hast du dich herumgetrieben?« Dabei schlug er mächtig auf mich ein. »Na warte, das erzähle ich der Mutti! Du bist nicht ausgelastet genug. Du brauchst noch mehr Arbeit! Sieh zu, dass du deine Pflichten erledigst, bevor sie von der Arbeit kommt!«, rief er zähnefletschend. Da ich mich vor seinen Schlägen wegduckte, verpasste er mir Fußtritte. In diesem

Moment wuchs mein Hass gegen ihn auf das Äußerste, sodass ich ihn leise mit »Dreckskerl, Miststück, Idiot!« titulierte. Wenn ich meiner Wut und Aggression genauso hätte freien Lauf lassen können, wie er, dann wäre ich regelrecht zum Raubtier geworden. Mit der Peitsche hätte ich ihn verdroschen, bis er am Boden gelegen hätte. Doch so war ich gezwungen meine Wut herunterzuschlucken, sodass sie sich im Magen zu einem festen Knäuel formte. Aber mein Geheimnis, wo ich gewesen war, gab ich nicht preis. Schließlich hatte er mich das Schweigen und Geheimhalten gelehrt.

Mit den Vorbereitungen zum Mittagessen hatte er schon begonnen, sodass ich die Kartoffeln aus dem Keller holte und mit dem Schäler die Haut entfernte. Im Keller, wo im Holzverschlag die Kartoffeln lagerten, hockte ich und befreite sie von den Keimansätzen. Dabei summte ich eine Melodie. Ich erschrak zutiefst, als der Alte urplötzlich wie vom Himmel gefallen vor mir stand und keifte: »Wie lange dauert das noch? Bisschen dalli, dalli!« Es gruselte mich immer, in den dunklen Keller zu gehen. Das Licht anzuknipsen war mir verboten, und durch die kleine Luke kam nur wenig Tageslicht herein. »Wenn du nichts sehen kannst, dann nimm gefälligst deine Augen in die Hand!«, sagten die Alten. Wie sollte ich meine Augen in die Hand nehmen? Das sollten sie mir erst einmal vormachen. So ein Blödsinn, den sie mir da erzählten. Von solchen dummen Sprüchen hatten sie einige auf Lager.

In den Wintermonaten lehrte mich der Alte mit Holz und Leim zu arbeiten. Ich lernte hobeln, sägen und wie man mit dem Zollstock umging. Dabei knipste er das Licht über der Hobelbank an, was mir verboten war, wenn ich allein in den Keller ging. Von Beruf war der Alte Tischler. Er hatte unsere Puppenstube selbst gebaut. Nur leider bekamen wir keine Püppchen, und ohne sie mit der Puppenstube zu spielen machte keinen Spaß. Nach den Festtagen wurde sie verschnürt und auf dem Boden verstaut, um zum nächsten Weihnachtsfest wieder hervorgeholt zu werden. Am zweiten Feiertag kümmerte sich die Mutter selbst um das Mittagessen. Dabei erlaubte sie mir: »Geh heute mal raus!« In der Siedlung traf ich Achim, den Sohn von Elisas Freundin. »Adelheit kommst du mit zu mir nach Hause? Meine Mutti ist dienstlich unterwegs und ich bin alleine. Ich zeige dir auch meine Geschenke.« »Ich darf nicht in fremde Wohnungen gehen Achim.« »Ach bitte, komm doch mit!«, bettelte er immer weiter. Dieser Verlockung hielt ich nicht stand und ging mit zu ihm nach Hause. Das Verbot der Eltern ließ ich dabei außer Acht, dafür gab es aber Spielzeug zu sehen, das ich nie haben würde.

»Wow!«, staunte ich, als ich die vielen hübschen Puppen sah. In meinen Augen war eine schöner als die andere. Hübsche Kleider mit Rüschen und Spitzen hatten sie an. Ein Puppenhaus mit vielen kleinen, jedoch nackten Püppchen stand in der Ecke. Während ich noch dachte, da fällt es bestimmt nicht auf, wenn ich eines entführe, verschwand schon ein Püppchen in meiner Schürzentasche. Das Püppchen wechselte ja nur seine Umgebung, was ich nicht weiter schlimm fand. Außerdem spielte Achim lieber mit Indianern und Autos. Dann kam seine Mutti, Frau Lauer, nach Hause und mir wurde ganz mulmig. Vor Angst und Schuldgefühlen klopfte mein Herz ganz doll. Wie ein Dieb kam ich mir vor. Während Frau Lauer mir die Hand reichte und freundlich grüßte, sagte sie: »Guten Tag Adelheit, du kannst ruhig öfter zum Achim kommen, dann ist er nicht so allein!« Dabei senkte ich den Kopf und schämte mich. Mit ihrer weichen ruhigen Stimme ermunterte sie mich, verwirrte mich aber auch zugleich. Dass Frau Lauer so weich und sanft sprach, machte mich unsicher. Sie war nett zu mir, und was tat ich? Ich stahl ein kleines nacktes Püppchen von fünf Zentimetern Größe, Arme und Beine mit Draht befestigt, wodurch sie sehr beweglich waren.

Dann rief Frau Lauer: »Bitte kommt beide zu Tisch!« Mein Kopf qualmte vor schlechtem Gewissen und ich fragte mich, was mache ich jetzt? Abhauen oder bleiben? »Nein, nein, ich soll nach Hause kommen Frau Lauer!«, stammelte ich drauflos. »Die Mutter ruft schon nach mir!« »Bitte setz dich Adelheit«, sagte sie ruhig. Am Tisch saß sie mir gegenüber. Herrliche Kompottschalen mit Vanillepudding und Himbeersoße darüber standen neben den Tellern. Vor Appetit wollte ich den Pudding zuerst essen. Nett und sanft bat mich Frau Lauer: »Leere erst den Teller Adelheit, dann gibt es den Nachtisch!« Ich vergaß das gestohlene Püppchen und um mein Herz wurde es leichter. Nach dem Menü zerdrückte ich genüsslich die süße Speise am Gaumen: Endlich Süßes schmecken!

Anschließend ging ich heim. Dort kreischte die Mutter: »Wo warst du? Wir haben bereits gegessen. Wer nicht kommt zur rechten Zeit, der muss seh'n was übrig bleibt!« Von ihrer Kochkunst blieb für mich nichts übrig. Im Stillen tröstete ich mich: Du hast ja bereits gegessen. Mein einziges kleines nacktes Püppchen wurde mein Liebling. Stets trug ich es bei mir. Doch eines Tages, als ich ihm leise meinen Kummer anvertraute, riss die

Mutter es mir von hinten aus der Hand und stellte mich sogleich zur Rede: »Von wem hast du sie gestohlen?« Dabei rüttelte sie meinen Körper vor und zurück. Ich schwieg und senkte den Kopf. Dann schlug sie mir wieder mit dem Handrücken rechts und links ins Gesicht, dass die Nase blutete. Während sie weiter meinen Körper wie Frau Holle ausschüttelte, tropfte das Blut auf meinen hellblauen Mantel. Dabei hegte ich nur einen Gedanken: Gib mir meinen Liebling zurück! Sie gehört jetzt mir!« Da ich ihr nicht beichtete, woher die Puppe stammte, hörte sie auch nicht auf, mich auszustauben.

Schließlich öffnete sie die Haustür, stieß mich hinaus auf das Podest, gab mir die Puppe zurück und sagte: »Bring sie dorthin, woher sie stammt! Ansonsten brauchst du nicht mehr nach Hause zu kommen!« Das war wieder eine ihrer schlimmen Drohungen, die an mir abprallten, weil sie nur Drohungen blieben. Das lehrte mich die Erfahrung mit dem verlorenen Geldschein. Wegen des Diebstahls der kleinen nackten Puppe drohte sie nicht, mich totzuschlagen? Was war mit ihr passiert? Meine Angst davor die Puppe zurückzubringen, war größer, als sie zu behalten. Wie sollte das auch gehen: Zurückbringen, ohne gesehen zu werden? Also vergrub ich meinen Liebling unter der weißen Decke von Schneeflocken in der Erde und versprach ihm, ihn täglich zu besuchen. Es war kalt und schneite, was meine Traurigkeit aufhob. »Hast du sie zurückgebracht?«, schnauzte die Mutter, als ich zurückkam. Mein Herz pulsierte im Kopf und ich spuckte die Lüge aus, die sie hören wollte: »Ja, habe ich!« Mit der Unwahrheit gab sie sich zufrieden. Als ich meinen Liebling aus dem dunklen Versteck befreien wollte, fand ich ihn nicht wieder. Ich wusste nicht, ob ich das Versteck tatsächlich verfehlt hatte oder beim Verstecken beobachtet worden war.

Wenig später verbrühte ich mir mit Dampf die linke Hand. Der Schmerz war so unerträglich, dass mir die Tränen in Strömen flossen. Die Mutter kam von der Arbeit und fragte: »Was jammerst du hier herum?« »Ich habe mir die Hand verbrüht!«, antwortete ich. »Hör bloß auf zu heulen! Dein Jammern ist unerträglich. Zeig her die Hand!« Sogleich griff sie nach ihr, warf einen Blick darauf, ging in die Speisekammer, holte Mehl und streute es mir über die Hand. Dann wickelte sie eine Binde herum und sagte: »Nun hör auf, Ach und Weh zu schreien!« Doch der Schmerz unter der Binde wurde so unerträglich, dass ich es nicht aushielt und noch gewaltiger schluchzte und jammerte: »Aua, aua!« Der Alte entfernte dann den Verband wieder.

Am nächsten Tag ging ich zum Doktor. Der sah sich die Hand an und sagte: »Wer hat denn das darüber getan?« »Die Mutter hat mir Mehl über die Verbrennung gestreut. Sie war der Meinung, der Schmerz und mein Gejammer würden dann aufhören.« Mit einer Pinzette zog der Doktor die Mehlpampe von meiner Hand herunter. Anschließend schmierte er eine Salbe darauf, die angenehm kühl war und wickelte einen neuen Verband darum. Jeden zweiten Tag ging ich zum Doktor, um ihn wechseln zu lassen. Wegen der Verletzung hielt sich der Alte mit seiner Schweinerei zurück, sodass ich ein paar Nächte durchschlafen konnte.

Doch eines Tages, als ich aus der Schule kam, hielt er die Haustür für mich weit offen. Durch den Briefkastenschlitz hatte er mich kommen sehen. Sofort durchströmte meinen Körper ein mulmiges Gefühl. Ich ahnte Schreckliches! Doch dann sagte er: »Nimm den Besen und fege die Räume sauber!« Als er das sagte, fiel ein großer Felsbrocken von meinem Herz, denn ich war der Annahme, die Schweinerei in der Küche würde sich wieder fortsetzen. Als meine Hand verheilt war, war ich der Schweinerei des Alten im Bett wieder ausgeliefert. Dabei fühlte ich mich dreckig, ekelhaft, verletzt und krank. Keine Nacht ließ er mich mehr durchschlafen. Das war grausam.

Nie hörte ich die Eltern ein böses Wort zueinander sagen, noch dass sie sich vor den Kindern stritten. Es gab keine Aggressionen, die sie offen miteinander ausfochten. Alles lief wie nach einer geheimen Weisung ab, so der Missbrauch an der eigenen Tochter, als hätte es darüber ein geheimes Einvernehmen gegeben.

Die Sünde

Wenn ich bei den Pflichten in der Hölle gut gelaunt ein Lied pfiff oder sang, war der Mutter meine positive Stimmung ein Dorn im Auge, sodass sie mir unerwartet hart auf den Kopf schlug und sagte: »Dir geht es zu gut! Die Arbeit reicht noch nicht aus, sonst würdest du den Schnabel halten!« »Deshalb brauchst du doch nicht so laut brüllen, mich erschrecken und schlagen!« Von einer Sekunde auf die andere fühlte ich mich bedroht, verletzt, gemaßregelt. »Ich hasse dich!« Wie ein Kind spielen zu können, war für mich längst vorbei, sodass ich mir den Freiraum einfach stahl und nach dem Unterricht zur Friedensbrücke schlenderte. Als ich dort eintraf, begann ich heftig zu weinen: Heute tu ich es! Heute springe ich in die Tiefe! Als mein Blick dann über das Geländer auf den rauschenden Fluss fiel, verspürte ich eine große Wut auf den Alten und wagte den Sprung nicht. Wer hielt mich davon ab? Geknickt lief ich nach Hause.

Als ich dic Haustür öffnete, prügelte der Alte sogleich wie ein wildes Tier mit der Peitsche auf mich ein und schnauzte: »Wo kommst du jetzt erst her? Wo treibst du dich herum?« Während in mir ein Vulkan brodelte hielt ich die Peitsche fest. Wir standen uns verharrend gegenüber und ich wollte rufen: »Geisteskranker!« – schluckte es dann aber doch herunter. Zähnefletschend sah er mich an, weil ich noch immer seine Peitsche festhielt. Ja, da staunst du Alter!, ging es mir wütend durch den Kopf.

Während ich dann Eier in die Pfanne schlug, um Rührei daraus zu machen, stand der Alte dicht neben mir und sagte: »Das Weiße, das hier am Eidotter hängt, ist das Selbe, nur vom Hahn. Das ist der Hahnentritt!« Ich hatte keine Ahnung, was er damit meinte und zerbrach mir den Kopf darüber. Dann begriff ich plötzlich und wiederholte leise: »Ist das Selbe, nur vom Hahn?« Was aus der Spitze seines Penis kam, das meinte er mit »das Selbe«. Während sich mein Magen aufblähte, schrie ich innerlich: So eine Schweinerei! Die Eier hätte ich ihm besser an den Kopf schlagen sollen, als in die Pfanne. Seitdem war mir das essen von Eiern vergangen. Als ich beim nächsten Mal Eier aufschlug, entfernte ich den weißen Dreck vorher. Da versetzte er mir einen mächtigen Schlag gegen den Kopf und bellte: »Lass das gefälligst dran!« Nur widerwillig zerkaute ich den Eierfladen, der mir anschließend schwer wie Blei im Magen lag. Es ekelte mich ungemein.

Beim abendlichen Gutenacht-Ritual sagte der Alte so, dass die Mutter es hörte: »Du weißt, wohin du zu gehen hast!« Dabei spürte ich, dass er es mit Absicht so deutlich erwähnte, damit ich endlich begriff, dass die Mutter nicht auf meiner Seite stand, sondern mit ihm zusammen einen Pakt geschlossen hatte. Während mich beide Augenpaare anstarrten, antwortete ich schon aus lauter Furcht gehorsam: »Ja, ich lege mich in dein Bett.« Wie bedrohlich sein Befehl mich auch traf, ich legte mich dennoch nicht in seine Koje, sondern gleich zu Ulrichs Füßen in unser Bett, kuschelte mich unter die Zudecke und schlief ein.

Am Morgen darauf erwartete mich der Alte unten am Treppengang und stellte mich sogleich zur Rede: »Warum ignoriertest du meine Anweisung?«, fragte er böse gestelzt mit schmalen Lippen. »Weil ich nicht will!«, rief ich ihm ins Gesicht. Als ich dann schnell an ihm vorbei wollte, prügelte er wie ein Ungeheuer auf mich ein. Ich beschimpfte ihn leise wimmernd: »Du verfluchtes Arschloch! Miststück!« Er brüllte: »Dir werde ich noch Gehorsam beibringen, dass du endlich das machst, was ich will und wie ich es will!« Dabei schob er mich mit Fußtritten vor sich her in die Wohnstube – und das vor dem Unterricht! Was war das nur für ein Scheusal, der Alte! Ich hasste diese Bestie. Den täglichen Weg zur Schule ging ich stets allein, damit keiner mich ansprach, weil häufig ein Vulkan in mir tobte, dem in der Hölle morgens schon eingeheizt wurde. Auf dem Schulweg überlegte ich dann: Hat die Bestie diese Gewalt im Krieg gelernt? Nie habe ich den Alten vom Krieg und seiner Gefangenschaft reden hören.

In der Schule hielt Frank die Tür des Klassenzimmers für den Lehrer weit offen. Als ich den Flur entlang auf ihn zu ging, wünschte ich, er möge mich nicht ansprechen. Doch kaum war ich an ihm vorbei, als er mich auch schon auf den Rücken boxte. Mit einem Ruck drehte ich mich um und konnte mich gerade noch beherrschen, ihn nicht zu verprügeln. »Mach das nie wieder Frank!«, drohte ich ihm. Im Unterricht beobachtete ich den Lehrer genau und stellte fest, dass alle Männer Schweine sind. Er hatte ebenfalls einen Kolben, wie der Alte. Ungerecht war er auch, zog stets die Klassenbeste vor. Von nun an meldete ich mich nicht mehr, sondern antwortete nur, wenn ich gefragt wurde. So lernte ich das Schweigen.

Jeden Tag beobachtete mich der Alte durch den Briefkastenschlitz, wie ich die Neue Straße entlang nach Hause kam. Sobald ich die letzte Stufe zum Podest erreicht hatte, öffnete er die Haustür von innen. Diesen Blick versalze ich dir Alter!, beschloss ich eines Tages und nahm einen anderen Heimweg, auf dem er mich nicht kommen sehen konnte. Und siehe da, als ich dann über die Schwelle der Eishölle trat, prügelte er mit der Peitsche auf mich ein und schrie: »Wo treibst du dich bloß herum? Und vor allem: mit wem?«, wollte er aus mir herauspeitschen. »In der Schule treibe ich mich herum!«, schrie ich voller Hass zurück, denn die Schläge taten ungemein weh. »Halt dein Maul du verfluchtes Frauenzimmer! Warum kommst du nicht die Neue Straße entlang?«, überschlugen sich seine Worte. »Weil ich nicht will, Blödmann, Dreckskerl!« murmelte ich. Nun hatte er einen Grund mehr, seiner Frau Lügen über mich zu erzählen – das auch noch!

Meine große Schwester Elisa hatte geheiratet und zog mit ihrer Tochter Franka aus der Bodenkammer aus, wo nun Willy mit einem Bettgestell einzog. Die Mutter begann im Zweischichtsystem zu arbeiten, wodurch dem Alten noch mehr Spielraum für seine schmutzigen Schandtaten zur Verfügung stand. Die Spätschichten der Mutter waren mir bald verhasst, weil mich der Alte so nachmittags und abends ungestört traktieren konnte. Zu dieser Zeit ging ich täglich nach dem Unterricht zur Friedensbrücke. Ich sehnte mich nach Ruhe, Frieden und der Befreiung vom Schmutz. Auf dem Übergang wehte der Wind einmal besonders stark. Ich liebte dieses böige Brausen des Windes, das eine Freude an Freiheit in mir entfachte, das mir im Gesicht säuselte und den Kopf leer fegte. Dabei streckte ich die Arme weit nach oben aus und fühlte mich einen Moment lang glücklich. Den Sprung in den Tod wagte ich wieder nicht.

Auf dem Heimweg grub ich Pflanzen aus der Erde, die durch die Gartenzäune hindurch wuchsen, setzte sie daheim ins Steingartenbeet und schmückte so mein eigenes Grab mit blühenden Blumen. Andreas sah mir dabei zu und plärrte: »Das ist alles Unkraut!« »Ist doch egal Andreas, Hauptsache es blüht!«, widersprach ich ihm. »Du bist eben zu dumm! Du hast nichts als Stroh in deiner Birne, kennst nicht einmal den Unterschied zwischen Blumen und Unkraut!«, beleidigte er mich. »Du plapperst nur nach, was mir die Eltern an den Kopf werfen«, gab ich zurück. Er war doch ahnungslos und konnte nicht wissen, warum ich das blühende Unkraut in das Steinbeet pflanzte. In meinen Augen sahen die Blüten wunderschön aus. Voller Sehnsucht wünschte ich tot zu sein und in der geschmückten Erde des Steingartens zu liegen.

Fünfzehn Minuten nach zweiundzwanzig Uhr kam die Mutter stets von ihren Spätschichten heim. Auf der Matratze des Alten versuchte ich mich am Einschlafen zu hindern. Der Mond schien ins Zimmer und ich flehte ihn an: »Bitte halt mich wach lieber Mond! Lass mich nicht vorzeitig einschlafen.« Ich war wütend auf mich, wenn ich doch eingeschlafen war und davon aufwachte, dass der Alte mein Nachthemd hochschob und seine Schweinerei begann. Am liebsten beschimpfte ich den Perversling in Gedanken auf das Äußerste und erwürgte ihn mit seinem eigenen Nachtzeug. Anschließend wollte ich ihn ins Verlies sperren, um auf ewig vor ihm sicher zu sein. Während seiner schmutzigen Tat starrte ich den Rücken der Mutter an und verfluchte sie in Gedanken: Ich hasse, hasse, hasse dich! Vor mir liegst du, schläfst und träumst deinen eigenen Traum. Bekommst du gar nicht mit, was direkt neben dir vor sich geht? Wie sollte ich mich wehren, wenn auch sie gegen mich war?

Bevor die Mutter am nächsten Tag zur Spätschicht ging, stellte sie den großen Wäschekorb in die Wohnstube. Er war randvoll mit vom Waschen und Trocknen zerknautschten Teilen, meistens Oberhemden, die sie zwischendurch wusch. Dann griff sie derb nach meinem Arm, zerrte mich vor den Korb und meinte: »Damit du nicht auf dumme Gedanken kommst und dich nach dem Unterricht herumtreibst, bügelst du so lange, bis der Korb leer ist – und wenn du die ganze Nacht bügelst! Haben wir uns verstanden? Gnade dir, ich höre Klagen, wenn ich nach Hause komme!« Dann entließ sie meinen schmerzenden Arm aus ihrem Schraubstockgriff.

Während des Bügelns versuchte ich mir einen Reim auf diese Bestrafung zu machen und kam zu dem Resultat: Hier sind Intrigen im Spiel! Der Alte klagt seiner Frau, dass ich mich nach dem Unterricht herumtreibe, worauf sie mich mit noch mehr Pflichten abstraft. Die Geschwister gingen zu Bett und ich bügelte emsig weiter. Die Mutter kam von der Schicht und würdigte mich keines Blickes, als sei ich ihrer nicht würdig. Die Eltern saßen am Küchentisch und unterhielten sich. Heimlich schlich ich hinter die geöffnete Tür und lauschte, ob der Alte in seiner Hinterhältigkeit der Mutter von mir berichtete. Das tat er in diesem Moment allerdings nicht, sondern las ihr aus der Zeitung vor: »Und wieder stürzte sich eine junge Frau von der Friedensbrücke. Sie war sofort tot.« »Das ist eine Sünde!«, empörte sich die Mutter. »Sünde?«, wiederholte ich leise. Die Tatsache soll eine Sünde sein? Die Frau, die sich von der Brücke stürzte, tat nur sich selbst etwas an, niemand anderem. Und das soll eine Sünde sein? Wenn ich einmal von der Brücke springen würde, wäre das auch eine Sünde, ein Unrecht?

Ich nahm mir vor, den Religionslehrer Herrn Pfütze zu fragen, ob es eine Sünde ist, wenn jemand aus freien Stücken den Tod wählt. Er antwortete mir: »Das ist ein Verstoß gegen den Willen Gottes. Ja, das ist eine

Sünde.« Ich wagte einzuwenden: »Aber wenn sich jemand aus freien Stücken von der Brücke aus in den Tod stürzt, dann handelt er doch seinetwegen, und nicht Gottes wegen, Herr Pfarrer.« »Das verstehst du noch nicht Adelheit! Erst wenn du älter bist, wirst du es begreifen.« So ein Schwachsinn!, ging es mir durch den Kopf. Wo ist Gott, wenn es ihn geben sollte? Warum beendete er nicht mein Chaos? Ich bin der Sündenbock der Familie, den man am liebsten in die Wüste schicken würde, wenn dann nicht der Mutter die Magd und dem Alten die Ersatzfrau für die Befriedigung seiner Wolllust fehlte. Ich verstand damals schon, dass ich für etwas zu büßen hatte, das außerhalb meiner Person lag. Das allein war schon eine Sünde! Doch zu jener Zeit war mir noch nicht bewusst, dass ich mich für die eigene Mutter opferte. Dazu war ich noch zu unerfahren und nicht erwachsen genug dahinterzukommen, weshalb die Eishölle nur Pflichten, Schmerz und Qualen für mich bereithielt. Zum Religionsunterricht ging ich dennoch gern. Pfarrer Pfütze erzählte schöne Geschichten, die ich bildhaft vor mir sah. Waren es traurige Erzählungen, sah ich die kranken, gedemütigten, verstoßenen Menschen vor mir und schenkte ihnen mein Mitgefühl. Manchmal weinte ich auch, wenn der Pfarrer über schmerzliche und quälende Situationen sprach. Schließlich wurde auch ich in der Eishölle von den Eltern gequält und in den Gedankenknast geworfen, wo mein eigenes Denken nicht zur Sprache kommen durfte.

Die Mutter erzählte einmal: »Ich war zweieinhalb Jahre alt, als mein Vater plötzlich tödlich verunglückte. Zwei Waggonpuffer hatten ihn zerquetscht. Mit acht Kindern stand meine Mutter plötzlich allein da. Sechs Jahre später heiratete sie wieder und gebar einen Jungen namens Paul, meinen Stiefbruder. Der erlitt mit fünfundzwanzig einen Unfall und starb ein Jahr später an den Folgen. Kinder hinterließ er keine.« Das blieb in meinem Gehirn haften. Nach dieser Offenbarung empfand ich ein starkes Mitgefühl für sie. Doch inzwischen hatte sie längst auch diese Gefühlsströmung durch ihr Nicht-sehen-wollen in mir zertrampelt. Mehr erfuhr ich nicht aus ihrer Kindheit. Meiner Mutters Stiefbruder Paul war das neunte Kind ihrer Mutter und ich bin das Neuntgeborene meiner Eltern.

Der Vater erzählte einmal: »Meine Zwillingsschwester ist mit einem Jahr und vier Monaten gestorben.« Mit kindlicher Neugier fragte ich: »Woran ist sie gestorben?« »An Zahnkrämpfen, sagte meine Mutter.« »Und wer war zuerst da, du oder die Schwester?«, hakte ich neugierig nach. »Ich erblickte zuerst die Welt. Die Zwillingsschwester machte sich erst noch hübsch, sagte meine Mutter.« Während er darüber sprach, tat es mir sehr leid, dass seine Zwillingsschwester bereits als Säugling gestorben war. Weiteres erfuhr ich auch aus seinem früheren Leben nicht – weder über die Kindheit, noch den Krieg, die Gefangenschaft oder das Lazarett. Hatte er sich während des Krieges die Frauen für die Befriedigung seiner Wolllust mit Gewalt genommen und ihnen gedroht, er würde sie mit dem Gewehr töten, wenn sie seinen sexuellen Forderungen nicht Folge leisteten? Hatte er womöglich auch Kinder gewaltsam für seine schmutzigen Zwecke benutzt, so, wie er mich nun benutzte?

Mit diesen abschweifenden Gedanken kehrte ich ans Brett zurück und bügelte unermüdlich weiter. Die Mutter ging schlafen und bald darauf sagte der Alte: »Hör auf! Pack zusammen und mach morgen weiter. Leg dich heute gleich zu Ulrich ins Bett.« Oh!, staunte ich, womit verdiene ich dein Mitgefühl, dass du mich heute gleich zu Ulrich ins Bett schickst?

In größeren Abständen stand ein großer Pappkarton vor unserer Haustür, in dem zwar getragene aber schöne Kleidungsstücke lagen – Sachen, die uns jemand einfach schenkte. Schuhe waren leider nie dabei. Gerade nach diesen sehnte ich mich so, weil ich im Sommer zum Barfußlaufen angehalten wurde. Ohne Schuhe an den Füßen war es mir peinlich, durch die Stadt zu gehen. Als einziges Mädchen lief ich sogar in der Schule barfuß. Die Kinder sahen mir weder ins Gesicht, noch auf mein schönes Dirndlkleid, sondern ausgerechnet auf meine unbekleideten Füße. Daheim fand ich das schon erbärmlich, mich so armselig aber auch noch in Stadt und Schule zu zeigen, war mir ausgesprochen peinlich. »Zieh die Schuhe und Strümpfe runter, spar sie für den Winter Adelheit!«, rief die Mutter mir aus dem Fenster zu. Einmal aber ließ ich es darauf ankommen und behielt die Schuhe an, weil ich nicht ohne sie laufen wollte. Da kam sie wie eine Hyäne mit der Peitsche in den Garten, wo ich um die Beete herumflitzte und sie mit der Peitsche an die Steine knallte, dass es wie in einem Zirkus klang. Ich bin doch kein Pferd, dachte ich und zog mir in sicherer Entfernung Schuhe und Strümpfe von den Füßen. Mit drohend erhobener Peitsche und scharfer Zunge sagte sie: »Dir werde ich noch Manieren beibringen! Verlass dich drauf, du Weibsbild!« Leise widersprach ich ihr: »Ich bin ein Kind und kein Weib!«

Ende Juni wollte ich meine hohen Winterschuhe anziehen, weil ich die Nase voll davon hatte, ohne Schuhwerk herumzulaufen. Nirgendwo in der Eishölle fand ich meine Schuhe. Die Schulmappe war auch weg. Gut gelaunt und fröhlich verkündete der Alte: »Schulfrei! Bei dem schönen Wetter gebe ich dir schulfrei!«, sprach er singend. So gut drauf war er doch sonst nicht, wenn er mich vom Unterricht fernhielt – warum heute? Was hat er vor? »Ich will aber kein schulfrei haben!«, rief ich. »Gib meine Mappe her!« Dabei war ich so wütend auf den Kerl, dass ich ihn am liebsten verdroschen und mit Füßen getreten hätte, wie er es sonst mit mir tat. Doch darin war ich ihm nicht gewachsen. Wenn ich die Hand gegen ihn erhob, prügelte er mich mit der Peitsche kreuz und quer durchs Haus. Und so kam ich seinem Befehl nach, zog die Schulkleidung aus und bequeme Sachen an. Ja, die Schulkleidung wurde ebenfalls geschont. Daheim trug ich stets ältere Klamotten, die allerdings rein und ganz waren. Ich hörte auf zu zählen, wie oft der Alte »Schulfrei!« verkündete – doch dieses Mal war alles anders.

Ohnmacht statt Honigtopf

Als ich umgekleidet war und die täglichen Pflichten in der Eishölle in Angriff nahm, heftete sich der Alte an meine Fersen. In welchen Raum ich mich auch voranwischte, er klebte wie Honig an mir. Dabei gab es für mich kein Entkommen. Plötzlich hielt er mich fest und scheuerte sich an mir. Ich riss mich los, entkam in die Wohnstube und rannte um den Tisch herum. Dann dehnte sich die wilde Jagd die Treppen hinauf ins Obergeschoss aus. Plötzlich kam Willy die Bodentreppe herunter und fragte erbost: »Wer macht denn hier solchen Lärm?« Zähnefletschend antwortete der Alte: »Es wird Zeit, dass du aufstehst!« »Na hör mal!«, empörte sich Willy, »Ich hatte Nachtschicht und will in Ruhe schlafen!« Ich dachte nach: Hat der Alte etwa vergessen, dass Willy oben schläft, oder ist es ihm etwa völlig egal, wenn er mich trotz Willys Anwesenheit vom Unterricht fernhält und dieses Spektakel veranstaltet?

Dann stieß mich der Alte voran in die Kinderschlafstube, schloss die Tür hinter uns ab und steckte den Schlüssel in seine Hosentasche. Eingesperrt!, schoss es mir durch den Kopf, gefangen genommen vom Alten und nun ganz allein mit ihm! Das machte mir so große Angst, dass ich in Windeseile wie ein Affe zum Fenster sprang und es öffnete. Mit zornesrotem Gesicht zog er mich vom Fensterbrett herunter und schleuderte mich zu Boden, wo ich still liegen blieb. Dennoch verpasste er mir heftige Fußtritte, dass ich laut jammerte. Sommers wie Winters trug er derbe hohe Filzschuhe mit einer dicken harten Gummisohle. Schmerzerfüllt zog ich die Beine an den Körper und hielt die Hände über den Kopf, um mich vor seinen Tritten und Schlägen zu schützen. Dabei schrie ich: »Hör auf!« Mein Flehen animierte ihn offenbar, mich noch wirkungsvoller zu bestrafen, sodass er mich an den Haaren packte und aufrichtete. Es gelang ihm weiterhin nur mit Mühe, mich festzuhalten. Zähnefletschend keifte er: »Komm bloß her du Weibsbild!« Dabei veränderte sich sein Gesichtsausdruck. Die Lippen wurden schmal, die Augenbrauen zogen sich zusammen und seine Stimme stolperte. Ich hüpfte über die Betten hinweg, und da er mich nicht fassen konnte, warf er einen seiner derben Hausschuhe an mein linkes Auge, dass ich Sterne sah und aufs Bett fiel. Sodann verpasste er mir gewaltige Hiebe mit dem Schuh und befahl: »Leg dich hier quer über das Bett! Aber bisschen dalli!« Mit einer Geste wies er auf das Bett, in dem Ulrich und ich sonst schliefen, und verlangte, dass ich mich quer darauf legte. »Nein, tu ich nicht!«, rief ich und kroch stattdessen unter das Bett. Rasend vor Wut zog er mich darunter hervor und warf mich quer auf das Bett. Dann spreizte er meine Beine weit nach oben und stand so dicht vor mir, dass ich mich wie verrückt schämte. Ich schloss die Augen, um nicht in seine rote wutverzerrte Fratze zu blicken. Dann verlangte er von mir, den Schlüpfer auszuziehen. Ich dachte nicht daran und wühlte wie ein Wildschwein in dem Bettzeug, um ihn abzuwehren. Umso toller hieb er mit der Schuhsohle auf meinen nackten Po und keifte: »Bleib endlich ruhig liegen, du stures Weib!« »Ich bin ein Kind und kein Weib!«, hielt ich ihm entgegen. Völlig unbeirrt davon riss er mir mit Gewalt den Schlüpfer herunter. Währenddessen versuchte ich ihn mit den Füßen auf das dahinter liegende Bett zu stoßen, doch er versetzte mir einen so gewaltigen Schlag ins Gesicht, dass ich dachte, der Kopf fliegt mir weg. Nach dieser Grobheit blieb ich wimmernd liegen. Als er dann seinen Kolben aus dem Hosenschlitz holte, wollte er ihn irgendwo an meiner Musch hineinstecken. Da das nicht ging, sagte er: »Passt nicht!« Schließlich scheuerte er so lange auf meiner Musch herum, bis er mich nass machte. Dabei wiederholte ich in Gedanken: Passt nicht!? Wo wollte er das Ding hineinstecken? Mir war nicht bekannt, dass die Musch außer der Harnröhre noch eine andere Öffnung besitzt. So viel Ekel auf einmal ertrug ich nicht und beschimpfte den Alten: »Du Dreckskerl, Schwein, Miststück!«

Endlich ließ er von mir ab und meinte: »Zieh deine Hose an!« »Ich bin doch schmutzig«, klagte ich wehleidig. »Du sollst die Hose anziehen oder soll ich es tun!?«, drohte er grob. »Nein, nein!«, rief ich und zog den Slip nur widerwillig über den nassen Dreck, da er nun ebenfalls beschmutzt war. In mir tobte die Glut eines Vulkans und ich schrie ihn fast an: »Schließ die Tür auf!« Da zog er mein Ohr lang und fauchte: »Du hast nichts zu wollen, nur zu gehorchen, sonst gar nichts! Merk dir das endlich! Und erzähle niemandem davon. Du weißt, was sonst passiert!« Mit rasender Wut im Leib trat ich über die Schwelle auf den Korridor hinaus, wo zu meinem Schreck immer noch Willy stand. Ich hatte das üble Gefühl, er hat durch das Schlüsselloch meine Beschämung mit angesehen, weil mein Bett genau in dessen Blickrichtung stand. Verheult sah ich ihn vorwurfsvoll an und fragte: »Warum hast du mir nicht geholfen?« Er hob lässig die Schultern: »Du bist doch soweit!« Offenbar war er sich darin mit dem Alten einig. Ich glaubte mich verhört zu haben und schüttelte den Kopf: »Was!?« Dann preschte ich die Treppen hinab aufs Klosett und verriegelte die Tür.

Auf dem Klodeckel sitzend heulte ich Rotz und Wasser. Ich verdammte mich selbst und wiederholte: »Du bist doch soweit!« Was meinte Willy damit? Wie weit? Wofür war ich angeblich so weit? Sind denn hier in dieser Eishölle alle verrückt? Der Alte hatte mich vergewaltigt und bei all meinem Schmerz und Ekel wünschte ich tot, tot, tot zu sein, nicht da zu sein, nicht geboren zu sein! Mit Zeitungspapier reinigte ich die Genitalien, weil sonst nichts anderes verfügbar war. Dann donnerte es mächtig an der Tür und der Alte rief: »Mach die Tür auf! Bisschen dalli!« »Du Arsch!«, murmelte ich. »Wegen dir mach ich die Tür nicht auf. Scheiß dir doch in die Hose, Dreckskerl!«

Die Vergewaltigung vergesse ich nie, nie, nie mehr! Ich war zwölf Jahre alt und fühlte mich selbst schuld daran, dass es passiert ist, denn hätte ich den Sprung von der Brücke gewagt, wäre es dazu nicht gekommen. Ich fand mich schuldig, überhaupt geboren worden zu sein. Ich dachte tatsächlich, ich hätte nur Stroh im Kopf, sonst wäre ich vor dem Sprung in die Tiefe nicht zurückgeschreckt. War ich einfach nur zu feige oder hielt mich stets irgendjemand davon ab, in den Fluss zu springen, mich vom Kummer zu befreien, um die Freiheit und den Frieden zu gewinnen? Stattdessen klebte jetzt Teer innen und außen an meinem Körper. Plötzlich klopfte mein Puls im Kopf und das Herz schlug mir zum Hals hinauf. Dann sah ich die Mutter vor mir und fragte sie: »Warum beschützt du mich nicht?« Eine Stimme in mir sprach: Du bist unerwünscht. Waaas?, dachte ich entsetzt, ach deshalb werde ich gequält: Weil ich ungewollt geboren wurde! Waren die anderen Kinder erwünscht? Mutter, gehst du deshalb besser mit ihnen um? Flink und zu hundert Prozent erfülle ich deine Wünsche, doch zum Dank für meinen Fleiß behandelst du mich garstig und ätzend. Es belastet mich schon genug, keine Liebe von dir zu erfahren, doch unerträglich ist es, auch noch deinen Hass abzubekommen.

Vor der Klotür war es still geworden, sodass ich wie besessen zur Haustür hinaus preschte, schnurstracks zur Hängeweide hin. Der Baum stand mitten auf der großen Wiese neben der Kläre. In seinem morschen hohlen Stamm saß ich schon oft, beklagte und beweinte ihn. Doch an diesem Tag erzählte ich ihm, wie der Alte mich vergewaltigt und was Willy dazu gesagt hat. Dabei schluchzte ich dicke Tränen. Wann würde das Chaos vorbei sein und ich nicht mehr ständig in Ohnmacht fallen? Wann könnte ich dem bittersüßen Käfig entfliehen, der wie ein Honigtopf an mir klebte? Nach meiner Offenbarung fühlte ich keine Erleichterung, wie sonst, wenn ich dem Baum mein Herz ausschüttete. Dieser Übergriff war zu ätzend, als dass er hätte vergessen werden können.

Von nun an wuchs meine Feindseligkeit den Eltern gegenüber mit jedem Tag. Sie hemmten und unterdrückten meine Entwicklung, stampften meine Persönlichkeit in die Erde – dorthin, wo der Alte mir drohte, mich zu verscharren, wenn sein Geheimnis bekannt würde und wo ich inzwischen selbst wünschte, begraben zu sein. Doch von diesem Geheimnis, das sich hinter den Scheibengardinen der Küchenfenster abspielte, wo alles begann, ahnte niemand etwas. Dass sich der Dreck dann auf der Matratze des Alten fortsetzen, immer heftiger und brutaler werden würde, konnte ich nicht ahnen. Er wachte darüber, dass ich Stillschweigen über seine Taten bewahrte. Dass durch die Räumlichkeiten und ihre Gemäuer ein geheimer Pakt, gefolgt von einem Fluch spukten, die vom Keller bis unters Dach in die Ziegel und Fugen hinein krochen, davon ahnten nicht einmal die Geschwister etwas. Durch die Lügen und Intrigen der Eltern gedemütigt, kam ich mir selbst wie ein Monster vor, das schikaniert, befleckt und niedergehalten wurde. Der Dämon durfte nicht an die Öffentlichkeit treten, sonst hätte der Alte den Verräter heimlich in dunkler Nacht vernichtet. Nur der schwarze Himmel und die Mauern der Hölle würden dabei zuschauen. Wenn der Mondschein nur sanft die Dunkelheit erhellen würde, wäre der Mörder sichtbar und überführt. Um meine Vernichtung kümmerte ich mich schon selbst, aber war ich zu mutlos und memmenhaft meinen Tod herbeizuführen? Beugte ich mich deshalb dem Höllenfürsten und blieb gehorsam?

In der Folgezeit beobachtete mich der Alte wieder durch den Briefkastenschlitz, wenn ich von der Schule kam. Verspätete ich mich, prügelte er, sobald ich über die Schwelle trat, auf mich ein und beschimpfte mich mit »Flittchen!« »Wo treibst du dich bloß herum?«, wollte er aus mir heraus dreschen. Dabei wiederholte ich: »Flittchen?« Das Wort kannte ich nicht. Auf dem Heimweg waren mir keine Flittchen begegnet.

Eines Abends konnte ich nicht einschlafen und schlich leise bis zur Mitte der Treppe hinunter. Durch die angelehnte Küchentür hörte ich, wie sich der Alte bei seiner Frau über mich beklagte: »Adelheit treibt sich nach der Schule irgendwo herum. Sie vernachlässigt ihre Pflichten! Wenn du Spätschicht hast, verschwindet sie einfach aus dem Haus und kommt erst Stunden später zurück!« Oh was bist du nur für eine falsche Schlange,

Alter! Sag ihr doch einmal die Wahrheit, warum sie das tut, dachte ich wütend und schlich ins Bett zurück.

Niemanden konnte ich fragen, was »Flittchen« bedeutet. Es konnte nichts Gutes sein, der Wut des Alten nach zu urteilen. Eine Woche lang verpflichtete ich mich selbst, nach dem Unterricht pünktlich daheim zu sein. Während Mutters Spätschicht lief ich nach der Schule zur Brücke. Und jedes Mal, wenn ich dann heimkam, prügelte und beschimpfte mich der Alte, mit »Nutte!« und »Hure!« Wie ein aufgeblasener Gockel zog er mich am Pferdeschwanz im Flur umher und brüllte: »Du bist das schmutzigste, faulste, dümmste und verlogenste meiner Kinder! Los steh auf du verfluchtes Weib!« Dabei zog er mich an den Haaren hoch. Mit Tränen in den Augen lachte ich drauflos, denn das, was er da sagte, stimmte einfach nicht. Die Eishölle hielt ich innen ganz allein sauber. Alle Pflichten, die mir die Eltern auferlegt hatten, erfüllte ich auch. Sie hielten selbst ihrer peniblen Kontrolle stand.

Längst hatte ich begriffen, wie der Alte vorging, um sich vom Verdacht seiner Schandtaten reinzuwaschen: Er schmiedete Intrigen, erfand Lügen über mich und hetzte seine Frau gegen mich auf. In meinem Kopf gesellten sich die beiden Wörter »Nutte« und »Hure« zu dem »Flittchen« hinzu. Was bedeuteten sie? Überraschend stand ein großes helles Radio im Wohnzimmer. Niemals zuvor hatte ich Musik aus einem Radio gehört. Die Klänge verzauberten mich. Ich fühlte mich auf einmal glücklich. Mit der Musik im Ohr reinigte ich beschwingt den Raum. Der Alte stellte die Musik ab. Er löschte meine Freude und Beschwingtheit einfach aus. Als er hinausging, stellte ich das Radio einfach wieder an. Da drehte er die Sicherung heraus. »So ein Idiot!«, schimpfte ich. Auf einmal liebte ich Musik, deren Klänge ein wunderbares Gefühl in mir weckten.

Später brachte mir Willy nach der Radiomusik das Tanzen bei. Dabei schwebten wir um die Tische herum. Nun liebte ich auch das Tanzen nach Musik. Der Alte kam in den Raum, schaltete das Radio aus und versetzte Willy einen gewaltigen Stoß ans Brustbein, dass der sich nur mit Mühe noch aufrecht halten konnte. »Bring ihr nicht solchen Mist bei!«, sprach der Alte zornig. »Pass auf, was du sagst und tust!«, drohte ihm Willy. Dabei stand ich regungslos da und dachte: In dieser Hölle stimmt ja nichts mehr! Der Alte drohte seinem Sohn, und der Sohn seinem Erzeuger. Niemals zuvor hatte ich erlebt, dass eines der Kinder sich dem Alten widersetzte und ihm sogar drohte.

Fungierte ich zwar schon zeitig als Erwachsene, so war ich mit dem erwachsenen Kram dennoch völlig überfordert. Ich verstand das Leben nicht mehr; es artete immer mehr aus. Kurz nach diesem Vorfall tüftelte ich mir einen Plan aus: Beim nächsten Mal, wenn ich mit den Freundinnen zusammen sein durfte, würde ich eine ganze Nacht draußen bleiben. Ich wünschte, die Mutter würde aufwachen und sehen, was um sie herum vorging. Den Alten würde ich wieder veranlassen, sich den Kopf zu zerbrechen, mit wem ich mich herumtrieb. Die ganze Woche lang war ich folgsam, kam pünktlich von der Schule heim, erledigte schnell meine Pflichten, ließ sogar die nächtliche Sauerei ohne Widerspruch über mich ergehen. Kotzte es mich auch noch so sehr an, ich blieb dennoch brav. »Siehst du: Es geht doch! Du musst nur gehorchen Adelheit!«, freute sich der Alte.

Als die Mutter vom Frühdienst heimkam, legte ihr der Alte Rechenschaft über mich ab und sie sagte anschließend zu mir: »Heute darfst du zu deinen Freundinnen gehen.« Auch sie sprach sanft und höflich, was mich sehr verwirrte. Jedenfalls war ich glücklich rauszukommen. Hanne, Michaela und ich suchten dann den Feldmarkt nach Gemüse ab, das wir im Gras säuberten und aßen. Anschließend kletterte ich auf Bäume und warf den Mädels die Früchte herunter. Ich benahm mich wie ein Junge – und wie der reinste Affe, denn ich liebte es, auf Bäumen herumzuklettern.

Und nur der Mond schaut zu

Die anhaltende Unmoralität in der Eishölle zwang mich dazu, diesen trüben Fluss des Alltags zu durchbrechen. Hier fand ich keine Sicherheit mehr, sodass ich ständig auf dem Sprung war, dem Bau zu entfliehen. Für ein paar Stunden der Kontrolle zu entgehen, irgendeine Veränderung herbeizuführen, war mein tägliches Sehnen. Einen Versuch war es wert, und so dehnte ich die Freizeit aus, während die Eltern mich daheim erwarteten. Elli und ich gingen mit Hanne in deren Wohnung. Dort führte sie uns in ihr eigenes Zimmer und sagte: »Fasst aber bitte nichts an!« Ich staunte: Sie hat ein eigenes Zimmer und ich habe nicht einmal ein eigenes Bett! »Bevor meine Mutti von Arbeit kommt, solltet ihr aber gehen«, bat uns Hanne. »Jaja, tun wir ja Hanne«, versprachen Elli und ich.

Als ich gerade eine von Hannes Puppen in die Hand nehmen wollte, klingelte es an der Wohnungstür. Hanne ging, um sie zu öffnen. Erschrocken hörte ich die Stimme meines Bruders Gottfried an der Tür: »Adelheit soll rauskommen!« »Was will der denn hier?«, stotterte ich, kroch rasch unter Hannes Bett und drängte mich dicht an die Wand, als könnte sie mich vor dem schützen, was gleich passieren würde. Hanne kam aufgeregt ins Kinderzimmer: »Adelheit, dein Bruder kommt dich holen! Ich wollte ihn nicht reinlassen, aber er hat mich einfach beiseite geschubst!« Dabei sah ich Gottfrieds Füße schon auf mich zu eilen. »Komm vor Adelheit! Oder soll ich dich holen?«, sprach er garstig. Warum nur? Ich hatte ihm doch nichts getan! Also blieb ich, wo ich war: inmitten der vielen Staubflusen unter dem Bett. Da packte er mich ganz überraschend und zog mich mit einem Ruck unter dem Bett hervor, dass ich kerzengerade vor ihm stand. Dann schlug er mich vor den Freundinnen links und rechts ins Gesicht. Anschließend jagte er meinen verletzten Körper aus der Wohnung, die Treppen hinunter aus dem Haus, am Spielplatz vorbei, die Spielstraße zwischen den Hecken entlang und dort, wo keiner es sehen konnte, boxte er mit seinen Fäusten auf meinen Rücken und sagte: »Dir werd' ich's zeigen, dass du dich nicht rumtreibst, noch dem Vater gegenüber aufsässig wirst! Du weißt genau, dass er krank ist!«

Aha, ahnte ich doch, dass der Wind von daher wehte! Nachdem der Alte Gottfried Lügen über mich aufgetischt hatte, nutzte er nun seinen erwachsenen Sohn für seine schmutzigen Absichten, indem er ihn losschickte, die desertierte Schwester heimzuholen. »Dass er krank ist!«, wiederholte ich mehrmals wütend. Genauso schob der Alte seine Krankheit vor, wenn er mich vom Unterricht fernhielt und mich am Tag darauf persönlich beim Lehrer für die Fehlstunden entschuldigte, wobei er sogar den Unterricht störte. Danach sprach der Lehrer vor allen Schülern: »Du hättest mir doch sagen können, dass dein Vater krank ist, Adelheit!« Das war mir so peinlich! Dabei war keineswegs die Krankheit der Grund dafür, dass er mich vom Unterricht fernhielt. Der Alte war so ein Lügner und Heuchler!

Meinen Bruder Gottfried schätzte ich dagegen sehr. Er wohnte mit seiner Familie am Stadtrand und kam die Eltern nur selten besuchen. Warum stand er gerade an diesem Tag auf ihrer Matte, wo ich doch meinen Plan verwirklichen wollte? Der war nun futsch! Gottfried traktierte mich unterdessen weiter vor sich her: den Hofweg entlang, die Stufen zum Podest hinauf, direkt in die Eishölle, dem Scheiterhaufen entgegen. Die Haustür hatte der Alte schon von innen geöffnet und verabschiedete Gottfried mit der unmissverständlichen Drohung an mich: »Das weitere übernehme ich!« Drinnen war ich dem Alten wieder allein ausgeliefert. Wortlos trieb er mich die Treppe hinauf, über den oberen Flur, die Bodentreppe hoch und stieß mich mit solcher Gewalt in die Bodenkammer, dass ich an die gegenüberliegende Wand prallte. Dann verriegelte er die Kammertür von außen.

In dem leeren Dachboden-Kabuff war ich nun in Haft genommen. Willy war längst mitsamt Inventar ausgezogen. Mein Rücken schmerzte extrem, sodass ich vorsichtig an der Wand herab in die Hocke rutschte. Dabei brodelten Hass und Wut in mir wie bei einem Vulkan kurz vor dem Ausbruch. Als sich die Augen ans Dämmerlicht gewöhnt hatten, entdeckte ich in der rechten Ecke eine Wäscheleine. Blitzschnell nahm ich meine Flucht in Angriff, knotete die Leine an der Türklinke fest und war dabei, sie aus dem Fenster in die Freiheit hinabzulassen. Als sich plötzlich die Kammertür öffnete, stand mein Herz vor Schreck fast still. Meine Beine waren am Fußboden wie festgenagelt, so sehr traf mich der Schock. Ohne jegliches Geräusch stand die Gestalt im Dunkeln vor mir und entriss mir geschwind die Leine aus den Händen. Dann verschwand der Alte wieder ohne Wort und Geräusch, wie ein Geist. Perplex stand ich da und konnte nicht glauben, was da eben geschehen war. Er hatte denselben Gedanken, wie ich: Die Leine als Mittel zum Zweck, durch das kleine Fenster in die Freiheit zu entkommen.

Der Mond schien durch die Butzenscheiben und erhellte das Kabuff ein wenig, wo es weder Licht, noch eine Sitzgelegenheit gab. Also legte ich mich auf den Fußboden, dicht an die äußere Wand gedrängt, als schützte sie mich vor der Gefahr, die im Hinterhalt auf mich lauerte. Ich zog die Beine an, dachte nach und behielt dabei stets die Tür im Auge. Schließlich lauerte dahinter der Teufel. Ich grübelte verzweifelt: Wird der Alte mich heute Nacht umbringen? Ich wünschte es mir sehr und hatte zugleich doch große Angst davor. Schließlich übermannte mich der Schlaf.

Durch ein Geräusch an der Tür fuhr ich auf und starrte benommen dorthin, während sie sich langsam einen schmalen Spalt öffnete. Es ist so weit!, schoss es mir durch den Kopf, jetzt tötet mich der Alte! Mein Herz klopfte laut, raste, stolperte vor, zurück, rauf und runter aus lauter Angst. Im Kopf drehte sich alles wie in einem Karussell. Jetzt tut er es! Jetzt bin ich dran! Stattdessen flüsterte die Mutter: »Du hattest doch noch kein Abendbrot!« Sie warf einen trockenen Brotkanten auf den Fußboden und warnte mich: »Erzähl es aber niemanden! Hörst du!?« Sie war wohl gerade von der Spätschicht zurück. Die Tür verriegelte sie wieder von außen.

Den Brotkanten hatte sie mir wie einem Hund zugeworfen: Hier, friss! Ich dachte an das Märchen von Hänsel und Gretel, an das harte Brot, das die Eltern ihren Kindern in den Wald mitgaben und das die Hexe Gretel zuteilte, während sie Hänsel mästete. Auch für mich war trocken Brot gerade gut genug. Warum wünschte die Mutter, ich solle es niemandem erzählen? Die Bewohner der Eishölle schlummerten doch in tiefem Schlaf. Wem hätte ich davon erzählen sollen? Oder war es ihr selbst unangenehm, den Hunger ihrer Tochter mit einem trockenen Brotkanten zu stillen? Welche Lügen hat der Alte ihr gegenüber diesmal über mich verbreitet? Den Kanten rührte ich nicht an, da klebte Dreck dran! Ich fragte mich: Werde ich einmal frei von Problemen in die Zukunft segeln? Wann hat dieser Spuk ein Ende? Welche Prüfungen werde ich noch über mich ergehen lassen, die so schmutzig, schmerzhaft und frustrierend waren? Ich fühlte mich derart unter Druck gesetzt, eingeengt und genötigt, dass ich wie unter einer Zentnerlast drohte, zusammenzubrechen. Von den Anforderungen der Eishölle war ich völlig überlastet, fix und fertig. Der Trümmerhaufen in mir wuchs und türmte sich riesig auf. Wann würde er umkippen? Was ist Wahrheit, was Lüge? War alles, was hinter diesen Mauern vor sich ging, eine Verschwörung gegen mich und obendrein nach innen und außen hin gefälscht? Wo ist Gott, mein Beschützer? Er konnte mein Beschützer nicht sein, denn die Angst blieb ständig in Aufruhr – so viele Fragen, die mir niemand beantworten konnte, weil ich mit keinem reden durfte!

Plötzlich bekam ich Hunger und aß den Brotkanten doch. Bald darauf fiel ich in einen tiefen Schlaf und träumte: Im Dunkeln auf einem Acker schaufelt ein Mann ein großes und tiefes Loch. Hoch oben auf dem ausgehobenen Erdhaufen stehen Kinder und sehen zu, wie der Mann immer tiefer gräbt. Hinter einem Busch in Deckung, beobachte ich den Mann, der sich beim Schaufeln sehr anstrengt. Dann stützt er sich auf den Schaufelstiel und blickt in meine Richtung. Der Mann entdeckt mich und warnt mit drohend erhobener Schaufel: »Erzähl es niemandem, sonst Gnade dir!«

Wieder fuhr ich erschrocken aus dem Schlaf, als ich den Alten sagen hörte: »Steh auf!« Noch ganz duselig im Kopf von diesem Traum, erhob ich mich vor der schemenhaften Gestalt in der Dunkelheit. »Geh dich waschen! Aber geh leise!«, flüsterte der Alte, als hörten alle schlafenden Bewohner der Hölle zu. »Davonfliegen kann ich nicht!«, murmelte ich im Dunkeln tappend. »Geh mehr am Rand, dann knarren die Dielen nicht!«, gab er sein Geheimnis preis, wenn er oft wie lautlos vom Himmel fallend vor mir stand und mich erschreckte. Auf dem oberen Flur spürte ich plötzlich ein bedrohliches Gefühl, das mich wie ein Mantel umhüllte und erzittern ließ. Die Luft war hier so unheimlich stickig, dass ich Blut und Wasser schwitzte. Diese undurchdringliche Luft, Dunkelheit und Stille flößte mir so schreckliche Angst ein, dass ich tatsächlich der Annahme war, der Alte würde mich jetzt in der Küche töten. Meine Beklommenheit machte mich äußerst wachsam, in Erwartung dessen, was da auf mich zukommen würde. Die anderen träumten ihren eigenen Traum und würden von seiner Untat nichts mitbekommen. Auf der Treppe heftete sich der Alte dicht an meinen Fersen, als spürte er, was ich vorhatte: die Flucht zur Haustür hinaus. Vor den letzten beiden Stufen ins Erdgeschoss gab er mir von hinten einen Stoß, sodass ich gezwungen war, sie zu überspringen und gegen die Klotür prallte. Dann sah er mir in der Küche bei meiner Abendtoilette zu und sagte: »Heute gehst du gleich zu Ulrich ins Bett!« »Woanders wär ich auch nicht hingegangen, du Arsch!«, murmelte ich. Die Zeiger des Weckers standen auf zwei Uhr. Spürte er überhaupt nicht, wie sehr er mich peinigte und wie ich mich dabei fühlte? Dass ich traurig, verletzt und verzweifelt war? Nein, danach fragte er nie. Was in mir vorging, war nicht von Bedeutung. Für ihn zählte nur, sein Ziel zu erreichen, dass alle in der Eishölle nun tatsächlich der Annahme waren, ich triebe mich herum. Deshalb bespitzelte mich der Alte und wachte streng über mich. Dass er selbst der Teufel in dieser Hölle war, kam ihm gar nicht in den Sinn.

Noch am Morgen danach, beim Gang die Treppe hinab, durchströmte mich das üble Gefühl dieser Nacht und ließ mich schaudern. Nach der Schule und meinen Pflichten in der Hölle wusch ich per Hand eine große Schüssel voll dreckiger Strümpfe. Dreimal spülte ich sie, bevor ich sie am Haus entlang auf die Leine hängte. Nicht, dass ich schon genug schuftete, beschmutzte mich der Alte anschließend noch auf seiner Matratze. Von da an verhielt ich mich so, wie der Alte es von mir verlangte. In dieser Zeit war ich so sehr überfordert, dass ich selbst meine Geschwister nicht mehr wahrnahm. Längst waren die jüngeren in einem Alter, wo das Kindermädchen überflüssig war.

Als ich dann zum Religionsunterricht gehen wollte, war die Haustür verschlossen und der Schlüssel aus dem Schloss entfernt. »Schließ die Tür auf!«, rief ich aufgebracht dem Alten entgegen. »Ich komme zu spät zum Pfarrer Pfütze!« »Das ist alles Quatsch, was euch der Pfarrer da erzählt – alles Humbug! Im Haus ist genug zu tun. Da wirst du gescheiter, als von diesem Mist beim Pfarrer!«, behauptete der Alte. Ich war überaus verletzt und traurig, weil er mir so noch die letzte verbliebene Freude auslöschte. Ich beschimpfte ihn von A bis Z, wenn auch nur leise vor mich hin. Wieder fragte ich mich, wie selbstständig ich denn wirklich war, ohne die Macht, Lügen und Intrigen der Eltern, die mich an die Eishölle ketteten?«

Eines Tages, als ich von der Schule heimkam, sah ich, dass der Alte meine kleine Schwester Freya an seiner Hose scheuerte. »Oh nein! Das darf doch nicht wahr sein!«, rief ich voller Entsetzen laut aus. »Jetzt fängst du auch schon mit Freya an! Du wirst doch wohl nicht mit ihr dieselbe Schweinerei abziehen wollen, wie mit mir?« Stotternd beteuerte der Alte seine Unschuld: »Nein, nein! Es sieht längst nicht so aus, wie du das siehst!« »Wonach sieht es denn sonst aus?«, fragte ich ihn. »Ich drücke sie – was mit dir niemand getan hat! Eifersüchtig sollst du werden!«

So ein Unsinn, dachte ich, aber als er dies sagte, fiel mir ein Felsbrocken vom Herzen. Leise wiederholte ich: »Eifersüchtig?« Freya ist meine Schwester, warum sollte ich eifersüchtig sein? Mich quälte ganz anderer Kummer als Eifersucht. Ich überlegte: Springe ich deshalb nicht von der Brücke, weil der Alte sonst mit Freya seine Schweinerei abziehen würde? Sie war doch erst sechs Jahre alt. Doch ihr Alter hätte ihn vermutlich nicht von seiner Schweinerei abgehalten, denn ein weiteres Mädchen gab es in der Eishölle nicht. Ulrich ist ein Junge, mit ihm konnte er diese schmutzigen Sachen nicht machen. Wünschte ich mir deshalb, lieber ein Junge zu sein? Noch vor den Sommerferien würde ich meinen Plan in die Tat umsetzen: wenn die Sonnenstrahlen tagsüber die Erde erwärmten und der Mond voll stand.

Es war so weit. Die Mutter hatte ihren freien Tag und nach meinen Pflichten sagte sie mit erhobener Stimme: »Geh heute mal raus!« Ich freute mich riesig, endlich raus zu dürfen! Auf dem Spielplatz kamen Michaela, Hanne und ich mit anderen Gleichgesinnten zusammen und spielten Völkerball. Dabei setzte ich alle meine aufgestauten Aggressionen in Kraft um und unsere Gruppe gewann das Spiel. Anschließend streiften wir drei durch die Gegend und sprangen über die Kläre hin und her. Gemeinsam schlenderten wir dann nach Hause. Diesmal verabschiedete ich mich von den Mädchen am Torbogen, der mit zwei Häusern verbunden war, und hinter dem die Spielstraße zum Spielplatz führte. Links der Spielstraße verlief die Reihe von Vorgärten der Einfamilienhäuser, rechts von ihr lag der mit Linden besäumte Spielplatz. »Ich geh die Straße entlang, nicht über den Spielplatz nach Hause. Macht's gut ihr zwei!« »Bis bald mal wieder Adelheit!«, sagten sie und zogen heim.

Bis es dämmerte, hockte ich in einer Häuserecke. So bekam mich der Alte nicht vor seine Linse, wie beim ersten Mal, als ich den Plan verwirklichen wollte. In der Dunkelheit machte ich mich auf den Weg durch die Kaserne, vorbei an nicht umzäunten Beeten, die irgendwelche Leute bestellten. Mein Weg führte weiter durch die Untersiedlung und dann zurück in die unsrige. In der Zwischenzeit war es stockdunkel geworden, woran sich meine Augen jedoch gewöhnten. Wie unsere Katze Mimi schlich ich durch die abendliche Siedlung, kletterte über Zäune und schlich durch Grundstücke, ehe ich in den Garten kam, wo ich vorhatte, zu übernachten. Diese Oase hatte ich mir vorher ausgesucht, um sicherzugehen, dass ich einen guten Blick auf die Hölle haben würde. Unter einem Schwarzen Johannisbeerstrauch fand ich dann den richtigen Schlafplatz. Hier suchte ich die Erde mit Händen nach Schnecken ab, denn auf eine drauflegen wollte ich mich nicht. Die Erde war warm und die Blätter des Strauches rochen würzig, unter dem ich mich in Position legte. Die Sicht zum oberen Flurfenster der Eishölle war gut. Dabei nahm ich einen tiefen Atemzug von dem würzigen Aroma des Strauches, hielt die Luft an und pustete dann kräftig aus. Den Garten, in dem ich auf der Pirsch lag, trennte eine dichte Hecke von der Spielstraße, dahinter kam noch eine Hecke und dahinter lag unser Garten. Der Mond schien hell und die Stille tat ihr Übriges, dass ich mich richtig wohlfühlte und ausgiebig weinte. Nur eine Nacht wünschte ich ohne Störung und Schmutz durchzuschlafen. Auf dem Bauch liegend, sah ich durch die Hecke hindurch zum oberen Flurfenster, wo die Eltern nach mir Ausschau hielten. Einmal schaute die Mutter, dann schaute der Alte heraus, schließlich hielten sie gemeinsam Ausschau nach mir. Dabei unterhielten sie sich. Aufgrund der großen Entfernung verstand ich jedoch kein Wort. Hallo, hier bin ich!, hätte ich ihnen am liebsten aus meinem Versteck zugerufen. Dann schlief ich ein.

Aufgewacht bin ich, als irgendetwas über meinen Bauch lief, vielleicht eine Maus oder Ratte. Es war schon hell, doch die Siedlung lag noch in tiefem Schlaf. Die sommerliche Morgenluft erquickte mein Herz und die Stille war wunderbar angenehm. Die Amsel trillerte ihr Morgenlied und bald gesellten sich andere Vogelfamilien hinzu. Mit schmutzigen Händen richtete ich mein Haar und strich das Kleid glatt, ehe ich mich auf den Weg zur Eishölle begab. Im Hof kauerte ich mich in eine Ecke neben der Treppe und wartete, bis die Mutter die Haustür aufschließen und unsere Katze Mimi hineinspringen würde – ein morgendliches Ritual der beiden. Dann würde ich auch wissen, wie spät es war, denn auf keinen Fall wollte ich die Schule verpassen. Mimi kam auf leisen Sohlen zu mir und mauzte. Sanft streichelte ich ihr Fell, damit sie ruhig blieb.

Es war soweit: Der Schlüssel drehte sich im Schloss. Mimi sprang sofort die Stufen hinauf und zur offenen Tür hinein – ich hinterher. Die Mutter stand am Küchentisch und bereitete das Frühstück zu. »Guten Morgen!«, grüßte ich freundlich und machte meine Morgentoilette. Dabei fragte sie: »Wo kommst du jetzt erst her?« »Von draußen«, ließ ich sie wissen. Anschließend aß ich die Schnitte, die sie mir zuschob. Plötzlich kam der Alte eilig die Treppe herabgehumpelt und trat energisch über die Schwelle der Küche. Er setzte sich auf den Stuhl und fragte die Mutter aufgeregt, wobei er das Wort in die Länge zog: »Wooo ist sie gewesen?« »Mir sagt sie nichts«, antwortete die Mutter. »Dann sag ihr, dass sie den Schlaf nachholt und nicht in die Schule gehen kann!«, forderte der Alte seine Frau auf, obwohl ich am Tisch saß und die Stulle aß.

So ein Blödsinn, den die beiden hier veranstalten, dachte ich bei mir. Das war einfach lächerlich. Wie aus der Pistole geschossen kam mein Entschluss: »Ich gehe in die Schule und niemand, wirklich niemand hält mich davon ab!« In der Küche war es mucksmäuschenstill. Ich wusste, dass der Alte mich nur im Haus behalten wollte, um aus mir herauszuprügeln, wo ich mich in der Nacht ›herumgetrieben‹ hätte, und vor allem mit wem. Anschließend hätte er wieder seine Wollust an mir abreagiert. Dabei fiel mir auf, dass mich die Eltern nur »sie« nannten. Meinen Namen hatten sie über Nacht wohl vergessen? An diesem Morgen wiedersetzte ich mich den Eltern zum ersten Mal. Ich war so stolz und fühlte mich auf einen Schlag wie von einem Bann befreit – vorläufig zumindest.

Dreifacher Angriff und üble Nachrede

Furcht und Niedertracht
behindern den Geist.
Heimgesucht in Falschheit,
gefangen in übler Nachrede.
geohrfeigt mit Aggression –
alles tut so weh.

Nach meinem nächtlichen Freigang änderte sich jedoch am Milieu in der Eishölle und in den Köpfen der Eltern rein gar nichts. Nichts hob sich aus den Angeln, noch wurde mir irgendetwas veredelt oder versüßt. Ich fühlte mich weiterhin unter Druck gesetzt, überfordert und ekelhaft. Wie gern hätte ich Musik gehört, die mich aufheiterte, die jede Zelle in mir erblühen ließ. Doch das Radio blieb verschwunden. Eines Tages verbrannte der Alte die Holzverkleidung des Radiogerätes im Küchenherd. Ich war fassungslos, weil er ausgerechnet das vernichtete, was mir Freude bereitete: »Was bist du nur für ein Scheusal Alter!«, fluchte ich leise.

An einem Sonntagnachmittag sagte die Mutter: »Heute darfst du rausgehen.« Dabei fiel mir auf, dass sie ganz bewusst vermied, mich beim Namen zu nennen. Ansonsten grölte sie stets »Adelheit!« durchs Haus, wenn sie bei ihrer Kontrolle einen Krümel Staub fand oder ein Laken ihr nicht genügend glatt gezogen schien. Aus lauter Freude über meinen Freigang ließ ich dann meinen aufgestauten Aggressionen beim Völkerball freien Lauf. Doch diesmal spielte ich in der Gegnermannschaft, weil dort ein Spieler fehlte. Während ich wie besessen um den Sieg kämpfte, traf mich ein kräftiger Schmetterball von Michaela am linken Arm und warf mich zu Boden. Michaela freute sich und jubelte: »Hanne, wir haben gewonnen!« Vor Freude hüpften beide wild umher. Mein Arm jedoch war außer Gefecht gesetzt und schmerzte. Dabei presste ich die Zähne fest aufeinander, um keine Schwäche zu zeigen. »Tut mir leid Adelheit«, sagte Michaela, »aber durch diesen Treffer haben wir gewonnen.« »Ist mir schon klar Michaela«, presste ich zwischen den Zähnen hervor. »Tut es sehr weh?«, fragte Hanne. »Geh ins Krankenhaus, in die Notaufnahme!«, riet Michaela mir. »Ich weiß aber nicht, wo das Krankenhaus ist. Begleitest du mich Michaela?« »Ich weiß es auch nicht Adelheit, aber mein Schwager Martin lag dort schon einmal. Er wird dich begleiten«, versprach sie und ging ihn holen.

Martin stimmte zu und wir zogen los. Er war mit Michaelas Schwester Gerlinde verlobt und ich kannte ihn nur vom Sehen. Also gingen wir fremd und stumm wie zwei Fische nebeneinander her zum Spital. Er war ein gut aussehender junger Mann mit schwarzem Haar und dunkelbraunen Augen, die mir Angst machten, sodass ich lieber einen Schritt hinter ihm her ging. In der Notaufnahme wurde mein Arm geröntgt und danach in eine Gipsschale gelegt. In der Annahme, Martin wäre schon nach Hause gegangen, machte auch ich mich auf den Heimweg, verließ das Spital jedoch durch eine andere Tür, als beim Eintritt in das Gebäude. »Warte Adelheit!«, hörte ich plötzlich Martin hinter mir rufen. »Was denn, du bist ja noch da!«, rief ich überrascht. »Ich dachte, du wärst heimgegangen.« »Nein, ich habe auf dich gewartet!«, sagte Martin. »Das brauchtest du nicht. Den Heimweg finde ich allein.« »Hast du noch Schmerzen?«, fragte er mitfühlend – glaubte ich zumindest, da ich nicht wusste, dass dies zu seiner Taktik gehörte. »Nein, Schmerzen habe ich keine mehr.« »Lass uns hier durch die Gasse gehen!«, schlug er plötzlich eine Abkürzung vor.

Als wir gerade an zwei Häusern vorbeigegangen waren, drückte er mich, wie von allen guten Geistern verlassen, gewaltsam in die nächste Hausecke gegen das Mauerwerk. Dabei fummelte er unter meinem Rock am Höschen herum. Während ich wie verrückt mit den Beinen strampelte, ihn mit »Schwein!« und »Dreckskerl!« beschimpfte, drückte er seine Lippen auf meinen Mund und leckte ihn mit seiner Zunge wie mit einem Waschlappen ab. Das ekelte mich so sehr, dass ich fast gekotzt hätte. Dabei streifte er mein Höschen herunter und ich fragte ihn: »Warum machst du das Martin?« »Na glaubst du wirklich, ich bin mitgekommen, um dafür nicht auch belohnt zu werden?« »Oh mein Gott!«, stöhnte ich jetzt. Er hatte mich nur begleitet, um mich anschließend zu beschmutzen. Diese Art der Belohnung hatte er sich gleich bei seiner Zusage in den Kopf gesetzt. Meine Zwangslage hatte offenbar seine perverse Fantasie stimuliert, ein dreizehnjähriges unberührtes und unerfahrenes Mädchen vergewaltigen zu können. Ein heftiger Ekel ließ mich ihm sagen: »Das erzähle ich Gerlinde!« Dafür boxte er mich in die Magengrube. Dann presste er sein Knie derb in meinen Leib und ich hatte das Gefühl, er würde meinen Körper fast durch die Wand drücken. Mit der anderen Hand öffnete er seinen Hosenschlitz. Da geriet ich völlig außer mir, spie ihm ins Gesicht und trat ihm so fest ich konnte gegen seine Schienbeine. Mein Bauch war voller Hass und Wut, sodass ich ihn in übelster Weise beschimpfte: »Du Scheißkerl, Miststück,

Schwein! Lass mich in Ruhe, du Arsch!« Trotzdem ließ er nicht locker: »Halt endlich still, du blödes Weib!«, keifte er wütend und schlug mir so heftig ins Gesicht, dass ich dachte, mein Kopf würde jetzt schief auf dem Hals sitzen. Doch dann nahm er Reißaus. Es war ihm nicht gelungen, mich zu vergewaltigen.

Nach dieser Gewalttat war ich fix und fertig. Ich heulte wie ein Schlosshund und verdammte Martin in alle Ewigkeit. Ich schwor mir, nie mehr irgendjemanden um Hilfe zu bitten und mich lieber durchzufragen, wenn ich Rat oder Auskunft benötigen sollte. Traurig, verletzt und mit hängendem Kopf schlich ich heim. Aus lauter Scham beschloss ich, Gerlinde von dem Vorfall nichts zu erzählen. Völlig verunsichert suchte ich nach Gründen für Martins ungeheuerliche Schandtat und vermutete sie sogar in irgendwelchen wahrnehmbaren Spuren meiner täglichen Demütigung. Vielleicht sah Martin in meinem Gesicht, was der Alte mit mir machte? Als ich die Haustür öffnete, zog mich die Mutter sofort an den Haaren durch den Flur in die Wohnstube, wo sie losbrüllte: »Was fällt dir ein, Gerlindes Verlobten zu verführen, dich ihm anzubieten?!« Dabei schlug sie mir rechts und links ins Gesicht. »Waaas!?«, zog sie das Wort zornig in die Länge. »Er wollte was von mir«, entgegnete ich. »Halt dein dreckiges Mundwerk! Du Lügnerin! Martin hat gleich der Gerlinde gebeichtet, was du von ihm gefordert hast. Sie kam zu mir und hat erzählt, dass du dich Martin angeboten, dich an ihn rangeschmissen hast! Wie stehen wir denn jetzt da? Du verfluchtes Frauenzimmer! Die ganze Siedlung lästert über uns!« Dabei prügelte sie weiter derart auf mich ein, dass ich in einer Zimmerecke Schutz suche. Dort schlug sie mir dann umso heftiger auf den Kopf. »Ich hasse dich!«, stöhnte ich leise. »Du bist die schlimmste Rabenmutter der Welt. Ich hasse dich, du Rabenmutter! Oh sag, dass das nicht wahr ist, was hier heute passiert!«

Allein schon durch Martins Übergriff fühlte ich mich elend, doch nun war ich durch die Verleumdung, ihre Verbreitung und durch die Unbarmherzigkeit der Mutter, die eher Martin und Gerlinde als ihrer Tochter Glauben schenkte, um mich dann gnadenlos zu verdreschen, völlig am Boden zerstört. Meine rebellierenden Gedanken überschlugen sich: Wenn du wüsstest, wie fies du bist Mutter, und wie ich dich hasse! Du fragst nicht, wie es wirklich war, sondern verbietest mir, mich zu dem Vorfall zu äußern. Du vertraust eher anderen Leuten, als deiner Tochter. Martin war mir zuvorgekommen und hatte den Spieß einfach umgedreht, um die

Schuld sofort auf mich abzuwälzen. Diese Verdrehung kam mir bekannt vor: Genau so verdrehte auch der Alte alles, was ihn betraf. Dabei erfand er Lügen über mich und verbreitete sie, um sich selbst reinzuwaschen. So eine verdrehte Welt! Das Leben enttäuschte mich immer wieder und führte mich noch tiefer in den Morast, der zunehmend auch die Wahrheit verschlang. Ein friedvolles, beschauliches Zusammenleben mit den Eltern sollte sich nicht mehr einstellen. Einen Vorbildcharakter hatten beide nicht. Mein friedvoller Weg lag in weiter Ferne, wenn ich ihn überhaupt jemals beschreiten sollte. Und so schwur ich Rache, um meine Ehre wieder herzustellen, die Martin so infam in den Dreck gezogen hatte. Denn Dreck klebte schon genug an meinem Körper, so wollte ich wenigstens in der Öffentlichkeit meinen Namen reinwaschen.

Die Mutter pflegte kaum Kontakt zu den Bewohnern unserer Siedlung. Wenn sie mal jemandem begegnete, sprach sie nur schlecht über mich. Das erfuhr ich dann wiederum von meinen Spielgefährten: Ich sei faul, dumm und gefräßig. Einmal bot die Nachbarin Frau Thoma der Mutter das Du an. Da war sie so sehr aufgebracht, dass sie kein Wort mehr mit der Frau sprach. Zu mir aber war Frau Thoma immer freundlich. Wenn ich der Eishölle entfliehen konnte und ihr Fahrrad angelehnt an der Hauswand stand, durfte ich es mir ausleihen und damit radeln. Manches Mal drückte sie mir einen schönen großen Blumenstrauß in die Hand und sagte: »Bring ihn in die Wasserstraße zur Firma Kleidermann.« Die Straße lag am anderen Ende der Stadt und ich war froh darüber, dass ich so weit radeln durfte. Wie der Teufel persönlich trat ich dann in die Pedale, genoss die Freiheit und den Fahrtwind, der mir übers Gesicht strich. Diese Ausflüge gehörten zu meinen schönsten Erlebnissen. Zurück von der Radtour, bekam ich Prügel vom Alten. Die Dresche nahm ich hin, denn neunzig Minuten meines Lebens durfte ich vorher so etwas wie Glück empfinden.

Die Gipsschale wurde entfernt und der Doktor sagte: »Streng den Arm jetzt noch nicht so sehr an!« Als er dann völlig geheilt war, schritt ich zur Tat und löste mein Versprechen ein, Rache zu nehmen. Michaela und ihre Eltern glaubten mir, dass Martin mich vergewaltigen wollte, was mir für mein Vorhaben den Rücken stärkte. Ich klingelte an der Tür der elterlichen Wohnung, wo Gerlinde und Martin ein Zimmer bewohnten. Gerlindes Mutter öffnete die Tür und wies mir das Zimmer: »Geradeaus Adelheit – gib es ihr!« Bis dahin war mir nicht bekannt, dass sie ebenso wenig von ihrer Tochter hielt, wie meine Mutter von mir. Bekannt war jedoch, dass Gerlinde und Martin arbeitsfaul waren und den Eltern auf der Tasche lagen. Das ging mich aber nichts an. Ich wollte nur Rache nehmen und meine Ehre wieder herstellen, die Martin in den Dreck gezogen hatte.

Ohne anzuklopfen, öffnete ich die Tür und sah Gerlinde sich mit dem Oberkörper zum Fenster hinausbeugen. Schnell packte ich sie von hinten an den Klamotten und warf sie aufs Bett. »Was willst du denn hier?«, fragte sie verwundert. »Ja, da staunst du, was?! Du Lügnerin! Du wusstest genau, was Martin von mir wollte und hast den Spieß einfach umgedreht! Für die Begleitung zum Krankenhaus wollte er belohnt werden und hat versucht, mich zu vergewaltigen. Das ist ihm nicht gelungen, was ihn wohl geärgert hat. Das hättest du meiner Mutter erzählen sollen und nicht lügen, ich hätte mich ihm angeboten, du Miststück!« Gerlinde entgegnete: »Martin hat es mir aber so erzählt, wie ich es deiner Mutter gesagt habe!« Doch ich war außer mir: »Du bist eine Quatschtante! Eine falsche Zunge Gerlinde!« Während ich auf ihrem Bauch saß und die Arme nach oben hin festhielt, schlug sie mit den Beinen mächtig um sich – so begann die Rauferei. Obwohl sie sieben Jahre älter war als ich, lieferten wir uns einen gewaltigen Zweikampf. Als sie mich dann am Pferdeschwanz durch den Raum zerrte, geriet ich in großen Zorn. Wo ich plötzlich die Kraft hernahm, sie an den Beinen zu packen, ihren Körper auf die Matratze zu ziehen und ihr das Kissen aufs Gesicht zu drücken, ist mir heute noch ein Rätsel. Ihr Strampeln hörte auf. Ich nahm das Kissen fort: Sie atmete noch – und ich ging lautlos, wie ich gekommen war. Seit dieser Rauferei achteten wir einander.

Daheim erzählte ich dem Alten: »Ich habe gerade Gerlinde verdroschen.« Der feixte und meinte dann: »Wer sich verteidigt, klagt sich an.« »Nein, meine Ehre habe ich wieder hergestellt, du Arsch!«, murmelte ich und dachte: Du hast nur blöde Sprüche im Kopf, weil du selbst alles verdrehst, deinen Dreck in meine Schuhe schüttest, Blödmann! Er wusste ganz genau, dass Martin gelogen hatte. Schließlich log der Alte selbst das Blaue vom Himmel herab. Nach diesem Ereignis schnürte die Mutter meine Freizeit noch mehr durch Hausarbeit ab. Ich hasste sie dafür.

Während des Turnunterrichts sagte die Lehrerin Frau Gammy: »Ich brauche drei Schülerinnen, die ein gutes Durchhaltevermögen in Leichtathletik zeigen. Die Drei werden von mir in dieser Sportart gefördert, um an Wettkämpfen teilzunehmen und groß rauszukommen!« Ich spitzte die Ohren und witterte eine Chance, mich zu beweisen. Von nun an legte ich mich beim Turnen mächtig ins Zeug, um zu den Dreien zu gehören. Eines

Tages verkündete Frau Gammy: »Evelyne und Adelheit sind dabei, Ute aus der Parallelklasse ebenfalls.« Vor lauter Freude dabei zu sein, sprang ich jubelnd auf und hüpfte umher. »Ihr bekommt eine Sonderregelung für außerschulischen Sportunterricht«, sagte Frau Gammy. Durch den zusätzlichen Sport an drei Stunden in der Woche gewann ich mehr Zeit für mich. In den Ferien trainierten wir auf dem Sportplatz der Fußballer. Während des Trainings zeigte ich Kraft, Ausdauer und Willensstärke. Voller Tatendrang gab ich mich der Leichtathletik hin.

Nach dem Training sehnte ich mich nach Ruhe. Doch beim abendlichen Gutenacht-Ritual kam vom Alten unerbittlich der Befehl: »Du weißt, wohin du zugehen hast!« »Oh Mann, ich will schlafen!«, flehte ich. »Kannst du – aber in meinem Bett!«, gab er mir gebieterisch zu verstehen. Erschöpft schlief ich dann auf seiner Matratze schnell ein und wurde aus dem Schlaf gerissen, wenn der Alte mit der Schweinerei begann. Dann loderten Hassgefühle wie Feuer in mir, wie in einem Vulkan kurz vor der Eruption. Dabei murmelte ich: »Du Schwein, du Hundesohn! Ich hasse dich, du Ekel!« Wenn er mich dann nass gemacht hatte, ging ich in die Küche und säuberte meine Genitalien. So ging das jede Nacht. Wie lange noch?

In der zweiten Ferienhälfte fuhr ich ins Zeltlager. Drei Wochen lang fern der Eishölle und nach Herzenslust austoben! Zwanzig Mädchen campierten auf zwanzig Strohsäcken, die im Zelt dicht nebeneinander auf einem Lattenrost aufgereiht lagen. Laken und Kopfkissen waren mitzubringen. Nachts breiteten wir Armeedecken über uns aus. Während alle schliefen, tummelten sich die Mäuse im Zelt und krabbelten in der Dunkelheit über unsere Bäuche. So manches Mädchen schrie plötzlich auf, sodass auch alle anderen aus dem Schlaf fuhren. Nach dem gemeinsamen Frühsport gab es Frühstück. Zwei Mädchen hatten im Wechsel Tischdienst. Danach brachten wir Ordnung ins Zelt, worauf die Erzieherin Lisa zur Bettenkontrolle erschien. Anschließend unternahm unsere Gruppe eine Waldwanderung. Ich liebte den Wald, wo es nach Erde, Tannen und Pilzen roch, wo ich den Bach rauschen und die Vögel zwitschern hörte. An einer Quelle bauten wir gemeinsam aus Holzstöckchen ein Wasserrad. Dabei war ich emsig am Werkeln und fühlte mich wohl dabei.

Hier durfte ich Kind sein. Ohne Schmutz, Gewalt und Hausarbeiten schlief ich jede Nacht durch. Ich glaubte zu träumen: Beim Bettenmachen, Tischdienst und beim Sport lobte mich die Erzieherin Lisa sogar. Das was mir peinlich. Es behagte mir nicht, weil ich noch nie gelobt wurde und einfach nicht wusste, wie ich damit umgehen sollte. Bei einem der Morgenappelle fiel mir der Fahnenmast auf den Kopf, sodass ich besinnungslos am Boden lag. Ein Krankenwagen brachte mich ins Spital. Dort zog mir Krankenschwester Claudia die Kleidung aus, wogegen ich mich heftig wehrte. Ich schämte mich sehr, völlig nackt vor ihr zu stehen und bedeckte mich notdürftig mit den Händen. Dabei ging die Schwester rasch und behutsam vor, zog mir ein weißes Nachthemd über, das hinten offen war. »Du hast eine leichte Gehirnerschütterung«, sagte der Doktor. »Das Bett darfst du vorerst nicht verlassen.«

Also lag ich nun faul herum und Schwester Claudia bediente mich. Sie wusch meinen Körper, machte das Bett und reichte mir das Essen. Das war mir so peinlich, dass ich am liebsten getürmt wäre, auch weil sie mich ständig »Engel« nannte: »Du siehst nicht nur aus wie ein Engel Adelheit, du bist ein Engel – mein Engel.« Ich schämte mich wie verrückt, weil noch niemand so gut zu mir war. Eine fremde, hübsche, junge Frau nannte mich »Engel«! Plötzlich liebte ich die Schwester. Wenn sie ins Zimmer kam, strahlte mein Herz vor Freude. Einen Engel stellte ich mir mit langem blondem Haar vor, ich dagegen trug lange dunkle Haare.

Als ich das Bett verlassen durfte, ging ich auf den Flur hinaus, um Schwester Claudia zu sehen. »Mein Engel, ich komme gleich zu dir!«, rief sie mir entgegen. Schon wenn ich ihre Stimme hörte, war ich glücklich. Später sagte sie: »Du wirst morgen entlassen, mein Engel. Wir schicken dienen Eltern ein Telegramm, damit sie dich abholen.« Was denn, sie schickt mich fort? Rasch kroch ich unter die Decke und weinte leise: »Ich will hier bleiben. Ich will nicht nach Hause!« Sogleich nahm sie mich in ihre Arme und sagte: »Du brauchst doch nicht zu weinen, mein Engel.« Da wünschte ich mir, ewig in ihren Armen zu ruhen.

Willy kam mich abholen. Zum Abschied drückte mich Schwester Claudia und schenkte mir eine Leckerei. Dabei weinte ich herzzerreißend, weil ich sie zurücklassen und mich in der Eishölle wieder dem Dreck aussetzen sollte. Willy fragte: »Hat es dir hier so gut gefallen, dass du weinst?« »Ja!«, schluchzte ich. Mit dem Bus fuhren wir heim. Während mein Herz trauerte, wirbelte der Kopf alles durcheinander und wiederholte unaufhörlich: »Ich will das nicht! Ich will zurück zu Claudia!« Vor den Steintreppen der Höllentür waren meine Füße ganz schwer. Und drinnen begann dieselbe Leier, die mir keine Zeit für meine Trauer und mein Wehklagen ließ. Der Dämon hatte mich wieder – vorbei die Sommerferien.

Die Kidnapper

Beklage Groll,
Gewalt und Ekelhaftigkeit.
Räuber sind wie Tiere,
verschleppen Fleisch und Blut
in die Dunkelheit.
Hilfe – eine blinde Annahme.

Während der kalten Jahreszeit fand der außerschulische Sportunterricht in der Turnhalle statt. Meine ganze Aufmerksamkeit widmete ich dem Sport. Die Chance, einmal groß rauszukommen, machte mich ehrgeizig und stolz. Evelyne und ich gingen gemeinsam den Weg zur Turnhalle, die sich mitten in der Stadt befand. Dort kämpften wir gegeneinander. Bei den Wettkämpfen engagierte ich mich mit vollem Körpereinsatz, bis der Dress durchnässt war. Die Aktivitäten bereiteten mir viel Spaß und Freude. Auf dem Heimweg lachten wir über so manche verunglückte Szene. Während unserer Kicherei bekam ich plötzlich ein mulmiges Gefühl im Bauch. Ich kannte das bereits: Es sagte mir nichts Gutes voraus.

Öfter schon hatte ich auf unserem Heimweg beobachtet, dass uns ein Bengel auf der gegenüberliegenden Straßenseite folgte. Nun sah ich diesen Kerl wieder und dachte bei mir, der hat nichts Gutes im Sinn. »Siehst du den Bengel dort drüben Evelyne?« »Ja! Na und? Lass ihn doch Adelheit!« Dabei kriegte sie sich vor Lachen kaum ein. Mir jedoch war die Albernheit vergangen. An der Kreuzung bei Bäcker Kunze trennten sich unsere Wege. Bevor wir Abschied voneinander nahmen, plauderten wir noch kurz: »Schau mal Evelyne, es sind ja auf einmal vier Jungs.« »Was werden die vorhaben Adelheit?« »Ich habe keine Ahnung Evelyne!« Dabei sorgte ich mich vor allem um sie, weil ihr Heimweg noch länger war als meiner. »Machs gut Adelheit. Ich eile nach Hause.« Sie rannte los. »Ich beeile mich auch Evelyne!«, rief ich ihr nach und hatte noch fünfzig Meter bis zu unserem Hoftor.

Ich griff über das Tor nach dem Riegel, um es zu öffnen, als mir plötzlich jemand den Mund zuhielt und meinen Körper derart nach hinten bog, dass ich glaubte zu fallen. So, wie der Kerl mich nun im Griff hatte, zog er meinen Körper über die Straße zu den anderen Bengels hin. Dort drückte er mich gewaltsam gegen die Glaswand der Telefonzelle. Ich litt Schmerzen und weinte, worauf der Kidnapper sagte: »Halt die Schnauze, dann passiert dir nix!« Vor Qualen und Angst rief ich um Hilfe und weinte sehr. Der Kerl schlug mir heftig ins Gesicht und drückte meinen Körper noch rabiater gegen die Glaswand. »Ich sagte, du sollst die Fresse halten, dann passiert nix! Aber was machst du? Schreist hier herum! Das hast du nun davon!«, schnauzte er gedämpft, um kein Aufsehen zu erregen. Mein Rücken tat sehr weh. Während die Angst in jede Zelle meines Körpers zog, hielt sie mich in Aufruhr.

Der Kidnapper spielte die Hauptrolle. Er war ungefähr siebzehn oder achtzehn Jahre alt, mit lockigem dunkelblondem Haar, von Statur molliger, als die anderen Jungs, die sich mehr im Hintergrund aufhielten, sodass ich ihre Gesichter nicht sehen konnte. Sie waren etwa vierzehn bis fünfzehn Jahre alt. »Was machen wir mit ihr Pitti?«, fragte einer der Bengel. »Was? Du weißt nicht, was wir mit ihr machen Lasche?«, fragte ›Pitti‹ zurück. Pitti war also der Kidnapper und Lasche einer seiner Gefährten. Diese beiden Spitznamen hafteten nun in meinem Gehirn. Getauft sind sie bestimmt nicht auf diese Namen, dachte ich mir. »Los, greift sie euch!«, feuerte Pitti die Jungs an. Da wuchs meine Angst ins Unermessliche. Zwei von ihnen ergriffen meinen rechten Arm, die anderen beiden den linken. Während ich mich dennoch mächtig zur Wehr setzte, zog mir ein Bengel das Band aus dem Haar, das mir nun über die Schulter fiel. Ein anderer versetzte mir einen kräftigen Tritt in den Hintern, dass ich mich vor Schmerzen fallen ließ und aufheulte. Pitti trat dem Bengel, der mir den Tritt verpasst hatte, dafür mächtig auf den Fuß, sodass auch der nun jammerte, mich dafür boxte und sagte: »Bloß wegen dir, blödes Vieh!«

Gewaltsam verschleppten sie mich zu der ehemaligen Kleingartenanlage. Seitdem die Neue Straße im Bau war, mussten ihr die Gärten dort weichen. Während der gewaltsamen Verschleppung kam mein Turnbeutel abhanden. Vor lauter Angst und Schmerzen rief ich »Hilfe! Hilfe!« Doch niemand hörte mein Rufen. Eine wahnsinnige Furcht vergewaltigt zu werden, ließ mein Herz doppelt so schnell das Blut in die Adern pumpen. So, wie ich mich weinend fallen ließ, blieb ich liegen. Dazu meinte der Kidnapper: »Steh auf, blöde Ziege!« und versetzte mir Fußtritte. »Du sollst aufstehen, dreckige Kuh!« Er griff mir in die Haare und zog heftig an ihnen, worauf ich sofort aufstand. An den Armen zerrten sie mich neben einen Brunnen und warfen mich dort auf die nasse Erde, wo ich eingerollt liegen blieb.

Plötzlich tanzten drei Bengels wie Hexen vor mir herum. Sie lachten und gebärdeten sich mächtig albern.

Dann sagte Pitti: »Los, fangt an!« Zwei Jungs zogen mir den Mantel aus. Dabei wühlte ich auf der Erde wie ein Wildschwein herum und schrie »Hilfe, Hilfe!« Dafür schlug mir Pitti so bleischwer ins Gesicht, dass ich glaubte, der Kiefer wäre ausgerenkt. Auf einmal fing er an, mein Höschen herunterzuziehen. Daraufhin ergriffen die drei Bengel stadteinwärts die Flucht. Dann hörte ich von der Neuen Straße her Stimmen und schrie aus Leibeskräften: »Hilfe! Hilfe! So helfen Sie mir doch!« Pitti presste mir seine dreckige Hand auf den Mund und sagte gedämpft: »Fresse halten!« Da hörte ich eine Männerstimme sagen: »Hörst du das auch? Jemand hat um Hilfe gerufen!« »Ach, was du immer so hören willst!«, lallte eine Frauenstimme. Beide Stimmen entfernten sich – mit ihnen meine Hoffnung, befreit zu werden.

Nun war ich mit Pitti allein und ihm völlig ausgeliefert. »Schreist du noch einmal, werfe ich dich in den Brunnen hinein!«, drohte er aggressiv. Diese Worte flößten mir Todesangst ein, weil sie mich an die Warnung der Mutter erinnerten: »Turnt niemals auf einem Brunnen herum. Fallt ihr hinein, könnt ihr nicht mehr herausklettern. Im Brunnen ist Grundwasser, das euren Körper ins offene Meer hinauszieht!« Während Pitti nun mein Höschen ganz ausgezogen hatte, griff ich kräftig in die Erde hinein und warf sie ihm an den Kopf. Daraufhin benahm er sich wie vom Teufel gebissen und verprügelte mich brutal – ich blieb ruhig liegen. Als er dann aber seinen Hosenschlitz öffnete, bekam ich unerwartet so viel Kraft geschickt, dass ich wie besessen auf ihn losging und ihn schonungslos verprügelte, ihm mit den Füßen in den Leib trat und ihn lauthals verfluchte. Immer wieder warf ich ihm Hände voll nasser Erde an den Kopf, sodass er schließlich stadteinwärts flüchtete, ohne sein Ziel erreicht zu haben.

Nach dieser Gewalttat fühlte ich mich hundeelend, schluchzte die Furcht und den Schmerz endlos aus mir heraus. Kleidung und Haut waren völlig verdreckt. Ich suchte nach dem Turnbeutel und meinem Höschen, fand jedoch beides nicht und ging schließlich ohne sie heim. Nun stand ein neues Problem an: Ich kam nicht nur zu spät nach Hause, sondern auch völlig verdreckt, ohne Höschen und Turnbeutel. Geplagt von unermesslicher Furcht, fragte ich mich: Warum ich? Reichte es nicht, was der Alte mir antat? Spürte die Männlichkeit, dass der Alte sexuelle Handlungen an seiner Tochter vornahm? Vor der Haustür pochte mein Herz bis in den

Hals, wobei ich glaubte zu spüren, wie mir der Puls die Schädeldecke rhythmisch anhob. Geräuschlos öffnete ich die Haustür einen Spalt, sodass mein Körper gerade so hindurch passte und hörte, wie sich die Eltern in der Wohnstube unterhielten. Höchst konzentriert schlich ich in die Küche und säuberte meinen Körper. Die Stulle, die Mutter mir zurechtgelegt hatte, nahm ich mit ins Bett.

Kaum hatte ich mich dort in die Zudecke eingekuschelt und die Schnitte gegessen, als ich den Lichtschalter knipsen hörte. Der Alte zerrte mich sogleich von der Matratze und stieß mich eilig die Treppe hinab in die Wohnstube, wo die Mutter auf mich wartete. Dabei war ich auf alles gefasst, auch darauf, dass er mich totschlug. Dann wäre ich endlich von all dem Ekel erlöst worden, den ich in der Eishölle und nun auch in der Gewalt der Jungs zu ertragen hatte. Ich war mit meinen Nerven am Ende. Nur die Heftigkeit des Todesmoments konnte schlimmer sein. Da brüllte mich die Mutter wie eine Furie an: »Wo kommst du jetzt erst her? Warum schleichst du dich heimlich ins Haus? Du hast wohl ein schlechtes Gewissen?!« Wenn du wüsstest, was ich erlebt habe, würdest du mich nicht so anschreien, dachte ich, während mein Kopf vornüber fiel. Ich hielt den Mund geschlossen und ließ die Tränen fließen. In diesem Augenblick stand die Mutter vom Sofa auf und ich sah, dass sie auf der Riemenpeitsche gesessen hatte. Meine Nerven lagen so blank, dass sie nur noch die Hand gegen mich hätte erheben brauchen und ich wäre vor ihr zusammengebrochen. Zu der Gewalttat der Jungs noch eine Strafe obendrein hätte ich nicht ertragen. Aufgebracht sprach dann der Alte: »Was heulst du? Bis jetzt ist noch nichts passiert, dann heule auch nicht!« »Ich will in Ruhe schlafen«, klagte ich schluchzend. »Du hast gar nichts zu wollen, sondern nur zu gehorchen!«, rief er und wollte mich schlagen. Doch die Mutter sagte in normalem Tonfall: »Lass sie!« Und ich fragte mich verwundert: Womit verdiene ich heute deinen Beistand? Im Bett weinte ich heftig und überlegte verzweifelt: Wie viel Grausamkeit ertrage ich noch? Dann betete ich: »Bitte lieber Gott, lass mich in der Nacht sterben. Auf keinen Fall will ich morgens aufwachen!«, schluchzte ich ins Kissen, bis ich einschlief.

Als der Alte seine Kinder am Morgen weckte, war ich zu Tode betrübt, noch zu leben. Es wäre für Gott doch so einfach gewesen, mich für immer ruhen zu lassen. Nun aber war ich den verschwörerischen und verteufelten Eltern weiterhin ausgeliefert. Dabei fühlte ich mich schuldig, dreckig, zum Kotzen. Meiner Sportkarriere setzte ich ein Ende. Nicht, dass die Eltern es mir vermiest hätten – nein, ich selbst war nicht mehr bereit, mich noch einmal in Gefahr zu begeben, die solch brutale Folgen für mich haben konnte. Frau Gammy und Evelyne log ich an, die Eltern hätten mir das Training verboten. Es tat mir im Herzen sehr weh, den Sport aufzugeben. Der starke Drang nach aktivem Handeln, getragen von Hoffnung und Zukunftsvision, war dahin. Meinen Traum, im Sport einmal ganz groß rauszukommen, hatte ich begraben. In der Woche darauf wunderte sich der Alte, dass ich nicht zum Sport ging und fragte: »Warum gehst du nicht turnen?« »Fällt aus!«, sagte ich. Damit war er zufrieden und fragte auch nicht weiter nach. Das Erlebnis aber blieb tief im Gehirn verankert. Ein Vergessen gibt es nicht.

Im Spinnennest gefangen

Das Spinnenkind bibbert,
es kämpft und schnappt nach Luft.
Es hat keine Chance zu fliehen –
verliert und stirbt.

Anfang Dezember schneite es tagelang dicke Flocken. Die weiße Pracht lag einen halben Meter hoch und verzauberte die Gegend in ein Märchenland. Ich liebte diese Verwandlung, den Winter, den Schnee, der den Zaunlatten weiße Häubchen aufsetzte und überhaupt alles verschönerte. Kurz vor Ladenschluss sagte die Mutter: »Lauf noch schnell zum Kaufladen und hole etwas aufs Brot!« Ich freute mich gigantisch, dass ich in den sauberen Schnee hinaus und frische Luft schnappen durfte. Mit Gummischuhen an den Füßen schlitterte ich im Dunkeln zum Selbstbedienungsladen. Im Licht der Straßenlaterne fielen die Schneeflocken wie kleine Diamanten herab und um ihren Mast herum türmte sich ein Berg aus Diamantenstaub auf. Vor meinen Augen funkelte und leuchtete es nur so, dass die weiße Pracht mich beflügelte. Die Schönheit der Natur öffnete mein Herz und vor Freude hüpfte ich um den Laternenmast herum. Ich fühlte mich mitten im Paradies, innig verbunden mit der winterlichen Natur. Dann formte ich eine Kugel aus dem Pulverschnee, doch die Schneesterne wollten nicht aneinander haften und fielen auseinander. Dafür steckte ich eine Handvoll in den Mund. Der Schneeschieber schob die weiße Pracht an den Straßenrand, aber die Schneeflocken fielen schneller, als er sie wegräumen konnte. Während ich mitten auf der Straße zum Kaufladen schlitterte, fühlte ich mich unbeobachtet und vogelfrei. Ein sehr angenehmes Gefühl durchflutete meinen Körper. Wegen meiner glatten Gummisohlen fiel ich andauernd hin, stand sogleich auf und krachte wieder auf den Po. Es machte mir Spaß, so ausgelassen sein zu können.

Doch plötzlich wurde meine ausgelassene Freude gestört, als ich hinter mir eine Männerstimme sagen hörte: »Bleib stehen! Ich will dich!« Erschrocken sah ich in alle Richtungen, ob wirklich ich gemeint war. Weit und breit war keine Menschenseele zu sehen, nur ein Mann, der mitten auf der Straße hinter mir herkam und nun wieder rief: »Bleib stehen! Ich will dich!« Er meinte tatsächlich mich. »Der spinnt doch!«, sagte ich mir und spuckte in die weiße Pracht. Dann drehte ich mich rasch noch einmal um und sah den Mann aus einer Flasche trinken. Mein Blick glitt an seiner Gestalt herab und was ich da zu sehen bekam, verhieß mir nichts Gutes: Sein Geschlechtsteil hing an der frischen Luft. Wie vom bösen Wolf getrieben, schlitterte ich mit klopfendem Herz die Straße entlang und stolperte in den Laden: endlich in Sicherheit! Wieder erlebte ich solch eine schreckliche Situation, die mir Furcht einflößte. Schnell suchte ich die Ware zusammen und stellte mich an der Kasse an. Während ich meinen Blick aufmerksam durch den Laden wandern ließ, entdeckte ich plötzlich das Gesicht des Mannes, der mich durch die Schaufensterscheibe hindurch anstarrte. Mein Herz rannte rauf und runter, der Kopf dröhnte und meine Angst vor dem fremden Mann wurde beklemmend. Mit der letzten Kundin verließ ich gemeinsam den Laden, in der Hoffnung, ihr Weg würde sie in Richtung meines Heimwegs führen. Doch vor dem Laden ging sie nach rechts und ich bog nach links ab.

Plötzlich stand der Mann wie ein Geist vor mir. Ich sah in sein Gesicht und er in meins. Da streckte er mir seinen Finger entgegen und drohte: »Hau ja nicht wieder ab! Dich will ich! Bleib stehen!« »Dreckskerl!«, sprach ich verächtlich und spie vor ihm in die weiße Pracht. Ich nahm meine rutschigen Gummischuhe in die Hand und hetzte in Strümpfen auf der Straße heimwärts – der Mann hinter mir her. Er ließ sich nicht abschütteln und rief: »Wirst du endlich stehen bleiben? Ich will dich!« »Scheißkerl! Dreckskerl!«, fluchte ich zurück und erreichte endlich das Hoftor. Mit großen Sätzen sprang ich die Stufen zur Hölle hinauf und zur Haustür hinein. Den Einkaufsbeutel drückte ich der Mutter in die Hand und ging zu Andreas, um ihm von der Begegnung mit dem alten Mann zu berichten.

Andreas hörte sich alles an, ging, ohne ein Wort zu sagen nach draußen, nahm den Hörnerschlitten und pfiff einen bestimmten Ton, woraufhin seine Kumpels herbeieilten. Sie setzten den alten Mann auf den Schlitten, während dessen Gemächt noch immer an der frischen Luft hing. Die Jungs zogen ihn in die Siedlung auf den Spielplatz – ich hinterher. Da fiel dem Mann die Flasche in den Schnee. Die Bengel drehten den Schlitten schnell im Kreis herum, sodass der Mann jetzt ebenfalls in die weiße Pracht fiel. Neugierig nahm ich an dieser Vergeltung teil, hüpfte wie eine aufgescheuchte Henne umher und freute mich, dass die Kumpels alles im Griff hatten: »Was werdet ihr mit ihm machen Andreas?« Doch der versetzte mir einen kräftigen Stoß ans Brustbein und sagte: »Hau ab! Verschwinde!

Geh nach Hause!« Der Stoß tat so weh, dass ich dem Schnee meine Wut zeigte, indem ich ihm Fußtritte verpasste.

Auf dem Heimweg fragte ich mich: Warum wollte der Mann gerade mich für seine schmutzige Schandtat? Mein Gesicht hatte er doch anfangs in der Dunkelheit gar nicht erkennen können. Was war es dann, dass er ausgerechnet mich für seine Zwecke wollte? Warum wurde ich immer wieder zum Opfer sexueller Übergriffe? Meine Brust war noch nicht ausgebildet und Haare wuchsen mir nur auf dem Kopf. Ich fand mich kaum anziehend und schon gar nicht verführerisch. Im Vergleich zu meinen Klassenkameradinnen war ich ein Spätzünder. Die Mädchen hatten alle schon Brust und ihre Regel, ich nicht. Mit dreizehn Jahren benahm ich mich wie ein Junge – wollte auch lieber einer sein und hatte mit dem Weiberkram nichts im Sinn. Ich war sogar froh, glatt wie ein Brett zu sein.

Als die Mutter eines Tages vom Frühdienst heimkam, sagte sie: »Geh heute eine Stunde raus.« Darüber freute ich mich zwar riesig, doch eine Stunde war knapp bemessen. Vor den Freundinnen hatte ich auf einmal Hemmungen. Um meine Hemmung vor ihnen zu verbergen, alberte ich herum, kletterte auf einen Baum und schüttelte den Schnee von den Zweigen auf ihre Köpfe. Wie ein Affe sprang ich dann vor ihren Füßen wieder herunter und tänzelte um sie herum. Ich zeigte mich lebhaft, leistungsfähig und heldenhaft, doch sie sahen mich nur mit ernster Miene an. Dabei konnte ich ihnen mit meinen Faxen kein Lippenzucken entlocken. Michaela und Hanne waren so alt wie ich und benahmen sich doch anders. Ich dagegen zeigte ihnen das heitere, übermütige, närrische Kind. Über Weiberkram sprachen wir kein Wort, über familiäre Geschehnisse auch nicht.

Zu Hause war ich dann eine andere Adelheit: ernst, traurig, verschlossen und voller Kummer. Bevor ich am nächsten Morgen zur Schule ging, schrubbte ich mein Gesicht mit aufgeschäumter Kernseife und Handbürste. Danach glühte es rot. Die Haare kämmte ich glatt nach hinten und band sie zum Pferdeschwanz. Hiernach riskierte ich erneut einen Blick in den Spiegel und stellte fest, dass mein Spiegelbild noch genauso aussah, wie vor der intensiven Reinigung. Was war es dann, was die Männer anzog? War es die Nase? Die Augen? Der Mund? Ich fand keine Erklärung dafür. Schließlich war ich den Kinderschuhen noch nicht entwachsen: ein Kind von dreizehn Jahren – und der Alte wurde mir gegenüber immer aufdringlicher und brutaler.

Nach langer Freiheitsberaubung und Isolation flehte ich, rausgehen zu dürfen. Doch der Alte sagte: »Die Weiber wollen dich nur verführen!« Da war ich wirklich naiv und fragte mich, wozu? »Geh in den Keller und staple die Kohlen!«, sagte der Alte und hielt die Kellertür für mich auf. Nach den ersten Stufen in den dunklen Keller hinab, rollten Tränen aus Wut und Angst über mein Gesicht. Dort liefen Spinnen und Kellerasseln herum, vor denen ich mich fürchtete. Nachdem ich ein Brikett auf den anderen gestapelt hatte, fiel der Turm um und ich begann von vorn. Danach waren Hände und Gesicht kohlrabenschwarz. Ich dachte: Nun klebt der Dreck sichtbar an mir, sodass jeder sehen kann, wie dreckig ich bin. Am nächsten Tag verlangte der Alte von Andreas, dass der die Kohlen stapelt. Doch der lachte den Alten nur aus und verschwand. Mit fünfzehn Jahren hatte er längst begonnen, sich dem Alten zu wiedersetzen.

Der Schnee schmolz dahin und schon bald schauten die ersten Frühlingsboten aus der Erde hervor. Mit dem Anstieg der Tagestemperaturen kaufte sich der Alte ein Fahrrad. Damit heftete er sich nach dem Unterricht an meine Fersen. Täglich stand er mit dem Rad vor dem Schultor und bespitzelte mich – wie peinlich! So manches Mal trickste ich ihn aus und verließ das Schulgebäude zum Hinterausgang. Dort verlief eine Geschäftsstraße, auf der ich mich unter die Leute mischen konnte. Die Schule lag an der Lutherstraße, die geradeaus zur Friedensbrücke hinführte. Von dort aus sah ich zurück zum Schultor, wo der Alte immer noch mit seinem Fahrrad stand und vergebens auf seine Tochter wartete. Hier versagte sein sonst messerscharfer Blick. Doch dafür schlug er mich dann zu Hause mit der Peitsche. Die Schläge taten so sehr weh, dass ich das Ding einfach festhielt. Wir standen einander grimmig gegenüber und er sagte mit wutzitternder Stimme: »Du Nutte! Du Hure! Lass dich ja von keinem anderen knacken! Ich möchte nur einmal wissen, wo du dich nach dem Unterricht herumtreibst!« Ich schwieg, dachte aber: Das verrate ich dir niemals, du Dreckskerl!

Während der Pflichten im Haus überlegte ich: Was meint er mit knacken? Das konnte nichts Gutes sein. Nüsse lassen sich knacken, aber ich bin doch keine Nuss! Nichts von dem, was der Alte sagte, konnte anständig sein – das verriet schon seine Wut. Nie würde er auf den Gedanken kommen, dass ich eines Tages den Freitod wähle, schon wegen der Besessenheit nach seinem eigenen Fleisch und Blut nicht. Die schloss einfach aus, dass er einmal darüber nachdachte. Als er dann auch noch Andreas für seine schmutzigen Zwecke einspannte, war mir klar: Der Alte ist nicht normal! Er ist geisteskrank. Nun bespitzelte auch noch der Bruder seine Schwester nach dem Unterricht. Vom Alten erhielt er den Auftrag, zu beobachten, wo ich nach dem Unterricht hinging. Als ich einmal über die Schwelle des Schulgebäudes nach draußen trat, riss mir Andreas die Mappe aus der Hand und rannte weg – ich hinterher. Zwei Straßen weiter stand der Alte mit dem Fahrrad und nahm meine Schulmappe von Andreas entgegen.

Am nächsten Tag versteckte ich die Mappe im Papierraum der Schule und ging anschließend zur Friedensbrücke. Ich dachte mir, die Mappe ist ja in Sicherheit. Auf dem Übergang kam mir eine junge Frau im Rollstuhl entgegen. Dieser Anblick schmerzte mich so, dass sich die Augen mit Tränen füllten. Einmal hörte ich, wie der Alte der Mutter aus der Zeitung vorlas, was er öfter tat, wenn sie von der Spätschicht kam: »Und wieder stürzte sich eine junge Frau von der Brücke. Sie hat überlebt, wird aber ihr weiteres Leben im Rollstuhl verbringen.« War das die junge Frau, der ich begegnet war? Hatte sie sich in die Tiefe gestürzt und überlebt? Wenn ich den Sprung einmal wagen und nicht sterben sollte, sondern anschließend im Rollstuhl sitze – das würde ich nicht ertragen, dachte ich. Sprang ich deshalb nicht in die Freiheit und nahm lieber den Schmerz, Dreck und die vielen Pflichten in der Hölle auf mich? Normal war das nicht.

Ich ging zurück in die Schule, um die Mappe zu holen, fand sie aber nirgends. Ich durchwühlte das ganze dreckige Papier, aber von der Schulmappe keine Spur. Daheim kam mir Andreas kichernd entgegen. Da wusste ich, er hatte mich beobachtet und die Mappe aus dem Papierraum geholt. Ich begriff das nicht: Warum führte er bereitwillig die Befehle des Alten aus, wenn es um mich ging, wo er sich ihm doch sonst widersetzte? Welche Lügen verbreitete der Alte über mich, um seinen Sohn zu manipulieren? Aus Enttäuschung darüber strafte ich Andreas mit Nichtachtung. Doch das war ihm völlig gleichgültig, denn auch er maßte sich Macht über seine Schwester an. Dieses Regime von Macht und Gehorsam war mir zuwider, aber hatte ich eine Wahl, dem zu entgehen?

Die Konfirmation stand an. Zu meinem Ehrentag steckte mich die Mutter in ein Gewand, das zwar gut aussah, aber höllisch unbequem war. Trotz allem hielt ich es in den Klamotten aus und bewahrte Haltung. Die Garderobe bestand aus einem schwarzen Kleid, dessen Ausschnitt mit würfelförmigen Perlen besetzt war. Darüber trug ich einen Bolero und an den Füßen schwarze Schuhe mit mittelhohen Absätzen. In der Hand hielt ich das Gesangsbuch und obenauf ein Spitzentaschentuch. Vor dem Gang zur Kirche legte der Alte mir eine weiße Perlenkette um den Hals. Ich war völlig sprachlos, dass er mir dieses Geschenk machte. Majestätisch trug ich dann meinen ersten Schmuck zur Kirche. Ja, ich war stolz auf die Kette vom Alten, weil sie mir gefiel.

In der Marienkirche reichte Pfarrer Pfütze den Konfirmanden das Abendmahl. Dann kam der Höhepunkt: der Gesang aller Beteiligten, bei dem die Mutter wunderbar und laut trillerte. Ihr Klang schwebte über die Köpfe der Leute hinweg in die Höhe. Die Texte der Lieder kannte sie auswendig. Meine Mutter sang wie eine Nachtigall. In diesem Augenblick galt meine Bewunderung nur ihr. Aber niemals wagte ich, das in Worten laut auszudrücken. Am Abend war ein Treffen auf dem Spielplatz, wo alle Konfirmanden der Siedlung sich einfanden. Ich freute mich riesig darauf, doch der Alte meinte: »Dort hast du nichts zu suchen. Dort gehörst du nicht hin. Schlag dir das aus dem Kopf!« Ich saß traurig da und ließ das Kinn hängen. »Was ziehst du für ein Gesicht zu deinem Ehrentag?«, fragte die Mutter. »Weil ich nicht zum Treff der Konfirmanden heute Abend gehen darf«, antwortete ich enttäuscht. »Das ist Tradition. Dort gehst du hin!«, legte sie mir offen – und der Alte widersprach seiner Frau nicht. »Es wird spät werden, ehe du heimkommst. Schlaf also nach dem Mittagessen ein wenig vor!«, riet mir die Mutter. »Das mach ich«, versprach ich und ruhte nach dem Essen im Bett.

Unerwartet ging die Tür auf und Alfred, der mit seiner Frau Gisa zu meinem Ehrentag angereist war, trat ein. Schon durch seinen Eintritt störte er meine Ruhe. Doch dann schloss er die Tür hinter sich und fragte: »Darf ich mich zu dir legen Adelheit?« Ich überlegte: Naja, mit Ulrich liege ich ja auch in einem Bett, warum nicht mit Alfred? – und stimmte zu. Als er dann aber meinen Körper berührte und fragte, »Darf ich in dich eindringen?«, sprang ich wie die Höllenfürstin von der Matratze und brüllte ihn fassungslos an: »Ich bin deine Schwester, du Arsch!« Ich lief aus dem Zimmer, die Treppe hinunter, zur Haustür hinaus in die Freiheit, geradewegs zur Hängeweide. Vor Frust schimpfte ich laut: »Du Dreckskerl!« Noch so ein Schweinigel in der Familie: der eigene Bruder! Längst wusste ich, was er meinte, als er vom »Eindringen« sprach. So ein Miststück! Ich saß an den Wurzeln der Weide und weinte mir die Augen aus. Dabei hatte Alfred doch einst den Alten verflucht, »Pfui!« gesagt und ausgespuckt.

Dann hallten auch Willys Worte in mir wieder: »Du bist doch so weit!« Als er das gesagt hatte, war ich zwölf Jahre alt! Hätte er mich am liebsten knacken wollen? »Knacken!«, wie es der Alte nannte? Aber da passte der Alte auf, dass Willy sich mir nicht näherte. Als er mich das Tanzen lehrte, war er mir nahe gekommen, was dem Alten gar nicht passte. Deswegen hatte er das Radio demoliert und die Holzverkleidung ins Feuer geworfen. An diesem Tag wäre ich am liebsten erst nach Alfreds Abreise in die Hölle zurückgekehrt.

Als ich wieder ins Haus trat, fragte die Mutter: »Wo warst du?« »Ich brauchte frische Luft«, sagte ich, ohne jedoch Alfred zu verpetzen. Zu diesem Bruder hatte ich keinen Bezug, denn er war vierzehn Jahre älter und für mich immer nur ein Onkel. Nach diesem Vorfall würdigte ich ihn keines Blickes mehr. Bis an mein Lebensende will ich keinen Kontakt mehr mit ihm haben, schwur ich mir. Und so geschah es auch. Ebenso hielt ich es mit Gottfried, der mich verprügelte, nachdem ihn der Alte mit Intrigen und Lügen über mich aufgehetzt hatte.

Um zwanzig Uhr ging ich zum Treff der Konfirmanden in die Siedlung. Während der Alte ständig in meiner Nähe war, fragte Andy: »Wer kennt den Alten?« »Mein Erzeuger, Andy«, gestand ich ihm. Plötzlich ließ Andy einen Pfeifton hören und rief: »Auf geht's! Lasst uns mit der Untersiedlung zusammen feiern!« Gemeinsam zogen wir los. Dabei staunten wir Mädchen sehr, dass die Jungen es wagten, in die Höhle des Löwen zu gehen. Und als wir dort eintrafen, staunten die Konfirmanden der Siedlung noch mehr, dass wir den Mut aufbrachten, bei ihnen aufzutauchen. Denn sonst standen sich die Jungen beider Siedlungen feindlich gegenüber. Von Zeit zu Zeit gab es zwischen den beiden Cliquen Raufereien. Doch heute Abend waren alle freundlich und gingen friedvoll miteinander um.

Hier trank ich zum ersten Mal Alkohol und bekam einen Schwips. Doch keiner der Jungen nutzte die Gelegenheit aus, ein Mädchen sexuell zu belästigen – im Gegenteil: Sie sorgten sogar dafür, dass kein Mädchen zu viel Alkohol trank. Während mich der Rausch beschwingte und erheiterte, kam mir der Gedanke: Würde ich jetzt auf der Friedensbrücke stehen, könnte ich den Sprung wagen. Dann begann ich plötzlich zu weinen und Andy sagte: »Wir bringen dich nach Hause Adelheit.« Doch gerade dort wollte ich nicht hin, ließ es aber geschehen, um kein Aufsehen zu erregen. Hinter der Haustür würde schon der Alte auf meine Heimkehr lauern. Keinesfalls wollte ich mit dem Schweinigel die Nacht unter einem Dach verbringen.

Nachdem ich die Freunde verabschiedet hatte, wartete ich noch, bis sie außer Sichtweite waren, und entfernte mich wieder. Dabei lief ich die Straßen entlang und spürte keine Angst. Der Alkohol wirkte enthemmend. Wer weiß, was ich dem Alten in dieser Nacht gesagt hätte, wenn er mich wieder in seine Koje zitiert und mir was angetan hätte. Ein Lausbubenstreich wäre das nicht gewesen, sondern eine Eskalation. Um einer solchen Zuspitzung zu entgehen, hockte ich mich draußen in eine Ecke und wartete, bis alle Lichter erloschen waren. Dann betrat ich die Hölle und legte mich zu Ulrichs Füßen ins Bett.

Die Spitzeltätigkeit und Schweinereien des Alten ließen auch nach meiner Konfirmation nicht nach, die viele Hausarbeit auch nicht, sodass ich mitunter wie ein Freizeitdieb während des Abwaschs aus der Hölle floh. Ich wollte die Freiheit fühlen und Spaß haben, flitzte zur Hängeweide, schaukelte dort wie besessen an den Zweigen und erfreute mich meiner kleinen Portion Freiheit. Auch allein, ohne die Mädels, hatte ich meine Freude. Anschließend pflückte ich einen Wiesenblumenstrauß, den ich daheim in ein Glas Wasser stellte, mit dem ich ›mein Grab‹ im Garten schmückte. Da grölte auch schon der Alte an der Haustür: »Na warte! Du kannst was erleben! Wo treibst du dich bloß immer herum?« Während ich über die Schwelle der Hölle trat, zerrte er mich bereits herein und beschimpfte mich mit »Hure! Nutte! Flittchen!« Dabei benutzte er meinen Körper wie ein Spielball, indem er ihn im Hausflur von einer Wand zur anderen stieß, bis ich auf die dunkelroten Fliesen fiel. Hier versetzte er mir Fußtritte, stemmte mir einen Fuß ins Kreuz und forderte: »Steh auf du Frauenzimmer! Du Rumtreibeweib!« Dabei drückte er sein Körpergewicht noch derber auf meinen Körper und verlangte, ich solle aufstehen. Alter, was bist du nur für ein Monster?, fragte ich mich. Während ich am Boden lag, hockten Andreas und Ulrich auf der Treppe und sahen durchs Geländer zu, wie der Alte ihre Schwester vermöbelte. Sie feixten und freuten sich darüber, wie boshaft und brutal er mich behandelte. Mir kam das vor, wie eine Lehrvorführung für seine Söhne, wie Mädchen zu behandeln sind, die ihren Forderungen nicht nachkommen. Die Wahrheit über sein auch sexuell barbarisches Verhalten mir gegenüber kannten die beiden nicht.

Am nächsten Morgen stellte die Mutter einen großen Pappkarton angefüllt mit kaputten Socken in die Wohnstube, packte mich derb am Arm, zog mich vor die Kiste hin und rief cholerisch: »Wenn ich erfahre, dass du dich herumtreibst, dann Gnade dir! Repariere die Strümpfe, und zwar alle, nicht nur die, die schnell gestopft sind. Verlasse ja nicht das Haus, sonst ist die lang ersehnte Strafe fällig! Dann vergesse ich mich wahrhaft an dir!« Endlich ließ sie meinen Arm los, den sie brutal gequetscht hatte und auf dem nun der Abdruck ihrer Hand deutlich zu sehen war. Das war wieder eine ihrer Drohungen, die nur Drohung blieben. Ich schimpfte vor mich hin: »Du bist die größte Rabenmutter der Welt! Ich hasse dich! Du siehst nichts, fühlst nichts und willst auch nicht mitbekommen, was hier um dich herum vorgeht. Lieber strafst du die Magd mit Arbeit, bis in die späte Nacht hinein.« Ich wusste, dass sie unberechenbar war, aber den Tod fürchtete ich nicht. Wo lag das Problem, mir das anzutun, was längst fällig war? Ich war vierzehn Jahre alt. Liebe, Wärme, Geborgenheit waren Fremdwörter für mich, weil ich nie erfahren durfte, wie sie sich anfühlen. Wo also lag das Problem, mich einfach totzuschlagen?

Gleich nach dem Unterricht lief ich heim, bereitete das Essen vor, erledigte den Abwasch und wischte dann die unteren und oberen Räume auf allen vieren nass und trocken. Anschließend stand ich weinend vor der Kiste mit den kaputten Socken. Ich weinte meine Wut heraus, weil immer nur Strafe auf mich wartete. Dabei rückte ich mir den Stuhl ans Fenster, damit ich wenigstens den blauen Himmel sehen konnte, anstatt nur diesen trostlosen Raum – ohne jeglichen Einfall eingerichtet, ohne Teppich, ohne Musik, am Fenster Scheibengardinen, die ich beiseite schob, um nach draußen zu sehen. In der Dämmerung zog dann der Alte stets die dunkelbraunen Überhänge zu und heftete sie mit Sicherheitsnadeln zusammen. Während ich die Socken in all ihrer Farbenvielfalt stopfte, schweiften meine Gedanken ab: Warum ist es nur so schwer, ein Kind zu sein? Die Mutter so fern, der Alte viel zu nah, die Geschwister unerreichbar. Nur Lügen und Intrigen, statt Wahrheit und Gerechtigkeit. Geheimnisse statt Offenheit. Gehorsam statt Liebe. Krieg statt Frieden. Schmerz und Leid, die wahre Bitterkeit. Ich suche keine Gewalt, auch kein Leid, nur ein wenig Geborgenheit, Ruhe und Harmonie. Warum war das so schwer zu finden?

Die Mutter kam vom Spätdienst und ging bald darauf zu Bett. Sie würdigte mich keines Blickes. Das war mir so was von egal, denn ich wollte einfach nur schlafen. Die Geisterstunde war schon um, und ich flickte immer noch Strümpfe. Dann hatte mich wohl die Müdigkeit überwältigt, sodass ich auf dem Stuhl sitzend einschlief. Auf wachte ich erst, als der Alte sagte: »Hör auf! Leg dich gleich zu Ulrich ins Bett!« Noch benommen packte ich die Nähutensilien zusammen und ging schlafen.

Ein großer Schritt für ein Mädchen

Als kleines Mädel
nackt und unschuldig geboren.
Arm ertrug ich's.
Verachtet, gedemütigt, entwürdigt –
ich leide.
Wollte lieber
ein Junge sein.

Auf der Matratze des Alten liegend, hinderte ich mich am Einschlafen. Dabei starrte ich den Rücken der Mutter an und lauschte ihrem leisen Schnarchen. Ich hasse dich, dachte ich, dreh dich doch wenigstens einmal um und sieh mit an, wie deine Tochter missbraucht wird, wie verletzt sie sich fühlt und wie sehr sie darunter leidet. Du beschützt mich nicht, stattdessen lieferst du mich deinem Mann aus, lässt mich im Stich und allein. Ich weinte sehr und schlief dabei ein. Dann wachte ich auf und ging zu Ulrich ins Bett, um dort weiterzuschlafen. Plötzlich weckte mich der Alte aus tiefem Schlaf. Ich wehrte mich, aber er zerrte meinen noch schlafenden Körper brutal von der Matratze und stieß mich zur Tür hinaus. Auf dem Flur boxte er mir in den Rücken und drängte mich leise in seine Koje. Er hatte kein Erbarmen. Auf meinen Schlaf nahm er keinerlei Rücksicht. Die Schweinerei ging vor, mit der er sich an mir abreagierte. Alles geschah wortlos und ohne Geräusch. Nachdem er mich abermals schamlos beschmutzt hatte, boxte er mir wieder in den Rücken und flüsterte: »Liegen bleiben!« Was hat er vor?, fragte ich mich. Ahnte er, was geschehen würde? Ich schlief ein.

Als es zwischen meinen Beinen wieder nass wurde, fuhr ich erschrocken aus dem Schlaf, weil ich schreckliche Angst vor der Nässe hatte. Es hörte nicht auf zu laufen und ich wickelte das Feuchte ins Nachthemd ein. Der Gedanke, ja nicht das Laken zu beschmutzen, quälte mich. Ich glaubte, dass der Alte schlief und schlich mich leise davon. In der Küche sah ich entsetzt die Bescherung: Das Nachthemd war voller Blut. »Oh mein Gott!«, stöhnte ich. Diesen Dreck wollte ich niemals haben, doch nun kam der Weiberkram über mich. Fassungslos darüber, dass ich offenkundig doch kein Junge war, saß ich auf dem unreinen Küchenstuhl und weinte bitterlich. Ich winselte, beklagte und verfluchte mich, völlig ahnungslos, was zu tun war. Wie sollte ich mit diesem Dreck umgehen? Spontan zog ich ein enges Höschen an, stopfte Watte dazwischen und ging zu Ulrich ins Bett weiterschlafen.

Am Morgen fragte der Alte: »Was war denn in der Nacht mit dir los? Hast wohl deine Periode bekommen?« Ich schämte mich so sehr, dass er es mitbekommen hatte, wo ich doch der Annahme war, er hätte geschlafen. Kleinlaut bat ich ihn um Geld für Hilfsmittel, doch Münzen bekam ich keine. Stattdessen richtete er es Monat für Monat selbst, nahm sich meiner sozusagen an. Er wusste genau, wann ich mit dem Dreck wieder dran war. Die blutgetränkten Teile steckte ich zum Verbrennen in den Küchenherd. Ab und an holte sie der Alte vor dem Anheizen mit dem Feuerhaken wieder heraus und hielt sie mir vor Augen. Fast sang er dazu höhnisch seine Feststellung: »Ach, du bist wieder dran!« – als hätte er es nicht auch so gewusst. Wenn er diese abartigen Marotten zelebrierte, schämte ich mich unbeschreiblich.

Die Mutter ignorierte meinen Umbruch. Du bist eine Spinnenmutter, die ihr Kind im Stich lässt, dachte ich wütend. Kurz darauf betrachtete ich sie zum ersten Mal intensiv und stellte fest, dass ihr strenges Gesicht eine glatte Haut aufwies. Ihr dunkles Haar, das der Friseur zu Locken drehte, trug sie kurz und steckte es hinter den Ohren mit einer Haarklemme fest. Stets trug sie eine Schürze vor dem Bauch, deren Bänder zum Schließen eine schöne große Schleife zierte, die ich gern bügelte. Die hängenden Ohrringe mit ihren großen weißen Elfenbeinperlen bewunderte ich. Mit ihrer dunkelbraunen Brille auf der Nase wirkte sie von vornherein streng. Doch damit nicht genug: Mir war, als hätte diese Gefühlskälte sich über ihre Erscheinung hinaus in alle Räume der Eishölle ausgebreitet.

Das glatte, dünne, dunkle Haar des Alten schnitt der Friseur kurz in Form, sodass sein längliches Gesicht noch schmaler wirkte. Er hatte kleine blaue Augen und trug auf der Nase eine Hornbrille. Stets lief er mit einer viel zu weiten Hose herum, die er an Hosenträgern festhielt. Das sah ziemlich erbärmlich aus. Wenn er in Wut geriet, begann seine Stimme zu stolpern und überschlug sich, wenn er besonders aggressiv wurde.

Etwas Gutes brachte die Periode aber auch: Endlich hatte ich dadurch ein paar Nächte zum Durchschlafen. Doch anschließend war der Alte umso geiler auf mich und verkündete: »Jetzt bist du eine Frau und kannst Kinder kriegen.« Dabei glotzte er mich grinsend an. »Waaas!? Oh mein Gott!«, rief ich erschrocken und dachte: Das ist ja schrecklich, widerwärtig, grausam, nicht auszuhalten! Mit diesem Satz flößte er mir noch mehr Furcht ein, als ich ohnehin schon hatte. So viel war mir klar: Sollte ich von meinem eigenen Erzeuger ein Kind bekommen, wäre das Blutschande! Das hätte ich nicht auch noch ertragen. Völlig verzweifelt floh ich aus der Hölle und flitzte heulend zur Hängeweide. In ihrem hohlen Stamm weinte ich Wasserfälle und offenbarte ihr meinen größten Kummer: »Ich bin jetzt eine Frau, obwohl ich nie eine sein wollte, kann Kinder kriegen, vielleicht noch einen Bastard vom Alten, vom eigenen Erzeuger! Dann springe ich wahrhaft von der Brücke und wünsche mir, gleich tot zu sein. Bitte lieber Gott, ich flehe dich an: Lass die Öffnung, wo der Alte bei der Vergewaltigung ›Passt nicht‹ gesagt hat, für immer geschlossen sein! Er hat doch der Mutter schon so viele Kinder gemacht! Lieber Baum, mein Herz brennt und alles tut so weh. Von dir erwarte ich keine Antwort, aber von Gott schon!« Warum half er nicht, meiner Qual ein Ende zu setzen? Das Milieu um mich herum wurde immer schmutziger, mein Herz immer schwerer und die Seele immer zerrissener. Nach diesem Tränenfluss kam die Erleichterung und ich wagte es, wieder nach Hause zu gehen.

Als ich dort ankam, wurde ich jedoch weder beschimpft, noch verprügelt. Dabei hatte ich mich schon auf einen Tobsuchtsanfall des Alten eingestellt. Konnte es nicht immer so friedlich zugehen? Ich zog meine Trainingshose an, die einzige lange Hose, die ich besaß, als würde sie mich vor einem Kind vom eigenen Erzeuger schützen. Würde die Mutter wenigstens dann einmal darüber nachdenken, wer mir das Kind wohl gemacht hätte? Oder würde sie mich einfach vor die Tür setzen? Wer sorgte sich überhaupt um mich? Essen, Trinken und ein Dach über dem Kopf gaben mir die Eltern zwar, doch meine Kleidung erhielt ich von Unbekannten …

Als ich eines Tages aus der Schule kam, stand ein großer Pappkarton vor unserer Haustür. Dieses Mal schaute ich hinein, was ich sonst nicht durfte, wenn ein Karton den Eingang versperrte. Ich entnahm ihm ein gelbes Kleid und schlich lautlos über die Schwelle der Hölle ins Klo. Dort probierte ich das Kleid an und stellte fest, dass es zu lang war und oben herum zu weit, einfach weil mir die Brust dazu fehlte. Der Rücken war frei und hinten am Hals gab es einen Knopf zum Schließen. Nach der Anprobe ging ich auf Zehenspitzen ins Schlafgemach der Eltern und nähte mit großen Stichen einen Saum. Das sollte schnell gehen, ehe mir der Alte auf die Schliche kam. Nach der Änderung zog ich es an, floh unauffällig ins Freie und ging rasch in die Siedlung. Dort stand ich ganz allein auf dem

Spielplatz. Niemand schaute über den Zaun, um mich und mein neues prachtvolles Gewand zu bewundern. Nur einmal wollte auch ich bewundert werden. Ich drehte mich schnell im Kreis, sodass sich der Rock hob und mich wie eine Glocke umgab. Ich war so stolz und glücklich, etwas erreicht zu haben, wovon der Alte nichts mitbekommen hatte.

Doch da grölte er auch schon über die Gärten hinweg zur Siedlung hinüber: »Adelheit, komm bloß nach Hause!« In einem Affentempo folgte ich seinem Ruf. Als ich vor ihm stand, machte ich artig, wie bei Hofe einen Knicks. Dabei führte ich mich als Prinzessin auf und sagte: »Sieh, ich habe mich fein gemacht und drehte mich!« Doch er rief wütend: »Zieh den Fetzen aus!«, und versetzte mir einen kräftigen Schlag ins Gesicht. Darauf verwandelte sich meine Fröhlichkeit in Wut und ich rief: »Mein schönes Kleid nennst du einen Fetzen? Ein schöneres besaß ich nie!« Mit schmalen Lippen und sehr aufgebracht artikulierte der Alte: »Du sollst den Lumpen ausziehen, sonst reiß ich ihn dir vom Leibe!« Warum war er nur so böse auf mein neues Kleid? In der Hölle zog ich es dann aus, hing es auf einen Bügel und erledigte meine Pflichten. Als ich später wieder nach dem Kleid sehen wollte, war es verschwunden. »Wo ist mein neues Kleid?«, fragte ich aufgebracht den Alten. Doch er ignorierte meine Frage einfach, weil Fragenstellen verboten war. Du Idiot!, dachte ich bei mir. Bald darauf erschrak ich zutiefst, als er mich am Pferdeschwanz zog und drohte: »Dass du dich heute Abend ja in mein Bett legst!« Warum erschreckst du mich so, du Knallkopf?, schoss es mir durch den Kopf. Auf seiner Matratze liegend, spitzte ich die Ohren auf jedes noch so kleine Geräusch und schlief dabei ein. Erst als der Alte seinen Kolben von meinem Po bis zur Musch hin- und herscheuerte, wachte ich auf. Dabei entsprang in mir ganz plötzlich ein fremdes, noch nie da gewesenes Gefühl, das ich jedoch sofort abschnitt, weil mein Gehirn mir signalisierte: Jetzt kriegst du ein Kind vom Alten! Hellwach und zu Tode betrübt weinte ich leise vor mich hin und klagte: »Lieber will ich tot sein!«

In der Küche säuberte ich mich unten herum, setzte mich auf den unreinen Stuhl und grübelte über diese fremde Gefühlsströmung. Kriege ich jetzt wirklich ein Kind vom Alten? Unendlich traurig und verzweifelt wäre ich am liebsten zur Friedensbrücke geflüchtet. Doch die Zeiger standen auf ein Uhr, wo die Stadt in tiefem Schlaf lag. Ich wollte mich nicht wieder einer Gefahr aussetzen, denn wäre ich nachts auf die Straße gegangen, wär mir sicher etwas passiert. Also schlich ich lieber zu Ulrich ins Bett.

Am Morgen darauf war ich aus lauter Trotz wie von Sinnen, als hätte jemand in meinem Gehirn einen Knopf gedrückt und gesagt: Wehre dich gegen den Terror! Werde aufsässig! »Aufsässig!«, wiederholte ich laut und dachte: Ja, das ist es! Der Alte erzählte doch seinen Kindern immer, dass ich ihm gegenüber ›aufmüpfig‹ sei. Von nun an würde ich mich wirklich rebellisch verhalten und das Gegenteil von dem tun, was er mir befahl, die täglichen Pflichten vernachlässigen und mir viel Freizeit gönnen, durch die Straßen der Stadt bummeln und die Auslagen betrachten.

An diesem Abend blieb die Koje des Alten leer. Als er mich dann bei Ulrich aus dem Bett herauszerren wollte, sagte ich laut: »Hau ab! Lass mich schlafen!« Davon erwachte Andreas und fragte im Halbschlaf: »Was ist denn los mit dir?« Der Alte zog ab und ich schlief weiter bei Ulrich im Bett. Ich war stolz auf mich, seiner Gewalt und der Schweinerei getrotzt zu haben. Aber wenn die Mutter vom Frühdienst kam, war ich wieder die Magd: brav, gefangen und den Befehlen der Herrschaft unterworfen. Dabei beweinte ich mich selbst, dass ich mich der Mutter gegenüber nicht zur Wehr setzte. Mit Herzschmerzen sehnte ich dann die Spätschicht der Mutter herbei, um den Alten wieder meine Aufsässigkeit spüren zu lassen.

Dann zog die viertgeborene Anne in die Stadt zurück. Nur ein paar Straßen von den Eltern entfernt richtete sie ihr neues Heim ein. Nach dem Unterricht holte ich meine Nichte Carina vom Kindergarten ab, danach ihre Mutti von der Arbeitsstätte. Meine Schwester freute sich, dass ich ihr einen Weg abnahm. In ihrer Wohnung kochte sie Kaffee. Der Bohnenkaffee duftete so köstlich, dass ich wie ein Hund an dem Pulver schnüffelte. Seit dieser Stunde trank ich das aromatische Getränk gern. »Anschließend gehst du gleich nach Hause Adelheit! Ich will keinen Ärger mit den Eltern haben.« »Ja Anne.« Dabei wär ich so gern über Nacht geblieben. Sie hatte sich von Carinas Vater getrennt und ein neuer Freund war nicht in Sicht.

Auf dem Heimweg malte ich mir meine unmittelbare Zukunft aus: Bald sind Ferien. Danach gehe ich in die Lehre, ins Internat. Dann wird alles anders. Aber bis dahin war ich noch den bösen Eltern ausgeliefert. Ich grübelte: Wie wird der Alte wohl reagieren, wenn ich erst 19:15 Uhr über die Schwelle der Hölle trete? Durch den Briefkastenschlitz spähend hatte er längst meiner Rückkehr entgegengefiebert. Als er dann die Haustür von innen öffnete, stand er drohend mit dem Gehstock vor mir, den er sich drei Tage zuvor erst zugelegt hatte. Da ich mich vor seinen Schlägen duckte, verpasste er mir einen Fußtritt, dass ich im Flur auf die Fliesen krachte. Dann stemmte er mir seinen Fuß auf den Rücken, stocherte mit der Stockspitze auf mir herum und forderte cholerisch: »Steh endlich auf du Hure! Du Nutte! Du Flittchen!« Das Herumstochern mit der Stockspitze tat höllisch weh, sodass ich voller Zorn rief: »Ich bin weder Hure noch Flittchen!« »Tu – das – nie – wieder!«, zog er seinen Satz drohend in die Länge. »Und geh nach der Schule nie woanders hin! Ich kann auch anders. Ich weiß schon, wie ich dich zähme! Darauf kannst du Gift nehmen!«, sprach der Teufel, der mein Erzeuger war. Dann zog er mich am Pferdeschwanz in die Höhe. »Schlag mich doch tot, du Arschloch!«, hielt ich leise dagegen. Während in mir die Wut loderte, verließ ich die Eishölle bereits in Gedanken: Von dir, deiner Sauerei, der Gewalt und dem Machtgehabe läuft mein Fass über. Ich habe die Schnauze gestrichen voll, Alter!

Am nächsten Tag war ich nach der Schule pünktlich daheim, warf die Mappe in den Schrank und flitzte wieder nach draußen in den Garten, wo ich den Kirschbaum hinaufkletterte. Dort stopfte ich mir den Mund mit Früchten voll. Rasend kam der Alte in den Garten gehumpelt und grölte in den Baum hinauf: »Komm bloß runter! Du kannst was erleben, darauf kannst du Gift schlucken!« Dabei versuchte er wegen der Nachbarn möglichst leise zu rufen. Weil ich ihm ständig die Kirschkerne an den Kopf schnipste, verfärbte sich die Birne allmählich rot. »Die Kirschen sind für den Wintervorrat!«, rief er. »Ist mir scheißegal, wofür die sind! Jetzt hau ich mir den Bauch damit voll! Je weniger da sind, desto weniger Arbeit habe ich beim Einkochen!« Der Alte humpelte ins Haus zurück und ich kletterte erst vom Baum, als mich die Blase drückte – meiner unvermeidlichen Strafe entgegen. Vor der Haustür rutschte mein Herz vor Angst in die Hose. Der Alte wusste, dass ich irgendwann auf die Toilette musste. Von innen her öffnete er die Tür. Ich trat zögernd über die Schwelle und schloss mich im Klo ein. Dabei hörte ich jedoch keinerlei Beschimpfung. Als ich wieder herauskam, verprügelte er mich auch nicht. Es herrschte Funkstille – die mir sehr behagte. Er ignorierte mich, aber das war mir lieb, weil so endlich einmal Ruhe in der Hölle herrschte. Konnte das nicht immer so friedlich sein? Dann richtete ich das Abendbrot für die Kinder und mich. An diesem Abend schlief ich gleich bei Ulrich im Bett, ohne einen Einwand vom Alten. Von Anne hielt ich mich erst einmal fern, denn ich wollte keinesfalls, dass sie Ärger mit den Eltern bekam.

Der letzte Schultag

Raus aus dem engen
schmutzigen Käfig.
Das innere Auge wird immer
auf die Erzeuger schauen,
den Schmerz zurücksetzen.
Wie eine Biene an der Blume saugt,
such ich das Licht der Erkenntnis.

Am letzten Schultag wollten Aida und ich uns das erste Mal außerschulisch treffen und im Steinbruch schwimmen gehen. »Ach Aida, ich habe keinen Badeanzug!«, gestand ich. »Ist nicht so schlimm Adelheit, ich bringe dir einen von meiner Schwester mit. Der wird passen.« »Prima Aida, ich freue mich aufs Badengehen!« Aidas Eltern kamen aus Ungarn. Sie sprachen nur wenig Deutsch, dafür wuchs Aida zweisprachig auf. In einem prachtvollen Haus im Zentrum der Stadt, das im achtzehnten Jahrhundert erbaut worden war, wohnten die Eltern mit den Kindern. Mein Zuhause lag im Osten der Stadt, von wo ich einen weiteren Schulweg hatte als Aida. Ihr langes schwarzes Haar trug sie wie ich zum Pferdeschwanz gebunden. Ihre Hautfarbe war etwas dunkler als meine. Wenn sie lächelte, strahlten ihre weißen, gleichmäßig gewachsenen Zähne. »Bis dann Aida!«, rief ich und ging beschwingt heim, voller Vorfreude auf diesen gemeinsamen Badenachmittag.

Als ich die Haustür öffnete, hörte ich erstaunt Mutters Stimme, die vom Frühdienst eher zurück war als sonst. Flink erledigte ich die Pflichten, um sie freundlich zu stimmen. Schließlich hing es von ihr ab, ob ich anschließend freibekam. Mit Herzklopfen fragte ich sie dann: »Darf ich mit meiner Klassenkameradin Aida heute baden gehen?« Dabei hatte ich bereits so ein mulmiges Gefühl. Sie ging darauf zum Alten, um es mit ihm zu bereden. Mein Herz raste, und das mulmige Gefühl steckte im Magen fest, wie ein Fußball. Diese Gefühlsströmung verhieß mir nichts Gutes. Im Türrahmen stehend, erwartete ich ihre Entscheidung. Aufbrausend sagte sie schließlich: »Du hast doch gar keinen Badeanzug!« »Ist nicht schlimm. Aida bringt mir einen von ihrer Schwester mit«, sagte ich freudig. In diesem Augenblick fuhr die Mutter aus ihrer Haut und verwandelte sich in eine brüllende Furie: »Das schlag dir gefälligst aus dem Kopf! Von wegen anderer

Leute Sachen anziehen! Sonst prügle ich dir den Badeanzug aus deinem Hirn heraus!« Dabei ballte sie die rechte Hand zur Faust und wollte mir ins Gesicht schlagen. Ich duckte mich weg und ihr Schlag ging ins Leere. Stumm stand ich vor ihr und spürte meine Beine nicht, als erwartete ich, von ihr in den Boden gestampft zu werden. Bei gesenktem Kopf und schnellem Herzschlag blähte sich mein Magen zum Ballon auf. Der Puls klopfte im Hals und ein Gefühl der Ohnmacht übermannte mich. »Nimm lieber die Kiste mit den kaputten Strümpfen und stopfe sie leer! Wenn dann noch Zeit bleibt, kannst du baden gehen, aber nicht mit fremden Sachen!«, sprach sie erbost. Wusste sie, was sie da sagte? Wollte sie, dass ich nackt bade? Außerdem begriff ich sie nicht: Ich trug doch sonst nur gebrauchte Klamotten! Bei so viel Missachtung und Demütigung wünschte ich mir, im Steinbruch zu ertrinken. Was stellte ich in ihren Augen überhaupt dar? Ein Stück Holz, ein Tier oder vielleicht doch einen Menschen? Mein Herz lief über von all dem Hass auf die Mutter. Ich sah es kochen, als wenn Milch überschäumte. Sie wusste doch ganz genau, dass ich den großen Pappkarton voll kaputter Strümpfe in der kurzen Zeit niemals leerstopfen konnte. Ich hätte gern gewusst, wo sie die vielen Teile plötzlich herholte. Bei meiner letzten Stopferei war die Kiste gerademal halb voll. Jede Woche wusch ich eine Schüssel voller Socken und reparierte sie nach dem Trocknen. Hier waren also eindeutig Intrigen im Spiel. Zu all dem sagte der Alte kein Wort. Die Mutter rief barsch: »Worauf wartest du noch? Fang endlich an! Setz dich in die Wohnstube oder in den Garten, aber fang sofort an, wenn du heute noch baden gehen willst!« Dabei vernahm ich deutlich die Ironie in ihrer Stimme.

Da saß ich nun im Garten auf einem eisernen Stuhl, vor mir den Karton, randvoll mit zerrissenen Strümpfen, den Nähkorb daneben. Da ich oft kaputte Socken reparierte, suchte ich erst die mit den kleinen Löchern heraus und ließ die mit den großflächig zerrissenen Fersen oder Zehen vorerst liegen. Während ich wie eine Biene arbeitete, kam Aida in den Garten und fragte erstaunt: »Was machst du denn noch Adelheit?«, und zeigte mir den Badeanzug ihrer Schwester. »Oh, der ist aber schön Aida!«, rief ich und gestand ihr dann wehleidig: »Aida, ich bin verpflichtet, erst den Karton leerzustopfen, bevor ich baden gehen darf.« Spontan sagte sie: »Ich helfe dir Adelheit, dann sind wir bald fertig und können unseren gemeinsamen Wunsch erfüllen.« Über ihren Eifer mir zu helfen, den Karton heute noch leer zu bekommen, war ich sehr glücklich. Urplötzlich grölte die Mutter zornig zum Küchenfenster heraus: »Was machst du in unserem Garten? Verschwinde gefälligst!« »Wer ist das denn?«, fragte Aida empört. »Meine Mutter«, sagte ich kleinlaut. Sofort ließ Aida alles fallen und lief so schnell ihre Füße sie trugen durch den Garten, über den Hof hinaus auf die Straße. Einen Moment lang wusste ich nicht, ob ich ebenso schnell davonlaufen oder heulend weiterstopfen sollte. Die Augen voller Tränen blieb ich sitzen und rackerte mich durch die Socken.

Als die Dämmerung hereinbrach, kam der Alte in den Garten gehumpelt und sagte gedämpft, als würden unsichtbare Geschöpfe mithören: »Du kannst aufhören.« Während er die Utensilien in die Hölle tragen half, dachte ich bei mir: Du Mistkerl, diese Maßnahme hast du eingefädelt! Ich kam mir vor wie Aschenputtel, nur dass hier die Stiefmutter meine leibliche Mutter war: garstig, bitterböse und ein dunkles Loch anstelle ihres Herzens. Wer essen und freinehmen wolle, habe sich das zu verdienen, war ihre Auffassung. Ich suchte zwar keine Erbsen und Linsen aus der Asche, dafür sortierte ich aber die kaputten Socken nach der Größe ihrer Löcher und flickte erst die mit den kleineren. Tauben halfen mir auch keine, aber immerhin hatte Aida mir ihre Hilfe angeboten, um uns unseren gemeinsamen Wunsch zu erfüllen. Als die Tauben mit ihrer Arbeit fertig waren, flogen sie wieder fort. Doch die cholerische Mutter jagte meine nahende Hilfe von vornherein mit barschen Worten in die Flucht. Den Platz im Garten wagte ich nicht zu verlassen, weil ich wusste, dass mich die Alten hinter den Scheibengardinen der Küchenfenster bespitzelten, während ich mir mein unerreichbares Vergnügen verdienen sollte. Dabei wollte ich gar keine schönen Kleider anziehen, sondern nur einen Badeanzug von Aidas Schwester. Nur für einen Tag hatte ich einst ein wunderschönes gelbes Kleid besessen, das der Alte kurzerhand vernichtet hat. Nichts, was mir Freude bereitete, wurde mir gegönnt: Keine Radiomusik, kein Tanz, kein Kleid, keine helfende Freundin, kein Badevergnügen …

Es war zweiundzwanzig Uhr vorbei und die Geschwister schliefen bereits. Für meine Abendtoilette hatte der Alte schon das Wasser erwärmt. Bei meiner Körperreinigung schaute er zu und sagte dann: »Leg dich in mein Bett!« Da hätte ich ihn ankotzen können! Ich war fünfzehn Jahre alt und die beiden Alten hatten nur Hinterhältiges im Kopf, um ihre Tochter seelisch zu quälen, sie von allem und jedem fernzuhalten. Mir selbst war solche Niedertracht völlig fremd, doch die Alten wandten sie immer wieder neu gegen mich an. Ein Paradies auf Erden – würde es für mich das einmal geben? Ich fürchtete, die Erlösung erst im Himmel zu finden, nach meinem Tod. Wann würde das sein? Hoffentlich bald!

Tage später bekam ich ein Gefühl im Magen, als öffnete sich das Organ nach vorn und kleine Männchen würden aus ihm herausspringen. Ich rätselte: Sind das tatsächlich kleine Männchen oder Würmer, die da herauswollten? Von da an wehrte ich mich zunehmend gegen die schmutzigen Attacken des Alten. Ich konnte keinen klaren Gedanken mehr fassen, weil in meinem Kopf ständig die Gewissheit kreiste: Du bist jetzt eine Frau und kannst Kinder kriegen! Blitzartig öffneten dann irgendwelche kleinen Geister in meinem Gehirn einen Schieber, wodurch die Aufsässigkeit nur so hervorsprudelte. Vor der Mutter hatte ich allerdings eine viel zu hohe Achtung – oder war es die Angst, die mich zwang, mich ihr brav und hörig zu unterwerfen?

In meinen letzten Schulferien wollte ich gut für mich selbst sorgen, dass mir niemand wehtat oder mir überhaupt zu nahe kam. Gleich nach dem Frühstück floh ich aus der Hölle in die warme Sonne hinaus. Bevor die Mutter von der Arbeit heimkehrte, war ich wieder zu Hause. Am zweiten Ferientag besuchte ich die Toten auf dem Friedhof. Die Stille und Ruhe bei den Toten bedeutete Erholung für mich. Auf einer Bank sitzend sah ich plötzlich Ingrid vor mir, die hier begraben lag. Sie wohnte beim Bäcker Kunze im Haus. Von ihr hatte ich mir heimlich Schuhe für die Schule geborgt. Es war mir peinlich, als einziges Mädchen in der Schule barfuß zu gehen. Ingrid war damals elf und ich neun Jahre alt; trotzdem passten mir ihre Schuhe. Meine Eltern durften davon nicht wissen. Eines Tages stieg Ingrid vom Fahrrad ab, fiel um und war tot. Da war es auch mit dem Schuheborgen vorbei. An ihrer Beerdigung nahmen alle Schüler der Schule teil. Da sah ich den Friedhof zum ersten Mal von innen. Wenn ich vom Religionsunterricht heimging, führte mein Weg am Friedhof vorbei; da wechselte ich stets die Straßenseite. Die Ruhestätte der Toten löste Beklemmungen in mir aus. Obwohl der Totenacker hinter einer hohen Steinmauer liegt und durch mächtige schmiedeeiserne Tore gesichert ist, flößte er mir als Kind große Angst ein. Ingrid lag bei ihrer Beerdigung offen im Sarg, sodass jeder Schüler sie noch einmal betrachten und Abschied nehmen konnte. Als ich vor ihr stand, sah sie mich friedlich an und lächelte. Ich schmunzelte zurück und wollte sie fragen: Kann ich deine Schuhe haben? Doch dazu kam es nicht, weil meine Nachbarin an meinen Arm boxte und flüsterte: »Hier lacht man nicht!«

Am liebsten hätte ich mein Bett an diesem Sommertag auf den Friedhof gestellt, um Ruhe und Frieden zu finden. Als ich vom Ausflug in die Hölle zurückkehrte, wollte der Alte mit dem Stock aus mir herausprügeln, wohin ich verschwunden war. Da hielt ich seine Krücke fest und drohte ihm: »Machst du das noch einmal, petze ich es allen!« Wo ich den Mut dazu auf einmal hernahm, ist mir unerklärlich. Offenbar hatte in meinem Kopf jemand die Stellung zu meinen Gunsten gewechselt. An diesem Abend lag ich gleich im Bett zu Ulrichs Füßen.

Am nächsten Tag holte ich erst Carina vom Kindergarten und dann ihre Mutti von der Arbeit ab. »Heute Nacht bleibe ich bei dir Anne!«, teilte ich ihr kurz entschlossen mit. »Nein, das geht nicht Adelheit! Ich will mit den Eltern keinen Ärger haben. Setze sie erst in Kenntnis.« »Hab ich doch getan«, log ich sie an. Im Doppelbett schlief ich dann selig neben meiner Schwester ein. Doch dann erwachte ich durch Steinschläge an den Fensterscheiben. Ich stand auf und sah nach, wer mich da aus dem Schlaf holte. Es war Andreas. Als er mich am Fenster stehen sah, rief er: »Du sollst sofort nach Hause kommen!« »Was ist denn los Adelheit?«, fragte Anne, die ebenfalls wach geworden war. »Das ist Andreas. Ich soll heimkommen.« »Ich denke, du hattest den Eltern Bescheid gesagt, dass du heute Nacht bei mir bleibst?« »Nein, habe ich nicht!«, rief ich wütend. »Sonst hättest du mich weggeschickt!« Weinend warf ich mich aufs Kissen und sagte: »Lieber schlafe ich irgendwo draußen, aber auf keinen Fall geh ich in die Hölle zurück!« »Das musst du mir schon näher erklären Adelheit!« »Der Alte ist ein Schwein! Jahrelang geht das schon so!«, heulte ich. »Schlaf jetzt! Wir reden morgen weiter«, tröstete sie mich.

Am nächsten Tag sagte Anne: »Führe mit den Eltern eine Aussprache!« »Nein! Niemals! Das geht nicht! Der Alte bringt mich um!« »Was redest du denn da Adelheit?« »Ja, er drohte mir, wenn irgendjemand davon erführe, brächte er mich um. Wenn alle schliefen, würde er es tun und meine Leiche im Garten unter dem Steinbeet vergraben.« Da nahm Anne ihre Hände vors Gesicht und stöhnte: »Oh mein Gott!« Ihre weiche Stimme machte mir Mut; sie wirkte in keiner Weise bedrohlich auf mich. Und dennoch: Eine Aussprache mit den Eltern würde ich auf keinen Fall führen. Doch Anne beruhigte und bestärkte mich, indem sie sagte: »Die Aussprache ist wichtig für dich Adelheit. Morgen gehst du nach Hause und tust so, als sei alles in Ordnung. Ich helfe dir! Vertrau mir!« Vertrauen?, ging es mir durch den Kopf, mein Vertrauen war irgendwann abhanden gekommen. Viele Jahre hatten wir uns nicht gesehen, weil sie an einem anderen Ort lebte und jetzt sollte ich ihr vertrauen? Das ging gar nicht. Sie ist sechs Jahre älter; ich kannte sie kaum, wusste nur, dass sie meine Schwester ist.

Als ich am nächsten Tag die Tür zur Eishölle öffnete, war der Alte ganz kleinlaut: keine Schläge, keine Beschimpfungen. Also erfüllte ich unbehelligt meine Pflichten und wollte anschließend einkaufen. Als ich losging, blieb ich unvermittelt vor der Haustür auf dem Podest stehen und blickte auf mein Grab im Garten. Die Sonne schien direkt auf das Beet. Mit einem Mal sah ich mich in einem gläsernen schwebenden Sarg liegen. In ihm fühlte ich mich einmalig wunderbar und himmlisch, umgeben von zauberhafter Stille. Dabei war ich glücklich, wie niemals zuvor in meinem Leben. Kein Wort, kein Geräusch drang an meine Ohren. Der Kopf lag auf einem weißen Kissen, das mit Rüschen und kleinen rosa glänzenden Schleifen verziert war. Meine langen dunklen Haare lagen darauf ausgebreitet. Ein weißes, mit Schleifen verziertes Tuch bedeckte mein Körper. In diesem gläsernen Sarg fühlte ich mich unvergleichlich wohl und frei. Leute standen um den schwebenden Sarg herum und eine Frau weinte. Dann schwebte er ganz langsam und sachte auf das Steinbeet herab. Alle Personen entfernten sich, bis auf die weinende Frau …

Plötzlich erschrak ich zutiefst, als der Alte mir in den Rücken boxte: »Was machst du noch hier? Geh endlich einkaufen!« Er versetzte mir einen derart heftigen Stoß vom Podest, dass ich sämtliche Stufen mit einem Satz heruntersprang. »Dreckskerl!« Er hatte mich so abrupt aus meiner Vision gerissen, dass ich erst auf dem Weg zum Laden den Faden wieder aufnehmen konnte. Wie Schneewittchen im gläsernen Sarg kam ich mir vor. So würde es sich anfühlen, wenn ich tot bin: Frieden, Stille, Harmonie – in mir und um mich herum. So wird es sein!

Am Nachmittag holte ich Carina wieder vom Kindergarten ab und danach ihre Mutti von der Arbeit. Von diesem Tag an gewährte mir Anne ein Dach über dem Kopf. Dabei erledigte ich ihren Haushalt und kümmerte mich um Carina. Jeden Abend fragte sie mich über den Alten und sein Benehmen aus, doch ich enthüllte ihr nur wenig. Ich schämte mich, ihr von diesen peinlichen, dreckigen, widerlichen Schandtaten zu berichten. Plötzlich sagte sie: »Herr Bach im Nachbarhaus hat seinen Enkel Lukas jahrelang sexuell missbraucht. Vor einem Monat wurde er verurteilt und sitzt jetzt im Knast.« Ich war entsetzt und dachte, wenn der Alte in den Knast käme, brächte er mich nach seiner Entlassung um. Wollte ich wirklich, dass er eingesperrt wird? Ich zweifelte – genauso am Sinn einer Aussprache mit den Eltern. Plötzlich sah ich Lukas vor mir, wie er in der Hecke eine Bude baute und mich dort hinein lockte. Ich war sieben und er neun Jahre alt. Er wollte mit mir Doktor spielen. Als er dann mit einem Holzstab an meiner Musch fummelte, tat er mir weh und ich lief davon. »Am Samstagvormittag ist die Mutter zu Hause. Dann gehen wir zu den Eltern Adelheit.« Als Anne diesen Satz sprach, kam eine große Angst über mich und mein Bauch blähte sich auf. »Muss das wirklich sein Anne?« »Ja, das muss sein Adelheit!«

Nach dem Klingeln an der elterlichen Haustür öffnete die Mutter und fragte: »Was wollt ihr denn hier?« Da sie die Tür jedoch offen ließ, folgten wir ihr in die Küche. Dort saß der Alte am Küchentisch, stopfte sich die Tabakspfeife und sah uns verwundert an. Die Mutter saß auf dem Stuhl neben der Speisekammer, wo alles begann, und spielte mit den Fingern herum. Anne und ich nahmen auf der Ofenbank Platz. Zuerst herrschte Stille. Dabei raste mein Herz vor Angst die Schlagader hinauf und auf der anderen Seite wieder hinunter. Dann eröffnete Anne den Eltern: »Ab sofort bleibt Adelheit bei mir!« Während der Alte ihren Entschluss ignorierte, echauffierte sich die Mutter: »Das hast du nicht zu bestimmen! Sie ist noch keine achtzehn Jahre alt!« Da platzte es aus mir heraus: »Der Gewalt und den Schweinereien des Vaters will ich nicht länger ausgesetzt sein!« »Was erzählst du denn da?«, empörte sich die Mutter. Der Alte schwieg – und alle anderen auch. Plötzlich brüllte die Mutter in die Stille hinein: »Du Lügnerin! Du bist schon immer eine Lügnerin und Verführerin gewesen!« »Nein, bin ich nicht!«, wehrte ich mich gegen ihre Unterstellungen. Und weil ich ihr offen widersprach, keifte sie wutschäumend: »Raus hier! Schwirrt ab aus meinem Haus! Macht, dass ihr fortkommt!« Dabei zerrte sie uns von der Bank und stieß uns vor sich her zur Haustür hinaus. Dort rief sie uns garstig hinterher: »Verschwindet aus meinen Augen! Lasst euch nie mehr hier blicken! Adelheit, du Flittchen, du Nutte, du Hure! Alles hast du dir aus den Fingern gesogen!«

»Oh mein Gott!«, stöhnte ich. »Was habe ich nur getan?« Dabei hat sie doch nur die Wahrheit zu hören bekommen, die sie so lange Zeit nicht wahrhaben wollte. Mit ihrem Rauswurf flößte sie mir die unerträgliche Angst ein, nie mehr der Familie anzugehören. Da ich dieses schmutzige Geheimnis gelüftet hatte, fühlte ich mich dermaßen schuldig, dass ich herzergreifend weinte. Anne spendete Trost, der mir jedoch kaum half.

Lieber hätte ich im Keller des Hauses unter den Kohlen einen Schatz gehoben, als vor der Mutter die Schweinereien ihres Ehemannes auszubreiten. Aus dem Gefängnis der Eishölle war ich nun verbannt. Dabei tat es unheimlich weh, dem Clan nicht mehr anzugehören. Das Ruder drehte sich, und ich hatte plötzlich eine fremde, völlig andere Landschaft vor Augen. Aus dem schmutzigen Milieu war ich raus und wechselte in eine freundliche Umgebung. All das, woraus meine Welt bisher bestanden hatte, war zerbrochen und lag in Scherben vor mir. Doch die Sonne strahlte nicht auf mich herab. Von der Mutter getrennt zu sein, traf mich schmerzlich. Die vielen Jahre im Ehebett, wo sie mir stets ihren Rücken zudrehte, während ich weinte, suggerierte sie mir: Behalt den Dreck für dich, beschmutzte ja nicht meine Familie! Dabei wünschte ich mir so sehr, dass sie sich nur ein einziges Mal umdrehte und mit ansah, wie ihr Mann ihre Tochter beschmutzte! Doch dazu war es nie gekommen. Stattdessen trampelten sie gemeinsam mein Selbstvertrauen zu Boden, bremsten meine Entwicklung durch Herabsetzungen, Demütigungen und Nichtachtung. Die ganzen Jahre des Schmerzes über war ich suizidal gefährdet. Die elterliche Belastung ertrug ich so lange, bis es einfach nicht mehr ging. Der Vorratsbehälter für die hineingefressene Wut hat nur eine bestimmte Größe. Hätte ich das noch länger aushalten sollen, wäre er zerplatzt. Mit dem täglichen Dreck war es nun zwar vorbei, doch ich war noch lange nicht mit ihm fertig. In meinem Kopf klebt er fest und wird mir stets gewärtig sein.

Dann flog alles auf! Wie es zu der Anzeige kam, weiß ich bis heute nicht. Trotz meiner Scham war ich dankbar, dass der Missbrauch aufgeklärt wurde. Niemals hätte ich selbst es gewagt, den Alten anzuzeigen. Wer hätte mir schon geglaubt, wenn sogar die Mutter alles verdrehte, vertuschte und mich als Schuldige deklarierte?

Verhandlung und Richterspruch

Süße Not. Süßes Freuen.
Kühle übergieße die schwellenden Augen.
Ohrensausen und dumpfes Bangen.
Kinderseele schreit:
Ich bin bereit
und packe aus.
Mein Traum,
mit den Eltern
in Frieden zu leben,
wird ein Traum bleiben.

Den Rest meiner letzten Schulferien verbrachte ich mit Aussagen bei der Polizei. Immer und immer wieder sollte ich dieselben Fragen beantworten. Ich kam mir eher wie in einer Klapsmühle vor, als in einer Polizeibehörde. Offenbar glaubten die Beamten mir nicht. Als hätte ich mir das alles nur ausgedacht, »aus den Fingern gesogen«, wie die Mutter behauptet hatte – vollkommen idiotisch! Weil sich offenbar keiner in meine Lage versetzen konnte, stellten sie mir immer wieder dieselben Fragen. So durchlitt ich in meinen Aussagen die vielen Jahre körperlichen Grauens noch einmal. Heute ist mir klar, dass dies kaum jemand nachvollziehen kann.

Weiblichen Personen beantwortete ich diese peinlichen Fragen, aber nicht im Detail, weil ich mich viel zu sehr schämte. Saßen Männer hinter dem Schreibtisch, blieb ich taub und stumm. Sie alle verfügten über einen Kolben, wie der Alte, und hatten dasselbe im Sinn, wie er. Ich hasste sie alle. Eine Beamtin schickte mich zum Gynäkologen, als glaubte sie nicht, dass ich noch jungfräulich war. Anne begleitete mich zur Untersuchung. Der Arzt, der sie vornehmen sollte, war wieder ein Mann. Auf keinen Fall wollte ich mich von ihm unten herum untersuchen lassen. Als die Sprechstundenhilfe meinen Namen aufrief, klopfte mein Herz wie verrückt den Hals hinauf und ich türmte. Anne holte mich zurück. Nur widerwillig ging ich mit ihr, weil das Gericht den Beweis meiner Unschuld schriftlich bestätigt wünschte. Nur deswegen ließ ich diese beschämend peinliche Untersuchung über mich ergehen.

Noch verzweifelter war ich, als die Verhandlung öffentlich bekannt gemacht wurde, und die Leute regen Anteil daran nahmen. Anne begleitete mich bei meinem schweren Gang vor Gericht. Während der Verhandlung saßen die Bewohner der Siedlung im Publikum in der ersten Reihe. Ich suchte die Gesichter meiner Familie: Wo ist die Mutter? Warum ist von den Geschwistern niemand anwesend? Mit all meiner Scham wäre ich im Gerichtssaal lieber unsichtbar gewesen. Dann sagte der Richter: »Adelheit, erzähl dem Gericht, was sich bei euch zu Hause zugetragen hat!« Nach den ersten Sätzen versagte meine Stimme. Ich sprach immer leiser, bis die Zuschauer sich beklagten. Sie riefen: »Lauter! Lauter! Wir wollen auch was hören!« Der Richter ermahnte mich: »Sprich lauter, damit die anderen dich auch verstehen!« Dabei war es mir unsagbar peinlich, den Hergang dieser Schandtaten vor den Zuschauern noch einmal offenzulegen, obwohl ich auch hier nur das wiedergab, was ich der Beamtenschaft offenbart hatte. Ich empfand es als unzumutbar, all diese Erschütterungen noch einmal aufzublättern. Manche Szenen waren zu vulgär, sodass ich sie lieber schluckte als ausspuckte. Wer will moralisch und juristisch darüber urteilen, wenn er nicht dabei gewesen war? Dann blähte sich mein Magen auf. Die Augen brannten so arg, dass ich sie schloss. Sie wollten nichts mehr sehen, ich auch nicht. Meine Stimmbänder schwollen an und brachten keinen Ton mehr zustande. Plötzlich wurde es eng um mich herum und ich verstummte völlig. Ich will hier raus! Ich will das nicht mehr!, dachte ich rebellisch. Vor Scham und Pein konnte ich niemandem aus der Siedlung mehr ins Gesicht sehen. Mein Kontakt zu den Freundinnen war schon lange passé.

Nach meiner Aussage fragte der Richter den Alten: »Stimmt das, was ihre Tochter hier vorgebracht hat?« »Ja, Herr Richter. Was sie sagte, stimmt«, antwortete der Alte laut und klar. Oh Mann, dachte ich, der Alte gab zu, dass ich die Wahrheit gesagt habe? Jetzt kam ich wieder zu mir und spitzte die Ohren auf das, was er noch sagen würde. Blieb er weiter bei der Wahrheit oder würde er den Richter doch noch irgendwann anlügen? Bisher hatten er und die Mutter mich stets als Lügnerin abgestempelt, und jetzt sagte ich auf einmal die Wahrheit? Wie irre sind eigentlich meine Erzeuger? Der Richter fragte den Alten: »Was haben Sie den Aussagen Ihrer Tochter hinzuzufügen?« Der Alte zögerte und sagte dann: »Die Mutter meiner Kinder ließ mich nach der letzten Geburt nicht mehr ran. Sie verweigerte sich mir.« Waaas?, zog ich in Gedanken das Wort in die Länge. Da war ich sechs Jahre alt! Mit acht Jahren fasste er mich das erste Mal dort an, wo ich es überhaupt nicht leiden kann. So ein Mistkerl!

Der Richter forschte weiter: »Dann hätten Sie sich eine andere Frau suchen sollen. Haben Sie es denn überhaupt probiert?« Er erinnerte den Alten daran, dass es für solche Zwecke noch andere Frauen gab. Der Alte antwortete: »Nein, habe ich nicht versucht Herr Richter. Ich bin doch krank!« »Das ist eine faule Ausrede!«, warf ihm der Richter energisch vor und setzte fort: »Es ist ja so einfach, das eigene Kind als Ersatz zu nehmen, es gefügig und mundtot zu machen, um es dann zu benutzen. Im eigenen Haus ist es ja meist anwesend, und wenn das so bequem ist, warum dann in die Ferne schweifen!?«

In meinem Kopf verspürte ich einen Druck, als würde er jeden Moment platzen. Seine Krankheit schob er immer zu seiner Verteidigung vor. Doch anders als seiner Frau und den Kindern konnte er dem Richter nichts vormachen und kein Mitleid heischen. Mit Lügen und Intrigen hielten die Eltern mich klein. Sie ruinierten meine Persönlichkeit und machten mich zu ihrem Untertan. Die Mutter hätte der Alte gefügig machen sollen, damit sie hinhielt. Stattdessen agierten beide ihre Macht an mir aus. Angst war mein täglicher Begleiter, niemals half sie weiter. Gott auch nicht.

Keines der Geschwister, noch die Mutter ließ sich blicken, solange die Verhandlung lief. Warum nicht? Dabei hätten sie hier die Wahrheit darüber erfahren, was in dieser strengen, disziplinierten Hölle vor sich ging, dass die Eltern mich über alle Maßen strapaziert, überfordert und totale Macht über mich ausgeübt haben. Vielleicht aber wollten sie es gar nicht wissen – so, wie ja auch die Mutter es nie wahrhaben wollte. In meinem Gehirn aber ist die Quälerei für immer gespeichert, durch nichts auszulöschen. Allein das ist furchtbar, grausam und durch nichts wiedergutzumachen. Nun, bei vollem Bewusstsein, dass sie mich meiner Kindheit beraubt hatten, fühlte ich mich den Eltern gegenüber fortan jeder Pflicht entbunden. In meiner Seele aber herrschte ein gewaltiges Durcheinander. Wie sollte ich eine Balance zwischen dem Chaos und der Freiheit finden?

Drei Jahre Zuchthaus sprach der Richter dem Alten aus. Diese Instanz hatte die Macht, ihn im *Gelben Elend* hinter Schloss und Riegel zu bringen, wo er nun selbst hautnah erfuhr, was es heißt, eingesperrt zu sein. Anne ernannte der Richter bis zu meinem achtzehnten Lebensjahr zum Vormund. Nach dem Prozess war ich fix und fertig und wollte nur noch allein sein. Dazu bot sich die Hängeweide als mein Ruhepol an. Hier weinte ich Wasserfälle, die die Kläre füllten. Dreck vermischte sich mit Dreck.

Um am nächsten Morgen im Internat zu sein, war ich verpflichtet, noch am Abend des Verhandlungstages anzureisen. Doch meine Nerven lagen so blank, dass ich den Mut verlor und dort nicht erschien. Ich war am Ende und verschob die Rückkehr ins Internat. An diesem Abend nutzte ich die Gelegenheit, dass Anne eine Verabredung hatte und Carina im Bett schlief, um meinem Leben ein Ende zu setzen. Annes Arzneischrank entnahm ich etliche Tabletten, ohne mich darum zu kümmern, wogegen sie eigentlich waren, und schluckte sie herunter. Ganz plötzlich wurde ich schläfrig und schaffte es gerade noch ins Bett.

Als Anne mich später wachrüttelte und ich nicht ansprechbar war, schlug sie mir heftig ins Gesicht. Ich lallte: »La- la- lass mich schlaaaf ...« Daraufhin gab sie mir Milch zu trinken, sodass ich mir fast den Magen und die Galle herauskotzte. »Tu das nie wieder Adelheit!«, drohte sie und redete mir ins Gewissen. »Ich bin dein Vormund! Wenn du dir das Leben nimmst, gehe ich dafür in den Knast, weil ich meine Aufsichtspflicht vernachlässigt habe!« Das gab mir sehr zu denken und ich versprach ihr keine Wiederholung. Ablenkung und Abwechslung fand ich dann im Internat.

Doch das Band zur Mutter zog mächtiger, als es mir lieb war, sodass ich sie im selben Jahr zu Silvester besuchte. Der Schnee stapelte sich hoch im Heimatort und es war eiskalt. Die weißen Flocken hüllten die Gegend wie ein Märchenland ein. Ich freute mich, hier zu sein. Frohen Mutes klingelte ich an Mutters Haustür. Sie öffnete und fragte: »Was willst du hier?« »Du bist doch heute am letzten Tag des Jahres allein, und da wollte ich dich besuchen.« Da sie die Haustür offen ließ, folgte ich ihr in die Wohnstube. Zu ihrer Linken nahm ich am Tisch Platz. Nach einer Weile der Stille machte sie mir böse Vorwürfe: »Das verdanke ich nur dir! Schließlich hast du den Vater dorthin gebracht, wo er jetzt ist!« »Ich bin aber nicht schuld daran«, antwortete ich zaghaft mitfühlend. Ich wagte nicht auszusprechen, dass sie ursächlich die Schuldige war, denn schließlich standen meine Achtung und ihre Macht über mich davor. Sie schimpfte: »Du bist doch die Nutte, die Hure! Du hast dich an den Vater rangeschmissen! Du brachtest ihn doch so weit, und dann klagst du ihn auch noch an!?« Dabei weinte sie bitterlich, dass es mir fast das Herz zerriss. Ein starkes Mitgefühl für sie war in mir wieder entfacht. Dennoch widersprach ich ihr: »Nein, hab ich nicht!« Hinter ihren Tränen blitzte wieder die Wut auf: »Verschwinde! Lass dich nie mehr hier blicken!« Sie packte mich am Arm und zerrte mich vor sich her zur Haustür, zu der sie mich hinauswarf. Hinter mir fiel die Tür ins Schloss und wurde verriegelt.

Mein Herz klopfte stark und alles tat so weh. Schmerzerfüllt nahm ich wahr, wie sehr ich sie immer noch liebte. Freudig und mit weit offenem Herzen besuchte ich sie und glaubte fest daran, sie würde sich mir gegenüber milde und verständnisvoll zeigen, vielleicht ein liebes Wort über die Lippen bringen. Umso enttäuschter war ich, dass sie mich abermals so boshaft behandelte. Ich sollte schuld sein an ihrem Alleinsein? Hiernach weinte ich wie ein Schlosshund. Für das, was sie verzapft hatte, machte sie nun mich verantwortlich! Diese Verdrehung ließ meinen Körper schmerzen und im Kopf ein Karussell drehen. Wär sie zur Verhandlung erschienen, hätte sie die ganze Wahrheit erfahren – doch die wollte sie gar nicht hören, weil sie wehtat. Also schob sie bequem ihrem ungewollt geborenen Kind die ganze Last der Schuld zu. Und dieses Gewicht erdrückte mich fast, als ich wie in Trance durch die Kaserne ging, wo der Schnee die Gegend ein wenig erhellte. Die dicke Schneedecke lud zum Ausruhen ein und so legte ich mich auf sie. Ich wünschte mir, einzuschlafen und zur Eisprinzessin zu erstarren. Ich wollte tot sein: hier, jetzt, sofort! Der dunkle Himmel drückte schwer auf meinen Körper, sodass ich tatsächlich einschlief.

Dann hörte ich Carinas Stimme sich nähern: »Tante Adelheit! Wo bleibst du denn? Die Mutti will doch losgehen!« Ich fuhr aus dem Schlaf und klopfte mir, noch ganz duselig im Kopf, den Schnee vom Mantel. Schnell lief ich zu ihr hin. »Endlich, du kommst spät!«, stöhnte Anne, als ich über ihre Schwelle trat. Ich fragte ihre Tochter: »Carina, ich komme noch rechtzeitig, nicht wahr?« »Ja, Tante Adelheit«, lächelte sie mir entgegen. Anne ging zur Silvesterparty, Carina und ich machten es uns daheim gemütlich.

Bald darauf war ich wieder im Internat. Aida und ich lernten denselben Beruf: Schneiderin. Ich richtete mein Leben darauf aus und hatte es selbst in der Hand, auch finanziell. Während die Lehrlinge an den Wochenenden heimfuhren, blieb ich im Internat, um das Bahnfahrgeld zu sparen. Dafür wurde mir am Monatsende Verpflegungsgeld vom Lohn abgezogen. Das war eine Erfahrung, die mich lehrte, dass man auf diese Weise nichts sparte. Am Sonntagabend kehrten dann alle Lehrlinge ins Internat zurück. Einige Mädchen waren mit der neuesten Mode ausstaffiert: Ein weiter bunter Rock, darunter ein Petticoat, um die Taille ein schwarzer breiter Gürtel, flache Schuhe, mit Schleifen und Schnallen verziert – so war die Mode.

Ein Mädchen fiel besonders auf, weil sie ihr Gesicht schminkte und die langen blonden Haare hochtoupierte. Sie trug Strumpfhosen und zeigte sie jedem Mädchen. Mit den Augen stahl ich, wie sie sich zurechtmachte. Heimlich bewunderte ich sie. Ich dagegen sah unattraktiv aus, lief noch mit Kindersachen herum. An den Wochenenden wusch ich sie und zog sie am Montag wieder an. Doch bald schon entwuchs ich den Kindersachen und erblühte zu einer jungen Frau. Doch um mir Damenkleidung zu kaufen, fehlte mir das Geld. Mit dreiundsechzig Mark Lehrlingsgeld im Monat bestritt ich alle Kosten für meinen täglichen Bedarf. Von der Mutter erhielt ich keine Unterstützung, von Anne erwartete ich keine, weil sie mit ihrem Einkommen geradeso über den Monat kam. Nun aber brauchte ich dringend einen Wintermantel, warme Schuhe und Pullover.

Plötzlich hänselten mich einige Lehrlinge wegen meiner Reibeisenstimme: »Wie viele Zigaretten verschlingst du denn pro Stunde, am Tag, in der Woche?« Ihre Sprüche beleidigten mich, denn ich hatte noch nie an einem Glimmstängel gesogen. Schon der Geruch war mir suspekt. Also suchte ich einen Arzt auf: »Was kann ich gegen die heisere Stimme tun, Doktor?« Er überwies mich zu einem Spezialisten, der sich mit Stimme und Sprache auskannte, aber in Görlitz seine Praxis hatte. Ich nahm den Bus dorthin und las an seiner Praxistür: »Doktor Großmann – Facharzt für Psychologie«. Das ging zu weit! Ich hielt mich doch nicht für verrückt! Der Alte hätte einen Psychodoktor gebraucht, aber ich doch nicht. Ich machte kehrt und ging. Doch auf der Straße überlegte ich: Das Problem mit meiner Stimme wär ich schon gern los. Vielleicht kann er mir ja doch helfen? Ich ging wieder zurück und klingelte an der Tür. Es öffnete ein großer, schlanker, dunkelhaariger Mann und ich reichte ihm den Überweisungsschein. Im Sprechzimmer schaltete er das Tonbandgerät ein und nahm sogleich auf, was ich sagte. Nun saß ich einem gut gekleideten Mann Ende dreißig an seinem Schreibtisch gegenüber. Auf einmal fragte er: »Wie verlief deine Kindheit?« Oh mein Gott, dachte ich, warum fragt er ausgerechnet danach? Schließlich ging meine Kindheit nur mich allein etwas an. Vor Scham jedem an mir interessierten Mann gegenüber, kam kein Wort über meine Lippen. Der Doktor aber gab seine Mühe nicht auf und bohrte jeden Tag nach meiner Kindheit. Plötzlich öffnete sich ein kleiner Spalt in meinem Bewusstsein, aus dem einige Bruchstücke herauskollerten. Diese wenigen Sätze genügten ihm, mich in das Spital in der Nähe seiner Praxis einzuweisen.

Nun lag ich hier auf Station und ging täglich in seine Sprechstunde. Dabei erlernte ich die Sprach- und Atemtechnik und bildhaftes Erzählen. Nach vier Wochen klang meine Stimme klar und rein, sodass ich den anderen Patienten auf der Station wie eine Nachtigall etwas vorsang. Ich konnte auf einmal so gut singen, wie die Mutter in der Kirche bei meiner Konfirmation, nur nicht so laut. Über diesen Erfolg war ich glücklich und der Doktor zufrieden. Am letzten Tag der Therapie sagte er: »Ich kann doch dein Freund werden, dich beschützen Adelheit!« Verdutzt sah ich ihn an und wiederholte in Gedanken: Mich beschützen? Wie soll das bitte gehen? Ich nahm sein Gesicht genauer unter die Lupe, ehe ich sagte: »Sie sind doch viel zu alt für mich. Außerdem sagten sie, dass ihre Frau bald entbindet.« In meinem Kopf pulsierte das Wort »knacken« – darauf sah er es wohl ab. Nicht umsonst fragte er mich nach einem Freund aus. Männer haben immer nur ein Ziel: eine Jungfrau zu knacken. Nach einer Denkpause sagte er schließlich: »Das war dumm von mir. Vergiss es Adelheit!« Als ich mich von ihm verabschiedete, ließ ich meine Enttäuschung über seinen Vorschlag in der Praxis zurück.

Hiernach tauschte ich den Pferdeschwanz gegen einen Kurzhaarschnitt. Äußerlich waren Veränderungen an mir sichtbar, und im Innern herrschte Chaos. Zurück im Internat, zog ich eine Mauer um mich herum und auf meine Mitschüler sehr verschlossen gewirkt habe. Von Aida abgesehen, pflegte ich keinen Kontakt zu ihnen. Die Freundschaft mit Aida genügte mir völlig. Im Waschraum waren zwanzig Waschbecken an den Wänden montiert, an denen sich alle Mädchen während der Abend- und Morgentoilette nackt reinigten. Ich wartete stets, bis alle damit fertig waren, und wusch mich dann allein im Waschraum. Vor lauter Scham wagte ich nicht, mich den anderen nackt zu zeigen. Sie kicherten ohnehin ständig so laut im Waschraum, dass es mir unangenehm war.

Einige Lehrlinge bildeten Cliquen, andere schwärmten von ihren Freunden. Auf einmal beschwerte sich Aida: »Mit den anderen will ich auch zusammen sein Adelheit!« »Aber ich nicht Aida.« Sie suchte sich einen Freund, der eines Tages seinen Freund Gerd mitbrachte. Als Gerd mich küsste und sagte, »Komm näher, so nah du kannst!«, und ich seine Begierde spürte, nahm ich Reißaus. Diesen Dreck wollte ich nicht! Einen Kuss tolerierte ich gerade noch, sorgsam darauf bedacht, dass kein Sabber in meinen Mund und aufs Gesicht gelangte. Wenn Gerd das für normal hielt, bitte – mich ekelte es. Als Kind schon war ich Opfer der sexuellen

Misshandlungen des leiblichen Vaters. Kein Wunder, dass mir die fleischliche Lust der Männer zuwider war. Diese Schweinereien wollte ich nicht mehr! Noch war ich nicht verrückt genug, nicht mehr zu wissen, was ich wollte und tat.

Das Internatsgebäude hatte einen Vorgarten, der an eine Hauptverkehrsstraße grenzte und hinter dem sich ein Waldgebiet erstreckte. Das Internatsgelände war durch einen hohen Eisenzaun gesichert, dessen Spitzen das Überklettern verhinderten. In Eigenregie pflegten alle Lehrlinge das gesamte Gelände. Der Heimleiter Heinrich wohnte mit seiner Frau über den Schlafräumen der Lehrlinge. Um einundzwanzig Uhr war Nachtruhe. Herr Heinrich war streng und donnerte an jede Tür, wenn dahinter noch gequatscht wurde. Die Türen zu öffnen, war ihm untersagt. Wir waren vier Mädchen auf unserem Zimmer. Eines Abends sang plötzlich jemand das Lied *Ich komme wieder in einem Jahr*. Wir vier Mädels sprangen vor Neugier zum Fenster und öffneten es. Am Waldrand standen zwei junge Männer: einer spielte Gitarre, der andere imitierte Elvis. Wir klatschten Beifall und riefen: »Bitte noch einmal!« Immer wieder animierten wir sie, zu singen. Plötzlich kamen die Mädchen aus dem Nachbarzimmer und stapelten sich mit ihren Oberkörpern über unseren. Einige weinten bei dem Lied, andere schmolzen dahin, weil sie an ihre Freunde dachten. Wir machten einen Lärm, wie zwanzig Mädchen.

Auf einmal donnerte der Heimleiter an unsere Tür und rief: »Jetzt ist aber Ruhe! Die Fenster schließen!« Wir Mädchen widersetzten uns seinem Befehl und kicherten weiter. Als unerwartet von oben Blumentöpfe auf uns herabfielen, quiekten wir noch lauter und erklärten Herrn Heinrich für verrückt. Nun waren wir erst recht albern und lachten ihn aus. Da schütteten er und seine Frau von oben Wasser auf unsere Köpfe. Daraufhin hopsten wir in die Betten und waren mucksmäuschenstill. Am Morgen danach erteilte der Heimleiter unserem Zimmer eine Rüge, während die Mädchen aus dem Nachbarzimmer vor Schadenfreude feixten, weil sie ungestraft davonkamen.

Die geheimnisvolle Frau

... und eine, die mit den Schneeflocken vom Himmel herabfiel.

Nach einem Jahr beendete ich die Lehre. Die finanziellen Mittel waren definitiv zu knapp, als dass ich mir davon Winterkleidung hätte kaufen können. Als ich im Heimatort bei Anne und Carina ankam, schenkte meine Schwester mir einen Petticoat. Darüber freute ich mich riesig und trug ihn unter dem rotbraunen Flanellrock, der mir aus der Kindheit noch erhalten geblieben war. Der Flanell war leicht, sodass er über dem Petticoat gut vom Körper abstand, wie die Mode es damals verlangte. Ich war sehr stolz auf diesen Petticoat. Die Haare toupierte ich mir hoch und ließ sie zum Teil mehr ins Gesicht fallen.

In einer Bekleidungsfirma suchte ich mir einen Job. Nach einer Woche fühlte ich mich dort eingesperrt und unter Druck gesetzt, sodass ich ihn wieder hinschmiss. Dann stellte ich mich der Chefin eines Selbstbedienungsrestaurants vor. »Du kannst gleich anfangen!«, sagte sie, als hätte sie auf mich gewartet. So blitzartig eingestellt, blieb mir gar keine Zeit, mich auf die neue Aufgabe einzustimmen. »Ich bin Frau Gutschmidt und die Chefin hier. Ich wünsche keine Techtelmechtel mit den Gästen, sonst ist die fristlose Kündigung fällig!«, sprach sie autoritär. Ich dachte mir, wenn das ihre größte Sorge ist, hab ich damit kein Problem. Sie war streng und erinnerte mich sehr an meine Mutter. Stets hielt ich mich strikt an ihre Anweisungen. Den neuen Job erledigte ich in einem Zweischichtsystem. Die Gäste staunten über das neue Gesicht hinter dem Tresen und lächelten mir freundlich zu. In der Spätschicht saßen Abend für Abend dieselben Männlichkeiten in der Gaststube und beobachteten den neuen, jungen, hübschen Käfer. Plötzlich spendierten sie mir einen Drink nach dem anderen. Während der Arbeitszeit galt für mich Alkoholverbot. Also sammelte ich die spendierten Getränke in verschiedenen Gefäßen und servierte sie dem nächsten Gast, der sie bestellte. Wenn ein Herr an den Tresen kam und mir Komplimente machte, wechselte mein Gesicht die Farbe von der roten Birne zur Tomate. Das Geglotze und Geschmeichel dieser Kerle war mir peinlich. Ich selbst fand mich noch immer unschön bis hässlich. Wenn ein Herr bat, mich nach Dienstschluss treffen zu dürfen, lehnte ich kategorisch ab. Die Arbeit machte mir Freude und ich wollte sie gern behalten, also durfte ich die Chefin nicht enttäuschen.

Mein Leben veränderte sich, es wurde bunter und freier. Am Monatsende steckte reichlich Geld in der Lohntüte, sodass ich ausreichend zu Annes Wirtschaftsgeld beisteuern und mir einen Wintermantel kaufen konnte. Schon nach kurzer Zeit gewährte mir die Chefin eine Lohnerhöhung mit der Begründung: »Seit du bei uns bist, hat sich der Gewinn verdoppelt. Dafür bekommst du mehr Gehalt Adelheit.« Ich schämte mich, so gelobt zu werden, dass mir die Röte in den Kopf stieg, ehe sie durch den Körper raste und zu den Zehenspitzen wieder hinausfuhr. Genauso erging es mir, wenn die Männer mir schöne Worte vorsäuselten. Dann schämte ich mich wieder der puterroten Wangen, dass ich den Kopf so tief neigte, wie ich nur konnte. Am liebsten aber wäre ich unter den Fußboden gekrochen, so sehr peinlich war mir das Erröten. Warum stieg mir die Röte überhaupt in den Kopf? Mein Busen, den ich nie wollte, wuchs nun heran. Somit hatte ich noch mehr zu verstecken, um ja nicht verführerisch auszusehen. Doch das half gar nichts. Die Heiserkeit, der Kloß im Hals und meine Hemmungen steigerten sich sogar noch. Diese Symptome behinderten mich und waren eine große Last. Täglich trainierte ich die in Görlitz erlernten Sprach- und Atemtechniken. Es half jedoch kaum. Die mich in meiner Entwicklung bremsenden Komplexe blieben mir noch jahrelang erhalten.

Das Getränkelager der Gaststube befand sich in einem anderen Gebäude, das durch einen Hausflur erreichbar war. Hier fühlte ich mich beim Nachschubholen sogar im Dunkeln sicher. Als ich eines Tages jedoch mit Ware aus dem Lager zurückkehrte, erschrak ich zutiefst, weil mir im Hausflur jemand von hinten den Mund zuhielt. Ich setzte mich zwar kräftig zur Wehr, aber die Person hielt mich fest umklammert. »Nicht schreien!«, sagte der Mann, nahm die Hand von meinem Mund und drückte seine Lippen darauf. Er küsste mich so, dass ich seine starke Begierde spürte. Das entfachte sofort Hass und Wut in mir, sodass ich mich gewaltsam losriss. Dabei sah ich dem Kerl ins Gesicht. Es war ein Gast, der mir gefolgt war. Als dann plötzlich auch noch die Chefin vor uns stand, ergriff der Mann sofort die Flucht. Die Chefin ließ mich ohne Worte stehen. Als ich dann hinter den Tresen zurückkehrte, saß auch der Kerl wieder in der Gaststube am Tisch. Ich war so wütend auf ihn, dass ich ihn am liebsten vor die Tür gesetzt hätte. Die Chefin kam leise, wie ein Blatt vom Baum fällt, zu mir heran und sagte: »Du bist fristlos gekündigt! Bis Dienstschluss arbeitest du noch und kommst ab morgen nicht mehr.« Sofort verfluchte ich diesen Mann namens Siggy, der mir in den Flur gefolgt war.

Als ich eine Woche später gerade das Haus verließ, stand dieser Siggy wie vom Himmel gefallen vor mir und überreichte mir ein Geschenk. Dabei sagte er: »Bitte entschuldige mein schlechtes Benehmen, und dass ich dich verletzt habe!« »Verletzt!?«, wiederholte ich aufgebracht. »Es hat mich den Job gekostet!« »Oh, das tut mir aber leid! Also deshalb sehe ich dich nicht mehr in der Gaststube.« »Leid?« – Davon bekam ich meinen Job auch nicht zurück. Im Laufe der Zeit wurden seine Mitbringsel größer und teurer. Als er dann einen Geldschein in meinen viel zu engen Ausschnitt stecken wollte, platzte mir der Kragen: »Kaufen willst du mich?! Ich bin keine Ware, die du im Laden erwirbst, Siggy!« Hiernach zog er sich vorerst zurück. Doch dann lauerte er mir wieder auf und sagte: »Ich hatte Sehnsucht nach dir Adelheit.« In der Folgezeit sprang er unerwartet hinter irgendeiner Hausecke hervor, machte einen Diener vor mir und fragte dann: »Darf ich dich begleiten?« »Wenn du willst«, sagte ich locker. Dabei lief er spielerisch neben mir her und ich blieb stumm wie ein Fisch. Vor der Haustür dann sagte ich »Tschüss« und er ging. Doch wie das so ist: Wenn er sich dann eine Zeit lang nicht zeigte, wünschte ich mir sogar, er möge unverhofft wieder hinter einer Hausecke hervorspringen. Wenn er dann wie der Blitz wieder vor mir stand, freute ich mich.

Mein neuer Job in der Rundfunk- und Fernsehtechnik gefiel mir gut, und ich gab mehr als hundert Prozent. Das passte zwei Kolleginnen, einem Zwillingspärchen, nicht und sie begannen, meine Arbeit zu sabotieren. In der Freizeit brachte ich dann alles wieder in Ordnung. Das gefiel den beiden Frauen noch weniger, und so hetzten sie andere Kollegen gegen mich auf. Solange sie mich meine Arbeit machen ließen, war mir das egal. Doch ihre Sabotage nahm kein Ende und ich dehnte meine Arbeitszeit weiter aus, um das, was sie mir zunichtemachten, wieder zu reparieren. Hier war ich eine Frau unter vielen und fühlte mich bald als Einzelgängerin. Ich verpetzte die Saboteure nicht und bot den beiden Weibern immer neue Angriffsflächen. Eine ältere Kollegin verriet mir, was die Zwillinge wieder ausgeheckt hatten. Sie selbst war enttäuscht von dem Spiel, das die beiden mit mir trieben. Sie sagte: »Die Zwei wollen keine Konkurrentin neben sich haben.« »Konkurrentin?«, wiederholte ich. Wie idiotisch! Ich wehrte mich nicht gegen ihre Niedertracht, im Gegenteil: Ich ließ sie gewähren, strafte sie aber mit Nichtachtung. Die Tätigkeit machte mir Spaß, und ich verdiente hier sogar mehr, als bei Frau Gutschmidt in der Gaststube.

Anne und Carina wollten ein Wochenende auf dem Land bei einer Freundin verbringen, die sie mit dem Auto abholen kam. Als Anne über die Schwelle nach draußen trat, sagte sie: »Die Wohnung hast du dieses Wochenende ganz für dich allein. Nutze die Zeit gut Adelheit!« »Was soll das heißen Anne?« Die Antwort darauf blieb sie mir schuldig, weil ihre Freundin hupte, und das hieß: Beeilung! Ich verriegelte die Wohnungstür von innen und war zum ersten Mal in Annes Wohnung allein – schon komisch. Gerade filterte ich mir eine Tasse Kaffee und wollte gemütlich Musik hören, als es plötzlich an der Wohnungstür schellte. Da stand Siggy mit einem Strauß roter Rosen vor mir. Sehr verwundert fragte ich: »Was machst du denn hier?« »Die Sehnsucht nach dir! Ich vermisse dich Adelheit.« So ein Blödsinn, dachte ich mir, du wusstest offenbar ganz genau, dass ich allein bin und noch jungfräulich – das alles hat dir sicher meine Schwester getrillert. Für so was hatte ich einen sicheren Instinkt entwickelt. Er lächelte verschmitzt, und als ich die Tür vor ihm schließen wollte, stellte er kurzerhand einen Fuß dazwischen und sagte: »Oh, es riecht gut!« Dabei schnüffelte er dem Aroma wie ein Hund der Wurst hinterher. »Kochst du für mich auch eine Tasse Kaffee Adelheit?«, fragte er mit erhobener Stimme, um irgendwie in die Wohnung zu kommen. »Warum sollte ich das tun Siggy?«, doch da trat er schon über die Schwelle und folgte dem Kaffeeduft. Also erfüllte ich ihm den Wunsch und filterte eine Tasse Kaffee für ihn. Dabei raspelte er unaufhörlich Süßholz und bezirzte mich mit Schmeichelworten. Ich war auf der Hut und warnte mich selbst: Lass dich bloß nicht verführen Adelheit!

Wir saßen auf dem Sofa in der Küche und genossen den Kaffee. Ganz unerwartet küsste er mich zart, als wär ich das Blümlein Rühr-mich-nicht-an. Niemals zuvor ließ ich einen Mann so nah an mich heran, wie Siggy. Als er mir dann an die Wäsche gehen wollte, warf ich seine Hände energisch von mir. »Nur einmal Adelheit!«, wimmerte er. Ich widersprach ihm barsch: »Du willst mich knacken Siggy! Was ich die vielen Jahre wie meinen Augapfel gehütet habe, willst du rauben!« »Ich werde behutsam vorgehen«, versprach er einfühlsam. »Nein, das wirst du nicht.« »Du darfst mich ruhig anfassen Adelheit!« »Nein, das will ich auf keinen Fall!«

Doch eine halbe Stunde später lag ich wie ein Stock auf dem Sofa und registrierte, was er da mit mir anstellte, wie tief er in mich eindrang. Sogleich dachte ich an die Vergewaltigung des Alten, als er sagte: »Passt nicht!« Das war die Öffnung, in die Siggy jetzt seinen Kolben steckte. Zur Zeit der

Vergewaltigung damals war sie noch verschlossen – zum Glück, kann ich heute sagen, denn wer weiß, was sonst passiert wäre. Als Siggy den Akt vollzogen hatte, fühlte ich mich dreckig und es ekelte mich. Die Sauerei erinnerte mich an den schändlichen Alten. Nun hatte Siggy mich ›geknackt‹, wie mein Erzeuger es nannte. Hiernach reinigte ich meine Genitalien von Siggys Dreck und dem des Alten gleich mit. »Na Adelheit, war das schön?«, fragte er lächelnd. Für mich war das der reine Hohn, so wütend war ich auf ihn und rief: »Was denn, diese Sauerei soll schön sein? Hau ab! Verschwinde! Lass mich allein!«

Er ging – und ich fühlte mich wieder als Schmutzfink. Während ich mich selbst verdammte, dass ich es zuließ, dass Siggy so respektlos mit mir umging, weinte ich mir die Augen aus. Am nächsten Tag kam Anne von ihrem Ausflug zurück und fragte als erstes: »Na Adelheit, wie war dein Wochenende?« Die Frage klang so zynisch, dass ich antwortete: »Schmutzig. Ekelhaft!« »Nein – wie denn das?«, zog sie ihre Frage lächelnd in die Länge. »Weil Siggy mir das geraubt hat, was ich jahrelang gehütet habe. Danach wollte ich ihn nicht mehr sehen und hab ihn fortgeschickt.« Annes Trost klang wie Hohn in meinen Ohren: »Einmal musstest du dran glauben. Du wirst bald achtzehn Jahre alt Adelheit!«

Dann verging kein Tag, an dem ich nicht an Siggy dachte. Als ich gerade die Straße überqueren wollte, stoppte er seinen Wagen direkt vor mir, stellte den Motor ab, stieg aus und kam lächelnd auf mich zu, sodass ich sein komplettes Gebiss sehen konnte. Seine blauen Augen strahlten. Rasch nahm er mich in seine Arme und gab mir einen Kuss. Ich freute mich, dass er mir nicht böse war, weil ich ihn fortgeschickt hatte. Gegen seine Größe von eins achtzig kam ich mir mit meinen eins dreiundsechzig ziemlich klein vor. Sein dunkelblondes, schulterlanges, lockiges Haar gefiel mir. Während mein Herz stark klopfte, sagte er: »Lass uns eine Spritztour machen, die Freiheit genießen Adelheit!« »Ich bin dabei Siggy!«, rief ich erfreut, schwang mich auf den Beifahrersitz und er gab Gas, dass die Reifen quietschten. Bergauf und bergab kutschierte er mich durch die herrliche Natur, ehe er in einen Waldweg einbog, den Motor abschaltete, mich knutschte, meine Bluse öffnete und den Busen massierte. In dem engen Fahrzeug gewährte ich ihm zum zweiten Mal, seine Fleischeslust an mir auszulassen. Doch außer der Freude ihn wiederzusehen, entsprang in mir keine Gefühlsströmung.

In der Folgezeit fuhr er bei jedem unserer Ausflüge in ein Wäldchen, stellte den Motor ab und begrapschte mich, bevor er dann den Akt vollzog. Irgendwann platzte mir dann der Kragen und ich rief: »Was denn, geht das schon wieder los!? Hast du nur Sex, Sex, Sex im Kopf? Gibt es bei dir nichts anderes, als immer nur das eine? Mal spazieren oder ins Kino gehen? Mal so richtig fröhlich sein, anstatt immer nur Sex, nach dem du mich gleich wieder zu Hause absetzt?« Siggy war verdutzt und zog genau die falsche Antwort: »Dann lass uns auf ein Zimmer gehen und dort Sex machen Adelheit.« »Anscheinend hast du nicht begriffen, was ich sagte Siggy?« Er verstand es wahrhaftig nicht, weil er wirklich nur Sex im Kopf hatte. Nach meinem Ausbruch war ihm alles vergangen und er kutschierte mich auf dem schnellsten Weg nach Hause. Zum Abschied sagte er kleinlaut: »Bis bald mal wieder Adelheit.«

Eine Woche später lud er mich in sein Auto ein und steuerte direkt ein Hotel an. Dabei hielt ich mich nicht zurück und legte ihm offen: »Siggy, du hast wirklich nur Schwanz voraus in deiner Birne! Jeden Tag und immer fort. Das kann nicht normal sein!« Dabei gingen meine Gedanken zum Alten, der auch jeden Abend die Sauerei an mir vollzog. »Du kannst einem aber auch alles verderben Adelheit!« »Verderben?«, wiederhole ich. »Geht es immer nur um das, was du willst? Streicheln, liebkosen oder sich einfach mal glücklich fühlen dürfen, sind das Fremdwörter für dich?« Ohne auf seine Kosten gekommen zu sein, fuhr er mich gleich wieder heim. Nach wie vor entsprang keinerlei Gefühlsregung in mir, wenn er in mich eindrang. Wie kann der Sex schön sein, wenn immer nur der Wille des Mannes zählt? Ist ja verrückt und unnormal. Ich konnte Siggy nicht sagen, dass ich beim Sex nichts empfand. In der Kindheit stand ich unter dem Zwang des Alten, der meinen kleinen Körper für seine Wolllust benutzte und ihn beschmutzte. Aber als Volljährige wollte ich mich keinem Zwang mehr beugen – das bekam Siggy zu spüren.

Während er auf Distanz blieb, wuchs meine Sehnsucht, ihn zu sehen. Dabei wünschte ich mir, einmal in seinen Armen zu liegen und mich wohlbehütet zu wissen. Ich wollte das Gefühl haben, rundum in Sicherheit gewiegt und geliebt zu werden, glücklich zu sein und von der Zukunft träumen zu können – ohne Sex und ohne Beschmutzung, die mich jedes Mal auf die Schweinerei des Alten zurückwarf. Warum erfüllte er mir diesen Wunsch nicht? Wenn ich die Herzenswärme, Zuneigung und Liebe nicht erfahren durfte, welchen Preis sollte ich dann noch dafür zahlen? Wie sollte ich Liebe als die zwischen Menschen tiefste Erfüllung erfahren, wenn ich sie nicht kennenlernen durfte und Siggy – für den stets nur der Geschlechtsakt im Vordergrund stand – sie mir schlicht vorenthielt? Schon in der Kindheit jagte ich ständig dem Phantom nach, von der Mutter einmal in die Arme genommen zu werden und mich geborgen zu wissen.

Und doch bekam ich plötzlich Sehnsucht nach Siggy, als er gar nicht mehr erschien. Stattdessen kam ein Brief an, in dem er schrieb: »Ich bin verheiratet und habe ein Kind!« Da flutete eine Wut durch meinen Körper, dass ich ihn in Abwesenheit auf das Äußerste beschimpfte: »Saukerl! Mistkerl! Ende – aus – vorbei, du Arsch! Du Dreckskerl! Du wolltest mich nur knacken!« Doch plötzlich stand er wieder vor der Tür. Ich knallte sie ihm sofort vor der Nase zu. Anne fragte: »Wer hat denn da geläutet Adelheit?« »Ein Fremder, eine verheiratete Socke! Ich nehme keinem Kind den Vater weg.« Da hielt sie mir eine Moralpredigt: »Vielleicht steht er ja in Scheidung? Liebst du ihn?«, wollte sie von mir wissen. »Was bedeutet Liebe? Wie fühlt sich die Liebe an Anne?« »Was denn, du weißt nicht was Liebe ist Adelheit?« »Nein. Woher auch? Ich kenne nur Dreck, Ekel, Gewalt und Hass. Und wie die Mutter zu sagen pflegt: ›Alles, was sich unter der Gürtellinie befindet, darüber spricht man nicht!‹« »Diese Redewendungen kenne ich auch von unserer Mutter Adelheit.« Aber was Liebe ist, und wie sie sich anfühlt, erklärte meine Schwester mir nicht.

Der Winter hielt Einzug. Er brachte so viel Schnee mit sich, dass die weiße Pracht dreißig Zentimeter hoch in unserer Ortschaft lag. Die schneebedeckte Landschaft liebte ich sehr und ging mit Carina Schlittenfahren. Im Schnee tobten wir uns richtig aus, dass die Körper dampften. Nach dem Vergnügen liefen wir im Mondschein heim und plötzlich musste ich mich übergeben. Daheim erzählte Carina gleich ihrer Mutter: »Tante Adelheit ist krank. Sie hat gebrochen.« »Du bist schwanger Adelheit!«, legte meine Schwester mir offen. »Waaas?!«, zog ich mein Entsetzen in die Länge und weinte mir sofort die Augen aus. Siggy, die verheiratete Socke, hat mich geschwängert! Ich hasse ihn wie die Pest! Sogleich hallten der Mutter Worte in mir wider, die sie einmal den älteren Mädchen verkündet hatte: »Krause Haare, krauser Sinn, da steckt der Teufel drin. Nehmt euch vor diesen Männern in acht!« Und Siggys Haar war tatsächlich kraus, was mir ja gefiel. Nichtsdestotrotz war er ein Schlawiner, der mir mit seinem Dreck ein Kind gemacht hat, obwohl er schon eine Familie besaß.

Für mich war schwanger sein und keinen Vater für das Kind zu haben, eine Schande. Diese Demütigung ertrug ich nicht. Jetzt war ich wirklich »Nutte, Hure, Flittchen«, wie die Alten mich beschimpften. Als ich den Tod so nah, rein und sauber, wie weißen Schneeflockenzauber vor mir sah, wollte ich nur noch sterben. Die Landschaft lag da, wie weiß bezogen und ich würde mich auf ihr betten. Das war die einzige Lösung für mein Problem. Anne gegenüber hielt ich mein Vorhaben geheim, denn wenn sie ins Gefängnis gehen sollte, wenn ich stürbe, was würde dann aus Carina? Ich zögerte, die Tat durchzuführen. An meinem Zustand war ich ganz allein schuld, auch die Verantwortung dafür trug ganz allein ich und nicht Anne. Zwei Monate später würde ich achtzehn Jahre alt, aber bis dahin hielt ich es nicht aus. Die Situation tat so weh und der Stolperstein meiner Tat war gewiss.

Eine Woche später fiel die Temperatur auf minus zwölf Grad. Ich stiefelte weinend im Dunkeln durch den hohen Schnee in den Anlagen der Stadt. Da der Schnee den Lärm dämpfte, war es hier angenehm still. Von einer Bank wischte ich die vielen kleinen Diamanten herunter, setzte mich, dachte an Siggy und weinte, schluchzte den ganzen Schmerz heraus. Jetzt und hier wünschte ich, zur Eisprinzessin zu erstarren. Völlig unerwartet ließ sich eine alte Frau neben mir nieder und fragte einfühlsam: »Ist der Kummer so groß?« Ich nickte und sagte ihr wehleidig, dass ich schwanger sei. Sie streichelte meinen Kopf und sprach: »Ach mein kleines Fräulein, wie ist dein Name?« »Adelheit«, gab ich ihr preis. Sie drückte mir ein kleines Fläschchen in die Hand und ich fragte: »Was ist da drin?« »Etwas Süßes, mein kleines Fräulein, das beruhigt die Nerven.« »Etwas Süßes?« Dafür war ich immer zu haben und leerte das Fläschchen zügig. Die Flüssigkeit war nicht nur süß, sondern schmeckte »lätsch«, also übertrieben süß. Dann erzählte die alte Frau eine Geschichte. Während sie jedes Wort sanft und einfühlsam aussprach, hielt ich die Augen geschlossen und lauschte aufmerksam ihrer Stimme, die sehr angenehm auf mich wirkte. Wie ein Film, in dem ich die Hauptrolle spielte, sah ich die Erzählung vor mir. Dann nahm ich diese himmlische Stille wahr, wie damals in dem schwebenden gläsernen Sarg. Nur zögernd sah ich zu der alten Frau hinüber, doch sie war verschwunden. Mit einem wunderbaren Gefühl ging ich heim. Drei Wochen später bekam ich die Regel. Weder an die alte Frau noch an die Geschichte kann ich mich heute erinnern.

Trübe Sonne und flackerndes Herz

Die Augen –
erschaffen, um zu weinen,
geziert nach draußen blicken.
Der Gedanke –
geschaffen mit der Kraft zum Ringen.
Das Sprechen liebevoller Worte,
die ewig klingen und schwingen.

Ich war nun achtzehn Jahre alt und Anne ihrer Pflichten als mein Vormund entbunden. Ich hatte vor, über Weihnachten meine große Schwester Elisa und ihre Familie in Magdeburg zu besuchen. Seit ihrer Heirat waren viele Jahre vergangen, in denen wir uns nicht gesehen hatten. Ich fuhr mit dem D-Zug 1707, der pünktlich auf dem Gleis 1 A im Magdeburger Bahnhof einrollte. Elisa holte mich mit ihren Kindern ab. Zuerst fuhren wir einige Stationen mit der Straßenbahn und stiegen dann in den Bus um. »Ihr wohnt ja ziemlich weit draußen Elisa«, staunte ich. »Mit dem Bus bist du aber schnell in der Stadt«, sagte sie. Bei ihr daheim plauderten wir gelassen über den Familienclan, aber nie über meine Kindheit. Bloß gut, weil über meine Lippen kein Wort gekommen wäre. Als Elisa mir eine Zigarette anbot und ich meinen ersten Zug wagte, hustete ich mir fast den Magen heraus. »Lass das sein Adelheit, du kannst nicht rauchen!«

Am nächsten Tag stellte mir Elisa einen Freund des Hauses namens Florian vor. Am Abend darauf lud mich Florian ins Kino ein. Eine Gefühlsströmung von mir zu ihm hin bestand nicht. Ich wollte kein Techtelmechtel mit ihm, nahm die Einladung zum Kinobesuch aber gern an. Als wir vor dem Kino standen, waren die Türen versperrt. »Wegen Staatstrauer geschlossen«, stand auf einem Schild. Der erste DDR-Präsident Wilhelm Pieck war gestorben, wie sehr viel später erst bekanntgegeben wurde. Auf dem Fußmarsch heimwärts sorgte das Thema dann für reichlich Gesprächsstoff.

Am nächsten Tag verkündete Elisa mir: »Florian ist noch jungfräulich. Ich mag ihn sehr!« Auf diese Offenbarung hin zeigte ich keinerlei Regung. Es war mir egal, was er war. Doch sie fuhr unbeirrt fort: »Am zweiten Festtag sind wir bei meinen Schwiegereltern eingeladen, dann habt ihr unsere Wohnung für euch allein.« Ich stöhnte auf. Was sollte denn das schon wieder? Schließlich hatte Anne es ähnlich versucht, indem sie Siggy auf mich ansetzte, der mich ›knacken‹ wollte. Ich betrachtete Florian als einen Freund des Hauses, der er auch bleiben sollte. Auf mich wartete die Heimat, wo ich hingehörte. Und auf gar keinen Fall wollte ich noch einmal schwanger werden.

Am Zweiten Weihnachtsfeiertag begab sich dann Elisa mit ihrer Familie zu den Schwiegereltern. Bald darauf schellte es an der Wohnungstür. Als ich sie öffnete, stand lächelnd Florian davor. Seine Augen klebten wie Honig an meinem Gesicht. »Elisa und Familie sind nicht zu Hause Florian!«, sagte ich knapp. Er zog die Mundwinkel derart breit, dass ich sein ganzes Gebiss bis zu den Weisheitszähnen begutachten konnte. In diesem Moment fand ich ihn sympathisch, mehr aber auch nicht. »Ich weiß Adelheit. Lässt du mich trotzdem rein?« »Wenn du willst …« Eigentlich war es mir nicht recht, dass er die Wohnung betrat, aber unhöflich wollte ich auch nicht sein. Die Wohnstube war angenehm warm und erfüllt von dem weihnachtlichen Tannen-, Apfelsinen- und Lebkuchenaroma. Ich kochte Kaffee und dessen Duft mischte sich mit dem der Weihnachtsgewürze. Die rote brennende Kerze auf dem Tisch trug zur sinnlichen Atmosphäre bei.

Plötzlich gab mir Florian einen Freundschaftskuss. Ich sah ihn völlig verdutzt an und wich ihm bei seinen Wiederholungsversuchen aus, weil ich partout keine Romanze mit ihm wünschte. Er war neunzehn Jahre alt und eins fünfundsiebzig groß. Sein glattes dunkelblondes Haar trug er streng nach hinten gekämmt. Die breiten buschigen Koteletten reichten ihm bis zum Kinn. Unter der glatten Haut seines runden Gesichts zeigte sich ein Doppelkinn. Die Augen waren klein, rund und in der Iris mischten sich mehrere Farben. Er rauchte gelegentlich und tendierte zu Übergewicht. Sein Gang war weich, geschmeidig und eher weiblich.

Dann kamen wir einander allmählich näher – nur Gott weiß, weshalb ich mich auf seine Fleischeslust einließ. Während er in mich eindrang und mächtig strampelte, gab ich ihm den Rat: »Pass auf und zieh raus, bevor …« Aber da war es schon zu spät. Anschließend fragte er: »Was meintest du mit ›Rausziehen‹ Adelheit?« »Ja, das hast du nun verpasst Florian! Du hast keine Ahnung vom Sex und ich auch nicht. Deinen Kolben solltest du noch vor dem Orgasmus herausziehen, dann wär es nicht passiert, dass ich jetzt vielleicht schwanger werde!« Was war ich dumm, mich auf dieses Spielchen einzulassen! Doch er schien gar nicht zu verstehen, was ich ihm da erklärte. Beim ersten Sex mit einer Frau vergaß er alles und schaltete sein Gehirn einfach ab. Ich war wütend auf mich und auf ihn, zeigte es ihm aber nicht. Am liebsten hätte ich Florian fortgeschickt, aber er wollte unbedingt auf Elisa warten. Wer weiß, was die beiden ausgeheckt hatten, dass er auf sie warten wollte. Plötzlich sagte er: »Du kommst doch wieder Adelheit, nach deiner Heimfahrt?« »Weiß ich nicht. Wenn ich wirklich schwanger sein sollte, werden wir sehen, ob du dazu stehst Florian.«

In jedem Brief schrieb er mir dann: »Bitte komm zu mir. Ich sehne mich nach dir!« Ich aber dachte, du sehnst dich nicht nach mir, sondern nach Sex mit mir. Meine Periode blieb aus, und wieder geriet ich in eine Situation, wo mein Leben auf der Kippe stand. Ich dachte, wenn Florian sich zu der Schwangerschaft bekennt, dann soll es so sein, dass ich zu ihm ziehe. Aber in keinem seiner Briefe bekannte er sich dazu, mich geschwängert zu haben. Er setzte nur alle Hebel in Bewegung, dass ich meinen Wohnort verließ und zu ihm kam. Dabei flehte er Elisa an, mich doch bei ihr aufzunehmen. Obwohl er mit seiner Mutter in einer genauso großen Vierzimmerwohnung lebte, wie Elisa mit ihrer fünfköpfigen Familie, bettelte er meine Schwester an, mich bei ihr aufzunehmen. Viel naheliegender war es doch, bei ihm einzuziehen. Warum er diese Variante nicht wählte, erfuhr ich erst später.

Den Koffer gepackt, die Kartons verschnürt, war ich bereit, meinen Heimatort zu verlassen und mit Florian an meiner Seite eine gemeinsame Zukunft aufzubauen. Ende Januar holte er mich von zu Hause ab. Auf einmal wollte ich ihn nicht mehr sehen und lief hinaus in den Schnee. Ich rannte einfach drauflos und weinte mir die Augen aus. Ich war wütend auf ihn, dass er mich geschwängert hatte, weswegen ich nun die Heimat verlassen sollte. Lieber wollte ich sterben, als mit ihm gehen, mich in den knirschenden Schnee legen und zu Eis erstarren. Ich war achtzehn Jahre alt und ein ›verdammtes Flittchen‹, wie die Eltern gesagt hätten. Da es mir unsagbar schwerfiel, die Heimat, die Wurzeln, Anne und Carina zu verlassen, weinte ich Sturzbäche. Anne hielt mich nicht fest. »Wenn du gehen willst, dann geh«, sagte sie. Und Carina weinte herzzerreißend mit mir. Ohne mich war sie mit ihrer Mutter wieder allein. Was ist richtig, was falsch? Mit Florian gehen oder in der Heimat bleiben? Ich zweifelte sehr. Zu Hause hatte ich zwar keine Freunde, aber meine gut bezahlte Arbeit. Was erwartete mich bei der anderen Schwester in Magdeburg? Drastische Veränderungen und Unsicherheit. Wenn ich mit Florian ginge, bräche die Sicherheit, die vor Ort bestand, wie ein Kartenhaus zusammen. Das Milieu, das ich aufgab, war gut. Zuversicht, Sicherheit und das Vertrauen in die fremde Umgebung musste ich erst aufbauen.

Während ich unermesslich weinte, zog Florian genüsslich den Zigarettenqualm in sich hinein und blies ihn lächelnd wieder aus, als freute er sich, dass ich mit ihm ginge. Weder Anne noch ihm schilderte ich mein Herzweh. Dabei brannte ein scharfer Schmerz der Trennung und des Abschieds in mir. Ich litt fürchterliche Qualen, als hackte mir jemand einen Arm ab oder risse mir den Magen heraus. Dazu kam auch das noch: Wegen guter Führung wurde der Alte ein Jahr früher aus dem Knast entlassen. Für die vielen Jahre, die er mich gequält hatte, wurde ihm schließlich noch ein Jahr geschenkt! Wo blieb da die Gerechtigkeit? Ich verstand die Welt nicht mehr. Nun war es wirklich angezeigt, der Heimat den Rücken zu kehren. Auf keinen Fall wollte ich dem Alten begegnen. Warum tat mir die Trennung von meinen Wurzeln dennoch so sehr weh, dass es mein Herz fast zerfetzte? Ich war empfindlich gegen alles Laute, Harte, Ungerechte. Beschimpfungen, Intrigen und Unwahrheiten trieben mich in die Enge. Wie sollte ich mich vor den anderen schützen, dass meine sensiblen Seiten nicht verletzt würden? Würde ich in der neuen Heimat Loyalität wiederfinden? Würde Florian meinen Hunger nach Liebe, Geborgenheit und Gerechtigkeit stillen und mich beschützen können? Unmittelbar vor meiner Abreise machte es mir niemand recht, denn mein Herz war einerseits angefüllt mit Schmerz und Leid, andererseits gespalten in hier und dort.

Zweimal verpassten wir den D-Zug nach Magdeburg. »Florian, verpassen wir ihn ein drittes Mal, bleibe ich hier im Ort!« Jetzt zog er nervös am Glimmstängel und ich sah, was er dachte: Nicht noch einmal will ich die Rücklichter dieses Zuges sehen! Die eine Schwester verließ ich, die mir Schutz, Vertrauen und Sicherheit gegeben hatte und mit der ich mich sehr gut verstand. Bei der anderen Schwester erwartete mich eine fünfköpfige Gemeinschaft, zu der ich Vertrauen erst aufbauen sollte. Traurig und mit zerrissenem Herzen stiefelte ich ein drittes Mal neben Anne, Carina und Florian her durch den hohen Schnee zum Bahnhof. Von all der Schwere ließen sich meine Füße kaum bewegen und ich konnte nur mit Mühe in den Waggon steigen. Während sich der D-Zug langsam in Bewegung setzte, lief Carina ein Stück mit. Sie weinte und rief mir zu: »Komm bald wieder Tante Adelheit! Ich warte auf dich!«

Vom langen Abschiednehmen fühlte ich mich krank, sodass der Tränenfluss nicht versiegen wollte. Während der Reise sprach ich mit Florian kein Wort, in Gedanken aber verdammte ich ihn, weil er mir ein Kind gemacht hatte und sich dazu nicht äußern wollte. Die Natur lag in eisiger Kälte, und genauso kaltblütig verhielt ich mich ihm gegenüber. Ich ließ ihn spüren, was er ausstrahlte, ungerührt und herzlos. Doch die unendliche Schwermut und Trauer lastete so bleiern auf mir, dass alles wehtat.

Mit zwei Stunden Verspätung rollte der Zug im neuen Heimatbahnhof ein. Während ich mit denselben schweren Schuhen den Waggon verließ, wie ich ihn bestiegen hatte, war ich fuchsteufelswild auf Florian und hätte ihn am liebsten vor allen Leuten beschimpft, doch mein Verstand sagte mir: Stell dich nicht in schlechtes Licht Adelheit! Und so kämpfte ich weiterhin mit dem Drachen in mir. Mit neurotischer Schuld und gebrochenem Herzen im Gepäck stand ich in der Schlange am Taxistand, Florian unbeteiligt neben mir. Bestrafte mich die Melancholie dafür, dass ich den Heimathafen verlassen hatte? Doch dann bestaunte ich die kristallklare Winternacht und die unzähligen Sterne am Firmament, die wie Diamanten funkelten. Sie hießen mich in der neuen Heimat herzlich willkommen. Im Mondschein glitzerte der Schnee wie unzählige kleine Diamanten, die sich um die Straßenlaternen herum auftürmten. Die Natur flunkerte mir wie im Märchen etwas vor. Dieser bildschöne Anblick war der Ausgleich für meine depressive Verstimmung und Wut. Die wunderschöne Natur verblüffte mich immer wieder aufs Neue, wovon ich nicht genug bekam. Die Kälte ließ die Nasenlöcher zufrieren und unter den Schuhsohlen knirschte die weiße Pracht ziemlich laut. Der Schnee legte seinen weißen Mantel über den Straßenlärm, sodass die heranfahrenden Autos kaum hörbar waren.

Als wir endlich bei Elisa und ihrer Familie eintrafen, warteten sie schon voller Sehnsucht auf uns. Die Begrüßung war herzlich. Vor mir standen die Kinder, die auf Mitbringsel warteten, die ich rasch verteilte, damit sie wieder in ihre Betten hopsen konnten. Mein Schlaflager war die Couch im Wohnraum, obwohl in einem kleinen Zimmer nur Ramsch stand. Als ich die Augen schloss, überfiel mich gleich der Schlaf.

Die morgendlichen Sonnenstrahlen, die den Raum erhellten, gaben mir die Kraft, positiv in die Zukunft zu blicken. Ich erkundete mein neues Zuhause und seine Umgebung – eine Gemeinschaft, wo jeder jeden kannte und wo man einander gegenseitig unterstützte. Hier spürte ich eine Einigkeit, die für mich nur gut sein konnte. Den Anfang der Sülzstraße säumten rechts in einigem Abstand zwei Einfamilienhäuser mit Vor- und Hintergärten, gefolgt von drei einstöckigen Häusern mit je drei Eingängen auf der rechten Straßenseite. Am Ende dieser Grundstücke erstreckte sich bis zum Horizont die Feldmark. Die Eingänge der Gebäude waren nach Westen ausgerichtet. Davor befanden sich die Wäschetrockenplätze und daran schloss sich eine Gartenkolonie der Gemeinde an. Links neben der Straße, gegenüber der Siedlung, befand sich ein Kaufladen. Dahinter erstreckte sich eine große Rasenfläche, wo Tiere in den Sommermonaten weideten. Die Männer dieser Gemeinde arbeiteten ausschließlich in zwei Betrieben, der Maschinen-Traktoren-Station (MTS) und der Landwirtschaftlichen Produktionsgenossenschaft (LPG).

In den Tagen nach meiner Ankunft fiel die Temperatur auf bis zu minus sechsundzwanzig Grad. Bei dieser klirrenden Kälte fuhr der Bus nur zweimal am Tag ins Magdeburger Zentrum und zurück. Wer nicht mitkam, war gezwungen, zu laufen. Und so lief ich zur Behörde, um mich in der Ortschaft anzumelden. Doch die Frau hinter dem Schreibtisch sagte: »Den Weg hätten Sie sich sparen können! Gehen Sie wieder dorthin, wo Sie hergekommen sind. Von mir kriegen Sie in dieser Region keine Zuzugsgenehmigung!« Ich hatte das Gefühl, als schlüge sie mir mit einer Keule auf den Kopf. »Warum bitte schön gewähren Sie mir keinen Zuzug für diesen Ort?«, wollte ich den Grund erfahren. »Weil nicht einmal für unsere Bevölkerung ausreichend Wohnraum zur Verfügung steht!«, sprach sie fuchsig. Diese Schlappe steckte ich erst einmal weg, blieb aber vorläufig weiterhin bei der Familie meiner Schwester wohnen. Am nächsten Tag begab ich mich auf Arbeitssuche und stellte mich persönlich dem Chef einer Bekleidungsfirma vor. Der sagte mir: »Das Brennmaterial ist knapp und Nachschub nicht in Sicht. Die Kollegen rücken schon zusammen. Wenn die Kälte vorüber ist, stelle ich Sie ein.« Bei meiner Vorstellung im nächsten Betrieb erhielt ich dieselbe Auskunft. Es war Ende Januar 1962 und ich ohne Arbeit – ein zweites Problem, mit dem ich gewillt war, fertig zu werden.

Dafür benutzte mich Elisa als ihre Magd. Sie wünschte, dass ich mich mit ihren Kindern beschäftigte, damit sie Ruhe vor ihnen hatte: Susanne drei, Ines sieben und Franka zehn Jahre alt. Also säuberte ich die Räumlichkeiten und erledigte mit den Kindern die Hausaufgaben, wenn sie aus der Schule kamen. Die Wäsche wurde bereits von einer Waschmaschine gerührt, doch die Spülung erfolgte noch per Hand. Dabei half eine Winde mit zwei glatten Rollen und einer Kurbel das Wasser aus den Stoffen zu drücken – allemal eine Erleichterung. So war das Wäschewaschen schon einfacher, als ich es von zu Hause kannte. Das Bügeln und Ausbessern überließ Elisa ebenfalls mir. Sie selbst schwänzelte von einem Hauseingang zum nächsten, um mit den Frauen zu quatschen.

Eines Tages sagte die Nachbarin Frau Trautmann, eine ältere Dame mit weißem Haar und etwas faltigem Gesicht, zu meiner Schwester: »Hast du nichts anderes zu tun, als nur zu tratschen Elisa?« Voller Stolz antwortete sie: »Ich habe jetzt eine Magd! Meine Aufgabe ist das Essenkochen, sonst gar nichts!« Dabei machte sie sich groß und hob ihren Brustkorb an. Es störte sie nicht, dass ich neben ihr stand und alles mitbekam. Oh mein Gott, ihre Aussage erinnerte mich an die Mutter: »Wer essen will, verdiene es sich.« Mein Erspartes hatte ich Elisa bei meiner Ankunft bereits ausgehändigt. Doch es reichte nicht, mich zu ernähren, bis ich eine Anstellung finden würde. Arbeitslosengeld gab es nicht. Ich war froh, dass Elisa mir Nahrung und ein Dach über dem Kopf gewährte. Diese Situation brachte mich aber auch in Verlegenheit.

Am Abend kam Florian zu Elisa, um mich zu sehen. Ungestört unter uns waren wir nur draußen, inmitten von Kälte, Schnee und Eis. Dort sprach ich ihn auf meine Schwangerschaft an, doch er zog nur heftig an seiner Zigarette und hüllte sich in Schweigen. Es ärgerte mich, doch gesagt hab ich ihm das nicht. Dabei wünschte ich mir so sehr, dass er mich einmal in seine Arme nehmen, festhalten und sagen würde: Ich freue mich, dass du den Wechsel gewagt hast. Alles wird gut! Aber das brachte er nicht zustande. Was würde passieren? Welcher Unglücksbote würde meine Sonne erschüttern, vernebeln oder gar verdunkeln und den Geist aufwühlen? Welche Reaktion hatte ich von Florian zu erwarten? Ein liebesgeführtes Spiel oder einen kriegerischen Zustand?

Die Temperatur stieg allmählich auf Plusgrade und die Schneeschmelze setzte ein. Somit konnte ich eingestellt werden und Elisa nahm das Zepter ihrer Familie wieder selbst in die Hand. Am Abend spazierten Florian und ich in die Natur. Dabei kreisten meine Gedanken um den Nachwuchs und ich fragte ihn: »Bekennst du dich zu deinem Kind, das ich in mir trage, Florian? Ich bin jetzt in der letzten Woche des dritten Monats, wo ein Arztbesuch fällig ist.« Da er sich in Schweigen hüllte, liefen wir stumm nebeneinander her. Plötzlich tat er den Mund auf: »Soll ich dir wirklich sagen, wie meine Mutter über die Schwangerschaft denkt?« In der Annahme, sie würde sich freuen, Oma zu werden, sagte ich: »Ja bitte! – Aber erst möchte ich deine Meinung hören, wie du darüber denkst Florian.« Doch er bestand darauf: »Nein, erst die von meiner Mutter. Sie sagte: ›Du kannst gar nicht der Vater dieses Kindes sein! Sie ist eine Hure, eine Nutte, die sich mit ihrem eigenen Vater eingelassen hat. Die will dir das Kind unterschieben, das von ihrem eigenen Vater ist. Merkst du denn das nicht mein Junge?« »Oh – mein – Gott!«, zog ich meinen Ausruf entsetzt in die Länge. »Sag, dass das nicht wahr ist, Florian!« »Es ist die Wahrheit! So denkt meine Mutter über dich und die Schwangerschaft.« Während ein Vulkan in mir brodelte, fragte ich ihn erneut: »Und wie denkst du darüber Florian?« »Ich weiß nicht, was ich denken soll!«, rief er aufgebracht. Hilf- und sprachlos stand ich vor ihm. Seine Antwort traf mich tief in den Eingeweiden und ließ den Vulkan in mir explodieren. Ich schrie ihn an: »Wie bitte? Du weißt nicht, was du denken sollst? Ich habe dir nachgegeben, deine Fleischeslust über mich ergehen lassen, damit du entjungfert wurdest. Du hast deinen Schwanz in mir stecken lassen und nun willst du davon nichts mehr wissen?! Da kannst du mal sehen, wie kopflos du warst, als du deinen Schwanz zum ersten Mal bei einer Frau einführen durftest, dabei dein Gehirn abgeschaltet und mich mit deiner Samenkolonie beschmutzt hast. Aber jetzt willst du davon nichts mehr wissen? Du bist das Allerletzte! Du bist ein Scheißkerl! Verschwinde! Hau ab!« Florian zog noch immer heftig an seinem Glimmstängel und wagte es nicht, mir in die Augen zu sehen. Mein Leib blähte sich auf, der Herzschlag raste und der Kopf glühte, als würde er zerspringen wollen. Dann wurde mir übel und ich bekam starke Bauchschmerzen. Der Embryo hörte all das mit an und ich sagte ihm: »Ja, ich bin bereit dich auszukotzen!« Dabei konnte er doch gar nichts dafür.

Florian ließ ich stehen und lief davon, rannte nur weg von ihm. Mit der Demütigung durch seine Mutter hatte ich nicht gerechnet. Dass ich mit so viel Gehässigkeit und Teufelei konfrontiert werden würde, konnte ich nicht ahnen, als ich in den D-Zug einstieg, der mich in die neue Heimat brachte. Wir hatten also nicht ohne Grund zweimal den Zug verpasst. Das hätte mir schon zu denken geben sollen – hat es aber nicht, weil ich mir wünschte, meinem Kind einen Vater zu geben. Nun aber war ich so sehr verletzt und verzweifelt, dass mich nur der Tod von meinem Kummer hätte befreien können. Der Tod war so nah und rein, ich wollte bei ihm sein. Empört über diese falschen Anschuldigungen weinte ich mich dann mehrere Abende in den Schlaf. Die dritte Schlappe spürte ich hautnah, und sie schmerzte titanisch. Ein kriegerischer Zustand trat ein, kein Liebesspiel mit Florian. Er war der Unglücksbote, der mit seiner Aussage meinen Geist aufwühlte, mein Wesen in die Enge trieb. Die Veränderung hatte ich mir anders vorgestellt. Auf meinem neuen Weg hoffte ich Liebe und Vertrauen zu finden, und nicht erneut mit dem Teufel zu kämpfen. Doch nun hätte ich mir eine Robbenhaut überziehen sollen, so dick und fett, dass alles Schädliche mir nichts anhaben konnte. Die hatte ich jedoch nicht, im Gegenteil: Ich war mittlerweile so dünnhäutig geworden, dass alles Hässliche tief bis auf die Knochen in mich eindrang, sodass ich mich ständig klein, niedergeschlagen und wertlos fühlte. Noch heute bin ich sensibel und schnell beleidigt, wenn das Milieu um mich herum nicht stimmt. Was ich mit dieser Lektion durch Florian lernen sollte, weiß nur Gott, wenn es ihn gibt. Warum errichtete er immer wieder neu Hindernisse vor mir, die mich leiden, verdrießen und melancholisch werden ließen?

Ich beschloss, die Bürde der Schwangerschaft allein auf mich zu nehmen und distanzierte mich von Florian. Doch es gab noch mehr Probleme: Schon vor meiner Ankunft verbreitete meine Schwester Elisa üble Dinge über mich. Jeder Bewohner der Siedlung konnte sich vorab ausmalen, was für ein Flittchen sich in ihrer Nähe niederlassen würde: Eine Nutte, eine Hure, die sich mit ihrem eigenen Erzeuger eingelassen hatte, wie Florians Mutter behauptete – was ja nicht stimmte, und mich gerade deshalb umso härter traf. Jeder gab zu diesem Gerücht etwas hinzu, drehte es um oder erfand etwas ganz Neues, um es dann breitzutreten. Egal, wie es ankam, die Hauptsache war, man konnte der Person schaden. Wie verrückt das klingt, aber so war es! Ich war achtzehn Jahre alt und verfügte nur über ein dünnes Fell, war auf die Härten des Lebens schlecht vorbereitet. Meine Widerstandskraft hatten die Eltern mit ihrer ständigen Ausübung von Macht und Gewalt in der Eishölle beizeiten gebrochen. Sie hatten mein Erblühen verhindert und es mir ausgetrieben, mich zur Wehr zu setzen. Jeder Widerstand wurde über alle Maßen streng bestraft, Ehrgefühl und Selbstachtung niedergetrampelt. Nun, in meiner neuen Umgebung mit ähnlich frustrierenden Erfahrungen, fragte ich mich, ob die Welt denn nur aus Lügen und Intrigen bestand, wie ich sie bereits in der Kindheit erlebt hatte? Ich ließ meinen Kummer nicht an anderen aus, eher litt ich still für mich, wie ein räudiger Hund unter dieser Nichtachtung und Herzlosigkeit. Dabei war meine Sehnsucht nach der Heimat täglich präsent. Da Elisa mich als Eindringling immerhin akzeptierte, ließ ich mir nicht anmerken, wie sehr sie mich mit ihrer Tratscherei verletzte.

Die Lösung lag jetzt in der Antwort auf die Frage: schwanger oder nicht? War mir die Untersuchung auch noch so peinlich, mir blieb keine andere Wahl, als den Doktor aufzusuchen. Als der dann in mein Inneres geschaut hatte und verkündete, »Sie sind schwanger!«, brach ich sofort in Tränen aus und sagte: »Nein Doktor, das darf nicht sein! Lieber nehme ich mir das Leben!« Der empörte sich in autoritärer Weise: »Was sagen Sie dann da?« Dann rief er: »Schwester, hier noch eine!« Und die Schwester forderte mich auf: »Kommen Sie! Folgen Sie mir!« Ich ging ihr bis zur offenen Tür hinterher, als sie sagte: »Warten Sie hier, ich bin gleich zurück!« Kurz darauf erschien sie mit einer Spritze in der Hand. Ich hatte fürchterliche Angst vor Spritzen, obwohl ich noch nie eine bekommen hatte – keine Ahnung warum. Dann stach sie mir die Kanüle in den Po und sagte: »Das war's!« »Der Stich tat weh, Schwester!« »Haben Sie sich nicht so!«, meinte sie und schmunzelte. »Soll ich wiederkommen Schwester?« »Erst mal nicht!«, antwortete sie. Ich wusste nicht, was sie mir da für ein Mittel injiziert hat, doch eins war klar: Ich war schwanger. Verzweifelt fragte ich mich: Im Leben bleiben oder gehen? Doch in mir selbst fand ich keine Antwort darauf. Weinend schleppte ich mich die zwei Kilometer nach Hause, verfluchte dabei Florian und seine Mutter.

Drei Wochen später verlor ich den Fötus. Elisa war dabei und rief: »Presse, presse, die Nachgeburt muss raus!« Ich wusste gar nicht, was das ist, befolgte aber ihre Anweisung, so gut es ging. Später setzte auch meine Periode wieder ein. Zum Arzt ging ich jedoch nicht wieder. Diesem physischen und psychischen Schmerz wollte ich mich nicht wieder aussetzen. Florian erzählte ich nichts von alldem; ich wollte ihn nicht einmal sehen.

Neuer Name – neue Zuflucht

Heimweh schmerzt
in der Erkenntnis Blindheit.
Herzleid blüht.
Die Dinge in ihrer Schärfe:
vernebelt und unerkannt.
Der eingefahrene Weg:
klafft auseinander.
Ein neuer ist nicht in Sicht.
Nichts ist wie sonst.

Mein Leben veränderte sich; es erfuhr einen Wandel. Ich wurde reifer, erfahrener und dabei nicht offener, nicht härter, rigoroser und erbarmungsloser für dieses Leben. Plötzlich grüßten mich die Herren in der Siedlung nett und freundlich, dass es mir schon peinlich war. Sie beobachteten mich aus ihren Fenstern heraus, wenn ich aus dem Bus stieg und die Straße entlang nach Hause ging. Und das passte so mancher Ehefrau nicht, die mich als Eindringling empfand. Für die Herren jedoch war dieser fremde, junge, attraktive Käfer kein Störenfried, sondern ein abwechslungsreicher Anblick in der Einöde. Als ich eines Tages aus dem Bus stieg, traf mich am Rücken ein gewaltiger Schlag. Ich krümmte mich vor Schmerz, drehte mich um, konnte aber niemanden entdecken. Als mich der nächste Schlag traf, schrie ich laut auf. Es folgten noch weitere schmerzhafte Treffer, die von großen grünen Äpfeln und harten Erdklumpen herrührten, mit denen ich aus der Deckung heraus beworfen wurde. Ich lief zurück, um in Erfahrung zu bringen, wer mich da bewarf. Neben der Bushaltestelle hatten sich zwei Weiber und ein junger Mann im Graben verschanzt. Aus sicherer Entfernung sah ich nun die Gesichter der Übeltäter. Sie freuten sich und feixten, dass sie mir derart wehtaten. Dann grölten sie: »Hau wieder ab! Wir wollen dich hier nicht haben, du Hure, du Nutte! Lass unsere Männer in Ruhe!« »Oh mein Gott!«, stöhnte ich. Ihre Demütigungen waren mir so peinlich, dass ich sofort in die Erde kriechen wollte. Obwohl ich mir keiner Schuld bewusst war, einen ihrer Männer angemacht zu haben, fühlte ich mich unglaublich schuldig. Die Wörter, die sie mir an den Kopf warfen, waren dieselben, mit denen mich auch die Eltern, Florian und seine Mutter beschimpft hatten – und ich war damals genauso unschuldig, wie in diesem Moment. Nur wusste dies keiner oder wollte es gar nicht wissen. Wo war ich hier nur hingeraten? Florians Mutter verachtete mich ebenso wie diese Ehefrauen von Männern, die ich nur vom Sehen kannte. Dabei waren es die Herren selbst, die mich freundlich grüßten und mir ein Lächeln schenkten. Aber wer war dieser junge Mann, der mich zusammen mit den Weibern bewarf? Was strahlte ich in ihren Augen aus? Was hatte ich an mir, dass fremde Leute mich derart verurteilten und bestraften?

Von dem Anschlag auf meine Person erzählte ich Elisa und Florian. Doch was ich ihnen berichtete, wollten sie nicht glauben. »Kann ich mir nicht vorstellen«, sagte Elisa. Und Florian, der den Zigarettenqualm tief in sich einsog, anstatt sich zu äußern – ein Makel, der mir zuerst bei unserer Zugfahrt auffiel –, schlug in dieselbe Kerbe. Dabei sah er mich nicht einmal an, und ich wusste nun: Er ist ein Feigling, der mir nie beistehen, helfen und mich beschützen würde, wenn es darauf ankäme. Was sollte ich mit solch einem Mann anfangen, der sogar sein eigenes Kind verleugnet hatte?

Das Fazit meiner ersten Monate in der Fremde war bitter: Die Zurückweisung begann beim Einwohnermeldeamt, setzte sich in der Siedlung, im Kreis von Familie und Bekannten fort, als hätten es alle auf die Zertrümmerung meiner Person abgesehen. Diese Gegend war nicht wirklich meine neue Heimat. Eintracht, Herzenswärme und Vertrauen fand ich hier nicht, stattdessen hatte ich mich wieder destruktiver Kräfte zu erwehren. Zum Glück fand ich in meiner Tätigkeit als Näherin einen positiven Ausgleich. Hier lernte ich eine gehbehinderte junge Frau kennen. Auf Anhieb verstanden wir uns gut. Wäre ich nicht so verschlossen gewesen, hätte ich ihr meine Sorgen anvertrauen können. Doch dafür zeigte sie sich umso offener und demonstrierte so, woran es mir fehlte und wohin auch ich mich verändern könnte.

Nach dem Attentat auf meine Person war ich wachsamer, wenn ich abends aus dem Bus stieg. Nicht noch einmal wollte ich blind in irgendeine Falle laufen. Doch eines Abends, als ich gerade den Schlüssel in das Haustürschloss stecken wollte, hielt mir jemand von hinten gewaltsam den Mund zu und sagte: »Schließ auf!« Als ich es tat, wurde ich in den Hausflur gestoßen und die Kellertreppe hinunter gehetzt. Dort befahl mir der Mann erneut: »Schließ die Tür auf.« Ich öffnete die Tür und vor uns lagen die dunklen Kellergänge und die Waschküche. Während er meinen Körper gegen die Wand drückte, sah ich dem Kidnapper ins Gesicht. Es war der junge Mann, der zusammen mit den Weibern das Attentat auf meine Person verübt hatte. Einmal hatte ich Elisa nach seinem Namen gefragt. Sie sagte, das sei Achim aus der unmittelbaren Nachbarschaft. Seitdem haftete der Name in meinem Gedächtnis. Voller Wut und Zorn schrie ich: »Hil …!« Doch da verstummte ich auch schon, weil Achim seine Lippen auf meine presste. Dann drückte er mir den Mund wieder mit der Hand zu und sagte: »Ich liebe dich Adelheit!« Während ich den Blick senkte, um nicht in sein erregtes Gesicht zu sehen, sprach er: »Du bist hübsch. Du hast eine tolle Figur!« Dabei begrapschte er meinen Busen und griff mir in die Hose. Ich strampelte mächtig mit den Beinen und er sagte: »Ich will dir nicht wehtun! Wenn du versprichst, nicht zu schreien, entferne ich die Hand von deinem Mund!« Ich nickte mit dem Kopf und er nahm die Hand fort, die nach Dreck roch. Achim war etwa eins fünfundachtzig groß, schlank, mit einer vollen, schwarzen, leicht gewellten Haarpracht und einer gewaltigen Kraft. Plötzlich bohrte sich der Blick seiner dunkelbraunen Augen in meine blauen, dass ich mächtige Angst bekam. »Seit ich dich zum ersten Mal gesehen habe, gehst du mir nicht mehr aus dem Kopf. Ich liebe dich Adelheit!« Ich protestierte: »Und dann tust du mir Gewalt an? Nennst du das Liebe? Außerdem bin ich mit Florian zusammen.« »Ja, das weiß ich doch! Aber du gehörst mir, mir ganz allein! Deshalb nutze ich heute diese Chance, um dir zu sagen, dass ich dich liebe!« »Warum hast du mit den Weibern diesen Anschlag auf mich verübt?«, wollte ich unbedingt in Erfahrung bringen. »Den Weibern hab ich mich nur angeschlossen, um an dich heranzukommen! Ich wollte, dass du mich siehst, dass du dich in mich verliebst!« Das war ja völlig verrückt, aber ich sagte ihm nur: »Lass mich lieber in Ruhe!« Da er mich noch immer festhielt, schrie ich nun doch »Hilfe, Hilfe!«, in der Hoffnung, Elisa würde mich hören, denn ihre Wohnung lag direkt über dem Keller. Doch in dem Moment meines Hilferufs schlug mir Achim heftig ins Gesicht, streifte meine Hose herunter, öffnete seinen Hosenschlitz und holte den Kolben heraus. In diesem Moment wurde ich regelrecht zum Tier. Ich spuckte ihm ins Gesicht, biss ihm in den Arm und schrie laut um Hilfe. Da ich ihn mit all meinen Gliedmaßen trat und boxte, ergriff er meine Arme und hielt diese hoch gegen die Wand gedrückt. Mit seinen Füßen stellte er sich auf meine, was unheimlich wehtat. Nun hatte ich keine Chance mehr, mich zur Wehr zu setzen. Während ich ihm völlig ausgeliefert war, hing sein Kolben an der Luft und er sprach: »Ist das dein letztes Wort? Du und Florian?« »Ja!« »Dann kann ich dich nur darum bitten, erzähl niemandem von dem Zwischenfall! Ich lasse von dir ab.« Achim ließ los und steckte seinen Pimmel wieder in die Hose.

Als er gegangen war, heulte ich leise wie ein Schlosshund. Ich war fix und fertig mit den Nerven. Ich schloss die Wohnungstür auf, doch von Elisas Familie war keiner zu Hause, weshalb auch niemand meinen Hilferuf hören konnte. Im Bad schrubbte ich mir das Gesicht mit aufgeschäumter Seife und der Handbürste. Anschließend fragte ich mein Spiegelbild: »Warum habe ich überall diese Gewalttätigkeiten zu erleiden?« In dieser Gegend war ich der Macht der Männer ebenso ausgesetzt, wie in meinem Geburtsort. Was strahlte ich nur aus? Wer war ich bloß in den Augen dieser Männer und Weiber? Bald danach kam Elisa mit den Kindern vom Einkauf nach Hause. Deren Gesichter strahlten vor Freude, weil jedes Kind neue Garderobe erhalten hatte. Sofort zogen sie diese an, um von mir bewundert zu werden. Sie drehten sich vor mir im Kreis, wobei eines das andere beiseite schubste und sagte: »Jetzt bin ich dran!« Diese Szene erinnerte mich an meine Kindheit. Aber hier war ich diejenige, die die Kinder lobte und bewunderte: »Hübsch seht ihr aus in den neuen Sachen! Ganz toll, bezaubernd schön!« Dabei kicherten sie unaufhörlich.

Am Abend kam Florian auf Besuch zu Elisa. Während ich das Abendbrot richtete, haderte ich mit mir: Offenbare ich den Zwischenfall mit Achim oder behalte ich ihn für mich? Aufgrund der früheren bitteren Erfahrung beschloss ich, lieber zu schweigen, denn sonst würden sie mich wohl wieder der Lüge bezichtigen. Und so kaute ich an dem Vorfall, wie ein Hund am Wurstzipfel. Aus meinem Gehirn konnte ich ihn nicht verbannen. Wann würde ich aus diesem Labyrinth endlich einen Ausweg finden? Und wann würden diese brutalen sexuellen Übergriffe auf mich endlich aufhören? Diese ständige Ausübung von hemmungsloser Macht und Gewalt über mich, die ungestrafte Schändung meines Rufs und meiner Person, reihte eine Enttäuschung an die nächste und zeigte mir, dass ich mich am falschen Ort niedergelassen hatte. Unvermittelt fragte mich Elisa: »Wann darf Florian dich wieder begehren? Wann gibst du dich ihm wieder hin?« Ich war völlig perplex: »Kann er mich nicht selbst fragen?« Mein Vertrauen zu ihm war zerstört und auf keinen Fall wollte ich noch einmal schwanger werden: »Oh nein, nicht mit mir!« »Dann sucht er sich eine andere Frau Adelheit.« »Soll er doch!«, platzte ich hastig heraus – aber eigentlich wollte ich das auch nicht. Die Angst jedoch von ihm erneut geschwängert zu werden, war sehr groß.

Bald darauf erklärte ich mich bereit, wieder mit Florian zu sprechen. Seiner Gier nach Fleischeslust gab ich allerdings nicht nach. Außerdem ging Elisa stets erst zu Bett, wenn Florian zu seiner Mama ging. So gab es für ihn keine Gelegenheit, seiner Sexlust zu frönen. Im Sommer stand für alle Fälle, die Feldmark weit offen. Sodann klemmten wir uns Decke und Kissen unter die Arme und auf ging's ins Kornfeld. Ich tat es für Florian, denn ich spürte beim Sex gar nichts. Auch von Liebe war keine Spur, dazu hatte er mir viel zu sehr wehgetan.

An einem Samstag holte ich mit Susanne ihren Vater von der Arbeit ab. Max setzte sein Töchterchen auf den Kindersitz des Fahrrads und schob es neben mir her nach Hause. Dabei wollte Susanne doch mit ihrem Vater schnell radeln. Als sich plötzlich ein Motorrad langsam näherte und neben uns herfuhr, sagte Max: »Ein Kollege.« Mein Schwager Max war sehr wortkarg. Auch zu Hause sprachen wir beide kaum ein Wort miteinander. Plötzlich sagte der Kollege: »Adelheit, du kannst mit mir fahren, ich wohne im Nebenhaus von Max!« Ich zögerte und sah Max fragend an, ehe er sagte: »Ihm kannst du vertrauen!« »Übrigens, ich bin Harry«, stellte sich der Kollege mir vor. Sodann setzte ich mich auf den Soziussitz seines Motorrads und er fuhr mit mir davon. Dabei spürte ich den Wind übers Gesicht und durchs Haar wehen, was mir sehr gefiel. Doch anstatt dass Harry rechts abbog, fuhr er links herum, geradewegs in die Feldmark hinaus. Immer weiter steuerte er das Motorrad in die grüne Oase, bis die Häuser der Stadt hinter uns ganz klein waren. In der Einöde hört mich niemand, wenn ich um Hilfe rufe, dachte ich und Angst durchströmte meinen Körper.

Während Harry das Motorrad abstellte und es sicherte, rannte ich den Weg weiter geradeaus. Mit der Maschine fuhr er hinter mir her. Er war wütend, packte mich grob an den Oberarmen und warf mich ins Gras. Dann holte er seinen Kolben hervor und warf sich auf mich. »Du Scheißkerl!«, rief ich und boxte auf ihn ein. »Lass mich in Ruhe!« Ich setzte mich gegen ihn heftig zur Wehr und strampelte mit Armen und Beinen. Doch er feixte nur. Ich konnte mich losreißen und entkam ihm auf den Weg, den ich wie eine Wölfin geradeaus rannte. Er folgte mir auf dem Motorrad, seinen Kolben immer noch an der frischen Luft. Rechts und links des Weges stand der Weizen hoch. Harry stellte den Motor ab und warf mich erneut ins Gras. Doch ich stand rasch wieder auf, ging zum Motorrad und wollte davonsausen. Obwohl ich keine Ahnung davon hatte, zündete ich den Motor der Maschine. Aber Harry war schneller und sprach gelassen: »Lass das!

Ich fahr dich nach Hause.« Dabei setzte er sich verkehrt herum auf den Fahrersitz und fummelte an seinem Penis herum. Es ekelte mich ungemein, dass ich, so schnell mich meine Füße trugen, den Weg entlang flitzte. Als er mich einholte, sprach er: »Ich wollte dich so gern haben. Warum wehrst du dich dagegen Adelheit?« »Weil ich von dir nichts will! Lass mich einfach in Ruhe!« »Ist gut. Ich lasse dich in Ruhe und fahr dich nach Hause. Aber auf der Straße tun wir so, als sei das Motorrad kaputt, damit meine Frau nicht mitkriegt, dass du mich verführen wolltest.« »Spinnst du jetzt völlig?«, empörte ich mich. »Du wolltest mich vergewaltigen, du Mistkerl!« Doch er lachte laut auf, als würde er sich über mich lustig machen, Scheißkerl! Besteht die Männerwelt nur aus Lügen, Verdrehungen und Schweinereien?, fragte ich mich. Ist seine Frau wirklich so blöd und glaubt ihm, das Motorrad sei defekt gewesen, wenn sie uns kommen sieht? Das konnte ich mir nicht vorstellen. Harry war nun ganz und gar nicht mein Typ. Er hatte blonde Haare, helle Wimpern und Augenbrauen, viele Sommersprossen auf den Armen und im Gesicht. Er war auch sehr kräftig. »Adelheit, meine Frau wird sauer sein, wenn sie uns jetzt zusammen sieht.« »Ist mir schon klar!« Und so, wie er es sagte, kam es auch. Die Situation war mir so peinlich, als seine Frau uns entgegen kam, dass ich am liebsten im Erdreich verschwunden wäre. Also seilte ich mich ab und ging einfach an ihr vorbei. Diese Suppe sollte Harry schön allein auslöffeln.

Daheim machte ich Max Vorwürfe: »Du hast einen schönen Kollegen! Er wollte mich vergewaltigen! ›Ihm kannst du vertrauen Adelheit‹, hast du gesagt. Aber er hat mein Vertrauen schamlos ausgenutzt!« Zu meiner Rüge schwieg Max sich aus. Dafür lieferte mir Elisa ihren Kommentar zu Harry: »Er will immer ein Kind, aber nicht von seiner Frau. Die ist ihm zu dumm!« »Was kann ich dafür? Er hat sie doch geheiratet. Mich wollte er vergewaltigen Elisa!« Am nächsten Tag schon glaubte sie mir die Vergewaltigung nicht mehr, weil Harry seiner Frau die Version genau anders herum erzählt hatte, dass ich ihn hätte verführen wollen. Doch diese Art, den Spieß einfach umzudrehen, kam mir sehr bekannt vor. In meinem kurzen Leben hatte ich bereits einige solcher Verdrehungen erlebt. Harrys Frau hatte Elisa erzählt: »Deine Schwester hat sich an Harry rangeschmissen, und er konnte ihr nicht widerstehen.« Was für ein Unsinn, dachte ich mir, verteidigte mich aber nicht. Doch eines war gewiss: Beim Angriff ihres Mannes auf meine Person war sie nicht dabei. Ihr Mann hatte mich zu etwas zwingen wollen, wozu ich nicht bereit war. Das war etwas völlig anderes, als er seiner Frau erzählt hatte. So, wie Martin und der Alte ihren Frauen Lügen auftischten, so verdrehte auch Harry die Wahrheit, wie er sie brauchte, um von sich abzulenken und unschuldig dazustehen. Das war seine Art, sich an dem Opfer zu rächen, bei dem er sein Ziel nicht erreicht hatte. Mir schob er die Schuld in die Schuhe, weil er sich in seiner Ehre verletzt fühlte. Seiner Frau erzählte er dann die angebliche Verführung so, wie er sie gern gehabt hätte. Von diesem Tag an hasste ich Harry und seine Frau.

Plötzlich waren alle gegen mich. Auch Elisa bezichtigte mich der Lüge, und ich verstand die Welt nicht mehr. Meine Kindheit war schon durch Pflichten, Lügen und Strafen erstickt worden und nun sollte ich mein Leben als Erwachsene weiterhin als Opfer von Intrigen verbringen? Diese Tortur war mir zuwider. Ich wollte das nicht mehr. Unter solchen Umständen wollte ich nicht länger leben. In was für Verstrickungen war ich hier nur hineingeraten? Auf der Arbeit protzte Harry seinen Kollegen gegenüber: »Gestern hatte ich ein Treffen mit einer scharfen, hübschen, jungen Frau. Die war so geil, das hab ich noch nie erlebt!« So steigerte sich Harry in seine Fantasie hinein, und weil er mit der verlogenen Protzerei gar nicht mehr aufhören wollte, bremste Florian seine Schau, indem er ihm eine leere Bierflasche auf dem Kopf entzwei schlug. Harry drehte sich zu Florian um und sagte ihm: »Du hast Glück, dass ich heute meinen guten Tag habe!« »Von dem Schlag trug Harry keine Schramme davon«, sagte Florian, als er am Abend davon erzählte. Ich staunte, dass er so resolut meine Ehre verteidigt hatte.

Eine Woche später, als ich aus dem Bus stieg und die Straße entlang nach Hause ging, kam mir Florians Mutter entgegen. Adelheit, du grüßt sie höflich, wie es sich gehört, ermahnte ich mich selbst. Sie kam immer näher und mein Herz raste vor Aufregung. Als sie dann vor mir stand, spuckte sie mich an. Ihr Auswurf haftete an meiner Bluse, und es ekelte mich ungemein. Konnte es eine noch größere Boshaftigkeit geben als diese? Dabei meinte ich es gut mit ihr. Schließlich wünschte ich mir eine gute Schwiegermutter, wenn ich die leibliche Mutter schon als Drachen erlebte. Entwürdigt und gedemütigt, dass sie mich derart angerotzt hatte, wollte ich in die Erde kriechen, wo viele mich hinwünschten. Stattdessen erzählte ich Elisa von diesem Vorfall. Und sie sagte: »Warum wehrst du dich nicht Adelheit? Ich hätte sie an den Haaren die Straße entlang gezogen!« »Die Frau ist Florians Mutter, Elisa!« »Dann erst recht! Damit sie begreift, dass sie mit dir nicht machen kann, was sie will!«, echauffierte sich meine Schwester. Dabei war sie doch diejenige, die dafür sorgte, dass Florians Mutter so reagierte. Wer weiß, was Elisa den Leuten in der Nachbarschaft alles über mich erzählt hat, dass sie mich so niederträchtig behandelten, dass Männer sogar versuchten, sich mit Gewalt meiner zu bedienen.

Am Abend kam Florian zu Elisa und sie berichtete ihm gleich vom Vergehen seiner Mutter: »So geht das aber nicht Florian, dass deine Mutter Adelheit auf der Straße anspuckt!« »Glaub ich nicht! So weit würde sie sich nicht herablassen Elisa.« »Adelheit, stimmt das, was Elisa sagt?« »Ja.« »Kann ich mir nun wirklich nicht vorstellen, dass sie zu so etwas fähig wäre. Ich stelle sie zur Rede!«, sagte er und lief los. Geh nur, dachte ich bei mir. Mein Instinkt sagte, sie würde es abstreiten. Und so kam es auch. Wieder zurück, gab Florian den Wortlaut seiner Mutter wieder: »›Du glaubst doch nicht etwas dem Flittchen mein Junge? Sie lügt. Sie will dich von mir trennen. Merkst du denn das nicht?‹« Ich war entsetzt: »Florian, glaubst du ihr oder mir?« »Ich weiß nicht, wem ich glauben soll. Ich war nicht dabei!« »Dass du nicht dabei warst, ist ja nun mal so sicher wie das Amen in der Kirche. Dann hätte sie das auch nicht getan. Aber ich frage dich Florian: Glaubst du mir oder ihr?« Er schwieg beharrlich und sog wieder einmal heftig an seiner Zigarette, wie ein Kind am Nuckel. »Du bist so ein Scheißkerl Florian! Du merkst nicht einmal, dass deine Mutter Angst hat, dich an mich zu verlieren.« Auch darauf wusste er keine Antwort.

Am liebsten wäre ich weggerannt – von Florian, von Elisa und aus der Stadt. Die Ungerechtigkeit, die Intrigen und Gewalt wollte ich einfach hinter mir lassen. Aber wohin? Der Dreck aus der Kindheit klebte an mir, und egal, wohin ich auch flüchtete, diesen Dreck würde ich überallhin mitschleppen. Warum klammerte ich mich ausgerechnet an Menschen, die mir nicht gut taten? Brauchte ich jemanden aus dem eigenen Clan, um nicht völlig den Halt zu verlieren? Laut Behörde hatten Unverheiratete gar kein Recht auf eigenen Wohnraum. Auch eine Zuzugsgenehmigung für diesen Ort wurde mir nicht gewährt. Unter einer Brücke oder im Kornfeld konnte ich nun wirklich nicht leben, da lieferte ich mich erst recht der Brutalität aus.

Also blieb ich, wo ich war, bei Elisa, die mir zwar ein Dach über dem Kopf gab, mich aber weiterhin als Eindringling und Störenfried empfand. Das Leben spiegelte mir etwas vor, wozu ich nicht bereit war, nämlich den Umgang mit Lügen und Intrigen zu erlernen. War es etwa meine Lebensaufgabe, täglich Unwahrheiten zu akzeptieren und Menschen, die auf ihre Macht pochten, gewähren zu lassen? Selbst wenn sie mir Gewalt und Schmerzen zufügten und dann noch darüber feixten? Das ging gar nicht. Es wäre geradeso, als würde ich alles Negative belächeln und darüber hinwegsehen. Nein, das ging einfach zu weit. Das durfte nicht die Realität sein. Aus dem Elternhaus schleppte ich die Dämonen mit mir in die neue Heimat, und Elisa sorgte dafür, dass es publik wurde. Ich kam mir vor, wie die Pechmarie in dem Märchen von *Frau Holle*, statt mit Gold, wurde ich mit Pech überschüttet, das mein ganzes Leben lang nicht mehr abgehen würde. Nur dass ich ganz sicher nicht faul war und mir auch keinen Goldregen wünschte, sondern nur ein wenig Frieden und Harmonie, um mich wohlzufühlen. Mein Herz war so angefüllt mit Schmerz, dass ich mich nach meiner Heimat sehnte. Doch statt dorthin zu fahren, weinte ich mich Abend für Abend in den Schlaf. Seit ich meinen Geburtsort verlassen hatte, fühlte ich mich schrecklich verloren, schmutzig und unter Druck gesetzt. Ich fragte mich, was für mich jetzt am wichtigsten wäre, und kam darauf, dass ich mein vielfach angegriffenes Wesen beschützen sollte. Was für ein Gedanke, mich selber zu beschützen! Wie sollte ich das anstellen? Wer gab mir die Anleitung dazu?

Einige Zeit später legte mir Florian ein Schreiben vom Wehrkreiskommando vor, wo geschrieben stand: »Einzugsbefehl zur Wehrpflicht im November.« Das war es! Die Lösung kam von außen. Dabei war Florian sehr betrübt, weil er mich verlassen sollte. »Es ist doch nur für kurze Zeit Florian«, tröstete ich ihn. »Für mich ist es eine lange Zeit Adelheit. Bleibst du mir auch treu? Wollen wir vorher heiraten?« »Oh mein Gott, heiraten?«, wiederholte ich. »Das geht mir zu schnell Florian. Außerdem wäre es besser, du nimmst erst einmal ab. Zu viel Masse schleppst du mit dir herum. Die Uniform wird für dich extra maßgeschneidert werden. Wieder sog er den Zigarettenqualm tief in sich hinein und sagte, während er ihn ausstieß: »Wenn ich abnehme, heiratest du mich dann, bevor ich Soldat werde?« Ich überlegte eine Weile. Dann zuckte es wie ein Blitz durch mein Gehirn und eine Stimme sagte: Für dich ist es Sicherheit – ein neuer Name, eine eigene Wohnung an einem anderen Ort. Also versprach ich ihm: »Ja Florian, dann heirate ich dich.« Ich ahnte nicht, dass er sein Vorhaben tatsächlich umsetzen und seine Mutter noch wütender auf mich werden würde, weil ich ihren Sohn zum Abnehmen motivierte. Während sie ihn vorher jeden Abend mit warmen Speisen bekochte und er an Gewicht immer mehr zulegte, aß er nach meinem Versprechen nichts mehr, sondern rauchte nur noch.

In zwei Monaten warf Florian dreißig Kilo ab. Er veränderte sich dabei sehr zu seinem Vorteil. Das Gesicht verlor das Doppelkinn und unter all dem Fett kam die Statur eines Stierkämpfers zum Vorschein. So, wie er jetzt aussah, gefiel er mir gut. Noch vor dem Wehrdienst gingen wir die Ehe ein. Von seiner Verwandtschaft nahm niemand daran teil. Mit neunzehn Jahren war ich meinem Mann verpflichtet und er konnte seine Göttin befruchten, wie er wünschte. Von meiner Seite wurde die Ehe ohne Liebe und Vertrauen geschlossen. Doch für mich waren die Sicherheit, ein neuer Name und eine neue Zuflucht wichtiger als die Liebe, die ich noch nicht einmal erspürt hatte.

Wiederkehr eines Trios

Aller Anfang ist schwer,
loslassen prekär.
Veränderungen von großem Gewicht
kommen und gehen wie Jahreszeiten,
schöpfen aus den Senken der Erinnerung.

Ich war glücklich, dass mein Leben eine Wendung nahm, auch wenn der Impuls dazu von außen kam. Florian diente bei der Armee, und ich diente der gehbehinderten Freundin Ingelore, indem ich ihr Kleinkind aus der Tagesstätte abholte, ihr den Einkauf und andere Wege abnahm. Über meine Hilfsbereitschaft freute sie sich sehr, und ich war guter Dinge, ihr helfen zu können. Unsere Freizeit verbrachten wir zusammen, wobei ich mich wieder des Lebens erfreute. Diese Zeit genoss ich sehr, weil keiner mir wehtat und mich verletzte. So wurde ich immer ausgeglichener und optimistischer. Als sich dann auch noch eine Veränderung im Umfeld der Niederlassung zeigte, war ich angenehm überrascht. Ich war nun gebunden und kein ›Freiwild‹ mehr. Um mich herum bildete sich eine friedliche Atmosphäre, die Bewohner der Siedlung eingeschlossen. Auf einmal fühlte ich mich sicher, wenn ich abends aus dem Bus stieg und die Straße entlang nach Hause ging – unglaublich! Plötzlich achteten mich die Leute in der Siedlung. Ich war keinen Bedrohungen und keiner Gewalt mehr ausgesetzt. Ich war verheiratet und in Sicherheit. Dies war eine Erfahrung, die mein Leben bereicherte und mich glücklich machte.

Einige Zeit später stellte mich Ingelore ihren Eltern vor. Durch sie lernte ich neue Leute kennen. In der Region, wo Elisa lebt, ist es nicht üblich, Freundschaften zu schließen. Umso mehr war ich vom Glück begünstigt, dass mich Ingelore in ihren Kreis einführte. Beim Besuch bei ihren Eltern gab es einen Anlass zu feiern: Ihre Mutter hatte Geburtstag. Laternen und anderer Schnickschnack hingen im Garten an den Bäumen. Die Gäste trafen am Nachmittag zum Kaffee ein. Ich half, wo ich nur konnte. Als mich die Freunde begrüßten und ich sie dann bediente, starrten sie mich an, als flöge gerade ein Stern vom Himmel hernieder. Mir war das peinlich. Auf Schritt und Tritt wurde ich von ihnen beobachtet. Nachdem ich drei Gläser Likör getrunken hatte, war ich enthemmt und gesprächig. Nun fand auch ich Freude an der Gesellschaft. Am Ende der Feier blieben Ingelore und ich bei den Eltern.

Die nächsten Tage verbrachten wir gleich nach der Arbeit bei den Eltern im Garten, wo wir bei allem kräftig anpackten. Später holte ich Ingelore morgens bei Glatteis von zu Hause ab und stützte sie, damit sie mit ihrer Schiene am Bein nicht hinfiel. Nach Dienstschluss begleitete ich sie wieder nach Hause. Doch eines Tages, bei starkem Glatteis auf den Straßen und Gehwegen, fuhr direkt vor uns ein Krankenwagen mit Blaulicht unerwartet an einen Baum, dass ich vor Schreck die Achtsamkeit auf Ingelore und das Glatteis verlor und wir beide zu Fall kamen. Dabei kugelte sie sich ihren linken Arm aus und meine rechte Pobacke war blau. Meine Sorge um Ingelore war jedoch größer, als um meinen blauen Hintern. Im Krankenhaus korrigierte der Arzt ihren Arm wieder.

Von Herzen gern half ich Ingelore, ohne von ihr Gegenleistungen zu erwarten. Wir wurden die besten Freundinnen, und unsere Freundschaft hatte lange Zeit bis heute Bestand. Ingelore ist ein Jahr älter als ich. Mit ihren großen blauen Augen und den langen Wimpern, der glatten Gesichtshaut und dem kirschroten Mund wirkte sie attraktiv auf mich – eine junge Frau mit einfühlsamen Zügen. Nie nörgelte sie an mir herum, noch versuchte sie, mich zu erziehen. Auch zwang sie mir nie ihre Ansichten auf. Wir verbrachten eine schöne Zeit mit viel Spaß und Freude. Wenn ich der Niederlassung bei Elisa fernblieb, war ich gut gelaunt und frohen Mutes. Die ganze Zeit über, in der Florian seinen Wehrdienst absolvierte, quälten mich keine Sorgen und kein Kummer.

Als Florian zurückkehrte, sagte Elisa: »Adelheit, such dir eine andere Bleibe.« »Überlass mir doch das kleine Zimmer, wo nur Ramsch steht!«, schlug ich ihr vor. »Dann werde ich dich ja nie mehr los!«, sprach sie herablassend. War das meine Schwester? Ich gab ihr Kostgeld und auch sonst die Hälfte für Strom und Brennmaterial und vieles mehr. Ich kaufte mir auch selbst Lebensmittel, die stets ihre Kinder aßen. Wollte ich am Abend davon essen, war nichts mehr da. Elisa erlaubte ihnen einfach, sie zu verzehren. Als ich ihr aber einst zwei Bonbons stibitzt hatte, petzte sie es gleich der Mutter, die mich fast zu Tode prügelte. Wie ungerecht sie war!

Ich meldete mich dann Tag für Tag beim Wohnungsamt. Die Beamtin, die unseren Wohnungsantrag entgegennahm, erteilte mir stets dieselbe Abfuhr: »Keine Wohnung für Sie! Gehen Sie dorthin, wo Sie hergekommen sind!« So eine Frechheit, dachte ich, aber die Beamtin saß am längeren

Hebel. Meine Beschwerde hätte nur dazu geführt, dass sie unseren Antrag zerrissen und ihren Papierkorb damit gefüllt hätte. Vielleicht existierte er tatsächlich schon nicht mehr, weil sie jedes Mal ihre Formel wiederholte: »Gehen Sie dorthin, wo Sie hergekommen sind!« In der Woche darauf saß mir ein Beamter gegenüber und offenbarte: »Ich kann keinen Antrag mit Ihrem Namen finden.« Ich war entsetzt: »Oh mein Gott, Ihre Kollegin hat es wahr gemacht und ihn vernichtet.« Da echauffierte sich der Beamte heftig und bezichtigte mich der Lüge. Ich war der Verzweiflung nahe und wusste nicht, woher ich ein Dach über dem Kopf nehmen sollte. Als dann auch noch Florians Mutter ihrem Sohn Lügen über mich erzählte, während er seinen Wehrdienst leistete, wurde mein Herz wieder schwer. Florian stellte mich zur Rede: »Stimmt das Adelheit, dass du dich während meines Dienstes herumgetrieben hast, dass du im Bus betrunken an den Hälsen anderer Männer gehangen hast?« »So etwas Verrücktes Florian kann nur deine Mutter erfunden haben. Das stimmt natürlich nicht!« Wieder einmal schmiedete sie Intrigen gegen mich. »Florian glaubst du ihr oder mir? Merkst du nicht, dass sie immer noch an dir klammert? Solange du Soldat warst, konnte sie nichts Negatives über mich in Erfahrung bringen, also erfand sie irgendwelchen Dreck, damit du endlich die Finger von dem ›Flittchen‹ lässt.« Darauf antwortete er nicht, stattdessen sog er den Zigarettenqualm tief in sich hinein. Ich fragte ihn nach seiner Meinung, die er mir nicht kundtat. Seine Mutter kam mir wie der Alte vor, der mich in der Kindheit bespitzelt hatte, wo und mit wem ich mich herumtrieb. Wie idiotisch von dieser Frau! Weil ihr Sohn, trotz ihrer Lügen und Fingerzeige nicht von seiner Frau abließ, verriegelte sie an einem Abend die Wohnungstür von innen, ließ den Schlüssel im Schloss stecken, stellte die Klingel ab und stöpselte ihre Ohren zu. Stundenlang bemühte sich Florian, in die Wohnung zu gelangen, doch die Tür blieb zu und er verbrachte die Nacht auf den Steintreppen im Hausflur.

Nun hatte auch er endlich die Nase voll vom Verhalten seiner Mutter. Am nächsten Tag fragte er im Betrieb herum: »Wer hat ein Zimmer zu vermieten?« Sein Kollege Moritz bot ihm ein kleines Zimmer in seinem Einfamilienhaus an, das den Anfang der Straße säumt. Das war ein Kabuff von sieben Quadratmetern, mit einer schrägen Wand, ohne Wasser, Toilette und Heizung. Florian sagte zu. Das Bettgestell, ein dreitüriger Kleiderschrank und ein kleiner runder Tisch füllten den Raum. Mehr Platz gab es nicht. Auf der Tischplatte stand der runde Elektrokocher, auf dem ich unsere Menüs garte und mit dem ich im Winter das Zimmer heizte. Mit ein wenig Kreativität verhalf ich dem Raum zu einer erotischen Atmosphäre. Endlich allein leben – nur das zählte. Nun konnte ich Florian eine Frau sein, und ich sah ihn als meinen Besitz an. Er gehörte zu mir, wie die Gliedmaßen an meinem Körper. In der Zwischenzeit hatte ich ihn gern, aber von Liebe keine Spur. Die Verletzungen, die er mir zugefügt hatte, saßen zu tief. Der Vermieter verweigerte uns die Toilettenbenutzung, Elisa ebenso. Also blieb uns nichts anderes übrig, als die Natur zu düngen. Wir taten es wie die Steinzeitmenschen: Hatten sie eine Gegend verunreinigt, zogen sie weiter.

An einem warmen strahlenden Samstagmittag wollte ich Florian mit einem selbst gekochten Menü bei der Arbeit überraschen. Da er mit dem Mähdrescher die Ernte einbrachte, machte ich mich mit dem Fahrrad auf den Weg ins Kornfeld. Auf der Landstraße trat ich mächtig in die Pedale, erfreute mich am Freiheitsgefühl und dem Fahrtwind, der über das Gesicht und durchs Haar fegte. Als plötzlich zwei Bengel mit ihren Fahrrädern direkt auf mich zusteuerten, flog meine Ausgelassenheit über die Äcker davon. Mit Karacho bremsten sie ihre Fahrräder quer vor mir ab und versperrten so den Weg. Dabei rüttelte ein Junge an meinem Beutel und schüttelte das Essen in den Behältern durcheinander. Dabei rief er: »Geld her, los! Mach schon, sonst knallts!« Er war ungefähr vierzehn Jahre alt. »Das Essen in den Behältern hast du durcheinander gewirbelt«, machte ich ihm klar. »Rück dein Geld raus! Los, los! Her damit! Mach schon!«, forderte der andere Junge, der ebenfalls vierzehn oder auch fünfzehn Jahre alt war. Reine Lausbuben, dachte ich mir. Doch die meinten es verdammt ernst. »Ich habe kein Geld!«, trumpfte ich energisch auf. In diesem Augenblick verdrosch mich der andere Bengel mit einem Lederriemen und rief: »Weil du kein Geld hast, kriegst du Dresche!« Während er mich verprügelte, riss der andere Junge mir das Fahrrad aus den Händen und warf es in den Graben neben der Landstraße. »Ihr Schweine! Lasst mich in Ruhe!«, schrie ich und hielt den Riemen fest. Ich sah zu Florian, der in geringer Entfernung seine Mittagspause machte. Während ich »Hilfe, Hilfe!« schrie, blickte er in meine Richtung, aber zu Hilfe eilte er mir nicht. Plötzlich ließen die Jungen von mir ab und radelten direkt an Florian vorbei. Der machte keinerlei Anstalten, die Bengel zu stoppen, noch mir zu helfen.

Als ich dann vor ihm stand, fragte ich ihn: »Warum hast du die Bengel nicht zur Rede gestellt?« Ich erzählte ihm, dass ich ihn mit dem Essen überraschen wollte, die beiden Gelder von mir verlangten und mich dann verprügelt haben. »Und? – Hast du Geld bei dir?«, fragte er. »Nein, sagte ich doch schon.« »Haben sie dich verletzt?«, fragte er, als hätte ich ihm Märchen erzählt. »Ja! Mit einem Lederriemen schlug ein Bengel auf mich ein. Sieh her, die Striemen!« Ich zeigte sie ihm. »Dabei hatte ich schreckliche Angst. Und du lässt sie einfach so an dir vorbeiradeln!« »Ich sehe nicht, dass du geschädigt bist Adelheit!« »Oh mein Gott! Was bist du nur für ein Scheißkerl Florian!« Läge ich tot vor deinen Füßen, würdest du mir immer noch keine Hilfe gewähren!« Ich war wütend auf ihn, dass ich ihn leise beschimpfte. Von ihm einmal Hilfe oder Beistand zu erhalten, war vergebliche Hoffnung. »Das wird er mir büßen!«, schwor ich mir.

Am Abend hüllte ich mich in Schweigen und im Bett verweigerte ich ihm, seine Fleischeslust an mir abzureagieren. Die Distanziertheit und Enthaltsamkeit meiner Ehepflichten setzte ich eine Zeit lang fort – er sollte mich erst wieder verdienen. Eines Abends sagte er: »Adelheit, meine Mutter möchte dich kennenlernen!« Ich antwortete ihm: »Nein, das möchte ich nicht.« Wie oft hatten wir dieses Szenario mit ihr schon durch, und heraus kamen dabei nur Lügen über und Intrigen gegen mich. Ich sah keinen Zweck darin, Kontakt zu ihr aufzunehmen. Florian versuchte, mich zu beschwichtigen: »Lass dir Zeit, später gehen wir sie gemeinsam besuchen. Diesmal wird alles anders. Glaub mir! Sie ist umgezogen und wohnt jetzt im Zentrum in einer kleinen Mietwohnung.«

Ein paar Wochen später machte ich mich schick, kaufte Blumen und wir besuchten seine Mutter. Ihre Intrigen gegen mich hatte ich nicht vergessen, wollte aber nicht daran rühren, sondern einen Neuanfang wagen. Florian klingelte an ihrer Wohnungstür und ich wartete eine halbe Treppe tiefer. Als die Tür aufging, kreischte sie: »Mein Junge!«, und fiel ihm um den Hals. Dann sah sie die Treppen hinab, wo ich mit den Blumen stand. »Komm!«, sagte sie und streckte mir die Hand entgegen. Nur zögernd ging ich die Stufen hinauf und begrüßte sie mit einem Händedruck. Am Kaffeetisch beobachtete sie mich. Dabei streifte mein Blick über das Porzellan und die Möbelstücke. Eine Kommunikation mit ihr fand meinerseits nicht statt. Dafür plapperten Sohn und Mutter reichlich über alte Zeiten.

Ihre Zweizimmerwohnung war eher klein. Im Schlafgemach standen zwar Ehebetten, doch der Beischläfer fehlte – zum Glück! Denn künftig besetzten Florian und ich in den Wintermonaten ihre Räumlichkeiten. Auf einmal hatte ich die Frau gern und nannte sie »Mutti«, was mir sogar leicht über die Lippen kam. Das Traurige an dieser Zusammenlegung aber war, dass sie, ihr Sohn und ich uns das Ehebett teilten. Hier hatte ich eine ähnliche Situation zu ertragen, wie auf der Matratze meiner Eltern, wo ich mich ausgeliefert fühlte. In Schwiegermutters Koje kam ich mir ebenfalls handlungsunfähig vor, auch wenn Florian mein Mann war. Seiner Wollust gab ich mich hin und hielt aus. Ihm war diese Erregung sein Ein und Alles. Da gab es kein In-die-Augen-schauen, keine zärtlichen Worte oder Berührungen, immer nur dieselbe Stellung, die mir auch der Alte stets aufgezwungen hatte. Abend für Abend lag Florian an meinem Rücken, drang tief in mich ein und beschmutzte mich. Ich fühlte mich dabei benutzt, ekelhaft befleckt und schmutzig, insgesamt zum Kotzen. Ihm ging es nur um seine Befriedigung. Ich lernte rein gar nichts von ihm, weder über Liebe und Geborgenheit, noch über Sex.

In diesem Trio war ich die Verratene. Das hatte ich mir selbst so ausgesucht und sollte nun da durch. Florian lag in der Mitte des Bettes, links von ihm seine Mutter und rechts außen ich. Stets legte sich die Mutter zur selben Zeit ins Bett wie wir und schlief nach kurzer Zeit ein – zumindest glaubten wir das. Am Morgen stand sie zwar früher auf, kam aber ständig ins Zimmer und störte, holte irgendetwas aus dem Schrank oder sagte: »Steht auf! Es ist Zeit!« Ihr Verhalten ärgerte Florian, aber er sprach sie nie darauf an. Und ich hielt mich bedeckt, weil ich nicht wieder die böse Schwiegertochter sein wollte. Diese Zwangslage wurde mir immer unerträglicher, denn mit der Zeit eskalierten die nächtlichen Szenarien für mich erneut zur Hölle auf Erden. Kein Abend verging, der mich nicht an die Sauereien des Alten erinnerte. Jeden Abend bejammerte und beklagte ich das ekelhafte Ritual des Zubettgehens und Florians sexuellen Akt vor dem Einschlafen, wenn wir drei auf der Matratze ruhten. Es war so abstoßend, dass ich am liebsten davongerannt wäre. In diesem Milieu wurde ich durch Florians ›Abfallentsorgung‹ regelrecht zur Eismaschine. Wäre ich geflüchtet, hätte ich der Mutter nur einen Grund mehr für ihre Hinterhältigkeiten geliefert. So fand ich mich abermals in einer unzumutbaren Zwangslage wieder. Wie lange würde ich dieser zermürbenden Situation noch standhalten?

Bald darauf wurde ich schwanger. Diese Veränderung behielt ich erst einmal für mich, weil sich zu dem Fötus obendrein noch ein Bandwurm gesellte. Vor so viel Dreck schämte ich mich ungemein, dass ich keinem darüber Auskunft gab. Ahnend, wie Florian und seine Mutter auf die Schwangerschaft reagieren würden, hörte ich bereits ihre Stimme: »Kein Enkelkind von dieser Frau!« Dabei wünschte ich mir ein gut integriertes, funktionierendes, glückliches Zusammenleben mit allen Beteiligten. Nun konnte die Mutter nicht behaupten, das Kind sei von meinem eigenen Vater und Florian konnte sich nicht herausreden, er wäre nicht dabei gewesen.

Nach einem Monat Schwangerschaft schickte mir der Körper unerträgliche Übelkeit und Qualen. Dabei kannte er kein Erbarmen und ich wälzte mich vor Schmerzen in der kleinen Küche im Betrieb auf dem Fußboden. Ingelore ertrug diesen Anblick nicht und forderte täglich: »Geh zu einem Arzt Adelheit!« Ich entgegnete ihr: »Mensch Ingelore, ich bin schwanger und nicht krank!« Krank sein, hieß für mich aus Schwäche nicht die volle Leistung erbringen zu können. Schon immer fühlte ich mich als starke Frau, die alles ertragen und jedem Angriff standhalten konnte. Als ich dann rohe Möhren kaute und Bohnenkaffee trank, gerieten meine Innereien derart in Aufruhr, dass ich heftige Schmerzen litt, mich auf dem Boden umherwälzte und laut stöhnte. Nach zwei Stunden ließen die Qualen nach und ich kehrte an meine Arbeit zurück. In der Folgezeit ging es mit mir körperlich rapide abwärts. Statt zuzunehmen, verlor mein Körper zehn Kilo an Gewicht. Damit war eine physische Grenze erreicht, und ich ertrug das Leben nur noch im Liegen. Der Magen verweigerte jegliche Nahrungsaufnahme. Sobald ich aufrecht stand, drehten sich die Eingeweide wie ein Kettenkarussell – ein Gefühl, das mir völlig neu war. Nur indem ich mich auf Möbeln, Klinken und Geländern abstützte, gelang mir der Gang zur Toilette, die sich im Hausflur eine Treppe tiefer befand. Die Übelkeit steigerte sich noch durch eine seltsame Art des Wiederkäuens: Ich erbrach mich sogar, ohne vorher Nahrung aufgenommen zu haben. Erst da wurde mir klar, dass es wirklich ernst um mich stand. Körperlich war ich nicht mehr in der Lage, einen Arzt aufzusuchen und Telefonanschlüsse waren in der DDR eine Rarität.

Eines Tages stand Florians Mutter morgens im Türrahmen und sagte: »Du hütest wohl einen Bandwurm mit Händen und Füßen in dir?« Sie ließ die Tür ins Schloss fallen, noch ehe ich antworten konnte. Florians Mutter und ihre Nachbarin Frau Peters kannten sich bereits aus der Schulzeit. Frau Peters besaß auch einen Schlüssel für die Wohnung. Sie stand plötzlich vor meinem Bett und horchte mich aus: »Du bist doch schwanger Adelheit?« Ich senkte den Kopf und nickte. Von diesem Tag an brachte sie mir Mittagessen. Der Fötus, der Bandwurm und ich wären ohne ihre Hilfe regelrecht verhungert. Doch sobald ich aufrecht stand, kaute ich sofort wieder und schaffte es nicht einmal bis zum Ausguss.

Eines Abends gestand ich Florian: »Ich bin schwanger!« »Was!?«, empörte er sich und schwieg dann, wobei er den Zigarettenqualm tief inhalierte. Diese Reaktion verhieß mir nichts Gutes. »Gesundheitlich geht es mir miserabel Florian!«, sagte ich ihm in der Hoffnung, er würde darüber mit seiner Mutter sprechen. Sie war bei einem Internisten angestellt und hätte den Doktor bitten können, mich zu untersuchen. »Kinder kriegen ist keine Krankheit!«, sagte Florian. »Das weiß ich besser als du!«, entgegnete ich ihm daraufhin. »Schließlich hast du mich schon einmal in solch eine Lage gebracht, die mich psychisch und physisch erschüttert hat. Und was ich dabei durchgemacht habe, hat dich nicht die Bohne interessiert!« Dazu hüllte er sich wieder in Schweigen. Ich fühlte mich wieder tief verletzt, weil er sich so negativ zu meiner Schwangerschaft äußerte. Obwohl ich ihm ein Bild des Jammers bot und mir auch so zumute war, lehnte mein Mann jede Unterstützung ab. Trotz meines körperlichen Verfalls hielt ich Abend für Abend seiner Fleischeslust stand. Während er tief in mich eindrang, hasste ich ihn für seine Rücksichtslosigkeit. Er nahm sich nur sein Vergnügen: Sex, Sex und noch mal Sex – ansonsten war ich ihm scheißegal. Er war ein maßloser Egoist, der mich schon so oft in die Verzweiflung getrieben hatte. Eine liebevolle Einheit war nicht zu erkennen. Wie es mir beim Geschlechtsakt erging, kümmerte ihn nicht, solange ich nur hin- und aushielt. Wie hatte ich ihm nur für gute und für schlechte Zeiten das Jawort geben können? Schon vor unserer Ehe hatte ich mich von ihm allein und im Stich gelassen gefühlt. Das hätte mir zu denken geben sollen – hat es aber nicht. Zwischen uns gab es auch kaum ein Gespräch, dafür redete er mit seiner Mutter umso mehr.

Dadurch, dass mir die Nachbarin Frau Peters täglich eine warme Mahlzeit ans Bett brachte, rettete sie uns Dreien das Leben – dem Fötus, dem Bandwurm und mir selbst. Dafür war ich ihr sehr dankbar. Aber wehe ich suchte das Klosett auf, da gerieten die Innereien sofort in Aufruhr und drehten sich wie ein Karussell, sodass oben und unten alles wieder hinausdrängte. So blieb ich weiterhin ans Bett gefesselt. In der zwölften Schwangerschaftswoche wurde ich ungewollt Zeuge eines Gesprächs zwischen

Frau Peters und Florians Mutter. »Lass den Doktor zu ihr kommen. Das hängt dir sonst ewig nach!«, sagte Frau Peters. Da war ich mir sicher, dass Florians Mutter gegen meine Schwangerschaft war. Hatte ich doch längst schon geahnt, dass sie mit ihrem Sohn an einem Strang zog. Beide schmiedeten ein Komplott gegen mich. Sie meinte es gar nicht gut und ehrlich mit mir, wie ich mit ihr. Seit unserem Einzug in ihre Wohnung spielte sie mir etwas vor.

Doch immerhin: Am nächsten Tag kam der Doktor ins Haus und brachte den Krankenwagen gleich mit. »Ich bin in der zwölften Woche schwanger, Herr Doktor«, sagte ich ihm. Er stellte sogleich seine Autorität heraus: »Das weiß ich! Deshalb bringen wir Sie sofort ins Krankenhaus!« Die Pfleger trugen mich die drei Treppen nach unten und ich fragte: »Warum tragen Sie mich? Ich kann doch gehen!« »Gerade das dürfen Sie nicht! Sie könnten das Kind verlieren«, antwortete ein Pfleger. »Ach so!«, staunte ich und verstand nun: Das war der Beweis für die Intrige von Florian und seiner Mutter gegen mich. Sie hatten es offenbar auf einen Abort abgesehen: »Kein Kind von dieser Frau!«, hallte es in meinem Kopf wider. Nun lag ich stationär und bekam vor jeder Mahlzeit eine Injektion, damit mein Magen die Nahrung behielt und sie verdaute. Das Bett durfte ich nicht verlassen. Es war mir peinlich, wie der Bandwurm nach und nach seine Glieder absonderte, sodass ich sie in Zellstoff verpackte. Gegen Ende des siebten Monats lag ich dann wieder im Ehebett von Florians Mutter und Florian drängte sich dicht an meinen Rücken. Bei seiner Fleischeslust wird sich der Fötus wie in einer Waschmaschine gefühlt haben. Nicht ein Wort verlor mein Mann über die Schwangerschaft, noch fragte er jemals, wie es mir gesundheitlich ging.

Eine Woche später nahm ich auch meine Tätigkeit wieder auf. Vor den Mahlzeiten schluckte ich eine Tablette, damit die Nahrung drin blieb und verdaut werden konnte. Die Kollegen sorgten sich um mein Wohl, vor allem wenn ich wie ein junger Hüpfer die Treppen hinabsprang. »Geh doch langsam Adelheit! Du könntest das Kind noch verlieren!« »›Was jetzt sitzt, das sitzt fest‹, sagt der Doktor!«, entgegnete ich ihnen und lächelte. Die Kollegen schenkten mir das Mitgefühl, das ich von Florian vergeblich erhoffte. In den Schwangerschaftswochen verwöhnte ich ihn und seine Mutter. Ich überraschte sie mit selbst gekochten Menüs, deckte kreativ den Tisch und servierte ihnen die Speisen wie in einem Restaurant. Ein lobendes Wort oder überhaupt etwas mehr Freundlichkeit war den beiden damit jedoch nicht abzugewinnen. Ich ließ mir aber nichts anmerken und verwöhnte die beiden jeden Tag.

Als ich eines Tages die Zimmer säuberte, schob ich beim Staubwischen zufällig mehrere Seiten Papier unter dem Fernseher hervor. Ich wollte nicht glauben, was darauf geschrieben stand. Florians Mutter beklagte sich bei ihrer Tochter: »Keine Nacht kann ich mehr durchschlafen. Meine Magenschmerzen nehmen stündlich zu und werden immer heftiger. Ich kann kaum noch etwas essen. Mit Medikamenten halte ich mich aufrecht, sonst könnte ich meine Tätigkeit nicht mehr ausüben. Finanziell bin ich auch am Ende.« Mich traf ein Schock, zumal es mir in der Kindheit bei den Alten ähnlich ergangen war. Auch die Qual, nächtelang nicht durchschlafen zu können, war mir aus der Kindheit bekannt, da mich der Alte stets daran gehindert hatte. Dass sich auch ihr Leben durch unseren Einzug ändern würde, war doch vorher absehbar. Sie war nun nicht mehr allein. Warum sprach sie nie über das, was sie quälte – offenbar nicht einmal mit ihrem Sohn? Stattdessen schüttete sie vor ihrer Tochter, die in Westdeutschland wohnte, das Herz aus. Weshalb änderte sie selbst nichts an ihrer Lage? Sie war eine reife erwachsene Frau, die den Zustand hätte ändern können, was mir in meiner Kindheit unmöglich war. Zu jener Zeit hatte ich das ganze Spektrum erwachsener Hintergedanken noch nicht begriffen. Für mich gab es da nur die Eigenschaften gut und böse, während Florians Mutter doch genug Lebenserfahrung besaß, die Situation zu verändern. Stattdessen aber kaschierte sie ihre Verzweiflung. Nur hager, böse und intrigant lernte ich sie kennen. Der knöchellange Rock und die lange Bluse darüber verbargen ihre Figur. Das grau melierte kurze Haar drehte der Friseur in Locken. Auf ihrem kantigen Gesicht zeichneten sich Altersfältchen ab. Und hinter ihren blauen Augen lag das Böse. In mir weckte sie den Eindruck einer harten, strengen, lieblosen Person. Doch manches Mal, wenn uns Florians Cousine Helene zu einer Feier einlud, zeigte sich Florians Mutter heiter und lächelte. Mit ihrer Verwandtschaft redete sie viel und zeigte sich fröhlich. Hier lernte ich eine andere Seite von ihr kennen. War sie jedoch mit mir allein, unterdrückte sie seltsamerweise ihre Lebendigkeit.

Noch am selben Abend berichtete ich Florian von dem gefundenen Schriftstück. Er sagte: »Kann ich mir nicht vorstellen, dass meine Mutter …« Er brach ab, weil sie sich gerade zu uns setzte und sagte: »Der Lauscher an der Wand hört seine eigene Schand!« Ich stöhnte auf, weil sie genau dieselben Sprüche verwendete, wie meine Eltern. Plötzlich sagte sie erhobenen Hauptes: »Meinen Sohn wollte ich zurück!« Dieser Satz sagte alles aus. Wieder einmal hing sie wie eine Klette an ihrem Sohn fest, suchte aber nicht das klärende Gespräch mit ihrer Schwiegertochter. Während Florian den Zigarettenrauch tief in die Lungen inhalierte, starrte er schweigend vor sich hin. Als er seine Mutter damals in unserer Wohnungsnot besucht hatte, forderte er von ihr: »Nur mit Adelheit! Ohne sie zieh ich hier nicht ein!« Sie ging nur widerwillig auf diese Erpressung ein. Seit ihr Mann sie verlassen hatte und ihre Tochter in Westdeutschland geblieben war, fixierte sie sich immer mehr auf ihren Sohn, um für sich den letzten Rest Familie zu retten. So viel war mir klar geworden. Wie schwer ich aber unter dieser Konstellation zu leiden hatte, darüber wahrte ich Diskretion. Ich beklagte mich nicht offen, sondern schluckte meinen Kummer lieber herunter, als dass ich ihn ausstellte.

Während ich den Raum verließ, fragte Florians Mutter plötzlich: »Mein Junge, wie konntest du nur mit diesem Flittchen die Ehe eingehen, das sich mit seinem eigenen Vater eingelassen hat?« Offenbar war es ihre Absicht, dass ich diese heimtückische Lüge noch mit anhören sollte. Niemals hatte ich mein Trauma offen dargelegt, denn es wäre vergeblich gewesen, da sie von Anfang an ein unveränderliches Vorurteil über mich gefasst hatte. Hinzu kam, dass sie bereits selbst eine Ehefrau für ihren Sohn ausgesucht hatte, die recht vermögend war. Allerdings sah sie so unvorteilhaft aus, dass Florian sie rundweg ablehnte. Ich selbst schließlich sehnte mich sehr nach einer netten, liebevollen und warmherzigen Schwiegermutter, da die eigene Mutter mich quasi verstoßen hatte. Um ihr zu gefallen, hätte ich eine Prinzessin sein sollen – oder ein Maulwurf: blind und taub, aber mit einem seidigen Fell gepolstert. Ich hätte mich noch so sehr anstrengen und unsere Beziehung ausloten können – aufrichtigen und emotionalen Zugang hätte ich niemals zu ihr gefunden. Meine Mühen glichen dem Schöpfen mit einem Eimer ohne Boden. Das Klischee von der bösen Schwiegermutter kommt ja nicht von ungefähr – schon die Märchen wissen davon.

Ein Mädel will sein – nur dir allein

Eigen Fleisch und Blut.
Die Seele des Ungeborenen spricht
im warmen, molligen Gefängnis:
Mit dir allein
mach ich mich fein.
Ein Mädel will sein
Töchterchen
nur dir allein.

Nach dieser deutlichen Offenbarung meiner Schwiegermutter suchte ich erneut den früheren Vermieter auf, und er stellte uns die Kammer noch einmal zur Verfügung. Sogar unsere Möbel standen noch am selben Platz. Ich wünschte, endlich ohne Heuchelei zu leben und sehnte mich nach einem Milieu von friedlicher Natur. Diesmal erlaubte uns der Vermieter sogar beim nächtlichen Harndrang seine Toilette zu benutzen. Mittlerweile war ich in der ersten Woche des neunten Monats. Ich strich die Wände der Kammer, polierte die Möbel und richtete alles kreativ her, sodass ich mich in dieser Oase behaglich fühlte. Bis zur Geburt des Kindes blieben mir noch drei Wochen. Ich verpackte unsere Utensilien, die sich bei der Schwiegermutter angesammelt hatten, in Kisten und Kartons. In dem großen Wäschekorb, wo das Baby einmal ruhen sollte, verstaute ich die neue Wäscheausstattung.

Dann bat ich Max um Hilfe beim Umzug. Mit Traktor und Hänger stand er am Haupttor vor Schwiegermutters Haus. Sie waren einander spinnefeind, weshalb Max nicht bereit war, ihre Wohnung zu betreten – ich hatte keine Ahnung warum und fragte auch nicht danach, weil es mich nichts anging. Die Kisten und Kartons trug ich drei Treppen nach unten, wo Max sie sogleich ergriff und auf den Hänger lud. »Wo ist Florian?«, fragte ich Max. »Ich dachte, du bringst ihn gleich mit.« »Ich hab ihn nicht angetroffen Adelheit. Vielleicht gesellt er sich ja bald dazu.« »Das glaubst auch nur du!«, äußerte ich meinen Zweifel. Bis auf den großen Wäschekorb war alles auf dem Hänger verstaut, aber von Florian keine Spur. Also stellte ich den schweren Korb auf meinem hochschwangeren Bauch ab und trug ihn die drei Treppen nach unten, wo ihn Max rasch ergriff und zum Hänger trug. Anschließend kletterte ich noch selbst auf die Ladefläche und ab ging die Fahrt in die alte Umgebung. Als wir dort ankamen, lag Florian in dem frisch bezogenen Bett und schlief. Am helllichten Tag lag er in der Koje und schlief, statt beim Umzug zu helfen! Ich rüttelte ihn wach und fragte: »Warum hilfst du nicht beim Umzug?« »Du wolltest doch umziehen, nicht ich!«, sagte er, drehte sich um und schlief weiter. »Wie bitte? Spinnst du jetzt völlig?«, geriet ich außer mir. »Du bist das Letzte, Bequemste und Faulste, was mir je begegnet ist!« Dabei hob er nicht einmal jetzt seinen Hintern, um beim Abladen anzupacken. Stattdessen trugen die Kinder des Vermieters unsere Sachen in die erste Etage. Ich war so wütend auf meinen Mann, dass ich mich am Abend seiner Fleischeslust verweigerte. Mein Vertrauen sollte er sich erst wieder verdienen. Am liebsten hätte ich ihn aus dem Bett geworfen: die Treppen hinab zur Haustür hinaus. In dieser Nacht wünschte ich mir die Matratze für mich allein, denn schließlich hatte ich sie mir verdient. So aber lagen wir Rücken an Rücken und ich schlief glücklicherweise schnell ein.

Mitten in der Nacht erwachte ich von starken Schmerzen im Leib. Ich wälzte mich hin und her, sodass Florian mich aufforderte: »Bleib doch bloß mal ruhig liegen!« »Ich habe starke Schmerzen im Leib! Wie soll ich da bitte schön ruhig liegen?« Es war ihm wieder einmal völlig egal, wie es mir ging. Mittlerweile war es vier Uhr und es dämmerte bereits. Ich stand auf, ging zu Elisa hinüber und weckte sie aus ihren schönsten Träumen, denn meine starken Leibschmerzen alarmierten mich. Sie versuchte, mich zu beruhigen: »Leg dich hin und versuch zu schlafen. Geh auf keinen Fall zur Toilette!«, sagte sie und träumte weiter. Wie soll ich bei diesen Schmerzen schlafen?, ging es mir durch den Kopf. Und doch schlief ich dann auf der Couch in ihrem Wohnzimmer ein. Als es unter mir nass wurde, wachte ich auf und rief angsterfüllt: »Elisa, komm schnell! Elisa, komm eiligst!« Plötzlich standen die Kinder neben mir. Sie weckten ihre Mutter, und die sagte: »Das Baby will raus Adelheit!« Ich beharrte jedoch naiv auf dem vorausgesagten Geburtstermin: »Es hat doch noch drei Wochen Zeit Elisa!« »Nein, nein! Es will jetzt raus!«, sagte sie und schickte Franka zur Telefonzelle neben dem Kaufladen: »Ruf 110 an, gib die Adresse durch und sag, das Baby kommt! Die Blase ist geplatzt!«

Mit Blaulicht und Sirene eilte der Krankenwagen heran. Die Pfleger setzten mich in einen Rollstuhl und luden mich damit in den Krankentransporter. Eilig reichte mir Elisa noch ein kleines Handtuch und sagte: »Wenn die Schmerzen kommen, beiß hinein!« »Warum sitze ich im Rollstuhl?«, fragte ich den Pfleger durch die offene Luke zur Fahrerkabine. »Weil das Kind sonst schon im Wagen zur Welt kommen würde!«, antwortete er. »Ach so«, sagte ich und lächelte. Als sich der Wagen schon in Bewegung setzte, sprang Florian noch hinein. »Warum bist du hier Florian?«, fragte ich ihn. »Ohne dich geht alles viel besser. Du bist mir keine Hilfe!« Zu meinem Vorwurf schwieg er.

Im Spital raste der Pfleger mit mir im Rollstuhl zum Kreißsaal, wo ihn eine Schwester stoppte und fragte: »Wo wollen Sie denn mit der Frau hin?« »Das Kind kommt! Die Blase ist schon geplatzt!«, rief er aufgeregt. Er sorgte sich mehr um mich, als mein eigener Ehemann. »Ganz ruhig Kollege!«, sprach die Schwester. »Erst mal brauche ich den Namen der Frau.« Da die Schmerzen nun in Wellen kurz hintereinander kamen, biss ich meinen Namen in Elisas Handtuch hinein. Daraufhin überschlug sich die Schwester förmlich und rief: »Rasch in den Kreißsaal!« Nun war auch sie überzeugt, dass keine Sekunde zu verlieren war.

Dann lag ich im Kreißsaal auf der Pritsche und die Schwester sagte: »Die Augen schließen und pressen!« Ich presste ein-, zwei-, dreimal – und das Baby war da! Voller Neugier riss ich die Augen auf, um zu sehen, was ich da zur Welt brachte. Dabei konnte ich gar nichts erkennen, aber die Schwester rief: »Ein Mädchen!« Sie legte mir das Baby so, wie es herausgeschlüpft war, auf meine Brust. Ein Gefühl der Liebe und Freude durchströmte mich, dass ich viele Tränen weinte. Ich hatte mir tatsächlich so sehr ein Mädchen gewünscht! Mir war etwas gelungen, was mir ganz allein gehörte: ein Kind, mein Nachkömmling. Ich gab ihm den Namen Diana – nur der kam für mich infrage. Diesen Namen trug ich seit meinem neunten Lebensjahr mit mir. Seitdem war er aus meinem Kopf nicht mehr wegzudenken. Als Michaela, Hanne und ich rodeln waren, rief eine Mutter ihre Tochter beim Namen Diana. Und als ich mein Kind zur Welt brachte, hörte ich den Klang dieses Namens erneut. Florian wählte einen anderen aus, aber in meinen Augen hatte er keinen Anspruch auf die Namensgebung, weil er mein Vertrauen missbraucht hatte und es sich erst wieder verdienen sollte.

Am Abend besuchte er mich dann. Während er das Baby bestaunte, sagte er: »Gott sei Dank, ein Mädchen!« Zu jener Zeit war an Ultraschall-Diagnostik noch nicht zu denken, mit deren Hilfe man vorab erkennen konnte, welchen Geschlechts der Fötus im Bauch der Frau war. Umso größer war die Neugier darauf, wenn das Kind zur Welt kam. Plötzlich und völlig unerwartet setzte mich Florian in Kenntnis: »Kriegst du noch ein Kind, lasse ich mich scheiden!« »Wie bitte?« Ich glaubte, mich verhört zu haben. »Hast du mir nichts anderes zu sagen, als mir diese Keule auf den Kopf zu schlagen? Dann pass immer gut auf, und zieh den Schwanz raus, bevor dein Orgasmus kommt, denn ich bin ohnehin nicht dabei Florian!« Dazu schwieg er. Ich war so wütend über seine unverschämte Drohung, dass ich ihm deutlich erklärte: »Ohne dich geht alles viel besser, du Idiot!« Welcher Teufel hatte ihn bei dieser Androhung nur geritten? Er war der Vater meines Kindes und wir brauchten ihn. Die Zeit wollte es so. Am nächsten Tag brachte die Schwester meine Diana zum Stillen und fragte mich: »Mit wem haben sie denn geboxt?« Ich sah im Spiegel, dass meine Augen und die Augenhöhlen blutunterlaufen waren. »Oh Gott!«, stöhnte ich, »das sieht ja gefährlich aus Schwester!« »Das kommt davon, wenn man neugierig ist und die Augen beim Pressen offen lässt!«, sagte sie. Ich lernte dazu.

Das Baby gab meinem Leben eine neue Wendung. Wir schrieben den Juli des Jahres 1965 und lebten nun zu dritt in der kleinen Kammer – ohne Wasser, Heizung und Toilette. Wie sollte ich meinen Liebling baden und die Windeln auskochen? Doch mit Fantasie lässt sich alles bewältigen. Da sich unsere Vermieter schnell in Diana verliebten, durfte ich gegen Bezahlung sogar ihr Wasser mitnutzen. Darüber war ich sehr glücklich. Manches Mal kamen sie nach oben, um Diana zu bestaunen. Mein Liebling hatte viele schwarze Haare und eine glatte, leicht bräunliche Haut. »Meine Kinder waren schrumpelig und blau«, sagte die Vermieterin. »Wir hören Diana nie schreien. Wie kommt das? Was machst du anders, als wir damals?«, fragte mich Moritz, der Vermieter. »Ich mache nichts Besonderes, außer dass ich sie stille.« Diana war von Anfang an ein ruhiges Kind. Nachts wachte ich bei ihrem ersten Piep bereits auf, stillte und wickelte sie in Ruhe, während Florian weiterschlief.

Die Sommertage waren angenehm warm, sodass ich Diana sehr zeitig bereits ausführen konnte. Eines Tages besuchte ich mit meinem Liebling das Wohnungsamt und beantragte wieder einmal Wohnraum für drei Personen. Doch dieselbe Beamtin warf mir noch immer dieselbe Antwort an den Kopf: »Gehen Sie dorthin, wo Sie hergekommen sind!« Ich entgegnete ihr wütend: »Dann bringe ich mein Kind zu Ihnen nach Hause, damit es ein Dach über dem Kopf hat!« »Das ist Kindesaussetzung!«, empörte sie sich. »Ist mir egal, wie Sie das nennen!«, antwortete ich und ging. In der Folgezeit kam es, wenn Diana mal schrie, in dem viel zu engen Raum zu

Zwistigkeiten zwischen Florian und mir. Er fühlte sich in seiner Ruhe gestört. Doch meine Liebste sollte auch einmal zeigen dürfen, dass sie auf diesem Planeten Erde existierte, und so laut schreien, dass ihr Papa mitbekam: »Ich bin auch da!«

Bald schon schlief Diana die Nächte durch. Während der Vater wenig Anteil an ihrem Leben nahm, zeigten sich die Kollegen begeistert, als ich ihnen mein Kind vorstellte. Frau Fischer nahm Diana gleich auf den Arm und sagte: »Ein so hübsches Baby, mit so vielen schwarzen Haaren, hab ich noch nie gesehen!« Dann reichte sie meinen Liebling der nächsten Kollegin und sagte: »Adelheit, wir kaufen uns ein Haus. Das Wohnungsamt weiß noch nichts davon. Wenn du willst, kannst du unser Nachmieter werden.« »Oh ja!«, jubelte ich auf und fiel Frau Fischer um den Hals. »Hoppla!«, staunte sie. »So sehr freust du dich Adelheit?« »Ja und wie!« »Das ist aber keine schöne Wohnung. Sie liegt zu ebener Erde in der Altstadt, verfügt nur über zwei Zimmer, hat aber Wasseranschluss in der Küche.« »Macht nichts, Hauptsache größer und fließend Wasser, Frau Fischer!« Mein Jubel schwang sich zum Himmel empor und vor Freude ging mir das Herz auf. »Heute ist mein Glückstag! Ich danke Ihnen für dieses wunderbare Angebot Frau Fischer!« »Wenn der Tag des Umzugs ansteht, schreibe ich dir eine Karte Adelheit.« »Prima!« Ich freute mich wirklich riesig. Frau Fischer war eine große kräftige Frau mit einem blonden Lockenschopf, sechsundfünfzig Jahre alt und stets gut gelaunt. Oftmals erheiterte sie die Kollegen mit guten Witzen, die herzhaftes Gelächter durch den Raum segeln ließen.

Dann war es so weit: Der Tag des Umzugs stand an. Die beiden Zimmer lagen im Seitenflügel eines Fuhrunternehmens, das noch mit Pferden betrieben wurde. Zehn Bewohner teilten sich zwei Toiletten, die von jedem selbst zu reinigen waren. Da sie aus Holz erbaut waren und sich neben dem Futtervorratsspeicher für die Pferde befanden, wurden wir morgens und abends von Mäusen, Ratten und zwanzig Katzen begrüßt. Wenn die Pferde in den Morgenstunden über das Pflaster des Hofes stolzierten, verloren sie ihre dünnflüssigen Fäkalien, die bis an unsere Tür und die Küchenfenster spritzten – und das jeden Morgen! Es war ekelhaft. Der dunkelgrüne Kachelofen in der Wohnstube war mit leicht verzierten Kacheln versehen und etwa zweihundert Jahre alt. Den Winter über verschlang er einhundertachtzig Zentner Kohlen und der Raum wurde trotzdem nicht warm. Der Ofen war einfach zu alt, doch für einen neuen stellte der Vermieter keine Mittel zur Verfügung. Wir bezogen die Wohnung mit neuen Möbeln, meldeten uns bei der Polizei und auch beim Wohnungsamt um. Die berüchtigte Beamtin hinter dem Schreibtisch rief: »Das ist Hausfriedensbruch! Sofort ziehen Sie dort wieder aus und gehen dorthin, wo Sie hergekommen sind! Das hat Konsequenzen für Sie! Mit Gewalt werden wir Sie dort wieder rausholen, davon können Sie ausgehen!«, gebärdete sie sich drohend. Ich unterdrückte mein Gelächter, denn diese Frau war so gegen mich eingenommen, dass ich ihr alles zutraute.

Zu jener Zeit war mir von einer Stasibehörde in unserem Land nichts bekannt. Obwohl die Mauer 1961 erbaut worden war, bekamen wir in der Provinz von ihrer Funktion und Bedeutung nicht viel mit. Ich war einundzwanzig Jahre alt und mein Leben war bisher von Struktur, Ordnung und Disziplin geprägt. In die allgemeinen Strukturen der Gesellschaft hatte ich bis dahin nur wenig Einblick. Die entsprechenden Erfahrungen sollte ich erst nach und nach sammeln. Bei unserer Nachbarfamilie Weisner sahen wir heimlich die *ZDF-Hitparade* aus dem Westen. Dabei lag auf der Mattscheibe viel Schnee, doch mit halb geöffneten Augen konnte man immerhin Umrisse erkennen. Dafür war der Ton gut hörbar. Später kauften wir uns einen eigenen Fernseher. Allerdings duldete unser Vermieter keine Antenne auf seinem Dach. Dafür stand uns der geräumige Dachboden des Nachbarhauses zur Verfügung. Monate vergingen und niemand kam, uns aus der Wohnung zu werfen. Mit ihrer Drohung hatte die Beamtin vom Wohnungsamt mich offenbar nur ängstigen, einschüchtern und ihre Macht demonstrieren wollen.

Als Diana ein Jahr alt war, besuchte sie die Tagesstätte und ich nahm meine Tätigkeit wieder auf. Jeden Morgen, wenn ich das Kind, bei der Erzieherin zurückließ, weinte es so herzergreifend, dass es noch auf der Straße zu hören war. Es tat mir unendlich weh, wie das Kind seiner Mami hinterher weinte. Nachmittags, wenn die Mütter ihre Sprösslinge abholten und ich nicht die erste war, weinte Diana so lange, bis sie meine Stimme hörte: »Jetzt kommt meine Mami. Sie lässt mich nicht allein.« Sie hatte Angst, ich würde sie nicht mehr abholen kommen, und sie würde ihre Mami nie mehr wiedersehen.

Dann wurde Diana krank. Ihr Mittelohr war vereitert und sie bekam hohes Fieber. Sechs Wochen später ging sie wieder in die Krippe. Nach drei Tagen kam ein Anruf von der Tagesstätte: »Bitte holen Sie Ihr Kind ab. Es hat hohes Fieber.« Der Kinderarzt diagnostizierte eine Lungenentzündung. Der ständige Wechsel von Krankheit und Gesundung zog sich ein ganzes Jahr lang hin. Diana war sehr empfindsam, sehr sensibel. Schick mich nicht fort!, war ihr seelischer Aufruf an ihre Mami. Wenn ich wegen Krankheit des Kindes zu Hause blieb, bekam ich keinen Lohn, sodass wir an der Grenze unseres finanziellen Minimums lebten. Plötzlich machte Florian mich nieder: »Du bist nur zu faul zum Arbeiten Adelheit! Wenn Diana krank ist, dann bring sie zu meiner Cousine Helene. Sie hat das Kind gerne um sich!«, hielt er mir vor. Seine Demütigung schmerzte mich, wie ein Dolch im Herzen. »Bist du verrückt? Das Kind ist krank! Es braucht mich, seine Mami. Helene füttert es so fett mit ihrer Hausschlachtenahrung, wie du einst warst! Dabei wirfst du für Zigaretten das Geld zum Fenster raus. Denk mal darüber nach Florian!«

Als Diana das nächste Mal krank wurde, begann ich mit Heimarbeit. Tagsüber war ich mit dem Kind, mit Haushalt, Einkaufen und Essen kochen beschäftigt, denn Florian verlangte täglich nach Dienstschluss eine warme Mahlzeit. Sobald Diana im Bett ruhte, begann ich mit der Heimarbeit. Durch diese nächtliche Arbeit brachte ich mich um den Schlaf und schadete mir gesundheitlich sehr. Zwei Stunden Schlaf am Tag – wenn Diana mittags im Bettchen schlief – waren definitiv zu wenig für mich. Unerwartet sah ich mitten im Sommer in der Natur überall Nebel um mich her. Da ich mir selbst den Schlaf entzog, zeigten mir die Augen, was sie nicht sehen wollten: die nächtliche Arbeit. Ich gab sie auf.

Als Diana wieder krank wurde, sagte Florian: »Bring sie zu Helene!« Diesmal kam ich seinem Wunsch nach und brachte Diana um sechs Uhr früh zu Helene, nach Dienstschluss holte ich sie wieder ab. Da Helene am Stadtrand lebte und wir im Zentrum wohnten, war die Strecke jedes Mal eine Tortur für mich. Später erlaubte mir Helene nicht mehr, dass ich Diana täglich abholte, sondern nur noch an den Wochenenden. Florian und Helene trafen diese Abmachung ohne mich. Ich setzte mich auch nicht zur Wehr und ließ Diana die ganze Woche bei ihr. Dafür blutete jeden Abend mein Herz vor Sehnsucht nach meinem Kind. Auf einmal stellten beide meine Mutterrolle infrage und heckten Intrigen gegen mich aus. Auch hier setzte ich mich nicht zur Wehr, weil Helene, wie meine Mutter, hart, energisch, autoritär sprach und handelte. Sobald ich den Mund auftat, schnitt sie mir das Wort ab. Zwar nahm ich ihre Aggression aus Arglist deutlich wahr, unternahm aber nichts dagegen.

Dies zog sich eine geraume Zeit lang hin. Während sich Florian seiner abendlichen Wollust hingab, verfluchte ich ihn leise: »Ich hasse dich!« Mit Herzweh dachte ich dabei an meinen Liebling und weinte. Holte ich Diana am Freitag nach Dienstschluss von Helene ab, strahlten ihre Augen mich an. Brachte ich sie am Montag früh zu ihr, weinte sie bitterlich, dass es mir jedes Mal das Herz zerriss. Nach drei Monaten der zwangsweisen Suspendierung von meinen Mutterpflichten setzte ich dem Spuk ein Ende, ohne Florian und Helene zuvor in Kenntnis zu setzen. Ich nahm Urlaub und holte Diana wie immer am Freitagabend von Helene ab. Vor Angst klopfte mein Herz sehr heftig, als ich ihr sagte: »Ab Montag habe ich Urlaub, da bleibt Diana bei mir.« »Wenn du Urlaub hast, wirst du dich mit Diana doch bei uns sehen lassen?«, fragte Helene. »Nein, ich will das Kind für immer bei mir behalten«, teilte ich ihr meinen festen Entschluss trotz Herzrasen mit. Daraufhin wandelte sich Helene zur Furie, beschimpfte mich laut und vulgär. Der Gipfel war dann erreicht, als sie auch noch sagte: »Glaubst du, ich weiß nicht, dass du zu deinem Vater eine sexuelle Beziehung hattest?« In diesen Moment wollte ich lieber unsichtbar sein, so sehr peinlich war mir ihre Verleumdung. Ich nahm Diana bei der Hand und flüchtete rasch aus Helenes Haus und Garten, hinaus auf den Weg, der zur Hauptstraße führte. Vor Schreck vergaß ich dabei den Kindersportwagen. Da kam Helene schon mit einer langen dicken Eisenstange hinter mir her und rief schrill aus vollem Hals: »Wer sich mit seinem eigenen Vater einlässt, ist ein verdammtes Flittchen! Und du Flittchen hast keine Ahnung von Kindererziehung!« Dabei rannte ich um unser beider Leben zur Straßenbahn. Erst im Waggon war ich vor Helene sicher. Dabei hätte ich heulen können, aber der Waggon war voller Menschen. Also schluckte ich die Tränen herunter, was ich in der Kindheit früh gelernt hatte.

Als Florian vom Dienst heimkam, berichtete ich ihm von dem Ärger mit Helene. »Ich komme gerade von ihr, und sie erzählte mir davon. Aber ihre Version klang ganz anders als deine«, sagte er und lachte. Beide hielten zusammen und heckten so manches gegen mich aus. Das zeigte mir wieder einmal, dass mein Mann an der eigenen Ehe kein Interesse fand. Er dachte nur an den Sex mit mir. Wäre mir die finanzielle Sicherheit der Ehe nicht so wichtig gewesen, hätte ich ihn längst vor die Tür gesetzt. Dann hätte er meinetwegen bei Helene einziehen können. Als ich Diana wieder in die Krippe brachte, legte mir die Leiterin nahe: »Nehmen Sie Ihr Kind aus der Tagesstätte. Damit schaffen Sie Platz für ein anderes Kind. Diana wird immer wieder seelisch krank werden. Sie ist einfach kein Krippenkind.« Mir war schon bewusst, dass Diana ein seelisches Problem quälte, etwa derart: Die Mami will mich nicht, sonst würde sie mich nicht zu anderen Leuten bringen.

Also wagte ich den Wechsel und tauschte die äußere Welt des Berufslebens gegen die Familie ein – und mein Liebling blieb tatsächlich gesund. Morgens stillte ich Diana, ansonsten pumpte ich die Milch ab und reichte sie ihr in der Flasche. Nun war es mir auch vergönnt, ihre Entwicklung viel besser wahrzunehmen. Sie begann zeitig zu sprechen und plapperte bald alles nach. Eines Morgens stand sie in ihrem Bettchen und sagte: »Mami hole Milch!« Da war ich ganz schön verdutzt. Um ihr Sprechtalent zu fördern, erklärte ich ihr laut, was ich gerade tat und warum ich es tat. Ich kaufte Kinderbücher und las ihr den Text dreimal vor. Beim vierten Mal konnte sie ihn bereits nacherzählen, natürlich nicht so exakt, wie es geschrieben stand, aber ich folgte ihr Zeile für Zeile mit dem Finger und war erstaunt, mit welcher Fantasie sie die Geschichte wiedergeben konnte. Ich war sehr stolz auf meine Tochter. Nach achtzehn Monaten zehrten die Stillzeit und der Bandwurm an meiner Substanz. Mit knapp fünfzig Kilo sah ich aus wie das Leiden Christi und ging zum Arzt. Er injizierte mir ein Mittel, durch das sich erst die Muttermilch zurückzog, dann verschrieb er mir eine Bandwurmkur. Als das Tier endlich seinen Ausgang fand, nahm auch mein Körpergewicht wieder zu.

Später sehnte ich mich plötzlich nach meiner Heimat. Nach vier Jahren kehrte ich erstmals mit eigener Familie an den Ort meiner Kindheit zurück. Anne und Carina holten uns vom Bahnhof ab. Bei ihnen konnten wir übernachten. »Das wurde aber Zeit Tante Adelheit, dass ihr uns besucht!«, sagte Carina. Am nächsten Tag sagte die Stimme in mir: Besuch die Mutter. Stell ihr das Kind und den Mann vor – als hätte sie ein Recht darauf, beide zu sehen. Mit Herzklopfen klingelte ich an der elterlichen Haustür und lief schnell zu Florian und Diana auf die Straße zurück. Da kam die Mutter mir schon hinterher gelaufen und sagte: »Kommt herein!« Mit Lampenfieber fragte ich: »Ist der Vater da?« »Ja, er will dich sehen und deine Familie kennenlernen«, sprach die Mutter freudig. Ich staunte und fragte mich, was mit ihr nur passiert war, dass sie sich mir gegenüber so nett und freundlich zeigte?

Als ich dann vor dem Alten stand, war mir ganz mulmig zumute. Im Aussehen hatte er sich nicht verändert, nur das Haar war inzwischen lichter. Die Gesichtshaut war glatt und die Augen schimmerten wässrig blau. Die Krankheit war ihm geblieben. Die Mutter legte ein Verhalten an den Tag, als sei in diesem Haus nie etwas Besonderes vorgefallen. Umso leichter fiel es mir, Kontakt zu ihr aufzunehmen. Sie war reinweg in ihr Enkelkind Diana verliebt. Dabei ließ sie mich spüren, alles ist gut. Doch für mich war nichts gut, noch vergessen, nur verdrängt, in den Hintergrund verschoben. Ein Gespräch über die länger zurückliegende Zeit kam nicht auf. Dann bot der Alte Florian eine Zigarette an und ich dachte mir, jetzt wird die Friedenspfeife geraucht. Dabei sahen sich beide an diesem Tag zum ersten Mal. Dem Alten gegenüber blieb ich auf Distanz.

Dafür erzählte die Mutter freudig von meinen Geschwistern. Niemals zuvor hatte sie mit mir einen familiären Dialog geführt, wie zu jenem Besuch. Da die Mutter mir eine goldene Brücke baute und sich tolerant zeigte, begann ich mich besser zu fühlen und meine innere Unruhe verflüchtigte sich. In jener Stunde trafen drei Generationen aufeinander. Jede war zu einer anderen Zeit geboren worden, die ihre Lebensläufe unterschiedlich prägte.

Seit dieser Begegnung sahen wir uns bei Feierlichkeiten im Haus des Clans wieder. Bald schon tauschte ich das ›Mutter‹ wieder in ›Mutti‹ um. Sie stieg wieder enorm in meiner Achtung. Den Alten aber sprach ich weder an, noch betrachtete ich ihn, und wenn doch, dann nur heimlich. Er war mir einerlei, denn noch immer hasste ich ihn wie die Pest. Daran änderte sich nichts, weil all der Ekel, der Hass und die Wut in mir wieder hochkamen, wenn ich ihn sah. Die Mutter jedoch liebte und hasste ich gleichzeitig. Seit diesem ersten Besuch seit Langem fuhr ich öfter wieder zurück in die Heimat – warum?

Schmerz und Äther

Äußerlich stillgelegt,
hindert Angst den Geist.
Denken, leben, lieben
auf den Planeten –
alles nur ein Traum.

Im Mai wurde ich fünfundzwanzig Jahre alt. Ende Oktober desselben Jahres zeigte mein Körper ein noch nie da gewesenes Symptom. Florians Stöße beim Sex taten mir mehr weh als sonst. Trotzdem hielt ich ihn aus. Doch je mehr ich vor Schmerzen stöhnte, umso heftiger strampelte er. Dass ich jedoch aus Schmerz und nicht etwa vor Lust stöhnte, bemerkte er nicht. Allerdings verschwieg ich es ihm auch. Mein Motto war: Für die Familie sei stark und funktioniere! Zeige keine Schwäche! Sei kein Weichei! Halte durch, was auch kommen mag. In der Folgezeit zog sich das Symptom nicht zurück und ich beschloss, demnächst zum Arzt zu gehen. Diesen Gedanken schob ich stets vor mir her, bis am sechsten April des Jahres darauf die Stimme in mir sagte: Such einen Arzt auf! Heute, sofort!

Rasch schweiften meine Gedanken zurück in die Kindheit, wo ich auf der großen Wiese im Gras lag und mir jemand sagte: Dieses Geheimnis darfst du der Mutter nicht anvertrauen, dann ist es doch kein Geheimnis mehr! Zu jener Zeit glaubte ich, es sei Gott, der diese Warnung aussprach. Mit den Jahren aber verflüchtigte sich mein Glaube an Gott, weil ich nach der Konfirmation vom Direktor der Schule zur Jugendweihe gedrängt wurde. Sogar die Garderobe für diese Weihe bezahlte die Schulleitung für mich, damit ich nur daran teilnahm. Schwarze Kleidung, wie bei der Konfirmation, war hier nicht erwünscht. Warum ihnen diese Jugendweihe so wichtig war, darüber dachte ich nicht nach – warum auch? Sich dem Willen der Erwachsenen zu beugen, war Pflicht. Doch die Einsicht kam später, als ich vom Glauben an Kirche und Gott abließ. Wie der Alte einmal sagte: »Alles Humbug, was der Pfarrer euch erzählt!« Dennoch gefielen mir die Erzählungen des Pfarrers damals.

Und nun, am sechsten April, regte die innere Stimme meinen Geist an: Such den Arzt auf, heute, sofort! Dieser präzise Aufruf ließ mich natürlich aufhorchen und ich dachte, ohne Anmeldung untersucht mich heute, noch dazu am Freitag, kein Arzt. Doch der Drang, den Doktor noch an diesem

Tag aufzusuchen, war so stark, dass ich ihm unverzüglich folgte. Die Nachbarin Frau Weisner nahm Diana so lange, wie ich beim Arzt weilte, in ihre Obhut. Ihr Vater war im Ruhestand und beschäftigte sich gern mit Diana, weil er durch sie für kurze Zeit seinen Alltagstrott vergessen konnte. Diana war drei Jahre alt und ging gern zum »Opa Weisner«, wie sie ihn nannte. Beide spielten Mensch ärgere dich nicht, Dame, Mühle und Kartenspiele, die er ihr beibrachte. Er schummelte auch, was sie gar nicht leiden konnte. Dennoch ging sie immer wieder gern zu ihm hinüber. Die Aufsicht für Diana war für die Dauer des Arztbesuches also gesichert, sodass ich ohne Bedenken dem inneren Ruf, mich ohne Voranmeldung untersuchen zu lassen, nachkommen konnte.

In vier Praxen erteilten mir die Sprechstundenhilfen Abfuhren, weil ich keinen Termin hatte. Es war jedoch notwendig, dass ich noch an diesem Freitag von einem Gynäkologen untersucht wurde. Da ich schon resignierte, weil keine Sprechstundenhilfe mich warten ließ, machte ich mich auf den Heimweg. Doch die innere Stimme forderte erneut: Bleib dran und such weiter! Also besuchte ich noch eine Praxis und bekam wieder eine Absage. Eine andere Schwester kam mir aber hinterhergelaufen und nannte mir eine Adresse: »Gehen Sie zu Frau Doktor Resse! Sie praktiziert auch privat. Sie untersucht Sie bestimmt noch heute.« Sie erklärte mir den Weg, ich dankte der Schwester und lief los.

Im Foyer bei Frau Doktor Resse reichte ich der Schwester meinen Versicherungsausweis über den Tresen. Sie blätterte im Kalender nach meinem Namen, ehe sie fragte: »Sind Sie angemeldet?« Da ich ihre Frage verneinte, schickte auch sie mich fort. Mit Tränen in den Augen sagte ich: »Bitte fragen Sie Frau Doktor und sagen Sie ihr, dass ich heute unbedingt untersucht werden möchte.« Sie ging los und kam kurz darauf wieder: »Bitte nehmen Sie im Wartezimmer Platz. Frau Doktor Resse will Sie sehen!« »Danke Schwester«, sagte ich und lächelte erleichtert. Im Warteraum saß ich inmitten von schwangeren Frauen. Sie waren nicht mehr allein, ein Baby sollte ihr Sonnenschein sein. Unerwartet schnell rief die Schwester meinen Namen auf. Ich folgte ihr in das Sprechzimmer, wo Frau Doktor Resse hinter dem Schreibtisch saß und etwas notierte. Nebenbei fragte sie mich: »Warum, Frau Engelke, haben Sie darauf bestanden, heute unbedingt untersucht zu werden?« »Na ja, weil … weil ich bisher nicht den Mut aufgebracht habe, einen Gynäkologen aufzusuchen, Frau Doktor.« Ich getraute mich nicht, ihr zu sagen, dass mich eine innere Stimme gerade an diesem Tag dazu gedrängt hatte. Sie hätte mich sicher ausgelacht und gesagt: Solchen Unsinn habe ich ja noch nie gehört, und mich dann fortgeschickt. Ich wusste ja selbst nicht, wer oder was in mir und mit mir sprach. Oder war ich etwa verrückt, weil ich schon innere Stimmen hörte? Ich fand mich aber ganz normal, wie alle anderen auch.

»Was haben Sie denn so Dringendes, dass die Untersuchung nicht noch hätte warten können Frau Engelke?« »Eine lange Zeit geht das schon so Frau Doktor!« »Was geht denn eine lange Zeit schon so Frau Engelke?« »Dass ich beim Pressen helles Blut verliere.« Jetzt spürte ich wieder den Kloß im Hals und vor Schamgefühl wurde meine Stimme leiser und heiser. Offenbar alarmiert, wies Frau Doktor Resse mich an: »Bitte legen Sie sich mit dem Po ganz nach vorn auf den Stuhl, die Beine rechts und links auf die Schalen.« Aufgrund ihres energischen Tonfalls sah ich sogleich die Mutter vor mir. Obwohl es mir mächtig peinlich war, mich derart breitbeinig zu präsentieren, kam ich ihrer Forderung nach. »Dann wollen wir einmal nachsehen, was bei Ihnen nicht in Ordnung ist Frau Engelke!« Sie stellte sich dicht vor mich hin. Während sie mit ihren kalten Werkzeugen aus Edelstahl in mein Inneres schaute, rief sie plötzlich empört: »Schwester Dolly, kommen Sie! Schauen Sie!« Ich will auch wissen, was es bei mir so Aufregendes zu sehen gibt, dachte ich. »Nur Mut Schwester Dolly! Schauen Sie richtig hinein!«, forderte die Ärztin die Schwester auf, sich nicht zu zieren und das Symptom ins Auge zu fassen. »Oh mein Gott!«, stöhnte die Schwester. »Was ist in meinem Leib los Frau Doktor? Bitte sagen Sie es mir!« Sie schwieg jedoch lange, bevor sie mit sanfter Stimme sprach: »Ich weise Sie sofort und dringend ins Spital ein! Es ist wirklich notwendig. Eile ist unerlässlich Frau Engelke!« »Nein, nein. So geht das nicht!«, empörte ich mich. »Ich habe ein Kleinkind Frau Doktor, das ich erst unterzubringen habe, bevor ich Ihrer Einweisung folgen kann.« »Zwei Tage, und keinen Tag länger!«, mahnte sie eindringlich. »Heute ist Freitag. Da bleibt mir ja nur das Wochenende Frau Doktor.« »Ja ja, ich weiß Frau Engelke«, sagte sie besorgt und drückte mir den Einweisungsschein für das Spital in die Hand.

Wie sollte ich Diana erklären, dass ich ins Krankenhaus und sie für diese Zeit zu Tante Leonore nach Halberstadt bringe? Leonore ist meine Schwester, die Drittgeborene der Eltern. In größeren Abständen besuchten wir einander über das Wochenende. Als ich dann zu Hause und bei Frau Weisner ankam, machte Diana Mittagschlaf. Danach nahm ich sie in die

Arme, drückte sie und fragte: »Hast du gut geschlafen?« »Ja, bei Frau Weisner im Bett Mami! Jetzt bist du ja wieder da.« »Na prima meine Kleine, die Mami bleibt jetzt bei dir.« Kurz danach wiegte ich sie sanft in den Armen und offenbarte ihr mein Herzweh: »Mein Kleines, Mami geht ins Krankenhaus. Morgen bringe ich dich zu Tante Leonore, wo wir schon oft zu Besuch waren. Mit deinen Cousins wirst du dich gut verstehen.« Plötzlich sprach das Kind aufbrausend: »Nein Mami, dorthin will ich nicht. Ich will bei Frau Weisner bleiben.« Wenn sie auch gern zu Familie Weisner über den Hof ging, konnte ich sie doch nicht bei dem über siebzig Jahre alten Opa in die Obhut geben. Frau Weisner war über fünfzig Jahre alt und ging ganztätig arbeiten. Zwischendurch war sie zwar viel zu Hause, aber die Verantwortung für das Kind wollte ich ihr nicht aufbürden. Sie selbst hatte keine Kinder, aber einen Mann. »Das geht nicht meine Kleine, dass ich dich in die Hände des alten Mannes gebe.« Was ich ihr damit sagen wollte, verstand sie doch noch nicht, warum sie bei Familie Weisner nicht bleiben konnte. »Sonntagmorgen fahren wir mit dem Zug meine Kleine.« Es tat mir in der Seele weh, als ich sah, wie sie ihr Köfferchen packte und dabei weinte. Ich wusste ja nicht einmal, wie lange mein stationärer Aufenthalt dauern würde.

Die ganze Zugfahrt über sprach Diana kein Wort mit mir. Als ich sie dann bei Leonore zurückließ, klammerte sie sich an meine Sachen, weinte und bettelte: »Mami bitte nimm mich wieder mit zurück! Ich bleibe nicht allein hier. Bitte Mami, nimm mich mit. Mami, Mami!« Dabei hielt sie sich an meinem Bein fest und weinte bitterlich. Dann lag sie auf dem Fußboden und hielt sich an meinem rechten Knöchel fest, bettelte und weinte so sehr: »Bitte Mami, lass mich nicht allein! Bitte Mami, nimm mich mit zurück! Mami bitte!« Mein Herz zersprang fast und ich war wie zweigeteilt, als ich meine kleine Diana so sehr betteln, flehen und weinen sah. Es war mir doch auch nicht recht, das Kind allein in fremder Umgebung zurückzulassen. Als Leonore die Tür hinter mir schloss, hörte ich Diana dahinter laut rufen: »Mami, Mami, lass mich nicht allein! Komm zurück!«

Vor dem Kind zeigte ich keine Schwäche, aber auf dem Weg zum Bahnhof ließ ich die Tränen über die Wangen laufen und überlegte, ob ich zu Diana zurückkehren oder heimfahren sollte. Doch mein Verstand sagte, es ist notwendig, dass ich in der Klinik erfuhr, woran ich so schwer erkrankt war, dass ich sogar Dianas Flehen standhielt. Mit bleischweren Füßen bestieg ich den Personenzug, der zurück nach Magdeburg fuhr. Ich hatte keine andere Wahl, wenn ich am Montag im Krankenhaus endlich erfahren wollte, was mit mir nicht stimmte. Leonore war im siebten Monat schwanger. Doch mein Aufenthalt im Spital würde von kurzer Dauer sein, sodass ich meinen Liebling schnellstens wieder nach Hause holen konnte. Doch es kam alles ganz anders. Zurück in der Wohnung, fand ich Florian schlafend vor. Die ganze Angelegenheit ging ihn offenbar nichts an, weil ich Diana nicht zu seiner Cousine Helene brachte. Jede freie Minute seines Lebens hielt Florian Innenschau. Seine ganze Freizeit verbrachte er mit Schlaf. Und an diesem Abend hielt ich ein letztes Mal beim Sex hin und aus. Die fleischliche Wollust und der Schlaf waren seine einzigen Hobbys.

Am Montag stand ich pünktlich um acht Uhr im Hospital am Tresen der Anmeldung. Man hatte mich bereits erwartet und alles verlief reibungslos. Dabei hatte ich mehrere Untersuchungen über mich ergehen lassen, worauf ich nun wirklich nicht vorbereitet war. Zum vierten Mal hieß es: »Bitte auf den Bock legen, den Po ganz nach vorn und die Beine auf den Schalen platzieren!« So breitbeinig dazuliegen, war mir fatal. Dabei schoss mir jedes Mal die Schamröte in den Kopf, ehe sie durch den Körper raste und an den Zehenspitzen hinausschoss. Während dieser Untersuchungen waren es ausschließlich Männer, die meine Höhle beäugten. Nach der letzten Untersuchung sagte die Schwester: »In zwei Tagen ist um elf Uhr eine kleine Operation angesetzt. Bitte seien Sie pünktlich um elf Uhr vor dem Zimmer Nummer zwölf Frau Engelke!« »Ja Schwester, ich bin pünktlich«, versprach ich und schlich nachdenklich ins Bett zurück: Warum wird ein kleiner Eingriff an mir vorgenommen? Ich konnte es mir überhaupt nicht erklären. So ein Aufwand wegen meines kleinen Symptoms.

Pünktlich um elf Uhr lag ich auf der Pritsche im Zimmer Nummer zwölf. Die Schwester injizierte mir vor dem Eingriff ein Betäubungsmittel in die Unterarmvene. »Der Stich tat weh Schwester.« »Gleich werden Sie einschlafen«, sagte sie – aber ich schlief nicht ein. Voller Panik, dass der Doktor mit seiner Arbeit vorzeitig beginnen würde, rief ich theatralisch: »Herr Doktor ich bin noch wach! Fangen Sie noch nicht an!« Dabei durchströmte mich eine gewaltige Angst, dass ich ohne wirksame Narkose seinen Eingriff schmerzhaft spüren könnte. Dem Doktor dauerte es zu lange, bis ich in Tiefschlaf fallen würde und er rief daher nach Äther. Das Aroma des Äthers war so abscheulich, dass ich ihn auf keinen Fall einatmen wollte. Ich setzte mich entschieden zur Wehr, indem ich den Kopf rechts und links unter der Gummihaube hindurchschob, um einen tiefen

Atemzug reiner Luft zu nehmen. Da hielten der Doktor und die Schwester meinen Kopf unter der Haube fest, während die Schwester diensteifrig forderte: »Zählen Sie von zehn an rückwärts Frau Engelke! Machen Sie schon, fangen Sie an zu zählen!« Also zählte ich: »Zehn, neun, acht, sieben, sechs …«

Der Eingriff war vorbei. Die Schwester schob mich auf einer Trage liegend zurück ins Zimmer und verkündete: »Wir können heute nicht mehr operieren! Frau Engelke hat unseren ganzen Äther gesoffen!« Die Insassen lachten herzhaft und ich mit. Dabei fühlte ich mich sehr gelöst und entspannt. Bis zur Abfassung des Befundes würden noch einige Tage vergehen – Tage, in denen ich nur an meinen Liebling Diana dachte. Alles wird gut, dachte ich, und nahm mir vor, sie sofort nach der Entlassung nach Hause zu holen. Sehnsuchtsvoll wartete sie bestimmt auf ihre Mami. Ganz unerwartet mischte sich in meine Gedanken die Formel: Schwarz, leer, kein Gedanke mehr. Ich überlegte: Was war denn das? Worauf wies es mich hin? Schwarz, leer, kein Gedanke mehr? Dann schlief ich ein.

Zehn Tag lang lag ich im Krankenbett und fieberte der Diagnose entgegen, dann war der Befund aussagekräftig. Während ich mit Herzenswärme und Sehnsucht an Diana dachte, erschrak ich zutiefst, als die Zimmertür aufging und Schwester Christel meinen Namen rief: »Frau Engelke, bitte finden Sie sich um zehn Uhr im Arbeitszimmer von Professor Lindemann ein.« »Was wünscht der Professor von mir Schwester?« »Das möchte er Ihnen selbst sagen«, antwortete sie diensteifrig.

Pünktlich zehn Uhr saß ich auf einem Stuhl im Arbeitszimmer des Professors, seinem Schreibtisch gegenüber. Durch die Fensterscheibe strahlte die Sonne herein und ließ den Raum hell und freundlich erscheinen, sodass meine Hoffnung blühte, er würde mir sagen, ich könnte nach Hause zurückkehren. Die Tür ging auf und ein großer stattlicher Mann mit lichtem Haar trat über die Schwelle. Freundlich begrüßte er mich und stellte sich als Professor Doktor Lindemann vor. Er setzte sich an den Schreibtisch mir gegenüber, hatte meine Krankenakte vor sich liegen und warf einen Blick hinein. Dann wandte er sich mir zu und fragte autoritär: »Wollen Sie noch Kinder haben Frau Engelke?« »Nein.« »Dann sage ich Ihnen: Sie haben Krebs! Ihr Gebärmuttermund ist aufgegangen wie ein Satanspilz!« »Das glaube ich nicht Herr Professor«, kam es spontan über meine Lippen. Ich war der Auffassung, dass nur alte Menschen von dieser Krankheit befallen würden, und protestierte: »Aber ich bin doch jung!« Er antwortete ganz entschieden: »Diese Krankheit macht vor keinem Alter Halt!« Ich hatte mich nie zuvor mit solch ernsthaften Diagnosen befasst. Bis zu diesem Tag war es auch nicht nötig, dass ich mich mit irgendwelchen Krankheiten beschäftigte, weil ich gesund und stark war.

»Warum bekomme gerade ich Krebs, Herr Professor? Ich habe keine Schmerzen, nur beim ...« Ich hielt inne, denn das Wort »Sex« brachte ich nicht über die Lippen. Er setzte meinen Gedanken fort: »Beim Geschlechtsverkehr ist es schmerzhaft?« Ich nickte und ergänzte: »Beim Pressen verliere ich helles Blut. Das schien mir aber nicht bedrohlich, weil ich ansonsten schmerzfrei bin, Herr Professor.« »Wenn Sie Schmerzen hätten, Frau Engelke, wäre es für Sie bereits zu spät!« »Oh mein Gott!«, entfuhr es mir. Was redete der Professor da? Ich senkte den Kopf und spielte verlegen mit den Fingern, ehe ich sagte: »Die Krankheit gehört nicht mir! Da liegt eine Verwechslung vor.« Der Professor blieb jedoch ernst. Kein Zucken der Wangen, Augen oder Lippen war zu erkennen. »Das glaube ich nicht, dass ich diese heimtückische, schonungslose, widerspenstige Krankheit haben soll! Nein, das kann nicht sein! Ich akzeptiere nicht, dass sie mich aus meinem blühenden Leben herausreißt. Auf keinen Fall kann ich doch so schwer krank sein Herr Professor!« Kommentarlos hörte er sich meine Widerworte an. Ich konnte und wollte einfach nicht glauben, ernstlich krank zu sein. Es war gerade so, als schlüge jemand einen Hammer auf meinen Kopf, schlimmer noch, als fiele ein Betonklotz auf mein Haupt und drückte mich zu Boden. Ich verschwand im Erdreich, wo ich immer schon hin wollte, wo ich die Stille genoss und von jeder Krankheit verschont blieb. Doch tatsächlich war es eher so, als tauchten die Schwierigkeiten aus dem Nichts auf und fielen brutal über mich her. Wenn sie einmal nicht von außen kamen, dann kamen sie von innen. Für mich war es überaus deprimierend, krank und somit nichts mehr wert zu sein. Warum, wofür wurde ich so hart bestraft? »Herr Professor, bald werde ich sechsundzwanzig Jahre alt und ich will noch nicht sterben!« Doch so sehr ich mich auch bei ihm über diese Krankheit beklagte, er schwieg die ganze Zeit über.

Als ich dann still war, erläuterte er mir seine Vorgehensweise: »Wir entfernen die Gebärmutter und die Eierstöcke. Dann werden wir sehen, was noch Dringendes zu machen ist!« Das einzige Positive daran war, dass ich durch den Eingriff die Periode verlieren würde. Diesen Dreck wollte ich ohnehin von Anfang an nicht und wünschte mir sogar, lieber ein Junge zu sein. Plötzlich offenbarte ich mich ihm gegenüber wie aus der Pistole geschossen: »Herr Professor, ich habe niemandem etwas Böses getan. In Harmonie und Frieden wollte ich mit allen leben. Doch nur selten fand ich das, wonach ich suchte.« Mit hängendem Kopf lamentierte ich vor dem Professor. Ich suchte nach Gründen, warum, weshalb, wieso gerade ich vom Krebs befallen worden war.

Auf meine Wehklagen reagierte er lange nicht, doch dann sagte er plötzlich: »Wenn Sie mit meinem Vorschlag nicht einverstanden sind, können wir beim Eingriff vorerst auch nur das Allernötigste in Erwägung ziehen. Aber dann kommen Sie garantiert in einem halben Jahr wieder, und dann, Frau Engelke, können wir Ihnen nicht mehr helfen!« Oh Gott, grübelte ich. Was meinte er mit »können wir Ihnen nicht mehr helfen«? Würde ich dann sterben? Ich schüttelte den Kopf und dachte an meinen Liebling Diana. Vor Aufregung und Angst raste mein Herz wie eine Rakete. Der Pulsschlag ließ die Schlagader anschwellen und schnürte mir die Luftröhre enger. »Nein, das darf nicht sein Herr Professor, dass ich sterbe!« Vor ihm wollte ich nicht weinen, das war mir peinlich. Stattdessen qualmte mir der Kopf, weil in ihm alles außer Kontrolle war. Dann murmelte ich: »Ich habe Krebs – nein, der Krebs hat mich.«

»Was wird aus meinem Kind Herr Professor?« In meiner Hoffnungslosigkeit machte ich ihn jetzt schon dafür verantwortlich. Nun, wo ich an Diana dachte, liefen mir die Tränen und ich wischte sie rasch fort. Hiernach sah ich dem Professor direkt in die blauen Augen. Er verzog immer noch keine Miene, sah mich seriös und bitterernst, ohne jeden Gesichtsausdruck an und sagte einfühlsam: »Wenn Sie das zulassen, was ich Ihnen vorgeschlagen habe, dann sehen Sie Ihr Kind wieder. Vertrauen Sie mir Frau Engelke!« Vertrauen? Das war nach all meinen Enttäuschungen nicht einfach, aber ich hatte gar keine Wahl, als ihm zu vertrauen, wenn ich mein Kind wiedersehen wollte.

Nach diesem Versprechen nahm ich alles, was er sagte, verdammt ernst. Von nun an lag mein Leben in des Professors Händen. Schließlich war er der Leiter der Klinik und eine Kapazität auf seinem Gebiet, wie ich im Foyer unter seinem Porträt lesen konnte. In diesem Moment war mir nicht klar, ob ich bedauert werden oder lieber allein sein wollte. Aufgeben oder kämpfen? Meine Gedanken schweiften zu Diana: Wie lange würde sie es ohne mich bei ihrer Tante wohl aushalten? »Bitte Herr Professor, sagen Sie mir, wie lange ich in stationärer Behandlung bleiben werde?« »Das kann ich Ihnen vorab nicht sagen. Es braucht aber seine Zeit, bis Sie gesunden.« »Oh Gott!«, stöhnte ich laut und hielt mir die Hände vors Gesicht. Unerwartet sah ich Diana vor mir und sagte: »Das Kind kann doch nicht so lange in der Fremde ausharren, bis ich irgendwann mal wieder gesunde Herr Professor!« Doch zur Not meines Lieblings blieb er distanziert. Er verabschiedete sich mit einem Händedruck und sagte noch einmal einfühlsam: »Vertrauen Sie mir Frau Engelke!« »Ja, Herr Professor.«

Geknickt, wehleidig und tieftraurig ging ich zurück ins Krankenbett und weinte lange unter der Bettdecke. Dabei dachte ich liebevoll an Diana und fürchtete: Mein Liebling wird krank, wenn die Mami ihr so lange fern bleibt. Auf Florian ist kein Verlass, und das Kind zu Helene bringen, die es mir nicht wieder zurückgeben würde, kam nicht infrage, weil ich mit ihr ohnehin durch war. Deshalb wollte ich Diana bei ihrer Tante Leonore unterbringen, wo sie gut versorgt sein würde. Nachdem der Professor mir die Diagnose offenbart hatte, stand ich schlagartig und ungewollt vor einem gewaltigen Umbruch, der mir den Wert meines Lebens drastisch verdeutlichte. Ich versuchte mir selbst den Ausbruch dieser Krankheit zu erklären, die wohl meinen anhaltenden seelischen Widerstand gegen einen lebenslangen Zwang verriet und nun den Körper angegriffen hatte. Das alles war eine sehr komplexe und gravierende Thematik. Mit nun fünfundzwanzig Jahren war sie mir ständig gegenwärtig. Meine Gedanken kreisten um jedes kleine Detail, der sich sonst so ähnelnden Szenen meines Kindheitstraumas. Wenn ich stürbe, würde die Erde mit mir auch den ganzen erlittenen Dreck und meinen seelischen Knacks verschlingen. Was aber würde dann aus meinem Liebling Diana? Vernünftig war der Gedanke nicht fassbar. Ich wollte mir nicht ausmalen, was wäre, wenn … Ich konnte mir nur bewusst machen, was ist. Weil die Dauer meines stationären Aufenthalts nicht absehbar war, ging ich einer aufreibenden und zermürbenden Zeit entgegen. Diese Ungewissheit brachte mich schier zum Verzweifeln. Aber ich hatte keine andere Wahl, als den Vorschlag des Professors anzunehmen, wenn ich Diana wiedersehen wollte. Da ich jedoch keine Gewissheit hatte, wann das sein würde, war ich äußerst unruhig. Ich leugnete nicht, dass die Welt in mir und die um mich herum zerbrachen. Ungewollt verlor ich die Kontrolle über mein Leben. Es nicht mehr im Griff zu haben, brachte mich aus dem Gleichgewicht. Die Verantwortung dafür lag von nun an in den Händen des Professors, der das Chaos in mir auszubalancieren hatte. Dabei vertraute ich auf sein Wort, dass alles gut gehen würde.

Ich hatte nur die Wahl, mich dem Schicksal zu beugen – oder zu sterben, denn sechs Monate später wäre es für mich bereits zu spät gewesen, wie der Professor sagte. Wenn ich die innere Stimme, die mich so deutlich gewarnt hatte, ignoriert hätte, wäre ich dem Tod ins offene Messer gelaufen. Ich kann mich nur von Herzen bei ihr bedanken, dass sie nicht locker gelassen und mich weiter auf Arztsuche geschickt hatte. Von nun an lagen meine Hoffnung, meine Existenz und mein Glaube beim Professor, dass ich nach der Operation mein Kind wieder in die Arme schließen durfte.

Ich fand es unglaublich, dass der Körper innerlich vom Krebs aufgefressen wird, weil es ums Fressen und Gefressenwerden geht. Hat sich der Krebs erst einmal »festgebissen«, wie der Professor es nannte, war Eile geboten, ihn zu entfernen. Was hatte ich nur getan, dass ich von innen her einen so heftigen Denkzettel verpasst bekam? Mit anderen wollte ich stets in Frieden leben und wurde dafür schonungslos geohrfeigt. Gerecht war das nicht. Der Krebs hatte sich an meinem Gebärmuttermund festgebissen und zum »Satanspilz« ausgewachsen. Nach dem Eingriff würde ich zur Fortpflanzung nicht mehr imstande sein. War es Absicht, dass sich die Krebszellen gerade an dieser Stelle niederließen und ausdehnten, damit ich keine Kinder mehr gebären sollte? Als ich Diana gebar, warf ihr Vater mir an den Kopf: »Bekommst du noch ein Kind, lasse ich mich scheiden!« Einen anderen Grund konnte ich für den Ausbruch und die Expansion des Krebses damals nicht finden. Meine Mutter hatte viele Kinder zur Welt gebracht und wäre mit zweiundvierzig Jahren an ihrer letzten Geburt beinahe gestorben. Das war ihr Grund genug, sich dem Alten fortan zu verweigern, um nicht noch einmal schwanger zu werden. Mich quälte auch der Gedanke, ob ich zu viel Gehorsam an den Tag legte, der andere dazu veranlasste, Machtspiele mit mir zu treiben. Natürlich suchte ich die Schuld für den Krebsausbruch bei mir selbst. Wenn ich tatsächlich sterben sollte, würde dies auch das Ende des Krebses sein. Wer von uns beiden würde aus diesem Duell als Sieger hervorgehen? Würde es mein oder sein Ende sein? Ich wünschte mir so sehr, ihn zu besiegen, um die Fäden für mein Erdenleben wieder selbst in die Hand nehmen und Diana weiterhin eine liebende Mami sein zu können.

Leise, wie ein Blatt vom Baum fällt, kam der Professor am nächsten Morgen an mein Bett und fragte: »Ist es erlaubt, Frau Engelke, noch eine Untersuchung an ihnen vorzunehmen? Für die angehenden Ärzte ist ihr Symptom von großer Bedeutung. Dem Lehramt wäre es wichtig, wenn sie einen Blick darauf werfen könnten.« »Ich als Versuchsobjekt Herr Professor?« »Wenn Sie das so sehen, ja!« Ich stimmte zu. Schließlich war es auch mir wichtig, dass die Expansion des Krebses ein Ende nahm und künftige Ärzte ihn eindämmten. Nicht ahnend, worauf ich mich da einließ, wurde ich in das Untersuchungszimmer des Professors direkt vor das Fenster gefahren. Während der Untersuchung lag ich auf einem silbern glänzenden Bock. Die Sonnenstrahlen erhellten den Raum und meine Genitalien. Gespreizt, geziert und geniert lag ich in Position. Die Tür ging auf und die Männer kamen herein. Vor Scham wäre ich am liebsten unsichtbar geworden. Sogleich zogen sich alle meine Muskeln zusammen. Jede Zelle meines Körpers war in Aufruhr, als ich die angehenden Ärzte aus verschiedenen Ländern und in allen Hautfarben vor mir stehen sah. Dicht sortierten sie sich um den Bock herum. Zwei Männer, direkt vor mir, sahen erst mich an und blickten dann in meine Höhle hinein. In diesem Moment wechselte die Schamröte in meinem Gesicht von Feuer zu Eis und umgekehrt. In Gedanken wandte ich mich an den Professor: Wenn Sie wüssten, wie peinlich mir das Ganze ist, würden Sie ein Laken über mein Gesicht legen. In mir steckte noch die Beschämung aus der Kindheit, die mich zieren und prüde werden ließ. Jeder Herr beleuchtete das blühende Symptom, den »Satanspilz« in meinem Leib. Der erste, der einen Blick hinein riskierte, war ein junger Farbiger, ehe dann die anderen folgten. Und der Professor sagte: »Schauen Sie genau hin meine Herren!« Dabei erteilte er den angehenden Ärzten Anschauungsunterricht in einer Sprache, die mir unbekannt schien. Es war gut so, dass ich nicht verstand, was die Herren untereinander murmelten, ob sie lästerten oder wirklich nur ihren Unterricht darin sahen. Nach der Schulung sprang ich vom Bock herunter und stöhnte: »Endlich vorbei!« An der Tür wartete der Professor auf mich. Mit einem Lächeln auf den Lippen reichte er mir die Hand und sagte: »Ich danke Ihnen, dass Sie sich zur Verfügung gestellt haben Frau Engelke.« Und ich dachte bei mir: Oh Professor, wenn Sie wüssten, welch ungeheure Scham ich den jungen Männern gegenüber durchlitten habe! Das sah er mir offenbar nicht an und fuhr fort: »Für die angehenden Ärzte war die Untersuchung von größter Bedeutung, um Informationen aus unmittelbarer Anschauung Ihrer Krebserkrankung zu sammeln, Frau Engelke.« »Das tat ich doch gern, Herr Professor!« Welche Lüge da aus meinem Munde schlüpfte …

Jenseitserfahrung

Der Leib große Qual benennt
und zur Seele spricht:
»Ich kann nicht mehr,
ich will nicht mehr,
ich bin es leid,
will in die
Unendlichkeit.«

Vor der großen Operation gewährte mir der Professor noch einen Wochenendurlaub bei meiner Familie. Als ich die Straße entlang nach Hause ging, sah ich Diana mit Frau Weisner vor der Hoftür stehen. Warum war das Kind zu Hause? Was war passiert?, fragte ich mich. Sodann rief ich ihren Namen und sie kam in rasantem Tempo auf mich zu gelaufen, umarmte meinen Bauch und sagte: »Endlich Mami! Lange hab ich auf dich gewartet.« Wir tauschten Küsschen aus und drückten einander ganz fest. »Meine Kleine. Mami hat dich lieb.« Umso mehr drückte sie meinen Bauch. »Mami, bleibst du jetzt immer bei mir?« »Nein, meine Kleine, zwei Tage ist die Mami daheim, dann gehe ich zurück ins Krankenhaus.« »Warum Mami?«, fragte sie mit sehnsuchtsvollen Augen. »Ich bin noch krank mein Liebling. Doch ich freue mich sehr, dich heute zu sehen.«

Florian rechnete nicht damit, dass ich vor dem großen Eingriff noch einmal zu Hause erscheinen würde. Dann lief Diana vor und rief: »Papi, die Mami ist da!« Als ich vor ihm stand, entnahm ich seinem Gesichtsausdruck, dass es ihm alles andere als recht war, die Frau daheim zu haben. Schließlich klang meine Diagnose für Laien ziemlich aussichtslos, doch nun stand ich ihm plötzlich wieder hautnah gegenüber. Verwundert fragte er: »Was machst du hier?« »Der Professor gewährt mir vor dem großen Eingriff noch ein Wochenende bei der Familie. Und wie ich sehe Florian, war das so vorherbestimmt, dass ich noch einmal nach Hause komme, denn sonst hätte ich womöglich nicht erfahren, dass Diana wieder daheim ist.« Diana blieb unterdessen dicht an meiner Seite. Sie wollte die mütterliche Wärme spüren und ihre Freude darüber ausdrücken, dass die Mami gekommen ist. »Nun Florian, wie kommt es, dass Diana daheim ist?« »Leonore brachte sie zurück, und weil sie bei uns niemanden antraf, bat sie Frau Weisner, Diana in Empfang zu nehmen. Zu ihr sagte sie, dass Diana nur geweint und das Essen verweigert hat. Sie hatte großes Heimweh. Leonore wird sich melden, sobald du aus dem Spital bist.« Während seiner Darlegung kreisten meine Gedanken darum, wo ich meinen Liebling unterbringen könnte, solange ich stationär lag. Plötzlich offenbarte mir Florian seine bequemste und dümmste Idee: »Am Montag bringe ich Diana zu Helene. Das ist für sie das Beste. Dort erhält sie alles, was sie braucht und ist gut aufgehoben!« »Oh mein Gott!«, rief ich. Weil er sich während meiner Abwesenheit nicht selbst um das Kind kümmern wollte, brachte er es lieber bei Helene unter? »Niemals Florian bringst du Diana zu ihr!« Mir schwebte etwas anderes vor. Ich wusste, dass in einer Notsituation wie bei mir, die Kinder der Familie tagsüber in einem Kindergarten untergebracht werden konnten. »Willst du wirklich, dass ich Diana am frühen Morgen in den Kindergarten bringe?« Dabei hörte ich deutlich Florians Verlangen heraus, dass er lieber seinen Freiraum wünschte, ohne irgendeiner Pflicht nachzukommen. Doch ich beharrte darauf: »Gewiss Florian, das ist mein Anliegen.«

Ich begab mich sogleich auf die Suche nach der Leiterin des Kindergartens, der sich in unserer Wohngegend befand. Zwei Straßen entfernt machte ich die Leiterin Frau Kurzwich ausfindig. Nach meinem Klingeln an ihrer Wohnungstür öffnete sie mir – eine kleine, zierliche Frau, mit strengen Gesichtszügen und dünnen Fältchen im Gesicht. Eine Haarklemme verhinderte, dass ihr Strähnen ins Gesicht fielen. Ich stellte mich ihr vor, und sie bat mich herein. Am Esstisch saßen wir uns gegenüber, wo ich ihr mein Anliegen schilderte. Wir kamen ins Gespräch und sie schüttete mir schließlich ihr Herz aus über Dinge, die mich hellhörig werden ließen. Sie sprach von einer Behörde, die ihre Tochter zu der Entscheidung drängte, entweder auf ihren Mann oder auf die Kinder zu verzichten. Ich war äußerst entsetzt darüber, dass fremde Menschen in eine Familie eindringen und sie derart erpressen konnten. Ich dachte nicht weiter darüber nach, denn ich hatte selbst ein Problem, das ich zu lösen versuchte, fragte aber dennoch erstaunt: »So etwas gibt es bei uns?« Sie nickte bitter mit dem Kopf. Später gab sie mir die Zusage, Diana ab Montag tagsüber in die Obhut der Tagesstätte zu nehmen. Über das Verständnis, das sie mir entgegenbrachte, war ich sehr glücklich. Fürsorge, Betreuung und Schutz für meinen Liebling waren somit gesichert, solange ich auf Station lag. Mit dieser Sicherheit sah ich der großen Operation etwas entspannter entgegen.

Mein Entschluss, Diana im Kindergarten unterzubringen, kam Florian nicht gelegen. Schließlich erteilte ich ihm somit eine Aufgabe, die ihn am Genuss seiner Freizeit hinderte. Während meiner Abwesenheit konnte er seinem Kind zeigen, wie lieb er es hat – oder wie belastend es für ihn ist. Morgens nach dem Weckerklingeln begann seine Pflicht dem Kind gegenüber. So sollte er einmal selbst erfahren, was Frauen täglich bewältigten und zu entbehrten, wenn sie alle Lasten des Haushalts und der Kinderversorgung allein zu tragen hatten. Nicht vergessen hatte ich seine Unterstellung von Faulheit mir gegenüber, als Diana krank war und ich bei ihr zuhause geblieben war. Zum Glück gab es zu dieser Zeit bereits elektrische Waschmaschinen, z. B. die *Perex*, bei der allerdings nach dem Waschgang noch per Hand gespült wurde. In den letzten Stunden meines Freiganges an diesem Wochenende übernahm ich jedoch wieder die Pflichten im Haushalt der Familie.

Zurück im Spital, ruhte ich im Bett aus und legte die Konzentration auf den großen Eingriff. Am Vorabend bekam ich eine Suppe zu essen und danach einen Einlauf. Nachtschwester Gundula injizierte mir ein Beruhigungsmittel. Anschließend schlummerte ich gut durch die Nacht. Am Morgen fragte sie: »Gut geschlafen Frau Engelke?« »Ja Schwester Gundula.« Abermals injizierte sie mir ein Mittel in die Unterarmvene. »Wofür ist die Spritze Schwester?« »Zur Entkrampfung Frau Engelke!« »Ach so.« Dann kam eine andere Schwester ins Zimmer, die ich zuvor noch nie gesehen hatte. Sie zog mir eine Zipfelmütze aus dünner Schlauchbinde auf den Kopf und verstaute darunter meine Haarpracht. In dem Moment raunte das Gelächter der Insassen durchs Zimmer. »Warum lacht ihr?«, wollte ich den Grund erfahren. Da hielt mir die Schwester einen Spiegel vor, sodass ich über mein Outfit selbst herzhaft grinste. Auf einmal fühlte ich mich völlig leicht, locker und enthemmt. Ich wünschte mir, dieser Zustand möge mir für immer erhalten bleiben, denn so hätte ich mancher Person meine Meinung sagen können, wo ich mich sonst eher zurücknahm und den Ärger herunterschluckte, anstatt mich offensiv zur Wehr zu setzen. Die Lockerheit fühlte sich so gut an, ich hätte die ganze Welt umarmen können. Es war ein wunderbares Gefühl, das sich in mir und um mich herum ausdehnte. Nie mehr will ich die bezaubernde Beschaffenheit dieser Empfindung missen, schwor ich mir. Dabei bedeutete dies, ich habe keinen Einfluss darauf. Völlig ruhig und entspannt lag ich im Bett, das zwei Schwestern mit dem Lift in die obere Etage brachten, wo sie mich in einem kleinen Kabuff abstellten, die Räder sicherten und aus dem sie dann zu einer anderen Tür hinausgingen. Dabei schaltete sich die Notbeleuchtung ein. Die Enge dieses kleinen Raums behagte mir absolut nicht.

Plötzlich ging die Tür auf und der Professor kam herein. Vollkommen hemmungslos fragte ich: »Operieren Sie mich Herr Professor?«, als hätte ich das nicht gewusst. Dabei erklärte er mir, wie beim Vorgespräch, noch einmal seine Vorgehensweise und fragte schließlich: »Oder haben Sie etwas dagegen?« »Nein, nein! Ich vertraue Ihnen Professor. Mein Leben liegt in Ihren Händen.« Dann ging er aus der Tür, hinter der die beiden Schwestern standen. Dort hörte ich ihn fragen: »Warum schläft die Frau nicht?« »Sie bekam das, was üblich ist«, antwortete die eine Schwester. Bald darauf sah ich den Operationssaal von innen. Es war ein großer hoher Raum mit einer Bahnhofsuhr an der Wand, die sieben Uhr und zehn Minuten anzeigte. Die Sonne schien durch die Fensterscheiben und ich dachte noch bei mir: Heute wird ein schöner Tag. »Die Frau schläft ja immer noch nicht«, sagte der Professor beiläufig. »Aber gleich!«, antwortete die Schwester. »Rutschen Sie mal rüber auf die andere Liege Frau Engelke. Gleich werden Sie schlafen«, meinte sie. Der Tausch der Liegen war nicht gut, denn die, auf der ich jetzt lag, war hart, das blanke Holz und viel zu kurz. Sodann stach die Schwester die Kanüle in meine Unterarmvene und sagte: »Jetzt werden Sie gleich schlafen!« Dabei schaute ich sie an und …

Von unerträglich starken Schmerzen wachte ich auf. Die Qual war so heftig, als würden zehn scharfe spitze Messer immer und immer wieder in meinen Leib hineinstechen. Meine Arme waren mit Lederriemen und Schnallen am Gestell festgemacht. Nachdem ich den linken Arm aus der Fixierung gerissen hatte, berührte ich mit der befreiten Hand die schneidende Qual auf meinem Leib. Der Professor stand vor mir und sagte gelassen: »Ich bin noch nicht fertig! Die Hand! Nehmt sie doch endlich weg!« Während ich unerträgliche Schmerzen litt, ging alles plötzlich ganz schnell. Der Anästhesist rammelte dicke Gummischläuche in meinen Mund, dass ich dem Erbrechen nahe war.

Auf einmal lag ich bei einem jungen Mann im Schoß, der sagte: »Hab keine Angst, hier bist du in Sicherheit!« Dabei spürte ich etwas Sanftes auf meinen Kopf. Ich hatte keine Schmerzen mehr und auch keine Angst. Alles war leicht, ruhig, still um mich herum. Meine Arme lagen auf den nackten Beinen des jungen Mannes, die nur wenig behaart waren. Ich sah sie mir genau an und wollte wissen, wer dieser Mann war. Ich drehte den Kopf und sah ihn an. Er hatte dunkle Haare, aber das Gesicht konnte ich nicht erkennen; es sah wie zertrümmert aus. Die nackten Beine zeigten, dass er noch jung war. Hier in seinem Schoß konnte ich das sehnsuchtsvolle Gefühl spüren und es war so wunderbar und ich sooo glücklich! Um uns herum war gar nichts, bis auf einmal von links schmale, kurze, völlig durchsichtige Bänder mit einem offenen Mund langsam, in völliger Ruhe und Gelassenheit an uns vorbeizogen. Ein Band drehte seinen Mund nach mir um und lächelte mich an, als würde es mich kennen. Weitere Bänder mit Mündern schwebten hinter ihm her an uns vorüber. Als der Mann und ich wieder allein waren, wurde es ganz still und ich fühlte mich unsagbar wohl und glücklich. Auf einmal schien die Sonne hell, ansonsten war Leere um uns herum. Plötzlich schaute ich schräg von oben nach unten durch ein Fenster in einen Raum hinein auf ein Bett. Darin lag eine Person mit dunklem Haar bis zum Kinn zugedeckt. Ein weiß gekleideter Mann mit schwarzer Kopfbedeckung schlug der Person im Bett kräftig ins Gesicht. Immer und immer wieder schlug er so gewaltig zu, dass Kopf und Haare der Person hin und her fielen, und da sah ich mich in diesem Bett als die Person liegen, die geschlagen wurde. Während der Mann weiter auf mich einschlug, rief er meinen Namen. Ich konnte aber nicht antworten, weil ich bei dem jungen Mann im Schoß lag, mich außerhalb des Geschehens befand, dabei aber unvorstellbar glücklich, zufrieden und so wunderbar mich fühlte. Gab es mich etwa zweimal? Einmal im Bett, und zweitens glücklich und zufrieden im Schoß des jungen Mannes liegend?

Lange blickte ich in diesen Raum, wo der Mann mir kräftig ins Gesicht schlug und rief: »Wachen Sie auf Frau Engelke! Aufwachen! Kommen Sie zurück!« Ich lag so glücklich und friedlich in des jungen Mannes Schoß, dass ich den Ruf zwar hörte, aber nicht antworten konnte. Die Ruhe, die Zufriedenheit, die himmlische Stille, die ich hier bei ihm fand, war die reine Glückseligkeit, die ich immer schon gesucht hatte und nun endlich empfing. Hier gehörte ich hin. Hier wollte ich bleiben. Hier fühlte ich mich so geborgen, behütet und unendlich glücklich. Hier stillte ich meine Sehnsucht nach Frieden und Harmonie. Ich sah weiter durch die Glasscheibe auf mich hinab im Bett liegend. Der Mann verpasste mir noch immer gewaltige Schläge ins Gesicht und rief: »Aufwachen! Frau Engelke, wachen Sie endlich auf!« Aber ich konnte ihm nicht antworten. »Können Sie mich hören? Kommen Sie zurück! Wachen Sie endlich auf Frau Engelke!« Ständig hörte ich ihn meinen Namen rufen, konnte aber nicht antworten.

»Frau Engelke, können Sie mich hören? Wachen Sie auf! Aufwachen Frau Engelke! Aufwachen!« Der junge Mann sagte sanft: »Geh!« Wieder hörte ich meinen Namen rufen: »Kommen Sie zurück Frau Engelke! Machen Sie schon! Kommen Sie! Aufwachen! Kommen Sie endlich zurück Frau Engelke! – Ja! – Endlich! – Sie ist da! – Sie ist zurück!«, rief eine Männerstimme voller Erleichterung.

Vor Schmerzen wachte ich auf und hob zögernd die Augenlider. Doch als ich sah, wo ich mich befand, schloss ich meine Vorhänge wieder und fragte mich: Warum bin ich hier und nicht bei dem jungen Mann im Schoß, wo ich mich so glücklich fühlte? Dort war ich umgeben von einer wunderbaren Stille und fühlte mich so behaglich. Die Ruhe, der Frieden und die Harmonie, die ich bei dem jungen Mann im Schoß fand, waren himmlisch. Warum bin ich jetzt wieder hier und nicht bei ihm? Das alles hier will ich nicht sehen, diesen weiß getünchten hohen Raum mit den acht belegten Betten, wo mich heftige Schmerzen quälten. Wo bin ich während meiner Operation gewesen? Wer war der junge Mann, bei dem ich im Schoß lag? Als ich sein Gesicht sehen wollte, war es kaputt, unerkennbar. Warum bin ich bloß zurückgekehrt, als er sagte »Geh!«? Warum blieb ich nicht dort, wo ich ohne Probleme schmerzlos ruhen konnte und so unendlich glücklich war? – So viele Fragen … Wer würde sie mir beantworten?

Dann injizierte mir die Schwester eine Spritze gegen die Schmerzen und sagte: »Das ist die letzte Injektion Frau Engelke!« »Warum?«, fragte ich wehleidig. »Sie bekommen Morphium. Daran dürfen Sie sich nicht gewöhnen!«, sprach sie. »Das heißt Schmerzen aushalten?« »Ja, Frau Engelke.« Mein Kiefer fühlte sich an wie zertrümmert und schmerzte beim Sprechen gewaltig. Dann driftete ich in einen tiefen Schlaf. Als die letzte Morphiumspritze zu wirken aufhörte, wachte ich von wahnsinnigen Schmerzen auf. Ich wollte zurück zu dem jungen Mann, bei dem ich keine Qualen litt. Dort fühlte ich mich frei, glücklich, himmlisch. Warum bin ich überhaupt aus dem Paradies zurückgekehrt? Ich zog mir die Decke über den Kopf, weinte, stöhnte und dachte: »Ich will zurück. Hier gehöre ich nicht her.« Bei dem Mann im Schoß genoss ich die vollendete Stille, die ich so sehr suchte. Diesem himmlischen Gefühl war ich einmal im Kindesalter begegnet, als ich mich in dem gläsernen Sarg liegen sah. Zu jener Zeit fühlte ich mich ebenso befreit, friedlich, einfach himmlisch, wie bei dem jungen Mann im Schoß. Bei dieser Ausschweifung unter dem Einfluss von Morphium aber glaubte ich, sie würde ewig dauern.

Klinischen Mächten ausgeliefert

Die schneidende Qual in meinem Leib war so heftig, dass ich mich mit ihr verbündete und wieder einschlief. Abermals erwacht, erlaubte mir der Körper, mich weder umzudrehen, hinzusetzen, noch aufzustehen. Der Bauch war bandagiert und obenauf beschwerte ihn ein Sandsack. Ich hatte zwei Flaschen zwischen den Beinen, an denen vier Schläuche angebracht waren, deren andere Enden neben der Vagina durch die Haut hindurch in mein Leibesinneres führten und an den Stümpfen der abgetrennten Organe festgemacht waren. Somit konnte das unreine Blut durch die Schläuche in die Flaschen ablaufen. Für den Urin war ein Beutel am Bettgestell montiert. Ich kam mir wahrhaft krank vor, und der arretierte Körper zwang mich zur völligen Untätigkeit. Der Kiefer lag ebenfalls in Trümmern und hielt mich vom Sprechen ab. Am Bett gefesselt, war ich nicht mehr ich selbst. Etwas Wesentliches fehlte: die Lebendigkeit und Enthemmtheit. Wo waren sie geblieben? Hier in dieser Welt wollte ich nicht sein. Hier gehörte ich nicht hin. Ich hatte Frieden und Harmonie gefunden, nun war es wieder unterbunden. Die andere Welt hatte ich mir so vorgestellt: ein Paradies, in dem ich die unendliche himmlische Stille wahrnahm, wo ich schmerzlos und ohne Angst leben konnte. Dorthin wollte ich zurück. Denn hier im Krankenbett brachte mich der körperliche Verfall außer Fassung und aus dem Gleichgewicht. Ich war verzweifelt. Dabei kam ich mir wie in einem Film vor, in dem ich eine Leidende spielte, die die Realität ausklammerte. Die Adelheit, die hier im Krankenbett lag, war mir völlig fremd. Sie war nicht die attraktive junge Frau mit der üppigen Haarpracht und der tollen Figur, die ich kannte. Also schob ich dieses Leben weit von mir. Oder war schon wieder kämpfen angesagt? Diesmal nicht mit der Außenwelt, sondern mit meinem Inneren. Vor dem Eingriff spürte ich keine Schmerzen, doch jetzt quälten sie mich ungemein. Heftig biss ich ins Kissen hinein und schrie heraus: »Ich will das alles nicht!« Mit der Decke überm Kopf erlaubte ich den Augen, sich zu ergießen. So hilflos zu sein, behagte mir überhaupt nicht, auf fremde Hilfe angewiesen zu sein, erst recht nicht. Meine Stimmung raste talwärts, doch da vernahm ich die innere Stimme: »Schatten und Licht brechen. Schmerz und Leid entschwinden.« Ich lächelte, weil mir die innere Stimme geblieben war.

Im Krankenbett hatte ich keinen eigenen Willen mehr. Ich lag faul herum und war nichts mehr wert. Dann sah ich die andere Welt vor mir, wo ich mich wunderbar hemmungs- und schmerzlos fühlte. Doch dieses wunderbare Erlebnis wich der Realität. Ich weinte ganze Bäche, sodass die Schwester fragte: »Was ist mit Ihnen Frau Engelke? Haben Sie Schmerzen?« »Ja Schwester, ich habe große Schmerzen – auch am Kiefer.« »Da ist doch bei Ihnen gar nichts gemacht worden, dass Sie Kieferschmerzen haben könnten Frau Engelke. Vielleicht haben Sie Zahnschmerzen?« »Nein Schwester, die Zähne tun nicht weh, sondern der Kiefer!« Sie wusste ja nicht, was mit mir passiert war. Mein Erlebnis gab ich ihr nicht preis. Sie hätte mich wohl als Spinnerin abgestempelt, und das ließ ich nicht zu. Wer würde mir schon glauben, dass ich mich auf dem Operationstisch, dann bei einem jungen Mann im Schoß liegend wähnte und dabei himmlisch glücklich war, ohne Angst und ohne Schmerzen, dass ich das Paradies kennenlernen durfte, das ich seit meiner Kindheit voller Sehnsucht gesucht hatte. Selbst wusste ich nicht, wo ich war, als ich bei dem jungen Mann im Schoß lag. Nur er allein konnte das wissen. Mein Verlangen, dorthin zurückzukehren, war immens. Später würde ich mich danach auf die Suche begeben, wohin ich ausgeschweift war, doch jetzt litt ich erst einmal.

Am nächsten Tag wechselte Schwester Christel meinen Bauchverband. Dabei kamen zwei Gummischläuche zum Vorschein, die rechts und links der Klammernaht mit durch die Haut geführtem Draht befestigt waren. Während sie ihre Arbeit verrichtete, klagte ich: »Schwester, ich habe Schmerzen.« »Aushalten Frau Engelke! Aushalten!« Als sie aus dem Zimmer war, fragte ich in den Raum hinein: »Welchen Tag haben wir heute?« Die Bettnachbarin antwortete: »Ich bin Frau Stein. Heute ist Freitag.« »Oh, da habe ich ja drei Tage geschlafen, verschlafen. Ich bin Frau Engelke«, stellte ich mich vor. Schwester Christel kam zurück ins Zimmer, um die Betten zu machen. Als sie mein Laken glatt zog, sagte sie: »Anschließend drehen wir beide eine Runde im Zimmer!« Gesagt – getan. Während ich all die Hilfsmittel festhielt, die an mir hafteten, langsam an die Bettkante vorrutschte, mich hinsetzte und die Füße auf die Fußbank stellte, half mir Schwester Christel und es gelang mir aufzustehen. Als ich dann aber aufrecht stand, krachte ich kurz darauf prompt zu Boden. Mein Kreislauf war noch nicht so weit. Das Spazierengehen ward verschoben. Enttäuscht darüber, dass ich nicht einmal mithilfe der Schwester stehen konnte, kam ich mir völlig verloren vor.

Mit körperlichen Komplikationen ging es weiter. Am nächsten Tag brachte mich Schwester Christel samt Bett zum Nierenröntgen in die untere Etage. Sie war spät dran, weshalb die Röntgenassistentin an der Schwester ihren Frust ausließ. Das war unschön. Ich hätte gern darauf verzichtet, ihren Ausdruck mit anzuhören. Dann zerrte die Assistentin meinen Körper ruppig aus dem Bett auf die Röntgenliege, injizierte das Kontrastmittel in meine Unterarmvene und sagte: »Davon kriegen Sie gleich noch zwei.« Während sie meine Nieren durchleuchtete, spürte ich, dass ich Fieber bekam. Schwester Christel holte mich vom Röntgen wieder ab. Um die Mittagszeit stieg meine Körpertemperatur derart an, dass ich Frau Stein bat: »Würden Sie bitte die Vorhänge zuziehen? Es ist mir auf einmal zu hell.« Sie erfüllte meinen Wunsch und zog die Vorhänge zu. Während sich mein Körper immer heißer anfühlte, begann ich allmählich zu fantasieren. Unerwartet schoben sich dicke Holzklötze vor meinem Herz zusammen und türmten sich gewaltig übereinander. Immer enger schnürten sie meinen Brustkorb ein, sodass ich stetig weniger Luft bekam. Bevor Schwester Christel in den Feierabend ging, reichte sie jeder Patientin ein Fieberthermometer. Meines legte sie auf dem Kopfkissen ab, damit Frau Stein es mir in die Achselhöhle schieben konnte. Nach einer Weile sammelte Schwester Christel die Thermometer wieder ein und notierte die Temperatur in den Krankenkarteien. Schließlich sagte sie: »Ich wünsche Ihnen einen schönen Nachmittag« – und ihr Dienst war beendet.

Die Nachtschwester Gundula reichte erneut die Thermometer aus, und da ich mich nicht rührte, steckte sie es unter meinen Arm. Schweigend entnahm sie es kurz darauf wieder und fragte aufgeregt: »Wie lange haben Sie schon so hohe Temperatur Frau Engelke?« In meinem Dämmer hörte ich von fern Frau Stein sagen: »Seit heute Mittag liegt sie völlig teilnahmslos da.« »Aber heute Mittag wurde bei ihr nichts eingetragen!«, rief Schwester Gundula. Frau Stein schilderte ihr, dass Schwester Christel die Werte der Patienten in die Karteien eingetragen hatte. Aufgeregt sagte Schwester Gundula: »Aber bei Frau Engelke ist die Spalte offen! Ich komme gleich wieder!«

Dann war plötzlich Unruhe um mich herum. Männer- und Frauenstimmen redeten durcheinander. Dieser Wirrwarr und die vielen Fragen brachten in mir ein Karussell in Fahrt, das sich immer schneller drehte. »Was wurde heute bei der Frau vorgenommen?« »Was hat sie gegessen?« »Welche Medikamente bekam sie?« »Nierenröntgen.« »Das ist es Schwester! Das wird es sein!« Ganz dicht hörte ich Schwester Gundulas Stimme an meinem Ohr: »Ich komme gleich wieder.« Wieder zurück, sprach sie leise:

»Sie bekommen jede Stunde eine Injektion gegen das Fieber. Wir schaffen das Frau Engelke! Vertrauen Sie mir.« Weit nach Mitternacht sprach sie dann hoffnungsvoll: »Jetzt haben Sie es geschafft! Sie können ohne Störung schlafen. Ich wünsche Ihnen eine gute Nacht Frau Engelke!« »Danke Schwester Gundula.« Jetzt konnte ich wieder klar denken, sehen, hören, wahrnehmen – und schlief vierundzwanzig Stunden durch. Schwester Gundula brachte das in Ordnung, was Schwester Christel versaut hatte. Meine erhöhte Körpertemperatur hätte sie dem Stationsarzt melden sollen, aber dann hätte sie erst später Feierabend machen können.

Tage später kam Schwester Christel ins Zimmer, stellte sich ans Fußende des Bettgestells und flüsterte mit scharfer Zunge: »Sie haben Krebs!« Ich sah sie verwundert an: »Das weiß ich Schwester Christel.« Aber die Schwester beließ es nicht dabei. Sie redete weiter und griff mich persönlich an: »Ihr Mann wird Sie verlassen! Schauen Sie sich doch einmal an, wie Sie aussehen!« Dabei warf sie die Bettdecke beiseite, sodass ich schnell mein Hemd glatt strich. »Ihre Beine sehen aus wie Zaunlatten! Der Körper ein Wrack! Das Blut in den Flaschen ist kostbar. Damit werden Tierversuche gemacht«, sagte sie. Das gab mir sehr zu denken. »Sie werden nicht mehr auf die Beine kommen – und wenn, dann nur mit sehr viel Anstrengung. Das verspreche ich Ihnen!« Sie warf die Decke wieder über meinen Körper und ging lautlos, wie sie gekommen war. Mir hatte ihr Auftritt komplett die Sprache verschlagen. Ich fühlte mich von ihr nicht nur angegriffen und verletzt, sondern sie machte mir Angst und meine Hoffnung zunichte. »Oh mein Gott!«, stöhnte ich, kroch unter die Decke und weinte. Warum zeigte sie mir derart drastisch ihre Boshaftigkeit? Wusste sie, dass ich die Außenwelt und mein Kind nur mit viel Mühe und Leiden wiedersehen würde? Wo war Frau Stein, meine Bettnachbarin? Sonst war sie immer anwesend, warum nicht, als Schwester Christel ins Zimmer kam? Passte sie den Augenblick allein mit mir ab, um ohne Zeugen ihre Niedertracht zu demonstrieren? Während ich an Diana dachte, weinte ich und überlegte: Was habe ich Schwester Christel getan? Ich kenne sie ja nicht einmal. Vielleicht hat der Chef sie gerügt, weil sie die Spalte mit meiner Körpertemperatur in der Karteikarte offen ließ, während das Fieber auf über vierzig Grad anstieg. Ihr gegenüber war ich im Nachteil, weshalb ich diesen skandalösen Auftritt für mich behielt. Wenn ich sie verpetzt hätte, wäre nichts gewonnen: Es stünde schließlich Aussage gegen Aussage. Doch auf ihre Hilfe war ich auf unabsehbare Zeit angewiesen, weshalb ich Ärger und

Streit lieber mied. Oder zeigte sie mir etwa auf drastische Art, wovor ich Angst hatte? Doch den Tod fürchtete ich nicht, weil er sich wunderbar anfühlte. Das konnte sie nicht wissen, dass ich keine Bange vor dem Sterben hatte. Meine einzige Angst war, dass ich mein Kind im Todesfall allein zurücklassen würde. Und Kinder konnte ich fortan nicht mehr gebären. Wie Florian es sich wünschte, so geschah es. Würde er mich verlassen? Probleme, mit denen ich keine Erfahrung im Umgang hatte, ängstigten mich. Florian war meine Sicherheit. Würde er sie mir nehmen, indem er das Feld räumte? Würde er meinen Liebling Diana mit sich nehmen und zu Helene bringen? Von Verlustangst geplagt, weinte ich mir die Augen aus, bevor ich einschlief.

In meinem jungen Leben machte ich verdammt harte Erfahrungen, worauf ich gern verzichtet hätte. Mein Leben war ein ewiger Kampf. Bin ich geboren, um zu kämpfen? Ist mein Inneres zerfressen, weil ich in der Kindheit reichlich Niedertracht erfahren hatte und es jetzt nur noch ums Fressen und Gefressenwerden ging? Ich kann nicht behaupten, jemals in Watte und schöne Worte gehüllt worden zu sein. Ein wenig davon ersehnte ich mir schon. Da ich mein Herz verschlossen hielt und alle Last allein trug, kostete es mich jetzt jene Kraft, jene Lebensenergie, die den Körper so lange aufrecht hielt? Ich selbst war es, die alles allein machen, aushalten, durchführen, ertragen wollte. Hatte ich deshalb mein Dasein bis hierher verteidigt? Sollte das umsonst gewesen sein? Würde ich von dieser Welt gehen und meine Diana nicht mehr wiedersehen?

Und weiter ging's bergab. Die Organe waren unterversorgt, sodass sie mit Bluttransfusionen unterstützt wurden. Später entfernte der Stationsarzt Doktor Lipprich die Klammern auf meiner Bauchdecke. Dabei ging er zwar behutsam vor, doch das Aufbiegen der Drähte und Herausziehen aus der Haut schmerzte gehörig. Dabei biss ich die Zähne fest aufeinander, um nicht laut aufzuschreien. Als dann die Klammer dran war, die ich während des Eingriffs mit der Hand berührt hatte, spritzte beim Herausziehen eine Fontäne Sekret heraus. Der Doktor konnte sie so schnell nicht stoppen und sagte: »Halten Sie die Binde drauf! Ich bin gleich zurück.« Er lief eilig los und kam mit einer Tinktur zurück, die er in das klaffende Loch träufelte. Danach zierte er meinen Leib mit einer sauberen Bandage und sagte: »Jeden Tag ein Kamillenbad Frau Engelke, damit die Öffnung zuheilt!« Ich fragte ihn: »Warum bleiben die Gummischläuche auf der Bauchdecke noch verankert?« »Sie verhindern, dass die Naht aufplatzt. Außerdem ist es besser, wegen dieses offenen Lochs.« Wollte ich täglich ein Wannenbad nehmen, brauchte ich Hilfe, die mich ins Bad begleitete. Denn sobald ich aufrecht stand, spielte mein Kreislauf verrückt. In meinem Körper war nichts mehr wie früher, das Gleichgewicht nicht mehr herzustellen. Dieser unerträgliche Zustand biss sich regelrecht in mir fest. So hilflos, wie ich war, fiel ich den Schwestern zur Last. Doch ich gab mir viel Mühe und ging mit Frau Stein, mich am Bettgestell festhaltend, um dieses herum. Das Wannenbad erfrischte mich stets. Es tat mir sehr gut. Dennoch begleitete mich das offene Loch auf dem Bauch ein Jahr lang, ehe es zuheilte.

Schwester Christels Prophezeiung

Später entfernte Schwester Agneta alle Gerätschaften von meinem Körper. Endlich konnte ich den Toilettengang allein wahrnehmen. So erfreut ich darüber war, umso enttäuschter und verzweifelter ward ich, als aus der Blasenöffnung kein Tröpfchen herauskam. Ehe ich dieses Problem im Schwesternzimmer bekannt gab, weinte ich mir auf dem WC-Becken erst einmal die Augen aus. Schwester Christels Worte hallten in meinem Kopf wieder: »Wenn Sie überleben, dann nur mit großen Anstrengungen, das verspreche ich Ihnen!« Und wen traf ich im Schwesternzimmer an, als ich bescheid sagen wollte, dass ich kein Wasser lassen kann? Schwester Christel, die allein am Medikamentenschrank hantierte. Also verschwand ich sofort wieder. Auf dem Flur wartete ich eine Stunde lang auf eine andere Schwester. Aber sie waren alle wie vom Erdboden verschluckt. Sodann entschied ich mich doch, Schwester Christel von meinem Problem zu berichten. Mit schneidender Stimme fuhr sie mich an: »Das haben Sie nun davon! Gehen Sie zurück ins Bett. Vielleicht kommt ja bald jemand zu Ihnen!« Ihre Ironie war nicht zu überhören. Ich ging davon aus, sie würde mein Blasenversagen in die Krankenkartei eintragen und legte mich zu Bett.

Vier Stunden vergingen, aber keine Schwester kam, um mich vom Überdruck meiner Blase zu befreien. Schwester Christel ging längst ihrer Freizeit nach, und meine Blase war derart in Aufruhr, dass mir der Schweiß aus allen Poren drang und die Haut benetzte. Frau Stein fragte mich besorgt: »Was ist mit Ihnen Frau Engelke? Sie sind sehr unruhig!« »Seit der Katheterentfernung hab ich ein neues Problem Frau Stein. Schwester Christel wollte jemanden schicken, der meine Blase vom Überdruck erlöst.« »Wie kann das möglich sein Frau Engelke?« »Ich habe keine Ahnung! Der Schließmuskel öffnet sich nicht. Mann, ich platze bald!«, jammerte ich.

Frau Stein war neunundvierzig Jahre alt und gehörte somit einer anderen Generation an. Sie erzählte offen über ihren Mann, die Kinder und über ihre Krankheit. Ich dagegen war völlig verschlossen, wie von einem Panzer umgeben, an dem jede Naht dicht verschweißt war. Plötzlich eilte Frau Stein hinaus auf den Flur. Wieder zurück, sagte sie: »Ich wollte Hilfe holen, aber da ist keine Menschenseele weit und breit zu sehen Frau Engelke!« Sie war empört, dass mir keine Schwester Zuhilfe kam. Kurz nachdem sie erneut das Zimmer verließ, schellte plötzlich die Alarmglocke. Ärzte riefen laut auf dem Flur: »Wo brennt's denn?« Frau Stein klärte das Personal auf und dann ging alles ganz schnell: »Ich bin Schwester Editha und erlöse sie vom Überdruck Frau Engelke!« Dabei führte sie mir einen Gummischlauch in die Blasenöffnung und das Stechbecken füllte sich dreieinhalb Mal. Dabei fragte ich aus existenziellem Interesse: »Bitte Schwester Editha, sagen Sie mir, warum hat sich nach der Katheterentfernung der Schließmuskel nicht von allein wieder geöffnet?« »Der Katheter blieb zu lange angesetzt, sodass der Schließmuskel seinen Dienst versagt hat«, sagte sie. »Ach so, deshalb. Danke für die Aufklärung Schwester Editha.« »Von nun an besuche ich Sie regelmäßig und befreie Sie vom Wasser. Bitte meiden Sie Schwester Christel, wenn es geht. Sie tut Ihnen nicht gut Frau Engelke.« Wie wahr, dachte ich mir und antwortete: »Hatte ich auch vor Schwester Editha. Doch so sehr ich mir eine andere Schwester herbeiwünschte, stets war nur Christel im Schwesternzimmer. Und ich dachte mir in meiner Notlage: dann lieber diese Schwester als gar keine.«

Als Florian zur Besuchszeit kam, hauchte er mir einen flüchtigen Kuss über meine Lippen, als hätte ich eine ansteckende Krankheit. Dabei entging mir nicht, dass etwas aus den Fugen geraten war. Doch darüber wollte ich nicht nachdenken, weil er positiv über meinen Liebling plauderte. »Diana versteht sich gut mit den anderen Kindern in der Tagesstätte. Sie geht gern in den Kindergarten und hat sich schnell in die Gemeinschaft eingelebt. Die Leiterin Frau Kurzwich ist sehr zufrieden mit ihr und meint, Diana lerne schnell, sei aufnahmebereit und behielte alles, was man ihr sagt. Den anderen Kindern ist sie weit voraus und sogar ein Vorbild.« Eine so positive Nachricht von meinem Liebling zu hören, machte mich sehr glücklich. Meine Augen füllten sich mit Tränen und ich schluckte sie rasch herunter, um nicht sentimental zu wirken. Ja natürlich war ich körperlich schwach, deswegen brauchte ich aber noch lange nicht vor Florian zu weinen. Auf keinen Fall wollte ich mich in seiner Gegenwart dünnhäutig zeigen. Dabei war ich stolz auf meinem Liebling Diana. Es zeigte mir auch, dass ich mich richtig entschieden hatte, sie in dem Kindergarten unterzubringen. »Warum hast du Diana heute nicht mitgebracht?« Darauf erhielt ich von Florian keine Antwort. Während ich die Beleidigte spielte, sagte er schnell: »Das nächste Mal bring ich sie mit.« »Aber ich wollte Diana heute gern sehen Florian.« »Das nächste Mal bring ich sie ganz bestimmt mit, versprochen Adelheit!«, beteuerte er.

Zur nächsten Besuchszeit, die nur Mittwochs und Sonntags für jeweils zwei Stunden gewährt wurde, erwartete ich meinen Liebling auf dem Flur.

Mit schnellen Schritten und voller Freude eilte Diana auf mich zu und rief: »Mami, Mami!« Mit Schwung sprang sie an mir hoch und drückte ihre Freude aus, indem sie meinen Leib umklammert hielt. »Endlich Mami!«, seufzte sie. »Nicht so doll Diana!«, mahnte Florian. »Die Mami ist krank.« »Lass nur Florian! Es tut gut, Diana bei mir zu wissen.« »Kommst du bald nach Hause Mami?« »Bald meine Kleine! Hab noch ein wenig Geduld.« In der Hoffnung, das Spital in Kürze verlassen zu können, machte ich ihr Mut. Diese Zuversicht gestand ich mir auch selbst zu. Voller Lebendigkeit und Herzenswärme plauderte Diana, was im Kindergarten alles so los war. Sie war lebhaft und aufgeweckt, was mein Herz erfreute. Während sie dicht zu meiner Rechten saß, spürten wir unsere Körperwärme. Aus heiterem Himmel forderte Florian sie plötzlich auf: »Wir gehen jetzt Diana. Die Mami braucht Ruhe.« Er konnte nicht einmal die zwei Stunden Besuchszeit bei mir aushalten. »Was denn, jetzt wollt ihr schon wieder gehen? Was hast du vor Florian, dass deine Zeit so knapp bemessen ist?« Doch das sagte er mir nicht. Sein schneller Aufbruch verriet allerdings, dass irgendetwas nicht stimmte. Ich hatte zwar eine Ahnung, behielt sie vorerst aber für mich. Beim Abschied tauschten Diana und ich Küsschen und drückten einander fest. Mit beiden Händen schickte sie noch Luftküsse den Flur hinunter zu mir. Ich war sehr gerührt und weinte eine Runde, ehe ich ins Bett zurückkehrte.

Nach dieser Begegnung mixte ich mir jeden Morgen ein Ei mit Zitrone und Zucker. In der Hoffnung, das Getränk brächte Stabilität und Energie in jede Zelle meines Organismus, trank ich es täglich. Ich fühlte mich nicht nur kraftlos und ausgelaugt, auch mein Aussehen veränderte sich. Die blauen Augen lagen tiefer als sonst und die Beine waren tatsächlich dünn wie Zaunlatten, wie Schwester Christel es prophezeit hatte. In diesem Zustand erfuhr ich mich entblößt, nackt und leer. Umso mehr hoffte ich auf die Wirkung meines Mixgetränks, das mich aufrichten und der Genesung näher bringen sollte. Doch zunächst rückte mich der Klinikalltag fern vom Leben und der Wirklichkeit. Auf das Ziel hin, Diana außerhalb dieses Gebäudes in die Arme schließen und ihr sagen zu können, »Mami hat dich lieb meine Kleine!«, gewöhnte ich mich an diesen Cocktail. Zu meinem Bedauern konnte ich Diana meine Liebe nicht so zeigen, wie ich sie fühlte. Doch ich gab ihr all das, wonach ich mich meine Kindheit lang gesehnt hatte: Geborgenheit, Herzenswärme und Mutterliebe. Ich las ihr Märchen vor oder erfand Geschichten, sprach von der Vielfalt der Natur, lehrte sie

Kinderlieder und Schlagertexte, zum Beispiel: »Der Schuster macht schöne Schuhe und der Zimmermann ein schönes Haus …« Dreimal sang ich ihr den Text vor, dann konnte sie ihn bereits allein singen. Ich kommentierte für sie all das, was ich gerade tat, und kündigte ihr an, was ich vorhatte, wohin wir gerade gingen und warum wir dorthin gingen, was Äpfel und Birnen sind und worin sie sich unterscheiden, wer das Brot bäckt und wo die Milch herkommt und vieles mehr.

Nun wollte ich auch weiter für sie da sein. Sie war drei Jahre alt und vermisste ihre Mami sehr. Also war Eile geboten, dass ich das Krankenhaus verließ. Schwester Christel erkannte, wenn ich überleben sollte, dann nur unter größter Anstrengung. Dabei wollte ich weder bedauert noch bemitleidet werden. Ich wies daher auch jeden Besuch ab, ausgenommen den von Florian und Diana. Im Unterbewusstsein jedoch ersehnte ich, dass einer meinen Wunsch missachten und mich besuchen würde – Schwester Elisa, Freunde oder auch Frau Weisner und ganz tief in mir drinnen auch die Mutti. Peu à peu kam auch mein Kiefer wieder in Bewegung. Doch das hörbare Geräusch des Gelenkes beim Öffnen des Mundes begleitete mich noch Jahrzehnte. Es gehörte zu mir, wie die Zähne selbst. Ein weiterer Lichtblick, der mir den Optimismus verlieh, das Spital bald verlassen zu können, war die Freude am Dichten. Bis zur Entlassung vertrieb ich mir die Zeit damit, zu reimen und längere Gedichte zu schreiben. Hier ein Ausschnitt:

Das kleine Wort Krebs

Kurze Zeit
nach dem Kinderglück
ich erkrankte
und zum Arzt hin rannte.
Der Kummer war groß.
Was mach ich bloß?
Immer bangen
und kein Verlangen.

Der Arzt erschreckte
über das, was er im Leib entdeckte,
und sagte: »Ihr Leben hat bald ein Ende!«

Ich denke: Das gibt eine neue Wende!
Er meint: »Sie sollen tun,
was ich Ihnen rate,
vertrauen
und auf mich bauen.
Haben Sie Mut
und seien Sie klug!«
Ich erschrak und fragte,
wie viel Zeit ich noch hätte.
»Zu wenig!
Eile ist unerlässlich!«

Ich dachte an mein Kind voll Schreck:
Wenn ich werd' nicht mehr sein,
wird es sein allein.
Unter Schmerzen,
nicht zu scherzen,
begannen
Warten und Bangen.
Endlich –
hielt der Krebs
mich nicht mehr gefangen
mit seinen Zangen.
Es kam die Zeit
der Verwundbarkeit.

Ich dachte an den Tod,
so nah, rein und sauber,
wie weißer Wolkenzauber.
Alles war leicht,
wie nie zuvor,
ich fand mich wieder
hinter'm gläsernen Tor.
Das Sonnenlicht hell und klar,
wie ich es frühmorgens sah.
Frieden und Stille noch dazu
und ich denke:

hier findest du
die ewige Ruh.

Eine Stimme sagte:
»Geh zurück geschwind,
es wartet auf dich dein Kind!«
Das Tor blieb nicht verschlossen –
welch ein Jammer.
Ich ging zurück in die weiße Kammer.
Wie mag es weitergeh'n?
Werd' ich den Tod noch einmal seh'n?
Und auch versteh'n?

Ich öffne die Augen
und kann es kaum glauben:
Das war kein Traum.
Es ist die Wirklichkeit.

Nach vier Wochen stationärem Aufenthalt hatte sich mein Körper gut erholt. Die Aussicht am Wochenende daheim sein zu können, ließ mein Herz vor Freude stolpern. Frau Stein war bereits zwei Tage zuvor nach Hause gegangen. Für mich wurde es nun ebenfalls Zeit, aus dem Spital zu verschwinden. Am Abend kam Nachtschwester Gundula an mein Bett und sagte vertrauensvoll: »Morgen werden Sie unsere Station verlassen Frau Engelke.« Sogleich war ich vom Enthusiasmus gepackt und rief: »Na prima Schwester!« Voller Optimismus posaunte ich heraus: »Es geht nach Hause!« »Nein, nein Frau Engelke, so wollte ich das nicht verstanden wissen.« Dabei griff sie nach meiner Hand und sagte einfühlsam: »Morgen kommen Sie auf die Strahlenstation!« »Wie bitte? Warum Schwester Gundula?«, klagte ich wehleidig. »Mein Körper fühlt sich gesund an. Außerdem bin ich schon vier Wochen hier. Meine Tochter wartet auf ihre Mami.« »Das glaube ich Ihnen Frau Engelke, dass Sie sich gut fühlen, aber damit Sie richtig gesunden, ist der Wechsel auf die Strahlenstation von großer Wichtigkeit für Ihren Körper. Bitte melden Sie sich morgen Vormittag im Schwesternzimmer der Strahlenstation. Jetzt aber schlafen Sie gut Frau Engelke.« Schwester Gundula war eine nette liebenswürdige Seele, die mir sehr gut tat – und jetzt würde ich sie verlassen. Trotz ihrer Körperfülle war sie sehr wendig und lebendig. Mit ihrer glatten Haut, den roten Wangen und den kleinen dunkelbraunen Augen fand ich sie bezaubernd. Ihre dunkle Lockenhaarpracht trug sie stets hinter die Ohren gesteckt. Sie strahlte Herzlichkeit aus und betrat stets mit einem Lächeln auf den Lippen das Zimmer. Doch jetzt sollte ich diese vertraute liebenswerte Person auf der Station zurücklassen. Was würde mich dort auf der Strahlenstation erwarten? Bittere Erkenntnisse und neue Erfahrungen!

Schwester Gundula verließ das Zimmer und sogleich rief Frau Marschner, die das gegenüberliegende Bett belegte: »Wohin werden Sie morgen verlegt Frau Engelke?« »Auf die Strahlenstation Frau Marschner.« »Oh mein Gott!«, sprach sie entsetzt. »Warum sind Sie darüber so bestürzt Frau Marschner?« »Das ist die – ›Endstation‹! Wissen Sie denn das nicht?«, fragte sie erstaunt. »Nein, das wusste ich nicht.« Endstation? In Gedanken wiederholte ich endlos jenes Wort und konnte in dieser Nacht vor Bangigkeit nicht schlafen. Schließlich drückte das Wort alles aus. Dabei spann ich Jammerfäden ins Unendliche. Mir war klar, dass ich meinen Körper nicht besitze, sondern dass er besetzt und ausgeliefert ist – und ich sah das Ende nahen.

Am nächsten Tag packte ich gerade meine Tasche, als der Anästhesist ins Zimmer kam, um eine Patientin auf den Eingriff vorzubereiten. Sogleich erschien vor meinen Augen die Szene, in der er mir kräftig ins Gesicht geschlagen hatte. Er trug einen weißen Kittel, und was ich als dunkle Kopfbedeckung wahrnahm, waren seine schwarzen Haare. Spontan sprach ich ihn an: »Doktor, ist das, was ich während der Operation erlebt habe, wahr?« Er sah mich an und sprach: »Ja. Wenn Sie sich beschweren wollen, dann bitte bei meinem Chef!« Damit wies er alle Verantwortung für den Narkosefehler von sich und wandte sich wieder der Patientin zu. »Doktor, es geht mir nicht ums Beschweren!« Dennoch dankte ich ihm für diese indirekte Bestätigung. Sie gab mir die Gewissheit, dass das, was ich erlebt hatte, der Wahrheit entsprach. Aber wusste er auch, dass ich mich außerhalb meines Körpers und sogar außerhalb des Raumes aufgehalten hatte, in den ich durch ein Fenster sehen konnte, dass ich so von außen Zeuge wurde, wie er mir kräftig ins Gesicht schlug, dass ich im Schoß des jungen Mannes lag und von dort aus auf das Bett schauen konnte, in dem ich lag? Mit seinen gewaltigen Schlägen hatte er mich zurück in den Körper und somit ins Leben geholt. Dabei wäre ich so gern dort geblieben, wo ich mich fabelhaft glücklich und in Sicherheit wiegte. Wenn der junge Mann nicht gesagt hätte »Geh!«, würde ich heute noch bei ihm sein oder, wie die durchsichtigen Bänder mit geöffnetem Mund, durch die Sphären segeln.

Dieses Erlebnis beschäftigt mich bis heute. Der Chef des Anästhesisten war Professor Lindemann, der Operateur. Er hatte den bösartigen Satanspilz aus meinem Leib entfernt. Warum also sollte ich mich beklagen? So, wie der Fortschritt von Menschen gemacht wird, begehen sie eben auch Fehler. Und bei mir lief nun mal von Anfang an nicht alles so normal ab, wie bei den anderen Patientinnen. Schon bei der kleinen Operation brauchte ich reichlich Äther, um überhaupt bewusstlos zu werden. Es prüfte auch niemand nach, warum diese Narkose kaum auf mich wirkte. Auch vor dem großen Eingriff benötigte ich eine größere Dosis Betäubungsmittel als normal. Nie wurde ermittelt, woran das lag – warum nicht? Der Anästhesist ahnte nicht, dass ich, nachdem er die Schläuche von mir entfernt hatte, sofort aufwachen würde, denn sonst hätte er es nicht getan. Schließlich war der Professor mit seiner Arbeit noch gar nicht fertig. Heute bin ich dem Anästhesisten dankbar dafür, dass ich eine so außergewöhnliche Erfahrung machen durfte, die ich sonst niemals erlebt hätte. Dadurch empfing ich eine Andeutung von dem, was sich im Kosmos so abspielt, und dass der große leere Raum mit Harmonie gefüllt ist. Ja, natürlich hätte all das auch anders verlaufen können, aber es lief nun mal genau so ab. Warum dann hinterfragen, was wäre, wenn …? Es gibt nur das, was ist.

Als der Anästhesist den Raum verlassen hatte, konnte Frau Marschner sich nicht zurückhalten und fragte: »Was haben Sie denn während der Operation erlebt Frau Engelke?« »Ach, nichts weiter Frau Marschner«, sagte ich, verstaute dabei meine Utensilien in der roten Reisetasche, legte mir den Bademantel über den Arm und verabschiedete mich: »Den Damen wünsche ich eine gute Genesung!« Dann ging ich zur Tür hinaus und schlich mit hängendem Kopf auf die Strahlenstation. Dabei überlegte ich: Wenn ich allein Zeuge eines spektakulären Ereignisses geworden bin, wer würde mir da schon Glauben schenken? Man würde mich auslachen und an meinem Verstand zweifeln. Wer hielt es schon für normal, dass ich im OP-Saal auf dem Tisch aufgewacht bin, dann bei einem jungen Mann im Schoß liegend wiederbelebt wurde, mich dabei himmlisch fühlte und dabei von außen betrachtete. Gab es mich wahrhaft zweimal? Was bedeuteten die durchsichtigen Bänder mit offenem Mund? – So viele Fragen, die ich mir selbst nicht beantworten konnte.

Austreibung des Satans mit Koboldstrahlen

Auf der Strahlenstation geriet ich in eine bedrückende Stille. Diese Geräuschlosigkeit löste ein mulmiges Gefühl in mir aus. Am liebsten wäre ich getürmt, wenn nicht gerade eine Schwester direkt auf mich zugekommen wäre und gefragt hätte: »Sie sind Frau Engelke?« »Ja, die bin ich.« »Ich bin die Stationsschwester Mary!« Sogleich ergriff Schwester Mary meine Reisetasche und sprach: »Folgen Sie mir!« Während wir den Flur entlang gingen, summte Mary eine Melodie. Ihr dicker Po fiel mir auf, weil bei jedem ihrer Schritte die Tasche im Takt hin und her schwenkte. Ihre Gesichtshaut war dunkler als meine, die Stimme kräftig und bestimmend, mit einem heiteren Unterton. Das lange dunkelbraune Haar band sie stets am Hinterkopf zu einem Knoten. Als Schwester Mary am Ende des Flures die letzte Tür auf der rechten Seite öffnete, sprach sie beim Eintritt kraftvoll, »Ein Neuzugang meine Damen!«, stellte meine Tasche auf dem Stuhl ab und wies mich an: »Um vierzehn Uhr erwartet die Strahlentherapeutin Ihren Besuch. Seien Sie pünktlich Frau Engelke!« »Ja Schwester Mary!«

In jenem Augenblick des Eintritts spürte ich eine unermessliche Schwere. Die Luft war erstickend und ich dachte, diese Atmosphäre würde sich nur auflösen, wenn die Alarmglocke schellt. Die Damen lagen in ihren Betten, bis über beide Ohren bedeckt, dass nicht eine Haarsträhne zu sehen war. Sie rührten sich auch nicht, als Schwester Mary den ›Neuzugang‹ ankündigte. »Guten Tag«, grüßte ich freundlich – keine Erwiderung. Erst eine Weile später grüßte eine Frau zurück: »Guten Tag«, und verschwand gleich wieder unter der Decke. Ich fragte mich ernsthaft, ob diese Frauen alle auf den Tod warteten. Verwundert hätte es mich nicht, denn sie verhielten sich völlig vom Geschehen abgekehrt.

Am Nachmittag stellte ich mich pünktlich bei der Therapeutin vor. Sie klärte mich über die Strahlentherapie und ihre Funktion dabei auf: »Von den Frauen hier werde ich ›Strahlentante‹ genannt. Wenn Sie wollen, sprechen Sie mich auch so an Frau Engelke.« »Ja, ist gut. Mach ich Strahlentante«, antwortete ich prompt. Dafür schenkte sie mir ein Lächeln und ich schmunzelte zurück. »Die Strahlen erzeugen keine Schmerzen«, sprach sie fast so erleichtert, wie ich es empfand. »Darüber bin ich aber froh, dabei keine Schmerzen zu erleiden Strahlentante.« »Lassen Sie sich von Ihrem Mann eine Flasche Schnaps mitbringen und trinken Sie vor jeder Therapie zwei oder drei Gläser davon. Sie werden merken, dass Sie die Strahlen dann besser vertragen Frau Engelke.« Sodann reichte sie mir den Terminplan für meine Therapie. Ich riskierte einen kurzen Blick darauf und stellte überrascht fest: »Die Therapie zieht sich ja über Wochen hin! So lange soll ich noch auf Station bleiben?«, klagte ich. Während die Strahlentante mich ernst ansah, bestaunte ich ihre buschigen schwarzen Augenbraunen und die dünnen Fältchen im Gesicht. Anfang fünfzig schien sie mir zu sein. Das schwarz eingefärbte Haar trug sie sehr kurz und ihre tief liegenden rehbraunen Augen durchbohrten die meinigen blauen. Eine zierliche Frau stand da vor mir und sagte plötzlich autoritär: »Glauben Sie tatsächlich, Frau Engelke, in einer Woche wär das alles vorbei?« »Ja!«, wohl wissend, dass die Strahlen die Ausbreitung des Krebses im Körper verhindern. Dabei war ich sehr niedergeschlagen, noch so viele Wochen das Bett im Spital zu hüten. »Nein, nein, so schnell geht das nicht! Sie wollen doch richtig gesund werden, oder?«, fragte sie mit hoher Stimme. »Natürlich will ich ganz gesund werden Strahlentante!« »Dann fangen wir gleich mit der Bestrahlung an!«, sprach sie kurz entschlossen. »Was denn, jetzt gleich?«, fragte ich zaghaft. »Ja, jetzt sofort!«, sagte sie und legte ein weißes Laken über die mit weißem Leder bezogene Liege. »Da kann ich mich ja gar nicht darauf einstellen Strahlentante.« »Einstellen?«, wiederholte sie erstaunt. »Das brauchen Sie nicht Frau Engelke.« Während sie mit der Hand über die Liege strich, wies sie mich sogleich an: »Nackt ausziehen und hier drauf legen!« »Was denn, nackt soll ich mich ausziehen?« »Angezogen funktioniert die Strahlung nun mal nicht Frau Engelke«, sagte sie lächelnd. Unerfahren und völlig überrumpelt, fügte ich mich ihrer Forderung.

Als dann mein Körper unbekleidet und angespannt auf der Liege lag, wartete ich neugierig und ängstlich darauf, was passieren würde. Mit einem lila Stift zeichnete die Strahlentante Felder auf Bauch und Po und sagte: »Wo lila markiert ist, nicht feucht waschen.« Dann zog sie eine Kanone von oben herab und justierte sie auf ein markiertes Feld meines Bauches. »Bleiben Sie ruhig liegen Frau Engelke!« Sie verließ den Raum und ich sah sie durch das Fenster in der Kammer nebenan irgendwelche Gerätschaften bedienen. Wieder zurück, schwenkte sie die Kanone nach oben und sagte: »Das war's! Na, tat das weh Frau Engelke?« »Nein! Ich spürte gar nichts Strahlentante.« Darüber war ich so erleichtert, dass ich frohen Mutes zurück in mein neues Zimmer ging.

Doch nach der dritten Therapie wurde mir so übel, dass ich ständig zu würgen hatte. Plötzlich war mir hundeelend zumute. Nach jeder weiteren

Bestrahlung ging es mir miserabler. Um mich nicht zu erbrechen, ruhte ich im Bett, wie die anderen Frauen auch. Nun war mir klar, weshalb sie so apathisch in ihren Betten lagen, als mich Schwester Mary als Neuzugang vorgestellt hatte. Den Frauen ging es ebenso schlecht, wie mir jetzt. Zwar saßen alle mittags am Tisch und speisten, doch anschließend lagen alle wieder in ihren Betten, bis über beide Ohren zugedeckt. Sie sprachen kein Wort miteinander. Nachdem ich die Speise und den empfohlenen Schnaps geschluckt hatte, kam mir oben und unten der ganze Ramsch wieder heraus, dass ich es gerade noch so zum Klobecken hin schaffte.

Mit jeder weiteren Bestrahlung fühlte ich mich schlechter, elender, jämmerlicher. Schon beim Geruch des Mittagessens erbrach ich mich. Körperlich ging es mir so saumäßig schlecht, dass ich das WC oft lange nicht verlassen konnte. Meine Innereien entleerten sich drastisch und ich war fix und fertig. Während in meinem Kopf ständig die ›Endstation‹ widerhallte, sehnte ich mich nach dem Tod. Wo ich einmal so himmlisch gewiegt worden und glücklich war, dort wollte ich hin. Da konnte ich mir noch so sehr einreden, dass die Kobaltstrahlen nur dort wirksam wurden, wo der Krebs sich festgebissen hatte, um dessen Ausbreitung zu verhindern. Mein körperlicher Verfall und die Übelkeit nahmen kein Ende. Ich war davon überzeugt, dass ich sterben würde. Fassungslos darüber, dass mich der Körper vor dem Sterben noch derart quälte, weinte ich extrem häufig. In den ersten drei Monaten der Schwangerschaft war es mir ebenso erbärmlich gegangen, wie mit der Kobaltbestrahlung. Zu jener Zeit wollten Florian und die Schwiegermutter kein Kind von dieser Frau. Da war mir bewusst, dass ich einer Intrige zum Opfer gefallen war – aber wer schmiedete mit diesen Strahlen ein Komplott gegen mich?

Nach jeder Therapie ging es mit mir weiter abwärts. Immer erbärmlicher und beschissener fühlte ich mich. Da ich keine andere Wahl hatte, arrangierte ich mich mit der Qual des organischen Zusammenbruchs. Hoffnungslos, resigniert und depressiv schluchzte ich Wasserfälle aus mir heraus. Unglücklich darüber, dass ich meinen kleinen Liebling nicht wiedersehen, nicht in die Arme schließen durfte, weinte ich bitterlich. Trost fand ich nur in der Aussicht, in einer ruhigen, friedvollen, glücklichen Welt empfangen zu werden. Etwas anderes als Ruhe, Frieden, Harmonie und die unendliche Stille brauchte ich nicht. Frei von Angst, Schmerz, Hemmungen und Feinden, würde es dort wundervoll sein. Die Kobaltstrahlen ergriffen Besitz von meinem ganzen Körper. In die kleinsten Zellen drangen sie unsichtbar vor. Und so taufte ich sie einfach in »Satansstrahlen« um. Das Martyrium meines Körpers war kaum zu ertragen. Die Strapazen zogen sich endlos dahin. Magen und Därme ruderten gegen den Strom und verweigerten die Nahrungsaufnahme. Die Innereien wurden unerträglich durchlässig, sodass ich mich die meiste Zeit des Tages auf dem Lokus aufhielt. Schon der Anblick des Frühstückstabletts versetzte die Innereien in Aufruhr. Erbrechen und Durchfälle waren das Resultat. Die gut getarnten Satansstrahlen waren schuld an der Misere. Im Minutentakt saugten sie meinen Organismus aus und ruinierten ihn total. Mein Dasein auf dieser Erde hatte ich so satt! Erst jetzt begriff ich wahrhaft, welch ernste Erkrankung der Krebs darstellt. In diesem Zustand wollte ich nicht länger leben.

Frau Gabriel, die mich als Einzige bei meiner Ankunft im Zimmer begrüßt hatte, forderte mich auf: »Komm Kleines, steh auf, wir gehen auf dem Flur spazieren! Du brauchst Abwechslung!« Auf dieser Station war ich die jüngste Patientin, und deshalb nannte sie mich »Kleines«. Sobald mein Körper aber aufrecht stand, kam es oben und unten aus mir herausgeschossen. Statt mich auf die Bank auf dem Flur zu setzen, flüchtete ich auf das stille Örtchen. Hier konnte ich stöhnen, jammern und laut wehklagen. Jede Mahlzeit ließ ich ausfallen. Ich kotzte ja ohnehin schon den grünen Gallensaft und der Darm spuckte nur noch Schleim. Während ich die Tageszeit auf dem Klobecken verbrachte, vermisste mich niemand. Dann traf ich eine junge Frau auf der Toilette und wir kamen ins Gespräch. Sie fragte als erstes: »Wie alt bist du?« »Mein Name ist Adelheit. Vor zwei Wochen bin ich sechsundzwanzig Jahre alt geworden.« »Ich heiße Vallery und bin neunundzwanzig.« Von den Strahlen war auch ihr übel, aber es ging ihr bei Weitem nicht so erbärmlich wie mir. Sie sagte: »Mein Freund ist aus diesem Ort, und jeden Abend, wenn im Haus Ruhe einkehrt, verlasse ich das Gelände. Am Eingangstor erwartet er mich und wir bummeln dann durch die Stadt, ehe wir gemeinsam die Nacht verbringen. Am Morgen kehre ich dann zurück!« »Darfst du denn das Vallery?«, wollte ich erfahren. »Was heißt denn dürfen? Ich gehe einfach. Ich liege allein in einem Zimmer, da bekommt keiner etwas mit Adelheit. Nur die Stationsschwester weiß Bescheid.« Ich gestand ihr: »Vor Schwäche wäre ich gar nicht dazu in der Lage, draußen herumzuspazieren.« »Eines möchte ich dir noch sagen Adelheit: Der Sex ist jetzt viel besser als vor meiner Operation. Du brauchst keine Angst mehr zu haben, dass du schwanger wirst. Der einzige Nachteil ist, dass du vor dem Akt die Blase entleeren solltest, weil die

Gefühle jetzt über die Blase gehen und von dort durch den ganzen Körper fließen. Aber das lernst du schnell, weil dem Sexspiel nichts mehr im Wege steht. Dabei erlebe ich tiefe Leidenschaft. Lass dich dabei einfach fallen. Nächste Woche werde ich entlassen, dann ziehe ich gleich zu meinem Freund. Es wird Zeit, dass ich hier raus komme. Lass dir von den alten Weibern nicht einreden, dass es mit dem Sex vorbei sei. Ich erlebe täglich dieses wunderbar intensive Gefühl, das ich nie zuvor gespürt habe. So wird es dir auch ergehen. Du erlebst ein Wunder Adelheit, dass du so noch nie gespürt hast!« Dann tauschten wir unsere Adressen aus. Als Vallery die Toilette verließ, hockte ich mich wieder auf das Klobecken und dachte über ihre Worte nach.

Die Zeit darauf schleppte sich weiterhin unerträglich qualvoll dahin. Schon wenn ich morgens aufwachte, rebellierten meine Organe und ich floh auf das stille Örtchen. Zu Mittag klopfte Schwester Mary an die verschlossene Klotür und rief: »Frau Engelke, bitte machen Sie die Tür auf!« Ihr Tonfall erinnerte mich an den meiner Mutter, sodass ich unverzüglich ihrer Forderung nachkam. Nach dem Öffnen setzte ich mich rasch zurück auf das Becken. Dabei sah Schwester Mary mich an und ich sie, ehe sie fragte: »Was ist denn mit Ihnen los? Das Essen steht auf dem Tisch!« Wie ein Häufchen Unglück wurde ich vom Porzellanbecken fortgetragen. Ich sah sie wehleidig an und klärte sie über meine ständige Übelkeit auf: »Meine Innereien wollen keine Nahrung. Schon der Geruch des Essens lässt sie rebellieren. Ich habe nichts im Magen-Darm-Trakt und dennoch will er sich ständig entleeren.« »Warum sagen Sie mir denn das nicht? Der Magen holt sich immer, was er braucht Frau Engelke.« »Nein, nein Schwester, meiner nimmt erst gar nichts an! Er spuckt Schleim und grünen Gallensaft. Außerdem sterbe ich sowieso, da brauche ich auch keine Nahrung mehr.« »Nein, das werden Sie nicht, aber Sie sollen zu Kräften kommen!« »Wie denn, wenn nichts drin bleibt, Schwester Mary?« »Kommen Sie! Haken Sie sich bei mir unter, wir gehen gemeinsam zurück ins Zimmer.« Während sie am Tisch mir gegenüber Platz nahm, sagte sie: »Essen Sie!« Langsam zerkaute ich den ersten Happen und schluckte ihn hinunter. Er kam prompt wieder hoch und raus, dass ich es nicht einmal bis zum Klo schaffte und auf den Fußboden kotzte. Das war mir so peinlich, dass ich meinen Dreck sogleich mit Zellstoff entfernte. »Aber Frau Engelke, dass brauchen Sie nicht zu tun! Dafür haben wir Personal!«, empörte sich Schwester Mary. Sie erinnerte mich daran, nicht als Reinigungskraft hier zu sein.

Teilung in Körper und Geist

Schwester Mary hatte sich von meiner Qual überzeugt und sagte: »Legen Sie sich ins Bett. Ich bin gleich zurück!« Zurück kam sie mit einem fahrbaren Ständer, an dem eine Flasche mit klarer Flüssigkeit hing. Sie stellte ihn neben mein Bett und stach mir eine Kanüle in die Unterarmvene: »Flüssignahrung Frau Engelke.« »Danke Schwester Mary.« Während sie dann die geleerte Flasche gegen eine Bluttransfusion austauschte, versicherte sie mir: »Die brauchen Sie auch noch Frau Engelke.« Nach einer Woche Flüssignahrung ging es mir körperlich zwar besser, aber immer noch nicht gut. Immerhin konnte ich dem Körper die Ruhe schenken, nach der er lechzte und im Bett liegen bleiben. Noch bevor das Mittagessen ausgeteilt wurde, flüchtete ich mit dem Ständer auf die Toilette. Der Essengeruch war allzu penetrant für mich. Wenn die Luft im Zimmer wieder rein war, kehrte ich ins Bett zurück.

Nach einer Woche sagte Schwester Mary: »Es ist jetzt an der Zeit, dass Sie sich wieder mit Naturalien vertraut machen Frau Engelke.« »Schade Schwester Mary«, bedauerte ich es, denn nun setzte wieder dieselbe Leier ein: Erbrechen und Durchfälle zwangen mich zurück aufs Klobecken. Der Körper und ich – wir quälten uns durch den Tag. Ich hatte keine Kraft mehr, mich zusammenzureißen. Mein Verlangen zu sterben, wurde noch größer, weil mir der Tod als der einzige Ausweg aus diesem körperlich Unzumutbaren erschien. Es war grausam und mörderisch, wie der Körper meinem Wesen die Gefolgschaft versagte. Während ich an Diana dachte und mir die Seele aus dem Leib weinte, tat es mir unsagbar weh, sie nicht in die Arme schließen zu können. Ahnte Schwester Christel etwas davon oder trug sie sogar dazu bei, dass ich mit den Satansstrahlen so hart bestraft wurde? Blitzschnell stand Diana vor meinen Augen und sagte: »Mami ich brauche dich! Wann kommst du heim?« Dabei legte sie mir ihre Arme um den Hals und weinte. »Ich habe bald Geburtstag. Wirst du dann bei mir sein Mami?« Jetzt weinte ich mit ihr, dass mein Herz fast zersprang. Wenn ich nicht mehr heimkehren und tatsächlich sterben würde, käme mein Liebling in ein Heim oder zu einer anderen Mami. Nein, nichts von dem würde ihr Vater tun. Er würde sein Kind kurzerhand bei Helene abgeben und die würde Diana so fett mästen, wie ihr Vater einst war. Niemals konnte Helene ihr die Mami ersetzen. Das Kind brauchte mich, nicht irgendeine Tante! So durfte das nicht laufen – niemals! Mein Liebling war doch so sensibel. Diana brauchte mich! Ich durfte sie nicht hilflos und ungeschützt zurücklassen. Also rief ich ihr in Gedanken zu: Bald komme ich heim, meine Kleine! Hab noch ein wenig Geduld. Zu deinem vierten Geburtstag wird die Mami bei dir sein. Wir werden zusammen spielen und Eis essen gehen!

Nicht ahnend, wie es körperlich mit mir weiter gehen würde, sah ich nach dieser Vision lebensbejahend in die Zukunft. Ging es mir auch noch so erbärmlich, so wollte ich doch für das Kind, meinen Liebling Diana, unbedingt weiter da sein. Sie gab mir den Mut und die Kraft, nicht aufzugeben. Aber wie sollte ich es anstellen, genau zu ihrem Geburtstag daheim zu sein? Die wenige Energie, die mir noch zur Verfügung stand, bündelte ich und richtete sie auf dieses eine Ziel hin aus: Zum Ehrentag meines Lieblings will ich zu Hause sein! Dies ist jetzt meine Bestimmung. In dieser Nacht kreisten meine Gedanken nur um diesen Plan und die Chance seiner Umsetzung. Die angesetzte Strahlentherapie reichte weit über diesen Termin hinaus. Doch unerwartet blitzte eine Idee durch mein Gehirn: Um mein Ziel zu erreichen, konnte ich versuchen, die freien Tage zwischen den Therapien zu nutzen. Bei meiner Recherche stellte sich heraus, dass ich bei Nutzung der freien Therapietage für die nötige Bestrahlung die Entlassungspapiere genau zum Geburtstag meines Lieblings in den Händen halten würde. Aber wie sollte ich der Strahlentante erklären, dass ich mir ab sofort jeden Tag eine Bestrahlung wünschte? Denn nur wenn sie dem Plan zustimmte, würde ich mein Vorhaben realisieren können.

Bei der nächsten Bestrahlung nannte ich ihr meinen Wunschtermin für die Entlassung. Sie sah mich forschend an und sagte: »Sie leiden wohl noch nicht genug Frau Engelke? Nun will ich auch wissen, wie Sie auf diese brillante Idee gekommen sind und warum Sie es plötzlich so eilig haben!« Also erzählte ich ihr, weshalb es mein Wunsch war, nun täglich bestrahlt zu werden. Die Strahlentante seufzte: »Na gut, ich werde mir Ihren Wunsch durch den Kopf gehen lassen Frau Engelke.« »Überlegen Sie bitte nicht zu lange Strahlentante, die Zeit wird knapp!« Voller Optimismus sah ich ihrer Entscheidung entgegen.

Am nächsten Morgen kam Schwester Mary mit dem fahrbaren Infusionsständer ins Zimmer und stellte ihn neben mein Bett. Meine Vorahnung erfüllte mich bereits mit Glück: »Oh, ich bekomme wieder Flüssignahrung! Wie schön Schwester Mary!« Leise sagte sie: »Sie wollen uns doch bald verlassen Frau Engelke.« Diesen Satz von ihr zu hören, machte mich so glücklich, dass sich meine Augen mit Tränen füllten. Die Strahlentante hatte Schwester Mary also in mein Vorhaben eingeweiht. Na prima, wunderbar, dachte ich mir. Es lief viel besser, als ich vorab anzunehmen wagte. Die erste Hürde ward genommen.

Bei der nächsten Satansstrahlung sagte die Strahlentante: »Ich befürworte Ihren Plan Frau Engelke.« »Oh Mann, über ihre Zustimmung freue ich mich riesig Strahlentante!« Von Herzen gern hätte ich sie am liebsten umarmt. »Bitte Frau Engelke, erzählen Sie niemandem, dass Sie von nun an täglich bestrahlt werden! Wir kommen sonst in Teufels Küche!« »Ich schweige wie ein Grab Strahlentante!« Duldsam ergab ich mich dem, was da auf mich zukam. Welche Zeit auch immer mir die Strahlentante für die zusätzliche Bestrahlung einräumte, ich nutzte sie. Und Schwester Mary sorgte für die nötige Energiezufuhr, für mehr Lebensenergie in meinem Körper. Während sie die Kanüle in meine Unterarmvene stach, meinte sie: »Damit Sie nicht gleich beim leisesten Windhauch aus den Schuhen kippen, päpple ich Sie ein wenig auf, bevor Sie uns verlassen.« Sie lächelte und ich schmunzelte zurück: »Schwester Mary für ihre Fürsorge und ihr Mitgefühl bin ich von Herzen dankbar.« »Na, na, ich werde gleich rot, bei so viel Lorbeeren Frau Engelke!« »Sieht man doch bei Ihnen sowieso nicht Schwester, wegen Ihrer dunklen Hautfarbe.«

Durch die künstliche Nahrung und die Bluttransfusionen erholte sich der Körper und ich schenkte ihm die ungestörte Bettruhe, nach der er sich so sehnte. Denn ohne die zusätzliche Blutzufuhr und die Flüssignahrung hätte ich die Tage weiterhin auf dem Klobecken verbracht. Doch nun war ich es zufrieden, stieg nach jeder Bestrahlung rasch zurück ins Bett und ruhte aus. Die tägliche Dosis Satansstrahlen verbrannte mir Bauch und Po. Beim nächsten Termin sagte die Strahlentante: »Heute bekommen Sie die Strahlung direkt auf die Vagina Frau Engelke!« »Oh nein!«, stöhnte ich wehleidig und weigerte mich: »Niemals! Nicht mit mir Strahlentante!« In Windeseile zog ich Nachthemd und Bademantel wieder über und nahm eilig Reißaus in Richtung Bett. »Kommen Sie zurück Frau Engelke!«, rief die Strahlentante hinter mir her. Ich drehte mich um, sah sie winken und hörte sie rufen: »Kommen Sie! Kommen Sie zurück!« Geknickt, wie ein kleines ängstliches Kind, schlurfte ich den Gang zurück. Traurig, mit hängendem Kopf stand ich vor ihr und lamentierte: »Bitte nicht auf die Vagina Strahlentante!« »Aber wir können doch über alles reden. Wenn Sie einfach verschwinden, kommen wir nicht weiter Frau Engelke!« Ich dachte angestrengt nach: Wenn ich heute keine Therapie bekomme, verschieben sich die Behandlungstermine über das Geburtsdatum meines Lieblings hinaus, und das darf nicht sein! Ruhig fragte mich die Strahlentante: »Was hat Ihre Flucht zu bedeuten? Wollen Sie mir dazu etwas sagen Frau Engelke?« »Frontal auf die Vagina will ich keine Strahlung. Ich höre im Klo, wie die Frauen beim Wasserlassen vor Schmerzen laut stöhnen, weil sie da so verbrannt sind. Ich leide doch schon genug. Bitte nicht auf die Vagina Strahlentante!«, bettelte ich sie an. »Warten Sie hier!«, sagte sie knapp und verließ das Zimmer.

Wieder zurück, teilte sie mir mit: »Es war meine Pflicht, dem Professor mitzuteilen, was Sie nicht wollen.« »Ach so?«, rief ich erstaunt. »Und wie lautet die Antwort des Professors?« »Keine Strahlen auf die Vagina hat er entschieden.« »Oh Mann, ich bin so glücklich über diesen Entschluss! Danke Strahlentante.« Eilig zog ich Bademantel und Nachthemd wieder aus und legte mich auf die Pritsche unter der Kobaltkanone. Mit meiner Eile signalisierte ich ihr meine Freude über diese Entscheidung, denn sie war selbst stark gefordert, meinen straffen Therapieplan einzuhalten. Als sie dann die Kanone auf meinem Bauch platzierte, offenbarte sie: »Einige Frauen bekommen einen Kobaltstift in die Vagina eingeführt. Damit liegen sie vierundzwanzig oder sechsunddreißig Stunden ruhig und ganz allein in einem Raum. Und Sie sind schon empfindlich, wenn die Strahlen mal kurz auf Ihre Vagina scheinen!« »Warum bekommen die Frauen den Kobaltstift eingeführt Strahlentante?«, wollte ich unbedingt den Grund erfahren. »Weil sie nicht mehr operiert werden können.« »Warum können sie denn nicht mehr operiert werden Strahlentante?« »Weil es zu spät für sie ist oder eine andere Krankheit der Operation im Wege steht«, klärte sie mich auf. »Ach du meine Güte! Weil sie zu spät kamen?«, murmelte ich und erinnerte mich an die Erklärung des Professors: Wenn ich Schmerzen gehabt hätte, wär es für mich bereits zu spät gewesen! Nun begriff ich, warum er es mit mir so eilig hatte.

In meinem Gehirn begann es zu arbeiten: Es sollte so sein, dass ich meiner inneren Stimme folgte, damit es für mich nicht zu spät werden würde. Ich hätte mir nicht denken können, mit fünfundzwanzig Jahren so schwer zu erkranken. »Diese Station wird von den Patienten, ›die Endstation‹ genannt Strahlentante!« »Zurecht Frau Engelke, zurecht!« »Also sterben hier auch Patienten?«, hakte ich nach. »Die wenigsten überleben. Sie verbringen nach der Strahlentherapie noch eine Zeit lang bei ihrer Familie, aber bald holt der Krebs sie ein, dann der Tod.« Wie offen sie mich aufklärte! Dabei machte sie mich immer neugieriger. Meinen sechsundzwanzigsten Geburtstag erlebte ich auf der Station, wo ich über die Thematik Krebs ausführlich aufgeklärt wurde. Es grenzte an ein Wunder, dass meine innere Stimme nicht locker ließ, an jenem Freitag ohne Anmeldung einen Gynäkologen aufzusuchen. Denn von meinem Verstand her hätte ich erst bei Schmerzen einen Arzt aufgesucht. Doch dann wär es für mich bereits zu spät gewesen. Meiner inneren Stimme und ihrem beharrlichen Rufen konnte ich nicht genug danken. Mit der schonungs- und erbarmungslos quälenden Krankheit Krebs, wo es um Fressen und Gefressenwerden geht, macht jeder Einzelne seine individuellen Erfahrungen. Diese hier sind nun einmal meine.

»Und wie sieht es mit mir aus? Wie stehen meine Chancen Strahlentante?«, wollte ich unbedingt in Erfahrung bringen. »Bei Ihnen stehen die Aussichten auf Glücksfall – denke ich zumindest Frau Engelke. Schonen Sie sich nach Ihrer Entlassung und alles wird gut.« »Danke Strahlentante, für Ihre Offenheit.« Sie machte mir also Hoffnung, zu gesunden. Nach ihrer Auskunft verstärkte sich mein Wunsch, unbedingt weiterleben zu wollen, ganz erheblich. Für meinen kleinen Liebling Diana wollte ich da sein. Sie brauchte ihre Mami. In die erste Klasse und möglichst darüber hinaus wollte ich sie begleiten. Auf dieses Ziel hin richtete ich meine spärliche Energie aus. »Was denn, heute schon wieder eine Therapie?«, fragte eine Patientin, als wir uns bei der Strahlentante die Klinke in die Hand gaben. »Nein, nein!«, sagte ich schnell und schloss die Tür.

Als ich dann von der Bestrahlung kam, wartete Vallery auf der Bank im Flur auf mich. »Ich freue mich, dich zu sehen Vallery!«, begrüßte ich sie. »Ich wollte dich besuchen Adelheit! Mir geht es gut. Dir wird es bald ebenso gehen. Freu dich darauf, und lass dich nicht unterkriegen!« Ihre Motivation animierte mich und machte mich glücklich. Vallery war voller Enthusiasmus und Energie. Mit ihren roten Lippen, dem Make-up und den langen blondierten Haaren, die sie offen über den Schultern trug, sah sie wirklich hübsch aus. Als sie sich von mir verabschiedete, blieb sie noch kurz an der geöffneten Stationstür stehen und rief mir in den langen Gang nach: »Hab keine Bange Adelheit, der Sex gelingt jetzt viel besser! Er ist intensiver als vorher. Lass dir von den alten Weibern nicht einreden, dass es mit dem Sex vorbei sei! Alles Gute für dich, tschüss!« »Alles Gute für dich Vallery!« Als sie diese Sätze den Flur entlang schmetterte, schämte ich mich. Obwohl es mit mir gar nichts zu tun hatte, schämte ich mich dennoch.

Danach wollte ich ins Zimmer gehen, aber meine Banknachbarin hielt mich zurück und ich setzte mich wieder. Sie fragte mich: »Ist das wahr, was Vallery gesagt hat?« »Ich habe keine Ahnung. Das werde ich erst noch herausfinden«, sagte ich ihr. Sie zog mich ins Vertrauen: »Mein Mann will sich scheiden lassen, weil ich nach dem operativen Eingriff keine richtige Frau mehr sei, behauptet er. Beim Sex würde er nur in einem dunklen Loch herumfuhrwerken! Darum frage ich: Stimmt das, was Vallery da behauptet hat?« Ich antwortete ihr, dass ich es selbst erst herauszufinden hätte. Vallery jedenfalls würde den Sex als eine Gabe völlig neu erleben. Die Patientin bedankte sich. Ich kehrte ins Bett zurück und dachte nach: Unser Gehirn steuert die Gefühlswelt, die nach solch einer Operation doch nicht beschädigt sein kann. Der Sex ist für mich nebensächlich, weil ich ohnehin nicht zum Höhepunkt gelange. Aber vielleicht würde das nach dem Eingriff wirklich anders werden?

Die Zeit meiner Entlassung rückte immer näher. Schwester Mary kam ins Zimmer, stellte sich zu mir ans Bett und sagte: »Wenn Sie unser Haus verlassen Frau Engelke, dann bitte nur mit einer Taxe. Unter keinen Umständen nehmen Sie die Straßenbahn.« »Mach ich Schwester Mary. Ich danke Ihnen herzlich für Ihr Verständnis und die Mühe bei meiner Pflege.« Sie verabschiedete mich mit den Worten: »Für Sie ist es besser, dass Sie uns verlassen. Zu Hause im gewohnten Milieu und bei Ihrer Familie werden Sie sich gut erholen. Gehen Sie alles in Ruhe an. Alles Liebe und Gute für Sie Frau Engelke. Auf Wiedersehen.« »Danke Schwester Mary, alles Liebe auch für Sie.« Mit der roten Reisetasche in der Hand trat ich hinaus auf den Flur, wo mir die Stationsärztin entgegenkam. Empört fragte sie: »Wohin wollen Sie denn Frau Engelke? Sie sind noch lange nicht gesund!« Dann zählte sie all meine Wehwehchen auf, während ich zum Schwesternzimmer hinübersah, wo Mary aus der Tür trat und mir mit einer Handbewegung Zeichen gab, einfach weiterzugehen. Also ließ ich die verdutzte Ärztin einfach stehen und eilte zum Ausgang.

Vor dem Gebäude wartete die Taxe. Ich stieg ein und stöhnte: »Endlich!« Der Fahrer startete den Motor und fuhr mit mir vom Gelände, hinaus auf die Straße, heimwärts zu meinem Liebling Diana, an dessen viertem Geburtstag. Da mein Magen leer war, brauchte ich nicht befürchten, den Innenraum des Wagens zu beschmutzen. Ich war überglücklich, dass ich meinen Plan verwirklichen konnte, an Dianas Ehrentag bei ihr zu sein. Nach drei Monaten und fünf Tagen verließ ich das Spital mit mehr Achtsamkeit und Spürsinn als vor meiner Einweisung. Abgemagert wie ein Sträfling, saß ich Anfang Juli mit einem roten Winteranorak bekleidet in der Taxe. Ich fror immer und überall. Die Sonnenstrahlen wärmten den Körper durch die Jacke. Sobald Wolken vor die Sonne zogen, zitterte ich vor Kälte. Diese Empfindung verflüchtigte sich nicht mehr. Der Kreislauf hütete nur den Unterleib, wo er sich am wohlsten fühlte.

Als die Taxe am Wohnhaus anhielt, stand das Geburtstagskind davor und sprach mit Opa Weisner, der sich mit dem Oberkörper aus dem Fenster lehnte. Dabei sah Diana zur Taxe herüber, wer dort wohl aussteigen würde. Plötzlich strahlte sie: »Oh, meine Mami kommt zu meinem Geburtstag!« Mit großer Freude umarmte sie meinen Bauch, drückte fest zu und rief: »Mami, meine Mami!« Aus der Tasche holte ich ihre Lieblingsleckerei und gratulierte ihr zum Geburtstag: »Oh Mami, dass du daran gedacht hast!« Dankbar lehnte sie ihren Kopf an mich. Dann lief sie voraus in die Wohnung und rief: »Vati komm schnell, die Mami ist da!« Da Florian Diana zur Besuchszeit oft nicht mitgebracht hatte, verriet ich ihm auch nicht meinen Entlassungstermin. Außerdem hatte ich eine gewisse Vorahnung. Schon im Spital konnte ich spüren, dass mit ihm etwas nicht stimmte. Doch die Zeit wollte es, dass ich nicht weiter darüber nachdachte. Als ich dann aber vor der Wohnungstür stand und Diana sie für mich weit offen hielt, blieb ihrem Vati vor Schreck die Spucke weg. Er wirkte völlig fassungslos auf mich und sagte kein Wort. Freude schien ihm meine Überraschung nicht zu bereiten. Es gab keinen Begrüßungskuss und keine Umarmung, nur kalte Unnahbarkeit. Irgendetwas war an ihm anders. Später würde ich ihn daraufhin ansprechen, doch nun wollten wir den Geburtstag meines Lieblings feiern. Diana war überglücklich, dass ihre Mami dabei sein konnte.

Zur Geburtstagsfeier lud Diana auch Familie Weisner ein. Von ihr wünschte sie sich ihren Lieblingskuchen: Quarktorte mit Kirschen. Am Kaffeetisch verhielten sich die Gäste mir gegenüber schweigsam, verkrampft und fremd, sodass keine Geselligkeit aufkam. Diese Spannung versuchte ich zu lösen, indem ich mir wünschte: »Diana, bitte erzähl uns vom Kindergarten.« Von da an drehte sich alles um das Geburtstagskind – gut so, denn dadurch entspannte sich die Atmosphäre. Eifrig erzählte Diana von Sybille, Peter und Stefanie, mit denen sie spielte, und die sich weigerten, ihre Spielsachen aufzuräumen und vieles mehr. Dabei war meine Übelkeit ständig präsent, sodass ich den leckeren selbst gebackenen Kuchen weder anschauen, noch essen konnte. Es wäre mir peinlich gewesen, die herrliche Leckerei wiederzukäuen. Also entschuldigte ich mich, dass es keine böse Absicht von mir war, den Kuchen nicht zu essen.

Nach zwei Stunden ging eine gemütliche, wenn auch ruhige Kindergeburtstagsfeier zu Ende. Hiernach wich Diana nicht mehr von meiner Seite. Beim Gutenachtküsschen zog sie mich in ihr Kinderbettchen hinein und forderte: »Du schläfst heute bei mir Mami!« Sanft sprach ich zu ihr: »Aber für dein Bettchen sind meine Beine zu lang Diana. Schlaf gut und träum was Schönes. Mami hat dich lieb.«

Niederschmetternde Enthüllung

Das soziale Netz hielt nicht mehr –
die Sicherheit kaputt.
Das selbstgestrickte Leid zeigte große Löcher,
wo dick geweinte Tränen hindurch liefen.
Harmonie und Frieden – eine Illusion?

Nach meiner Entlassung aus dem Krankenhaus war ich nicht mehr die Frau, als die ich hineingegangen war. Ich hatte sehr viel Gewicht verloren und sah wahrlich wie ein Häftling aus. Ich fühlte mich leer und unattraktiv. Aber das Bitterste an allem war, dass man versuchte, mich in den Hintergrund abzuschieben. Nicht willkommen zu sein, machte mich traurig. Dabei sehnte ich mich danach, von Florian in den Arm genommen zu werden und mich aufgehoben zu fühlen. ›Alles wird gut‹ hätte ich ihn gern sagen gehört. Doch mein Wunsch wurde nicht erfüllt, mein Sehnen nicht erhört, Hilfe wurde mir nicht zuteil.

Nach der Zerrüttung meines Körpers in der Klinik avisierte ich seinen Wiederaufbau. Mühe allein genügte hierfür nicht, viel Geduld war notwendig. Da die Seele und der Geist – das Zusammenspiel meiner inneren Intelligenz – den Körper in Ordnung zu bringen bereit waren, hoffte ich, es würde gelingen. Letztendlich hatten sie es zugelassen, dass ich an Krebs erkrankt war. Meiner Lebendigkeit wurde die Intensität geraubt, der Körper durch den langen Leidensweg unter Druck gesetzt, worauf er schließlich reagiert hatte. Die Anweisungen aus dem Spital, die Genesung behutsam zu fördern, nahm ich sehr ernst. Aufgrund meines Zustands hatte ich auch gar keine andere Wahl, als die Genesung in kleinen Schritten anzugehen. Mein Wille war jedoch sehr stark, wieder die attraktive Frau zu werden, die ich vor der Krankheit gewesen war. Ich verstand aber auch, dass Ungeduld und Überbelastung der Gesundung meines Körpers schaden würden.

Ich hoffte sehr, Florian würde mir helfen, meine Lebensgeister wieder zu wecken und fragte ihn: »Nimmst du ab Montag Urlaub?« Florian zog den Zigarettenqualm tief in sich hinein und schwieg. Diese ausweichende Unart war mir seit Langem vertraut. Dabei hatte ich ihm eine ganz einfache Frage gestellt, auf die er nur mit ja oder nein antworten konnte. Nach langem Zögern sprach er endlich: »Ab Montag habe ich Urlaub!« – und blieb danach zugeknöpft, zu einem Dialog nicht bereit. Was ging hier vor?, fragte ich mich. Schon die Begrüßung durch ihn war herzlos und abweisend. Dass ich mich durch die Krankheit kämpfte und nun wieder zuhause war, behagte ihm offenbar nicht. Im Ehebett lag er auf der äußersten Kante, als wollte er mir bedeuten, ihm nicht zu nahe zu kommen: Berühre mich nicht und bleib mir fern! Genauso erlebte ich die Mutter in der Kindheit: stets von mir abgewandt. Was hatte ich ihm nur zugefügt, dass er mich derart fernhielt? Wie Schwester Mary mir gesagt hatte, sei die Balance zwischen uns beiden für meine Genesung von großer Bedeutung. Mit einem unguten Gefühl des Misstrauens schlief ich endlich ein.

Am Montagmorgen verließ Florian die Wohnung, als wollte er – trotz seines angeblichen Urlaubs – zum Dienst gehen. Mit Diana besuchte ich den Kindergarten, um sie dort abzumelden. Die Leiterin Frau Kurzwich äußerte sich positiv über Diana, was mich sehr glücklich stimmte. Zum Abschied wünschte sie mir gute Besserung, was mein Mann nicht über die Lippen brachte. Am Abend kam Florian nach Hause. Da mir der Geruch von Essen weiterhin Schwierigkeiten bereitete, speiste er außerhalb und Diana bei Frau Weisner. »Ich denke du hast Urlaub Florian?« »Hab' ich auch«, sagte er abweisend und blieb auf Distanz. »Und wo hältst du dich den ganzen Tag auf?«, wollte ich erfahren. Doch er hielt es nicht für nötig, darauf zu antworten. Am nächsten Morgen verließ er zur selben Zeit die Wohnung und kehrte wieder erst am Abend heim – am darauffolgenden Tag dasselbe Spiel.

Während Diana und ich im naheliegenden Park spazieren gingen, machte ich mir so meine Gedanken. Von meiner Krankheit wollte keiner etwas wissen, weder Florian noch Familie Weisner. Da ich fühlte, die anderen würden kein Interesse für das aufbringen, was ich gerade durchmachte, schwieg ich darüber. Freundschaften behelligte ich mit diesem Thema von vornherein nicht. Gleichwohl stellte ich mir die Frage, wovor sich die anderen fürchteten. War ich durch die Krankheit etwa nichts mehr wert? Florian jedenfalls ließ mich das so spüren. Verlor ich dadurch die Zugehörigkeit zu ihnen? Warum fühlte ich mich wie ausgestoßen, wie allein gelassen? War den anderen nicht bewusst, was sie mich durch ihre Abwehrhaltung spüren ließen? Dabei sehnte ich mich so sehr danach, einmal gedrückt zu werden und nur die paar Worte zu hören: »Schön, dass du alles gut überstanden hast und nun wieder da bist.« Verlangte ich da vielleicht zu viel? Da die Wärme der Sonnenstrahlen den Anorak durchdrang und meinen Körper angenehm durchströmte, kehrte ich mit einem Wohlgefühl mit Diana nach Hause zurück. Dort erledigte ich die häuslichen Pflichten, so gut ich konnte.

Als Florian wieder erst abends erschien, fragte ich ihn: »Was machst du bloß den ganzen Tag? Willst du mir nicht etwas sagen?« Doch statt sich zu erklären, zog er wieder nur heftig an der Zigarette, was er stets tat, wenn er Stellung beziehen sollte. Ich hätte ihm mein sicheres Gefühl auch offen mitteilen können, dass er irgendein Geheimnis mit sich herumschleppt. Doch mit einem Mal meinte er: »Es gibt nichts zu sagen.« Sodann bohrte ich auch nicht weiter nach. Als er dann aber auch noch am Samstag früh die Wohnung verließ, sah ich plötzlich vor meinem inneren Auge eine blonde Frau. Schon im Krankenhaus hörte ich meine innere Stimme sagen, er würde eine andere Frau begehren. Dort benötigte aufgrund seines Verfalls aber mein Körper die ganze Aufmerksamkeit, weshalb ich diesen Gedanken beiseiteschob. Für den Fall jedoch, dass Florian auch am Sonntag die Wohnung verlassen würde, beugte ich vor. Ich weihte Frau Weisner in meine geplante Aktion ein und bat sie, Diana solange in ihre Obhut zu nehmen. Als ich meine Tochter dann bei ihr zurückließ, fragte sie ängstlich: »Mami, du kommst doch wieder?« »Auf jeden Fall mein Liebling!«

Wie vermutet, verließ Florian tatsächlich am Sonntag früh die Wohnung – und ich observierte ihn. Dezent schminkte ich mein Gesicht, um nicht krank auszusehen. Plötzlich sagte die innere Stimme: Stell dich dem Kampf! Was denn, schon wieder kämpfen?, fragte ich zurück. Doch Florian forderte mich durch sein Verhalten zu neuer Aktivität heraus. Dabei fühlten sich Körper und Psyche noch nicht imstande, die Kampfhandlungen aufzunehmen. Diese Mehrbelastung käme einer Selbstzerfleischung nahe – und doch griff ich zu dieser Maßnahme, die einer Bespitzelung gleichkam. Eine Woche zuvor war ich erst aus dem Spital entlassen worden und körperlich ging es mir noch miserabel. Aber ich wollte Gewissheit darüber erlangen, ob hinter Florians Abwesenheit und Schweigen tatsächlich eine Blondine steckte, wie mein siebter Sinn mir suggerierte. Ich wollte ihn nicht mit einem bloßen Verdacht konfrontieren, sodass er mich der Verleumdung bezichtigen konnte, sondern ihn auf frischer Tat erwischen.

Florians Weg führte zum Neustädter Bahnhof. Mit leerem Magen trat ich in Aktion und hängte mich an seine Fersen. In der Bahnhofshalle fragte ich am Schalter: »Wohin fährt der Zug, der gerade einrollt?« Die freundliche Angestellte gab mir die Auskunft und ich kaufte ein Ticket. Florian stand nur ein paar Meter vom Treppenaufgang entfernt auf dem Bahnsteig, sodass ich auf den Stufen wartete, bis der Schaffner zur Abfahrt des Zuges pfiff. Sodann öffnete ich rasch noch eine Tür und sprang hinein. Nur einen Waggon weiter stand mein Mann im Durchgang über den Puffern. Ich stellte mich dahinter, sodass uns nur die Abteilwand voneinander trennte. Beim vierten Halt stand der Zug noch außerhalb des Bahnhofs, doch Florian stieg aus. Weit und breit war kein Baum, kein Gebüsch, kein Versteck, hinter dem ich in Deckung gehen konnte, um von ihm nicht gesehen zu werden. Also blieb mir nur die Flucht über die Schienen. Dabei verlor ich ihn aus den Augen. Welche Richtung hatte er eingeschlagen? Plötzlich kam er aus einem Laden und zündete sich eine Zigarette an. Wenn er sich umdrehte, entzog ich mich rasch seinem Blick. Am Ende der Ortschaft durchquerte er eine Gartenkolonie. Hier war ich ihm ohne Deckung ausgeliefert. Wenn er sich umschaute, bewunderte ich über die Zäune hinweg die an Blumen reichen Grundstücke. Bei dieser Verfolgung kam ich mir vor wie der Alte, der mich in der Kindheit bespitzelt hatte.

Unerwartet blieb Florian stehen und drehte sich langsam um. Offenbar hatte er bemerkt, dass er verfolgt wurde. Nun hatte er seine kranke Frau im Visier und ich meinen enttäuschten Mann. Seine Miene ließ mich nichts Gutes ahnen. Bedächtig gingen wir aufeinander zu. Mit verbittertem Blick kam er immer näher, wobei ich mich zunehmend unwohl fühlte. Als wir einander gegenüber standen, fragte ich: »Hast du eine andere Frau Florian?« »Ja.« »Ach deshalb lag dir nichts an meiner Genesung! Du hast deine kranke Frau gegen eine gesunde eingetauscht. Ohne dich beim Professor über meinen Gesundheitszustand zu erkundigen, hast du dir lieber eine andere Frau genommen, weil das für dich einfacher war!« Dann rückte er mit dem raus, was ihm auf der Seele lag. Seine Worte ließen mich schaudern. »Sieh dich doch einmal an, wie du aussiehst: die Beine dünn wie Zaunlatten!« Oh, dachte ich, genau das warf mir auch Schwester Christel vor. Florian fuhr fort: »Das Gesicht eingefallen, die Augen tief liegend. Du bist eine elende Erscheinung! Schließlich bin ich auch nur ein Mensch. Außerdem glaubte ich, du würdest sterben!« Oh mein Gott, dachte ich, ist das mein Mann? Ja, das war er, wie er fühlte und dachte. »Du hattest keine Zeit für ein Gespräch mit dem Professor, weil die Geliebte wartete. Von ihm hättest du Einiges über deine kranke Frau erfahren können. Aber du wusstest es ja besser, dass ich sterben würde. Doch diesen Gefallen tu ich dir nicht! Dass du mit meinem Ableben rechnest, hab ich längst gespürt. Während du deine Zeit mit der Geliebten verbracht hast, war dein Kind dir einerlei. Du hast einfach vergessen, es aus dem Kindergarten abzuholen. Ohne vorherige Absprache hast du dem Kindergartenpersonal und Frau Weisner deine Vaterpflicht aufgebürdet. Das unschuldigste Wesen überhaupt, dein eigen Fleisch und Blut hast du mit Vernachlässigung deiner Pflichten gestraft. Stattdessen bist du besinnungslos deiner Wollust gefolgt. Dein Schwanztrieb hat dein Kind aus dem Gehirn verbannt. Das ist erbärmlich, jämmerlich und schmutzig von dir Florian. Du bist das Letzte!« Zu meinen Vorwürfen äußerte er sich nicht. Stattdessen inhalierte er den Zigarettenqualm tief in seine Lunge.

Stumm kehrten wir zum Bahnhof zurück und die Heimfahrt verlief im Schweigen. Als ich das Spital verlassen hatte, war ich auf einen neuen Kampf nicht vorbereitet. Schwester Christel ahnte, was mich daheim erwarten würde. »Ihr Mann wird sie verlassen!«, sprach sie. Dass eine andere Frau dahinter steckte, ahnte ich schon im Spital. Dort hatte ich jedoch keine Kraft, weiter darüber nachzudenken. Die Gegenwart präsentierte mir nun, dass in der Tat eine Geliebte der Grund für sein Verhalten war. Nicht nur, dass die Krankheit mein Leben erbarmungslos durcheinander rüttelte, nun bekam ich obendrauf noch den Hammerschlag meines eigenen Mannes schmerzhaft zu spüren. All diese Schläge setzten sich einer nach dem anderen fort, sodass mein armseliger Leib sich vor der Finsternis des Herzens und der Schwäche fürchtete, und ich mich wieder schuldig fühlte. Trotz dieses Leidensdrucks kam eine Trennung für mich nicht infrage. Ich war für zwei Jahre invalidisiert worden. Mit den knapp bemessenen finanziellen Mitteln wäre ich noch nicht einmal allein über den Monat gekommen, geschweige denn mit Diana. Einhundertzwanzig Mark standen mir monatlich zur Verfügung. Hätten wir uns getrennt, dann hätte Florian mir meinen Liebling weggenommen und ihn zu Helene gebracht. Somit wäre er seiner Vaterpflichten ledig und für die Geliebte frei gewesen. So durfte es nicht kommen! Meine Diana gehört zu mir, wie mein rechter Arm. Sie verlieh mir den Mut, an meinem körperlichen Verfall nicht auch seelisch zu zerbrechen, denn all das tat furchtbar weh.

Daheim machte ich Florian deutlich: »Wenn ich jetzt auch wie der Schatten meiner selbst aussehe, so werde ich doch wieder ganz gesunden. Mag dabei auch eine gewisse Zeit verstreichen, so will ich meine frühere attraktive Erscheinung doch wieder erlangen. Aber bitte treibe mich doch nicht in die Enge. Ich habe es mir so nicht ausgesucht. Schließlich hast du mir gedroht, du würdest dich von mir scheiden lassen, wenn ich noch ein

Kind bekäme. Eine Folge meiner Operation ist, dass ich keine Kinder mehr bekommen kann. Nun ist es so, wie du es dir gewünscht hast. Dennoch werde ich wieder völlig gesund – nur das zählt! Diana braucht ihre Mami und ihren Vati.« Während ich ihm meinen Standpunkt offen darlegte, zuckte er keinen Moment mit den Wimpern. Er blieb stumm, taub, kalt und unnahbar. Die geringe Kraft, die mich aufrecht hielt, setzte ich dafür ein, Florian zugunsten unserer kleinen Familie umzustimmen. Die Chance, ihn so zurückzugewinnen, war gering. Diana war und ist mein Ein und Alles, mein Fleisch und Blut, mein Halt, meine Stütze, meine Hoffnung. Ich wollte sie mit der Schultüte sehen und ins Erwachsenenleben führen. Es kam für mich also überhaupt nicht infrage, diese Aufgaben an eine Helene oder irgendeine andere fremde Frau abzutreten. Dafür erniedrigte ich mich und flehte Florian an. Freundlich, liebevoll und sanft versuchte ich die Adresse seiner Geliebten aus ihm herauszuquetschen. »Was erwartest du von ihr?«, fragte er neugierig. »Ein Gespräch von Frau zu Frau«, legte ich ihm offen. »Glaubst du tatsächlich, sie würde dich empfangen?«, versuchte er mich davon abzuhalten. »Das werde ich sehen, wenn wir uns gegenüberstehen.« Und dazu brauchte ich ihre Adresse. Die nannte er mir zwar nicht, erklärte mir aber den Weg dorthin. »Durch die Gartenkolonie hindurch, das zweite Haus rechts, die erste Tür – dort wohnt sie.« Ihren Namen verriet er mir nicht und ich dachte, traut er mir etwa nicht zu, die Frau allein aufgrund der Wegbeschreibung ausfindig zu machen? Da soll er sich mal nicht täuschen, ging es mir durch den Kopf. Während er noch einen Vierzeiler zu Papier brachte und ihn ins Kuvert schob, sagte er: »Gib Brigitte diesen Umschlag bitte ungeöffnet.« Aha, ihr Name ist Brigitte. Dabei vergaß er meinen Namen auszusprechen. Auf der Straße hielt ich es vor Neugier nicht aus, öffnete den Umschlag und faltete den Brief auseinander. Darin stand: »Liebe Brigitte, höre nicht auf meine Frau. Ich liebe Dich und will mit Dir zusammenbleiben. Ich komme morgen zu Dir!« »Idiot!«, rief ich ärgerlich.

Als ich an Brigittes Haustür klingelte, öffnete wahrhaftig eine Blondine mit einem Säugling auf dem Arm. Freundlich begrüßte ich die junge Frau und stellte mich vor: »Ich bin Frau Engelke, Florians Frau.« Sie sah mich an, als wäre ich ein Geist, ehe sie sagte: »Ich bin Brigitte. Kommen Sie doch herein.« Drinnen saßen wir uns im Wohnraum am Tisch gegenüber und führten von Frau zu Frau ein positives, herzliches sogar einfühlsames Gespräch. Bei der Übergabe des Umschlags sagte ich: »Der Brief ist von

Florian. Bitte entschuldigen Sie, dass ich ihn geöffnet habe.« »Hätte ich auch getan«, sprach sie lächelnd. »Ich kann gar nicht fassen, dass Florian Sie, eine attraktive Frau, verlassen will, weil Sie sterben werden. Das ist widerwärtig, charakterlos, einfach schäbig von ihm!«, sagte sie enttäuscht. »Ich werde nicht sterben Brigitte!« »Wie – bitte?«, zog sie ihre Frage in die Länge. »Ja, es stimmt! Ich werde mich erholen und für mein Kind da sein. Ich erhielt die Chance, mein Leben fortzusetzen.« »Weiß Florian das?«, fragte sie entgeistert. »Ja, er weiß das Brigitte. Deshalb bin ich ja zu Ihnen gekommen.« Brigitte sammelte sich einen Moment lang und gestand mir dann: »Ich bin nur deshalb mit Florian zusammen, weil ich Mitleid mit ihm habe, dass er seine Frau so jung an den Krebs verliert. Ich liebe ihn nicht Adelheit!« »Aber er schrieb Ihnen doch, dass er Sie liebt.« »Naja, er mich vielleicht, aber ich liebe ihn nicht – und das geht nun gar nicht mehr!« Dann schrieb sie knapp auf die Rückseite von Florians Brief: »Nie mehr verbringe ich meine Freizeit mit Dir. Aus und vorbei! Gruß, Brigitte.«

Zu Hause überreichte ich Florian das Schriftstück. Sogleich war er außer sich vor Wut und machte mich dafür verantwortlich, dass Brigitte die Beziehung beendet hatte. Voller Zorn beschimpfte er mich: »Du Miststück! Du erbärmliches Weib hast mich bei ihr schlecht gemacht! Was bildest du blöde Kuh dir überhaupt ein?« Oh, was hatte ich da getan? Die Wahrheit offenbart – und die tut immer weh. Er erkannte nicht den Ernst der finanziellen Lage, der für mich und Diana aus einer Trennung resultieren würde, weil er gar nicht erst darüber nachdachte. Hätte es diese drohende Not nicht gegeben, hätte ich ihn samt seinen Klamotten auf die Straße geworfen und er hätte zu Helene gehen können. Ich nahm meinen ganzen Mut zusammen und erklärte ihm: »Florian, ich brauchte dich nicht bei ihr schlecht machen. Sie ist eine Frau und denkt wie eine Frau, nicht wie ein Mann, der nur seinen Schwanztrieb im Kopf hat. ›Wie in guten, so auch in schlechten Tagen …‹ Aber das trifft für dich offenbar nicht zu!« Doch er schien seine Stimmbänder verknotet zu haben, um ja nicht zu antworten. Da er keine Antwort über die Lippen brachte und ich nicht wusste, wie es nun weitergehen würde, zerrte die Ungewissheit an meiner Substanz, sodass die Nerven blank lagen.

Vor Verzweiflung darüber, dass er sich nicht äußern wollte, drehte ich in der nächsten Nacht am Herd alle Gashähne voll auf, ohne zu zünden. Von der Küche aus kam man erst in den Schlafraum und dann in die Wohnstube. Ich ließ also die Küchentür offen und wartete auf der Matratze, was passieren würde. Bald schon wachte Florian auf, ging in die Küche, drehte die Hähne zu, öffnete die Fenster, nahm Diana aus dem Bettchen, stellte sich in den Türrahmen zur Wohnstube und meinte: »Wenn du dich umbringen willst, dann tu es! Das Kind und ich haben damit nichts zu tun!« Er schloss die Tür hinter sich und seine Worte drangen tief in mein Herz. Die verflixte Situation versetzte mich so sehr in Schwermut und Leibesschmerzen aufgrund der Aussichtslosigkeit, allein für mein Kind und mich sorgen zu können, dass ich psychisch am Ende war und herzzerreißend weinte. Ja, ich allein sollte die Last ohne Unterstützung der Familie tragen, konnte Florian aber nicht rausschmeißen, was ich liebend gern getan hätte. Denn schließlich ging es um die Sicherheit für mich und das Kind.

Am nächsten Tag kam der ganze Nerven zerreibende Ramsch wieder hoch. Schließlich wurde mir bewusst, dass ich durch diese Verzweiflungstat unsere Lage noch verschlimmert hatte. Warum ist es so aufreibend und problematisch, miteinander umzugehen, zu leben und sich miteinander geborgen zu wissen? Wie schön, ruhig und still war es dagegen bei dem jungen Mann im Schoß, wo ich mich so glücklich, friedvoll und gewaltlos wahrgenommen hatte. Florian gewährt mir keinerlei Unterstützung bei meiner Genesung. Ich war für ihn nichts mehr wert, hatte keine Attraktivität mehr aufzuweisen, auf die er hätte stolz sein können. Für ihn wäre es besser gewesen, ich wäre gestorben. Schon vor unserem Zusammenschluss gewährte er mir in Situationen, in denen ich Gewalt litt, keinerlei Hilfe und Beistand. Zu jener Zeit jedoch war ich noch voller Hoffnung, dass er sich eines Tages, wenn es darauf ankäme, hilfreich zeigen würde. Leider führte mich diese Hoffnung immer wieder in die Irre.

Tage später verstaute ich seine Klamotten in Kisten und Koffern und stellte sie zum Abtransport bereit. Obwohl es mir körperlich schlecht ging, bügelte ich sogar noch seine zerknautschten Hemden. Nun wusste er nicht, was er davon zu halten hatte und fragte: »Warum stopfst du meine Sachen da rein?« »Wonach sieht es denn aus Florian? – Du kannst gehen! Ich halte dich nicht mehr.« Dabei sprach meine innere Stimme: Er bleibt! Nur weil ich mir dessen gewiss war, führte ich diese Eskalation herbei. So, wie er mich in die Enge gedrängt hatte, presste ich ihn jetzt gegen die Wand. »Wohin soll ich denn gehen? Brigitte will von mir nichts mehr wissen und du jetzt auch nicht mehr.« Dabei sprach er nicht einmal meinen Namen aus. »Dein Problem Florian!« Während er an seinem Glimmstängel wie an einem Nuckel sog, lief er in den Räumen auf und ab. Selbst nicht wissend, was ich jetzt tun sollte, ignorierte ich ihn einfach und ging mit Diana spazieren. Mit seinem Problem ließ ich Florian erst einmal allein.

Als wir von unserem Ausflug zurückkehrten, sagte er: »Bitte verzeih mir!« Nicht einmal jetzt sprach er meinen Namen aus. »Ach, glaubtest du wirklich, so einfach geht das: Friede, Freude, Eierkuchen? So läuft das nicht. Darüber denke ich erst einmal nach. Du hast mich zu sehr verletzt Florian. Das tat sehr weh und hat mich so sehr gequält, dass du es jetzt nicht ungeschehen machen kannst. Dass ich die schwerste Krankheit durch- und überlebt habe, ist dir scheißegal. Es ging dir am Arsch vorbei, weil du längst eine andere Frau, dazu noch eine mit Kind, erwählt hattest. Für dich war ich schon tot. Während ich von dir Unterstützung bei meiner Genesung erhoffte, hast du mir einen Betonklotz auf mein Haupt geschlagen, bist auf meinem kranken Körper und der zerbrochenen Seele darin herumgetrampelt, hast jegliche Zuwendung blockiert. Das ist so erbärmlich von dir, dass die Erinnerung daran ewig in mir haften wird. Dieser Schaden, den du hinterlassen hast, ist wie eingestanzt in mich.«

Ich fand ihn des Umgangs mit mir nicht mehr würdig. Doch über meine zusammenfassende Rede dachte er ebenso wenig nach, wie der Alte in meiner Kindheit, als seine Schandtat öffentlich wurde. Denken Männer nur mit dem Schwanz – immer und überall? Für jeden Gefallen wollen sie mit Sex belohnt werden, wie ich es in der Kindheit erlebt hatte. Nun fand Florian so schnell keine Frau für freiwilligen Sex. Also blieb ihm nur übrig, mich um Verzeihung zu bitten, damit er seiner Wolllust wieder frönen konnte – wie armselig! Vierundzwanzig Stunden später nahm ich seine Entschuldigung an. Und das Erste, was er wollte, war Sex. Er hatte nur das Bedürfnis, seine Wolllust an mir abzureagieren, ansonsten war ich ihm völlig gleichgültig. Er fragte nicht einmal, wie es mir ging oder sagte, dass ihm leidtäte, was er mir zugemutet hatte, ganz zu schweigen davon, mich einmal in die Arme zu nehmen und spüren zu lassen, alles würde gut werden. Stattdessen wollte er nur seine Spermien loswerden. Als er dann in mich eindrang, durchflutete mich eine große Abneigung gegen seinen Kolben und seine ganze Person. Wie ein Kaninchen rackerte er sich ab, während ich Angst hatte, er könnte mich innerlich verletzen. Ein gutes Gefühl entsprang in mir nicht. Ich presste die Augen zusammen und dachte an Vallerys Verheißung, die sich ganz und gar nicht einstellen wollte. Plötzlich sträubten sich alle meine Muskeln und Körperzellen gegen diesen Akt. So, wie er da auf mir lag, erstarrte ich regelrecht zum Eisklumpen und dachte:

Ich hasse dich, du Scheißkerl! Nun brauchte er nicht mehr aufzupassen, dass er mich schwängern könnte. Als er seine Samenkolonie in meinen Leib spritzte, brachen in mir Antipathie, Widerwillen und Ekel dagegen aus. Vor diesem Akt war ich sauber, hiernach war ich verunreinigt. Er konnte nicht zurückstecken, nicht geduldig warten und es zärtlich mit mir aushalten, bis auch ich zum Sex bereit war.

Nachdem er sich entleert hatte, schlief er sofort ein. Er benutzte mich wie ein Stück Fleisch. Unter der Decke weinte ich dann leise und beschimpfte den Kerl aufs Äußerste. Auch in der Folgezeit erlebte ich den Beischlaf nicht so, wie ihn Vallery nach dem Eingriff bei ihr angeblich genießen konnte. Wie sollte mir solch ein Geschlechtsakt Lust bescheren? Für mich hieß das wieder nur die Lust zu spielen, und Florian spürte nicht einmal, dass ich ihm etwas vormachte, weil er nur an seine Befriedigung dachte und danach schnarchte. Ich hatte es mir so ausgesucht, und da sollte ich nun durch: die Ehepflicht dem Mann nicht verweigern, hin-, aus- und durchhalten – wie schon vor der Krebskrankheit.

Der Herbst hielt Einzug und die Sonne stand tief. Dabei warfen die in allen Farben prächtig schillernden Bäume weite Schatten und die Nebelschwaden zogen durch die morgendlichen Straßen. Starke Winde und Stürme, die ich so gern mag, rissen das Laub von den Bäumen und ließen sie kahl wie Totengerippe erscheinen. Alles schien traurig und schwer, als blickten sie zurück auf das ausgelassene Leben, das vor kurzem noch in den warmen Sommermonaten tobte. Nun kündigte sich der Monat November an und die Herbstsonne präsentierte eine Schönheit, die sonst keine andere Jahreszeit bot. Dabei wurde mir bewusst, dass ich ein Jahr zuvor bereits die ersten Anzeichen des Symptoms Krebs bemerkte. Am Sonntagnachmittag schien die Sonne golden und wir wollten in der Natur spazieren. Doch fünf Minuten vorher provozierte Florian Streit. Ich fühlte mich wie vor den Kopf gestoßen, weil er lieber ruhen wollte, als mit der Familie die Natur zu genießen. Nicht nur während der Arbeit hielt er stets sein Nickerchen, er verbrachte wie eh und je auch seine ganze Freizeit in Morpheus' Armen. Für mich war er schon immer eine faule und bequeme Socke und für seine Trägheit hätte ich ihm gern noch einen Orden verliehen.

Der Ring – zerbrochen

Meine ganze Aufmerksamkeit widmete ich Diana. Die täglichen Spaziergänge durch den Park waren Balsam für meine Seele. Längst stand die Sonne wieder höher und in der grünen Oase pumpten die Wurzeln ihre Säfte in die Zweige der Bäume, in Blumen und Gräser. Die Natur zeigt ihre volle Kraft und Schönheit stets im Frühjahr. Im Park war ein Russenfriedhof ohne Kapelle angelegt worden. Er war von einer niedrigen roten Steinmauer umfriedet. In Abständen standen kleine einbetonierte Säulen in der Erde, zwischen denen schwarze geflochtene Stahlketten hingen. So manches Mal sahen wir von weitem einer Beisetzung zu. Bei diesem Anblick durchflutete mich ein angenehmes Gefühl und entfachte eine melancholische Sehnsucht in mir. Doch wenn ich Diana betrachtete, löste sich diese Todessehnsucht im Nu wieder auf und ich erzählte ihr, was die Leute am Grab zusammenführte. Dabei hörte sie aufmerksam zu. Es war gut, dass sie von all dem, was ich fabelte, nichts verstand und auch keine Antwort geben konnte. Mit vier Jahren war sie viel zu jung, um zu verstehen, was Mami meinte. Ihr Verstand war noch nicht so weit entwickelt, dass sie die Endgültigkeit des Todes begreifen konnte. Das kann jedes Kind erst im Alter von sieben bis neun Jahren.

Gesundheitlich fühlte ich mich immer besser und sorgte gut für meine kleine Familie. Da war ich wieder die emsige, aktive und engagierte Frau, die ihr Leben in die Hand nahm und sogar das ihres Mannes. Somit gab ich ihm auch seinen Stolz zurück. Was ich wirklich damit bezweckte, wurde ihm nicht bewusst, weil er nie darüber nachdachte und nur seinem Schwanztrieb folgte. Mein Engagement diente allein der sicheren Versorgung meines Kindes und meiner selbst. Ich hielt aber auch an der Zusammengehörigkeit fest, ›bis dass der Tod uns scheidet‹. Im Laufe eines Jahres bewies mein Körper, dass er Wort hielt, indem er mich bei meinem Wiederaufbau kraftvoll unterstützte. Diese Kraft war Balsam für Seele und Geist gleichermaßen. Auch die Innereien hielten sich an die Regeln, wobei eine gewisse Empfindlichkeit jedoch erhalten blieb. Es war mir überaus peinlich, dass die heftigen Hitzewellen stets zu unpassenden Gelegenheiten über mich kamen. Trotz der Hormontabletten fielen diese Wallungen wie Mücken über mich her. Die Gesichtshaut wurde rot und Schweiß perlte aus der Haut. Die Hitzewellen waren deshalb so unangenehm, weil sie sich nicht kontrollieren ließen und ich stets mit ihnen zu rechnen hatte.

Jahrelang klebten diese Wallungen wie Sirup an mir. Auch das laut hörbare Knacken meines Kiefers begleitete mich noch jahrzehntelang beim Öffnen des Mundes.

Bei der nächsten Nachuntersuchung wollte Florian unbedingt dabei sein – weshalb, wollte er mir nicht sagen. Ich vermutete, er würde mit dem Professor sprechen wollen, doch stattdessen ging er auf die Suche nach seinem ehemaligen Schulfreund, der Arzt in der Klinik war, und fragte ihn: »Wie lange soll die Frau nach der Operation vor dem Sex immer die Blase leeren?« »Das bleibt so«, antwortete ihm der Arzt. Ich konnte es nicht fassen und war enttäuscht, weil er wieder einmal nur an sich selbst dachte. Er war durch und durch ein Egoist. Wenn er mich nachts aus dem Tiefschlaf und aus meinen Träumen riss, weil ihn plötzlich die Wolllust überkam und er sie an mir abreagieren wollte, leerte ich erst die Blase, um dann seiner Samenkolonie freien Zugang in meinen Leib zu gewähren. Dass er damit meinen Schlaf unterbrach, war für ihn nicht von Belang. Darin glich er dem Alten, der mir in der Kindheit auch wegen seiner Wolllust stets den Schlaf raubte. Normal ist das nicht!

Als ich zur Untersuchung ins Sprechzimmer gerufen wurde, klagte ich über die Hitzewellen. »Doktor, die Wallungen schießen wie Pilze aus mir heraus. Ich habe keine Kontrolle darüber. Sie sind äußerst unangenehm!« »Ihr Körper hat eine Veränderung durchgemacht, das dürfen Sie nicht vergessen. Und die bleibt nicht ohne Folgen. Sie können froh sein, dass Ihr Körper Ihnen zeigt, was mit ihm vor sich geht. Außerdem schwitzen Sie dabei andere Krankheiten heraus Frau Engelke.« »Ach so!«, dankte ich dem Doktor. Ich lernte dazu. Die Hitzewellen hatten also eine angenehme und eine lästige Funktion. »Doktor, bitte sagen Sie mir: Warum steckt der Mann seinen Penis ganz in die Scheide der Frau? Meine hat sich nach dem Eingriff verkürzt.« »Auch das konnte unsererseits nicht verhindert werden. Aber nun zu Ihrer Frage Frau Engelke: Der Mann steckt seinen Penis deshalb so tief in die Scheide der Frau, damit er länger aushält und nicht so schnell kommt. Schließlich befinden sich die Gefühle bei beiden Geschlechtern vorn«, klärte er mich auf. »Aber ich spüre gar nichts dabei!« Doch der Doktor wiederholte nur: »Bei der Frau und beim Mann liegen die Gefühle vorn.« Während der Untersuchung diagnostizierte der Doktor dann: »Da hat sich bei Ihnen nichts verändert. Alles ist in Ordnung«, bestätigte er mir. »Da bin ich aber froh Herr Doktor, dass Ihnen bei mir alles im besten Zustand erscheint.« Seine Offenheit war Balsam für meine Seele. »Alles Gute für Sie Frau Engelke!« »Danke Doktor.«

Die Nachuntersuchungen hielt ich strikt ein, traf aber leider nie auf Vallery. Zu gern hätte ich mich mit ihr über den Sex ausgetauscht, weil ich nach dem Eingriff keine Veränderung spürte. Dabei spielte auch das Milieu eine wichtige Rolle. Wenn alles vom Gehirn gesteuert wird, dann war die Strömung, die dafür verantwortlich ist, bei mir entweder verknotet oder lahmgelegt, andernfalls nicht vorhanden. Es fiel mir aber auch nicht ein, dass ich womöglich den falschen Mann an meiner Seite hatte.

Im September besuchte Diana die Vorschule. Am liebsten wäre sie sonntags noch dorthin gegangen, so viel Spaß bereitete ihr das Lernen. Ein Jahr später trug sie stolz und selbstsicher die Schulmappe auf dem Rücken zur Schule. Mit Freude ging sie ihrem neuen Hobby nach, dem Lernen. Von Anfang an war Diana eine ausgezeichnete Schülerin, was die Mutter vor Sorgen und Kummer bewahrte, ihr Herz erfreute und sie mit Stolz erfüllte. Mit unseren finanziellen Mitteln kam ich gerade so durch den Monat. Dabei stachelte ich Florian an: »Absolviere das Ingenieurstudium, setz dich wieder auf die Schulbank!« Ich wünschte es mir schon deswegen, um seiner Faulheit entgegenzuwirken – zumal die berufliche Weiterbildung vom Betrieb finanziert wurde. Für den Ingenieurabschluss brauchte er sich nur bereit erklären, drei Jahre die Schulbank zu drücken. Ehe er den Entschluss dazu fasste, vergingen noch zwei Jahre. Dann war es so weit: Florian ging noch einmal zur Schule. In der Zeit seines Studiums verwöhnte ich ihn und modellierte an seinem Äußeren. Die Haare frisierte ich ihm mit einem heißen Stab modisch, wählte die Kleidung für ihn aus und sorgte für eine gute Duftnote.

Als ich Florian eines Tages die Haare frisierte, überkam mich ein mulmiges Gefühl. Ich sah vor meinem inneren Auge, wie er eine Blondine fest umschlingend aus dem Schulgebäude trat. Am Nachmittag holten Diana und ich ihren Vati von der Schule ab. Dazu nahmen wir den Zug nach Schönebeck, wo ihr Vati die Schulbank drückte. Wir warteten auf dem Schulhof, bis es zur Pause klingelte. Da kam mein Mann fröhlich eine Blondine fest umschlingend aus dem Gebäude. Als er mich sah, blieb er wie vom Donner gerührt stehen, ließ die Blondine los und sah mich herb an. Dabei sagte er zu ihr: »Meine Frau!« Während wir aufeinander zugingen, begrüßte ich ihn freundlich mit einem Kuss auf den Mund und ignorierte die Szene mit der Freundin. Von diesem Tag an standen Diana und ich unverhofft dann und wann vor dem Schulgebäude. Damit hatte er doch zu rechnen!

Nach drei Jahren hatte Florian den Ingenieurabschluss in der Tasche. Sein Gehalt stieg, sodass ich davon sogar etwas beiseite legen konnte. Eines Abends kam er vom Dienst heim und offenbarte mir: »Nächstes Jahr bilde ich Studenten aus. Dann steigt mein Gehalt noch einmal.« »Na prima Florian!« Das Studium war nicht umsonst; es zahlte sich aus. Allerdings verspürte ich dabei ein mulmiges Gefühl im Leib, was nichts Gutes verhieß. Zunächst schob ich dieses Gefühl weit von mir, aber es wollte mir etwas Wichtiges mitteilen und so erzählte ich meiner Freundin Ingelore davon. Sie gab mir den Rat, eine Kartenlegerin aufzusuchen. Die Beschäftigung mit esoterischen Themen war in der DDR untersagt. Also erkundigte sich Ingelore in ihrem Bekanntenkreis, wer eine solche Frau kannte. Diese besuchte ich dann in ihrer Wohnung. Die Frau mischte die Karten und legte das Blatt offen aus. Während sie es betrachtete, sagte sie: »Mit Ihrer Krankheit läuft alles gut. Aber in Ihre Beziehung mischt sich eine blonde Frau.« Sofort antwortete ich: »Nein, das ist vorbei! Florians Studium und die Blondine sind Vergangenheit.« Doch sie beharrte darauf: »Nein, nein, eine Blondine kommt und nimmt Ihnen den Mann weg!« Sechs Monate später besuchte ich die Frau in ihrer Wohnung erneut. Doch nun saß sie auf Koffern und verschnürten Kisten. Sie hatte die Ausreise beantragt. »Zweimal schon saß ich wegen Kartenlegen im Gefängnis. Ein drittes Mal will ich nicht den Knast von innen sehen«, erklärte sie. Vielleicht wurde ich beobachtet, als ich die Frau besucht hatte?, schoss es mir durch den Kopf. Doch darüber wollte ich nicht lange nachdenken, sondern vor allem von ihr erfahren, in welchem Zeitraum sich die mysteriöse Blondine in unser Leben mischen und es durcheinanderwirbeln würde. »Im Sommer, bis in den Herbst hinein«, sagte sie, ließ das Jahr jedoch offen.

In der Zeitung gab die Verwaltung bekannt, dass im Norden der Stadt ein Neubauviertel entstehen würde. »Florian, lass uns für eine Neubauwohnung anmelden!« Gesagt – getan. Vorab waren ein paar Tausend Mark einzuzahlen und Eigenleistungen zu erbringen. Schnell war das erste Haus fertiggestellt. Im Frühjahr zogen wir in den zweiten zehngeschossigen Plattenbau ein. Wir tauschten die alte Wohnung gegen einen Neubau mit Komfort. Endlich besaßen wir eine eigene Toilette und dazu noch mit Bad. Die Ofenheizung war Vergangenheit. Fernheizung und warmes Wasser aus der Wand waren nun der Luxus, den wir genießen konnten. Die elektrische

Waschmaschine fand im Bad ihren Platz und im Keller wurde in einem extra dafür angelegten Trockenraum mit Fenstern und Ventilator die Wäsche aufgehängt. Für uns ging damit ein Traum in Erfüllung. Die neue Gegend war schön und die Schule stand direkt vor der Haustür. Diana meisterte den Wechsel mit Bravour. Auch Florian hatte nun einen kürzeren Weg zur Arbeit. Unser Blick aus dem Fenster in der zehnten Etage ging über einen großen See, neben dem der Zoologische Garten angelegt war. Ein großer Kaufladen, eine Gaststube und ein Kindergarten befanden sich noch im Bau. Diese Gegend war reich an Abwechslungen. Das Ambiente stimmte und die sozialen Verhältnisse bildeten ein ausgewogenes Ganzes. So weit oben sahen wir die Sonne morgens im Osten auf- und abends im Westen untergehen. Ich war glücklich darüber, dass wir es nun so gut hatten. Alles verlief harmonisch. Die Hausarbeit war schnell erledigt. Für die drei Zimmer mit Komfort zahlten wir dreiundneunzig Mark Miete, Warm- und Kaltwasser, Heizung und Fahrstuhl inbegriffen. Eine Betriebskostenabrechnung gab es nicht. Die Gehälter in der DDR fielen gering aus. Florian bekam als Agraringenieur siebenhundert Mark ausgezahlt, in den Sommermonaten mehr als im Winter. Je nachdem, wie die betrieblichen Einnahmen im Jahr ausfielen, gab es am Ende einen Gutschein von eintausend Mark. Davon konnten Wäsche, Arbeitskleidung und Haushaltsartikel gekauft werden.

Mit der Zeit langweilte es mich, daheim immer nur die Hausarbeit zu verrichten und die Familie zu verhätscheln – zumal ich allmählich ein Helfersyndrom entwickelte. So, wie mir während meiner schweren Krankheit geholfen wurde, wünschte ich nun anderen zu helfen. Ich suchte mir eine ganztätige Anstellung im Spital, wobei mir eine Umschulung zur Krankenschwester vorschwebte. In der Praxis jedoch stellte sich ein Problem ein: Ich konnte keinem Patienten eine Kanüle in die Vene stechen, ohne dass es mich selbst schmerzlich traf. Beim Injezierenlernen bekam ich so heftige Magenschmerzen, dass ich den Job aufgab. Mein Talent lag eher auf handwerklichem Gebiet. Also suchte ich mir eine Anstellung, die sowohl meinem Helfersyndrom als auch meinem handwerklichen Geschick entgegen kam. Beides wird neben einem guten Einfühlungsvermögen im Bandagisten-Handwerk benötigt. In einer orthopädischen Versorgungsstätte stellte ich mich persönlich der Chefin vor. Frau Abend gab mir noch vor Ort die Zusage. Bald schon war sie von meinen handwerklichen Fähigkeiten und der Eignung für die Vielseitigkeit dieses Berufes überzeugt.

Bei dieser Tätigkeit bin ich vielen kranken Menschen begegnet, die mit ihrem Haltungs- und Bewegungsapparat ein Problem hatten, die entweder durch die operative Abtrennung eines Körperteils – ein Bein, eine Brust z. B. – oder ein anderes Leiden im täglichen Leben behindert wurden. Zu meinen Aufgaben gehörten Nachbehandlungen von Thrombosen, Lymphgefäßen, Hernien aller Art, Fußdeformationen sowie die Anfertigung von Orthesen, die zur Lagerung und Korrektur der Extremitäten dienen. Eine Orthese trägt auch meine Freundin Ingelore, die im Alter von acht Jahren aus einem Fenster im dritten Stock gestürzt ist. Ihre Verletzung ist damals wenig beachtet worden, sodass ihr Bein in der Entwicklung zurückblieb und sie deshalb später eine Orthese zu tragen hatte. Eine Prothese dagegen ist ein Kunstglied, das nach einer Amputation ein optimales Hilfsmittel ist, das fehlende Glied zu ersetzen und so den zweibeinigen Stand und Gang zu ermöglichen. Diese Aufgaben interessierten mich sehr, sodass ich diesbezüglich auch Lehrgänge absolvierte und dabei einen tieferen Einblick in die Thematik erhielt. Bei der täglichen Arbeit mit den Kollegen ging es harmonisch zu, was ich sehr schätzte. Mein Wunsch war es, in der Branche noch eine Ausbildung zu absolvieren. Mein Mitgefühl mit kranken Menschen kam bei dieser Arbeit sehr zum tragen. Bald schon wurde mein Leben freudiger, bunter und ich stand wieder mittendrin.

Eines Abends wartete ich auf Florian, der sich sehr verspätete. Plötzlich stieg ein mulmiges Gefühl in mir auf und die Aussage der Kartenlegerin schoss mir durch den Kopf: Die Zeit war gekommen, wo sich eine Person in unser Leben mischen und es durcheinanderwirbeln würde. Als Florian dann locker und leicht über die Schwelle trat, meinte ich: »Du bist aber gut drauf, obwohl du spät heimkommst. Was ist geschehen?« Sein Lächeln und die gute Laune verrieten mir, dass es ihn persönlich betraf. »Ich habe mich verliebt Adelheit!« »Wie bitte? Du hast dich verliebt?« »Ja, ich habe mich schon vor etwas längerer Zeit in eine Absolventin verliebt«, wiederholte er freudig. Ich ahnte es ja, wollte aber nicht wahrhaben, dass es einmal so kommen würde. Doch dass er diese Patsche mir gegenüber auch noch fröhlich aussprach, traf mich so unvermittelt hart, dass ich sogleich heftige Magenschmerzen bekam. Mein Mann verliebte sich neu und mir stand wieder ein Kampf um die Sicherheit bevor. Solange ich zu Hause war und die Familie verwöhnte, lief alles gut. Jetzt aber, wo ich einer ausgewogenen Beschäftigung nachging und dabei unter den Lebenden Erfüllung fand, kam mir der familiäre Zerfall in die Quere. Die Gefahr, dass er auf Diana

Anspruch erhob, sah ich nicht. Unsere Tochter war inzwischen zwölf Jahre alt und hing an ihrer Mami. In all den Jahren hatte ich Florian zwar gern, aber von Liebe war da keine Spur. ›Bis das der Tod uns scheide‹ – daran hielt ich fest, komme, was wolle. Die Zeit wollte es so. Wäre es zur Trennung gekommen, hätte ich versagt und trüge die Schuld am Zerbrechen der Familie.

Wenn ich heute an jene Zeit zurückdenke, kommt mir meine Einstellung absurd vor, doch damals kannte ich es nicht anders. In der Folgezeit dehnte Florian seine Freizeit aus, sodass er morgens zur Wohnungstür herein kam, wenn ich zur Arbeit ging. Die Wochenenden verbrachte er gleich ganz bei seiner Geliebten. Dabei weinte ich Abend für Abend meinen Schmerz ins Kissen, ehe ich einschlief. Vor Diana ließ ich mir jedoch nichts anmerken. Eine schwache Mutti konnte sie jetzt erst recht nicht gebrauchen. Während ich deutlich den Impuls zur Klärung der Situation verspürte, sah Florian gar keinen Anlass dazu. Ich aber wollte endlich klare Verhältnisse. Das Chaos um mich herum ertrug ich nicht länger. Es warf mich aus meiner Mitte und rüttelte die Organe durcheinander. Da ich die Ungewissheit nicht mehr aushielt, brach das harmonische Milieu der praktischen Symbiose entzwei. Körperlich ging es mir nun immer miserabler. Abend für Abend wartete ich auf meinen Mann, der sich mit seiner Geliebten amüsierte. Als er wieder einmal spät zu Hause eintraf, stellte ich ihn zur Rede: »Willst du die Scheidung Florian?« »Nein! Ich liebe euch beide Adelheit.« »Spinnst du jetzt völlig?«, empörte ich mich. »Dieser Vaginalwechsel ist mir zu schweinisch und eklig. Außerdem teile ich meinen Mann nicht!« Damit hatte er nicht gerechnet und sagte: »Was ist denn schon dabei, zwei Frauen zu lieben?« »Ich fühle mich von dir verletzt. Du tust mir weh damit«, erklärte ich mich. »Dafür kann ich nun wirklich nichts, wenn es dir nicht gut geht. Ich jedenfalls fühle mich sehr wohl dabei, richtig erhaben«, sprach er frei von der Leber weg. »Einen Harem um sich herum scharen – das könnte dir so gefallen Florian!« »Ja, das wäre super Adelheit!« Wie lustig und amüsant er unsere Lage doch fand und sich an meinem Leiden noch ergötzte! Mit dieser Diskussion kamen wir nicht weiter. Er griff sich ein paar persönliche Sachen und ging dann wieder aus der Tür. An diesem Abend verweigerte mein Magen die Nahrungsaufnahme. Sobald ich einen Happen kaute und schluckte, kam er auch schon wieder raus. Während sich mein Gesundheitszustand rapide verschlechterte, wurde mein Körper immer leichter. Kurz darauf drängte ich ihn, die Scheidung einzureichen. Doch für diesen Schlussstrich ließ er sich viel Zeit. Schließlich liebte er beide Frauen. Mit der Geliebten teilte er Freizeit und Bett, ich dagegen wusch, reparierte und bügelte seine Wäsche. Dann kam es zum ersten Scheidungstermin. Vor Gericht wuschen wir keine schmutzige Wäsche. Der Richter fragte mich: »Sind Sie mit der Scheidung einverstanden Frau Engelke?« »Nein, mit einer Trennung bin ich nicht einverstanden Herr Richter.« In unserer Region war kein Trennungsjahr Pflicht. Die Scheidung ging schnell über die Bühne, wenn beide Parteien zustimmten. Es wurde also ein neuer Termin angesetzt.

Inzwischen lauerte ich Florians neuer Flamme erst einmal auf. In aller Herrgottsfrühe begab ich mich auf den Weg zu ihr. Da sie mit dem Fahrrad unterwegs war, hielt ich sie an und fragte höflich: »Wollen wir ein Stück des Weges gemeinsam gehen?« Dabei schauten ihre braunen Augen tief in meine blauen, ehe sie sagte: »Ja, warum nicht?« Sodann schob sie das Fahrrad neben mir her. Das blonde mittellange Haar fiel ihr lose auf die Schultern. Sie war etwa eins sechzig groß und von fülligerer Statur als ich. An der nächsten Kreuzung war es mein Wunsch, den gemeinsamen Gang zu beenden. »Mein Name ist Adelheit«, stellte ich mich ihr vor. »Das weiß ich bereits!«, sprach sie hart. »Und Ihr Name ist Constanze.« »Weiß ich auch!« An der Kreuzung, wo sich unsere Wege trennten, stellte ich mich vor ihr Fahrrad hin und sagte ihr deutlich: »Lassen Sie meinen Mann in Ruhe! Sie nehmen seinem Kind den Vati weg. Wissen Sie, wie das Kind leidet?« »Ja, das kann ich mir vorstellen«, sagte sie. »Nein, das können Sie sich gar nicht vorstellen, weil Sie nicht in der Lage des Kindes sind. Außerdem haben Sie selbst kein Kind.« »Aber das ist schon unterwegs!«, klärte sie mich freudig auf. Diesen Satz ignorierte ich zunächst völlig, dennoch blieb er im Gehirn haften. Geschwind ergriff ich ein Haarbüschel von ihr und schnitt es mit der Schere ab. Danach zerkratzte ich mit meinen Fingernägeln ihre Wangenhaut und drohte ihr: »Lassen Sie ja meinen Mann in Ruhe!« Dann ließ ich sie ziehen.

Kurze Zeit später spürte ich eine Zentnerlast von meinem Körper herabfallen. Ihre Offenbarung und meine Genugtuung halfen, meine Ernährungsstörung zu überwinden. Entspannt saß ich in der Straßenbahn und fuhr zum Dienst, wobei sich mein Magen mehr und mehr entkrampfte. Der Appetit kehrte zurück, sodass ich fast ein halbes Brot verdrückte und mein Verdauungstrakt dennoch wieder normal funktionierte. Von nun an ging es mit mir gesundheitlich wieder aufwärts. Der Zerfall unserer Familie war nichts Furchtbares mehr und ich sah der Trennung gelassen entgegen. Ich hatte losgelassen und der Leidensdruck nahm ab. Beim nächsten Scheidungstermin erschien Florian zusammen mit Constanze. Dabei hielt sie ein Schriftstück in der Hand. Sogleich gingen meine Gedanken dahin: Wenn ich in die Scheidung nicht einwillige, würde sie sofort meinen Angriff auf ihre Person zur Sprache bringen. Das aber soll mir heute nicht zum Verhängnis werden. Schließlich fragte der Richter: »Sind Sie mit einer Trennung einverstanden Frau Engelke?« »Ja Herr Richter, mit der Trennung erkläre ich mich einverstanden.« Sogleich empörte sich Florian: »Warum auf einmal so schnell?« Mit vorwurfsvollem Blick sah er mich an. Ich tat ihn mit einem Lächeln ab. Beide konnten gehen, wie sie kamen. Mein Mann wollte mir gern noch ein Verfahren reinwürgen, denn bis zu diesem Tag hatte er wegen meines Attentats auf Constanze noch nichts unternommen, hatte ihr keinen Beistand geleistet, keine Hilfe, keine Unterstützung zukommen lassen. Das alles kam mir sehr bekannt vor. Aber wusste er auch, wie viele Dornen er in meinen Körper pflanzte, als er mir seine Hilfe verweigerte? Mit Constanze würde er sicher kaum anders umgehen. Doch das war mir nun einerlei. Die Trennung war perfekt, der Ring zerbrochen. Tat es auch noch so weh – ich schloss die Augen, dachte frei voraus und läutete eine neue Wende ein.

Der Tornado im Innern treibt Mühlräder an

Um den Leidensschmerz aufgrund des Verlassenwerdens zu überwinden, hielt ich den Körper unter Dauerstress, bis es zu vehementen vegetativen Störungen kam. Nach der Abnabelung von Florian war es mir wichtig, unseren Lebensstandard aufrechtzuerhalten. Im Vordergrund stand dabei die finanzielle Sicherheit, für die ich nun allein Sorge zu tragen hatte, denn schließlich ersetzte ich unfreiwillig die Vaterfigur. Diana vermisste ihren Vati und besuchte ihn in den Ferien. Nach einer Woche wurde sie krank und kehrte mit den Symptomen einer Ruhr zu mir zurück. Sie wollte beiden Eltern nicht zur Last fallen, wodurch sie sich die Symptome zuzog, weil ihr bei Florian wiederum die Mami fehlte, zumal sie tagsüber auf sich allein gestellt war. Nach einer Nacht im vertrauten Milieu und im eigenen Bett brachte ich Diana am Morgen darauf ins Spital, wo sie gleich unter Quarantäne gestellt wurde. Darüber war sie traurig, weil sie die Mami nur durch eine Glasscheibe sehen und nicht fühlen durfte. Jeden Monat bekam Diana fünf Mark Taschengeld. Nach der Trennung der Eltern kaufte sie sich davon Süßigkeiten. Ich machte ihr deutlich: »Es ist wichtig Diana, dass wir das Geld jetzt zusammenhalten!« Daraufhin sagte sie: »Ich fahre nicht mehr zum Vati und spare lieber das Geld.« Monate später überreichte sie mir ihr Erspartes und sagte: »Für dich Mami, mein Taschengeld, das ich gesammelt habe!« Damit berührte sie mich tief im Herzen. »Danke Diana, ich freue mich sehr darüber! Aber das ist dein Erspartes, bitte behalt es für dich und mach dir damit eine Freude.« Wir drückten einander innig.

Um nicht noch einmal verletzt zu werden, ließ ich mich auf keine neue Beziehung mehr ein. Die Tätigkeit mit ihren vielseitigen Aufgaben faszinierte mich in hohem Maße. Die Themenstellungen bereicherten mein Leben und ich lernte täglich dazu. Gelegentlich stimmte mich die Arbeit auch traurig, wenn ich die Gebrechen der Menschen sah. Oft kamen individuell angefertigte Einzelstücke zum Einsatz. Werkstoffe waren knapp, und so arbeiteten wir teilweise gebrauchte Teile neu auf. Während der Anprobe eines Hilfsmittels offenbarte mir so mancher Kunde sein Schicksal, wo auch mein Einfühlungsvermögen gefragt war. Dabei hörte ich Familiendramen, die mir sehr nahe gingen. Ich schenkte den Leuten dafür mein Mitgefühl, doch nach Dienstschluss schleppte ich all die Tragödien mit nach Hause und kaute sogar nachts daran. Später lenkte ich mich von diesen Dramen nach Dienstschluss mit der Schneiderei ab. Dabei trennte ich ausrangierte Sachen auf und nähte aus ihnen modische Stücke für mich: Blusen, Röcke, Hosen. Für die Kunden zauberte ich aus herrlichen neuen Stoffen wunderschöne Teile, die gerade in Mode waren. Durch meine Freundin Ingelore sprach sich schnell herum, dass ich schneiderte und diverse Dinge nähte. An Kundschaft mangelte es nicht. Ich war stolz auf mich und expandierte die Kenntnisse einer Schneiderin. Meine Leistung wurde gut honoriert und so konnte ich für Dianas Jugendweihe sparen.

Mit meinen finanziellen Mitteln ging ich sorgfältig um, denn schließlich bin ich arm aufgewachsen und bekam den achtsamen Umgang mit Münzen schon von den Eltern eingebläut. Doch mit dem Alter hat sich auch meine Einstellung dazu verändert: Armut und Sparsamkeit bedeuteten plötzlich Rückschritt für mich. Lieber schuftete ich weiterhin doppelt, als den Groschen dreimal umzudrehen, trocken Brot zu essen und dem Kind keinen Wunsch erfüllen zu können. Diana wuchs in einer anderen Generation auf. Da war es wichtig, dass sie nicht zurücksteckte, nur weil die Eltern ihre Beziehung auflösten und einer das Feld räumte. Schließlich ging dieser Bruch nicht spurlos an ihr vorüber. Bis auf die Wochenenden war meine Freizeit mit Arbeit ausgefüllt, und selbst für diese Tage suchte ich mir noch einen Job.

Eine Tätigkeit als Versicherungsvertreter wurde mir angeboten und ich nahm dankend an. An beiden Wochenendtagen ging ich von Tür zu Tür und kassierte die Beiträge der Versicherten. Da traf ich die meisten zu Hause an. Es kam auch vor, dass ich vor verschlossener Tür stand. Dann ging ich wochentags los und kassierte. In der DDR gab es keine Konten für diese Angelegenheiten. Heute wäre diese Handhabung undenkbar. Schließlich trug ich nach der Beitragskassierung viel Bargeld in der Tasche, das ich zu Hause aufbewahrte. An einen Überfall dachte ich dabei nicht, denn letztendlich fühlte ich mich in unserem Land sicher. Von einer Stasibehörde hatte ich noch nicht gehört. Verbrechen wurde nicht kundgetan, sondern vertuscht und nur durch Flüster-Propaganda verbreitet. Die funktionierte allerdings sehr gut. Bei der Kassierung lernte ich nette Leute kennen. Mit der Zeit vertrauten sie mir und die Frauen kippten ihren Beziehungshorror vor mir aus. Ungewollt nahm ich so an ihrem Leben teil. Diese Erfahrung lehrte mich, dass die meisten Menschen Beziehungsprobleme haben. Da kann doch etwas nicht stimmen, dachte ich bei mir.

Während ich meine Freizeit mit Schufterei ausstopfte, kam ich mit nur vier Stunden Schlaf aus. Holte mich beim Nähen die Müdigkeit ein, ruhte der Kopf zehn Minuten auf dem Nähmaschinentisch. Danach war ich wieder fit wie ein Turnschuh und arbeitete weiter. Später trank ich zwei bis drei Gläser Likör, um schlafen zu können. Dieses Getränk bewirkte jedoch das Gegenteil, sodass ich gar nicht mehr schlief und die ganze Nacht durchackerte. An den fertigen wunderschönen Kleidungsstücken konnte ich mich nur kurze Zeit erfreuen, bevor ich sie ablieferte, denn die Termine zur Fertigstellung hielt ich stets ein. Die Kunden waren zufrieden mit mir, ich selbst auch.

Eines Tages bekam ich auf dem Weg zum Dienst in der Straßenbahn mächtige Schweißausbrüche. Dann blieb ich unvermittelt vor einer stark befahrenen Brücke stehen. Während ich den Zug passieren ließ, kam mir der Opa in den Sinn, der durch die gewaltige Kraft zwischen zwei Waggonpuffern zu Tode kam. Als ich dann die Unterführung entlang ging, überkam mich ein Gefühl der Todesnähe. Der Opa verunglückte mit fünfunddreißig Jahren tödlich. Und ich selbst war auch gerade fünfunddreißig. Warum ging mir ausgerechnet jetzt der Opa durch den Kopf? In der Folgezeit brach mir öfter in der voll besetzten Straßenbahn der Schweiß aus allen Poren und Übelkeit gesellte sich hinzu. Bitte einen Sitzplatz!, schrie ich innerlich auf. Doch jemanden um seinen Sitzplatz zu bitten, traute ich mich nicht. Alle waren froh, dass sie saßen, wenn sie zur Arbeit fuhren. Doch ohne einen Sitzplatz hielt ich es nicht länger aus und verließ die Tram an der dritten Station vor dem Postamt. Dort standen Bänke ohne Lehnen. Ich lief dorthin und setzte mich, strich den Rock glatt und hielt meine Tasche fest. Plötzlich sah ich den blauen Himmel und überlegte: Was machst du hier? Warum hängst du hier so herum Adelheit? Der Oberkörper kippte nach hinten ab, sodass mein Kopf auf den Pflastersteinen ruhte. Ich schämte mich, in der Öffentlichkeit so herumzuhängen. Seit ich mich gesetzt hatte, waren etwa zehn Minuten vergangen, als die Ohnmacht erneut über mich herfiel und ich die Kontrolle über meinen Körper verlor. Vor mir an der Haltestelle standen viele Menschen, die auf die Straßenbahn warteten, aber keiner machte Anstalten, mir zu helfen. Bestimmt dachten sie, ich sei betrunken. So kam es, dass ich an diesem Tag das erste Mal zu spät zum Dienst erschien.

Als ich eintraf, fragte die Chefin: »Wie siehst du denn aus?« »Und, wie sehe ich aus?«, fragte ich zurück. »Weiß wie Gips!«, riefen jetzt die Kollegen. Ich erzählte ihnen, was mir passiert ist und meinte schließlich: »Jetzt geht es mir wieder gut.« Die Chefin schickte mich dennoch zum Arzt. Der konnte an meinem Organismus keine Schwächung feststellen. Wieder im Betrieb sagte ich freundlich: »Kein Symptom, kerngesund Chefin!« »Das verstehe ich nicht!«, empörte sie sich leicht. Bald darauf war mir plötzlich alles Laute unerträglich: Hundegebell, das Quietschen der Straßenbahn usw. Ohne einen konkreten Anlass begann ich plötzlich auch zu weinen, was mir sehr peinlich war. »Wenn du heulst, kriegst du eine drauf oder gleich die Peitsche zu spüren!«, hallten die Worte der Mutter in mir wider. Ich versuchte, diese Erinnerungen fortzuwischen: Das ist lange her! Verschwinde aus meinen Gedanken! Bei meiner Tätigkeit ließ ich mir nichts anmerken und redete mir ein, baumstark zu sein. Schwäche zeigen, hieße nicht kernig, also nichts wert zu sein. Dann spürte ich das Leid der behinderten Menschen, mit denen ich täglich Umgang hatte, ganz tief in mir drin und dachte: Geteiltes Leid ist halbes Leid. So fühlte ich mich in sie ein und fand halbwegs Trost dabei.

Beim nächsten morgendlichen Schweißausbruch und Schwächeanfall in der Straßenbahn stieg ich wieder am Postamt aus und setzte mich auf die Bank. Als ich beim Aufwachen den blauen Himmel sah, suchte ich in der nahegelegenen Polyklinik einen Arzt auf. Nachdem ich ihm meine Erlebnisse geschildert hatte, überwies er mich zu seiner Kollegin Frau Doktor Meier im selben Haus. An deren Praxistür stand geschrieben: *Psychologin*. Ich dachte: Was soll ich bei einer Psychologin? Ich bin doch nicht verrückt! Als ich mich schon entfernen wollte, ging gerade die Praxistür auf. Also ging ich doch hinein und stand nun bei der Psychologin im Foyer. Im Sprechzimmer saß hinter einem mächtigen Schreibtisch eine zierliche Frau, etwa fünfzig Jahre alt, und machte sich Notizen. Mit einer Hand wies sie auf den Stuhl zu ihrer Rechten, auf den ich mich setzte. Dabei schrieb sie ununterbrochen weiter und ich bestaunte dabei ihre Ohrringe, die durch ihr dunkelbraun eingefärbtes, kurz geschnittenes Haar funkelten: goldene Ohrstecker mit einem Saphir, in kleine Diamanten eingefasst. Was für eine Kostbarkeit! Sie unterbrach meine Bewunderung mit ihrer unverblümten Frage: »Was führt Sie zu mir Frau Engelke?« Sodann schilderte ich ihr meine Erlebnisse. »Bitte beschreiben Sie mir Ihren Tagesablauf!«, sprach sie autoritär. Was haben meine Symptome mit dem Tagesablauf zu tun?, fragte ich mich, begann aber dennoch, ihr von meinen vollgestopften Tagen zu berichten. Am Ende meiner Zusammenfassung empörte sich Frau Doktor Meier und rief: »Das Kind und den Haushalt haben Sie ganz vergessen zu erwähnen Frau Engelke! Sie haben mit Ihrem Körper Schindluder getrieben. Geben Sie alle Nebenjobs auf und konzentrieren Sie sich nur noch auf Ihre Pflichten. An einem Nervenzusammenbruch sind Sie gerade noch vorbeigeschlittert!« Dabei lag ihre Betonung auf »noch«. Ich war also fast reif für die Klapse, schoss es mir durch den Kopf. Sie verschrieb mir eine lange Auszeit und schickte mich zum Autogenen Training. Eine Krankschreibung fand ich sehr blamabel. Sie bedeutete für mich, dass ich körperlich schwach und nichts mehr wert war, was mich sehr traurig stimmte. Das Autogene Training tat mir so gut, dass ich während einer Therapiestunde vom Stuhl fiel, weil ich fest eingeschlafen war. Dabei stimmte die Gruppe ein Gelächter an und die Therapeutin meinte: »Lieber einschlafen, als gar nichts wahrnehmen, noch spüren!« Der Schlaf und die Kollegen hatten mich wieder. Nun konzentrierte ich mich ausschließlich auf meine Haupttätigkeit und den Gesellenabschluss.

Die Freizeit nach dem Dienst widmete ich Diana und ihrem Hobby. Sie liebte Pferde über alles. Bei einem Pferdehofbesitzer wollte sie Reitstunden nehmen, doch der Boss sagte: »Erst Möhren aus dem Acker ziehen, putzen, die Pferde füttern, ausmisten und striegeln, bevor jemand auf dem Pferderücken sitzen darf.« Nachdem sie diese Aufgaben erfüllt hatte, begann endlich die Zeit, einem Pferd zu vertrauen. Als sie auf dem Pferderücken saß, war sie von einem Glückstaumel ergriffen. Beim Ausritt zu Pferd fühlte sie sich wahrlich wie die Göttin der Jagd. Voller Begeisterung erzählte sie, wie samtig, weich und warm sich ein Pferderücken anfühlt. Während ihrer Ausbildung trug sie stolz die Reiteruniform und genoss die Freiheit, wenn sie mit dem Pferd querfeldein ritt. Mit Herzenswärme sprach sie von nichts anderem mehr, als ihrem Liebling Apollo, dem Pferd ihres Vertrauens. Am liebsten hätte sie noch ihr Schlaflager neben dem Pferd eingerichtet, um Apollo stets hautnah spüren zu können. Doch die Freude und der Enthusiasmus sollten nicht von langer Dauer sein, denn bei einer Übung stürzte sie vom Pferd und verletzte sich schwer. Nicht mehr reiten zu dürfen, war für sie das Schlimmste und Traurigste von der ganzen Welt. Dass sie den Pferderücken nicht mehr spüren durfte, ließ sie in ein tiefes Loch fallen. Der Pferdehofbesitzer spannte Apollo und ein zweites Pferd vor eine offene Kutsche, besetzte sie mit Freunden des Reitervereins und so besuchten sie Diana im Spital. Bei diesem Anblick weinte sie Freudentränen, setzte sich zu ihnen in die Kutsche und dann ging es auf eine zweistündige Spazierfahrt. Anschließend war mein Kind wieder optimistischer und gesprächiger. Sie sah nun ein, dass sie nicht mehr reiten durfte. Die Pferde besuchen konnte sie aber wann und so oft sie es wünschte. Doch dies war noch schmerzlicher, als von Apollo ganz und gar Abschied zu nehmen. Ein neues Steckenpferd war nicht in Sicht. Die Verletzung ihrer Hüfte war so schwerwiegend, dass sie ihr ganzes Leben lang daran erinnert werden wird. Auch Diana erlernte im Verlauf der Therapie das Autogene Training. Die Übungen sind entspannend, wohltuend und balancieren das Gleichgewicht aus. Ich selbst fühlte mich danach wieder baumstark und etwas wert. Während ein Zug abgefahren war und der neue noch keine Richtung vorgab, richtete ich die Tendenz meines Lebens auf den inneren Zyklus ein, um nicht blind in eine neue Richtung zu sprinten. Ein neues Ziel ergab sich dabei wie von selbst …

Anziehung und grenzenloser Zauber

Unerwartet traf mich eine Gefühlsströmung wie Amors Pfeil, die von einem Herrn namens Tholei ausging. Nach Dienstschluss folgte er mir mit dem Auto zur Straßenbahn, kurbelte an der Haltestelle die Scheibe herunter und rief mir zu: »Ich lade Sie zum Essen ein!« Nett und höflich lehnte ich seine Einladung ab. Ein Jahr lang beobachtete und verfolgte er mich, sprach Einladungen zum Essen aus – der Herr war hartnäckig wie der Morgentau, der sich erst in den Sonnenstrahlen auflöst. Ich wollte keine Beziehung, weshalb ich mich so lange auch abweisend verhielt. Ein Techtelmechtel war auch nicht drin.

Unerwartet stand er dann eines Tages mit offener Beifahrertür ganz dicht vor der Geschäftstür. So blieb mir keine andere Wahl, als mich auf dem Beifahrersitz niederzulassen, wenn ich nach Hause wollte. Um seiner Einladung zu entgehen, hätte ich auch über das Auto klettern und zur Straßenbahn gehen können, doch als ich so auf dem Beifahrersitz saß, konnte ich mir ein Schmunzeln nicht verkneifen und sagte: »Das ist Ihnen aber gut gelungen Herr Tholei!« »Sonst wären Sie wohl nie mit mir essen gegangen!«, sprach er und reichte mir einen flachen Karton. Ich öffnete und entnahm ihm einen weißen, mit vielen Taschen besetzten Blouson. »Wow!«, staunte ich. Schon lange wünschte ich mir dieses Modell. »Woher wussten Sie davon?« »Ein Vogel am Küchenfester zwitscherte mir Ihren Wunsch zu und schon ist er erfüllt!«, sagte er und lächelte. Seine Stimme klang angenehm und wirkte in keiner Weise bedrohlich auf mich. Noch im Wagen probierte ich die Jacke an und freute mich: »Sie passt sogar! Danke.« Ich kramte in meiner Handtasche nach dem Portemonnaie, worauf er gleich fragte: »Was suchen Sie denn?« »Die Geldbörse, ich will die Jacke bezahlen.« »Das ist ein Geschenk von mir, das wird nicht bezahlt«, erklärte er mir freundlich, sodass ich aufhörte, verlegen in meiner Handtasche zu kramen.

Es genierte mich, etwas geschenkt zu bekommen und ich dachte an Florian, der mir nie etwas geschenkt hatte. Ich dagegen liebte das Weihnachtsfest sehr und verschnürte die Geschenke gern kreativ. Meine ganze Freude bestand darin, mit anzusehen, wie Diana und Florian ihre Päckchen auswickelten und mit leuchtenden Augen bestaunten, was da zum Vorschein kam. Vor Freude bekamen Florians Ohren Besuch und Diana rief: »Das hab ich mir schon lange gewünscht!« Ich dagegen ging leer aus und sagte:

»Florian, ich wollte mich auch freuen.« Darüber war er so sehr erbost, dass er losging und mit drei Schachteln Rumkugeln zurückkehrte. Dabei hätte ich mich schon über eine gefreut, wenn er vorher nur selbst daran gedacht hätte, außerdem: ›Weniger ist mehr!‹ Das Konfekt hat er dann mit Frust gekauft und mit Missgunst geschenkt. Am liebsten hätte ich ihm die Süßigkeiten vor die Füße geworfen, aber die konnten ja nichts dafür. Seitdem hatte ich von ihm nie wieder ein Geschenk erhalten. Schließlich war sein Motto: »Ich bin der Größte und ihr seid meine Diener. Ich erwarte eure Geschenke, denn ich bin der König!« Wie der Löwe in der Natur: erst ich, dann ihr – wenn überhaupt.

Aber Herr Tholei tickte ganz anders, wie Männer so oft zu Beginn einer Bekanntschaft, wenn sie ihr Ziel erreichen wollen. Dieser Herr schenkte freigebig. Er belohnte mich, weil ich neben ihm auf dem Beifahrersitz saß und er seinem Ziel allmählich näher kam, das er seit nunmehr einem Jahr verfolgte. Vor dem noblen *Hotel International* stellte er den Motor ab, öffnete mir die Wagentür, ließ mich wie eine Lady aussteigen und führte mich zum Eingang des Foyers. Im Restaurant speisten wir vom Feinsten, tranken Champagner, plauderten und tauschten tiefe Blicke aus. Während er mir einen Auszug aus seinem Leben gab, rauchte er. Eine kurze Zusammenfassung seiner Verletzung folgte: »Ich habe eine rechte Unterschenkelamputation, eine Erinnerung an den Zweiten Weltkrieg, wo ich Beobachter war und den anderen vorausging. Bei der Abtrennung spürte ich keine Schmerzen, erst als ich aufstehen wollte und nicht konnte, sah ich, was geschehen war. Sogleich setzte ich mir die Pistole an die Schläfe und wollte abdrücken. Doch die Kumpels hielten mich davon ab und brachten mich ins Sani-Zelt. Den Gang mit der Prothese habe ich mir selbst antrainiert – so aus den Hüften heraus.« Ich staunte: »Das ist Ihnen wunderbar gelungen, dass man wahrhaftig nicht sieht, dass Sie nur ein Bein haben.« Dabei suchten seine Hände auf dem Tisch nach den meinigen. Er drückte sie fest, ehe er einen Kuss über die Handrücken hauchte, mir dabei tief in die Augen sah und lächelte. Dann sprach er weiter: »Einen Sportler traf einst dasselbe Schicksal. Er trainierte das Gehen und Stehen mit dem Hilfsmittel sich selbst an und schrieb dann ein Buch darüber. Genauso, wie er es in seinem Buch beschrieben hat, übte ich mich emsig selbst darin. Keiner hat bemerkt, dass ich nur ein Bein habe und ein Ersatzteil trage, das mir Stand und Gang gewährleistet. So aus den Hüften heraus funktionieren die Bewegungen nun mal und bleiben im Gehirn fest verankert. Bei jedem

Schritt, den ich tue, erinnere ich mich daran: Geh aufrecht, bewege dich aus den Hüften heraus. Ich bin stolz auf mich«, sagte er selbstbewusst. »Darauf kannst du auch stolz sein Simon. Der Gang aus den Hüften heraus gelingt dir wahrlich gut. Bei meiner Tätigkeit hab ich noch keine beinamputierte Person getroffen, die mit ihrem Ersatzteil so perfekt geht, wie du. Meine Hochachtung ist dir gewiss!« In jenem Moment galten mein Respekt und meine Bewunderung ihm. Mir gefiel, dass er zeitgemäß elegant und sauber gekleidet war. Sein dunkelblondes schulterlanges Haar, die glatt rasierte Gesichtshaut, die weißen Zähne, seine ganze Erscheinung wirkte angenehm auf mich. Simon kam auf mich zu und ich trat ihm verklemmt entgegen. Lächelnd suchte er erneut nach meinen Händen, und während er einen Kuss darüber hauchte, mir ins Gesicht lächelte, sprach er: »Ich schenke dir Liebe, so viel ich habe. In meinem Herz bist nur du Adelheit!« Vor Scham wusste ich nicht, wohin ich sehen sollte, denn er hing mit seinem Blick wie Honig an meinem Gesicht. Niemals zuvor sagte jemand so liebevolle Worte zu mir, sodass ich mich genierte und mir die Röte ins Gesicht schoss. Sein Bekenntnis aber war Balsam für meine Seele, die ihre Schwingung auch dem Geist mitteilte. Er war ein Charmeur, der mir gefiel.

Ich war nun eine reife Frau, mit langem vollem und gepflegtem dunkelbraunem Haar, hatte das Gesicht dezent geschminkt, um auf keinen Fall verführerisch auszusehen. Stets war ich korrekt nach meinem eigenen Geschmack gekleidet und zeigte nie mehr Fleisch als nötig. Somit strahlte ich durchaus Unnahbarkeit aus. Wer meine Distanziertheit und Verklemmtheit aufzubrechen wagte, der sollte mich schon kennen. Das Jahr über, in dem Simon mich verfolgte, erkundigte er sich über mich, denn sonst wäre er mit seiner Geduld schnell am Ende gewesen, mich erobern zu wollen. An diesem Abend war es ihm nun ein Bedürfnis, mich zu verwöhnen und mit Komplimenten zu überhäufen, dass ich von einer Röte in die nächste fiel. Er schmeichelte mir und umgarnte mich liebenswürdig, womit ich nicht umgehen konnte. Die Zeit, in der Frauen von Männern hofiert wurden, war vorbei. Das weibliche Geschlecht emanzipierte sich und trug Hosen – auch ich nähte sie mir selbst. Als Jeans in der DDR aufkamen, gefielen mir diese Arbeitshosen überhaupt nicht, aber bald arrangierte ich mich mit der Mode und kaufte sie von der Stange.

Als Simon mich nach meiner Lebensstrecke befragte, offenbarte ich ihm nur, was er wissen durfte. Mein Bericht fiel ziemlich kurz aus. »Was sind deine Wünsche Adelheit?«, fragte er dann. Ich war erstaunt und wiederholte in Gedanken: Wünsche? Keinen hatten bisher meine Wünsche interessiert. Was spielt dieser Mann für ein Spiel mit mir? Ich antwortete: »Gesundheit ist mein größtes Anliegen.« »Nein, ich meine Pelze, Perlen, Schmuck oder gute Kleidung Adelheit!« Dabei sah ich in seine blauen Augen und sagte: »Das alles brauche ich nicht.« Und in Gedanken setzte ich fort: Eine Beziehung will ich auch nicht. Oder war er etwa der Prinz, der mich aus meiner Reserviertheit wachküssen würde? Will ich überhaupt wachgeküsst werden? Darüber würde ich nachdenken, wenn es so weit ist. Plötzlich meinte er: »Du bist viel zu bescheiden Adelheit.« »Mag sein. Ich bin glücklich damit, wie es ist Simon.« »Ich möchte dich ein bisschen verwöhnen«, kündigte er mir mit leuchtenden Augen an. Oh mein Gott, dachte ich und fragte: »In welcher Hinsicht verwöhnen?« »Lass mich nur machen! Lass dich überraschen!«, erklärte er mit vollem Ernst. Dabei hauchte er wieder einen Kuss über meinen rechten Handrücken. Meinte er wahrhaftig, was er sagte? Er wusste aber auch genau, was Frau hören will und wie sie tickt. Nichts entging seiner Aufmerksamkeit. Innerlich fühlte ich mich in seiner Nähe wie eine Göttin. Simon versprühte Charme und besaß Charisma, was mir imponierte.

Um Mitternacht fuhr er mich mit einer Taxe nach Hause. Beim Verabschieden reichte ich ihm die Hand und bedankte mich für den schönen Abend. Dabei hielt er sie fest, hauchte einen Kuss über den Handrücken, nahm mich in seine Arme und küsste mich innig, sodass ich ein Kribbeln im Bauch spürte und dachte: Das wird wohl Liebe sein! – Und es ward Liebe. In der Wohnung hüpfte ich im Korridor fröhlich auf und ab, bis Diana aus ihrem Zimmer kam und fragte: »Was ist denn los Mami?« »Meine Kleine, ich hatte einen schönen Abend mit einem Herrn Tholei. Morgen mehr dazu. Schlaf weiter.« Dann ging auch ich zu Bett und dachte an Simon: Er ist ein Gentleman, der sich vor einem Jahr aus einer platonischen Beziehung gelöst hatte. Und die neue Frau, nach der er Ausschau hielt, hatte er im Geiste schon in Besitz genommen. Doch die ließ ihn zappeln, sodass der Reiz, das Verlangen nach ihr, ihn mehr und mehr anspornte. Nach zwölf Monaten war er mit seiner Geduld schließlich am Ende, sodass er die Auserwählte kurzerhand entführte. Er schritt zur Tat und setzte sein Vorhaben um: diese Frau oder keine. Die Absicht war klar und knotenfest. Sie stimmte der Entführung zu, denn ihr wohnte ein Zauber inne.

Am nächsten Tag ging es mir körperlich schlecht. Ich kämpfte mit meinen Innereien und dem Kreislauf, der daniederlag. Beim Aufstehen drehte sich alles. Ein Glas Schampus war offenbar zu viel. Ich wusste, meine Verdauungsorgane vertragen keinen Alkohol, sodass ich auch keinen hätte trinken dürfen. Doch die schönen Stunden mit Simon wollte ich durch Ablehnen des Getränkes nicht stören. Nur deshalb hatte ich mit ihm mehr Schampus getrunken, als mir bekommt. Zum Glück hatte ich dienstfrei und konnte im Bett liegen bleiben. Nach den Satansstrahlen der Kobaltkanone sträubten sich meine Innereien gegen einige Naturalien, darunter den Alkohol. Wenn ich etwas gegen unsere Vereinbarung hinunterschluckte, streuten die Organe ihre Qualen aus und ließen mich leiden, geradeso als wollten sie mir mitteilen: Wenn du nicht hören willst, dann büßt du eben. Nach der Krebserkrankung entwickelte mein Körper eine mimosenhafte Sensibilität. Ich wurde feinfühliger, empfindsamer und selbst mein Gehör wurde feiner.

Am Montag, als es mir gesundheitlich wieder gut ging, holte Simon mich vom Dienst ab und ich erklärte ihm: »Nach diesem Schampus im Restaurant ging es mir die nächsten Tage schlecht. Meine Innereien waren beleidigt, weil ich ihnen zugemutet habe, was sie nicht vertragen, nämlich Alkohol.« »Was denn Adelheit, verträgst du keinen Alkohol?«, stellte er verwundert fest. »So ist es! Alkohol ist Gift für meinen Körper Simon.« Sogleich lenkte er das Auto zum *Exquisit Damenmodehaus* hin. Während er den Motor auf dem Parkplatz abstellte, sagte er: »Ich möchte dich verwöhnen und wieder gutmachen, was der Schampus angerichtet hat.« In diesem Geschäft kauften in der Regel Leute mit gehobenem Einkommen. Nachdem Simon mit einer Angestellten gesprochen hatte, führte sie mir die Sommerkollektion vor. Einige Stücke suchte ich mir aus, probierte sie an und präsentierte Simon eine Modenschau. Dabei kam ich mir abwechselnd wie eine Lady vor und dann wieder wie Aschenputtel, die neue Kleider bekam und an einem Fest teilnahm. Er selbst saß in einem wuchtigen weinroten Sessel und verfolgte genießerisch meine Auftritte. Elegant kleidete er mich ein. Dabei waren Kleider eigentlich ein Tabuthema, aber er wünschte, dass ich mehr Figur zeigte, und so kam ich seinem Wunsch nach. Später suchte ich mir die Kleidung selbst aus, in ihrer Ausführung eher sportlich. Im selben Haus kaufte er auch verschiedene Duftnoten vom Feinsten und verwöhnte mich wahrhaft. In der Folgezeit gewöhnte ich mich an das eingezogene Luxusleben. Dieses Niveau tat mir sehr gut.

Während Simon mich auf Händen trug, erfüllte er auch Diana jeden Wunsch. Beide verstanden sich gut. Mit der Zeit lernten wir uns immer besser kennen, lieben und verstehen. Beim Liebesspiel entsprang plötzlich jene Gefühlsströmung in mir, die ich in der Kindheit einmal erlebt hatte und sogleich abwürgte, weil mir mein Gehirn signalisierte: Jetzt kriegst du ein Kind vom Alten, vom eigenen Erzeuger! Dabei war es ein Orgasmus. Beim Beischlaf mit Simon konnte ich mich einfach fallen lassen und genießen. Mit ihm stimmten die Symbiose, das Milieu, das ausgewogene Miteinander und die Harmonie. Durch den leiblichen Akt, die täglichen Aufgaben füreinander in Liebe und Wahrheit, stimmte auch das Zusammenleben, die Symmetrie mit Simon. Meine Sinne und mein Wesen fühlten sich honigsüß, wohlbehütet und ausgeglichen an seiner Seite. Dabei war er stets auf mein und Dianas Wohl und Zufriedenheit bedacht. So fürsorglich, liebevoll und aufmerksam behandelt zu werden, hatte ich niemals zuvor in meinem Leben erleben dürfen. Dabei war auch ich ihm eine gute, liebe und treue Partnerin, die um sein Wohlbefinden bemüht war. Wir hegten große Achtung und Verehrung füreinander. Abfälliges Gerede war uns beiden suspekt, über andere Menschen herzuziehen, zu gewöhnlich. Anfangs unbewusst und ungewollt hatte ich mir den richtigen Prinzen erwählt, der mich von meiner Distanziertheit befreite und gut behandelte. Simon kam das Privileg zu, mich von meiner Verklemmtheit zu erlösen. Er war Balsam für meine Seele und ein Geist, der mich zu nehmen verstand, wie ich bin, ohne mich zu verbiegen oder in ein Korsett zu stecken. Bei ihm konnte ich frei atmen. Er war nicht nur dreiundzwanzig Jahre älter als ich, sondern auch erfahrener, reifer und weiser. Dabei nahm auch ich ihn so an, wie er war, ohne ihn verändern oder ihm meine Ansichten aufdrängen zu wollen. In ihm fand ich den Freund, den Geliebten und einen Zuhörer, der mich in Sicherheit wiegen konnte. Wir waren glücklich und dankbar für jeden Tag, den wir gemeinsam verbrachten. Ich bin kein Morgenmuffel, sondern stets gut gelaunt, wenn alles um mich herum im Einklang ist. Harmonisch und friedlich miteinander reden, lachen, weinen und Freude empfinden zu können, war uns beiden fundamental wichtig. Dabei liebten wir uns mit allen Sinnen.

Ein festes Fundament für die Zukunft ward erreicht, sodass wir nach zwei Jahren noch enger zusammenrückten. Dabei fassten wir die reizvolle Perspektive ins Auge, den Bund fürs Leben zu schließen. Mein Bräutigam trug einen schwarzen Anzug und einen Zylinder auf dem Kopf. Sein weißes Hemd schmückte die rote Fliege als I-Tüpfelchen. Wunderschön sah mein Simon aus. Durch seine schlanke Statur und das schulterlange Haar sah er nicht nur gut und jung aus, sondern versprühte auch Charisma. Ich trug ein schwarzes Kostüm, eine weiße Spitzenbluse und auf dem Kopf eine weiße Kappe mit einem kurzen Schleier, der die Augen bedeckte. Dann chauffierte ich uns mit dem Auto zum Standesamt. »Bitte kneif mich Simon, ich will spüren, dass es Wahrheit und keine Vision ist, dass wir heiraten!« Doch er küsste mich sanft auf die Wange und sagte: »Unsere Liebe ist so real, wie das Auto, das du zum Standesamt lenkst.« Ich schmunzelte und sprach: »Na dann lass unsere Herzen nicht länger warten!«, und trat das Gaspedal durch, wobei ich nicht mitbekam, dass ich eine rote Ampel überfuhr. »Oh Liebste, du bist eben bei Rot über die Kreuzung gerauscht.« »Ach die rote Ampel sah ich zu spät, deshalb überfuhr ich diese mein Bräutigam!«

Im Gebäude des Standesamtes standen Simons Kollegen rechts und links entlang des Treppenaufgangs, in den Händen je eine rote Rose. Als wir die Stufen hinaufstiegen, reichte uns jeder seine Blume und sagte: »Liebe, Glück und Kindersegen!« Das war ein so bewegendes Ritual, dass sich meine Augen jäh mit Tränen füllten. Als Simon mir den Ring ansteckte, sagte er: »Du sollst meine Königin sein. Mit dir begann ich wieder zu leben und zu träumen.« Vor Rührung liefen Tränen über meine Wangen. Als die Standesbeamtin sagte: »In guten wie in schlechten Zeiten, füreinander da sein, bis dass der Tod uns scheide«, sah Simon mich an und fragte: »Willst du wahrhaft meine Königin in guten wie in schlechten Tagen für deinen Prinzen da sein?« »Ja, ich will!« In diesem Augenblick ging die Tür auf, ein Polizist trat über die Schwelle und rief: »Wem gehört das Fahrzeug mit dem Kennzeichen ...?« Simon meldete sich, aber der Polizist sagte: »Das Auto wurde von einer Frau gelenkt.« »Ich bin gefahren!«, meldete ich mich. »Kommen Sie zu mir!« Ich wusste gleich, warum ich ihm folgen sollte. Vor der Tür machte er mich dann zur Schnecke: »Sie sind bei Rot über die Ampel gefahren. Passanten überquerten schon die Straße.« »Nein, es war nicht ein Passant auf der Fahrbahn gewesen«, widersetzte ich mich. »Wollen Sie, dass ich Ihren Führerschein einziehe? Dann halten Sie sich gefälligst zurück. Fahren Sie nie wieder bei Rot über eine Ampel, ich kann auch anders!«, drohte er mir. Recht hatte er ja. Doch er spielte mir gegenüber seine Macht aus, dass ich mir ganz klein vorkam. Spürte er während seiner Standpauke mein Muffensausen? »Ich will besser im Straßenverkehr aufpassen«, versprach ich ihm und kehrte zu Simon zurück.

Nach der Trauung ordnete ich die Priorität unserer Liebe ganz hoch ein, denn sie genoss absoluten Vorrang – eine Veränderung, die das freie, mit Liebe versüßte Leben versiegelte. Eines Abends spielten wir Kosenamensuchen und schrieben die Namen, die wir dem anderen jeweils geben wollten, auf Papier nieder. Dann tauschten wir die Blätter aus und strichen durch, bis nur ein Kosename übrig blieb. Aus Simon wurde »Sternchen« und aus Adelheit »Puppe«. Und Sternchen trug mich weiter auf Händen, wie vor unserem Zusammenschluss. Wir lebten vom Geben und Nehmen und lernten voneinander. Was ich nicht habe, sah ich bei Sternchen und was er nicht hatte, sah er bei mir. Wichtig war dabei, dass wir die Balance hielten, denn sie war Balsam und Kraft für unsere Seelen. Nie sprach ich mit ihm über den Missbrauch während meiner Kindheit. Oft dachte ich daran, aber mein Mund blieb verschlossen. Er öffnete sich einfach nicht, um auch nur einmal darüber zu sprechen.

Mein Sternchen war ein Taxiunternehmer mit Angestellten, denen er ein tüchtiger und angesehener Chef war. Wo er auftauchte, strahlte er das gewisse Etwas aus und seine Gastfreundschaft war in aller Munde. Er brachte eine neue Lebenseinstellung mit Pfiff und Zukunftsorientierung in mein Leben. Nach der Eheschließung blieb die finanzielle Sicherheit konstant. Sternchen war für mich da; er sorgte gut für seine Familie und beschützte sie. Mit ihm spürte ich die Liebe, wobei ich dieses Wort sonst sparsam verwende. Ehrlich gingen wir miteinander um und gewährten uns gegenseitig Freiraum. Unsere Liebe und das Vertrauen ebneten den Weg für unser künftiges Leben, das wir uns bunt schillernd ausmalten. Genaugenommen ist am Ende die letzte Liebe die schönste Liebe. Unser beider Leben verlief in völliger Harmonie und Eintracht, wonach ich mich so sehr sehnte. Es gab keinen Streit noch lautes Getöse, denn das tat uns beiden nicht gut. Dabei konnte ich Florian dankbar sein, dass er die Scheidung eingeleitet hatte, sonst hätte ich nicht erfahren, dass es für mich noch ein anderes Leben auf Erden geben konnte, nämlich dieses mit Simon, wo alles in Harmonie übereinstimmte. Wenn die Jahre mich auch erfahrener werden ließen, so kann ich doch sagen, Sternchen und Puppe sind das Größte für die Ewigkeit. Wir liefen in einer gemeinsamen Umlaufbahn, auf der wir beide neu begannen zu leben, zu lieben und uns miteinander wohlzufühlen. Nie wollte ich diese Umlaufbahn verlassen und verglühen.

An den Wochenenden fabelten wir im Grünen, am Wasser oder im Wald. Wir hörten den Wind in den Baumspitzen rauschen und genossen den Waldgeruch. Wir verspeisten im Freien unser selbst gekochtes Menü und erfreuten uns der Natur fern des Großstadtgetöses. Wenn ein Gewitter aufkam und die Regentropfen auf uns hernieder prasselten, suchten wir Schutz im Auto. Zu schnell vergingen die Sommermonate. Dann ließen die ersten Herbststürme, die über die Stadt fegten, das Land kahl und trostlos erscheinen und nur wir zwei machten es uns daheim gemütlich. Der Schnee war im Winter meine größte Freude. Sobald es nachts schneite und ich aus dem Schlaf erwachte, stand ich auf und ging hinaus in das wirbelnde Schneeflockengestöber. Die weiße Pracht türmte sich schnell auf und deckte alles zu. Dabei glitzerten und funkelten die Schneesterne zauberhaft. In mir erwachte wieder das unbeschwerte Kind, das für kurze Zeit in den Schnee hinaus und sich glücklich fühlen durfte. Zurück vom Ausflug, kuschelte ich mich eng an Sternchen und schlief wieder ein. Sobald die Frühlingssonne morgens im Osten wieder höher stand, schnürten wir den Rucksack mit Proviant. Der Natur hautnah begegnen zu können, mit der Umgebung eins zu sein, ihre Schönheit und ihren Zauber erleben zu dürfen, empfanden wir als ein Geschenk. Dabei fabelten wir über Gott und die Welt. So manches Mal fielen wir in ein Gelächter, bis die Stille uns verdeutlichte: Schweige! Reich beschenkt mit Sauerstoff, Entspannung und Herzenswärme kehrten wir heim und hauchten einander ewige Liebe ein. Zwei Naturfreunde hatten sich gefunden, die den Reiz der Landschaft zu genießen wussten.

Eines Tages kam meine Eifersucht zum Vorschein, was mir absolut nicht behagte. Doch es war mir unangenehm, wenn Simon die Frauen der Freunde mit Küsschen hier, Küsschen da und einer Umarmung begrüßte. Dabei sah ich, wie ihre Augen zu leuchten begannen, wie sie ihn anhimmelten, dass ihre Ohren Besuch bekamen. Ich schilderte Sternchen meine Beobachtung und machte ihm Vorwürfe. »Aber mein liebes Püppchen, vertrau mir! In meinem Herzen wohnst nur du. Ich liebe dich. Die Frauen beflügle ich mit meinem Charisma und weiter gar nichts.« Ich lernte dazu.

Den Gesellenbrief für das Bandagisten-Handwerk hatte ich längst in der Tasche und verdiente weiterhin mein eigenes Geld, was mich von Sternchen unabhängig machte. Ich liebte meinen Job, die Vielfalt an Tätigkeiten, die mich erfüllte, dass ich nie an ein Aufgeben dachte. Eines Abends fragte Sternchen: »Meine Puppe, willst du in meinen Betrieb mit einsteigen? Ich zahle dir auch Lohn.« »Meinen Job aufgeben? Das geht nicht, ich liebe diese Tätigkeit! Ich bitte dich um Bedenkzeit Sternchen.« Zwei Jahre später gab ich die Tätigkeit auf und begann in seinem Unternehmen als Sekretärin zu arbeiten. Die Aufgaben erledigte ich von zu Hause aus. Mit der Zeit langweilte es mich, so ohne Kontakt zu anderen. Dann setzte ich mich ins Auto und fuhr in schnellem Tempo durch die Landschaft. Wenn ich von Freiheit und Raserei genug hatte, kehrte ich entspannt zurück. Oder ich besuchte Ingelore, mit der ich plaudern und lachen konnte. Wenn dann ihr Mann von der Arbeit heimkam, gab es meist Zoff und ich verabschiedete mich, denn Krach und Zank ertrug mein Magen nicht.

Als Sternchen plötzlich meine Familie kennenlernen wollte, durchströmte mich ein mulmiges Gefühl. Später stimmte ich zu, dass wir am Samstag früh mit dem Auto in Richtung Bautzen fuhren. Im Ort quartierten wir uns im Hotel *Zur Krone* ein. Am Abend besuchten wir Ulrich und Veronika, die nicht weit entfernt vom Hotel wohnten. Nichts ahnend trafen wir bei ihnen die Eltern an. Sogleich stieg das mulmige Gefühl in mir auf, das ich bereits gespürt hatte, als Sternchen meinen Familienklan kennenlernen wollte. Dieses Gefühl galt dem Alten. Während Sternchen von allen herzlichst empfangen wurde, beobachtete mich der Alte und ich unauffällig auch ihn. Dann reichte Sternchen jedem eine Zigarette und ich dachte bei mir: Jetzt wird die Friedenspfeife geraucht. Unentwegt erzählten und lachten die Männer herzhaft miteinander. Ich hatte den Eindruck, dass sie sich gut verstanden, hatte selbst aber stets meine traurige Kindheit vor Augen. Am nächsten Tag fuhren wir zurück.

Später, zur Beisetzung des Alten, erschienen dann alle seine Kinder. Als wir mit dem Auto vorfuhren und ich ausstieg, trafen mich die verstohlenen Blicke der Geschwister, die heimlich miteinander tuschelten. Dabei fühlte ich mich, wie schon in der Kindheit, als Außenseiter. Das war mir sehr unangenehm. Dennoch begrüßte ich die Geschwister mit Umarmungen und fragte: »Wie geht's?« Keiner kam mir entgegen und sagte etwa: »Schön, dich zu sehen!« Nein, mir kam es vor, als warteten sie darauf, dass ich ihnen zeigte, wie man mit einem Menschen umging, den man viele Jahre nicht gesehen hatte. Ihr Verhalten bewies mir, dass sie mich noch immer als Außenseiterin betrachteten, die sich sexuell mit ihrem Erzeuger eingelassen hatte. Ja, jeder von ihnen dachte, ich sei die Geliebte ihres Vaters gewesen, weil die Mutter es ihnen so erzählt hatte. Und dann hatte ich ihn noch in den Knast gebracht. Wie verrückt klingt das denn? Doch genauso hat es auch Elisa in der Siedlung herumerzählt, bevor ich dorthin gezogen bin. Das war für mich eine sehr unangenehme Situation. Bei der weiteren Begrüßung überging ich Gottfried und Alfred, weil ich mir bereits in der Kindheit aufgrund der geschilderten Vorfälle geschworen hatte, zu diesen beiden Brüdern den Kontakt abzubrechen – und ich hielt mein Versprechen.

In der Trauerhalle saß ich in der dritten Reihe an der Wand und sah nicht, wie alle anderen, zum Redner, der die letzten Worte vorlas, sondern starrte nur die Wand gegenüber an. »Endlich bist du tot!«, murmelte ich. Mit geschlossenen Augen biss ich dann den Hass in die Wand hinein und schrie innerlich heraus: Nimm den Dreck von mir, nimm ihn mit dir Alter! Aber nein, das tat er natürlich nicht. Er ließ das Trauma auf der Erde zurück, sodass ich weiter daran zu kauen hatte. In meinem Gehirn sitzt der Dreck wie in Beton gegossen – nirgendwo anders. Der Alte hat ihn nicht mit sich genommen. Hätte er es je getan, wenn es gegangen wäre? Nein! Für die Urne des Alten war in der Erde ein Loch ausgehoben worden, neben der Grabstelle von Freyas Mann Richard, der sich ein Jahr zuvor erhängt hatte. Die Polizei war ihm wegen sexueller Nötigung in der Öffentlichkeit und Wiederholungstaten auf die Schliche gekommen. Doch statt in den Knast zu gehen, wählte er lieber den Freitod.

Nach der Beerdigung speiste die Sippe gemeinsam im Restaurant *Silberstern*. Dabei erlebte Sternchen meine Großfamilie. Er selbst war als Einzelkind aufgewachsen. Plötzlich ergriff er das Wort und lobpries mit warmer und herzlicher Stimme die Mutter, sprach ihr seine Achtung und Anerkennung aus, angesichts dessen, was sie geleistet hat. Er wählte dabei so einfühlsame und wohltuende Worte, dass ich eine Gänsehaut bekam und staunte, wie herzergreifend und gewandt sich mein Sternchen ausdrücken konnte. Voller Stolz tat sich mein Herz weit auf und nach seiner großartigen Lobrede küsste ich ihn vor allen Gästen.

Die rosarote Brille

Als Sternchen fünfundsechzig Jahre alt wurde, erlaubten ihm die Behörden der DDR seine Verwandtschaft im Westen zu besuchen. Aufgrund seiner Amputation gewährten sie ihm, mit dem eigenen Auto zu reisen. Es behagte ihm nicht, allein in den Westen zu fahren, weshalb wir ins Auge fassten, vor seiner nächsten Reise bei der Behörde den Antrag zu stellen, dass ich als Begleitperson mit ihm fahren kann. Und wir erhielten tatsächlich die Erlaubnis dazu. Glücklich, frohen Mutes und gut gelaunt gingen wir gemeinsam auf jene Reise, die uns nach Westberlin zu seinem Cousin Franz führte. Ich selbst hatte keine Verwandtschaft in Westdeutschland und auch sonst niemals die Gelegenheit, in den Westen zu reisen.

Am Grenzübergang Drewitz wurden wir aufgefordert, den Wagen zu verlassen. Dabei sahen wir mit an, wie die Zöllner das Fahrzeug innen und außen inspizierten. Ich kam mir wie ein Schwerverbrecher vor, während sie die Türen abklopften und mit einem Stabspiegel den Wagen von unten kontrollierten. Ich vertraute unserem Staat und fühlte mich sicher in ihm, doch hier war ich mit seinem geballten Misstrauen konfrontiert. Als wir die Grenze passiert hatten und auf den Straßen von Westberlin fuhren, ergriff mich die pure Panik. Massen von Fahrzeugen fuhren so schnell und dicht hintereinander, dass ich als Beifahrerin reflexartig ständig mitbremste und das Bodenblech fast bis zum Motor durchdrückte. Ich schrie unaufhörlich: »Pass auf! Fahr doch nicht so dicht auf! Bremse! Halte Abstand!« Dabei hielt ich meinen Körper permanent in Alarmbereitschaft. Mit meiner Ängstlichkeit machte ich Sternchen völlig irre. Er jedoch sprach ganz ruhig: »Ich habe alles im Griff, meine Puppe.« Dadurch entspannte ich mich etwas und wiederholte in Gedanken viele Male den Satz: Ich bin ganz – ruhig und – gelassen. Mit unserem Dacia, das rumänische Modell eines Lizenznachbaus von Renault, waren wir auf den Westberliner Straßen unterwegs. Dabei misstraute ich den Bremsen, obwohl Sternchen den Wagen vor der Reise in der Werkstatt hatte inspizieren lassen.

Endlich bei Franz am Ziel, war ich fix und fertig mit den Nerven. Mit einer herzlichen Umarmung nahm mich Franz in seinen Klan auf. Ich bewunderte sein weißes Haar, das nicht grau, sondern wirklich schneeweiß war, was ich so noch nie gesehen hatte. Auch seine Söhne empfingen mich herzlichst. Nach einer kurzen Plauderei bummelten Sternchen und ich durch ein Kaufhaus. Von der Vielfalt des Angebotes war ich so überfordert, dass mir übel wurde und ich an die frische Luft wollte. Auf der Straße stöhnte ich: »Endlich!« Diese unglaubliche Menge an wunderschöner modischer Kleidung konnte ich anfangs gar nicht begreifen. Wieder bei Franz nahm ich das Zepter für das Abendgericht in die Hand. Franz lebte allein in einer Dreizimmer-Mietwohnung mit Ofenheizung im vierten Stock. Zum Glück gab es einen kleinen Aufzug.

Am nächsten Tag kam seine Schwester Lotte, um mich kennenzulernen. Auf Anhieb verstanden wir uns gut. Sie nahm Franz' Wirtschaft in die Hand und verwöhnte uns mit schmackhaften Speisen. Zwei Tage später fuhren wir auf den intakten Straßen durch Westberlin wieder zum Grenzübergang. Dabei bewunderte ich die faszinierenden Autos, die es hier gab. Nachdem ich diese andere Welt, in der die Wirtschaft der Bevölkerung den Überfluss bot, beschnuppert hatte, verlief die Rückreise wesentlich entspannter. Der Straßenverkehr in der DDR lief ruhiger ab, weil fast ausschließlich Trabbis unterwegs waren, auf die man nach der Anmeldung zehn Jahre und länger wartete. Aufmotzen half da nichts, da wartete man noch länger oder die Anmeldung landete gleich im Papierkorb.

Bei unserer nächsten Reise nach Westberlin chauffierte ich den Wagen selbst und war dabei viel entspannter, als bei der ersten Fahrt. Obwohl Sternchen am rechten Bein eine Prothese trug, fuhr er feinfühliger als ich. Charmant sagte er: »Puppe, höre und fühle beim Fahren. Du lenkst das Auto, und nicht das Auto dich.« Sein Hinweis klang ewig in mir wider. Mit der Zeit lernten wir die andere Welt, wo die Wirtschaft boomte, besser kennen, schätzen und lieben. Leider fehlten uns die finanziellen Mittel, um aus den Vollen schöpfen zu können. Aber mir genügte auch schon, die Fülle an Waren des täglichen Bedarfs zu bestaunen.

Später wurden wir auf einer Fahrt nach Hannover am Grenzübergang erneut aus dem Fahrzeug gebeten und sahen mit an, wie die Zöllner den Wagen von unten beäugten. Als wir bei Simons Tante ankamen, wurde ich herzlich begrüßt. Das Mütterchen war neunzig Jahre alt und körperlich in entsprechender Verfassung. Ich hatte sie gleich in mein Herz geschlossen und half ihr, wo ich nur konnte. Auf der mitgebrachten Campingliege ruhte mein Körper über Nacht und Sternchen schlief auf einem alten, viel zu kurzen und harten Zweisitzer. Doch für zwei Nächte nahmen wir die unbequeme Übernachtung in Kauf. Die Wirtschaft boomte hier genauso wie in Westberlin. Die Häuser waren in einem gut erhaltenen Zustand, die

Straßen glatt und ohne Löcher. Das war ein herrliches Fahren mit unserem Wagen. Und doch gefiel mir Berlin besser als Hannover.

Auf die nächste Reise, die uns wieder nach Westberlin führte, nahm ich von Ingelore dreißig D-Mark mit, die ich in meiner Kosmetiktasche unterbrachte. Ich fragte nicht nach, woher sie das Westgeld hatte. Der Vorschrift nach durfte ich nur die fünfzehn D-Mark im Portemonnaie ausführen, die ich in der DDR-Tauschzentrale eins zu eins einzutauschen hatte. Ingelore wünschte sich, dass ich ihr davon Creme zur Behandlung ihres offenen Beines kaufte und mitbrachte. Natürlich war mir bewusst, dass ich das Geld laut Vorschrift nicht mitführen durfte, aber ich dachte mir, dass die Zöllner wohl kaum in meiner Kosmetiktasche kramen würden.

Falsch gedacht! Am Grenzübergang Drewitz sollten wir den Wagen verlassen, damit der Zoll ihn inspizieren konnte. Dann forderte eine Beamtin mich auf: »Bitte folgen Sie mir!« Dabei trug sie meine Handtasche unter ihrem Arm. In einem kleinen Raum saß ich in einer Ecke auf einem einfachen Holzstuhl und starrte in die oberen Zimmerecken, wo Kameras installiert und direkt auf mich gerichtet waren. Hier wartete ich auf das, was nun passieren würde. Doch eine lange Zeit geschah gar nichts. Ich fragte mich: Was werden die Zöller mit Sternchen machen? Meine Sorge um ihn war größer, als die um mich. So saß ich lange im Ungewissen und sah abwechselnd in die Kameras, durch die mich die Zöllner im Raum dahinter beobachteten. Angst verspürte ich nicht und blieb ganz ruhig. Endlich passierte etwas: Ein Zöllner betrat den Raum, ignorierte mich, gab dann einen Code in die am Türpfosten befestigte Tastatur ein, woraufhin die Tür sich öffnete und schloss sie hinter sich wieder. Diese Prozedur absolvierten mehrere Zöllner in gewissen Abständen, ohne dass sie mich dabei zur Kenntnis nahmen. Was wird hier gespielt?, fragte ich mich.

Plötzlich betrat der erste Zöllner wieder den Raum und sagte höflich: »Bitte folgen Sie mir!« Ich ging hinter ihm her in den Nebenraum, aus dem sich alle anderen sogleich entfernten. Dann saßen wir uns an einem primitiven Tisch gegenüber. Dabei sprach er kein einziges Wort. Als er schließlich zur Tür hinausging, kam eine Frau in Uniform herein und setzte sich auf seinen Platz, also mir gegenüber. Provokant legte sie meine Tasche auf den Tisch. Dann kippte sie unerwartet deren Inhalt auf die Tischplatte, stülpte das Futter heraus und befühlte es. »Bitte öffnen Sie jedes einzelne Teil!«, sagte sie, ohne dass ich eine Bewegung ihrer Lippen erkennen konnte. Ich begann alles aufzuschrauben, aufzuklappen und schob dabei die

Kosmetiktasche beiseite. Die Zöllnerin griff danach und kippte auch ihren Inhalt auf den Tisch. Dabei suchten meine Augen Ingelores Geld, das nicht dabei zu sein schien. »Bitte schrauben Sie jedes Teil auf!«, verlangte sie erneut. Ich nahm Augenbrauen- und Lippenstifte sowie diverse andere Kosmetikartikel auseinander, so weit es ging. Was bezweckt sie eigentlich damit?, fragte ich mich.

Als die Utensilien zerlegt waren und das Geld unauffindbar blieb, fragte ich kurz entschlossen: »Wo sind die dreißig D-Mark?« »Sie wissen doch, dass Sie nur fünfzehn mitnehmen dürfen«, erklärte sie mir, was mir durchaus bewusst war. Ich neigte den Oberkörper leicht hin und her, wie ein naives Mädchen und überlegte: Was sage ich jetzt? Die Wahrheit? – Und ich sagte die Wahrheit: »Die dreißig D-Mark gehören meiner gehbehinderten Freundin. Sie wünschte, dass ich ihr Salbe zur Behandlung ihres offenen Beines kaufe. Ich selbst habe nur fünfzehn D-Mark dabei.« »Also haben Sie insgesamt fünfundvierzig D-Mark bei sich und keine fünfzehn«, stellte sie fest. »Warum haben Sie das Geld versteckt?«, wollte sie wissen. »Weil es nicht mir gehört, sondern der Freundin.« Hätte ich gewusst, dass mich jemand verrät, hätte ich es nicht mitgenommen. »Warum haben Sie es dann versteckt?«, bohrte sie weiter. »Warum, sagte ich bereits!«, und wiederholte es noch einmal: »Weil es nicht mir gehört, sondern der Freundin.« »Wie heißt die Freundin?« »Ingelore.« Sie verließ den Raum.

Sogleich trat ein Zöllner über die Schwelle und setzte sich mir gegenüber. Er stellte genau dieselben Fragen. War ich hier im Kindergarten? Diese Befragung war mir zu blöd, und doch beantwortete ich alles. Während die Leute mich auszuquetschen versuchten, bissen sie auf Granit. Dabei beobachtete ich den Mann gegenüber ganz genau, schließlich hatte ich nichts anderes zu tun. Als er plötzlich wieder fragte: »Warum haben Sie das Geld versteckt?«, dachte ich nach. Ging es wirklich nur um das Geld? Dabei war ich in keiner Weise ängstlich, dass mir etwas zustoßen könnte. Wer schickte mir diese Gelassenheit, dass ich so die Ruhe bewahren konnte? Sodann nahm ich die Person vor mir weiter in Augenschein: Die Finger waren braun vom starken Rauchen, die Augen dunkelbraun. Ich sah nichts darin, was mir behagte. Das blonde Haar ähnelte einem Fußballplatz mit Wiesenrand. »Bitte folgen Sie mir!«, sagte der Mann. Er führte mich wieder in den ersten Raum zurück und sah in die Kameras hinein, wohl um mir zu verdeutlichen, dass sie mich im dahinterliegenden Raum im Visier hatten und sich über mich amüsierten. Schließlich war diese ganze Inszenierung absolut idiotisch und dennoch blieb ich auf der Hut, denn was führten die Zöllner damit im Schilde? Wollten sie mich etwa zu einer Falschaussage veranlassen?

Während ich mich wie ein unschuldiges Kind benahm, mit den Fingern spielte und abwechselnd die Handflächen auf die Oberschenkel schlug, murmelte ich ständig: »Hätt ich das gewusst, hätt ich das Geld von Ingelore nicht mitgenommen.« Wer hatte mich verpetzt? Wer wollte mir Schaden zufügen? Wegen dieser dreißig D-Mark machten die Zöllner so ein Fass auf und behielten mich mit ihren Kameras im Visier. Und was ist mit Sternchen passiert? Was haben sie mit ihm gemacht? Dann ging ganz plötzlich die Tür auf und ich fragte den Zöllner: »Wo ist mein Mann?« Doch der verhielt sich wie taubstumm. Stattdessen führte er mich wieder in einen anderen Raum und durch diesen hindurch in ein weiteres Zimmer. Die Kameras klebten in jedem Raum in den oberen Ecken und waren auch hier direkt auf mich gerichtet. Der Zöllner ging, ohne mir eine Frage zu stellen.

Sogleich trat eine Zöllnerin ein und ich forderte sie auf: »Bitte sagen Sie mir, wo die Toiletten sind.« »Ich begleite Sie dorthin«, antwortete sie. »Wenn Sie mir den Weg dorthin erklären, finde ich das Klo auch allein«, sagte ich ihr deutlich. »Nein, das dürfen Sie nicht! Ich soll Sie begleiten!« »Oh, hier geht es aber streng zu!«, sagte ich. Vor der offenen Klotür wartete sie, bis ich mit Pinkeln fertig war. Dabei durfte ich die Tür nicht schließen, geschweige denn verriegeln. Seite an Seite kehrten wir ins Zimmer zurück. Dort saß sie mir dann gegenüber und stellte dieselbe Frage, die mir die anderen Zöllner schon fünfzehn Mal gestellt hatten: »Warum haben Sie das Geld versteckt?« »Weil es nicht mir gehört!«, antwortete ich. Langsam kam ich mir wie in der Klapse vor. Als sie die Tür wieder hinter sich geschlossen hatte, geschah eine lange Zeit gar nichts, außer dass ich sinnlos wartete.

Nach vier Stunden des Wartens und Verhörens öffnete ein Zöllner ohne Worte die Tür und ließ sie offen stehen. Ich verharrte still auf dem Stuhl. Zuerst deutete ich die Situation so: Wenn ich durch die Tür gehe, also die Flucht ergreife, nehmen sie mich fest und sperren mich ein. Auf keinen Fall würde ich ihnen den Anlass dazu geben, mich in ein Verlies zu sperren. Eine ganze Weile lang geschah nichts, sodass ich zögernd zur Tür ging, den rechten Fuß über die Schwelle setzte und wartete, was passieren würde. Erst dann zog ich den linken Fuß nach und blieb wieder still stehen. Nichts geschah, also wagte ich mich langsam hinaus ins Freie. Sogleich kam ein Zöller auf mich zu und ich fragte ihn: »Wo ist mein Mann?« Mit einer Geste wies er auf das Gelände hinaus: »Dort.« »Bekomme ich die dreißig D-Mark zurück?« Dabei schaute ich lächelnd in seine rehbraunen Augen, die er weit aufriss. Dann bewegte er minimal den Kopf hin und her, was wohl heißen sollte: Geh und vergiss das Geld! Viele Fragen lagen mir noch auf der Zunge, die ich beantwortet haben wollte, zum Beispiel: Was geschieht mit dem Geld? Wer bekommt es? Wird es unter euch verteilt?

Doch ich begriff meine Lage nur zu gut, sodass ich zum Auto lief, das weit vom Gebäude entfernt stand, wo Sternchen auf mich wartete. Als ich die Wagentür öffnete, wollte ich gleich losplappern, aber er sagte: »Sei still! Sag jetzt nichts, bis wir durch die Grenze sind.« Als wir sie dann passiert hatten, stöhnte ich: »Endlich frei! – Sternchen, die Zöllner spielten ein Spielchen mit mir. Nichts geschah, außer dass sie mir immer dieselbe Frage stellten, wo ich dachte, in der Klapse zu sein und nicht beim Zoll. Oder waren das Stasileute?« »Die haben überall ihre Finger im Spiel«, meinte er. Da war ich überzeugt, dass die Zöllner dieser Behörde unterstellt waren. Den ersten Einblick in die Methoden der Stasi hatte ich nun. Dabei hatte es Ingelore bestimmt Mühe gekostet, das Geld zu beschaffen – und nun war es mir gestohlen. Aus eigener Tasche würde ich dann für sie die Salbe bezahlen. Aber wie sollte ich ihr sagen, dass das Geld fort ist? Wer wusste davon, dass ich es bei mir hatte? Von nun an war ich skeptischer, wenn ich sie besuchte, und achtete darauf, was ich sagte. Aber vorstellen konnte ich mir nicht, dass sie selbst mich verraten hatte.

Nach dieser Reise brachte die DDR-Volkskammer ein neues Gesetz heraus, wonach nur noch Personen mit erstem Verwandtschaftsgrad in den Westen reisen durften. Die Regierung änderte die Bestimmungen, um so wenig Bürger wie möglich in den Westen reisen zu lassen, wo die Wirtschaft boomte, die Häuser und Straßen in einem guten Zustand sind. Dabei war der Verfall in der DDR nicht aufzuhalten. Dagegen anzugehen oder zu protestieren, wäre zum eigenen Schaden gewesen, denn dann drohte Gefängnis wegen Widerstand gegen die Staatsgewalt. Nach dem Erlass des neuen Gesetzes brach für mich eine Welt zusammen. Der Staat schob dem, was mir Spaß und Freude bereitete einen Riegel vor. Hätte ich dagegen Einspruch erhoben, wäre die Behörde auf mich aufmerksam geworden. Eines Abends klärte mich Sternchen über die Stasi in Magdeburg auf. Ich glaubte, diese Leute wären meine Freunde und Helfer, weil sie nicht beim Zoll dienten. Dabei hatte ich die rosarote Brille auf, die alles vernebelte, mich blendete und in die Irre führte. Sodann nahm ich das Gestell von der Nase und konnte nun erkennen, dass die Stasi den gesamten Staat und das eigene Volk beherrschte, dass sie Spitzel wie Flöhe unsichtbar agieren und die Bevölkerung ausspionieren ließ. Das war für mich zehn Nummern zu groß – und doch stellte ich mich darauf ein und akzeptierte so die Allmacht dieser Behörde. Zwar wurde ich vorsichtiger, wenn ich mit jemandem sprach, doch letztlich mied ich diese Themen lieber, als etwas zu wagen oder gewisse Bürgerrechte zu verteidigen – so, wie ich es bereits in der Kindheit von den Eltern eingebläut bekommen hatte.

Seit wir den Bund der Ehe eingegangen waren und uns das Wort gegeben hatten, in guten wie in schlechten Tagen füreinander da zu sein, vertraute ich Sternchen immer mehr. Sodann richteten wir unser Domizil für die Zukunft gemütlich und nach unserem Geschmack neu ein, indem wir das alte Mobiliar gegen ein noch älteres antikes tauschten. Dabei zogen wir nie in Betracht, unser kuscheliges, mit Liebe zum Detail erschaffenes Zuhause einmal aufzugeben oder der DDR gar den Rücken zu kehren. Das stand nicht zur Debatte. Uns ging es gut. Wir waren verliebt, glücklich und das Milieu stimmte. Aber etwas fehlte uns: die Reisen in den Westen.

Eines Wintertages fuhr Sternchen allein bei minus zehn Grad und Schnee mit dem Auto nach Hannover zu ›Tantchen‹, wie er sie nannte. Nie war er länger als zwei Tage von mir getrennt, und jedes Mal rief er mich an, bevor er wieder die Heimreise antrat: »Ich fahre jetzt los Puppe!« Da er selbstständig berufstätig war, bekamen wir einen Telefonanschluss in der Wohnung. Von Hannover bis Magdeburg sind es etwa zweihundert Kilometer. Als Sternchen drei Stunden nach dem Anruf noch nicht daheim war, begann ich intensiv und ganz lieb an ihn zu denken: Ich bin bei dir. Ich liebe dich. Was auch geschehen mag, du kehrst immer zu mir zurück. Mit vier Stunden Verspätung kam er endlich nach Mitternacht im Schneckentempo um die Hausecke gefahren. Sogleich ließ ich Badewasser einlaufen und eilte ihm entgegen. Mit Eis in den Haaren, Augenbrauen und Wimpern kehrte mein Sternchen völlig durchgefroren zu mir zurück. »Puppe, ich bin froh hier zu sein!«, sagte er und fiel mir dabei um den Hals. »Die Heizung im Auto fiel aus, sodass ich alle paar Meter anhielt, um die Frontscheibe innen und außen vom Eis freizukratzen. Ich hab die Nase voll, allein zu reisen, meine liebe Puppe!«

Vor seiner nächsten Reise stellte ich noch einmal den Antrag, meinen Mann begleiten zu dürfen. Er wurde abgelehnt. Als die Sonne höher stand, fuhr Sternchen zu Franz nach Westberlin. Dort schlugen ihm Freunde und Verwandte vor, im Westen zu bleiben. »Ohne meine Puppe niemals!«, meinte er eisern. »Aber mit einem gründlich durchdachten Plan könnte es doch machbar sein, die Grenze zu überwinden, ohne erwischt zu werden«, sagte Franz, der die Allmacht der Stasi nicht kannte. Die beste Freundin, der beste Freund, ein Nachbar oder Kollege, sogar der eigene Ehegatte konnte Zuträger der Stasi sein. Nach dem Zwischenfall am Grenzübergang Drewitz traute ich selbst meiner besten Freundin Ingelore nicht mehr. Hatte sie mich verraten, ihre Tochter, der Schwiegersohn? Nie sollte ich das erfahren. In der Kindheit bespitzelte mich der Alte auf familiärer Ebene. Dadurch hielt er mich nieder und klein. Doch ein ganzes Volk zu belauschen, grenzt ja schon an Größenwahn.

Der Unterschied zwischen der DDR und Westdeutschland war in jeder Hinsicht gravierend. Während bei uns alles den Bach hinab ging, die Häuser und Straßen in einem katastrophalen Zustand waren, von der Versorgung mit Waren des täglichen Bedarfs ganz abgesehen, platzte die Wirtschaft im Westen dagegen aus allen Nähten. Für jeden war von allem genügend vorhanden. Neunundneunzig Pfennige bezahlte ich für eine Strumpfhose in Hannover, die aus der DDR kam. Dagegen bezahlte ich zu Hause vierzehn bis siebzehn Mark für eine Feinstrumpfhose. Für ein paar Bananen standen wir stundenlang an, wobei das Ende der Schlange noch leer ausging. Dafür blühten der Schieber- und Schacherhandel und die Aus-alt-mach-neu-Schattenwirtschaft, bis das Volk immer unzufriedener wurde.

Im Handeln war mein Sternchen unübertrefflich. Dazu stellte ich ihm keine Fragen; das war ganz und gar seine Sache. Aus dem Westen schmuggelte er Tischrechner, die er im Osten dann verkaufte. Dabei bedachte er nicht, dass ihn jemand verpetzen könnte. Als er zur Stasi zitiert wurde, standen dort alle seine Rechner auf dem Tisch, die er vom Westen aus an verschiedene Adressen in der DDR verschickt hatte. Dafür wurde er mit einer Geldbuße von sechzehntausend Mark bestraft – und die Rechner bekam er nicht zurück. Die teilten die Stasileute untereinander in ihren Büros auf. Somit war er doppelt bestraft. Wären die Grenzen offen gewesen, hätte man nicht zu schmuggeln brauchen. Allen hätte reichlich zur Verfügung gestanden.

Die Flucht

Sternchen traf auf seiner nächsten Reise nach Westberlin bei Franz Auswanderer aus der DDR. Jeder Einzelne von ihnen legte ihm offen: »Bleib doch hier im Westen, wir helfen dir.« »Nicht ohne meine Frau!«, sagte Sternchen. Ich ahnte nichts davon, dass er insgeheim einen Plan mit seinen Freunden austüftelte, stellte nur fest, dass er Franz nun öfter besuchte als Tantchen. Ehe mir Sternchen seine Absicht mitteilte, durchdachte und durchleuchtete er sein Vorhaben bis ins kleinste Detail. Erst als ihm der Plan fest und sicher erschien, fragte er mich: »Was hältst du davon, wenn wir umziehen meine Puppe, den Wohnort wechseln?« »Wohin willst du denn ziehen Sternchen? Wir haben uns ein schönes Heim geschaffen. Das Ambiente und Milieu stimmt auch …« Er nahm meine Hände in die seinigen und liebkoste sie, ehe er sein Anliegen zum Ausdruck brachte: »Wir wandern aus! Es ist Zeit, die DDR zu verlassen meine Puppe! Je weniger du weißt, desto besser ist es für dich. Vertraue mir.« Ich war ziemlich perplex, als er mir diese Absicht kundtat und antwortete: »Ich vertraue dir in allem, was du tust und was du vor hast mein Sternchen. Du bist meine große Liebe und Harmonie, mein Freund, mein Stern am Firmament. Ich gehe mit dir überall hin, wenn du es wünschst.« Er war so glücklich darüber, dass er mich in die Arme schloss und lange festhielt, ehe er sagte: »Du bist das Beste, was mir in meinem ganzen Leben passiert ist. Ich liebe dich mehr als mein Leben meine Puppe!« Dann weinten wir dicke Tränen.

Dass er seine sichere Position in der DDR aufgab, verwunderte mich schon sehr. Hier war er ein angesehener Unternehmer, im Westen ein Rentner. Würde ihm das gefallen? »Mein Sternchen, ich teile deine Absicht und das, was du vorhast! Aber was ist mit deinem Unternehmen?« »Bitte stell mir keine Fragen, ich mach das schon meine Puppe.« Also fragte ich nicht weiter und vertraute ihm. Er sollte wissen was er tat, denn schließlich verlor er dabei eine ganze Menge. Der Entschluss zum Wohnortwechsel war also gefasst, der Zeitpunkt dafür noch offen. Dabei war es gewiss kein Honigschlecken, seinen Betrieb einfach so aufzulösen und die rumänischen Fahrzeuge zu verkaufen. Und inwieweit mir das fremde Land bei Niederlassung dort behagen würde, konnte ich erst nach unserer unwiderruflichen Auswanderung herausfinden. Ich tröstete mich damit, dass wir dort dieselbe Sprache und Kultur antreffen würden – und bestimmte Ansichten ließen sich auch ändern.

Sechzig Tage im Jahr gewährte die DDR Sternchen für seine Reisen nach Westdeutschland. Die Termine dafür suchte er selbst aus. Als er mich von seinem Plan in Kenntnis gesetzt hatte, fuhr er einmal öfter nach Westberlin, um unseren Hausrat bei Franz unterzubringen. Die schönen alten Gründerzeitmöbel, die wir uns nach der Eheschließung zugelegt hatten, blieben zurück. Um sie würden sich Diana und ihr Mann am Tag darauf kümmern, wenn ich jenseits der Grenze in Sicherheit war, denn bei illegaler Auswanderung verschaffte sich die Stasi stets Zutritt zur Wohnung. Dabei billigten wir ihnen den Fund dieser wertvollen Möbel nicht zu. Längst war Diana verheiratet und lebte mit Ditmar in Ostberlin. Aber so lange wir noch in unserer Wohnung lebten und der Termin für unsere Ausreise unbestimmt war, durften wir niemanden mehr über die Schwelle lassen. Mit der Zeit standen die Möbel völlig nackt da. Einem Besucher fiel sofort auf, dass hier etwas nicht stimmte. Während Sternchen gut für unseren neuen Hausstand im Westen sorgte, tarnte ich die Porzellanteile als Geschenke, indem ich sie wunderschön verpackte, mit Bändern und Schleifen verzierte. So manchem Zöllner tat es leid, all das wieder auseinander zu pflücken, sodass sie Sternchen Glauben schenkten, er würde darin nichts schmuggeln. Die Daunenbetten platzierte er ohne Verpackung offen im Auto. Am Übergang fragte ihn der Zöllner: »Warum schleppen Sie denn Federbetten mit?« »Weil eine große Feier mit vielen Gästen ansteht und ich mich über Nacht zudecken will«, antwortete Sternchen trocken. Er war der reinste Zollschmuggelprofi und um keine Ausrede verlegen.

Zwei Jahre, nachdem unser Entschluss auszuwandern feststand, offenbarte mir Sternchen den Termin für unseren illegalen Grenzübertritt. Bis dahin blieben noch zwei Wochen, und somit war es Zeit, Diana und Ditmar über unser Vorhaben in Kenntnis zu setzen. Ich holte Diana vom Bahnhof ab, um vorher schon einmal Fühlung aufzunehmen, damit sie nicht zu sehr überrascht war, wenn sie unsere halb leere Wohnung betreten würde. »Was geht hier vor?«, fragte Diana, und ich sagte ihr ohne Umschweife, dass wir nach Westberlin auswandern würden. »Wann?«, fragte sie entrüstet. »In zwei Wochen!« Dabei sah ich, wie ihr Gesicht erstarrte. Nach einer Denkpause und weiteren Erläuterungen freuten sich jedoch beide mit uns. Zehn Jahre würden vergehen, bis wir uns wiedersehen könnten – so zumindest dachten wir noch in jener Zeit. Wie es Sternchen gelang, seinen Betrieb so aufzulösen, dass niemand etwas bemerkte, ist mir heute noch ein Rätsel.

Aber erst einmal kam der 20. August 1989, an dem sich Sternchen auf jene Reise vorbereitete, die ihn ohne Rückkehr nach Westberlin führen sollte. Und an diesem Morgen klingelte um neun Uhr das Telefon. Als Sternchen den Hörer abnahm, forderte die Stasibehörde ihn auf, sofort bei ihr vorzusprechen. Als er sich auf den Weg dorthin begab, plagte mich die große Bange, irgendjemand hätte von unserem Vorhaben Wind bekommen und Sternchen wäre deshalb zur Stasi zitiert worden. Wieder zurück, schilderte er mir jedoch einen anderen Grund: »Jemand petzte, dass ich goldene Taschenuhren und Bargeld in meiner Prothese in den Westen geschmuggelt habe. Die Beamten wollten sich selbst ein Bild davon machen, inwieweit es überhaupt möglich war, darin etwas zu transferieren. Sie forderten mich auf, die Prothese abzunehmen. Keiner der Herren konnte aber meine Verletzung ansehen, sodass einer sagte: ›Das geht gar nicht! Wie können Sie damit überhaupt laufen? Ziehen Sie das Teil wieder an!‹ Zum Glück waren die Männer angesichts meiner Verletzung derart schockiert, dass sie keinen Verdacht schöpften und ich wieder gehen durfte.« Vor Freude, dass alles gut gegangen war, lagen wir einander in den Armen.

Wir interessierten uns beide für alte Silberuhren, deren Ausführung und Beschaffenheit wir aus Büchern erlernten. Wir zogen über Land und erwarben von Anbietern Exemplare, die Sternchen dann im Westen zum Kauf anbot. Doch eines Abends suchte uns ein fremder Herr auf, der eine goldene Taschenuhr zum Verkauf anbot. Höflich bat Sternchen den Fremden in die Wohnung, wo dieser das goldene Stück vorführte. Dabei stank sein Angebot zum Himmel. Wir beide rochen gleich den Braten, sodass Sternchen ablehnte und der Herr wieder abzog. Er ging also ohne einen Beweis in der Hand. Woher kannte der Fremde unseren Namen und die Anschrift? Es verhielt sich nämlich so: Für alles, was Sternchen vorhatte, benötigte er die D-Mark als Bestechungsgeld. Niemand im Westen tat ihm nur mal so einen Gefallen, weil er aus dem Osten kam. Die Leute wollten dafür Bargeld sehen, und zwar die D-Mark, kein Ostgeld. Dazu diente uns der Ankauf der Uhren, die Sternchen dann im Westen zum Verkauf anbot. Dafür bekam er zwar nicht viel, aber jede einzelne Münze zählte. Sodann steckte Sternchen die Geldscheine in seine Prothese und begab sich auf jene Reise nach Westberlin, von der er nicht wieder heimkehrte.

Es war ein sonniger Tag, an dem ich auf dem Balkon saß und in Gedanken Sternchens Route verfolgte. Da er nie länger als zwei oder drei Tage von mir fernblieb, begab ich mich am zweiten Tag nach Ostberlin zu Diana. Genau um elf Uhr rief ich aus einer Telefonzelle, bei Franz in der Wohnung an. Am anderen Ende schickte Sternchen eine kurze Nachricht in meine Ohrmuschel: »Heute Nacht!«, und legte auf. Die Nachricht sollte so kurz wie möglich sein, weil die öffentlichen Telefonzellen in Ostberlin von der Stasi abgehört wurden. Es sollte dann ein Kurier aus Westberlin kommen und mir ein Rezept überbringen, auf dem geschrieben stand: »Herr Tholei hatte einen Herzinfarkt und kann sein Auto nicht mehr allein lenken.« Diese Vorgehensweise hatte Sternchen als Vorwand für meine Flucht gewählt, die wir vorab besprochen hatten. Für mich begannen nun Stunden des Wartens in großer Aufregung. Als der Kurier endlich um fünf Uhr früh an Dianas Haustür klingelte und das Dokument überbrachte, atmeten wir drei erleichtert auf.

Anschließend fuhren Diana und ich mit dem Rezept nach Magdeburg zur Behörde. Die Frau in Uniform warf einen Blick darauf und sagte: »Das Wort ›lebensbedrohlich‹ fehlt! Schicken Sie es zurück und kommen Sie dann wieder.« So hatte ich die erste Schlappe einzustecken. Am nächsten Tag fuhren wir zurück nach Ostberlin. Sternchen und ich hatten aber nur das eine Telefonat zu elf Uhr vereinbart. Zu dritt diskutierten wir nun, was jetzt das Beste wäre, um an den Nachtrag auf dem Dokument zu gelangen. Der Entschluss war, dass ich um elf Uhr noch einmal bei Franz anrufen sollte. Am anderen Ende war Sternchen am Apparat und ich sagte: »Das Wort ›lebensbedrohlich‹ fehlt.« Er antwortete: »Heute Nacht«, und legte den Hörer auf. Wieder warteten wir auf den Kurier, der das Rezept um Mitternacht zur Korrektur abholen sollte. Der Bote kam aber nicht in dieser Nacht, sondern erst einen Tag später gegen drei Uhr früh. Nun warteten wir erneut, bis ein anderer Kurier das Rezept mit der Ergänzung »lebensbedrohlich« wieder zurückbrachte. Am Abend wollte keiner von uns schlafen, um das Läuten nicht zu verpassen. Um ein Uhr nachts endlich klingelte es an der Haustür. Der Kurier, ein Taxifahrer, brachte das dringend erwartete Dokument mit dem ergänzenden Wort zurück. Und für jeden dieser Kurierdienste benötigte Sternchen die D-Mark, weil keiner etwas umsonst tat, schon gar nicht etwas vom Westen in die DDR schmuggeln.

Um sieben Uhr fuhren Diana und ich abermals mit dem Auto nach Magdeburg zur Behörde, die um zwölf Uhr ihre Pforten schloss. Dabei lagen wir gut im Rennen. Ich durfte mir keinen Fehler erlauben und nur so wenig wie möglich auffallen. Da die rechte Autobahnspur schadhaft war, fuhr ich meist links und dazu recht schnell. Diese Fahrbahn war zwar auch lädiert, aber lange nicht so zerlöchert wie die rechte Spur. Da wurde ich plötzlich von einem Polizisten mit der Kelle rechts zum Halten aufgefordert. Ich hatte starkes Muffensausen und Diana fragte: »Oh Mann, was hast du gemacht Mutti?« »Ich bin mir keines Fehlers bewusst!«, antwortete ich. Doch der Polizist erkundigte sich sogleich: »Warum fahren Sie nur links?« »Weil die rechte Fahrspur kaputt ist«, sagte ich. »Fahren Sie laut Straßenverkehrsordnung!«, wies er mich streng zurecht. »Ja, mache ich«, sagte ich kleinlaut, während er mir die Papiere zurückreichte. Als wir weiterfuhren, sagte ich zu Diana: »Von Weitem sah ich eine Person auf der Brücke stehen, die mit ihrem Fernglas die Autobahn beobachtete. Diese Person war offenbar ein Polizist, der seinen Kollegen von meiner Linksfahrt in Kenntnis setzte.«

In Magdeburg betrat ich das Gebäude der Behörde mit gemischten Gefühlen. Als mein Name dann aufgerufen wurde, reichte ich der weiblichen Person in Uniform das Rezept. Sie warf einen Blick darauf und meinte: »In drei Tagen kommen Sie wieder!« Dabei war ich der Annahme, die Genehmigung gleich zu bekomme. Doch es hatte keinen Zweck nachzufragen, denn es stand ja fest: »In drei Tagen kommen Sie wieder!« Für mein Sternchen begann eine ungewisse Zeit, wann er seine Puppe in Westberlin endlich in die Arme schließen konnte. Am dritten Tag darauf saß ich wieder bei der Behörde und wartete, bis mein Name aufgerufen wurde, ständig die bange Frage im Kopf: Erteilen die mir jetzt die Erlaubnis, meinen angeblich todkranken Mann nach Hause zu holen? Als mein Name endlich aufgerufen wurde, erschrak ich sehr und das Herz schlug mir den Hals hinauf. Magenschmerzen gesellten sich hinzu. Mit diesen Qualen betrat ich den Raum, in dem eine Beamtin in Zivil am Schreibtisch saß. Ich nahm ihr gegenüber Platz. Plötzlich ging die Tür auf und eine Frau in Zivil trat ein. Beide unterhielten sich leise. Dabei traute ich meinen Augen und Ohren nicht, wer diese Frau war, die zuletzt ins Zimmer kam. Es war Liesbeth, die Frau von Sternchens Freund Roberto. Dabei konnte ich meinen Kopf nicht tief genug senken, um ihren Blick nicht zu treffen. Nun wusste ich, warum ich keinen Zugang zu ihr fand, wenn sie uns zum Kaffee einlud. Sie besaßen ein Grundstück mit Haus, Garten und Garage, wo ich lieber in der Erde grub, als mich mit ihr zu unterhalten. In ihrer Nähe fühlte ich mich unwohl. Ihre Autorität und die strengen Gesichtszüge machten mich wortkarg. Jetzt und hier bei der Behörde bekam ich hautnah den Grund dafür mitgeteilt, weshalb ich intuitiv stets Abstand zu ihr hielt.

Als sie den Raum wieder verlassen hatte, sagte die Beamtin: »Sie dürfen Ihren Mann nach Hause holen.« Ich lächelte und sagte: »Danke.« Ja, ich war tatsächlich dankbar, dass ich endlich zu Sternchen reisen durfte, der mit Bangen auf mich wartete. Erst auf der Straße warf ich einen scharfen Blick auf die Genehmigung. Ihr zufolge standen mir für die Abholung drei Tage zu. Sogleich fiel eine Riesenlast von mir ab und ich fuhr noch schnell zur Tauschzentrale, ehe diese ihre Pforten schließen würde. Doch ich kam zu spät. Die Angestellte verriegelte gerade die Tür von außen. Aber ich brauchte die fünfzehn D-Mark jetzt und nicht erst morgen, weil die Stelle nur vormittags geöffnet hatte. Ich flehte sie an, doch noch einmal die Tür zu öffnen und mir das Geld umzutauschen – was sie dann auch tat. Schließlich fuhr ich das erste Mal mit der Bahn nach Westberlin, da benötigte ich Westgeld für eine Taxe oder öffentliche Verkehrsmittel.

Voller Spannung erwartete Diana in der Wohnung die Rückkehr ihrer Mutti. Als ich dann über die Schwelle trat, fragte sie aufgeregt: »Und – hast du sie?« »Ja, für drei Tage hab ich die Erlaubnis. Wie großzügig, nicht wahr?« »Nun aber schnell weg von hier!«, sagte Diana erregt, klemmte ihre Tasche unter den Arm und stürmte zur Tür, als wäre sie selbst auf der Flucht und nicht ich. Ich dagegen blieb ungewöhnlich ruhig und erklärte ihr: »Erst koche ich uns noch ein Menü, ehe wir zum Grenzübergang Friedrichstraße losdüsen Diana.« »Was ist nur los mit dir Mutti?«, fragte sie fassungslos. »Wer weiß, wann ich das nächste Mal etwas zu essen kriege. Und wie soll ich mit leerem Magen gelassen die Grenze passieren? Ich würde vor Aufregung ohnmächtig werden und umfallen!«

Also speisten wir noch in aller Ruhe und chauffierten dann das Auto zum Ostberliner Grenzübergang Friedrichstraße. Die Fahrt verlief ruhig. Dabei lag mein Augenmerk auf der Geschwindigkeit und dem Einhalten der holpernden rechten Fahrspur. Am Übergang Friedrichstraße stellte ich auf dem Parkplatz den Motor ab und überreichte Diana die Wagenschlüssel: »Machs gut meine Kleine!« »Lebewohl!« »Wird es ein Abschied für zehn Jahre sein oder vielleicht noch länger?« Wir drückten einander und wünschten uns gegenseitig alles Liebe und Gute. »Und pass gut auf dich auf. Toi, toi, toi Mutti!« Dann fuhr mein Kind davon.

Ich ging zum Grenzübergang. Zum ersten Mal fuhr ich allein auf der Schiene nach Westberlin zu Franz, dorthin, wo mein Sternchen sehnsuchtsvoll und mit Herzrasen auf seine über alles geliebte Puppe wartete. Wir konnten uns ja nicht mehr verständigen, um der Stasi keinen Verdacht zu liefern. Ich betrat eine große Bahnhofshalle, die »Kontrollpunkt der DDR« genannt wurde und Macht demonstrieren sollte. Hier sah ich mich erst einmal um. An diesem »Kontrollpunkt« teilte sich die Welt unmittelbar in zwei Lager, nämlich in West- und Ostblock – absolutistisch aufgebaute Systeme, von denen ich mir wünschte, sie würden eines Tages zu einer gemeinsamen roten Rose erblühen, dann brauchte ich keine Bange zu haben, wenn ich hier in der Bahnhofshalle der Friedrichstraße stünde. Mit diesen Gedanken ging ich zum Schalter und reichte dem Beamten meine Papiere zur Einsicht und Gesichtskontrolle. Dabei ward mir ganz mulmig. Warum eigentlich? Schließlich bekam ich die Genehmigung erteilt, nach Westberlin zu reisen. Aber dabei führte ich etwas im Schilde, nämlich aus dem größten Knast der Welt auszubrechen und diesem Regime den Rücken zu kehren – das aber war strafbar! Wenn diese Uniformierten in meinem Gehirn hätten lesen können, hätte mich zweifelsohne das *Gelbe Elend* in Bautzen erwartet. Bloß gut, dass sie das nicht konnten. Ein stundenlanges Warten auf die Rückkehr meiner Unterlagen begann. Die Kontrolleure stellten meine Ausdauer auf die Probe. Ich jedoch nahm das gelassen hin und wartete geduldig auf meine Unterlagen. Dabei herrschte durch das Kommen und Gehen der Reisenden große Unruhe. Diejenigen, die nach mir kamen, erhielten ihre Papiere schneller zurück, als ich meine. Vielleicht fanden die Beamten bei mir ein Haar in der Suppe und ich durfte schließlich doch nicht einreisen, um meinen geliebten todkranken Mann nach Hause zu holen. Das wollte ich mir erst gar nicht weiter ausmalen …

Nach fünf Stunden endlich rief eine Männerstimme: »Frau Tholei!« Dabei zuckte ich zusammen. Schnelles Herzklopfen und Magenschmerzen setzten ein, als ich zum Schalter ging und die Papiere in Empfang nahm. Da die Zöllner an den Unterlagen nichts zu beanstanden fanden, fiel plötzlich alle Qual von mir ab, sodass ich wie ein kleines Mädchen einen jungen Mann in Uniform fragte: »Bitte sagen Sie mir, zu welchem Bahnsteig soll ich gehen?« »Es gibt nur einen Bahnsteig«, sagte der und wollte meine Erlaubnis sehen. Ich reichte sie ihm und er meinte: »Hier können Sie gleich einsteigen!« Mit einer Geste wies er auf den Zug vor mir, wo die Waggontür offen stand. »Wie viele Stationen soll ich fahren?«, fragte ich den Beamten. »Eine Station!«, antwortete der. »Was denn, nur eine Station?«, fragte ich neugierig zurück. In der Tat wollte ich das nicht glauben, denn ich hatte mich auf eine lange Zugfahrt eingestellt. Der Beamte lächelte nur ganz leicht und nickte unauffällig mit dem Kopf. Sodann stieg ich in das Abteil ein, und als der Zug an der nächsten Station anhielt, wieder aus. Dabei stellte ich fest, dass ich ganz allein im Zug saß und auch allein auf dem Bahnsteig stand, wo mich niemand abholen kam. In außergewöhnlichen Situationen bin ich ängstlich. Also setzte ich mich auf eine Bank und wartete, dass jemand kam, um mich zu Sternchen zu bringen. Dann auf einmal kippte die nächste Bahn Hunderte Menschen aus, sodass sich der Bahnsteig im Nu füllte. Die Leute starrten mich an, als käme ich gerade vom Mond. Nachdem der dritte Zug seine Menschenmenge auf den Bahnsteig entlassen hatte, schloss ich mich den Leuten an.

Plötzlich stand ich unter einer Brücke auf der Yorkstraße und wusste plötzlich, wo ich war. Mit dem Auto waren wir früher oft unter den Brücken hindurch zu Franz gefahren. Ich war glücklich, in vertrauter Umgebung zu sein. Sodann bestieg ich den Neunzehner Bus und an der vierten Haltestelle verließ ich ihn wieder. Gerade überquerte ich die Großbeerenstraße, da rief Lotte schon aus dem Fenster: »Sie kommt! Sie kommt!« Dann stand die Wohnungstür sperrangelweit offen für meinen Empfang. Freunde und Bekannte nahmen mich zur Begrüßung in die Arme und hießen mich herzlichst Willkommen. Auch Lotte drückte mich sehr. Als mein Sternchen an der Reihe war, mich zu begrüßen, klammerte er sich fest an meinen Hals und weinte bitterlich, ehe er sagte: »Die Zeit ohne dich war unerträglich für mich meine Puppe! Dabei durchlebte ich die größte Angst meines Lebens. Die Verzweiflung, dass du nicht ankommen würdest, trieb mich fast zum Wahnsinn. Ich bin überglücklich, dass du da bist, dass du bei mir bist. Ich spüre wahrhaft meine Puppe, du bist da. Ich liebe dich so sehr.« »Ich liebe dich mein Sternchen, mit meinem ganzen Herzen.« Dann weinten wir beide. Ein inniger Kuss besiegelte unser Wiedersehen. »Mein Sternchen ist der fabelhafteste, liebste und vertrauenswürdigste Mensch, der mir je im Leben begegnet ist.« »Jetzt trennen wir uns nie mehr, meine liebe Puppe!« »Nie mehr, mein Sternchen!«

Franz gewährte uns in seiner Wohnung ein Dach über dem Kopf. Während ich seinen Haushalt führte und gut für das Wohl der beiden Männer sorgte, fühlten sie sich gut behütet. Franz mit seinen achtzig Jahren genoss es sehr, von mir umsorgt und verwöhnt zu werden. Vom Aufnahmelager bekamen wir einen Laufzettel, mit dem es diverse Behördengänge zu absolvieren galt. Auch eine ärztliche Untersuchung stand an. Eines Tages probierten wir die Autowaschanlage aus und blieben dabei im Auto sitzen. Für uns war diese Anlage schließlich etwas Neues. Unerwartet bekam ich eine Panik, die mir den Hals zuschnürte und schrie: »Sternchen, ich will hier raus!« »Ja, wenn wir durch die Anlage durch sind, kannst du raus!« Plötzlich öffnete sich auch noch die Kofferraumklappe, sodass unsere Kleidung in den Koffern völlig durchnässt war.

Am nächsten Tag ging es wieder auf Behördengänge. Dabei lag unsere ganze Aufmerksamkeit auf den Straßenschildern. Als ich plötzlich schnell bremste, weil wir falsch gefahren waren, rammte ein Mercedesfahrer unseren Wagen am Heck. Dabei bekam ich einen Schock und fiel nach vorn auf das Lenkrad. Zwei Männer stiegen aus dem Mercedes, der eine drückte Sternchen einhundert D-Mark in die Hand und sagte: »Hau bloß ab!« Wir brauchten unser Auto, um den Laufzettel abzuarbeiten, weil die Behörden weit voneinander entfernt lagen. Die Reparatur unseres Wagens kostete schließlich viel mehr als einhundert D-Mark. Das waren die ersten Erfahrungen, die wir in der neuen Heimat machten.

Bei Franz hatten Sternchen und ich keine Privatsphäre und schliefen in getrennten Räumen, sodass wir uns mehr und mehr voneinander entfernten. Das behagte mir ganz und gar nicht. Ich wollte unsere Flucht aus der DDR nicht mit einer Trennung unserer Beziehung bezahlen, und machte ihm deutlich: »Ich will hier raus Sternchen! So kann ich nicht leben. Ich will dich spüren, berühren und mich nicht von dir entfernen. Eine eigene Wohnung wünsche ich mir.« »Aber meine Puppe, wir sollten Franz dankbar sein. Er braucht dich. Du sorgst so gut für uns beide. Ich liebe dich!« »Er hat zwei Söhne Sternchen! Dankbar sein ist gut, aber nicht ein Leben lang. Ich will dich fühlen, deine Wärme spüren, mit dir leben und uns wohlbehütet wissen. Ich will für dich da sein, so, wie du für mich da bist. Du bist der wichtigste Mensch in meinem Leben. Da ist kein Platz für Franz. Das ist doch nicht böse gemeint. Wir brauchen uns, und Franz besuchen wir ab und an.« Von da an bemühte ich mich selbst um eigenen Wohnraum.

Als es so weit war, packte ich unsere Sachen zusammen und ab ging es in die eigenen Räume. Eine Arbeitsstelle in einem Sanitätshaus erhielt ich auch. Unsere Liebe erblühte neu und das Milieu stimmte. Wir waren glücklich. Die Arbeit machte mir Spaß. Dabei nahm ich staunend zur Kenntnis, dass ich nur ein Telefonat führen brauchte und das bestimmte

Hilfsmittel kam prompt per Post ins Haus. In der DDR waren Materialien knapp, weshalb wir sorgfältig damit umgingen. Die Beschaffungsmaßnahme in der neuen Firma gefiel mir gut. Doch im Kreis der Kollegen fühlte ich mich unwohl. Ich war der Annahme, dass im Westen alles viel besser und harmonischer ablief, weil die Freiheit durch das Grundgesetz garantiert war und es keine Spitzel gab. Mir selbst war es ein Bedürfnis, mit jedem gut auszukommen, füreinander und nicht gegeneinander da zu sein – jedenfalls stellte ich mir das so vor, wenn ich hier leben, wohnen und arbeiten würde.

Doch die Realität sah ganz anders aus: Die Kollegen sprachen nur über ›Kohle‹, so nannten sie das Geld, und was dies und das alles so kostete. »Mein Wagen ist schon ein Jahr alt, ich brauche einen neuen.« Dabei gab es Einige, die nur das Negative in allem sahen und aussprachen. Mit der Zeit ging mir dieses negative Gerede über jeden Kollegen auf den Geist. Auch am Chef blieb kein gutes Haar. Dieses abartige Getratsche war mir zuwider. Und doch hielt ich es aus. Ich war eine aus dem Osten und nahm am Geschwafel der Kollegen nicht teil. Ich tat meinen Job und schloss mich vom Einflussbereich anderer aus. Antworten gab ich nur, wenn ich gefragt wurde.

Plötzlich fanden die Kollegen meinen Vornamen blöd, zu altmodisch, und nannten mich fortan ›Heidi‹. Dabei ist mein Name Adelheit uralt und bedeutet ›von edlem Wesen‹, ›von adligem Rang‹ und ›von edler Gestalt‹. Dieser Name wurde nach dem Mittelalter zu Beginn des 19. Jahrhunderts durch römische Dichtung wieder sehr beliebt und an viele Damen vergeben. Adelheit, abgeleitet von Adelung, der Edlen, ist seit 931 bekannt. Die Prinzessin von Burgund, die französische Königin Adelheid, Stammesmutter der Kapetinger, die Äbtissin von Quedlinburg und die deutsche Königin von Kiew trugen schon diesen Namen. Doch die Kollegen stuften mich zu einem kleinen Mädchen namens ›Heidi‹ herab. Ich ließ sie dennoch gewähren, um ihnen keinen Anlass zu geben, negativ über mich zu reden.

Im Oktober sahen wir dann über den Bildschirm die friedliche Erhebung in der DDR. Die friedvollen Demonstrationen dehnten sich auf verschiedene Städte aus und die Menschen reisten bis nach Prag und Budapest in die dortigen BRD-Botschaften. Gespannt verfolgten wir dann am 9. November den Mauerfall! Dieses Hindernis, das die Deutschen trennte und prägte, fiel plötzlich auseinander. Zu Tränen gerührt erlebten wir dieses einmalige historische Ereignis am Bildschirm. Statt der zehn Jahre Trennung von Diana und ihrem Ditmar waren es nur drei Monate, die wir uns nicht sehen konnten. Nun lebten wir gemeinsam in einer Hauptstadt. Mit dem unkontrollierten Reiseverkehr aller Deutschen wurde ein jahrzehntelanger Traum plötzlich wahr. Das Freiheitsgefühl, das sich zu jener Zeit entfaltete, spürten auch wir tief in uns, sodass uns die Tränen liefen, wenn darüber berichtet wurde. Unsere Flucht aus der DDR war nicht umsonst. Was wäre, wenn? Darüber dachten wir nicht nach. Die Zeit wollte es so, und wir folgten ihr.

Als die Ostzone hinter uns lag, erlebten wir eine persönliche Wende. Doch die Menschen in der DDR vollzogen einen viel größeren Umbruch. Ein neuer Anfang für das gesamte deutsche Volk stand noch bevor. Während Sternchen und ich noch inmitten unserer Umstrukturierung waren und die neue Heimat annahmen, würde ein ganzes Volk Jahrzehnte für den Umbau und die Modernisierung benötigen. Unser Anfang in der neuen Heimat war schwerer, als wir es uns anfangs vorgestellt hatten. Aber wir hatten es uns so ausgesucht und sollten da nun durch. Ein Zurück gab es nicht. Doch jedem Anfang wohnt auch ein Zauber inne. Unser Motto war: Nur nicht den Mut verlieren! Zusammenhalten, was da auch kommen mag! Das schweißte uns noch enger zusammen. Unserer Flucht ging die Umstrukturierung und Erneuerung bereits voraus. Eine Umstellung, die nicht nur im Außen stattfand, wollte integriert werden. Somit gab es auch innerlich eine Neuorientierung. Schließlich war nichts mehr, wie es war. Mit der Vergangenheit abzuschließen und in die Zukunft zu blicken, war unsere Aufgabe. Doch nur zu oft blieben die Gedanken am Zurückgelassenen hängen.

Mein Sternchen baute mich mit liebevollen Worten auf, die mich umschmeichelten, wenn ich geschafft von der Arbeit kam. Und ich blieb ihm eine liebe, treue und fürsorgliche Frau, die alles im Griff hatte und die Waage im Gleichgewicht hielt. Schließlich schenkte ich ihm vor langer Zeit mein Herz, und es schlug nur für ihn. Er klagte nicht darüber, dass es keine Aufgaben mehr für ihn gab. Sein Hobby war der Fernseher. Und mein Gefühl sagte mir, dass ihn das Fernsehen von der Grübelei ablenkte, keine Aufgabe mehr ausüben zu können. Der tägliche Einkauf, bei dem er sich mit Frauen austauschte, war nicht wirklich das, was er als Beschäftigung empfand. Dabei empfing er mich mit Herzenswärme nach Dienstschluss daheim. Die Sicherheit, die Symbiose und das Milieu stimmten. Wir waren glücklich und liebten einander. Später kam Sternchens Zusammenbruch, den er mit alkoholischen Getränken betäubte. Mit dem Alkohol vernebelte er nicht nur die Situation, seine Sinne und den Zugang zu mir. Dass er seine Tätigkeit mit dem Rentnerdasein tauschte, schob er nur vor sich her, bis er unter der Last zusammenbrach, die täglich präsent war. Dabei glaubte er, nichts mehr wert zu sein.

Sein größter Frust aber war, dass er die einhunderttausend Ostmark, die er aus der DDR in den Westen geschmuggelt hatte, zu spät eintauschte, weil er immer noch auf einen günstigeren Kurs wartete. Das wurde ihm zum Verhängnis: Die Mauer fiel und er bekam nur noch achttausend D-Mark dafür. Es belastete ihn sehr, dass er mir das Leben, das wir noch in der DDR führten, nicht mehr bieten konnte. So fingen wir von vorn an, uns etwas aufzubauen. Doch ich brauchte keinen Luxus; mir genügte, was uns zur Verfügung stand. Dass die Waage die Balance hielt und in keine Schieflage geriet, war für mich das A und O. Wozu brauchte ich viele materielle Güter, wenn es mir körperlich schlecht ging? Nichts ist so wichtig, wie die Gesundheit, die ich nicht mit Geld bezahlen kann. Dabei hielt ich mir oft meine Krebskrankheit vor Augen und meine Begegnung mit der kosmischen Sphäre. Dort brauche ich gar nichts, weil alles da ist: die Liebe, Harmonie, der Frieden, die Stille.

Als uns dann aber die Kündigung vom Vermieter erreichte, brach auch für mich die Welt zusammen. Die Angst, bald unter einer Brücke zu campieren, ließ mich schaudern. Wir hatten unser Heim eingerichtet, das mit einer Hausmannsstelle verbunden war. Dabei hatten uns die Vormieter zum großen Teil ihr Inventar überlassen. Da ich die Hausmannsstelle sauber verwaltete, war der Vermieter mit uns zufrieden. Dabei verschaffte er sich Zutritt in unsere Räumlichkeiten, wann immer es ihm beliebte. Samstags und sonntags stand er um sieben Uhr bei uns auf der Matte. Das war für ihn selbstverständlich. Es wären sein Haus, seine Wohnung und sein Recht, stets Zutritt zu den Räumlichkeiten zu haben. Eine Zeit lang duldeten wir diese Störungen. Jeden Sonntag holte er uns aus den Federn, bis ich seinen Störallüren ein Ende setzte und die Tür nicht öffnete. Da hielt der Vermieter kurzerhand den Klingelknopf gedrückt, und als er dann an die Tür donnerte, bekam ich Angst. Sternchen stand rasch auf und vergaß vor Schreck, dass er seine Prothese nicht angeschnallt hatte, sodass er mit nur einem Bein zu Boden fiel. Meine Sorge um ihn war größer, als die vor der Aggression des Vermieters an der Wohnungstür.

Am nächsten Tag fanden wir einen Haufen Menschenkacke vor unserer Kellertür. Ich war schockiert von dem Dreck und dieser Frechheit. Kurz darauf kam die Kündigung per Post. Wenn ich zum Dienst war, drohte der Vermieter Sternchen mit sofortigem Rausschmiss, sodass auch er Panik bekam. Jeden Abend drehte sich unser Gespräch um die Frage: »Sollen wir jetzt unter der Brücke schlafen?« Aufgrund dieser Sorgen trank Sternchen nun noch mehr Alkohol. Im Dienst fühlte ich mich schon unwohl, nun aber zerbrach auch noch die Symbiose daheim. Das war entschieden zu viel für mich. Meine Nerven lagen blank und das Gleichgewicht geriet in Schieflage. Ein Graben zwischen Sternchen und mir tat sich auf, der mich körperlich stark angriff. Und plötzlich hörte ich meine innere Stimme sagen: »Tu was! Tu was!« Danach drohte ich Sternchen und machte ihm deutlich: »Wenn du nicht aufhörst zu trinken, verlasse ich dich. Sieh lieber zu, dass du für uns eine neue Wohnung suchst und findest!« Diesen Anstoß brauchte er, um aufzuwachen.

Eine Woche später ging er täglich auf Wohnungssuche. Dabei geriet er wieder in sein Element: Charme und Charisma wurden gefordert. Bei der Wohnungssuche war er der Charmeur persönlich und versprühte seine besondere Ausstrahlung, sodass er viele Angebote bekam. Mit uns ging es wieder aufwärts. Vier Wochen später zogen wir um. Die Möbel unseres Vormieters verschenkten wir in den Osten, kauften uns auf Kredit neues Inventar und richteten das neue Heim mit Liebe zum Detail ein. Die neue Wohnung lag höher, war schöner und heller. Wir beide rückten wieder näher zusammen und sahen positiv und zuversichtlich in die Zukunft. Der aufgerissene Graben zwischen uns ward zugeschüttet, Harmonie und Frieden waren wieder hergestellt, unsere Liebe wieder rein und sauber. Kein Außenstehender sollte sie noch einmal zerstören, war unser gemeinsamer Wunsch.

Eines Tages schenkte mir Sternchen ein zartes Pflänzchen und meinte: »Bitte berühre einmal deren Blätter Puppe.« Als ich sie dann berührte, zogen sie sich zusammen. »Oh, was habe ich getan Sternchen, dass sich die Blätter zusammenziehen?« »Du hattest sie nur berührt, deshalb zogen sie sich ein. Diese Pflanze ist wie du: Wenn ich dich laut anspreche oder unsere Liebe gerät aus dem Gleichgewicht, ziehst du sofort deine Gefühle ein, wie diese Blätter hier.« »Naja, weil ich dann enttäuscht bin, dass die Harmonie aus der Bahn gerät, obwohl ich sie stets in Waage halten möchte. Für mich gibt es eben nur persönlichen Frieden und keinen Krieg. Es zeigt mir auch, dass ich empfindsam für Reibereien bin, dass ich nach Außen zwar Stärke demonstriere, innerlich aber verletzlich bin.«

In der Folgezeit kam ich immer öfter mit Magenschmerzen vom Dienst nach Hause. Dann kam es so weit, dass ich ohne trockenes Brot in der Tasche nicht arbeiten konnte. Die Schmerzen wurden immer heftiger und machten mich mürbe, sodass ich nach Dienstschluss auf der Couch ruhte und Sternchen seine Hände auf meinen Magen legte, bis ich einschlief. Wieder erwacht, waren die Schmerzen desertiert. Monatelang ging das so. Plötzlich und völlig unerwartet sagte Sternchen: »Ich habe Angst, dass du eher gehst, als ich meine liebe Puppe!« Dabei drückte er mich fest an sich. »Was hast du für Gedanken mein Sternchen? Schließlich wollen wir die Freiheit noch richtig genießen, bevor einer von uns geht. Ich lass dich nicht allein. Mein Magen fühlt sich unter deinen warmen Händen so wohl, dass sich die Qual wie von selbst auflöst. Was hast du nur an den Händen, dass sie derartige Wunder bewirken Sternchen?« Er lächelte, sah mich an und sagte: »Ich habe keine Ahnung meine Puppe, was da Besonderes dran sein sollte!« Dabei beließ ich es und hakte nicht weiter nach. Vielleicht wusste er wirklich nicht, was sich für Heilkräfte in seinen Händen verbargen. Es sollte sein Geheimnis bleiben, wie er so wunderbar für mein Wohl sorgte. Wenn er einen sichtbaren Beitrag dazu leistete und ich mich schmerzfrei fühlte, machte ihn das stolz, glücklich und zufrieden. Sodann war er mein Heiler.

Jeder Freitag war mein freier Tag, den wir ohne Stress, mit viel Liebe und Harmonie füreinander verbrachten. Zu Mittag speisten wir gern im Karstadt-Restaurant. Dort gefiel es uns, sich an der Theke an den Speisen selbst zu bedienen und außerdem saßen wir hier gut. Als ich dort einmal den ersten Happen Fleisch zerkaute und schluckte, bekam ich so massive Magenschmerzen, dass ich die Flucht zum Auto ergriff. Hier, wo mich keiner hörte, stöhnte und weinte ich laut vor mich hin. Als Sternchen dann zum Wagen kam, fragte er ängstlich: »Was ist bloß los mit dir meine Puppe?« und fuhr auf dem schnellsten Weg mit mir zum Arzt. Da wir wegen meiner Magenschmerzen schon öfter den Doktor aufgesucht hatten, diagnostizierte er auch diesmal nichts Organisches. Er verschrieb mir wie jedes Mal Medikamente, die ich nach der Einnahme erbrach und daraufhin keine weiteren zu mir nahm. Eine Krankschreibung lehnte ich ab. Schließlich zeigte ich gute Manieren, Benehmen und Anstand – die eingebläuten Verhaltensmuster der Kindheit. Da hieß es: krank gleich schwach. Ich fürchtete aber auch entlassen zu werden und so die finanzielle Sicherheit zu verlieren. Davor hatte ich Angst. Ich sehnte mich nach Sternchens warmen Händen, die ich dann zu Hause genoss. Seine Wunderhände und die Entspannung waren Balsam für mein Wesen und das Organ Magen. Als er dann die Hände vom Bauch entfernte, spürte ich zwar Kälte aber keine Schmerzen mehr. Unmerklich verringerte sich meine Nahrungsaufnahme und ich verlor an Gewicht, aber die Qual blieb präsent. Dann wollte ich unbedingt in Erfahrung bringen, ob noch einmal heftige Magenschmerzen auftreten würden, wenn wir im Restaurant speisten. Doch schon beim Anblick der Speise geriet der Magen in Aufruhr. Ich zerkaute und schluckte den ersten Happen und bekam sofort heftige Schmerzen. Diesmal forderte der Doktor mich auf: »Wechseln Sie die Anstellung! Die tut Ihnen nicht gut. Sie haben ein psychisches Problem.« Das ist es wohl, dachte ich bei mir. Und Sternchen sagte ebenfalls: »Der Doktor hat recht: Die Arbeitsstelle ist es, denn täglich kommst du mit Schmerzen heim meine Puppe.«

Da es mir schwerfiel, die Anstellung zu wechseln, animierte Sternchen mich positiv. Mein Mann, mein Vertrauter machte mir immer wieder Hoffnung: »Du findest schon eine neue Anstellung. Du bist eine Fachkraft meine liebe Puppe!« Also schrieb ich viele Bewerbungen und schickte sie ab. Tatsächlich erhielt ich auf jedes Schreiben eine Antwort. Bei der Firma Schaude, einem Sanitätsunternehmen, stellte ich mich dem Chef vor und er stellte mich ein. Hier war der Chef wirklich Chef. Was er sagte, hatte Hand und Fuß, und er setzte die Prioritäten. Meine Achtung vor ihm war groß. Ich arbeitete gern in seinem Unternehmen, gab hundert Prozent und mehr. Seitdem litt ich auch keine Magenschmerzen mehr. Mein Mitgefühl kranken Menschen gegenüber war wieder gefragt. Vor allem die brustamputierten Frauen, die mit einem Ersatz versorgt werden sollten, benötigten großes Einfühlungsvermögen und das Vertrauen ihres Gegenübers. Dabei erzählten sie offen über ihre Krebskrankheit und ihre Gefühle, nun keine richtigen Frauen mehr zu sein. Die Scham den Männern gegenüber war ständig präsent. Ich konnte sie gut verstehen, erzählte ihnen aber nie von meiner eigenen Krebserkrankung. Auch mit Sternchen sprach ich nicht darüber. Zu meiner verdorbenen Kindheit öffnete sich mein Mund erst gar nicht. Das betrachtete ich als meine private Geschichte. Dabei bekam ich von meinen Kunden so manches harte Schicksal zu hören.

Die Arbeit machte mir Spaß und Freude. Wenn eine brustamputierte Kundin längere Zeit unserem Geschäft fernblieb, bekam ich das Gefühl, etwas könnte passiert sein. Sodann griff ich zum Telefonhörer und wählte ihre Nummer. Am anderen Ende hörte ich die Nachricht: »Meine Frau ist tot. Was mach ich jetzt bloß ohne sie? Ich sitze im Rollstuhl!« Meine Gefühlsströmung bestätigte sich, wenn ich spürte, sie könnte tot sein. Mit der Diagnose Krebs wurde ich bei meiner Arbeit oft konfrontiert und dachte dabei: Was hatte ich für ein Glück, dass ich auf meine innere Stimme gehört und noch rechtzeitig den Arzt aufgesucht habe. Hörten die Frauen denn nicht, was ihnen ihre innere Stimme mitteilte? Dass auch nach der Bestrahlung der Tod sie noch einholen konnte, erfuhr ich damals schon von der Strahlentante bei der Satansstrahlentherapie. Am liebsten hätte ich alle geheilt. Ich fühlte mit ihnen. In dieser Branche habe ich viel körperliches Leid und individuelle Schicksale erlebt.

Unermessliche Schwere

Sternchen vereinbarte mit Tantchen in Hannover, dass wir sie alle vierzehn Tage an meinem langen freien Wochenende unterstützen kommen. Ohne vorherige Absprache mit mir sagte er zu. Dabei wünschte ich mir zu dieser Zeit Entspannung. Statt mich auszuruhen und zu erholen, kochte ich am Donnerstag nach Dienstschluss bis spät in die Nacht hinein für Tantchen vor. Für jeden Tag kochte ich eine Mahlzeit und fror sie ein. Um sieben Uhr am Freitag darauf fuhren wir dann nach Hannover. Tantchen war mit ihrem Sohn und der Schwiegertochter zerstritten. Dabei ging es wieder einmal nur um Kohle. Es wurde aufgezählt, was alles kosten würde und dabei stöhnten sie, als gäbe es morgen keine Kohle mehr. Das gefiel mir ganz und gar nicht. Glück und Unglück hingen doch nicht nur am Geld. Während ich Tantchen bekochte und bei ihr putzte, engagierte sich Sternchen für ihre Abwechslung, indem sie Rommé spielten, über Politik und die Vergangenheit fabelten. Aber für mich war es eine Mehrbelastung. An der primitiven Übernachtung hatte sich nichts geändert. Ich schlief auf der mitgebrachten Campingliege und Sternchen auf dem alten harten Zweisitzer. Und vor Gestank konnte ich in ihrer Wohnung kaum atmen. Das Mütterchen konnte in ein Heim gehen, wo sie gut aufgehoben wäre, aber für die Bezahlung des Heimplatzes hätte sie ihr Grundstück und das Haus verloren. Das jedoch sollte der Sohn erben, um etwas gutzumachen, wenn sie tot wäre. Das war für mich unverständlich und nicht nachvollziehbar: um etwas gutzumachen, wenn der Mensch tot wäre? Da kann er nichts mehr gutmachen, wenn er es nicht zu Lebzeiten vollbracht hat. Deshalb bat sie ihren Neffen Simon um ein Jahr Fürsorge gegen Honorar. Als Sternchen Geld hörte, das er dafür empfangen sollte, sagte er zu, ohne dabei an meinen Stress zu denken. Am Sonntagabend kehrten wir dann nach Berlin zurück. In der Folgezeit gewährte mir der Chef, im Auto einen Rollstuhl nach Hannover mitzunehmen. In ihm führten wir Tantchen in die Natur und zum Friedhof aus. Vor dem Grabstein ihres Mannes weinte sie sehr und sprach: »Wenn ich doch bloß bald bei dir wär!« Dabei säuberte Sternchen den Marmorstein, auf dem schon ihr Name geschrieben stand. In den Sommermonaten blühte sie richtig auf und ich gewann sie lieb. Sie war pflegeleicht und sehr dankbar, dass wir uns so sehr für sie engagierten.

Im Dezember ging das Jahr der Hilfe für sie zu Ende. Den letzten Aufenthalt bei ihr verbrachte Sternchen den ganzen Tag im Liegen auf dem harten Zweisitzer. Dabei machte ich mir so meine Gedanken. »Was ist los mit dir mein Sternchen?« »Alles ist in bester Ordnung meine liebe Puppe.« Er gab nicht zu, dass er etwas ausbrütete. Als er daheim aus dem Auto stieg, fiel er gegen die Garagenwand. Sogleich sagte er: »Keine Panik. Alles okay.« Aber für mich war nichts okay. Das war ein deutliches Zeichen dafür, dass er ein gesundheitliches Problem hatte und nicht darüber sprechen wollte. Dabei nahm ich gewisse Veränderungen an ihm wahr. Dieses körperliche Symptom tat er locker ab und klagte nicht über Schmerzen. Feinfühlig und lieb bezirzte ich ihn, dass er den Arzt konsultieren möge. Der Doktor aber fand kein körperliches Warnzeichen und überwies ihn zu verschiedenen Kollegen. Sogar die Gehirnströme wurden bei Sternchen gemessen, aber kein Anhaltspunkt für eine Krankheit diagnostiziert. Nach den vielen Untersuchungen sagte sein Hausarzt: »Kein organisches Symptom Herr Tholei.« »Sagte ich doch meine Puppe, alles okay!« »Nein Sternchen, nichts ist okay.« Es konnte nicht sein, dass die Ärzte nichts an seinem Körper diagnostizieren konnten – zumal ich spürte, dass er krank war.

Dann rief Tantchen an und wünschte, dass wir sie vor Weihnachten noch einmal besuchten. Sternchen sagte zu. In der Zwischenzeit kauften wir uns ein neues Auto, das wir auf der Reise zu ihr hin testen wollten. Einen Tag vor Heiligabend wollten wir losdüsen, als Sternchen am Frühstückstisch bedrückt äußerte: »Ich schicke dich allein auf die Reise meine Puppe.« Dabei machte ich mir meine Gedanken und meinte: »Mit dem neuen Wagen soll ich allein auf große Reise gehen? Warum Sternchen?« Doch er flehte mich an: »Bitte bleib für eine Nacht bei ihr und komm morgen zurück. Bitte versprich es mir meine Puppe!« In seinen Worten schwang Angst mit. Wovor fürchtete er sich? »Versprochen Sternchen. Ich fahre allein und komme morgen zurück.« Aber was ging in ihm vor, dass er mich allein auf große Tour schickte? Nun wollte ich es auch wissen, damit ich beruhigt nach Hannover reisen konnte. »Ein Mitarbeiter fuhr sich zu Tode, weil er viele Kilometer am Tag schruppte. Und es war ein schrecklicher Anblick, der sich mir am Unfallort bot! Darum wünsche ich mir: Schlaf eine Nacht bei Tantchen und komm morgen zurück meine liebe Puppe.« »Hab keine Bange mein Sternchen, deine Puppe kehrt gesund zu dir zurück.« Er hatte offenbar Angst, dass mir etwas zustoßen könnte.

Sodann fuhr ich mit dem neuen Wagen allein nach Hannover. Als ich bei Tantchen ankam, fragte sie aufgeregt: »Wo ist Sternchen?« Ich sagte: »Er lässt dich vielmals grüßen. Es geht ihm nicht besonders gut.« »Du fährst gleich nach den Besorgungen wieder zurück. Wenn er krank ist, braucht er dich!«, sprach sie ängstlich. Also machte ich mich, nachdem ich ihre Wünsche erfüllt hatte, wieder auf den Heimweg. Auf der Autobahn gab es einen Unfall, sodass ich in Verzug geriet, wobei ich wünschte, längst daheim zu sein, damit ich Sternchen nicht aus dem Schlaf wecken brauchte. Um zwei Uhr läutete ich dann an unserer Wohnungstür, die von innen verschlossen war und der Schlüssel steckte von innen. Nach dreißig Minuten klingeln ging endlich die Tür auf und das erste, was er sagte, war: »Ich dachte, Einbrecher sind am Werk. Deshalb zögerte ich, die Tür zu öffnen. Aber mit dir meine Puppe habe ich nicht gerechnet, weil du mir versprochen hattest, erst morgen zu kommen.« Dabei bemerkte ich die Starre in seinem Gesicht und Angst in den Augen. Als diese Maske dann fiel, nahm er mich in die Arme und meinte: »Bitte Puppe, tu das nie wieder! Ich liebe dich, du Superweib!«

Zur Silvesterfeier kamen meine Schwester Freya und ihr Partner Klaus zu Besuch. Gemeinsam wollten wir in das neue Jahr feiern. Wir Frauen verwandelten das Wohnzimmer mit diversen Silvesterartikeln in einen Partyraum. Gemütlich und stimmungsvoll sah er dann auch aus. Dabei waren wir Schwestern lustig und lachten über so manchen aufgeblasenen Luftballon, der platzte. Während sich Sternchen im Bad schick machte, hörten wir plötzlich einen heftigen lauten Knall und ich flitzte ins Bad. Da sah ich mein Sternchen kopfüber in der Badewanne hängen. Bloß gut, dass Freya und Klaus da waren, denn so konnten wir ihn gemeinsam herausheben. Allein hätte ich ihn nicht aus der Wanne hieven können, dafür war er zu schwer. »Sternchen, was ist passiert, dass du kopfüber in die Wanne gestürzt bist?« »Ich weiß nicht«, stammelte er und wollte sich sogleich ins Bett legen. Ahnte ich doch, dass er ein bestimmtes Symptom in sich trug, aber warum erkannten das die Ärzte nicht, als sie ihn untersuchten? Warum sprach Sternchen mit mir nicht darüber? Ich hörte ihn auch nicht über Schmerzen klagen. Mit seinem Sturz ging die Fröhlichkeit der Jahreswende dahin. Sternchen stand nicht mehr auf, sodass wir neben seinem Bett das neue Jahr einläuteten. Wenn er nicht mehr aufstehen wollte, wie krank mochte er dann wohl sein? Und vor allem: Was brütete er aus?

Neujahr fiel auf einen Samstag, an dem Freya und Klaus abreisten. Am Sonntag früh um sechs Uhr lag mein Sternchen unruhig im Bett. Als ich die Decke anhob, um nachzusehen, was er darunter machte, sah ich ihn den Urin in sein Nachtgewand einwickeln, um die Matratze nicht zu beschmutzen. Das Hemd war durchnässt, sodass ich es ihm aus- und ein trockenes anziehen wollte. Dabei hob ich seinen Oberkörper an, als er plötzlich laut aufschrie: »Auuu!« Da stand mein Herz fast still, und ich legte ihn ganz sacht zurück. Dabei fragte er: »Was machst du denn?« »Mein Sternchen, ich wollte dir das nasse Hemd ausziehen und durch ein trockenes ersetzen.« So, wie ich ihn dann bettete, blieb er liegen. Er rührte sich kein bisschen mehr. Sein Aufschrei drang mir durch Mark und Bein. Ich traute mich nicht mehr, ihn anzufassen. Mit der Schere schnitt ich den feuchten Stoff aus dem Hemd heraus und fragte ihn: »Mein Sternchen, willst du mir nicht sagen, was mit dir los ist?« »Alles gut!«, behauptete er. Dabei wollte er weder essen, trinken noch aufstehen. Ich hatte panische Angst um mein Sternchen. Was bedeutete sein Zusammenbruch? Warum sagte er mir nicht, was ihn bedrückte?

Voller Sorge rief ich den Notarzt an. Dreimal war dort besetzt, und ich alarmierte vor Verzweiflung dann die Feuerwehr. Die traf Minuten später bereits ein. Während sich die Feuerwehrmänner um Sternchen kümmerten, lief ich wie in Trance in der Wohnstube im Kreis herum. Dann stoppte mich ein Feuerwehrmann und fragte: »Warum haben Sie nicht den Notarzt angerufen?« »Weil dort dreimal besetzt war!« Er überlegte und teilte mir dann mit: »Wir nehmen Ihren Mann mit ins Spital, in die Notaufnahme.« Hiernach lief ich rasch zu Sternchen ans Bett und schaute ihn mit traurigen Augen an. Ein Feuerwehrmann fragte ihn: »Wollen Sie mit ins Krankenhaus Herr Tholei?« Dabei sah Sternchen mich flehend an und ich nickte. Meine Furcht stieg dabei ins Unermessliche. Aber vielleicht würde ich dort erfahren, was er ausbrütete. »Wir bringen Ihren Mann in das Westend-Krankenhaus«, sagte einer der Helfer. Wie aufgezogen, packte ich die Utensilien für Sternchen zusammen und fuhr hinterher.

Als ich dort ankam, fühlte sich Sternchen wieder ganz normal und ich fragte: »Was ist geschehen, dass es dir jetzt besser geht?« »Die Schwester gab mir eine Spritze, meine Puppe!« Dabei hielt er meine Hände in den seinigen fest. Eine Spritze?, wiederholte ich in Gedanken. »Hast du denn Schmerzen Sternchen?«, wollte ich den Grund dafür erfahren, weil er daheim diesen Schmerzensschrei ausgestoßen hatte, der tief in mein Herz gedrungen war. Aber dass er ständig unter Qualen litt, sagte er nicht. Noch immer hielt er fest meine Hände gedrückt. Bei einigen Untersuchungen war ich dann dabei, bei anderen nicht. In einem Transporter wurden wir durch das Gelände von einem Arzt zum anderen gefahren und schließlich wieder zurück zur Notaufnahme. Hier fragte ich den Arzt: »Wie steht es um meinen Mann Herr Doktor?« »Sind Sie Frau Tholei?« »Ja, die bin ich.« »Die Diagnose lautet: Lungenkrebs – unheilbar!«, sprach er offen aus. Vor Schreck schlug ich die Hände vors Gesicht und dachte: Diese schreckliche Diagnose konnte vor Weihnachten kein Arzt feststellen? Der Krebs kommt doch nicht von heute auf morgen! Ich stöhnte: »Oh mein Gott, Herr Doktor! Warum mein Mann?« »Kommen Sie, ich zeige Ihnen, warum er in die Badewanne fiel.« Dabei folgte ich ihm in einen hellen Raum, wo an der Wand ein Projektor hing. Er schaltete das Licht am Gerät ein und sagte: »Sehen Sie, das sind Aufnahmen vom Schädel ihres Mannes und hier, in der linken Seite des vorderen Gehirns hat sich Wasser angesammelt. Dadurch verlor er das Gleichgewicht und stürzte in die Wanne. Hat Ihr Mann geraucht?« »Ja Doktor.« »Mit wie viel Jahren fing er an?« »Wie er mir erzählt hat, mit vierzehn.« »Und wann hörte er damit auf?«, wollte er erfahren. »Als er vor zwei Jahren wegen eines Melanoms an der Nase operiert wurde und ambulant eine neue Chemo per Spritze bekam. Anschließend versuchte er, weiterzurauchen, meinte aber nach der halben Zigarette: ›So ein Zeug hab ich mal geraucht? Das schmeckt ja abscheulich!‹ Von da an rauchte er nicht mehr.« Der Arzt nickte: »Das war zu schnell! Der Körper hatte sich längst daran gewöhnt. Das verhalf dem Lungenkrebs zum Ausbruch – unheilbar!« Der Doktor sprach aus Erfahrung. Doch in meinem Kopf war alles in Aufruhr geraten. »Unheilbar?«, murmelte ich. »Ich danke Ihnen Doktor für die Offenheit.« Jetzt konnte ich mit der ganzen Situation besser umgehen.

Doch auf dem Flur stieß ich dann einen Schrei aus: »Warum mein Mann!?« Mein liebes Sternchen würde mich verlassen! Ich heulte Rotz und Wasser. Meine große Liebe wollte ich nicht verlieren. Das Schicksal kennt kein Erbarmen; es schlug hart zu. Unser Glück in der neuen Heimat ward nicht von Dauer. Dabei wollte ich mit ihm zusammen alt werden. Von nun an schob ich all das, was der Doktor mir verkündet hatte, in die ferne Zukunft, voller Hoffnung, Sternchen würde wieder nach Hause kommen. Mit traurigem Herzen aber einem Lächeln auf den Lippen öffnete ich dann die Tür, hinter der Sternchen auf einer Trage saß und auf mich erwartete.

Sogleich nahm er meine Hände in die seinigen und drückte sie fest, ehe er sie liebkoste. Mit einem Lächeln und strahlenden Augen sagte er: »Ich liebe dich! Ich liebe dich von ganzem Herzen meine Puppe, mein Superweib.« »Ich liebe dich mehr als mein Leben Sternchen. Mein Herz ist dein.« Dabei gingen meine Gedanken dahin: Weiß er, wie krank er ist und dass er mich verlassen wird? »Hast du Schmerzen Sternchen?« »Nein, ich bekam noch eine Spritze.« Er hatte sicher starke Schmerzen, wenn er noch so eine Injektion bekam. Die Untersuchungen nahmen kein Ende. Im Transporter fuhr man uns weiter durch das Gelände zu verschiedenen Ärzten. Beim Lungenröntgen tuschelten zwei Schwestern: »Dieser Patient lebt nicht mehr lange.« Ich hörte es mit und sah sie entsetzt an, sodass sie sich stritten, weil ich es mitbekommen hatte. Dabei beruhigte ich sie und sagte: »Das weiß ich.« Danach ging es wieder zurück zur Notaufnahme. Mitunter war die Wartezeit sehr lang, weil der Doktor, den sie dringend brauchten, gerade dienstfrei hatte und sie nach ihm telegrafierten. Dabei wich ich nicht von Sternchens Seite. Wenn ein Doktor ihn allein untersuchte, blieb ich in der Nähe. Bald darauf bat mich eine Schwester von der Notaufnahme sanft und höflich: »Bitte nehmen Sie im Warteraum Platz Frau Tholei. Bei den folgenden Untersuchungen dürfen Sie nicht dabei sein!«

Inzwischen war es dunkel geworden und ich saß allein im angenehm warmen Warteraum, sodass ich auf dem Stuhl sitzend einschlief. Als die Tür aufging, kam die Krankenschwester herein, in der Hand einen Blumentopf, in dem obenauf ein Schonsteinfeger und ein Glücksklee steckten. Sie reichte ihn mir mit den Worten: »Das Team der Notstation wünscht Ihnen ein gutes neues Jahr Frau Tholei und schenkt Ihnen diesen Blumentopf, weil Sie so tapfer an der Seite Ihres Mannes aushalten und weiter ausharren, ihn bei seinem schweren Schicksal nicht allein lassen!« In dem Moment war ich sehr gerührt, sodass sich meine Augen mit Tränen füllten. »Ich danke dem Team Schwester.« »Sie können jetzt wieder zu Ihrem Mann«, ergänzte sie noch. Als ich dann neben der Trage stand, auf der Sternchen saß, sprach er aufgeregt: »Wo bleibst du denn meine Puppe? Sehnsüchtig wartete ich auf dich!« »Ich bin immer in deiner Nähe. Bis du auf einer Station in einem Bett ruhst, weiche ich nicht von deiner Seite.« Dabei nahm er meine Hände und liebkoste sie. Seine Liebe, Freude und sein Glück drückte er damit aus, eher er sagte: »Ich wusste schon immer, auf dich kann ich mich verlassen. Ich liebe dich so sehr meine Puppe.« »Und ich liebe dich über alles mein Sternchen.«

Nach zehn Stunden voller Untersuchungen kam mein über alles geliebtes Sternchen auf eine Station in ein Bett. Hier sagte ich zu der Schwester, die Sternchen gerade zur Ruhe bettete: »Mein Mann hat den ganzen Tag nichts gegessen. Würden Sie ihm bitte etwas bringen lassen?« Darauf erwiderte sie: »Ihr Mann hat eine Spritze bekommen und will jetzt nur noch schlafen.« »Ach so Schwester, das wusste ich nicht.« Er hatte sicher überaus starke Schmerzen, dass er so oft Injektionen bekam. »Aber Sie haben auch den ganzen Tag nichts gegessen Frau Tholei!« »Das ist nicht so schlimm Schwester. Zu Hause kann ich essen, wenn überhaupt.« In dem Moment ging die Tür auf und ein Pfleger kam mit einem Tablett in der Hand herein. Er stellte es auf dem Tisch ab und entfernte die Haube. Zum Vorschein kamen mit Liebe kreativ hergerichtete Schnitten. Dabei sprach die Schwester: »Essen Sie Frau Tholei, bevor Sie nach Hause gehen!« Von so viel Fürsorge und Mitgefühl war ich sehr gerührt, sodass ich mich setzte und die Tränen kullern ließ. Eine halbe Stulle kaute ich langsam und sah Sternchen dabei an. »Vielen herzlichen Dank Schwester für Ihre Mühe und Fürsorge.« »Haben wir doch gern getan Frau Tholei.« Mit einem Küsschen auf die Stirn und einem Streicheln über seinen Kopf verabschiedete ich mich vom schlafenden Sternchen. »Schlaf gut! Morgen bin ich wieder bei dir.«

Nach zweiundzwanzig Uhr lief ich mit Bleifüßen von der Station über das Gelände hin zum Auto. Wie hypnotisiert schloss ich die Wagentür auf, setzte mich ans Steuer und fuhr heim. Dort waren die Räume leer, kalt und voller Traurigkeit. Ich dachte: Das Bett ist zu groß ohne dich, mein Sternchen. Das ist neu für mich. Ich vermisse dich! So legte ich mich in sein Bett, nahm sein Kissen in den Arm und schlief ein. Schon wieder graute der Morgen und ich war allein. Mit seinem Kissen im Arm konnte ich ihn spüren. Mit geschlossenen Augen sah ich ihn und sagte: »Ich komme gleich zu dir Sternchen.« Beim Frühstück setzte ich mich auf seinen Platz und kaute schwer das Brot. Zum ersten Mal begleitete ich einen Menschen, mein geliebtes Sternchen, auf seinem schwersten Weg. Mit viel Liebe und Fürsorge gestaltete ich die Zeit, die ihm noch blieb, machte sie ihm so angenehm wie möglich. Meine Arbeitszeit kürzte ich um zwei Tage, sodass ich am frühen Morgen schon im Spital war und seine Körperhygiene selbst erledigte.

Plötzlich wurde er in das Virchow-Spital verlegt, zur Bestrahlung aber wieder ins Westend-Krankenhaus transportiert. »Meine Puppe, ich liege im Spezialkrankenhaus und werde mit dem Transporter hin und her zur Bestrahlung gefahren. Das gefällt mir nicht.« »Sternchen ich kümmere mich darum!« Dabei kam heraus, dass es um die Kosten der Bestrahlung ging, weil das Westend-Krankenhaus damit begonnen hatte, wollten sie die Gelder dafür auch weiter einnehmen. Völlig an den Bedürfnissen eines todkranken Patienten vorbei, ging es wieder einmal nur um die ›Kohle‹. Obwohl er im ›Krebshaus‹ lag, das neu erbaut und auf das Modernste für die Behandlung dieser Krankheit ausgestattet war, transportierte man mein Sternchen hin und her. Mir war völlig unverständlich, dass es sich immer nur um Geld drehte und nicht um den todkranken Menschen. Nachdem ich ein Veto gegen diese Prozedur eingelegt hatte, wurde sie gestoppt. Mein Sternchen war glücklich, dass ich mich so sehr für ihn engagierte. Ich kümmerte mich fürsorglich um ihn. Sogar wenn er ein großes Geschäft machen wollte und das Stechbecken mied, legte ich Zellstoff unter seinen Po und meine Hand darunter, sodass die Fäkalien nicht das Laken beschmutzten. Die Schwestern sorgten dafür, dass der Zellstoffvorrat nie ausging. Bei der Betreuung meines Sternchens ließen sie mir freie Hand. Sodann kutschierte ich Sternchen im Rollstuhl zur Bestrahlung. Anschließend unternahmen wir eine Gespensterfahrt im Untergeschoss des Hauses und erzählten uns dabei Gruselgeschichten. Die vielen Gänge bildeten ein Labyrinth, das uns in die Irre führte, aus dem wir den Ausgang nicht fanden. Alle Türen waren verschlossen und keine Menschenseele in Sicht, die uns den Weg zurück erklären konnte. Plötzlich sahen wir das Tageslicht. Hiernach wollte Sternchen nur noch ins Bett, um auszuruhen. Wenn er etwas nicht wollte, sprach ich mit dem Personal und sie änderten es augenblicklich. Auf der Station berührte mich das freundliche Miteinander von Personal, Patienten und Besuchern. Nie hörte ich laute Töne oder Meckern.

Eines Tages fragte mich Schwester Hedwig: »Bleiben Sie über Nacht bei Ihrem Mann Frau Tholei?« »Nein!«, entfuhr es mir spontan. Ich hatte Angst davor, wenn ich schlafen würde, nicht mitzubekommen, wenn Sternchen gehen würde. Obwohl er allein in einem Zweibettzimmer lag, wollte ich nicht bei ihm schlafen. Die Nachtschwester hatte ja alles im Griff, und darauf verließ ich mich. Am nächsten Tag sagte Sternchen: »Heute möchte ich auf den Parkplatz hinaus gefahren werden.« »Oh nein, das geht gar nicht. Draußen herrscht Frost und es liegt viel Schnee. Du wirst dich erkälten mein Sternchen.« »Rede nicht! Ich will dorthin!«, sprach er bestimmend. Und wenn er in diesem Tonfall sprach, den ich gar nicht mochte, tat ich besser, was er forderte, dachte aber: Was hat er vor, dass er zum Parkplatz will? Nur mit dem Bademantel bekleidet, chauffierte ich ihn hinaus auf den Parkplatz des Spitals. Dabei wollte er mit dem Rollstuhl dicht an die Fahrzeuge herangefahren werden. Was ich dann sah, rührte mich zu Tränen, und ich spürte, er wusste, dass er bald sterben würde. Da kullerten die Tränen über meine Wangen und ich wischte sie mit dem Mantelärmel wieder fort. Vielleicht würde er fragen, warum ich weine. Die Antwort konnte ich ihm nicht geben, dass er nie mehr heimkehren würde. Das würde ihm und mir das Herz zerreißen. Wir sprachen nicht darüber. Augenblicklich streichelte er an den parkenden Autos jedes Metallstück und sprach dabei leise. Er flüsterte ihnen etwas zu, was ich nicht verstand. Auf den Fahrzeugen, auf denen Schnee lag, wischte er diesen mit der Hand herunter, sodass der Lack zum Vorschein kam und meinte: »Ihr seht so schön aus. Euch werde ich nicht mehr sehen – und das ist schade.« Dabei verstand ich nur zu gut, was er tat, schließlich war sein Leben von Autos geprägt. So sehr hatte er sich einen flotten Schlitten gewünscht, den er von dem Geld, das er aus der DDR geschmuggelt hatte, kaufen wollte. Doch das Traumauto blieb ein Traum, weil er das Geld zu spät eingewechselt hatte, sodass er für die Einhunderttausend Ostmark nur noch achttausend Westmark bekam. Die investierte er dann in unseren Neubeginn. Da war es nur verständlich, dass er Abschied von den schönen Modellen nahm. Wenn er gehen würde, bliebe viel von ihm hier bei mir: unsere Liebe, das Miteinander und alles, was ich durch ihn und mit ihm erfahren durfte – auch sein Stolz auf unseren neuen Wagen. »Nun fahre mich zu unserem Auto meine Puppe!« »Das würde ich liebend gern tun Sternchen, aber es steht außerhalb des Geländes auf der Straße und recht weit entfernt.« »Dann fahre mich dorthin Puppe!« Nun aber setzte ich mich durch und sagte: »Nein, das tu ich nicht! Der Weg dorthin ist zu weit. Wenn du dich dabei erkältest, bin ich schuld. Und diese Last ist zu schwer für mich, die kann ich nicht tragen.« Dabei tat es mir sehr weh, seinen Wunsch auszuschlagen. Aber nur mit dem Bademantel bekleidet, war diese Rollstuhlfahrt zu riskant. Kleinlaut sagte er dann: »Schade.« Hiernach schob ich ihn zurück in sein Zimmer.

Im Bett stöhnte er: »Ich bin geschafft! Komm meine Puppe, setz dich zu mir.« Ich setzte mich auf die Bettkante neben ihn. »Komm so nah zu mir, wie du kannst. Ich danke dir meine Puppe, dass du dich so sehr um mich kümmerst.« Er nahm meine Hände in die seinigen, drückte sie fest und liebkoste sie. Dabei schaute er mir tief in die Augen, als würde er dahinter etwas entdecken. Diesen Blick kannte ich von ihm nicht. Auf einmal erklärte er sich: »Du bist eine so liebe Frau. Für die schöne Zeit an deiner Seite bin ich sehr dankbar. Ich möchte, dass du noch einmal einen Menschen so glücklich machst, wie ich es mit dir sein durfte!« Oh mein Gott, zischte es durch mein Hirn und ich antwortete: »Auf keinen Fall! Du bist und bleibst mein über alles geliebtes Sternchen.« Daraufhin sagte er sanft aber bestimmend: »Bitte meine liebe Puppe, erfülle mir meinen letzten Wunsch. Gib mir dein Wort darauf!« Er präsentierte seine offene Hand vor mir. »Bitte gib mir dein Wort darauf!«, forderte er noch einmal. Ich zögerte und klatschte dann meine Hand auf die seinige und sagte: »Ja.« Doch mein Geist wollte sagen: Das passiert nicht. Diese Worte aber schluckte ich lieber herunter. Die Bange, dass er mich verlassen würde, tat schon so sehr weh, wie konnte ich da an seinen Wunsch denken? Keiner wusste, wie lange er noch so tapfer bleiben würde.

Am nächsten Tag im Geschäft, so gegen vierzehn Uhr, durchflutete mich eine innere Unruhe. Dann fing ich auch noch an zu weinen. Aufgeregt lief ich hin und her und sagte: »Ich will zu ihm!« Da ich keine privaten Gespräche mit den Kollegen führte, wussten sie auch nicht, dass mein Mann mit seinem Leben rang. Eine ältere Kollegin schmiedete mit den anderen Intrigen gegen mich. Ich kam aus dem Osten und genoss dieselben Rechte, wie die anderen auch. Das behagte ihr nicht, und so erfand sie immer neue Sachen, die ich angeblich getan haben soll. Heute nennt man das ›Mobbing‹. Aufgrunddessen schirmte ich mich gut von den anderen ab und erledigte meinen Job gewissenhaft. Plötzlich sagte mir die innere Stimme: »Du kommst zu spät!« Immer alarmierender drängte sie sich auf: »Du kommst zu spät! Du kommst zu spät!« Dabei hetzte mein Herzschlag vor Angst und im ganzen Körper spürte ich das Klopfen, das mich mehr und mehr erregte, verunsicherte und ängstigte. Auch die Magenschmerzen meldeten sich wieder. Nervös lief ich umher und sprach laut, dass die anderen es hörten: »Ich will ins Spital zu meinem Mann!« Dabei wurde der Zwang, zu ihm zu gehen, immer unerträglicher. »Ich komme zu spät!«, schrie ich jetzt heraus. Daraufhin sagte die ältere Kollegin, die ich ›graue

Maus‹ getauft hatte: »Wohin wollen Sie gehen?« »Zu meinem Mann ins Spital.« »So gehen Sie doch! Aber nehmen Sie eine Taxe«, meinte sie. »Und was wird der Chef sagen, wenn ich jetzt gehe?« »Das kläre ich, aber fahren Sie mit der Taxe!«, wiederholte sie.

Während ich den Mantel und die Tasche unter den Arm klemmte, lief ich aus der Ladentür hin zum Auto. Dabei sprach ich laut mit Sternchen: »Bitte warte! Ich bin gleich bei dir. Halte durch! Ich bin unterwegs zu dir. Bitte warte!« Auf der Stadtautobahn raste ich mit hoher Geschwindigkeit auf der linken Fahrspur einer schwarzen Limousine hinterher. Noch immer sprach ich laut mit Sternchen: »Bitte warte, gleich bin ich bei dir!« Dabei ließ ich außer Acht, dass ich immer dichter auf die Limousine vor mir auffuhr. Dort hätte sich nur die Kofferklappe öffnen brauchen, und ich hätte drin gesessen. Abrupt und wie von fremder Hand geführt, nahm ich meinen Fuß vom Gaspedal, sodass der Motor abbremste. Ich steuerte den Wagen zur rechten Spur hinüber und hielt nun die Geschwindigkeit ein. »Sternchen, ich bin in deiner Nähe auf der Straße und suche einen Parkplatz! Bitte warte auf mich!« Aber es gab keine freie Parkfläche für das Auto. Sodann stellte ich den Wagen im Halteverbot ab. Die Strafe war mir gewiss. Wie besessen jagte ich über das Gelände zum ›Krebshaus‹. Dort stolperte ich ins Foyer und drückte vor dem Lift kräftig auf die Knöpfe. »Mensch mach schon! Ich hab es verdammt eilig!«, rief ich in dem Kasten, der mich viel zu langsam in die sechste Etage hob. Eilig und leise, wie auf der Flucht, ging ich den langen Flur entlang. Vor der letzten Tür holte ich tief Luft, weil ich nicht wusste, was mich hinter dieser Tür an Sternchens Bett erwarten würde. Ehe ich über die Schwelle trat, atmete ich die Luft kräftig aus. Sternchen konnte nicht gleich sehen, wer zur Tür hereinkam, weil ihm die Wand vom Bad die Sicht verdeckte.

Während ich die Tür öffnete, rief ich voller Freude: »Mein Sternchen, ich bin da!« Als er meine Stimme hörte und mich dann sah, staunte er sehr und sah mich verwundert aus großen Augen an. Und ich staunte auch, weil er so vergnügt im Bett saß. Dabei öffnete sich mein Herz vor Glücksüberschwang, dass ich nicht zu spät kam. Er konnte gar nicht fassen, dass ich wie ein Geist plötzlich vor ihm stand. Dabei nahm er meine Hände fest in die seinigen und küsste sie. »Wo kommst du denn so schnell her meine Puppe? Was hat dein Chef dazu gesagt, dass du mich während der Arbeitszeit besuchst?« »Die Stunden hole ich nach Sternchen, kein Problem.« Während er mit den Händen auf die Bettdecke schlug, meinte er verwundert: »Gerade sprach ich mit dir, und schon stehst du vor mir. Wie kann das nur möglich sein meine Puppe?« Voller Bewunderung nahmen wir einander in die Arme und hielten uns lange fest, sodass jeder den Herzschlag des anderen spüren konnte, bis er sagte: »So sehr lieben wir uns, dass wir einander sogar auf Entfernung wahrnehmen und spüren meine liebe Puppe.« »Und weil wir uns so sehr lieben, hörte ich dich sprechen, sodass ich mich augenblicklich auf den Weg zu dir gemacht habe.« Hiernach küssten wir uns zart, ehe er ein letztes Mal meine Hände liebkoste und sagte: »Das grenzt an ein Wunder meine liebe Puppe!« »Wir sind mit einem Band verbunden, das uns zusammenhält, für immer und ewig mein geliebtes Sternchen.« »Heute fühle ich mich ausgezeichnet. Bald kann ich nach Hause«, sprach er erfreut. »Was meint der Doktor dazu Sternchen?«, wollte ich gern erfahren, da er so gut drauf war. »Die Schwester war bei mir, der Doktor noch nicht.« »Dann werde ich ihn einmal aufsuchen. Wenn ich zurückkomme, starten wir unseren Ausflug.« »Ja geh nur, ich ruhe in der Zeit ein wenig aus«, waren seine letzten Worte.

Und der Doktor erklärte mir nüchtern: »Das ist nur ein kurzes Aufflackern, ehe das Ende eintritt. Machen Sie sich keine Hoffnung, Ihr Mann wird nicht wieder gesund!« »Das weiß ich Doktor! Aber warum so schnell?« »Sie wussten das Frau Tholei, dass ihr Mann unheilbar krank ist.« »Ja, aber es ist doch erst drei Wochen her, dass er eingeliefert wurde. Dies scheint mir unfassbar schnell zu gehen Doktor.« »Sie wollen es nicht fassen! Das ist der Punkt Frau Tholei«, sprach der Doktor autoritär. »Ja, das Ende will ich noch nicht sehen, das stimmt schon. Aber trotzdem ging es mir zu schnell Doktor.«

Zurück bei Sternchen, gab ihm Schwester Hedwig gerade eine Spritze. Der Ausflug war abgesagt. Er wachte nicht mehr auf. Wie versteinert stand ich da und Schwester Hedwig meinte: »Sprechen Sie mit Ihrem Mann, wie Sie es sonst auch taten. Er nimmt Sie wahr Frau Tholei.« Ein merkwürdiges Gefühl überkam mich, nichts mehr für meinen über alles geliebten Mann tun zu können. Auf einmal war alles vorbei, zu Ende. Dabei nahm er das Wunder mit, das er noch erleben durfte, wie ich auf einmal vor ihm stand, als er kurz zuvor laut mit mir gesprochen hatte. Jetzt schlief er tief im Morphiumrausch, wo er mich nur noch schwach wahrnahm. Sodann spielte ich den Alleinunterhalter. Während ich im Raum umherlief und ihm meine irdische Gefühlsströmung offenbarte, während er mit mir gesprochen hatte, ummantelte mich die Stille: »Magisch folgte ich ihr und plötzlich stand ich vor dir, damit wir uns ein letztes Mal in die Arme schließen, die Herzen klopfen hören, den letzten Kuss tauschen konnten, ehe du dich nach innen kehren und die Augenlider für immer schließen würdest. Dabei wollte ich dir noch so viel sagen und mit dir alt werden. Das Leben mit dir erfüllte alles in mir. Du gabst mir den Mut in der ersten Nacht, dass ich Liebe spürte und noch ein bisschen mehr. Und wenn du gehst, bleibt mein Herz bei dir, damit du spürst: Ich liebe dich und ich bin bei dir. Wenn es ginge, hielte ich die Zeit, nein die Welt an und sagte dir: ›Du bist mein Leben, meine große Liebe, die unvergänglich ist.‹ Ich kann nicht ohne dich sein und bin doch zum Loslassen verpflichtet. Nun gerät die Waage aus ihrem Gleichgewicht in eine Schieflage und eine schwere Phase bricht für mich an – ohne Freunde, ohne Verwandte. Ich stürze mich in die Arbeit. Bitte glaube mir Sternchen, wenn du den Planeten Erde verlässt, schwebst du in einer wunderbaren, harmonischen, ruhigen und stillen Welt weiter. Du begegnest einem neuen Wunder, das es auf Erden niemals geben wird: das Paradies! Ich erzähle es dir, weil ich diese himmlische Welt, diesen wunderbaren Zauber schon einmal erleben durfte, bei einer Nahtoderfahrung. In der kosmischen Sphäre schwebend wirst du feststellen: Es gibt nichts Vergleichbares auf Erden. Das und vieles mehr wollte ich dir immer schon sagen, fand aber nie den Mut dazu, weil ich dachte, du würdest sagen, ich spinne. Heute habe ich das Gefühl in mir, dass wir uns noch einmal sehen werden.« Meine Alleinunterhaltung störend, trat ein Pfleger ins Zimmer und nahm Sternchen mit, um ihn in die Röhre zu schieben. Jede Stunde brachte er ihn dorthin, um in allen Stadien des Dahinscheidens seinen Körper zu erforschen. Nur so konnten die Ärzte Erfahrungen sammeln. Natürlich war ich dafür, aber als der Pfleger ihn um null Uhr erneut abholen wollte, entschied ich mich spontan dagegen: »Bitte lassen Sie meinen Mann in Frieden schlafen!« Er ging – und ich fuhr um ein Uhr in der Dunkelheit nach Hause.

Am nächsten Tag gegen vierzehn Uhr klingelte im Geschäft das Telefon. Als ich den Hörer abnahm, sagte Schwester Hedwig: »Bitte kommen Sie!« Es war dieselbe Uhrzeit wie am Vortag, als meine innere Stimme mich ermahnt hatte: Du kommst zu spät! Dabei war ich ängstlich erregt und zitterte. An diesem Tag blieb ich dagegen ganz ruhig. Die Fahrt mit dem Auto ins Spital verlief ohne Aufregung. Den Wagen stellte ich vorschriftsmäßig in einer Parklücke ab. Ich nahm die Reisetasche aus dem Kofferraum und ging in aller Gefasstheit zum ›Krebshaus‹, wo Sternchen auf mich wartete. Ein letztes Mal übernahm ich seine Körperhygiene. Beim Kämmen hing plötzlich seine Haarpracht im Kamm fest. Ich kämmte sie ihm aus und es schmerzte mich so sehr, dass ich weinte, ins Bad flüchtete, die Hände vors Gesicht schlug und bitterlich Tränen vergoss. Ich fühlte mich schuldig die Haarpracht, seinen ganzen Stolz, entfernt zu haben. Er hätte nur gesagt: »Die wachsen wieder!« Er sah überhaupt vieles lockerer und leichter als ich. Doch Schwester Hedwig meinte: »Die Haare sind ihm durch die Bestrahlung ausgegangen!« Das beruhigte mich dann schon, dass ich nicht schuld daran war, dass er sie verlor.

Das letzte Sprungbrett der Seele

Der Doktor kam ins Zimmer und sagte: »Wir verlegen Ihren Mann in einen anderen Raum.« »Sind wir dort auch allein Doktor?«, wollte ich erfahren. »Ja, das sind Sie«, sagte er und ergänzte, eine Frau hätte es ebenso eilig gehabt wie mein Mann und ging dann aus der Tür. »Warum hattest du es so eilig mein Sternchen?« Das erfuhr ich nicht mehr, weil er starke Medizin gegen die Schmerzen injiziert bekam. Die Augenlider schlug er auch nicht mehr auf. Doch wahrnehmen konnte er noch, dass ich bei ihm war. »Ich liebe dich mein Sternchen. Bis zur letzten Sekunde bleibe ich bei dir. Ich lasse dich nicht allein. Du spürst mich, ich weiß das.« Der andere Raum war so eisig kalt, dass ich die Heizkörper aufdrehte und mich auf einen setzte. Die dunkle Stunde nahte, wo die Luft kühl wurde und ich fror. »Wer nimmt mich wie du in den Arm? Wer hält mich, trägt mich, liebt mich? Nie fühlte ich mich so sicher, wie mit dir. Wenn du gehst, bleibt dein Herz bei mir, und meine Liebe zu dir ist unsterblich.« Dabei schaute ich ihn an. Dass ich nicht helfen konnte, machte mich traurig und tat tief im Herzen weh. »Wer hilft mir bei meinen Magenschmerzen? Du warst immer für mich da.« Plötzlich und wie aus heiterem Himmel beklagte ich mich bei ihm: »Warum lässt du mich allein, haust einfach ab? Was soll ich ohne dich anfangen?« Ich weinte sehr.

Im Nachhinein war mir diese Szene sehr unangenehm. Sie war weder passend noch feenhaft. Ich kann auch nicht sagen, was mich in diesem Moment geritten hatte, mich vor ihm so gehen zu lassen. Ich jammerte, dass ich allein sein würde, wenn er tot ist. »Bitte Sternchen verzeih mir, dass ich mich so gehen ließ.« Dabei legte ich meine Stirn auf seine Hand. »Es tut mir leid! Ich kann nicht sagen, was mit mir los war.« Plötzlich sah ich in Sekundenschnelle und in Farben von Hell- bis Mittelrosa etwas von seinen Füßen über den Körper zum Kopf hinaufgleiten und verschwinden. Sofort hörte ich auf zu weinen und dachte: Was war das denn? Rasch sah ich in sein Gesicht, wo ihm Tränen aus den Augen liefen. Die Tränen zeigten mir, dass er lieber noch geblieben wäre. Es fiel ihm schwer zu gehen oder was gab er mir so zu verstehen? Seine Gesichtshaut war glatt, ohne Falten. Ich streichelte ihm die Wangen und spürte, sie waren kalt. Er war tot – und ich ganz ruhig. Wieso? Wie konnte das sein, dass ich auf einmal ganz gelassen blieb und keine Träne mehr weinte? Wenn er tot war, hätte ich doch viele Taschentücher nass weinen und im Tränenfluss ertrinken sollen.

Dann sagte ich: »Sternchen, wir geben uns noch fünf Minuten für den Abschied, mein über alles Geliebter, mein Prinz und Charmeur, mein bester Freund und Berater. Ich danke dir für die großzügigen, warmherzigen, schönen und abwechslungsreichen Jahre, die ich mit dir in Liebe, Treue und Harmonie verbringen durfte. In meinem Herzen hast du einen festen Platz. Ich hätte nicht geglaubt, dass ich dich so verlieren würde. Das Schicksal beutelt mich immer wieder. Ich denke an dich. Ich liebe dich. Unsere Liebe endet nie, sie überdauert. Bitte denk an mich.« Dabei streichelte ich über seine kalten Wangen. »Nimm die Freiheit mit, sie ist wunderbar. In der himmlischen Sphäre brauchst du kein Morphium, weil du dort keine Schmerzen hast, weil du dich dort oben glücklich und frei fühlst. In den dunklen Nächten träume ich mich dann zu dir hin. Auf Wiedersehen mein Sternchen.« Ich hauchte ihm Küsse auf Stirn und Nase, drückte seine Hand und sagte: »Jetzt klingle ich.« Dann drückte ich den Knopf, woraufhin der Pfleger blitzschnell über die Schwelle trat, als hätte er dieses Signal erwartet. »Fünf Minuten noch!«, meinte er und schloss die Tür wieder. Noch einmal streichelte ich über Sternchens Haupt und sagte: »Machs gut!« Mir war ja bewusst, dass nur noch sein Körper ohne Seele dort im Bett lag. Wenn die Seele bereits in den himmlischen Sphären weilte, dann würde er sich auch schon wunderbar und glücklich fühlen.

Ich ging zur Tür hinaus auf den Flur, wo Schwester Hedwig und der Pfleger standen, die mich mitfühlend ansahen. Unerwartet sanft sprach Schwester Hedwig: »Wir wünschen uns mehr Angehörige, die sich um ihren Mann so bemühen, wie Sie es getan haben Frau Tholei.« »Oh«, sagte ich verwundert, »einen anderen Liebesbeweis konnte ich meinem Mann nicht mehr geben Schwester. Ich danke dem Personal für die Dienste an ihm.« »Nein, nein, wir haben zu danken Frau Tholei! Alles Liebe für Sie!«, sagte die Schwester. »Danke«, sagte ich und ging gemächlich zum Lift.

Als dieser sich öffnete, stieg eine Frau aus, der ich schon öfter auf der Station oder im Foyer begegnet bin. Diesmal sprach sie mich sehr aufgebracht an: »Wie machen Sie das bloß? Jeden Tag sind Sie hier und fahren Ihren Mann im Rollstuhl spazieren. Wie schwer krank ist er überhaupt?« Mit sanfter Stimme antworte ich: »Mein geliebter Mann ist soeben eingeschlafen.« In dem Moment hielt sie sich die Hand vor den Mund und sprach etwas weniger aufgebracht: »Bitte verzeihen Sie mir!« »Ist schon gut! Das konnten Sie ja nicht wissen.« Und dann schüttete sie mir ihren Frust vor die Füße: »Mein Mann hat Knochenkrebs!« Ich dachte bei mir:

Was für ein Unglück! Sie fuhr fort: »Er ist sehr gehässig zum Sohn und zu mir. Alex, so heißt unser Junge, will ihn nicht mehr besuchen.« »Dann soll er es lassen!«, kam es spontan aus mir heraus. Sie machte ihrem Missmut Luft: »Zuerst wurde meinem Mann der Fuß amputiert, dann der Unterschenkel und nächste Woche trennen sie den Oberschenkel ab. Was kommt dann?« Dabei weinte sie. »Was danach kommt, weiß nur der Doktor«, sagte ich hilflos. »Fragen Sie ihn und lassen Sie sich von ihm alles erklären. Zeigen Sie Ihrem Mann keine Tränen. Er leidet genug. Muntern Sie ihn auf. Spielen Sie Karten mit ihm. Ist er daran nicht interessiert, erfinden Sie etwas anderes, was ihn für kurze Zeit von seiner Grübelei ablenkt. Oder seien Sie einfach nur anwesend, ohne zu urteilen, ohne zu werten. Ihren Frust lassen Sie besser zu Hause. Die Verbitterung ihres Mannes hat nichts, absolut nichts mit Ihnen oder Ihrem Sohn zu tun, sondern ausschließlich mit ihm selbst. Sie können sich nicht in die Schuhe Ihres Mannes stellen. Das ist unmöglich. Nicht einmal annähernd können Sie nachempfinden, was er durchmacht, weil Sie nicht in seiner Lage sind.« Dabei ließ die Frau ihren Tränen freien Lauf. Als ich still war, sprach sie: »Vielen herzlichen Dank für die Ratschläge, und dass Sie mir Mut gemacht haben. Alles Gute für Sie. Auf Wiedersehen!« Ich stieg in den Lift und verließ in völliger Ruhe das Gebäude, ging über das Gelände zum Wagen und fuhr gelassen nach Hause, wobei ich keine Träne mehr weinte.

Als ich die Wohnungstür aufschloss, nahm ich ein anderes Gefühl wahr, als in der Nacht zuvor, wo ich die Räume kalt und leer empfand. Ich tat Sternchens Beinprothesen in einen blauen Plastiksack und stellte den an der Tür bereit, um ihn am Morgen bei der Versorgungsstelle abzuliefern. Im Empfangszimmer standen vier zu einem Quadrat zusammengestellte Schreibtische. Dahinter saßen vier Frauen, die emsig ihre Arbeit machten und mich völlig ignorierten. Da es mir zu lange dauerte, ehe eine mal den Kopf hob, sagte ich: »Mein Mann ist tot. Hier sind seine Hilfsmittel.« Dabei hielt ich den Sack hoch. Wie vom Blitz getroffen, rissen alle vier die Augen auf und starrten mich an, als hätte ich ihn umgebracht. Ich sagte noch »Auf Wiedersehen!«, und ging.

Auf der Straße dachte ich über die seltsame Szene nach, auch über mein beinahe mechanisches Verhalten, denn tags zuvor erst war Sternchen gestorben, und schon lieferte ich seine Hilfsmittel ab. Warum tat ich das so eilig? Vor allem wie locker und leicht ich mich benahm, passte ganz und gar nicht zu meinem Wesen. Warum weinte ich keine Träne mehr um

Sternchen? Wer oder was stoppte meinen Tränenfluss? Was war da in Sekundenschnelle aus seinem Körper geflüchtet? Diese mysteriösen Umstände gruben sich tief in mein Gehirn ein, wo sich bereits alle anderen Vorkommnisse und Begebenheiten aufeinander stapelten. Der Tod ist die größte Veränderung eines Lebens. Zum ersten Mal erlebte ich ihn hautnah und bekam einen tieferen Einblick in das Thema Tod. Sternchen erlebte den Wechsel von der irdischen zur himmlischen Sphäre, wobei auch ich einen Wandel vollzog vom Zwei-Sein zum Eins-Sein. Schließlich war nichts mehr, wie es vorher war in meinem Leben. Dabei blieb ich dennoch locker und nahm zur Kenntnis, dass ich allein war.

Mich im Seelenschmerz zu sielen, kam nicht infrage, denn als ich von der Institution heimkehrte, meldete sich Sternchen zu Wort. Während ich am Küchentisch saß und Tee trank, sah ich ihn auf seinen linken Ellenbogen gestützt am Küchenschrank stehen. Wie kann das möglich sein? Er ist doch tot! Werde ich exzentrisch? Sehe ich Gespenster? Bin ich reif für die Klapse? So ging es mir durch den Kopf, aber ich fühlte mich ganz normal, sah weder Gespenster, noch war ich psychisch krank. Als er dann auch noch sagte, »Beeile dich, sonst hol ich dich!«, war mir klar: Etwas ging hier nicht mit rechten Dingen zu. Das konnte nicht real sein und war doch passiert. Ich sagte: »Es ist doch viel zu früh dafür Sternchen, dass ich Ausschau nach einem neuen Mann halte. Gestern erst hast du mich verlassen, und die Trauerzeit dauert ein Jahr.« »Löse dein Versprechen ein!«, sprach er autoritär. Er erinnerte mich an das Versprechen, das ich ihm vor seinem Tod gegeben hatte. Dabei ahnte ich nicht, welch starke Bedeutung ein Ehrenwort am Sterbebett hat, als ich in seinen letzten Wunsch einwilligte. Dann schluchzte ich mir die Augen aus. Der Tränenfluss kehrte zurück. In der Dunkelheit im Bett sah ich ihn an der Wand, geradeso, als sei sein Körper an die Tapete gemalt worden. Bei Beleuchtung aber war er fort. Am nächsten Tag nahm ich eine Gefühlsströmung wahr, in der Wohnung nicht allein zu sein. Ich saß am Küchentisch und wartete, was nun mit Sternchen passierte. Während ich heftig zu weinen begann, stand er am Küchenschrank und sagte: »Beeile dich, sonst hol ich dich!« »Wie kann das möglich sein, dass du mit mir sprichst, wenn du tot bist, Sternchen?«

Trotz alldem blieb ich dort wohnen, wo wir uns gemeinsam niedergelassen hatten. Die Umgebung gefällt mir. Es gibt dort viel Natur, Parkanlagen und gute Einkaufsmöglichkeiten. Meine Arbeitszeit stockte ich wieder auf und sorgte so für meine finanzielle Sicherheit. Nach einer Woche ging ich wieder zum Dienst. Dabei holte mich Sternchen von der Arbeit ab und fuhr mit mir im Auto nach Hause. Die erste Ampel stand auf Rot und ich hielt an. Unerwartet ging der Motor aus. Nach dreimaligem Versuch neu zu starten, weinte ich unermesslich. Beim vierten Versuch sprang der Motor an. Dabei spürte ich, dass ich nicht allein im Wagen saß. Daheim setzte ich mich an den Küchentisch auf Sternchens Platz, aß eine Schnitte und wartete darauf, wie er sich zeigen würde. Tatsächlich stand er angelehnt am Schrank und sagte: »Beeile dich, sonst hol ich dich!« Das sagte er mit vollem Ernst. Ich heulte Rotz und Wasser: »Was soll das Sternchen? Was treibst du für ein Spiel mit mir?« »Löse dein Versprechen ein!«, forderte er erbarmungslos. »Wenn ich bereit dazu bin, erfülle ich deinen Wunsch, aber auf keinen Fall so kurz nach deinem Tod«, entgegnete ich ihm.

Dieses Spektakel ging wochenlang so weiter. Ich war nicht verrückt, aber etwas war mit mir passiert. Den Satz »Beeile dich, sonst hol ich dich!«, hämmerte er mir regelrecht ins Gehirn, wie eine Reklame, die sich ins Gedächtnis gräbt, weil sie ständig wiederholt wird. Ich war neunundvierzig Jahre alt und weder verrückt, noch dafür bekannt, Märchen zu erzählen. Dabei machte ich alles mit mir allein aus. Die Freundin Ingelore lebte zweihundert Kilometer entfernt, da konnte ich nicht schnell mal bei ihr vorbeischauen. Hätte ich ihr meine Tragödie überhaupt offenbaren können? Ich glaubte nicht. Und Diana lebte ihr eigenes Leben. Da wollte ich sie nicht mit meinem Problem belasten. Ich begriff ja die Situation selbst nicht, wie sollte sie da ein anderer verstehen können? Denn bei all dem, was um mich herum vor sich ging, konnte man schon an seinem Verstand zweifeln.

In der Folgezeit fuhr Sternchen nach Dienstschluss mit mir im Wagen nach Hause. Vor der Auffahrt zur Autobahn stand die Ampel auf Rot und ich hielt an. Dabei spürte ich deutlich, dass er auf der Rückbank saß. Plötzlich ging der Motor aus. Nach dreimaligem Versuch, neu zu starten, zündete der Motor noch immer nicht. Die Ampel schaltete auf grün, aber der Motor sprang nicht an. Die Fahrzeuge hinter mir veranstalteten ein Hupkonzert – mit Recht. Anstatt, dass der Motor zündete, liefen Wasserfälle aus meinen Augen. So sehr hatte ich nicht einmal geweint, als Sternchen starb. Plötzlich spürte ich einen Hauch im Nacken und er sagte: »Starte endlich und sieh richtig hin, und hör auf zu weinen!« »Die Tränen laufen von ganz allein, darauf habe ich keinen Einfluss Sternchen.« Sodann startete ich erneut und der Motor sprang an. Dabei kam der Wagen nur langsam in Fahrt. Ich sah zur Auffahrt hin, die gesperrt war. Also bog ich nach links ab zur nächsten Auffahrt. Dabei kam der Wagen nicht voran, bis ich feststellte, dass ich mit dem dritten Gang anzufahren versuchte. »So ein Wirrsal!«, rief ich aus. So bescheuert war ich doch sonst nie! An der nächsten Auffahrt stand ich dann im Stau und dachte über meine Verwirrung nach.

Die Szenen mit Sternchen setzten sich Tag für Tag fort. Eines Abends, nachdem er seine Aufforderung zum x-ten Mal wiederholt hatte, schaltete ich den Fernseher ein. Da war Ruhe. Die nächsten Tage stellte ich gleich, wenn ich vom Dienst heimkam, die Röhre an. So gab ich der Erscheinung keine Chance, mich heimzusuchen. Nachts dann stand er aber im Dunkeln neben meinem Bett. Ich lag auf seiner Matratze und er beobachtete mich, sodass ich die ganze Nacht bei Licht schlief. Tage später suchte ich aus einer Zeitschrift die Adresse einer Kartenlegerin heraus. Das Rätsel um Sternchens Erscheinung wollte ich gelöst wissen. »Bitte sagen Sie mir, soll ich meinem verstorbenen Mann folgen oder mir lieber einen neuen Partner suchen?« Die Frau legte das Skatblatt offen auf dem Tisch aus und sagte: »Drei Männlichkeiten warten auf Sie, aber nur einer meint es ehrlich mit Ihnen.« Und ich dachte bei mir: Ich brauche nur einen Mann. Dann sagte sie: »Es ist nicht gut, wenn der Verstorbene festhält. Wann ist Ihr Mann gestorben?«, forschte sie nach. »Vor fünf Wochen«, sagte ich. Als ich wieder ging, sprach sie: »Sie tun mir leid.« Auf dem Weg zum Auto überlegte ich, warum ich der Frau angeblich leidtat. Sie kannte mich doch gar nicht. Aber ich wusste nun, dass Sternchen an mir festhielt. Oder war es umgekehrt so, dass ich mich an ihn kettete? Wie sollte das gehen, an jemandem festzuhalten, der gestorben ist? Wenn ich das nur wüsste! Die Aussage der Frau, dass ein Verstorbener am Partner festhalten könne, verblüffte mich schon sehr. Daheim stand Sternchen am Küchenschrank und schwieg. Was war geschehen? Wusste er, wo ich gewesen bin? Dabei wiederholte er den Satz aber nicht, den er sonst sprach. Die Motorausfälle an den Ampeln setzten sich fort, die Szenen daheim auch. Doch eines Tages ging der Motor schon vor der Kreuzung aus, sodass der Wagen langsam an sie heranrollte. Von der Rückbank her forderte mich Sternchen streng auf: »Starte endlich, du hältst den Verkehr auf!« »Tu ich ja, aber der Motor will nicht zünden«, sprach ich unter Tränen. Plötzlich stieg Wut in mir auf, sodass ich ausstieg, die hintere Beifahrertür aufriss und laut rief: »Los aussteigen!« Aber da saß niemand. Dabei hörte ich seine Stimme: »Hör endlich auf und fahr los!« »So eine Scheiße!« rief ich laut und knallte die Tür zu. Ich kam mir selbst recht blöd dabei vor, die Wagentür aufzureißen und ein Nichts anzubrüllen. Es kam mir auch nicht in den Sinn, dass der Motor defekt sein könnte. Schließlich zündete er morgens sofort. Aber da wollte ich auch pünktlich im Geschäft sein. Ich kam auch nicht auf den Gedanken, einen Arzt aufzusuchen, der mir vielleicht doch eine Psychose bescheinigt hätte. Er hätte mir sicher Medikamente verordnet, die ich ohnehin nicht geschluckt, und falls doch, sicher wiedergekäut hätte. Oder er hätte mich vielleicht in die Irrenanstalt zwangseingewiesen. Ich selbst fühlte mich aber ganz normal. Vielleicht aber glauben auch die tatsächlich verrückten Leute, dass sie ganz normal sind? Ich jedenfalls sprach mit keinem ein Wort darüber. Wenn ich jemandem diese Erlebnisse geschildert hätte, wäre ich wohl für nicht zurechnungsfähig, wenn nicht gar verrückt erklärt worden. Mit Freude übte ich meine Tätigkeiten aus, wenn ich aber geisteskrank gewesen wäre, hätte ich ganz sicher Fehler gemacht – zumal auf der Rezeptur mit vielstelligen Zahlen gearbeitet wurde. Aber kein Kollege machte mich auf irgendeinen Patzer aufmerksam. Plötzlich fühlte ich mich bei meiner Selbstkontrolle ertappt, als ich die Belastung der Rezeptur einmal öfter prüfte. Aber ich fand keinerlei Fehler, also war ich ganz normal und nicht verwirrt. Seitdem aus Sternchens Körper blitzschnell dieses Etwas geflüchtet war und sich bisweilen in meiner Nähe herumtrieb, geschah etwas mit mir, wofür ich den Schlüssel suchte, aber nicht finden konnte. Um mich herum variierten phänomenale Ereignisse, die sich meiner Kontrolle entzogen. Liebend gern hätte ich dieses Geheimnis aufgelöst, nur wusste ich nicht wie.

Eines Abends sah ich im Fernsehen Entspannungsübungen und probierte sie sogleich aus. Die Tai-Chi-Übungen auf einer Videokassette trainierte ich dann täglich. Sie wirkten beruhigend auf meine Nerven. Nach Dienstschluss gab ich Sternchen keine Gelegenheit mehr, mir seine Reklame einzuhämmern, sondern begann sofort mit meinen Übungen. Dabei erhoffte ich mir einen schnellen Erfolg, ehe der sich aber einstellen wollte, verging viel Zeit, weil Geduld und Ausdauer dabei das Wichtigste sind. Ich blieb aber dabei, und wenn ich trainierte, sah Sternchen mir zu. Zu späterer Stunde dann forderte er mich wieder auf: »Beeile dich sonst hol ich dich!« »Ja, ich komme zu dir«, offenbarte ich ihm unter Tränen. Ich war wirklich bereit, ihm zu folgen. Dabei schilderte er mir den Ablauf, den ich bildhaft vor mir sah: »Fahre mit dem Auto entlang der Autobahn und nehme die

Ausfahrt Kämmen, wo es zu einer Überführung hinaufgeht. An der Kreuzung lenke das Auto geradeaus über die Brücke, sodass der Wagen von oben auf die darunter liegende Autobahn stürzt.« Dabei spürte ich keine Angst. Was für ein herrlicher Augenblick würde das sein, wenn die Seele den Körper verlässt und von der Stille des Paradieses empfangen wird. Etwas Süßeres und Wunderbareres konnte es nicht geben. Genauso hatte es wohl Sternchen erlebt, als seine Seele den Körper verließ und der Leichnam zurückblieb. Aber warum konnte ich ihn sehen und seine Stimme hören? Das war ja das Kuriose! Als ich damals selbst in der kosmischen Sphäre geschnuppert hatte, hörte ich die Stimme des Anästhesisten klar und deutlich, konnte ihm aber nicht antworten.

Wie Sternchen mit mir umging, grenzte an Abnormität. Doch anstatt, dass ich ihm folgte, begab ich mich auf jene Reise, die in den Heimatort führte. Ich fahre gern und schnell Auto, weil es in mir die Freude an der Freiheit entfacht. Auf der Autobahn in Richtung Dresden setzte ich zur Überholung an und sah dabei in alle Richtungen, bevor ich den Blinker setzte und die Räder leicht zum Überholvorgang einschlug. Da rief Sternchen plötzlich laut: »Dreh dich nach links um!« Ich erschrak und sah sofort nach links, wo eine schwarze Limousine im toten Winkel fuhr. Während bei mir alle Alarmglocken schrillten, meinte Sternchen: »So schnell kann es gehen!« Dabei sah ich sein Gesicht wie im Nebel in der linken oberen Ecke der Frontscheibe. Wir sahen einander an und ich sagte: »Dein Rettungssignal kam auf den letzten Drücker Sternchen. Vielen Dank, dass du mir das Leben geschenkt hast.« Bei einhundertfünfzig Stundenkilometern hätte der Zusammenstoß tödlich geendet. Bis in den Heimatort hielt ich dann die rechte Spur und eine angemessene Geschwindigkeit ein.

Als ich dann bei der Mutter, Ulrich und Veronika eintraf, stand die Garagentür für mein Auto bereits offen. Beim Einlochen waren Präzision und Achtsamkeit erforderlich. Dennoch kratzte mein rechter Außenspiegel ein wenig an der Wand entlang. Die Schramme war perfekt. Sogleich schalt mich Sternchen: »Du hast kein Gefühl, wenn es darauf ankommt!« »Was denn, bist du auch hier?«, fragte ich ihn leise. Es sollte wohl so sein, wenn ich seine Stimme hörte und er mich kritisierte. Von nun an wollte ich ihn nicht mehr missen und gewöhnte mich an diese Situationen. Der Verwandtschaft gegenüber hüllte ich mich jedoch in Schweigen. Hätte ich ihnen von diesen mysteriösen Phänomenen erzählt, hätten sie sicher gesagt: »Sternchens Tod hat dich verwirrt.« Sie hätten auch nicht begriffen, dass Sternchen hier bei ihnen war. Für andere war das auch unmöglich nachzuvollziehen, was ich durchmachte. Sie standen ja nicht in meinen Schuhen. Wie Sternchen mich auf dies und jenes hinwies, mich beschützte, war schon grandios. Ich wusste, dass er in meiner Nähe weilte.

Die Begrüßung durch die Mutter war herzlich. Dabei zeigte sie mir gegenüber Mitgefühl, weil Sternchen gestorben war. »Ich kann es nachvollziehen, wenn der Mann stirbt«, sagte sie. Der Alte starb in ihren Armen an Herzinfarkt. Am nächsten Tag feierte ich meinen fünfzigsten Geburtstag in einem Restaurant. Die Geschwister, die noch im Ort wohnten, lud ich dazu ein. Während der gemütlichen Runde fühlte ich mich auf einmal unbehaglich und spürte, dass ich nicht mehr dorthin gehörte. Obwohl das Wohnhaus der Eltern um-, aus- und erweitert worden war, blieb es für mich noch immer jene Hölle, in der ich meiner Kindheit beraubt wurde. Am nächsten Tag kehrte ich nach Berlin zurück.

Wochen später, an einem schönen sonnigen Samstagmorgen, fuhren Irmtraud und ich mit dem Auto nach Neuzelle, wo wir uns die katholische Stiftskirche St. Marien ansehen wollten. Am Abend davor legte ich alles zurecht, um nichts zu übersehen, was für diese Fahrt wichtig war. Frohen Mutes holte ich Irmtraud von zu Hause ab. Mit ihren sechzig Jahren hatte sie schneeweißes natürliches volles Haar. Die farbenfrohe sportliche Kleidung ließ sie jünger erscheinen. Sie ist eine lustige Frau von molliger Statur. Wir freuten uns gemeinsam auf diese Reise. Am Ende der Wisbyer Straße reihte ich uns in die Linksabbiegespur Richtung Autobahn ein. Bei Grün fuhr ich los, als sich plötzlich mitten auf der großen Kreuzung der Wagen um einhundertachtzig Grad drehte, sodass er den nachfolgenden Fahrzeugen nun frontal gegenüber stand. Ein Fahrer zeigte mir einen Vogel, sein Beifahrer machte eine Handbewegung wie ›plemplem‹ und Irmgard fragte mich: »Hast du erst seit gestern deinen Führerschein?« »Nein, fünfundzwanzig Jahre ist er in meinem Besitz!« Sie selbst hat nie die Fahrschule absolviert. Zurück!, blitzte es da in meinem Hirn auf. Ich hatte wohl irgendetwas übersehen. Doch statt zurück, lenkte ich den Wagen rasch zur Autobahn hin, schließlich war mir diese Situation äußerst peinlich. Auf dem Berliner Ring übersah ich dann den Abzweig Richtung Prenzlau und nahm die nächste Ausfahrt, um wieder in Richtung Berlin zu wenden. »Ja ich weiß, ich soll zurück, aber weshalb nur?« Bis hierher hatte ich immer noch keinen blassen Schimmer, warum ich zurück sollte. Dann fand ich den Abzweig Richtung Prenzlau und bis zur nächsten Ausfahrt verlief alles normal. Doch je weiter wir uns dann von Berlin entfernten, desto turbulenter wurde das Chaos. Dann fand ich die nächste Ausfahrt nicht und chauffierte den Wagen dreimal im Kreis, ehe ich das Hinweisschild wahrnahm. Während ich mich abmühte, sah Irmtraud gar nichts. Sie war keine Hilfe, plapperte aber wie ein Wasserfall. Bei all dem Stress lief mir der Schweiß die Achseln herab, sodass ich mich am nächsten Rastplatz wusch und die Kleidung wechselte. Auf der Weiterfahrt kreisten meine Gedanken um den ganzen Wirrwarr. Als ich dann von Weitem eine Baustelle erblickte, wollte ich die Fahrspur wechseln, aber dort fuhr auf derselben Höhe ein vollbesetzter Pkw und dicht hinter uns drückte ein Drängler ständig auf die Lichthupe, während die Baustelle gefährlich näherkam. Plötzlich rief Sternchen: »Gib Gas!« Ich trat das Gaspedal durch und rauschte nur um Mausbreite an dem roten Pkw vorbei, der sofort ein Hupkonzert veranstaltete – mit Recht. Die ahnungslose Irmtraud fragte: »Warum hupt denn der so lange?« »Keine Ahnung!«, log ich knapp, um sie nicht zu beunruhigen. Wir beide waren grundverschieden. Ich bewies ihr, was sie nicht konnte, nämlich auch mal schweigen zu können, und sie zeigte mir, dass man mit vielem Quatschen die Leute unterhalten, aus dem Konzept bringen und ablenken konnte.

In Neuzelle, in der prunkvollen Kirche St. Marien wurde ich für das Chaos auf der Autobahn entlohnt. Ich vertiefte mich lange in die Schönheit der prachtvollen Ausstattung im Inneren dieser Kirche. Die Heimreise verlief dann ohne Unterbrechungen. Zuhause stand Sternchen schweigsam am Küchenschrank und ich erzählte ihm von der konfusen Fahrt. Dabei sprach er kein Wort. Still war es um mich herum und doch spürte ich, dass er da war. Eine Woche später hatte er Geburtstag. Aus diesem Anlass schrieb ich ihm ein Gedicht. Am Grab blätterte ich das Geschriebene auf und traute meinen Augen nicht, als ich das Datum darauf las. Ich kam eine Woche zu spät! Am Tag unserer Reise nach Neuzelle hatte Sternchen Geburtstag. Es fiel mir wie Schuppen von den Augen und ich sagte: »Bitte Sternchen verzeih, dass ich eine Woche zu spät komme. Und den Tumult auf der Reise nach Neuzelle hast du veranstaltet, weil ich erst auf den Friedhof kommen und dann die Reise antreten sollte. Aber warum hast du in meinem Gehirn das Datum verwechselt? Wolltest du mich testen? Nur deshalb stehe ich heute eine Woche nach deinem Geburtstag am Grab!« Sodann las ich ihm das Gedicht laut vor. Natürlich war mir klar, dass er sich in meiner Nähe befand und genau hörte, was ich ihm zu sagen hatte.

Inzwischen war die ältere Kollegin, die ich ›graue Maus‹ nannte, in Rente gegangen und mit den anderen Kollegen begann ein gutes Miteinander. Kollegin Hartmann erzählte voller Eifer: »Am Wochenende habe ich in Bayern ein Reiki-Seminar besucht.« Dann plauderte sie darüber, was Reiki ist: »Ein Mensch kann von mir Energie beziehen, und durch Handauflegen kann auch ich von jemand anderem Energie empfangen. In völliger Ruhe und Entspanntheit lief das Seminar ab.« Ich dachte: Wie kann ein anderer Mensch von mir Energie rauben? Würde ich es denn wahrnehmen, wenn jemand sie von mir bezog? Das klang völlig utopisch für mich – irrational, reinste Fantasie! Für mich galt als wirklich, was ich sehen, riechen, fühlen, schmecken, berühren konnte. Eine Zeit lang dachte ich darüber nach, was sie mir über dieses Reiki und Handauflegen berichtete. Ich dachte dabei an Sternchen, der seine Hände oft auf meinen Bauch gelegt hatte und so bewirken konnte, dass die Schmerzen aus meinem Magen desertierten. Hatte das mit dieser Energie zu tun? Das war rational nicht nachvollziehbar. Auch seine Erscheinungen, die mich ständig begleiteten, waren verstandesmäßig nicht fassbar, und doch erlebte ich sie als wahrhaftig. So verhielt es sich offenbar auch mit dem Reiki: unsichtbar und doch wirksam. Ich wünschte mir tiefere Einblicke in die Reiki-Methode und Frau Hartmann nannte mir diesbezüglich eine Adresse in Berlin.

Eine Woche später saß ich bei der Heilpraktikerin Heidrun, die Reiki praktizierte, in einem Raum mit zehn anderen, ganz bequem auf Schaumgummimatten mit diversen Kuschelkissen. Subtile Klänge erfüllten den Raum, was mich sehr angenehm berührte. Mit einer Meditation leitete Heidrun den Reiki-Abend ein. Dann hielt sie für die Neulinge einen kurzen Vortrag über die Reiki-Energie. In der Gruppe waren beide Geschlechter in allen Generationen versammelt. Heidrun ist eine kleine Frau im mittleren Alter. Mit ihrem blonden Kurzhaarschopf, den kleinen braunen Augen und den dezent geschminkten Lippen, wirkte sie attraktiv auf mich. Ihre warmherzige harmonische Stimme war das I-Tüpfelchen auf diesem Abend. Hier stimmte das ganze Ambiente. Den Reiki-Kreis wollte ich von nun an nicht mehr missen. Sternchen war stets in meiner Nähe, und so erfuhren wir beide, dass sein Handauflegen Reiki genannt wurde und wie es wirkte. Während für mich zu dieser Zeit etwas Neues begann, hämmerte er seine Forderung weiter in mein Gehirn: »Beeile dich, sonst hol ich dich!« Mit geschlossenen Augen suchte ich ihn auf und sagte: »Tränen habe ich genug geweint. Ich schaff es jetzt auch ohne dich.«

Sternchens Vermächtnis und magische Ekstase

Nach fünf Monaten und zehn Tagen meiner täglichen Begegnungen mit Sternchens Erscheinung entschloss ich mich, meinem Leben eine neue Richtung zu geben und begab mich auf Männersuche, um ihm seinen letzten Wunsch zu erfüllen. Mein Traum aber war es, lieber allein zu bleiben. Ich schob ihn jedoch in den Hintergrund, denn schließlich ist ein Versprechen am Sterbebett, ein Vermächtnis, das erfüllt werden sollte. Bei meinem Aufbruch zur Männersuche nahm ich die Partnervermittlung *Gutes Benehmen* in Augenschein und meldete mich dort an. Mit einem Vorstellungsgespräch begann meine neue Lebensreise. Der Vermittler wollte vorab sechstausendfünfhundert D-Mark cash auf die Hand. »Auf Wiedersehen!«, sagte ich noch und ging. Die reinste Ausbeutung, dachte ich bei mir. Der glaubte wohl, nur weil ich Witwe war, stapelte ich das Geld wie Kohlen im Keller? Woher überhaupt hatte er die Weisheit, dass Hinterbliebene vermögend sind? Als er mir hinterher rief, »Sie brauchen nur viertausend bezahlen!«, erschien mir die Summer noch immer utopisch, doch ich ging trotzdem zurück und lenkte ein. Der erste Herr, den ich für diese Summe bekam, war er selbst. Dabei entsprach er ganz und gar nicht meinem Geschmack und ich lehnte ab.

Nach einer Weile rief ein Herr bei mir an und sagte: »Ich bin Helmut! Ich will dich gleich sehen.« Zwei Stunden später trafen wir uns an der Tankstelle in meiner Wohngegend. Vor mir stand ein großer Mann von kräftiger Statur und mit einer vollen silbernen Haarpracht. Er war leger gekleidet und sein Gesicht war von der Sonne gebräunt. Seine blauen Augen musterten mich von oben bis unten, ehe er sagte: »Steigen Sie in mein rotes Auto!« Dabei hielt er die Beifahrertür offen. Im Wagen sog ich unauffällig die Raumluft ein und witterte ein neutrales Aroma: kein Raucher oder Trinker – gut so! In der Annahme, er würde ein Restaurant ansteuern, stieg ich bereitwillig zu ihm in die Limousine. Mir schwebte vor, gemütlich bei einer Tasse Kaffee zu plaudern und sich gegenseitig zu beschnuppern. Stattdessen stellte er den Motor vor einem Gebäude ab und sagte: »Hier wohne ich!« »Oh mein Gott!«, stöhnte ich und folgte ihm nur zögernd in die erste Etage. Dort schloss er die Wohnungstür auf und hinter mir gleich wieder ab. Eingesperrt!, raste der Gedanke durch mein Hirn. Dabei sah ich mich dem großen kräftigen Mann gegenüber ausgeliefert. Meine Chance zu fliehen, wenn er gewaltsam Sex von mir wollte, war gleich null. Mich durchströmte ein mulmiges Gefühl, allein mit diesem fremden Mann in dessen Wohnung eingesperrt zu sein. Während er mich in den Wohnraum bat, deutete er auf den gelben Ledersessel ihm gegenüber. Ich nahm Platz und er gab mir einen kurzen Auszug aus seinem Leben. Danach schilderte ich ihm gerafft mein eigenes.

Kurz darauf wechselte er vom Sessel auf die Couch und klopfte mit der Hand auf die Sitzfläche, als würde Herrchen seinem Hündchen »Platz!« befehlen. »Komm Adelheit, setz dich neben mich!« Ich bin doch nicht dein Hund, dachte ich und zögerte, mich zu ihm zu setzen, weil er dann schon erregt wäre, wenn er meine Nähe und Wärme spürte, und gerade das wollte ich nicht hervorrufen. Als ich dann doch neben ihm saß, kam es genauso. Sanft küsste er mich und knetete meinen Busen, ehe er meinen Körper auf seinen zog. Wie befürchtet, hatte er nur den einen Gedanken in der Birne, in mich einzudringen. Deshalb sprang ich wie eine Fontäne in die Höhe und sagte: »Bitte fahr mich nach Hause!« In seiner Eitelkeit verletzt, fragte er: »Gefalle ich dir nicht?« »Ich bin keine Hure von der Straße, die deine Gier befriedigt! Ich bin eine Frau, die auf der Suche nach einem Mann ist, verstehst du, einem Mann! Ich will keine schnelle Nummer!« »Was ist schon dabei, einmal Sex zu haben, damit ich mich glücklich fühle?«, fragte er lächelnd. Damit er sich glücklich fühlte? Spinnt der denn völlig? Glück ist für mich nicht nur ein sexueller Augenblick. Nun stand ich vor der verschlossenen Wohnungstür und forderte ihn auf: »Bitte fahr mich heim!« Mit einem Ständer in der Hose kam er dicht an mich heran und drängte mich zur Umkehr. Während mich Panik durchströmte, schlug mein Herz im Hals Alarm, sodass die Schilddrüse anschwoll. »Bitte schließ die Tür auf, ich gehe allein nach Hause!« Da steckte er den Schlüssel ins Schloss, sodass ich gehen konnte. Aber er packte mich am Arm und sagte: »Komm, lass das! Ist schon gut! Ich fahr dich nach Hause!« Auf der Fahrt dachte ich, der wollte nur seine Samenkolonie loswerden und dabei kam ich ihm gerade zupass. So ein Blödmann! Noch einmal gut gegangen. Wie unvorsichtig von mir, gleich in sein Auto zu steigen, ohne vorab zu fragen, wohin die Fahrt gehen würde. Sei das nächste Mal aufmerksamer Adelheit!

Eine Woche lang telefonierten wir dann miteinander, wobei er mir eine Fahrt nach Torfhaus vorschlug und ich mich schließlich dazu bereit erklärte. Mit meinem Wagen holte ich ihn von zu Hause ab. Ich liebte es, durch die grünen Landschaften über Berge und durch Täler zu fahren, mich in die Kurven hineinzulegen. Bis ans Ziel chauffierte ich Helmut durch die

Gegend. Im Restaurant *Zum braunen Hirsch* speisten wir zu Mittag. Als das Menü vor mir auf dem Tisch stand, begann ich plötzlich zu weinen, sodass mir die Tränen auf das Gericht tropften. Nach dem ersten Happen setzten Magenschmerzen ein und ich ließ die Speise stehen. Auf der Weiterfahrt fragte Helmut: »Was war denn los Adelheit? Du hast ja gar nichts gegessen?« »Ach, eine kleine Magenverstimmung, weiter nichts Helmut.« Ich konnte ihm doch nicht sagen, was ich längst wusste, nämlich dass Sternchen mit uns fuhr. Er schickte mir die Qualen, denn nur er wusste, wie ich an meinem Magen litt.

In der Gemeinde Torfhaus quartierten wir uns im *Hotel Tanne* ein. Beim Abendmenü begann dasselbe Problem mit der Nahrungsaufnahme, aber dafür floss mir ein Glas Sekt leicht durch die Kehle und ich bekam einen Schwips. Ich lachte und war albern, tänzelte vor Helmut wie ein Affe herum. Vor dem Zubettgehen duschte ich, trillerte dabei ein Lied und spielte mit dem Wasserstrahl der Dusche. Ich benahm mich wie ein kleines Mädchen, enthemmt, fröhlich, glücklich. Beim Liebesspiel zeigte sich Helmut von einer sanften, zärtlichen und einfühlsamen Seite. Der Sektrausch und seine liebe Art verführten mich.

Beim ersten Hahnenschrei war ich wach. Zum Frühstück gab es wieder dasselbe Tamtam mit den Lebensmitteln. Wir reisten ab. Sternchen und die Qualen waren mit mir. In der Wohnung stand Sternchen angelehnt am Küchenschrank und sagte: »Er ist liiert!« »Nein, das glaube ich nicht Sternchen.« Dennoch bespitzelte ich Helmut. So, wie der Alte mich in der Kindheit kontrollierte, so verfuhr ich mit Helmut. Am dritten Tag kam er tatsächlich mit einer Frau Hand in Hand aus der Haustür. Im Schritttempo fuhr ich mit dem Wagen dicht an ihn heran, sodass er mich sehen konnte. Ich hielt kurz an, wir sahen uns in die Augen und ich sagte: »Aus, vorbei!« Nun wusste ich, weshalb mir Sternchen Magenschmerzen sandte: Damit ich mich nicht in Helmut verlieben sollte, weil es mit ihm keine gemeinsame Zukunft gab. Wenn Sternchen alles vorhersah und mich auf Geheimnisse hinwies, wo steckte er dann, und warum sah ich ihn nicht?

Der nächste Herr war ein paar Jahre jünger als ich. Ihn traf ich gleich bei mir um die Ecke, denn bei drohender Gefahr hätte ich gleich abhauen und nach Hause flitzen können. Als ich dann auf ihn zuging und wir uns begrüßten, nahm er mich gleich fest in seine Arme und stöhnte dabei: »Endlich wieder eine Frau in den Armen halten – ein schönes Gefühl!« Dabei spürte ich seine heftige Begierde. Während er nach einem Versteck Ausschau hielt und mich dabei im Arm hielt, sagte ich: »Lass mich los!« »Nein, ich will mit dir Sex machen!«, gab er preis und meinte: »Für dieses eine Treffen habe ich vierhundertfünfzig D-Mark gezahlt, und nun will ich auch Sex dafür haben!« Meine Panik stieg ins Unermessliche, sodass ich mich mit einem Ruck aus seinen Krallen befreite und so schnell wie ich nur flitzen konnte von ihm fortlief. Dabei rannte ich einmal um das Wohnhaus, um ihn zu verwirren, falls er mir folgte. Wie irre war das denn?

Männer sind besessen vom Sex. Ständig verwechseln sie Liebe mit Sex. Als eine genetisch wahrhaft verdrehte Anlage erschien mir das als Frau. Um nur zu ihrer sexuellen Erfüllung zu gelangen, führten sie sich auf, wie Schauspieler in einem Drama. Von den Ansichten und Verhaltensweisen der Männer hatte ich nun die Nase voll und konzentrierte mich nur noch auf meine Arbeit. Dabei bedrängte mich Sternchen jeden Abend: »Beeile dich, sonst hol ich dich!« »Mein Sternchen, wenn ich doch nur deine Eile verstehen könnte! Mein Gefühl für dich ist unendlich gütig. Aber bitte dräng mich doch nicht. Ich werde weiter auf die Pirsch nach einem Mann gehen.« Aber zuerst änderte ich meine Erscheinung, ging zum Friseur und ließ mir die langen Haare abschneiden. Das Spiegelbild zeigte mir eine andere Adelheit, die mir gefiel.

Der dritte Herr namens Gunter nahm zuerst Kontakt zu mir auf, was meinem Wunsch näher kam. Er hatte lockiges dunkelblondes Haar, das an den Schläfen silbrig glänzte. Die blauen Augen strahlten tiefgründig in die meinigen und durchbohrten sie. Er war von schlanker Gestalt und etwa eins fünfundsiebzig groß. Die sehr kurz geschnittenen sauberen Fingernägel fielen mir angenehm auf. Stolz präsentierte er mir seinen Wagen, einen Mercedes. Plötzlich hallten die Worte der Mutter in mir wieder: »Krause Haare, krauser Sinn, da steckt der Teufel drin! Nehmt euch vor solchen Männern in Acht!« Und bevor ich in seinen Wagen stieg, fragte ich höflich: »Wohin geht die Fahrt?« »Wenn es recht ist, fahren wir an den Kanal.« »Prima, ist mir recht«, sagte ich und setzte mich in sein Fahrzeug, das er mit großer Gelassenheit chauffierte. Typisch Mercedesfahrer, dachte ich, es fehlte nur noch der Hut.

Auf dem Parkplatz neben den Segelbooten stellte er den Motor ab und wir spazierten am Wasser entlang der Sonne entgegen. Eine Bank lud zum Sitzen ein. Während ich in der einsamen Gegend die Natur genoss, mich richtig gut und frei fühlte, hörte ich das leise Rauschen der Wellen und das Trillern der Vögel. Der leichte Wind, der sanft über mein Gesicht und durch das Haar strich, ließ mich schwelgen. Ich freute mich, hier zu sein und dachte noch so: Gut, dass Gunter kein Raucher ist, sonst würde er jetzt die angenehme Luft mit Zigarettengestank verpesten. Unerwartet schilderte er mir in die Stille hinein sein Leben, in dem die Krankheiten offenbar den größten Raum einnahmen. Dabei sah er gar nicht krank aus. Meine sich daran anschließende Auskunft über mich fasste ich kurz und markierte gleich eine Grenze, indem ich ihm offenlegte: »Ich verfüge nur an den Wochenenden über Freizeit.« Da schoss er ganz plötzlich ein Foto von mir und bedankte sich dafür mit einem Küsschen auf meine Wange.

Daheim fragte ich Sternchen: »Ist Gunter der richtige Partner für mich?«, denn schließlich war mir seine Antwort sehr wichtig. Doch er hielt es geheim, indem er nicht antwortete. Und doch spürte ich, dass er in meiner Nähe war. Am nächsten Tag nach Dienstschluss saß Sternchen im Auto und fuhr mit mir nach Hause. An der ersten Ampel ging der Motor aus und ich weinte. Zu Hause stand er dann am Küchenschrank und drohte wieder: »Beeile dich, sonst hol ich dich!« »Verflixt noch mal, warum diese Eile Sternchen? Und was bedeutet dein Schweigen über Gunter? Bitte sag mir: Ist er der richtige Partner, den ich glücklich machen werde?« Doch Sternchen schwieg. »Was bedeutet dein Verbergen? Ich bitte dich, gib mir doch ein Zeichen!« Dabei lief eine Träne über mein Gesicht und ich sagte: »Diese Träne fließt nur für dich mein Sternchen.«

Am Samstag plante Gunter eine Dampferfahrt mit mir. Ich hatte dienstfrei und freute mich, auf dem Wasser dahinzuschippern. Die Sonne stand im Zenit und er holte mich von zu Hause ab. Gut gelaunt und harmonisch verbrachten wir schöne Stunden. Mit der Zeit lernten wir uns immer besser kennen. Liebe spürte ich zwar keine, aber die konnte ja noch keimen. Daheim fragte ich Sternchen: »Was sagst du zu Gunter? Ist er der Richtige für mich?« Auf einmal lachte er höhnisch. »Warum feixt du so boshaft Sternchen?« Doch das verriet er mir nicht.

Am nächsten Wochenende spazierte ich mit Gunter um den Tegeler See. Dabei beobachtete ich ihn genau, und als er spürte, dass ich ihn prüfte, nahm er meine Hand und hielt sie fest. Gefangen!, dachte ich bei mir. Beim Abschied lud er mich für den kommenden Samstag in sein Domizil ein und wollte für uns selbst kochen. »Ich bin dabei Gunter!« Und wieder fragte ich Sternchen: »Was meinst du, passt Gunter zu mir?« Dabei lachte er wieder auffallend bissig. »Was ist los? Warum bist du so borstig Sternchen?«

Nachdem die anfängliche Scheu zwischen Gunter und mir überwunden war, begann in der Folgezeit eine gefühlsbetonte, ekstatische Leidenschaft mit einem Liebesvollzug, der mir in seiner Intensität bis dahin völlig verborgen geblieben war. Einen derart heftigen Orgasmus hatte ich in mir noch nie freisetzen können. Zum ersten Mal erlebte ich diesen intensiven Höhepunkt beim Sex, sodass ein gegenseitiges Begehren begann: »Gunter, schließ mich in deine Arme, lass mich träumen und alles vergessen!« Eine neue Herausforderung begann, die mich mit Kraft erfüllte und mir einen essenziellen Auftrieb gab, sodass ich schon vor Dienstbeginn den Feierabend herbeisehnte, um mit Gunter den Liebesakt auszukosten. Beschwingt betrat ich morgens das Geschäft und in aller Fröhlichkeit setzte sich der Tag fort. Ich hatte auch sonst nie schlechte Laune, aber diese Stimmung in mir war noch anders und mit Schwung hob ich sie hervor. Mit meiner Begeisterung und Dynamik steckte ich sogar die Kollegen an.

Von nun an wollte ich diesen stark wirkenden Sinnesrausch nicht mehr missen und nistete mich in Gunters kleinem Apartment ein. Ich sagte ihm aber nie, was ich fühlte und spürte, weil ich es auskosten und endlos träumen wollte. Dabei sollte es nie vorübergehen und niemals enden. Wenn er mich berührte, fühlte ich das Verlangen, mit ihm zu verschmelzen und spürte meine Urkraft. Es war etwas Magisches an ihm, das mich anzog. Ich entdeckte meine Flügel und hob in Richtung Wolken ab. Ich träumte, schwebte und pendelte zwischen Erde und Himmel hin und her. Liebkosungen gab es zwar wenige, dafür aber die Selbstvergessenheit in jenem imposanten tief reichenden Zustand der Verschmelzung. Das wird Liebe sein, sagte ich mir, jedoch eine andere als die, wie ich sie mit Sternchen erlebt hatte. Da stimmten das Milieu, die Symbiose, die Liebe und das Vertrauen. Mit Gunter blieb ich nur in Ekstase verschmolzen, doch solange dieser Liebesrausch anhielt, war es mir egal. Dabei vermisste ich mein Hobby, das auf der Strecke blieb.

Nach vier Wochen dieses substanziellen und lebensnotwendigen Sexrausches nabelte ich mich davon wieder ab, fort aus der intensiven Zweisamkeit und dem Liebeswirbel, aus der Enge, der Monotonie und der Kontrolle, die mich einengte. Mit Gunter gab es nur den Sex, den ich sehr genoss. Doch nun packte ich meine Sachen zusammen und stellte die Tasche an der Tür ab. Während Gunter mich mit Süßholz raspelnden Worten bezirzte, gestand er mir seine Liebe. Mit kindlicher leiser Stimme bettelte er: »Bitte bleib noch eine Nacht Adelheit.« Ich überlegte und sagte ihm: »Nur noch eine Nacht Gunter.« Und am nächsten Tag nach Dienstschluss fuhr ich zu ihm. Als ich an seiner Wohnungstür klingelte und er öffnete, bekamen seine Ohren vor Freude Besuch. Dabei nahm er mir die Tasche ab, küsste mich zärtlich und führte mich ins Bad, wo ich mir die Hände wusch. An der Hand haltend führte er mich dann in den Wohnraum, wo der Tisch zauberhaft eingedeckt war. Rote Rosenblüten lagen auf der weißen Tischdecke und in silbernen Kerzenhaltern brannten rote Kerzen. Die gefüllten Sektschalen warteten auf ihre Gäste. Ich kam mir wie eine Prinzessin vor. »Bitte Adelheit, nimm Platz. Ich serviere sogleich das selbst gekochte Menü: Kaninchenrouladen in Preiselbeeren und Buttergemüse.« Dabei rückte er mir aufmerksam den Stuhl zurecht.

Plötzlich kniete er vor mir nieder, in der Hand eine mit rotem Samt ausgekleidete offene Schachtel, in der ein goldener Ring mit einem Saphir lag. Dann sprach er: »Adelheit, mein Schatz, ich liebe dich. Ich möchte immer mit dir zusammenbleiben. Möchtest du das auch?« Oh mein Gott, was habe ich nur getan, dachte ich und antwortete: »Ja.« Doch eigentlich ging mir das zu schnell, auch weil ich noch nicht wusste, was hinter Sternchens listigem Lachen steckte. »Dann soll dieser Ring unsere Liebe besiegeln Adelheit!«, und er steckte ihn mir an den Finger. Ein inniger Kuss folgte, wobei ich ihm mit der Hand durch die Haarpracht fuhr. Doch an meinem Entschluss änderte ich nichts: »Nur noch eine Nacht«, und daran hielt ich fest. Nicht ahnend, worauf ich mich einließ, hörte ich unverhofft Sternchen höhnisches Lachen und fragte ihn leise: »Was bedeutet dein scharfzüngiges Gelächter?« Wieder blieb die Antwort aus. Er steckte irgendwo in meiner Nähe und sah zu, wie wir uns liebten und wie Gunter schauspielerte. »Mein Herz hat Gunter nicht Sternchen!« Doch er berührte mich dort, wo die Gefühle Eruptionen auslösen und den Knoten für den Sex im Gehirn sprengen. Nach unserem Schmaus gingen wir spazieren, wobei mich Gunter fest an der Hand hielt: »Du entkommst mir nicht mehr!« Wieder zurück, begann ein gegenseitiges Begehren bei Kerzenschein und sanften Klängen, wobei ich einen wahren Glücksrausch erlebte. Und Gunter, ein Meister des Schauspiels, wusste, wie er mich in seinen Bann ziehen und in der Realität träumen lassen konnte. Dabei sah Sternchen ständig zu. Wenn ich nur gewusst hätte, wo er sich an mir festhielt, hätte ich ihn, solange wir uns liebten, in die Handtasche gesteckt, um ihm den Anblick zu ersparen.

Am nächsten Tag fuhr ich mit Sternchen nach Dienstschluss ohne Behinderung in mein Domizil. Hier fühlte ich mich glücklich, frei und endlich allein. Sogleich trainierte ich die Tai-Chi-Übungen. Anschließend stand Sternchen schweigend und lächelnd am Küchenschrank. Ich hakte nach: »Was bedeutet dein intrigantes Lachen?« Er verriet es mir nicht. Dafür zelebrierte er am nächsten Tag nach Dienstschluss wieder seine Manifestationen an den Kreuzungen und stellte fest, dass ich nicht mehr weinte. Eine Veränderung zeichnete sich ab. Wochenlang befand er sich in meiner Nähe, woran ich mich gewöhnt hatte. Nach zehn Tagen hielt ich es vor Sehnsucht nach Sex und Gunter nicht mehr aus und besuchte ihn. Als er die Tür öffnete, sagte ich: »Die Sehnsucht trieb mich zu dir Gunter!« Dabei zauberten meine Worte ein Lächeln in sein Gesicht. Dann lagen wir uns in den Armen und ein inniger Kuss besiegelte meine Rückkehr. Dabei spürte ich, dass auch er mich vermisste. Das sprach er dann auch aus: »Ein größeres Geschenk konntest du mir nicht bereiten, als deine Rückkehr Adelheit.« »In den Nächten träumte ich mich zu dir Gunter und sah dich mit geschlossenen Augen. Dieses Verlangen nach dir und deinen Berührungen trieb mich zu dir.« Er schmunzelte. In dieser Nacht hielten wir mit all unserer Lust und Triebhaftigkeit nicht nur die Zeit, sondern die ganze Welt an. Diese Nacht sollte nie zu Ende gehen. »Nimm mich in deine Arme, und lass mich wieder los Gunter!« Auf des Adlers Rücken flog ich mit ihm hoch in die Lüfte und wieder zurück. Träumte ich oder war das real? Ja, es war die Wahrheit, die ich fühlte. Und wenn ich einmal falle, wer fängt mich dann auf? Dabei wünschte ich mir, nicht zu hart aufzuschlagen und Schmerzen zu erleiden.

Kurzum: Wir verbrachten die Wochenenden abwechselnd einmal bei mir und einmal bei ihm. Während wir Ausflüge in die Natur unternahmen, kam keine Langeweile auf. Eines Tages sagte er: »Meine Mutti möchte dich kennenlernen Adelheit.« »Oh, ich bin dabei Gunter«, sagte ich spontan zu. Am Abend vor meinem Antrittsbesuch sprach ich mit Sternchen: »Gunters Mutter will mich kennenlernen. Was sagst du dazu Sternchen?« Er lachte schändlich und verwirrte mich damit. Dahinter steckte doch nichts Gutes, wenn er so bärbeißig lachte, was ich von ihm zu Lebzeiten nie gehört hatte. »Weshalb feixt du so bissig Sternchen?« Doch den Grund dafür hielt er geheim. Das hieß wohl: Finde es selbst heraus!

Am Sonntagnachmittag, es war ein sonniger Tag, machte ich mich schick für den Antrittsbesuch bei der neuen Schwiegermutter. Vor einem

Blumengeschäft stellte Gunter den Motor ab und ich stieg aus. Im Laden suchte ich aus den farbenprächtigen Sträußen einige Blumen heraus und die Verkäuferin sagte: »Ich binde die Stängel zu einem schönen Strauß zusammen.« »Ja bitte, tun Sie das«, sagte ich, während sie in ein Nebenzimmer ging. Allein stand ich nun im Laden und bewunderte die herrliche Blütenpracht, schnupperte die zarten Düfte. Plötzlich begann ich heftig zu weinen und fragte mich: »Was ist denn jetzt mit mir los?« Dann hörte ich Sternchen sagen: »Hör auf zu weinen, was soll die Verkäuferin denken?« »Warum gerade hier im Laden Sternchen?«, fragte ich noch und sah dann in Sekundenschnelle etwas von meinem Kopf über den Körper hinweg zu den Füßen hinausflüchten. Das ging so schnell, wie bei Sternchens Tod, als das Etwas seinem Körper entwich. Weinend stand ich wie in Trance da und hörte jemanden einen Preis sagen. Ich konnte nicht antworten und hörte dann noch einmal den Preis. Da drehte ich mich schnell um, zahlte, dankte, nahm den Strauß und verließ rasch den Laden.

Im Auto wartete Gunter und ich erzählte ihm, was im Geschäft gerade passiert war. Er meinte: »Du bist eine andere Adelheit geworden.« »Nein, ich bin die, die ich schon vor dem Ereignis war« und lenkte vom Geschehen ab. Ich konzentrierte mich auf das, was vor mir lag, den Antrittsbesuch bei der Schwiegermutter. Als ich Sternchen kennengelernt hatte, war dessen Mutter schon tot. Umso neugieriger war ich nun auf Gunters Mutter. Nach dem Klingeln an ihrer Wohnungstür öffnete uns eine kleine zierliche Frau mit grau gekräuseltem Haar und Falten im Gesicht. »Bitte treten Sie näher«, sagte sie freundlich. Ich habe schon viel von Ihnen gehört. »Und – sind Sie enttäuscht?«, wollte ich wissen. »Ganz im Gegenteil! Sie sind hübscher, als mein Sohn Sie mir beschrieben hat.« »Oh danke!«, sagte ich und drückte das Mütterchen. Am Tisch saßen wir uns gegenüber, wo ein gegenseitiges Beschnuppern begann. Gunter servierte den Kaffee. Dabei plauderte sie mit ihren achtzig Jahren munter und fröhlich weiter. Anschließend erzählte sie von den Kriegsjahren, den Folgen und dem Wiederaufbau, an dem sie beteiligt war. »Gunter brachte ich während des Krieges zu den Großeltern aufs Land, damit er wenigstens ausreichend zu Essen bekam. Berlin lag ja in Schutt und Asche. Mit Lebensmitteln sah es da ganz schlecht aus.« Das Mütterchen eroberte mein Herz, worauf ich ihr den Namen ›Mutsch‹ gab. Darüber war sie erfreut und sagte: »Mutsch nannte mich noch niemand, gefällt mir gut.« In der Folgezeit gewann ich sie sehr lieb.

Das Geflecht des Lebens

In meinem Domizil fragte ich Sternchen: »Was denkst du über Gunter?« Doch er sprach nicht mit mir. »Bitte gib mir doch ein Zeichen Sternchen!« – Funkstille. Sodann setzte ich mich an den Küchentisch, schloss die Augen und sehnte ihn mir herbei. Stundenlang saß ich und wartete, aber er zeigte sich nicht. Während ich sachte durch die Räume ging, um ihn zu spüren, nahm ich kein Gefühl wahr. Sternchen war nicht mehr da. Mit meinem Antrittsbesuch bei Gunters Schwiegermutter hatte ich sein Versprechen eingelöst: Ich hatte einen neuen Partner und war nicht mehr allein. Würde Gunter mit mir so glücklich sein, wie es Sternchen mit mir war? Es war sein letzter Wunsch, dass ich noch einmal einen Menschen so glücklich machte, wie er es mit mir erleben durfte. Im Bett liegend fragte ich in den Raum hinein: »Sternchen, warum hast du dich einfach aus dem Staub gemacht?« Die Frage blieb unbeantwortet.

Auch in der Folgezeit blieb er unerreichbar. Mit ihm verbanden mich eine starke innere Liebe und großes Vertrauen, die überdauerten. Spontan stand er eines Tages dann am Küchenschrank, sodass ich ihn rasch fragte, eher er wieder verschwinden würde. »Warum hast du dich einfach aus dem Staub gemacht Sternchen? Ist Gunter der richtige Partner?« Dabei lachte er zynisch. »Was verbirgt sich hinter deinem verletzenden Lachen?« Doch das verriet er mir nicht. Sein ironisches Gelächter war mir fremd. Ich zerbrach mir jedoch den Kopf darüber, was er wohl voraussah. Mit Gunter fühlte ich den Reiz der Fleischeslust. Ich liebte den Sex mit ihm, aber mein Herz hatte er nicht erobert. Unsere Beziehung basierte auf der glamourösen Ebene, auf dem Glanz und Zauber des Sexualtriebs. Eine feste Bindung vermieden wir beide, und so sollte es auch bleiben. Ich entdeckte die Freiheit, die Flügel des Adlers, und auch Wesensmerkmale an mir, die ich so noch nicht wahrgenommen hatte, eine neue Eigenständigkeit, Unabhängigkeit und Gelöstheit – Eigenschaften, die ich auszubauen wünschte, um mich weiter zu wandeln. Zurzeit verlief unsere Beziehung äußerst harmonisch. Ich lachte viel, war fröhlich und glücklich, nur darauf konzentriert, dass die Harmonie lange erhalten blieb. Meine Tätigkeit erfüllte ich mit Elan und ganzem Herzen.

Plötzlich und völlig unerwartet versuchte Gunter mich umzuerziehen. So, wie er mich gern wünschte, sollte ich werden – was ihm nicht gelang. Und weil seine direkte Art der Umkrempelei fehlschlug, kleidete er sie dann in einen sanftmütigen Stil. Ich dagegen nahm ihn, wie er war, und genauso wünschte ich mir, dass er mich nehmen sollte, wie ich bin. Doch damit konnte er nicht umgehen und richtete seine Erziehungsmaßnahmen immer wieder neu aus. Was war nur auf einmal mit ihm los? Warum dieser Sinneswandel, der mir nicht gut tat? Dabei nahm ich deutlich wahr, wie er auch mit anderen spielte, bei ihnen durch übertriebene Liebenswürdigkeit Zuneigung erweckte, sodass sein Gegenüber nicht anders konnte, als ihm zu vertrauen. Dieser merkte gar nicht, wie er manipuliert wurde, und Gunter erreichte dabei meisten das, was er anstrebte, nämlich dass ihn der andere für einen überaus guten Menschen hielt. Ich aber kannte die gezinkten Karten, mit denen er spielte. Als ich ihn daraufhin ansprach, grinste er nur. »Und warum versuchst du mich umzuerziehen Gunter?« »Tu ich das? Ist mir nicht bewusst Adelheit.«

Nach Momenten großer sexueller Erfüllung, die ich mit Gunter ohne weitere Verpflichtungen genoss, sagte er eines Tages plötzlich: »Ich möchte in deine Wohnung umziehen Adelheit. In den Räumen ist Platz für zwei, mein Apartment gebe ich auf, und so sparen wir Geld.« Welcher Affe hatte ihn nur gebissen, bei mir einziehen zu wollen? Nach dieser Ankündigung fühlte ich es wie tausend Würmer in meinem Magen krabbeln. Etwas in mir sträubte sich gegen seinen Vorschlag und ich antwortete: »Nein Gunter, auf keinen Fall!« Als dann auch noch meine Innereien zu gurgeln begannen, war mir klar, dass ich mit ihm nicht zusammenziehen durfte. Mein Körper rebellierte gegen seine Idee, sodass ich ihm gegenüber meine Bedenken zum Ausdruck brachte: »Täglich zusammenhängen Gunter, das behagt mir nicht. Das heißt aber nicht, dass ich dich weniger lieb hab.« Als er daraufhin den Beleidigten spielte, kehrte Stille ein. Dann auf einmal sagte er: »Du liebst mich nicht so sehr, wie ich dich liebe Adelheit!« »Gunter, Schuldgefühle brauchst du mir nicht einreden!«

Und so zog ich mich erst einmal von ihm zurück. Währenddessen lotete ich unsere Beziehung aus, indem ich das Positive zu Papier brachte und das Negative daneben notierte. Dabei zeigte diese Bestandsaufnahme eine Ausgeglichenheit. Gunter wies aber viele Ähnlichkeiten mit dem Alten und der Mutter auf. Was würde auf mich zukommen, wenn ich ihm in meinem Domizil Unterschlupf gewährte? Verlangte ich zu viel von ihm, wenn ich die Beziehung auf Distanz hielt? Träumte ich mir den sexuellen Zauber mit ihm als zu erheblich und klammerte alles andere aus? Schließlich schenkte er mir Gefühle, die mich schweben ließen und die ich voll auskostete. Was gab ich ihm dafür zurück?

Nach zwei Wochen selbst auferlegter Enthaltsamkeit sehnte ich mich wieder nach dem Liebesrausch und besuchte ihn. Den Liebeswirbel und die Leidenschaft genoss ich in vollen Zügen, wobei ich einmal zum Mond und zurück flog. Mochte diese Gefühlsströmung nie enden. Und so stimmte ich seinem Einzug bei mir unter einer Bedingung zu: »Ich wünsche nicht, dass du dein Apartment aufgibst Gunter.« »Aber wir können das Geld sparen Adelheit!« »Mir geht es nicht darum. Verzichte bitte nicht auf deine Wohnung. Außerdem wünsche ich nach Dienstschluss keinen Stress, der im Geschäft reicht mir.« »Ich bin einverstanden Adelheit! Ich werde für dich kochen und erledige noch andere Aufgaben.« »Bitte nicht jeden Tag kochen Gunter, das ist mir zu viel.« »Wie du möchtest«, sagte er und grinste, was mir nicht entging. Was führte er im Schilde? Wenn ich doch nur vorausschauen könnte, wie Sternchen es konnte, dann wüsste ich, was Gunter verbarg. Er war Frührentner und konnte über seine Zeit frei verfügen. Ich dagegen ging täglich meiner Pflicht nach, verdiente meinen Unterhalt und sorgte selbst für meine Sicherheit.

Als ich am nächsten Tag von der Arbeit heimkam, traute ich meinen Augen nicht: Mit Sack und Pack nistete sich Gunter in meinem Domizil ein. Im Schrank hing bereits seine Kleidung neben meiner. In der Kommode hatte er meine Fächer geräumt und sie mit seiner Kluft belegt. Der Schauspieler hatte sein Ziel erreicht. Ich merkte nicht, wie er mich manipulierte, um an sein Ziel zu kommen. Wie konnte ich nur so blind sein? Bei dieser Schnelligkeit, mit der er bei mir unterschlüpfte, durchzuckte mich ein flaues Gefühl. Doch schon waren die Sektgläser gefüllt und er stieß mit mir auf seinen Wechsel an. Das Wirtschaftsgeld legten wir zusammen, und wenn ich vom Geschäft heimkehrte, war alles bestens: das Essen gekocht, der Tisch gedeckt, die Sektschalen gefüllt. Während ich ein Glas leerte, trank Gunter den Rest der Flasche. Anschließend lebten wir genüsslich den Reiz der Begierde aus.

Sein Versprechen, mich zu unterstützen, hielt Gunter ein. Nach einer Woche legte ich ihm offen: »Jeden Abend Sekt trinken will ich nicht. Er ist Gift für meinen Körper.« »Wie ich aber sehe, schmeckt er dir gut! Das habe ich ja noch nie gehört, das Sekt dem Körper schadet Adelheit.« »Meinem Körper tut er auf Dauer nicht gut Gunter.« Am nächsten Abend tauschte er die Sektflasche gegen Bierbüchsen. Darüber dachte ich nicht weiter nach, weil ich ohnehin kein Bier trank. Morgens um acht Uhr verließ ich die Wohnung und kehrte erst um neunzehn Uhr zurück. Nach dem stressigen Tag sehnte ich mich im heimischen Ambiente nach Ruhe und Entspannung. Alles lief perfekt mit Gunter – zu perfekt! Irgendetwas daran war mir nicht geheuer. Wie sich bald herausstellen sollte, waren meine Zweifel – und Sternchens Gelächter – völlig berechtigt.

Als ich eines Abends die Wohnungstür öffnete, schlug mir ein seltsames Gefühl entgegen. Was war los? Keine Begrüßung heute? In der Wohnstube knipste ich das Licht an und sah Gunter schlafend auf der Couch liegen – zumindest dachte ich, er würde schlafen. Also sprach ich leise: »Gunter, ich bin da!« Doch er rührte sich nicht, sodass ich ihn sanft rüttelte. Er drehte sich um und lallte: »Aich ach Dudu!«, und schlief weiter. Dabei sah sein Gesicht völlig verändert aus. »Bist du krank Gunter?« Keine Antwort. Sodann rief ich laut: »Ich rufe die Feuerwehr!« Plötzlich saß er aufrecht und nuschelte: »Kei-ne Fei-fei-we-ehr!« – und kippte auf die Couch zurück. Das reinste Kauderwelsch gab er da von sich. »Was ist mit dir Gunter? Willst du mir nicht etwas sagen?« Dabei war das seltsame Gefühl deutlich spürbar. Hier stimmte etwas nicht! Schau in den Wohnzimmerschrank!, sprach die innere Stimme zu mir. Sogleich öffnete ich alle Türen und Fächer des Möbels und entdeckte ein Fach, das er ausgeräumt und als Alkohollager eingerichtet hatte. Formschöne Flaschen mit verschiedenfarbigen Flüssigkeiten standen jetzt darin. Nun bekam ich präsentiert, was mir Sternchen mit seinem ironischen Lachen mitgeteilt hatte. Er wusste, welches Laster Gunter mit sich herumtrug und das ich selbst herausfinden sollte. Der Alkohol konnte doch aber nicht so gravierend sein Gesicht verändern! Aufgeschwemmt und dick sah es aus, darin die großen, wässrigen, vorstehenden Augen. Er selbst war nicht in der Lage sich zu erklären und so rief ich seine Tochter Jasmina an. Von ihr wollte ich erfahren, was mit ihrem Vater los war. »Hallo Jasmina! Dein Vater liegt auf der Couch, ist weder wiederzuerkennen noch ansprechbar. Ist er krank? Kannst du mir Näheres sagen?« »Lass uns morgen darüber reden. Ich warte vor dem Geschäft auf dich«, sagte sie. »Danke Jasmina, bis morgen.«

Am nächsten Tag erfuhr ich den genauen Grund für Gunters Ausschweifungen: »Mein Vater ist süchtig Adelheit!« »Süchtig?«, wiederholte ich. »Niemals zuvor hat er beim Sprechen gelallt, außer gestern Abend. Sein Gesicht war ganz entstellt Jasmina!« »Mein Vater ist süchtig nach Alkohol und Tabletten.« »Ach deshalb schleppt er stets den Medikamentenbeutel mit sich herum. Und ich dachte, er trägt ihn wegen seiner Schmerzen bei sich.« Nun also war ich mit einem Süchtigen konfrontiert. »Wie kann ich ihm helfen Jasmina? Mit einem Süchtigen hatte ich noch nie Kontakt.« »Das ist eine Krankheit Adelheit! Seine Frauen haben ihn deswegen verlassen. Auch du solltest dich von ihm trennen! Schmutz und Ekel gesellen sich hinzu. Du schaffst es nicht, ihn aus dem Sumpf zu holen, und schon gar nicht, ihn der Betäubungsmittel zu entwöhnen. Die Frauen vor dir sind alle an seiner Sucht gescheitert. Nur einmal, als ihm der Tod unmittelbar bevorstand, willigte er in eine Entziehungskur ein. Dabei bemühte sich der Arzt sehr und wandte seine ganze Überzeugungskunst an, um ihn in ein Spital einzuweisen. Bei meinem Vater sah man unterhalb des Bauchnabels bereits das rohe Fleisch vortreten. Vor dem Krankenhaus fürchtete er sich sehr. Und während er wieder gesundete, habt ihr euch kennengelernt. Löse dich wieder von ihm! Du schaffst das nicht, eher gehst du zugrunde. Bitte trenn dich von meinem Vater. Denk an dich selbst Adelheit!«

»Oh mein Gott!«, rief ich und hielt die Hände vors Gesicht. »Ich liebe deinen Vater Jasmina! Und wenn die Sucht eine Krankheit ist, will ich ihm pflichtbewusst helfen.« »Du raffst es nicht! Glaube mir Adelheit: Auf dem Amt, wo ich tätig bin, habe ich ständig mit Süchtigen zu tun. Keinem von ihnen ist der Absprung zurück in ein normales Leben gelungen. Denk an dich! Lass ihn gehen! Eine gewisse Zeit hat er standgehalten und ist nicht in seine Traumwelt abgedriftet. Aber diese Zeit ist nun abgelaufen. Jetzt hält er es nicht mehr aus, seine Sucht vor dir zu verheimlichen. Du bringst ihn nicht ab davon; es geht über deine Kräfte!« »Danke Jasmina für diese Aufklärung über deinen Vater. Machs gut!« »Du auch Adelheit und bitte denk an dich!«, warnte sie mich eindringlich.

Doch anstatt auf Jasmina zu hören, schlug ich ihre Warnung in den Wind, weil Gunter nach drei Tagen aus seiner Traumwelt erwachte und am Tagesgeschehen wieder teilnahm. Er kaufte ein, kochte und ließ mich die Leidenschaft spüren – geradeso, als sei in der Zwischenzeit gar nichts passiert. Wie mochte er sich fühlen, wieder unter den Lebenden zu weilen? Doch er sprach nicht darüber und ich hakte nicht nach. Sein unschönes Aussehen aber blieb erhalten.

Eines Abends nahm er mich wie ein Kind an die Hand und führte mich neben sich auf die Couch. Dann erzählte er von seinem Laster, und wie es dazu kam: »Seit meinem neunzehnten Lebensjahr schlucke ich Medikamente gegen die Schmerzen«, machte er mir verständlich, damit ich nicht zu hart mit ihm ins Gericht ging, und um mir seine Unschuld an der Misere zu verdeutlichen. »Ich war ein guter Fußballspieler, bis mir die Achillessehne riss. Damit fing alles an. Die Karriere war beendet und ich fiel in ein tiefes Loch. Sodann trainierte ich Kinder in der Sportart. Wie du weißt, leide ich an einem *Bechterew* und einer *Colitis ulcerosa*. Gegen diese Schmerzen nehme ich Tabletten ein. Als ich einmal Bier zur Einnahme trank, fühlte ich mich himmlisch und frei, sodass ich dabei blieb. Der Tablettenkonsum verstärkte und vervierfachte sich schließlich. Ich konnte damit nicht mehr aufhören. Als ich einmal vor der Himmelstür stand, verwehrte man mir den Einlass. Hiernach entschied ich mich zu einer Entziehungskur. Aber die Pillen schluckte ich weiter mit Wasser. Danach lernten wir uns kennen Adelheit.«

»Warum ich Gunter?« »Als ich dich das erste Mal traf, war mir klar: Die oder keine! Ich fand Gefallen an dir und wie du über deine Tätigkeit sprachst, wie viel Mitgefühl du den Kranken gegenüber aufbringst. Das berührte mich Adelheit. Von da an wusste ich: Wir sehen uns wieder.« »Nein Gunter, du hast das ausgenutzt! Dabei war mir von vornherein nicht klar, dass wir ein gemeinsames Ziel haben würden. Erst später fesselte mich der intensive Sex an dich. Dir aber war bewusst, dass du mich mit Leidenschaft in den Griff bekommen würdest. Und ich fiel voll darauf herein. »Aber wir lieben uns doch Adelheit! Nichts ist umsonst.« »Und wenn nichts umsonst ist, was wirst du mir dann noch verraten? Die Sucht, die brauche ich nicht, denn ich bin Antialkoholikerin. Wenn du dich der Sucht hingibst, läufst du vor dir selbst davon Gunter. Du hast mir eine falsche Identität vorgespielt. Mit dir flog ich über den Wolken immer der Sonne entgegen und zurück. Als ich hinunterfiel, hast du mich nicht aufgefangen.« »Ich habe nur dieses eine Laster, mit dem ich meine Schmerzen lindere.« »Du meinst Suchtschmerzen Gunter?« »Ja, wenn du das so siehst? Ich liebe dich sehr Adelheit und will ohne dich nicht mehr sein«, redete er mir und sich selbst ein.

Natürlich sah ich die Sucht aus meiner Sicht. Schließlich konnte ich mich nicht in seine Schuhe stellen, ebenso wenig wie er sich in meine stellen konnte, wenn er mir sein Laster zumutete. Wie ich mich dabei fühlte, konnte er nicht empfinden, weil er nicht in meinen Schuhen stand. Dabei hatten mir meine inneren Organe deutlich signalisiert, dass ein Zusammenschluss mit ihm fatal sein würde. Gegen ihre Zeichen wagte ich den

Schritt, ihn in meinem Domizil aufzunehmen. »Gunter, was rätst du mir? Wie soll ich mit deiner Abhängigkeit umgehen?« »Kann ich dir nicht sagen Adelheit!« Sternchen, warum hast du zugelassen, dass ich an ihm hängen blieb! Und was wird er mir noch offenbaren? Das Symptom *Bechterew* ist mir ein Begriff. Bei dieser Indikation kann sich die Wirbelsäule so weit nach vorn beugen und verkalken, dass der Mensch schließlich krumm geht wie ein Affe. Und davor fürchtete sich Gunter, was ich verstehen konnte. Die Krankheit schickte ihre Unvermeidbarkeit voraus und durch das Symptom wurde der Betroffene gebeugt. Und Gunter war keiner, der sich beugte. Stattdessen zog er die Sucht vor. Dabei klammerte er den sozialen Status und die Körperfunktionen aus, wenn er sich ihr hingab. »Gunter, du verkriechst dich in das unsichtbare, tiefgründige Odium mit dem üblen Beigeschmack, der du selbst bist.« Davon wollte er aber nichts wissen und leerte in vollem Zuge die Flasche Sekt. Eine Hand voller Pillen schob er hinterher. Zum ersten Mal sah ich, wie er sein Inneres mit diesen Giften zerstörte. Ehe diese Mischung in seinem Körper Wirkung zeigte, sagte er: »Du bist eine starke Frau Adelheit, du kannst mir aus der Sucht heraushelfen.« Dann fiel er auf der Couch um und rührte sich nicht mehr. Er träumte seinen eigenen Traum. Ich jedoch hatte diesbezüglich keine Ahnung.

Eines änderte sich von nun an: Er trank nicht mehr heimlich, sondern unverschämt und offen vor seiner Partnerin. Wie kam er sich dabei vor? Ich fragte nicht. In der Nacht bekam er Durst und sorgte für Nachschub. Ehe das Gift in seiner Blutbahn wirkte, machte er mich wach und wollte quatschen. Ich aber war müde. Endlich schlief er wieder ein. Dabei entspannten sich seine Körperfunktionen vollkommen, sodass mir am Morgen sein Dreck den Mut nahm, mich niederschmetterte und frustrierte. Sein Gehirn signalisierte freie Bahn, sodass die Fäkalien ohne Kontrolle aus ihm herausfielen. Vor Arbeitsantritt beseitigte ich den Schmutz und schaffte Platz für neuen. Zu diesem Zweck kaufte ich Windeln. Nach drei Tagen und Nächten weilte er wieder in der Realität. Wenn ich am nächsten Tag vom Dienst nach Hause kam, roch es nach gebratenem Fleisch. Gunter übte sich wieder im Essenkochen. Während er mich freundlich empfing, sah er alles ganz locker, denn schließlich weilte er wieder unter den Lebenden. Im Liebesakt spürte ich dann die Tiefe und stopfte mich mit dieser Energie für die Folgezeit voll, um nicht zu verzagen.

Wenn man liebt, hören die Schläge niemals auf

Und diese Schläge bekam ich zu spüren, nachdem Gunter mir seine Sucht offenbart hatte. Für das herrliche Glücksgefühl, das er mir im Liebesvollzug schenkte, war ich bereit, ihm etwas zurückzugeben und blieb daher mit ihm zusammen. Nicht ahnend, dass er sein Leben von nun an in meine Hände legen würde, nahm ich seine Last auf mich. »Gunter, wie willst du mich beschützen, wenn mir eine Gefahr droht?« »Jedes moralische Handeln ist persönlich zu sehen. Du bist stark, dir passiert nichts Adelheit!« »Das weißt du so genau. Deshalb bombardierst du mich mit Schmutz, Ekel und Gestank, etwa weil ich dir stark genug erscheine? Das gehört zu deiner Tugend, meine ist eine andere. Ich träumte von einem Leben miteinander, voller Glück und Harmonie, wo ich mich wohlbehütet weiß. Mit deiner Last aber fühle ich mich unwohl Gunter. Dadurch nistet sich ein Liebeswurm bei uns ein.« »Ich bin glücklich Adelheit, einen Wurm erkenne ich nicht«, sagte er und grinste.

Um meiner Hilflosigkeit seinem Verlangen gegenüber abzuhelfen, besuchte ich Suchtinstitutionen. Um den Partner von der Sucht zu befreien, benötigte ich Rat. Stattdessen sagte die Frau in der Hilfegruppe aber: »Loslassen! Denken Sie an sich! Er kann sich nur selbst helfen. Das ist eine Krankheit!« Sogleich klangen Jasminas Worte in mir wieder: »Das ist eine Krankheit!« »Trotzdem möchte ich meinen Partner von der Sucht befreien!«, gestand ich. »Das können Sie nicht! Denken Sie an sich, damit Sie nicht auch noch dem Alkohol verfallen und mittrinken!«, offenbarte sie mir autoritär und entmutigte mich damit, ihm nicht helfen zu können. »Niemals! Das ist ja absurd! Ich bin keine Co-Alkoholikerin!«, empörte ich mich. Sie konnte ja nicht wissen, dass meine Organe keinen Alkohol vertragen. »Das haben schon viele behauptet, und schließlich waren dann beide krank«, sagte sie und gab mir einen Flyer in die Hand. »Auf Wiedersehen!« Ich ging.

Am Mittwochabend war Reiki. Auf keinen Fall wollte ich diese Entspannungszeit versäumen. Als ich aus der Tür gehen wollte, bettelte Gunter: »Bitte bleib heute bei mir. Geh nicht dorthin. Wenn du gehst, dann liebst du mich nicht.« Er schloss die Tür von innen ab und steckte den Schlüssel in die Hosentasche. Diese Handlung erinnert mich an den Alten und meine Kindheit. »Was hat die Gruppe mit dir zu tun Gunter? Nichts, absolut nichts! Aber ich kann für zwei Stunden deinen Dreck dabei vergessen.« Er bettelte weiter: »Bitte bleib bei mir Adelheit!« Sodann holte ich den Ersatzschlüssel, öffnete die Tür und fuhr zum Treff. Zum Auftakt sprach Heidrun eine Meditation. Dabei konnte ich die Gedanken an Gunter nicht abschütteln, sein Gewinsel nicht vergessen. Dafür war die Behandlung durch die Teilnehmer im Anschluss umso intensiver. Das war der vollkommene Ausgleich für mein verletztes Wesen. Wieder daheim, war Gunter in seiner Traumwelt versunken. Nachts hatte er Durst, weckte mich aus tiefstem Schlaf und meinte: »Weil du zum Treff gegangen bist, hab ich getrunken.« »Deine Sache Gunter! Lass mich bitte schlafen. Ich will früh raus.« Im Geschäft waren die Gedanken dann öfter bei ihm, als mir lieb war. Die Wohnung wird er versauen, ging es mir ständig durch den Kopf. So war sie dann auch mit seinen Fäkalien verunreinigt. Türen und Wände waren bis hin zur Toilette mit Kacke beschmiert. Für mich begann ein zweiter Job als Putze in den eigenen Räumen, und das täglich. Den Ekel säuberte ich weg, um atmen zu können und mich einigermaßen wohlzufühlen.

Doch eines Abends war ich so sauer, dass ich ihn beschimpfte und auf ihn einboxte, meine ganze Wut über die Sucht an seinem Körper austobte. »Wenn du nicht aufhörst, mache ich dasselbe mit dir!«, sprach er plötzlich ganz normal. Er war also gar nicht high? Spielte er mir was vor, um sich meine Zuwendung zu sichern? Kein zweites Mal ließ ich meine Aggression auf diese Weise an ihm aus. Bierbüchsen unter dem Bett, Weinflaschen auf dem Nachttisch, die Auslegeware davor durchnässt. Ich roch daran, um festzustellen, ob es sich um Urin oder Alkohol handelte – es war ein Gemisch aus beidem. Also riss ich die Fenster weit auf und die Waschmaschine drehte sich täglich. Für all das bezahlte er keinen Pfennig, aber vom Wirtschaftsgeld kaufte er all seine alkoholischen Getränke, bis ich dem einen Riegel vorschob. Daraufhin sagte er: »Mein Apartment gebe ich auf und zahle die halbe Miete deiner Wohnung.« Dieser Satz bereitete mir Magenschmerzen und ich antwortete: »Ich forderte von dir nicht umsonst, dein Apartment nicht aufzugeben. Das war das Vernünftigste, was ich tat. Ich brauche dein Geld nur für deine Nahrung.« Danach sielte er sich drei Tage und drei Nächte in der Gosse. In einer nahegelegenen Pizzeria bestellte er telefonisch Pizza und alkoholische Getränke ins Haus. Nach seiner Trunksucht spielte er dann im Hier und Jetzt wieder mit. In der Folgezeit aß er viel Fleisch, was ich nur anhand der Spuren im leeren Topf erkennen konnte. In seiner Einsamkeit aß er offenbar Fleisch wie ein Raubtier und nahm keinerlei Rücksicht auf sein Darmsymptom. Ganz nüchtern war Gunter nie mehr. Ich hatte es mir so ausgesucht, und da sollte ich nun durch, meine Pflicht erfüllen und das Versprechen einhalten, ihm zu helfen.

Zum Ausgleich arbeitete ich in seinem Garten. Das war mein dritter Job. Die Erde in seinem Garten lag jahrelang brach, sodass ich sie umgrub, Beete anlegte, Gemüse säte, Bohnen steckte und Blumen pflanzte. Den Geruch der Erde mochte ich gern, und mit ihr zu arbeiten, bereitete mir Freude. Die Nachbarn kannten Gunter nur süchtig. Ihm gegenüber blieben sie auf Distanz. Doch gaukelte er ihnen stets den Unschuldigen und Wehleidigen vor. In der Kolonie war eine Gaststube, wo er gelegentlich speiste und trank. Gunter liebte die Sucht mehr als sein Leben. Daran war nichts mehr zu ändern. Negative Worte verabscheute er genauso wie ich. Wenn er sich in der niederen Schicht bewegte, kam er mir wie ein Kind vor, das mit größter Vorsicht behandelt werden wollte, dabei war er ein Schweinigel.

Später wählte ich eine Telefonnummer, die auf dem Flyer stand, den die Frau der Hilfegruppe mir gegeben hatte. Am anderen Ende der Leitung sagte eine freundliche Stimme: »Hier ist Susanne, eine ehemalige Süchtige. Was kann ich für dich tun?«, sprach sie weich und sanft. Sodann schilderte ich ihr meinen Fall. Anschließend berichtete sie mir von ihren Ausschweifungen. Was ich da zu hören bekam, ließ mich schaudern: »Keine Arbeit, kein Geld, aber eine Mutter, der ich die letzten Groschen stahl und Betäubungsmittel kaufte, die mich high machten, dass ich mich glücklich fühlte. Nach vielen Jahren der Sucht lag meine Mutter vor mir am Boden und rührte sich nicht mehr. Ich glaubte, sie sei tot – meine einzige Stütze, mein Halt. Die liebevolle Hilfe meiner Mutter nahm man mir weg. Sie kam ins Spital. Ohne sie wär ich eingegangen. Hiernach machte ich eine Therapie und nahm dann mein Leben selbst in die Hand – die einzige gute Tat, die ich je in meinem Leben vollzog. Seien Sie stark. Helfen Sie ihrem Partner. Ohne Sie ist er tot«, legte sie mir ans Herz. »Auf Wiedersehen Susanne«, sagte ich und legte auf.

Ihre Schilderungen sah ich wie einen Film an mir vorüberziehen und fühlte mich hinterher schuldig. Wenn ich Gunter mit der Sucht allein ließe, würde er sterben. Daran wollte ich nicht schuld sein. Diese Verantwortung wog zu schwer. Grausige Aussichten erwarteten mich. Susannes Bericht löste Fassungslosigkeit und Furcht in mir aus. Dieses Telefonat war der einzige Austausch, den ich diesbezüglich führte, denn Freunde gab es keine und Kollegen gegenüber erzählte ich nichts Privates. Die redeten ohnehin ständig über andere, was mir suspekt war. Nachdem Diana und Ditmar Gunter kennengelernt hatten, zogen sie sich zurück. Mit einem Süchtigen wollten auch sie nicht konfrontiert werden, was ich gut verstand. Meinen Kummer machte ich also mit mir allein aus, so, wie ich schon mein ganzes Leben lang fast alles allein zu bewältigen hatte.

Später besuchte ich eine Suchtgruppe, damit ich Näheres darüber erfuhr. In einem großen Raum standen Tische zu einem Quadrat angeordnet. Eine Tischreihe verlief quer durch die Mitte, sodass sich daraus zwei Rechtecke ergaben, wo ich als Einzige saß, weit entfernt von den anderen. An der Stirnseite des Quadrates saßen der Vorsitzende und andere Vertreter der Suchtinstitution. Jede Person, die rückfällig wurde, schilderte das Problem ihrer Rückfälligkeit. Vorab sagte die Person: »Ich bin Alkoholiker und heiße Müller!«, und berichtete dann über den Vorgang der Rückfälligkeit. Dabei war es absolut still im Raum. Während seiner Ausführungen wurde mir immer mulmiger. Als ich mich nach einer Stunde zum Gehen erhob, rief der Vorsitzende wie aus der Pistole geschossen: »Hinsetzen!« Dabei starrte er mich so autoritär an, dass Panik durch meinen Körper raste und ich mich wieder setzte.

Danach berichtete ein großer, stämmiger, süchtiger Mann von seiner Rückfälligkeit, wobei mir fast der Atem wegblieb. Seine Schlusssätze fasste er kurz und bündig. »Meine Mutter war bei meinem Umzug anwesend. Vorab forderte ich sie auf, keine meiner Gegenstände anzufassen. Ich wünschte, dass sie einfach nur da ist. Als sie dann doch ein Teil zum Lastwagen trug, bin ich ihr an die Kehle gegangen und habe zugedrückt. Ich wollte sie nicht umbringen, sondern ihr nur einen Schreck einjagen. Doch kurz darauf hatte ich sie fast schon erwürgt. Danach griff ich zur Flasche. Die nächste Kur beginnt in einer Woche.« Oh mein Gott, dachte ich, was gibt es hier nur für Leute? Was würde mich noch mit Gunter erwarten?

Dann erzählte eine junge Frau: »Weil die Nachbarin über mir ständig an die Rohre hämmerte, griff ich vor Wut zur Flasche. Meine Kur beginnt morgen.« Und ich dachte bei mir: Das ist doch kein Grund, Alkohol zu trinken, aber für einen Süchtigen offenbar schon. Wenn man das nicht begreift, versteht man die ganze Alkoholsucht nicht. Der Raum war mit Zigarettenqualm und negativer Energie vernebelt, sodass mir die Augen brannten und geschlossen bleiben wollten. Nichts mehr sehen! Nur noch raus hier! Mit Angst im Nacken schlich ich zum Ausgang. Endlich konnte ich frische Luft atmen und die dreckige kräftig ausblasen. Im Auto war ich froh, allein zu sein und konzentrierte mich auf den Straßenverkehr.

Daheim stand auf dem Couchtisch mein Aktenkoffer. »Gunter, warum steht der Koffer auf dem Tisch?« Weil er es unbedingt wissen wollte, erzählte ich ihm, wo ich gewesen war. Dazu sagte er: »In so einer Gruppe saß ich auch einmal Adelheit, aber ich bin doch kein Alkoholiker und brach die Therapie ab.« »Wie bitte? Du bist kein Alkoholiker? Nein, du bist nur ein Süchtiger Gunter!« Dazu schwieg er. »Warum steht mein Koffer auf dem Tisch?«, wollte ich noch einmal den Grund erfahren. »Mach ihn auf!«, forderte er. »Warum soll ich ihn öffnen Gunter? Das tu ich nicht!« Obwohl er seine Aggression unterdrückte, sah ich aus seinen Augen das Feuer über die Tischplatte lodern. »Im Koffer liegen meine persönlichen Unterlagen, die nur mich selbst etwas angehen!« »Dann kannst du ihn ja öffnen, oder soll ich es tun? Längst hätte ich ihn aufschlitzen sollen!« Oh du meine Güte!, dachte ich. Als er aus der Küche zurückkehrte, hielt er das große Brotmesser in der Hand und forderte drohend gedehnt: »Mach – den – Koffer – auf! Ich will dein Geld sehen!« Dabei hielt er das Messer auf den Lederkoffer gedrückt. »Geld Gunter? Mir steht nur das zur Verfügung, was ich verdiene, und wie viel das ist, weißt du.« Aufbrausend rief er: »Du bist doch Witwe! Du hast jede Menge Kohle!«, war er fest überzeugt. »Bist du etwa der Meinung, wer Witwe ist, verfügt automatisch über Vermögen? Bist du deshalb mit mir zusammen, weil der Partnervermittler dir eine Witwe anbot und du dich schon im Geldrausch wähntest? Nennst du das Liebe?« Hiernach blähte sich mein Magen zum Ballon auf. Gunter ließ nicht locker: »Dann hast du die Kohle eben auf einem Konto. Wo ist dein Sparbuch Adelheit? Zeig es her, los!« Oh Gott, worauf bin ich nur hereingefallen?, dachte ich und sagte ihm: »Ich verfüge weder über ein Sparbuch noch andere Ersparnisse Gunter!« Ich wollte nicht glauben, was er hier von mir verlangte. »So süchtig, wie du nach Alkohol und Pillen bist, so irre bist du auch hinter der Kohle her! Nur deshalb machst du mir zum Geburtstag ein Geschenk und Weihnachten stets mit Mutsch zusammen, weil du dafür nur die Hälfte zahlst. Oder die Mutsch zahlt alles, damit du für mich überhaupt keinen Pfennig auszugeben brauchst, aber dann mit dem Geschenk protzen kannst!« Dabei stand ihm monatlich doppelt so viel Kohle zur Verfügung, als ich verdiente. Er meinte es verdammt ernst, holte mit dem Messer in der Hand aus und drohte erneut: »Öffnest du ihn oder …?« Sodann öffnete ich den Aktenkoffer und breitete den Inhalt sorgfältig auf dem Tisch aus. Während er mit der Messerspitze alles auseinander rückte, konnte er keinen Heller entdecken, sodass er mit einem Schlag alles vom Tisch auf den Fußboden schmetterte. Sorgfältig räumte ich meine Unterlagen in den Koffer zurück, während er dem Alktresor verschiedenfarbige Schnapsflaschen entnahm, sie provokant vor mir auf den Tisch stellte und mich angiftete: »Trink mit mir!« Dann füllte er die Gläser. »Nein, tu ich nicht! Ich trinke keinen Alk!«, und verschwand stattdessen ins Schlafgemach. Später schaute ich nach ihm. Völlig high lag er auf der Couch und träumte vom großen Geld. Wenn er dann aus dem Sumpf in die Realität zurückkehrte, dachte er sich stets etwas Neues aus und bezirzte mich so lange, bis ich seinem Wunsch zustimmte.

Im Januar flogen wir nach Gran Canaria. Drei Wochen lang war ich Tag und Nacht mit Gunter zusammen. Es war die reinste körperliche und seelische Strapaze für mein so empfindsames Wesen. Täglich sielte er sich im Rausch. Und jeden Abend saß er an der Bar, wo er Kontakt mit anderen aufnahm und sich vollllaufen ließ. Aus kurzer Distanz beobachtete ich ihn, wie nett, freundlich und allwissend er sich seinen neuen Trinkkumpanen gegenüber präsentierte. Dabei ist er ein guter Beobachter und Bluffer. Um Aufmerksamkeit zu erregen, zeigt er sich stets spendabel. In diesem Theaterstück spielte er die erste Geige. Ich erkannte meinen Lebenspartner nicht wieder. Wenn seine Brieftasche leer war, animierte er mich sanft, am Geldautomaten von meinem Konto abzuheben. Da es dunkel war, sprangen mich am Automaten die Kakerlaken von allen Seiten an, sodass ich vor Angst kreischte, aufstampfte und herumhüpfte. Ich ekelte mich vor diesem grässlichen Viehzeug. Doch Gunter sagte nur: »Hab dich nicht so, die beißen nicht!« Wenn er dann sein Ziel erreicht hatte, meckerte er grundlos an mir herum und zerstörte in mir den kleinsten Funken Wohlgefühl. Kurzerhand forderte ich ihn auf: »Ich möchte mehr von der Insel sehen!«

Also unternahmen wir am nächsten Tag eine Busfahrt. Während der Fahrt versprach mir Gunter: »Wenn wir wieder in Deutschland sind, mach ich eine Entziehungskur Adelheit.« »Na wunderbar! Das freut mich Gunter!«, rief ich voller Ironie. Auf die Schwüre dieses Täuschers fiel ich nicht mehr herein. Zu oft hatte er mir das schon geschworen und beteuert, aber nie in die Tat umgesetzt. Als der Bus langsam die Serpentinen in eine tiefe Schlucht hinabfuhr, quiekten die weiblichen Insassen laut auf. Dabei kniff auch ich Gunter fest in den Oberschenkel, sodass er aufschrie und sagte: »Was machst du? Das tut weh!« An einer Biegung stoppte der Fahrer den

Bus und stellte den Motor ab. Sogleich wechselten alle Insassen von der rechten zur linken Seite hinüber, um die tiefe Schlucht zu bestaunen. Aussteigen durfte keiner. Während ich mich dicht gegen die rechte Wand des Busses drängte, als hätte ich ihn so vor dem Hinabstürzen in die Schlucht aufhalten können, hatte ich große Panik. Voller Furcht, der Bus könne wegen seines Übergewichts auf der linken Seite in die Tiefe stürzen, schrie ich ängstlich auf: »Nein, nein! Gleich fällt der Bus in die Schlucht hinunter!« Dabei sagte Gunter: »Komm und schau dir das an Adelheit!« »Nein, komm lieber zu mir, ehe der Bus kippt.« Da lachte er mich aus und die anderen stimmten ein. Da ich die Angst nicht mehr aushielt, ging ich zum Fahrer und animierte ihn: »Bitte fahren Sie weiter!« Aber er wies auf die Uhr, um mir zu verdeutlichen, dass er die Zeit einzuhalten habe. Zurück auf meinem Platz, hockte ich mich besorgt auf den Boden zwischen den Sitzen. Endlich zündete der Fahrer den Motor und der Bus setzte sich wieder in Bewegung. »Was war denn mit dir los Adelheit?«, wollte Gunter wissen. »Ich hatte so wahnsinnige Angst, dass es richtig wehtat Gunter.« Als der Bus im Tal ankam, ging es mir schon wesentlich besser.

Am Abend saß Gunter wieder an der Bar und füllte mit flüssiger Nahrung seinen Bauch, der immer dicker, runder und praller wurde. Sein Gesicht sah aufgeschwemmt und unschön aus. Bei diesem Anblick hätte ich ihn bei unserem ersten Treffen gleich verabschiedet. Tagsüber nörgelte und meckerte er nur an mir herum. Nichts war ihm recht, weder das Frühstück noch mein Bikini. Ich aber gefiel mir in dem Zweiteiler. Später saß er schon nach dem Aufstehen an der Bar und ich vor dem Bungalow in der Sonne. Die drei Wochen Urlaub mit ihm waren die reinste Katastrophe. Für seinen Lebenswandel war ich nicht stark genug. Meine Augen brannten und wollten geschlossen bleiben. Das Essen quälte meinen Magen und die Innereien wurden durchlässig. Nach diesem Urlaub brauchte ich erst einmal Urlaub.

Als ich wenig später vom Geschäft heimkehrte, lag mein Gedichtbuch auf dem Tisch. Ich nahm es nur zur Kenntnis. Und weil ich es ignorierte, blätterte Gunter gefechtsbereit vor mir darin herum. »Wem hast du diese Gedichte geschrieben – und dazu noch gemalt? Hast du noch Kontakt zu den Männern?« Offenbar hatte er mit seiner Eifersucht zu kämpfen. »Nein Gunter, hab ich nicht, aber ich schreibe nun mal gern Gedichte.« »Dann kannst du das Buch vernichten!« »Nein, tu ich nicht Gunter! In dieser Dichtung stecken meine Erinnerungen.« Sodann nahm ich das Buch an mich und steckte es in die Handtasche, damit es außerhalb seiner Reichweite war. Doch er holte es von dort wieder hervor und sprach: »Zerreißt du nun die Seiten oder soll ich es tun?« Dieser Satz erinnerte mich plötzlich an den Alten, der damals drohte, nachdem er mich vergewaltigt hatte: »Zieh dein Höschen an oder soll ich es tun!?« Ich entgegnete: »Was ist los mit dir Gunter, hast du genug zu trinken?« »Mach dir darüber keine Sorgen Adelheit.« Dann riss er die erste Seite heraus und mein Herz begann zu bluten. Sodann zerrte ich das Buch aus seinen Händen und zerfetzte jede Seite in kleine Teile. Er hatte sein Ziel erreicht. Anschließend sielte er sich in seinem Hobby, der Sucht. Und seine Eifersucht erstreckte sich auf meine persönlichen auch ganz gewöhnlichen Dinge, die ihn gar nichts angingen. Das war völlig schwachsinnig. Auf Dinge, die mir lieb und teuer waren, reagierte er mit Argwohn und Eifersucht. Später, als er wieder unter den Lebenden weilte, durchstöberte er alle meine Sachen. Mit allem, was ihm nicht behagte, konfrontierte er mich nach Dienstschluss.

Eines Abends stand meine Koffernähmaschine auf dem Tisch. »Kannst du mit der Maschine nähen Gunter?«, fragte ich ihn leicht ironisch. »Nein, aber ich habe für dich eine neue beim Versand bestellt. Die ist kleiner und leichter als dieser Koffer hier.« »Warum hast du das getan? Ich brauche keine neue Nähmaschine. Meine liebe ich über alles. Sie ist ein Stück aus der ehemaligen DDR und funktioniert sehr gut.« »Deshalb habe ich für dich eine neue Nähmaschine bestellt Adelheit.« Wieder einmal zerstörte er mir das, was ich liebte. Als die neue eintraf, durfte ich sie selbst auch noch bezahlen und meine eigene sofort in den Müll werfen. Dabei hielt er die Containerklappe offen, um sich davon zu überzeugen, dass ich sie auch wirklich vernichtete. In keiner Weise wollte ich ihn provozieren und tat das, was er mir zur Bedingung machte.

Mutsch, Gunter und ich waren ein Dreiergespann, eine Konstellation, aus der sich die anderen zurückzogen. Mir machte das nichts aus, denn ich hatte ein schreiendes und Aufsehen erregendes Abenteuer zu erfüllen – nicht mit dem Ziel, einmal zum Mond und zurück, sondern den süchtigen Lebenspartner so lange auszuhalten, bis ich ihn nicht mehr ertragen würde. Längst war mir bewusst, dass ich einem Phantom hinterherlief, wenn ich glaubte, ihn von der Sucht befreien zu können. Schließlich gab es wahrhaft kein Wundermittel gegen seine Abhängigkeit. Alkohol und Tabletten waren die Wunderdrogen, die er liebte und für die er zu sterben bereit war. Wenn er mich nachts aus dem Schlaf riss, weinte ich mir die Augen aus, da ich nicht durchschlafen konnte, was mich wiederum an die Kindheit erinnerte, wenn der Alte mich nass machte. »Wenn ich nicht schlafe, brauchst du auch nicht schlafen Adelheit!«, war Gunters Motto. »Ich will früh zur Arbeit und fit sein.« Anstatt friedlich zu schlummern, begann auf den Matratzen ein Kräftemessen. Wir rangen um die Wette mit unseren Kräften, wobei jeder der Stärkere sein wollte. Ich hielt so lange gegen, bis er mir wehtat und ich weinte. Somit unterwarf ich mich ihm. Danach ließ er mich schlafen. Doch ich war hellwach und dachte nach: Er will mich zu seinem Untertan erziehen, mich nieder, klein, von allem und jedem fernhalten. Auf alles, was in meiner Aufmerksamkeit mit ihm rivalisierte, reagierte er wie irre vor Eifersucht. Auch darin ähnelte er dem Alten, der mich in meiner Kindheit wie sein persönliches Eigentum behandelte. Ich aber habe ein Recht auf mein Leben und alle Entscheidungen auf diesem Weg. Ich bin bereit zu helfen, aber nicht ein Leben lang. Wie lange würde mein Mitgefühl Gunter gegenüber noch standhalten? Seine Sauftouren behielten ihre Regelmäßigkeit. Drei Tage lang war er rund um die Uhr das Schwein persönlich. Danach reinigte er seinen säuischen Körper gründlich und rieb sich mit Deodorant ein, damit ich ihn überhaupt berühren konnte – träumen aber konnte ich mit ihm nicht mehr.

Nach einem Jahr Reiki-Erfahrungen bekam ich den ersten Reiki-Grad. Dafür nutzte ich das Wochenende, an dem Gunter im Garten seinen Rausch auskostete. Die Einweihung war ein einmaliges paradiesisches Erlebnis, das ich nicht beschreiben kann. Dies wirklich erleben, spüren und wahrzunehmen war wunderbar. Während der Zeremonie sah ich die Sonne, wobei die anderen Teilnehmer das dritte Auge erblickten. Meine Enttäuschung darüber brachte ich Heidrun zum Ausdruck, worauf sie sagte: »Du hast etwas Wunderbares gesehen Adelheit und brauchst nicht enttäuscht zu sein.« Danach war ich stolz und glücklich, dass ich die Sonne gesehen hatte. Wenige Tage nach der Weihung veränderte sich mein Leben zum Positiven. Die Präsenz ist die Erfahrung, die von Moment zu Moment bewusst wahrgenommen wird, so, wie ich jetzt wahrnehme, dass ich diese Wörter mit der Tastatur des Computers schreibe und das Klicken der Tasten höre. Ich erhielt den Beweis dafür, was Reiki bewirken kann und richtete meinen Lebensweg darauf aus. Die täglichen Reiki-Erfahrungen schrieb ich in ein Tagebuch, das ich versteckte, damit es Gunter nicht in die Hände fiel. Alles, was sich in der Folgezeit veränderte, was ich erlebte und wahrnahm, notierte ich darin. Ich wandelte mich und gelangte zu einer tiefen Verbundenheit mit allem, mit der Liebe und der Harmonie, die ich mit Gunter so sehr vermisste. Die allumfassende Liebe und Geborgenheit würde ich erst wieder im Jenseits erfahren, nicht auf dem Planeten Erde – wie ich es bei meiner Nahtoderfahrung erlebt hatte. Wenn ich mich nach der Konfrontation mit Gunter und seinem Dreck unselig und beschmutzt fühlte, wünschte ich mir dort zu sein.

Verlangen – die Sucht nach Ewigkeit des Glücks

Eines Tages probierte ich die universelle Reiki-Energie an Gunter aus. Mein größter Wunsch war es, die Energie möge ihn von der Sucht befreien. »Bist du bereit Gunter, von mir die Reiki-Energie zu empfangen?« »Ja Adelheit, fang an!« Vorab begab ich mich in eine kleine Entspannung und ließ leise sanfte Klänge durch den Raum segeln. Anschließend legte ich eine Hand an seinen Hinterkopf, die andere hielt ich ihm knapp vor die Stirn. Nach einigen Minuten sprang er wie ein Grashüpfer vom Stuhl, lief hastig umher und sagte: »Ich will das nicht! Der Sucht entfliehen will ich auch nicht. Auch du hältst mich nicht davon ab, das zu tun, was ich will! In der Sucht fühle ich mich wohl und glücklich!« Daraufhin leerte er sogleich eine Büchse Bier. »Was bedeutet Glück für dich Gunter? Etwa Reichtum, in dem du dich ebenso sielst wie in deiner Sucht? Ist das Glück für dich?« »Ja, ein Koffer voller Kohle – das ist Glück Adelheit!« »Kohle kannst du kaufen und den Herd damit anheizen!« Er lachte. Auf der Couch sitzend ging er zunächst in sich, ehe ich den Grund für seine Erregtheit erfuhr. »Ich spürte, dass in meinem Kopf etwas vorging, was mich von der Sucht abhalten könnte. Davor bekam ich Panik und brach ab Adelheit.« Er sprach klare Worte, in denen zum Ausdruck kam, dass er sich weiterhin in Sucht und Dreck zu sielen wünschte, wo er sich heimisch und wohl fühlte. »Das ist dein eigener Wille Gunter. Wenn die Behandlung dir nicht zusagt, lasse ich davon ab.« Hiernach holte er eine Flasche Wein, setzte sich auf die Couch, schüttete den Handteller voller Pillen und präsentierte ihn mir offen ohne Worte.

In diesem Zustand fing ich an, ihn und seine Betäubung zu hassen, weil er mir damit seine madigen Eigenschaften bewusst machte. Es war ihm vollkommen egal, dass er dadurch unser Verlangen nacheinander und die Liebe füreinander zerbrach. Wichtig war ihm nur, ich blieb an seiner Seite, was auch immer kommen mochte, als seine Hilfe und Stütze, als die brave Krücke, die ihm zu Diensten war und seinen Dreck wegräumte. Zärtliche Berührungen blieben dabei auf der Strecke. Ich gab mir viel Mühe, ihn von seinem Laster zu befreien, worum er mich bei seiner Suchtoffenbarung gebeten hatte, doch tatsächlich war er nie dazu bereit, es aufzugeben. Große Hoffnungen setzte ich in die Behandlung mit Reiki-Energie. Es war mein sehnlichster Wunsch, mit ihm ein glückliches und harmonisches Leben zu führen. Es war ein Traum zu viel, den ich zu Beginn unserer Beziehung geträumt hatte, und der wohl zu hoch ausschwärmte. Meine Wunschvorstellung zerplatzte wie eine Seifenblase. Die Realität holte mich auf den Boden der Tatsachen zurück. Dabei riskierte ich einen tiefen Blick in die Unterwelt, dorthin, wo die Süchtigen weilten, mit ihren eigenen dunklen Kräften kämpften, dort träumten oder auch nichts mehr davon – dorthin, wo sie sich zu Hause fühlten, wie Gunter. Er zeigte mir seine Welt, die nicht die meine war. Ich begann zu zweifeln: Wie lange noch würde er das Kissen neben mir belegen? Nachdem er die Pillen durch die Speiseröhre in seinen Magen hatte rutschen lassen, trank er genüsslich aus der Weinflasche. Sein Sehnen, in die eigene Traumwelt zu entfliehen, hatte den größten Stellenwert. Da war für mich kein Platz, außer als Krücke zur Verfügung zu stehen. Als wir uns zuerst begegnet waren, suchte er in Wahrheit einen neuen Krückstock für sich. Den lebendigen Baumzweig bezirzte er erst einmal, bis dieser fest verankert und schließlich mit ihm verschmolzen war. Als er die Rotweinflasche geleert hatte, sielte sich Gunter wieder in seinem Element. Ich nutzte die Gelegenheit, mich mit Reiki zu beschäftigen, denn ansonsten nahm er mir die Unterlagen einfach weg und versteckte sie.

Mit den Schriften von Doktor Joseph Murphy setzte ich das positive Denken fort. Das oberste Gebot dabei lautete: Achtsamkeit. In den drei Tagen und Nächten, in denen sich Gunter wie ein Schwein benahm, verging die Zeit viel zu schnell. Dabei achtete er darauf, dass ich mich neben ihn auf die Couch setzte, Händchen mit ihm hielt und er spüren konnte, dass ich ihm treu blieb. Wehrte ich mich gegen seine Gefangennahme, vermeldete er: »Wenn du nicht zu mir auf die Couch kommst Adelheit, betrinke ich mich.« »Gunter, diese Abhängigkeit brachtest du in unsere Beziehung mit. Daran bin ich nicht schuld.« »Nein Adelheit, ich liebe dich! Ich möchte dir eine Freude machen. Morgen früh fahren wir zum Timmendorfer Strand. Was hältst du davon?« »Prima!« »Na siehst du!« Während seiner Suchtphase hatte er sich etwas Neues ausgedacht.

Ich hatte ein langes freies Wochenende und wir fuhren mit seinem Wagen zum Timmendorfer Strand, ohne vorher eine Unterkunft zu buchen. Bei der Ankunft quartierten wir uns im *Hotel Maritim* ein. Die Sachen stellten wir ins Zimmer und liefen zum Strand hinunter. Plötzlich standen wir am FKK-Strand. Ausziehen oder zurück, diese beiden Möglichkeiten blieben uns. Ich schmiss die Kleidung ab und ging ins Wasser. Gunter kam hinterher und meinte: »Ich war noch nie an einem FKK-Strand.« »Als ich jünger war, hatte ich ein großes Problem damit, heute nicht mehr Gunter.« Später im Hotel, erkundete er das Haus. Wieder zurück, sagte er: »Heute Abend führe ich dich aus Adelheit! Mach dich schick!« »Wohin willst du mich denn führen Gunter?« »Mein Geheimnis. Lass dich überraschen!«

Am Abend nahm er mich dann an die Hand und führte mich zum Lift. Wir stiegen ein, und als er anhielt, öffnete sich die Tür und wir standen in der Bar. Die Tanzfläche bestand aus Spiegeln. Musik ertönte, die mich sogleich beschwingte. Beim Tanzen schwebte Gunter mit mir über die Spiegelfläche, was mich glücklich machte. Am Tisch standen zwei farbenprächtige Cocktails, von denen ich genießerisch kostete. Nach dem dritten Cocktail hatte ich einen Schwips und wollte nur noch tanzen. Als ich nicht genug davon bekam, meinte Gunter: »Adelheit, wir gehen jetzt!« »Nein!«, widersetzte ich mich und tanzte eben allein. Sanft griff er nach meiner Hand und geleitete mich zum Lift. Ich lernte an Gunter eine andere Seite kennen. Diese gefiel mir besser als die schmutzige, ekelhafte. Danach spielten wir tiefgründige Leidenschaft.

Am Morgen darauf drehte sich alles um mich herum. Die Innereien waren durchlässig und der Magen spuckte, bis nur noch Gallensaft folgte. Das Bett konnte ich nicht verlassen. Den ganzen sonnigen Tag lang blieb ich in der Koje liegen. Dabei bemühte sich Gunter sehr um meine Erholung und holte trockene Schrippen, die ich nicht essen konnte. Wasser kam gleich oben wieder heraus. »Lass mich Gunter! Ich will liegen und darf nichts essen, einfach nur ruhen.« Dabei behandelte er mich wie ein Kind, strich mir über den Kopf und bewegte sich nicht von der Bettkante weg. Immer wieder fragte er: »Geht es dir schon besser?« »Nein, lass mich bitte. Bitte lass mich stöhnen!« Um achtzehn Uhr sagte er dann: »Versuche aufzustehen, du sollst etwas essen Adelheit!« »Nein, kann ich nicht Gunter.« Ich setzte mich in den Sessel und rührte mich nicht vom Fleck. Dabei wechselte er mir die Kleidung, zog mir Schuhe an und führte mich ins Bad. Mit viel Mühe machte ich mich zurecht. Untergehakt ging er mit mir in ein Restaurant. Dabei fror ich wie ein junges, im Schnee ausgesetztes Kätzchen. Die Zähne klapperten, als wären sie lose. Und der Geruch von Essen brachte mich zum Würgen. Hundeelend fühlte ich mich: »Gunter, ich brauche Zeit der Erholung.« Sonntagfrüh spazierten wir noch einmal am Strand entlang und er offenbarte mir: »Mit Absicht bestellte ich drei Cocktails für dich. Es schien mir unerklärlich, dass du nach Alkoholgenuss gesundheitlichen Schaden nimmst Adelheit.« »Nun siehst du ja, welche Qualen ich leide.«

Am Montag war ich gesundheitlich wieder fit für die Arbeit. Und am Abend lag mein Schmuck auf dem Tisch, die Eheringe dicht beieinander. »Was hast du mit den Stücken vor Gunter?« »Ich nichts. Aber du! Morgen gehst du zum Goldschmied und lässt die Teile prüfen, was sie wert sind. Anschließend kaufst du neue Ringe für unsere Verlobung.« »Verlobung Gunter? Das ist doch überholt, völlig außer Mode!« In Wahrheit aber waren ihm meine Eheringe Dornen im Auge seiner Eifersucht, wobei er die Verlobung nur als Vorwand nahm. Sodann gab ich die Stücke dem Goldschmied zur Bewertung und bestellte zwei neue identische Ringe. Meine Eheringe hielt ich jedoch zurück. An meinem freien Tag holten wir gemeinsam die neuen Stücke ab und verlobten uns gleich auf der Straße. Dann rief er Mutsch an und wir holten sie ab, um im Restaurant unsere Verlobung zu feiern. Dabei meinte Mutsch: »Und bald wird Hochzeit gefeiert!« Dabei sah ich sie an und schüttelte mein Haupt: »Nicht mit mir Mutsch!« Als Gunter den Raum verließ, sagte sie: »Ich bin froh, dass Gunter dir begegnet ist. Wenn seine Frauen ihn verlassen hatten, wohnte er anschließend bei mir, und diese Zeit war schlimm für mich.« »Wie schlimm denn Mutsch?« Das konnte sie mir nicht mehr sagen, weil Gunter sich wieder näherte.

Und so besuchte ich sie einmal allein, um zu erfahren, wie böse ihr Sohn zu ihr schon war. Sie erzählte: »Wenn er bei mir wohnte und ich Geld ausgab, anstatt es zu sparen, zog er mich an den Haaren in der Küche auf dem Fußboden umher. Dann ließ ich ihn einmal nicht in die Wohnung hinein, weil er betrunken war. Da hat er die Tür eingetreten und mich höllisch verdroschen. Danach schloss er mich in der Wohnung ein, damit ich kein Geld ausgeben konnte, sondern es für ihn sparte. Er meckerte und nörgelte, hatte immer etwas auszusetzen. Diese Zeit mit ihm war die Hölle auf Erden für mich. Eine Woche, bevor er dich kennenlernte, zog er bei mir aus. Nun war ich glücklich, dass er dich getroffen hat Adelheit.« »Oh mein Gott!«, stöhnte ich. »Mutsch, jetzt weiß ich, wozu er fähig ist. Für deine Offenheit danke ich dir.« Danach säuberte ich ihre Räumlichkeiten. Sie war über achtzig Jahre alt und benötigte meine Hilfe. Das kleine, zarte, alte Mütterchen sah sich ihrem Sohn ausgeliefert. Zum Abschied lagen wir uns in den Armen und ich drückte ihr ein Küsschen auf die Stirn.

Nach Monaten der Schweigepflicht der Gefühle durfte ich den Zauber im Sexus noch einmal erleben. Dabei prasselte der Regen auf das Fensterbrett, dass ich nicht auf Wolke sieben abhob. Der sekundenlange Sexrausch konnte den täglichen Dreck, den Gunter mir bot, nicht ungeschehen machen. Vom Ekel gepeinigt, roch ich diesen ständig und überall, und es war kein angenehmes Aroma. Eines Abends, als ich vom Dienst heimkehrte, lag das Prospektmaterial eines Immobilienmaklers auf dem Tisch. Sofort wurde mir klar, warum ich beim Sexzauber dicht über der Erde geblieben war und nicht zur Venus gelangen konnte. Der Schauspieler entwickelte neue Pläne, zu denen er meine Zustimmung benötigte. Damit ich mich einverstanden erklärte, wählte er die Worte in Watte verpackt, sanft, höflich und freundlich: »Ich habe eine Überraschung für dich Adelheit: Wir werden umziehen! Südlich von Berlin wird eine neue Siedlung erbaut. Dort möchte ich mit dir wohnen und leben. Mein Vorschlag ist genial nicht wahr? Was hältst du davon?« »Gar – nichts Gunter!«

Und doch fuhren wir am Sonntag los, die neue Siedlung und die Wohnungen bestaunen, darunter eine sehr schön geschnittene Dreizimmerwohnung mit großer Terrasse, wie sie mir schon immer vorschwebte. Die Wohnung und die Umgebung sagten mir zu. Doch vorab waren ein paar Tausend Scheine zu tilgen. »Woher wollen wir so viel Geld nehmen Gunter?« Ich wusste, dass er über ein dickes Sparbuch verfügte, das er für diesen Zweck aber nicht einsetzen wollte. »Lass mich nur machen!«, sprach er lächelnd. Sodann las ich den Wohnungsvertrag durch und unterschrieb am Ende. Eine Frist der Tilgung war uns eingeräumt worden. Anschließend besuchten wir Mutsch. Oh nein, dachte ich, er wird doch nicht ihr Erspartes für unsere Zwecke wegnehmen wollen? Doch genau das tat er, indem er Mutsch bezirzte, sich wie ihr Geliebter auf ihren Schoß setzte, mit der Hand durch ihr Haar fuhr und sie streichelte, um ihr das Vorhaben zu verdeutlichen. »Wir ziehen um, nicht weit von dir entfernt in das neue Wohnviertel. Was hältst du davon?«, fragte er. »Dann seid ihr schneller bei mir!«, freute sich Mutsch. »Ja, aber dazu benötigen wir ein paar Tausend D-Mark. Ohne zu zögern, willigte Mutsch ein. Dabei konnte ich nicht glauben, was ich sah, wie er mit ihr spielte. Ansonsten hasste er sie nämlich, weil sie ihn mit fünf Jahren während des Krieges zu den Großeltern aufs Dorf brachte und er dort große Sehnsucht nach seiner Mutter hatte. Als ihm dann auch noch die Oma auf der Flucht abhanden kam, brach für ihn eine Welt zusammen. Doch auf wunderbare Weise fanden Oma, Opa und Gunter in einem Bunker wieder zusammen. Dabei fühlte er, wie sehr er die Oma liebte. Als sie bald darauf starb, fiel er in ein tiefes Loch. Am Opa fand er kein Interesse, blieb aber bei ihm. Als dieser krank wurde, holte die Mutter ihren Sohn zurück nach Berlin. Sie war eine Trümmerfrau und hatte große Mühe, zu überleben. Dass seine Mutter so gehandelt und fortgeschickt hatte, dafür hasste er sie. Bis in ihr hohes Alter strafte er seine Mutter dafür, indem er mit ihr tat, was er wollte.

Als ich am Montagabend vom Geschäft heimkam und den Wohnungskaufvertrag auf dem Tisch liegen sah, bekam ich Kopfschmerzen. Dann wurde mir schlecht und ich begann zu würgen. Die Augen brannten und wollten geschlossen bleiben. Während ich sie zumachte, sah ich mich barfuß, weit oben vor einer Steinhöhle auf einem Vorsprung stehen, fern von Nachbarschaft, Lebenskreis und Milieu. Unter mir klaffte ein tiefer Abgrund, in weiter Ferne sah ich rote Felsen. Nur Gunter kannte den Weg aus der Höhle heraus, den er mir vorenthielt. Hiernach öffnete ich die Augen und zerfetzte den Vertrag in viele kleine Schnipsel. Die Migräne signalisierte mir, was mein Geist sah: Die gemeinsame Wohnung war fatal, ein Gefängnis für mich, aus dem ich nicht entkommen würde. Diese imaginierte Bilderwelt zeigte mir, dass Gunter mich bei einer gemeinsamen Sache einsperren und abschotten würde. Einsam, traurig und verletzt würde ich unter ihm leiden. Seine Manie würde er an mir auslassen, mich klein- und niederhalten. Dasselbe Verhalten, das er Mutsch gegenüber ausgelebt hatte, würde ich dann zu spüren bekommen. Das wollte ich nicht zulassen und zerfetzte deshalb den Kaufvertrag. Danach ging ich zu ihm ans Bett, in dem er high dalag. Sanft rüttelte ich ihn und sagte vorsichtig: »Ich ziehe mit dir in keine gemeinsame Wohnung! Als ich den Vertrag eben sah, bekam ich Migräne. Ganz selten nur litt ich darunter. Den Vertrag habe ich in tausend kleine Stücke zerfetzt Gunter. Bitte mach die Vereinbarung morgen rückgängig.« Auf einmal war er geistig voll da und sagte: »Du wirst doch nicht auf solchen Blödsinn hören Adelheit?« »Oh doch Gunter! Mein Körper signalisierte deutlich: Keine Kooperation mit dir! Das wäre mein Todesurteil.« Hiernach stand er auf, sah sich das Puzzle des Vertrages an und trank im Nu eine Flasche Rotwein leer.

Wieso war er geistig auf einmal ansprechbar und im Kopf völlig klar? Warum lag er im Bett, wenn er gar nicht high war? Er spielte in seinem Theaterstück einen durchtriebenen, gerissenen und furchtlosen Protagonisten, indem er die Figuren hin- und herschob, wie es ihm beliebte. Dabei verwirrte er mich immer wieder. Ich war der Annahme, er sei im Rausch und würde nichts mitbekommen. Dabei war er voll zurechnungsfähig. Ich hakte aber nicht nach, warum, weshalb und wieso er sich ambivalent zeigte. Dieser Spitzenkönner erreichte sein Ziel nicht, das darin bestand, mir seine Handschellen anzulegen, mich an sich zu ketten und in der eigenen Wohnung inhaftiert zu wissen. Sein Wunsch, mich fortan erniedrigend behandeln zu können, blieb unerfüllt. Mich zurechtzubiegen, ist aussichtslos, denn die Welt sehe ich nun mal durch meine Augen. Für die Migräne und ihren visuellen Hinweis kann ich nicht genug danken, insofern sie mich wachrief und seiner Gewalttätigkeit entgegen wirkte. Gunters Sucht bildete einen ewigen Kreislauf ohne Ende und ich in seinen Händen? Gar nicht auszudenken! Drei Jahre zuvor erst hatten er und seine Sucht mein Zuhause besetzt.

Und heute machte ich ihm klar: »Zu Beginn deiner Neigung fasste ich ins Auge, stark zu sein Gunter. Dabei verdrängte ich das Ausmaß jedoch, weil ich stets hoffte, alles würde gut werden. Durch den zusätzlichen Stress mit dir wurde ich schwach und schutzlos. Nun habe ich eine Bitte an dich: Verbringe die gesamte Sommerzeit in deinem Garten. Ich halte es mit dir nicht mehr aus. Akzeptierst du meinem Wunsch?« Er überlegte, ehe er sagte: »Ja, aber nur wenn du nach Geschäftsschluss zu mir auf das Grundstück kommst, mich nach meiner Zeche mit nach Hause nimmst und dann meinen Körper gründlich reinigst, Adelheit.« Ach du meine Güte!, dachte ich. In dieser Zeit wollte ich eigentlich meinem Hobby nachgehen. Dennoch antwortete ich: »Versprochen!« Denn sonst würde er vollkommen verschweinigeln, sich bis auf das rohe Fleisch wund liegen und Dekubitus bekommen. Immerhin erreichte ich so ein paar Nächte zum Durchschlafen. In der Folgezeit verdunkelte sich meine Sonne um mich herum zur Finsternis. Sie strahlte nicht mehr. Dabei fehlten mir ihr Licht und die Wärme so sehr. Mit der Abendröte verschwand ihr Glanz und ich stand traurig im Schatten. Mit der Morgenröte begann ich zu leben, in der Abendröte begann ich zu kämpfen – ein ewiger Kreislauf.

Was gärt, wird Wut, verschlingt die Leidenschaft

Auf Gunters Grundstück war nicht mehr so viel zu tun, wie zu Beginn meiner Kultivierung der Wildnis, aus der ich inzwischen ein Traumland gezaubert hatte. Die Gartenfreunde bestaunten jetzt sein Anwesen und ich war stolz darauf. Der Herbst hielt Einzug und Gunter lebte seine Sucht wieder in meinen vier Wänden aus. Blitzschnell kam mir eine Idee: »Bitte Gunter, gib mir zwanzig Tropfen Valoron auf den Löffel!«, und hielt ihm diesen entgegen. »Warum willst du dir das antun Adelheit?« »Bitte nur zwanzig Tropfen Gunter!« Er träufelte sie mir auf den Löffel und mit einer halben Büchse Bier schluckte ich das Medikament. Wenige Minuten später begann ich zu lachen und tanzte auf dem Teppich nach der Musik, die aus dem Gerät kam. Dabei fiel ich hin, stand wieder auf, drehte mich im Kreis, bis ich wieder auf dem Teppichboden lag und liegen blieb. Ich war high und benahm mich albern. Diese Leichtigkeit und Enthemmtheit erinnerte mich an die Vorbereitung zu meiner großen Krebsoperation. Nachdem die Schwester mir ein entkrampfendes Mittel injiziert hatte, fühlte ich mich enthemmt und frei. Dabei hatte ich mir gewünscht, dieser Zustand möge für immer anhalten. Die Valorontropfen lösten nun dieselbe Stimmung und Empfindung in mir aus, wie zur damaligen Zeit. Auf einmal sagte Gunter: »Komm Adelheit, ich bringe dich ins Bett.« »Nein! Warum? Ich will tanzen! Lass mich!« Sodann nahm er mich sanft bei der Hand und führte mich ins Bad. Dort wusch er mir das Gesicht und die Hände. Die Zähne putzte ich allein. Auf dem Bett sitzend zog er mir die Kleidung aus und das Nachtgewand an. Danach legte er die Zudecke sanft über meinen Körper. Rücksichtsvoll ging er mit mir um, als wär ich krank. Während er mir ein Küsschen auf die Stirn drückte, sprach er: »Schlaf gut meine Süße!« Dann löschte er das Licht und lehnte beim Gehen die Tür an. Bis zum Morgen schlief ich wie ein Murmeltier.

Mit dem Frühstückstablett stand Gunter dann neben dem Bett und fragte: »Wie hast du geschlafen Süße?« Oh, dachte ich, er nennt mich ›Süße‹. »Wunderbar! Aber einen Traum träumte ich nicht Gunter. Deshalb schluckte ich das Medikament mit Bier, um zu erfahren, ob du während diener Sucht auch träumst.« »Einen Traum habe ich nicht dabei, einen Wunsch aber schon, bis auch dieser verschwindet. Anschließend weiß ich von absolut gar nichts Adelheit.« »Du trinkst das Medikament gleich aus der Flasche und den Alk hinterher. Bei den vielen starken Schmerzmitteln, die du deinem Körper zumutest, wär ich längst tot!« »Darum überlass die Tropfen lieber mir Adelheit, ich vertrage sie besser!« »Gewiss Gunter, gewiss! Weißt du, dass die Valorontropfen zur Behandlung von Krebsschmerzen gedacht sind, bei denen andere Schmerzmittel nicht mehr wirken? Als Nebenwirkung rufen sie Müdigkeit hervor und stellen eine Suchtgefahr dar. Kein Wunder, dass deine Gehirnfunktionen bei den vielen Medikamenten abschalten, dass du nichts mehr mitbekommst und dich in deinen eigenen Fäkalien sielst. Dabei möchtest du von mir so behandelt werden, wie du mich gestern behandelt hast, als ich nach den Tropfen high war, nämlich wie ein kleines Kind. Ich benahm mich auch wie das kleine Mädchen, das Spaß haben und fröhlich sein wollte, eben Kind sein. Aber du benimmst dich nicht so wie ich, fröhlich, lustig und beschwingt, sondern wie eine wilde Sau. Wenn deine innere Uhr tickt und die Begierde in dir ruft: ›Komm zu mir!‹, dann folgst du ihr besinnungslos in die Suhle. Egal, was in der Zwischenzeit passiert, du kannst nichts mehr deichseln.« Dabei hörte er mir aufmerksam zu – zumindest dachte ich, es wäre so.

Endlich kam der Sommer wieder, wo er im Garten seine Sucht ausleben konnte. Regungslos lag er in der Laube auf der Couch und ich sagte leise: »Ich bin gekommen, dich heimzuholen Gunter!« Als er sich aufsetzte, blieb er kurz regungslos sitzen, wusste überhaupt nicht, was los war und kippte zurück auf die Liegefläche. Ich fuhr allein in meine Wohnung. Nach zwei Tagen versuchte ich noch einmal ihn heimzuholen. Da saß er auf dem Sofa inmitten leerer Büchsen und Flaschen. »Endlich!«, begrüßte er mich. »Ich war schon einmal bei dir Gunter, aber du warst nicht fähig, mitzukommen.« Sodann legte ich ihm trockene Sachen zurecht und er zog sich um. In der Laube stank es unerträglich, zumal die Couch von Urin durchnässt war. Er wusste nicht einmal mehr, wie er die versaute Kluft aus- und die saubere anziehen sollte. Mit meiner Hilfe schafften wir es dann. Als er zum Auto gehen wollte, versagten ihm die Beine. Das Gehirn hatte diese Funktion völlig abgeschaltet. Er besaß keinen blassen Schimmer mehr, wie er einen Fuß vor den anderen setzen sollte. Auch seine Zunge war wie angenäht und aus seinem Mund drang nur Kauderwelsch. Während er sich an meinem Körper festhielt, hob ich sein rechtes Hosenbein an, dann das linke und immer so fort. Endlich saß er im Auto, wobei seine Beine noch draußen hingen. Er wusste nicht, wie er seine Gliedmaßen in das Fahrzeug heben sollte. Es gelang ihm nur mit meiner Hilfe.

Bevor wir von der Gartenanlage auf die Straße fahren konnten, war eine abgeschlossene Schranke zu passieren. Weil der Weg dort abschüssig war, nahm ich den Gang raus und zog die Handbremse fest an. Dann stieg ich aus, um den Schlagbaum zu öffnen. So schnell, wie der Wagen plötzlich unter den Schlagbaum rollte, bekam ich das Schrankenschloss nicht auf. Mein schönes Auto kam erst knirschend unter dem Schlagbaum zum Stillstand. »Was machst du Gunter?«, rief ich. »Warum hast du die Handbremse gelöst? Mein Auto hast du demoliert! Spinnst du?« Dabei weinte und jammerte ich um meinen schönen Wagen, den ich liebte und der nun demoliert war. Die Motorhaube und beide Kotflügel waren eingedrückt und ich mit den Nerven völlig am Ende. »Wie kommen wir jetzt nach Hause Gunter?« Doch er lallte nur: »Ich dachte – die Schranke – sei offen!« »Du machst nur Blödsinn, wenn du high bist!« Nachdem ich die Schranke geöffnet hatte, rollte der Wagen den Pfad hinab. Verzweifelt versuchte ich den Motor zu starten und er sprang sogar an. Ich war sehr erleichtert. Die Traurigkeit schwand und Freude kam auf, sodass ich zu meinem Auto sagte: »Ich bin so stolz auf dich meine Biene!«, und streichelte einmal über das Armaturenbrett. Gunter hatte meinen Wagen ›Biene‹ getauft und den Namenszug an die Kofferraumklappe geklebt. Den Wagen hielt ich stets selbst sauber und fahrtüchtig, doch nun war er kaputt.

Wir fuhren heim, und dort wünschte ich mir, dass niemand mit uns im Fahrstuhl nach oben fuhr, weil Gunter säuisch stank. Ihm war das egal, mir aber nicht. Ich schämte mich so mit ihm. Seine Beine funktionierten nur zu siebzig Prozent. Am liebsten hätte ich ihn im Dunkeln heimgeholt, damit die Mitbewohner nicht sahen, dass ich einen Süchtigen an der Backe hatte. Gleich nachdem wir die Wohnung betreten hatten, schickte ich ihn ins Bad unter die Dusche. Was sich lange in Gärung befindet, ballt sich schließlich zur Wut, weshalb ich mir bei seiner Körperreinigung wünschte, eine Drahtbürste in der Hand zu halten, um ihn damit einmal auf der Haut spüren zu lassen, wie weh er mir tat. Stattdessen wusch ich seinen Körper sanft mit gut riechendem Duschgel. Anschließend frottierte ich ihn mit dem Badetuch trocken. Er selbst war nicht in der Lage, seinen stinkigen Körper zu reinigen. Einmal saß er in der Wanne und kam nicht mehr heraus. Mir gelang es auch nicht, ihn hinzustellen. Nach einstündigen Bemühungen schaffte er es dann selbst. Nie mehr würde er sich in die Wanne setzen wollen, klagte er. Schweigend saß der kleine Junge nach der Reinigung auf der Couch. Kleinlaut und schuldbewusst sagte er schließlich: »Ich bringe deinen Wagen morgen in die Werkstatt. Solange er dort bleibt, fahre ich dich morgens ins Geschäft und hole dich abends ab. Die Reparaturkosten übernehme ich auch.« »Das ist das Mindeste, was du tun kannst Gunter.« Meine Wut verflog allmählich, weil er mir schon wieder leidtat. Doch sobald sich das kleinlaute reumütige Wesen zurückzog, kam der Teufel wieder zum Ausbruch. Fortan trank er Wasser, und das die ganze Woche lang.

Doch der Teufel ließ nicht lange auf sich warten. Mitten in der Nacht meldete er sich zu Wort: »Ich kann nicht schlafen, da brauchst du auch nicht schlafen«, sagte er. »Morgen beginnt mein Dienst. Ich will fit sein, also lass mich bitte schlafen Gunter!« Zu den Tagen, an denen er keinen Alkohol in sich hineinschüttete, war er unausstehlich und ich mehrmals bereit, aufzugeben. Seine Last wurde mir schwer und schwerer, ich wollte sie nicht mehr tragen. Doch plötzlich sagte mir die innere Stimme: Halte dein Versprechen! Gewähre die Hilfe! Und wo bleibe ich dabei?, fragte ich. Wenn er mich morgens ins Geschäft fuhr, war im Käfig seines Mercedes Hochspannung. Auch am Abend knisterte es im Innenraum seines Wagens, sodass ich lieber schwieg – bis er mich provozierte: »Hast du nichts zu erzählen?« Sprach ich dann ein Wort, sagte er: »Halte doch bloß mal deinen Mund!« Das war der reinste Horror für mein Wesen. Ständig wandelten sich seine Launen und suchte er Zank. Kampfbereit forderte er mich zum Angriff heraus: »Die Reparaturkosten für dein Auto tilgst du selbst. Schließlich ist es ja dein Wagen Adelheit!« Das überraschte mich nicht, denn für mich Geld auszugeben, behagte ihm ganz und gar nicht, nicht einmal für die Kosten, die er selbst verursacht hatte. Geschenke machte er mir grundsätzlich nur mit Mutsch zusammen. So sparte er ›Kohle‹, und überhaupt kaufte er nur das, was auch für ihn von Nutzen war. Um einer Eskalation aus dem Weg zu gehen, flüchtete ich daheim gleich ins Bad. Seine Aversionen setzten sich die ganze Woche lang fort. Meine seelische Verfassung war inzwischen völlig aus dem Ruder geraten. Dieser Status quo erinnerte mich an meine Mutter, die einmal hü, dann wieder hott sagte und mich so unentwegt traktiert hatte. Mitten in der Nacht holte Gunter mich dann aus dem Schlaf, um mal eben schnell Sex zu machen. Innerlich sträubte sich mein Körper gegen diesen Akt, denn seine Haut roch weder ästhetisch, noch apart oder geschmackvoll, sondern einfach säuisch. Diesen Gestank witterte ich ständig, sodass er meinen Geruchssinn völlig vernebelte. Nach dem Akt hielt er mich dann in seinen

Armen, wie in Ketten. Zu Beginn unserer Beziehung hörte ich bei seiner Umklammerung den Adler rufen, doch bei seinem späteren Festkrallen wurde mir mulmig und ich befreite mich mit Gewalt daraus. Dann sagte er weinerlich: »Du liebst mich nicht Adelheit! Das war eben der beste Beweis dafür. Wenn du von mir abrückst, liebst du mich nicht.« »Ich will einfach schlafen Gunter. In deinen Armen rieche ich den ekelhaften Geruch noch intensiver, der mich so schon täglich begleitet.« Seine körperliche Nähe war mir nicht mehr willkommen.

Am Donnerstag kam noch immer kein Anruf von der Werkstatt, dass mein Auto zur Abholung bereit stünde. Während ich im Bad meine Abendtoilette vollzog, erschrak ich plötzlich zutiefst von einem mordsmäßig lauten Knall. Erschrocken trat ich zurück und konnte meinen Sturz in die Badewanne gerade noch verhindern. Unerwartet sah ich Gunters Faust in der Glastür stecken. Hier hatte ich das erste Mal Angst vor ihm. Ein Schock ließ mich im Bad ausharren. Zum Glück sind Bad und Toilette zwei getrennte Räume. Nach einer Weile öffnete ich die Tür und trat völlig verängstigt über die Schwelle, wo Gunter mich erwartete. »Bitte verzeih mir Adelheit. Ich bringe das wieder in Ordnung!« In einer Ruhe und Entschlossenheit, die mich selbst erstaunte, sagte ich ihm: »Wenn du deine Kraft an mir ausagieren willst, schmeiße ich dich raus! Körperliche Attacken bekam ich in der Kindheit reichlich zu spüren. Sie ziehen sich durch mein ganzes Leben. Dieser Übergriff auf mich steht dir nicht zu!« Ich zweifelte, ob er überhaupt mitbekam, was ich das sagte. Dass er einmal derart aggressiv auf ›seine Krücke‹ losgehen und sie am Endpunkt ihrer Geduld berühren würde, hätte ich vor diesem Angriff nicht geglaubt. Ich warnte ihn: »Gunter, noch so ein Ausrutscher, dann ist es mit deiner Krücke endgültig vorbei!«

Am Freitagmorgen dann knisterte es höchst dramatisch in seinem Wagen. Ein Wort von mir hätte ihn explodieren lassen. Kurz vor Dienstschluss sah ich dann meinen Wagen vor dem Geschäft stehen, sodass sich die Augen mit Freudentränen füllten. Die zerstörerische Zeit ohne meine Biene war endlich vorbei. Ich küsste das Metallstück und stöhnte: »Lange hab ich auf dich gewartet!« Dann setzte ich mich ans Steuer. »Dein Auto hast du zurück, und nun fahr mich in den Garten!«, sprach Gunter provokant und fügte hinzu: »Die Reparaturkosten beliefen sich auf zweitausendfünfhundert D-Mark. Bekomme ich die von dir zurück?« Ich schüttelte entschieden den Kopf: »Nein Gunter!« Dass er auf diesem Betrag sitzen blieb, machte ihn so wütend, dass er gleich zum Garten gefahren werden wollte. Das war mir nur recht, denn ich spürte, dass er sein Verlangen, wieder in die Sucht zu entfliehen, kaum unterdrücken konnte. Es war für ihn höchste Zeit, wieder die Niederungen der Unterwelt aufzusuchen, unter Seinesgleichen zu weilen und ein Fest mit ihnen zu feiern. Nicht ahnend, dass der Kofferraum bereits mit alkoholischen Getränken gefüllt war, half ich ihm dann noch, sie in die Laube tragen.

Glücklich, frei und allein fuhr ich anschließend auf der Autobahn nach Hause. Dafür, dass ich den Wagen nun wieder in meinem Besitz hatte, kutschierte ich ihn liebend gern auf sein Grundstück. Doch im tiefsten Herzen war ich todunglücklich. Nicht nur, dass ich psychisch unter seiner Abhängigkeit litt, auch meine Selbstachtung ging allmählich den Bach hinunter. Es ist leicht gesagt: Loslassen! Gehen lassen! Denn ich hasste und liebte ihn zugleich. Mein Versprechen, ihm zu helfen, wollte ich nur aufgeben, wenn er mich noch einmal sehr verletzen würde, denn schließlich bekam ich Gunter von Sternchen vorgesetzt, um daraus etwas zu lernen. Er spiegelte nur mit wenigen Verzerrungen die gesamte Palette von Gewalt bis Ekel aus meiner Kindheit wider. Wenn alles im Leben seinen Sinn haben sollte, dann hatte Gunters Lebenswandel eine Bedeutung für mich. Mit ihm erlebte ich den Zauber und das Wunderbare am Sex. Mit tiefgründiger Leidenschaft ließ er die Knospe zur feurigen Rose ungekannter Orgasmen erblühen. Das war ein großes Geschenk. Wäre ich nach Sternchens Tod allein geblieben, hätte ich wohl niemals von dieser befreienden Leidenschaft erfahren. Doch diese Befreiung wurde ebenfalls durch Gunters Extrakt zerstört. Alles ist eben sinnverwandt. Doch fast jede Krankheit führt zu einem Lern- oder Entwicklungsschritt. Dabei lernte Gunter aus seinem Symptom nichts, was ihm zu einer individuellen Fortbildung verholfen hätte. Er blieb der Sucht verhaftet, die für mich zwar eine starke Belastung war, jedoch kein Stillstand oder Rückschritt, sondern eine Entwicklung nach Sternchens Flucht. Wenn sie auch nicht angenehm war, so bin ich doch daran gewachsen. Den Machtbereich, den Gunter auf mich auszudehnen versuchte, erkannte ich noch rechtzeitig. Was stört, wird zerstört. In der Kindheit übten die Eltern ihre Herrschaftsgewalt über mich aus. Dabei übte ich mich zwangsläufig in der Pflicht des Gehorsams, weil ich noch keinen klaren Begriff von Selbstbestimmung und Widerstand entwickelt hatte. Während mir heute die Alternative offen steht, ergriff ich sie damals nicht. Lieber litt ich psychisch und physisch unter Gunters Manie. Dabei verlor ich mich nicht mehr in Schwärmereien, die ich einst mit ihm erlebt hatte. Die verträumte Frau, die ich sechs Monate lang sein durfte, wurde leiser, älter und weiser. Die Liebesgöttin war verglüht, doch manchmal sehnte ich mich nach seinen Flügeln, die er einst um mich gelegt hatte und die mich beschützten. Während alles einmal so wunderbar begann, lief ich heute einer Fata Morgana hinterher. Ein neues Ufer, ein neues Glück konnten wir zusammen nicht mehr finden. Und so schrieb ich auf ein großes weißes Blatt Papier »Geduld« und heftete es weithin sichtbar an die Wand. Denn ohne Geduld war das Leben mit Gunter grässlich, widerlich, abscheulich und nicht auszuhalten. Kurz darauf zerriss er das Papier und rief: »So ein Quatsch!«

Honigsüß und klebrig

Längst waren aus Gunters drei Tagen Abhängigkeit fünf geworden, in denen er sich rund um die Uhr in ihr sielte. Danach weilte er zwei Tage in der Realität. Aus dem lieben Schauspieler Gunter ward ein Wildschwein, das entsprechende Spuren hinterließ. »Du darfst mich nicht verlassen Adelheit! Wir lieben uns doch«, sagte er jedes Mal, wenn ich seinen Körper einer gründlichen Reinigung unterzog. »Gunter, du liebst nur die Krücke, die du gegen Adelheit eingetauscht hast. Und deinen einzigen Halt, den darfst du nicht verlieren, das ist mir schon klar.«

Noch bevor der Sommer zu Ende ging, ließ ich mich in den dritten Reiki-Grad einweihen. Später besuchte ich ein Astrologie-Seminar und lernte neue Freunde kennen, die sich auf demselben Glatteis bewegten. Der Stoff des astrologischen Wissens weckte Neugier in mir, der eigenen Persönlichkeit näherzukommen. Dabei fand ich heraus, dass Gunters Sternzeichen der Skorpion mit Aszendent Krebs war. Der Skorpion ist ein Tier, das vorzugsweise im Dunkeln lebt und heftig zustechen kann. Er verfolgt sein Ziel mit intensiver Leidenschaft, ist geradezu besessen davon und verachtet sogar den Tod, um es zu erreichen. Bei Zurückweisungen werden bittere Rachepläne ausgeheckt. Ich bin ein doppelter Stier und liege im Horoskop dem Skorpion gegenüber, was eine negative Opposition darstellt. Er ist ein Zerstörer und Selbstzerstörer, mein Zeichen dagegen ist ein sinnliches und stabilisierendes, wozu auch gehört, an Menschen festzuhalten. In diesem Zeichen Geborene stellen die Vernunft über das Chaos und Prinzipien über emotionale Reaktionen. Manchmal trage ich einen Konflikt in mir aus zwischen dem rationalen, distanzierten Geist und einer intensiven, überwältigenden Gefühlswelt. Ich zeigte Gunter, was er nicht hat, und er zeigte mir, was ich nicht habe. Macht, Habgier, Eifersucht und Zerstörung waren seine Antriebe, auf die ich gern verzichtete. Das Wissen der Astrologie erwies sich mir als Fundus der Menschenkunde und faszinierte mich. Wenn die Zeit dafür reif sein würde, wollte ich dieses Wissen ausbauen. Bis dahin hatte ich ein Hindernis zu bewältigen, das wie Honig an mir klebte, dessen Süße aber verloren gegangen war.

Der Herbst hielt Einzug und der Winter nahte schnell, sodass Gunter mir wieder meine Wohnung versaute. Das kostete mich Nerven und raubte mir Energie. Eines Tages bekam er Magenblutungen und sollte stationär behandelt werden. »Bleibst du mir auch treu Adelheit? Kommst du mich jeden Tag besuchen? Ich liebe dich. Verlass mich nicht.« Verängstigt sprach er diese Worte, als ich ihn im Spital zurückließ. »Ja, nach Dienstschluss komme ich zu dir!« Eine Woche später holte ich ihn aus dem Spital wieder ab. Dabei war er dermaßen schlecht gelaunt und aggressiv, dass ich bei der Begrüßung schon dachte, er würde mir eine scheuern. Seine Sachen durfte ich nicht anfassen. Ich tat es auch nicht. »Der Stationsarzt entlässt ihn früher als vorgesehen, weil er aus dem Arzneischrank im Schwesternzimmer Tabletten gestohlen hat!«, flüsterte mir die Schwester zu. Gunter war sehr hart im Nehmen, Aushalten und Austeilen. Im Auto fragte er: »Hast du Geld bei dir?« »Ja Gunter, hab ich.« »Dann fahr zum Supermarkt!« »Ich habe bereits eingekauft und für deinen Empfang daheim märchenhafte Vorbereitungen getroffen.« »Was hab ich davon? Fahr mich zum Supermarkt!«, sprach er zornig. Dort füllte er dann den Einkaufswagen mit lauter alkoholischen Getränken. »Fahr mich in den Garten, los mach schon!« Oh Mann, so ein Wahnsinn!, dachte ich bei mir. In der Laube stellte er den Heizkörper an, setzte sich auf das Sofa, öffnete eine Bierbüchse, sah mich an und sagte: »Ist noch was?« Das hieß: Hau endlich ab! Verschwinde! – Was ich auch tat.

Jeden zweiten Tag schaute ich nach ihm, ob er sich verletzt hatte oder der Heizkörper ausgegangen war. Aus ihm fiel alles heraus, was nur herausfallen konnte. Am sechsten Tag war er so weit, dass ich ihn heimholte, reinigte und dabei seinen wunden Penis erblickte. Zwei Tage später war er wieder in der Laube. Am vierten Tag zeigte er mir eine Beule in der Leistengegend und ich sagte ihm: »Du hast einen Leistenbruch Gunter! Such einen Arzt auf!« Mit Sicherheit erforderte dies einen operativen Eingriff, doch er weigerte sich: »Nein, das heilt von allein wieder Adelheit.« »Tut es nicht Gunter!«, erklärte ich ihm und machte ihm die Folgen klar. »Die Hernie wird immer größer und rutscht in die Hoden hinein. Die werden gewaltig groß, sodass du nicht mehr richtig laufen kannst.« Meine Warnung gab ihm zu denken und am nächsten Tag suchte er den Hausarzt auf. Dieser bestätigte ihm meine Aussage. Nun bekam er es mit der Angst zu tun und ließ sich ins Spital einweisen. Kein Arzt erklärte sich jedoch bereit, ihn zu operieren, weil alle seine Blutwerte viel zu hoch waren. Ein anderer Arzt sagte zu, ihn ambulant zu operieren. Dafür nahm ich ein paar Tage Urlaub und begleitete ihn.

Anschließend war er so besessen nach Sex, dass er sich überanstrengte und die Narbe aufplatzte. Der Arzt nähte die Öffnung wieder zu und sagte: »Keine Anstrengungen bitte!« Drei Tagen später bekam er einen Bandscheibenvorfall. Doch kein Arzt erklärte sich bereit, bei einem *Bechterew* zu operieren. Das Risiko sei zu groß. Bei einer Selbstkontrolle seines Blutdrucks fielen die Diastole und der Puls doppelt so hoch aus, wie die Systole. Dabei lachte Gunter noch. Danach machte er sich sachkundig und fand einen Doktor in Potsdam, der sich bereit erklärte, ihn neurologisch zu behandeln. Nun lag er auf der Privatstation des Doktors ohne Alkohol. »Bleibst du mir auch treu Adelheit? Bitte komm mich jeden Tag besuchen!« »Ja Gunter, ich komme!« Sodann kutschierte ich täglich nach Babelsberg ins Spital. Kam ich mal später, als er mich erwartete, weil es auf den Straßen Stau gab, nörgelte er gleich: »Du hast wohl einen Liebhaber und deshalb keine Zeit, pünktlich zu sein Adelheit!« »Ja Gunter, an jedem Finger einen Mann, zehn an der Zahl!« Fünf Tage später fand der Eingriff statt, der ohne Aufschneiden vollzogen wurde, und zwei Tage danach holte ich ihn nach Hause. Noch am selben Abend wollte er wissen, ob ich ihm auch treu geblieben war und kein anderer an mir gefummelt hat – es war krankhaft. »Freust du dich Adelheit, das ich bei dir bleibe und nicht in den Garten gehe?« »Und wie Gunter!«, zog ich ironisch in die Länge und wartete eigentlich darauf, dass er wieder verschwand.

Er jedoch wandte eine neue Strategie an und kaufte Flüssignahrung im Kaufladen bei uns um die Ecke. Tagsüber hielt er sich nebenan in der Kneipe auf, bis er abends mit vollgepinkelter Hose und voll wie tausend Russen nach Hause kam. Wenn ich ihm dann den Zutritt zur Wohnung verweigerte, drohte er: »Dann trete ich die Tür ein!« Davor hatte ich mächtige Bange und ließ ihn schließlich doch hinein. Sogleich beteuerte er: »Ich trinke nicht mehr und mach eine Entziehungskur.« Ich winkte ab: »Nur leere Worte Gunter!« Natürlich hatte er Angst davor, dass ich ihn rauswerfen könnte.

Eines Abends, als er wieder in seiner Sucht versunken war, goss ich sämtliche alkoholischen Getränke, die ich in der Wohnung fand, in den Ausguss. Freilich war mir bekannt, dass ich sie ihm nicht wegnehmen durfte, aber das Fass meiner Geduld drohte überzulaufen. In der Nacht weckte er mich und krächzte: »Ich glaube Adelheit, ich verdurste noch einmal!« Er stand auf, zog mir kurz darauf die Bettdecke vom Körper und sagte: »Ich habe Durst! Wo sind die Flaschen und Bierbüchsen?« »Im Ausguss Gunter!«, sagte ich trocken und reichte ihm eine Flasche Wasser, die mir in hohem Bogen aus der Hand schlug. Sodann zog er sich an, nahm

Autoschlüssel und Papiere und ich fragte: »Du willst doch nicht wirklich, so high, wie du bist, mit dem Auto fahren Gunter?« Doch er trat ohne ein Wort über die Schwelle und ging in die dunkle Nacht. »Endlich Ruhe!«, entfuhr es mir und ich fühlte mich erleichtert. Er fuhr ja stets im süchtigen Zustand, und nie war ihm etwas passiert. So manches Mal wusste er dann nicht mehr, wo er den Wagen abgestellt hatte. Manches Mal vergingen Tage, ehe ich ihn wiederfand.

Am nächsten Tag rief ich in seiner Wohnung an, doch er hatte den Hörer beiseite gelegt. Am fünften Tag gab es noch immer kein Zeichen von Gunter. Er wird sich wund liegen; kleine Würmer und Insekten werden am offenen Fleisch nagen und sich darin festbeißen, ging es mir durch den Kopf. Plötzlich rief er an und befahl mir: »Komm, ich brauche Medikamente!« Sofort setzte ich mich ins Auto und fuhr los. Als ich seine Wohnungstür aufschloss, schlug mir der säuische übel riechende Geruch entgegen, sodass ich ohne ein Handtuch vor dem Gesicht nicht über die Schwelle treten konnte. Anschließend holte ich ihm Geld und Medikamente. Bevor ich wieder nach Hause fuhr, räumte ich noch den Müll fort, der sich in der Küche stapelte.

Zwei Tage später holte ich ihn zu mir nach Hause und nahm eine gründliche Generalreinigung an seinem Körper vor. Am Tag darauf besuchten wir Mutsch und gingen gemeinsam zur Bank, wo Gunter ihr Konto leerräumte. Auf dem Heimweg leuchtete die Reserveanzeige in meinem Wagen auf und Gunter sagte: »Fahr tanken!« – als wüsste ich nicht selbst, was zu tun wäre. Während ich tankte, kaufte er im Shop der Tankstelle Flüssignahrung ein und verstaute sie im Kofferraum. Bei der Ausfahrt aus der Tankstelle standen wir vor einer Baustelle, an der die Fahrtrichtung mit rot-weißem Markierungsband gekennzeichnet war. Ab hier meckerte er monoton wie aufgezogen und wies mich ständig zurecht: »Fahr doch hier entlang! Halte dich rechts! Pass auf! Du bist falsch gefahren. Ich sagte rechts! Warum machst du nie das, was ich dir sage Adelheit?« In diesem Moment bekam ich von innen her ein Zeichen, das mir vollkommene Ruhe schickte. Seine Nörgelei, die Kritiksucht und das ständige Meckern hatte ich plötzlich so satt, dass ich rechts ran fuhr und sanft, wie unter Hypnose sagte: »Aussteigen! – Bitte Gunter steig aus meinem Wagen!« »Wir sind doch noch gar nicht bei dir zu Hause Adelheit!« »Mach, dass – du – raus – kommst! Hier, jetzt und sofort!« Die Kofferraumklappe öffnete ich von innen, damit er seine Flüssignahrung mitnehmen konnte. Als er sie zuknallte, war das für mich wie ein Befreiungsschlag. Mit Freude im Herzen und frei im Kopf fuhr ich allein in mein Domizil.

Am vierten Tag rief ich dann bei ihm an. Er aber hatte den Hörer beiseite gelegt. Am nächsten Tag rief er zurück und sagte: »Bitte komm! Ich habe große Schmerzen!« Große Schmerzen bedeuteten, er brauchte Medikamente. Ein großes Handtuch nahm ich gleich mit, denn der alte Mief vermischte sich mit dem neuen in seiner Wohnung, und wenn ich über die Schwelle trat, sollte ich atmen können. Beim Öffnen der Wohnungstür war es mir unmöglich, hineinzugehen, ohne dass ich kotzte. Dabei lallte Gunter, der wie ein Häufchen Unglück auf seiner mit Fäkalien durchtränkten Couch hockte: »Hol Geld, fünf Flaschen Valorontropfen und die stärksten Schmerztabletten!« Er konnte weder stehen, gehen noch richtig sprechen. Die Medikamentenverpackungen und die Kontokarte lagen auf dem Tisch bereit. Sämtliche Räume waren mit Exkrementen beschmiert, das Bad völlig unzugänglich, sodass ich mir das Wasserlassen verkniff.

Eine Woche später rief er wieder an: »Ich habe Schmerzen, bitte komm!« Mir war längst klar, dass er nur mit seinen Giften versorgt werden wollte. Mit einem Beutel voller Arzneimittel ging ich zu ihm. Diesmal roch es bereits vor seiner Tür säuisch und ekelerregend den Flur entlang. Als ich ihn dann so sitzen sah, tat mir der Teufel nur noch leid. In der Küche stapelten sich leere Flaschen, Bierbüchsen und Pizzaverpackungen mit Resten. Dass sich ein Mensch mit Absicht so kaputt machte, wollte mein Verstand nicht begreifen. Doch es war sein Leben. So, wie er es leben wollte, so lebte er es auch. Seine linke Hand war wie ein Ballon angeschwollen und ich fragte: »Was ist mit deiner Hand passiert Gunter?« »Von allein. Hol Schere, schneide auf!« »Spinnst du? Du kannst doch nicht die Haut aufschneiden!« Ich war entsetzt über das, was er da verlangte. Während er sich selbst die Schwellung aufschnitt, spürte ich sogleich einen starken Schmerz in meinem Leib und krümmte mich. Ich fragte ihn: »Hat es wehgetan Gunter?« »Nein.« »Den Schmerz, den du spüren solltest, hab ich gespürt.« »Du bist viel zu empfindsam!«, lallte er. Wie aus einem Wasserhahn floss Gewebeflüssigkeit aus der Hand. »Gunter, du gehst sofort zum Arzt. Eine Hautverpflanzung ist dringend nötig!« – weil Sehnen und Knochen freilagen. Während ich ihm die Wunde verband, saugte die Bandage die Flüssigkeit rasch auf. So, wie sein Körper stank und beschaffen war, konnte er unmöglich einen Arzt aufsuchen, geschweige denn, es wäre einer über die Schwelle getreten.

Als ich den Müll zum Container bringen wollte, kam mir die Nachbarin hinterher gelaufen. Auf dem Podest im Treppenhaus sprach sie mich dann an: »Was ist mit Herrn Spulhe los? Soll ich die Polizei oder den Arzt rufen? Aus seiner Wohnung dringt ein fürchterlicher Geruch!« Dabei starrte ich in ihre Augen und sagte: »Bitte keinen Arzt!« Und weil ich sie so anstarrte, fragte sie: »Alles in Ordnung mit Ihnen?« »Jaja!«, sagte ich und sah durch ihre Augen hindurch, wo ich plötzlich ein großes Haus erkannte. Nicht ahnend, dass dieses Gebäude in naher Zukunft in Gunters Leben eine große Rolle spielen würde, ging ich zu ihm zurück und erzählte, was die Nachbarin gesagt hatte. Aber was ich hinter ihren Augen sah, verschwieg ich ihm. Er versuchte mich zu überreden: »Lass uns von hier abhauen! Nimm mich mit zu dir Adelheit!« »So säuisch, wie du bist Gunter? Nein!« »Doch! Nimm mich mit!«, jammerte er. Dabei wusste er nicht einmal, wie er die Beine zum Gehen bringen sollte. Die nasse stinkige Kluft zog ich ihm aus und kleidete ihn trocken an. An meiner Schulter sich festhaltend, schliff er die bleischweren Füße den Boden entlang bis zum Hausflur hin. Auf dem Podest wusste er nicht mehr, wie Treppensteigen ging. Vom zweiten Stock bis zum Parterre brauchten wir eine Stunde. Wie einem Kleinkind brachte ich ihm das Treppensteigen neu bei. Es funktionierte einfach nicht. Als er dann die erste Stufe genommen hatte, lobte ich ihn, damit er sich weiter anstrengte. Von der Tür bis zum Auto hin zeigte er sich dann ganz normal, leicht und spielerisch. So ein Schauspieler! In meiner Wohnung führte der erste Gang ins Bad unter die Dusche, wo ich seinen Körper mit viel aufschäumendem Duschgel vom übel riechenden Gestank und den Fäkalien befreite. Unten herum stellte ich einen Dekubitus fest, sein Penis war wund und geschwollen und auch der Po war völlig wund. Danach kippte er die Parfümflasche über seinen Körper und saß anschließend wie ein kleiner Junge still auf der Couch. Essen konnte er nichts, dafür floss das ersehnte Bier in langen Zügen durch seine ausgetrocknete Kehle.

Die nächsten Tage trank er nur Wasser und führte sich entsprechend kampfeslustig, streitsüchtig und bissig mir gegenüber auf. Am fünften Tag ging er wegen seiner Hand zum Arzt. Der überwies ihn sogleich ins Spital, weil eine dringende Hauttransplantation anstand. Von dort aus rief mich Gunter im Geschäft an und sagte: »Ich bin im Spital. Bitte bring mir die nötigsten Sachen – und ich brauche dich! Ich liebe dich Adelheit!« Oh, dachte ich, welcher Engel hatte ihn nur perforiert, dass er in seiner Not solch angenehme Worte fand? In diesem Moment traten das Wildschwein und der Teufel in seiner Brust in den Hintergrund. Schließlich wollte er etwas von mir, und er verstand es noch immer, sich den wechselnden Situationen anzupassen. Vor dem Spitalgebäude blieb ich stehen und dachte an das große Haus, das ich hinter den Augen der Nachbarin wahrgenommen hatte. Das Gebäude signalisierte mir: Hier geht Gunter hinein und kommt nicht mehr heraus. Seine Krücke, sein Halt und seine Hilfe legte er nun ab und begab sich in die Hände des Spitalpersonals.

Der Selbstzerstörer

Als ich Gunter nach Dienstschluss im Spital besuchte, hielt er meine Hände mit seinen umschlungen, küsste und tätschelte mich ständig. Dabei sträubte sich mein Körper gegen seine Berührungen. Der ekelerregende Geruch verfolgte mich kontinuierlich. In jeder Hinsicht war er durchtrieben, doch auf seine Schmeichelei fiel ich nicht mehr herein. Um der Erhaltung unserer Verbundenheit willen versuchte er mich wieder in seinen Bann zu locken. Dabei war der springende Punkt, dass ich ihn permanent aus seiner Notlage herausholte und er sich jetzt noch an mich als einen Strohhalm klammerte, der längst vom Winde verweht ward. Das Schauspiel, das er mir hier im Spital bot, war das der naiven Unschuld: »Bleibst du mir auch treu Adelheit, solange ich im Spital bin? Kommst du mich jeden Tag besuchen?« Dabei bedrängte er mich ständig, irgendwo Sex zu machen. Vielleicht in dieser Ecke oder in jener? Er forderte mich auf, ein dafür geeignetes Versteck zu suchen. »Was soll das Gunter? Dein Penis ist wund. Soll ich krank werden?« Dazu schwieg er. Damit wollte er nur bezwecken, dass ich ihm das Versprechen gab, ihn auch wirklich jeden Tag zu besuchen. Er war ein Schauspieler, ein Komödiant, der sich theatralisch jeder Situation anpasste, um das zu erreichen, was er sich ersehnte.

Plötzlich hatte er starke Bauchschmerzen, sodass wir auf die Station zurückkehrten. Und hier sprach der Teufel aus ihm: »Warum hilft mir niemand meine Qual zu lindern?« Dabei schallte sein Ruf hinaus auf den Flur, wo sich alle Zimmertüren öffneten. Die Patienten wollten sehen, wer da so laut vor Schmerzen aufschrie und warum ihm kein Arzt half. Ich konnte kaum glauben, welche Komödie Gunter hier mit sich selbst in der Hauptrolle inszenierte, bis er jene Droge bekam, nach der er fieberte: Morphium. Der Stationsarzt wusste sich keinen Rat mehr, weil Gunter jede Stunde nach einem Schmerzmittel verlangte, und die Schwester injizierte ihm noch einmal ein Medikament. Dieses war jedoch viel zu lasch, sodass Gunter sein dramatisches Werk laut klagend fortsetzte. »Das stärkste Mittel brauche ich!«, rief er pathetisch. Dabei wälzte er sich auf der Matratze, wie ein Wildschwein im eigenen Dreck. Ich war entsetzt und fragte ihn flüsternd: »Morphium Gunter?« »Ja, und das jede Stunde«, beichtete er mir. Oh mein Gott, dachte ich, ist er jetzt auch noch süchtig nach Morphium?

Ein Pfleger brachte Gunter samt Bett auf die Notaufnahme. Der Weg dorthin führte eine steile Anhöhe hinauf, auf der er sich abmühte. Als ihm das Bett samt Gunter abwärts ins Gebüsch rollte, feixte Gunter hämisch. Ich half dem Pfleger und gemeinsam gelang es uns dann das Bett die Steigung hinauf in die Notaufnahme zu schieben. Hier veranstaltete Gunter denselben Rabatz, wie auf der Station. Ein Arzt spritzte ihm dann das ersehnte Mittel. »Das war das richtige Medikament Adelheit. Jetzt bin ich glücklich.« Selbst völlig frei von jenen Giften konnte ich mich nicht in seine Lage versetzen, noch in seine Schuhe stellen. Ich konnte auch nicht nachvollziehen, dass er nach dem starken Medikament Morphium lechzte und sich nur glücklich fühlen konnte, wenn er es injiziert bekam. Für mich ist Glück erreicht, wenn sich alles um mich herum in Frieden und Harmonie abspielt, das soziale Umfeld stimmt und das Gleichgewicht ausbalanciert ist. Das harmonische, friedliche und ruhige Leben, nach dem ich mich sehnte, gibt es nur in der himmlischen Sphäre, wo Geld keine Bedeutung hat.

Nach einer Stunde bereits hörte das Morphium auf zu wirken. Wie ein Hund nach dem Knochen winselte Gunter nach noch mehr. Er wälzte sich auf der Trage und schrie: »Au, au, au! Aber kein Arzt nahm Notiz davon. Nun begann er auf seiner Bühne das dramatische Werk neu aufzuführen und schickte mich zum Arzt, der ihm ein starkes Insulin verabreichte. Morphium, die Droge, die ihm und seinem Körper das nötige Wohlbefinden verlieh, bekam er nicht. Dann wollte ich die Ärzteschaft über seine Sucht in Kenntnis setzen und meinte zu ihm: »Kläre die Ärzte über deine Sucht auf.« Doch er sagte: »Lass das schön bleiben Adelheit!« Ganz plötzlich kam mir die Erkenntnis, dass es hier nicht um mich, sondern um Gunter ging, der die Ärzteschaft aufklären sollte. Wenn ich auch ein Faible für Schwache, Geschädigte und sogar für einen Versager, wie meinen süchtigen Partner hatte, so würde ich seine Drogenabhängigkeit dennoch nicht preisgeben, ihn nicht verpetzen. Stunden vergingen, in denen nichts geschah. Die Ärzte warteten auf den Professor, der noch nicht im Dienst war. Von ihm hing es ab, wann Gunter operiert werden würde. Gegen Mitternacht kam er dann und die Ärzte informierten ihn über Gunters Symptom und Zustand. Ich war in seiner Nähe. »Wir operieren morgen!«, teilte der Professor mit. Dabei sah er sich nicht einmal Gunters Hand an, sondern nur seinen Leib. Um ein Uhr nachts kam Gunter in ein Bett. Danach fuhr auch ich heim und ging schlafen.

Als ich Gunter am Tag darauf besuchte, war er bereits operiert worden und lag auf der Intensivstation. Doktor Schnabel klärte mich über seinen Gesundheitszustand auf: »Ihr Partner hat nicht nur eine *Colitis ulcerosa*, sondern auch eine *Colitis chron*. Können Sie mir sagen, ob er einmal an der Milz operiert worden ist? Beim Eingriff fanden wir dieses Organ nicht.« Oh Gott, dachte ich, haben die vielen Medikamente und der Alkohol die Milz etwa zersetzt? Ich antwortete: »Alle seine Symptome schrieb er in ein Heft, Doktor. Dort werde ich einen Blick hineinwerfen und Ihnen Bescheid geben.« Zur Besuchszeit, die ich nach Dienstschluss wahrnahm, klärte ich Doktor Schnabel auf: »Kein Eintrag über das Organ Milz.« Auf der Intensivstation lag Gunter richtig, denn hier bekam er das, wonach sein Körper gierte: Morphium, das stärkste Schmerz- und Suchtmittel. Nach dem Eingriff blieb sein Leib von der linken bis zur rechten Seite offen. In und auf der Wunde lagen getränkte Tücher, eine feste Bandage verhinderte ihr Auseinanderklappen. Deshalb bekam er jetzt Flüssignahrung direkt in die Vene. Wenn die Tücher nur obenauf gelegen hätten, wäre die Wunde zusammengewachsen, und das durfte nicht sein. Deshalb wurde die Öffnung mit getränkten Tüchern ausgefüllt. Obwohl mich Doktor Schnabel über Gunters Operation informiert hatte, blieb jedoch offen, ob seine zerfressenen Organe entnommen werden sollten. Das wollte ich gar nicht wissen, denn es lag im Ermessen der Ärzteschaft. Als er sich dann aber freiwillig entlassen hatte und bei mir daheim auf auf der Couch lag, roch es in dem Raum wie nach Verwesung. Das war noch schlimmer als der Fäkaliengestank. Es ging entschieden zu weit. Er bekam keine Medikamente mehr, weil er gar keine Schmerzen mehr haben konnte, doch sein Gehirn war da anderer Meinung.

Wie versprochen, stand ich nun täglich nach Dienstschluss an Gunters Bett, bis Doktor Schnabel mich daraufhin ansprach: »Warum kommen Sie jeden Tag Ihren Partner besuchen? Denken Sie an sich!« »Ich gab ihm das Versprechen, ihn täglich zu besuchen Doktor.« Doch seine Aufforderung, »Denken Sie an sich!«, blieb haften. Bald schon reduzierte ich meine Besuche auf jeden zweiten Tag. Darüber war Gunter böse und sagte: »Warum besuchst du mich nicht jeden Tag? Deinen Mann hast du auch täglich besucht! Du hast wohl einen neuen Macker?« So schlecht es ihm auch ging, seine Eifersucht vergaß er nicht. »Den anderen Tag besuche ich Mutsch. Sie braucht meine Hilfe. Du bist hier in den besten Händen und gut versorgt.« »Was denn? Die Alte soll sich gefälligst selbst um sich kümmern!

Ich brauche dich hier bei mir Adelheit.« Dann ließ er mich links liegen, sodass ich wieder ging.

Später warnte mich Doktor Schnabel: »Erschrecken Sie nicht, wenn Sie Ihren Partner sehen, er ist am Bettgestell festgeschnallt. Er tobte so sehr, dass wir uns keinen anderen Rat wussten. Vielleicht können Sie uns etwas dazu sagen Frau Tholei?« Ich senkte den Kopf, weil es längst an der Zeit war, die Ärzte auf der Intensivstation über Gunters Verlangen aufzuklären. »Er ist süchtig nach Alkohol und Medikamenten Doktor!« Dabei fühlte ich mich noch schuldig, seine Sucht verpetzt zu haben. »Das hatten wir schon vermutet. Er kann ja Unmengen von starken Schmerzmitteln vertragen. Mit welchen Medikamenten betäubt er sich?«, wollte der Doktor in Erfahrung bringen. »Je stärker und giftiger der Stoff ist, umso besser fühlt er sich. Valorontropfen trank er gleich aus der Flasche und davon jede Menge, dazu starke Schmerztabletten. Stets schleppte er einen großen Plastikbeutel voller Medikamente mit sich. Dabei hatte ich nur selten Gelegenheit, einen Blick hineinzuwerfen.« »Ich danke Ihnen, dass Sie uns geholfen haben Frau Tholei.« Für die Ärzteschaft war es wichtig, Gunters Suchtdrogen zu kennen. Als ich ihn dann gefesselt im Bett liegen sah, konnte ich mir ein Schmunzeln nicht verkneifen und fragte: »Warum bist du am Gestell festgemacht Gunter?« »Bind mich los Adelheit. Komm, mach schnell! Die Riemen kriegst du rasch auf.« »Nein, tu ich nicht! Vielleicht gehst du dann auf mich los und tust mir Gewalt an.« Daraufhin wandte er den Blick ab und ignorierte mich, sodass ich wieder ging.

Tage später kam ich vom Dienst heim und traute meinen Augen nicht: Gunter lag in der Wohnstube auf der Couch. Entsetzt fragte ich ihn: »Was machst du hier?« »Freust du dich nicht Adelheit, das ich bei dir bin?« »Doch, aber wer wird dich hier medizinisch versorgen?« »Das Krankenhauspersonal hat alles in die Wege geleitet. Ab Morgen kommt täglich eine Krankenschwester und spült meine Wunde.« Ich war entsetzt darüber, dass der Doktor diesen schwerkranken Patienten entlassen hat. In meinem Kopf kreiste ständig die Sorge, dass er sich alkoholische Getränke telefonisch ins Haus bestellen und die Schwester bezirzen würde, ihm Morphium zu beschaffen. Als die Schwester am nächsten Morgen um sieben Uhr eintraf, Gunters Verband entfernte und dann mit einer Spritze in seiner breit klaffenden Wunde herumfuhrwerkte, wurde mir so schlecht, dass in meinem Leib eine Revolte ausbrach. Plötzlich setzten heftige Magenschmerzen ein und mir kam der Gedanke, er hat sich selbst entlassen, um wieder Alk schlucken und sich in seiner Sucht sielen zu können – was er auch tat. Bandage, Kissen und die Couch waren durchnässt, was noch ekelhafter stank als seine Fäkalien, nämlich wie verfaulender Leichnam, und mich dazu brachte, mir die Galle herauszukotzen.

Am nächsten Morgen legte die Schwester die versaute, abartig stinkende, durchnässte Bandage und die Tücher auf dem Wohnzimmertisch ab, worauf ich wütend wurde und sagte: »Ich will Sie morgen hier nicht mehr sehen. Nehmen Sie den Patienten mit ins Krankenhaus! Es hat nichts mit Ihnen zu tun, aber bitte bringen Sie ihn dorthin, wo er hingehört, wo er Fürsorge und Pflege bekommt.« »Aber meine Süße, was ist denn los mit dir? Ich will bei dir bleiben. Ich liebe dich. Bitte schick mich nicht wieder fort!« »Morgen bist du ihm Krankenhaus Gunter oder ich bringe dich persönlich dorthin! Ich will dich und deinen Gestank hier in meinen Räumen nicht mehr riechen!« Als ich am Abend heimkehrte, war Gunter im Spital. Beim Aufräumen und Säubern fand ich dann Weinflaschen hinter der Couch. Dachte ich mir doch, dass er nur wegen des Alkohols zu mir wollte. Dabei durfte er gar nichts trinken, noch essen. Das Verbot animierte ihn erst recht, das zu tun, was er wollte: sich wieder in seiner Sucht sielen.

In der Folgezeit lag er normal auf Station, wo er Medikamente und Nahrung ausschließlich in die Vene bekam. Bald wechselte er die Stationen wie das Krankenhemd. Stets war er schlecht gelaunt, aggressiv, unausstehlich. Mich animierte er, eine Flasche Sekt mitzubringen. Obwohl er oral keine Nahrung zu sich nehmen durfte, brachte ich ihm doch einen Piccolosekt mit, wofür ich von der Schwester einen Anranzer erhielt, weil die Flüssigkeit die Bandage durchnässte und er trockengelegt werden sollte. Sodann dachte sich Gunter ein neues Spiel aus: Er fummelte so lange mit den Fingern in der offenen Wunde herum, bis die Fisteln wie Pilze darin wuchsen. Die Folge davon war, dass er wieder operiert wurde. Wie viele Male er wegen solcher Fistelwucherungen operiert wurde und anschließend auf der Intensivstation lag, hörte ich auf zu zählen. Auf der normalen Station hielt er es nicht aus, weil ihm das Morphium fehlte.

Als ich ihn eines Tages besuchte, fand ich sein Bett leer. Die Angst raste durch meinen Körper, dass man ihn entlassen hatte, ohne mich davon in Kenntnis zu setzen. Doch sein Bettnachbar sagte: »Er ist selbst schuld! Die ganze Nacht scharrte er mit seinen Füßen herum, dass ich nicht schlafen konnte. Jetzt liegt er auf der Intensivstation.« Und dort enthüllte mir Doktor Schnabel: »Wir haben Ihrem Partner die linke große Zehe amputiert. Er hat sie sich in der Nacht wund gescheuert und eine Infektion bekommen.« Oh Gott, dachte ich, wo wird er sich das nächste Mal zerfleischen, nur um auf der Intensivstation an sein Morphium zu gelangen? Während ich einen Einblick in das Wissen der Astrologie bekam, erfuhr ich, dass der Skorpion ein Zerstörer und Selbstzerstörer sein kann. Gunter verwundete und amputierte sich willentlich selbst. Aber zu Hause versuchte er auch mich zu zerstören, wobei ich manches seiner Spielchen anfangs verkannt hatte.

Wieder auf der Normalstation, drängte er mich jedes Mal Sekt mitzubringen. Wenn ich das ablehnte, ignorierte er mich kurzerhand mit Blick aus dem Fenster. Einmal sagte ich ihm dennoch: »Die Außenwelt hast du gegen eine stationäre Institution eingetauscht. Mich, deine Krücke, hast du somit durch Ärzte und Pflegepersonal ersetzt – ein Tauschgeschäft, bei dem du nun mit Flüssignahrung in die Vene verwöhnt wirst.« Dabei schmunzelte er und sagte: »Das war ein unfairer Tausch. Ich brauche ständig Morphium gegen die Schmerzen, kriege aber keines. Sprich du einmal mit dem Doktor Adelheit, dass ich so starke Schmerzen habe.« Ich kam seinem Wunsch nach und der Doktor meinte: »Ihrem Partner geht es den Umständen entsprechend gut.« Wieder zurück, sagte ich: »Du hast nicht einmal mehr Suchtschmerzen Gunter! Dein Gehirn findet aus diesem Leben nicht mehr heraus. Wenn deine innere Uhr tickt, das Hirn nach dem Suchtelixier lechzt und nichts bekommt, zerfleischst du dich selbst, um auf die Intensivstation zu gelangen. Dort wimmerst du dann: ›Bitte nur Morphium!‹ Dein Gehirn wird immer auf diesem Suchttrip bleiben, den du nicht abstellen kannst. Schließlich lebst du seit vierzig Jahren mit der Sucht und hattest nur zwanzig ohne sie. Die Sehnsucht nach Rauschmitteln wird dich in die himmlische Sphäre begleiten, weil du ihr in diesem Leben keinen Riegel mehr vorschieben wirst. Dafür hast du zu lange mit deinen Giften gelebt!« Doch diese Wahrheit wollte er partout nicht hören und lenkte den Blick wieder aus dem Fenster, sodass ich ging.

Später sagte Doktor Schnabel: »Wir haben vieles mit Ihrem Partner erlebt, aber wenn Sie ihn heute sehen, erschrecken Sie nicht, er hat den Kopf verbunden. Trotz all der Schläuche, mit denen er an die Geräte angeschlossen ist, fiel er aus dem Bett. Beim Sturz zog er sich am Kopf eine Platzwunde zu, die wir genäht haben.« »Wann kommt er wieder auf die Normalstation Doktor?« »Heute wäre der Wechsel gewesen Frau Tholei.« Dabei spürte ich deutlich, dass er sich selbst hatte aus dem Bett fallen lassen.

Als der Doktor mich dann direkt danach fragte, bestätigte ich ihm: »Mit Sicherheit Doktor! Wenn Sie ihm den Wechsel auf die Normalstation vorher ankündigen, wird er immer wieder etwas Neues erfinden, um seine Verlegung zu verhindern.«

Der Schauspieler veranstaltete sein individuelles Theaterstück, verunsicherte dabei die Ärzte, verschaffte ihnen sogar Schuldgefühle, sie würden nicht genug auf ihren Patienten aufpassen. Somit setzte er die Verlängerung seines Aufenthalts auf der Intensivstation durch. Für ihn war dieser Aufschub wichtig, weil stets die innere Uhr nach seiner Sucht tickte. Nur die Sehnsucht nach dem Rausch, nach dem Abtauchen in die Unterwelt hielt seine Gehirnfunktionen aufrecht. Die Suchtuhr war so lange und fest in ihm verankert, dass er sie nicht mehr abstellen konnte. Sie meldete sich durch nervöse Zuckungen, bis er das Morphium injiziert bekam. Unauffällig stellte ich mich in die offene Tür der Intensivstation, grinste ihn an und stellte ihm theatralisch die Frage: »Was hast du denn gemacht Gunter?« Neugierig auf seine Version, stellte ich mich neben das Bett, und als ich ihn mit einem Kuss begrüßen wollte, drehte er den Kopf beiseite. Doch als ich mich daraufhin entfernen wollte, sagte er: »Bitte meine Süße, bleibe hier! Ich hatte große Sehnsucht nach dir. Kommst du morgen wieder?« »Nein, da bin ich mit Mutsch verabredet.« Gezielt fragte ich dann: »Willst du mir nicht erzählen, weshalb dein Kopf verbunden ist Gunter?« Während er seine Version schilderte, rutschte er allmählich an die Bettkante heran, wo ich stand. Dabei dachte ich: Wenn du glaubst, ich merke nicht, dass du immer näher zu mir heran rutschst, dann täuschst du dich! Auf einmal drehte er sich zu mir auf die Seite und ich sagte geschwind: »Leg dich in die Mitte der Matratze Gunter! Du brauchst dich nur noch fallen zu lassen und würdest vor meinen Füßen auf dem Boden liegen. Dein Spielchen durchschaue ich. Warum tust du das in meinem Beisein? Damit du auf der Intensivstation bleiben kannst?« »Nein, heute nicht! Deinetwegen tat ich es Adelheit.« »Wegen mir? Weshalb Gunter?« »Wenn ich dich nicht mehr haben kann, soll auch kein anderer dich in die Finger bekommen. Ins Gefängnis mit dir!« »Jetzt spinnst du aber wirklich Gunter!« »Adelheit, du verstehst mich nicht!« »Dann kläre mich bitte auf.« »Wenn ich in deinem Beisein aus dem Bett stürze, kann ich sagen, dass du mich absichtlich rausgeschubst hast.« »Das traue ich dir sogar zu Gunter!« »Und wenn ich mich dabei lebensgefährlich verletzte, wäre dir die Strafe gewiss. Du würdest eingesperrt und aus dem Verkehr gezogen werden. Und ich bräuchte keine Bedenken haben, dass ein neuer Macker meinen Platz einnehmen könnte.« »Dein Gedankengang ist komplett absurd Gunter! Ich bin fassungslos. Nennst du das Liebe?« »Ja gewiss. Auf jeden Fall! Weil ich dich so sehr liebe Adelheit. Dafür würde ich alles tun. Du gehörst nur mir, mir ganz allein. Kein anderer Kerl soll dich je in die Finger kriegen!«

Oh Gott, sein Geständnis erinnerte mich an den Alten: »Kein anderer darf dich knacken!«, wie er zu sagen pflegte. »Gunter, ich gehöre weder dir noch jemand anderem. Ich gehöre nur mir allein.« »Niemals! Du gehörst ganz allein mir meine Süße! Wir lieben uns doch so sehr, nicht wahr?« »Ich liebte dich einst, aber den Liebesakt mit dir noch viel mehr. Schade, dass ich ihn nur für kurze Zeit genießen durfte, bis ich deine Krücke, Stütze und dein Halt wurde. Unsere Liebe ward süß, dann bittersüß, bis sie schließlich nur noch bitter war. Du selbst hast den Beziehungssprengstoff geliefert, denn auf die Teilhabe an deiner Sucht hätte ich gern verzichtet. Damit hast du unsere Liebe zerstört. Deine Manie hat permanent an mir genagt, mich ausgesaugt, mir die Hoffnung auf eine positive Zukunft genommen und meine Flügel erlahmen lassen. Unser einst harmonisches Miteinander klaffte wie ein offenes Taschenmesser auseinander. Während meine Seele darunter litt, zog ich dich immer wieder treu und brav aus deiner stinkigen, abartigen, säuischen Unterwelt. Mit der Zeit bekam der Krückstock Mitleid mit dem verkommenen, stinkigen, süchtigen Wesen, das gleichwohl ein Mensch ist. Dieses Mitleid bekommst du von mir umsonst, das Mitgefühl aber sollst du dir erarbeiten. Du liebst nur die Krücke Gunter, die ich einst für dich war. Trotzdem komme ich pflichtbewusst zu dir ins Spital, und du hast nichts anderes im Kopf, als mich in den Knast zu bringen! Wie verrückt ist das denn? Ebenso pflichtbewusst kümmere ich mich auch um Mutsch. Meine Freizeit und mein Hobby bleiben dabei auf der Strecke.« »Du brauchst kein Hobby, du brauchst mich Adelheit!« »Gunter, du kannst dir nicht vorstellen, wie schwer es ist, einem süchtigen Menschen helfen zu wollen, der sich nicht helfen lässt! Das ist Freiheitsberaubung und tut höllisch weh. Dabei bin ich täglich im Geschäft und leiste dort hundert Prozent. Dass ich es mir so ausgesucht habe, ist mir bewusst, den Wunsch nach wahrer Liebe und echten Gefühlen aber sollte ich mir dabei abgewöhnen.«

Als Gunter genug von meinem Geschwafel hatte, wandte er sich von mir ab und ich ging. Meinen Kummer verarbeitete ich allein. Dabei schenkte ich meinen Kollegen und Kunden stets mein Gehör und Mitgefühl, wenn sie ihre Klagen vor mir ausschütteten. Sie erleichterten sich und ich war anschließend matt. Menschen sind häufig an Menschen zerbrochen. Ich aber bin baumstark und zerbreche nicht, redete ich mir stets ein. Um an meiner Lage nicht zu verzweifeln, suchte ich zum Ausgleich die Reiki-Gruppe auf und gönnte mir hier die nötige Entspannung.

Eine Woche später besuchte ich einen Vortrag von Harald Wessbecher, der über das Thema Seelenwanderung sprach. Seinem Vortrag hörte ich mit wachsender Spannung zu und meine Gedanken schweiften dabei zurück zu Sternchen. Was da in Sekundenschnelle aus seinem Körper herausgeschlüpft war, konnte nur seine Seele gewesen sein. Sie dockte sich an meine Seele an und so war ich lange nicht allein. Er war ständig bei mir, begleitete mich überall hin und sah voraus, was auf mich zukam. Ich trug ihn sozusagen als Rucksack bei mir, wie Wessbecher erklärte. Sternchens Eile, dass ich mir einen neuen Partner suchte, hatte damit zu tun, dass man ihn in der himmlischen Sphäre längst erwartete. Diese Themenstellung machte mich so wissensdurstig, dass ich, wenn die Zeit dafür reif sein würde, darauf zurückgreifen wollte.

Aber erst einmal löste ich ein anderes Problem, anstatt meinem Hobby nachzugehen: Mutsch wollte ihren Sohn nicht mehr besuchen, weil sie von seinen Standpauken genug hatte. Kamen aber Gunters Tochter Jasmina und ihr Mann ihn besuchen, spielte er den Prinzen, wo er doch ein Wildschwein war. Das sagte ich ihm auch ins Gesicht: »Gunter, du bist Prinz und Wildschwein zugleich.« Da grinste er satanisch: »Was du sagst Adelheit, kann schon stimmen. Denn in jeder Brust stecken entweder zwei Teufel oder ein Wildschwein und ein Prinz.« »Du wirst das schon wissen Gunter!« Er ist ja nicht so geboren worden, wie er sich heute gebärdete. Was er mit seinem Leben anfing, hatte sich in seiner Existenz längst manifestiert – als Zerstörung und Selbstzerfleischung.

Das Ende sah ich nah'n, wie Nebel über'm Ozean

Gerade vom Spital daheim, klingelte das Telefon. Als ich den Hörer abnahm, sprach Mutsch aufgeregt am anderen Ende. »Wo bist du denn? Ich habe große Schmerzen im Bein. Bitte komm Adelheit.« »Ich bin schon unterwegs Mutsch!«, sagte ich, legte auf und machte mich unverzüglich auf den Weg gen Süden. »Endlich!«, sagte Mutsch, als sie die Wohnungstür öffnete. Sie zeigte mir ihr Bein und ich stellte fest: »Du hast eine Thrombose!« Sogleich rief ich den Notarzt an, und als der eintraf, bestätigte er das. Er trug mir auf, Mutsch die Injektionen selbst zu verabreichen. Ich lehnte ab: »Ich arbeite täglich von morgens bis abends Herr Doktor.« Er verstand und überwies Mutsch ins Krankenhaus. Ich war nicht dazu fähig, Spritzen zu geben, daran hatte sich nichts geändert. Im Spital wurden viele Untersuchungen an Mutsch vorgenommen. Bis sie nach Mitternacht in einem Krankenbett lag, blieb ich an ihrer Seite. »Alles Liebe Mutsch, und schlaf gut! Ich komme übermorgen wieder.« Ich fuhr heim und konnte endlich schlafen.

Am Tag darauf war Reiki-Abend. Die Entspannung hatte ich auch dringend nötig. In der Folgezeit fuhr ich nach Geschäftsschluss einmal in den Süden der Stadt ins Spital, um Mutsch zu besuchen und am nächsten Tag fuhr ich Richtung Norden, wo Gunter im Spital auf mich wartete. Er lag wieder auf der Normalstation, wo er stets garstig und böse mit mir nörgelte. Dabei brannten mir die Augen; sie wollten geschlossen bleiben. Obwohl seine schlechte Verfassung nichts mit mir zu tun hatte, hielt ich es in seiner Nähe nicht aus und schwieg. »Hast du nichts zu erzählen Adelheit?« »Doch schon, aber von Mutsch willst du ja nichts hören.« »Was ist mir ihr? Erzähl!« Seine Neugier war groß, und ich sagte: »Mutsch liegt mit einer Thrombose im Krankenhaus.« »Was macht denn die Alte, dass sie so oft ins Krankenhaus geht?«, fragte er aufgebracht. »Na hör mal!«, entsetzte ich mich. »Wie sprichst du von deiner Mutti? Du liegst schon ein ganzes Jahr im Spital Gunter!« Dazu schwieg er. Nach einer Weile sagte ich: »Gunter, ich möchte ein Ritual sprechen.« »Was willst du?«, empörte er sich. »Ich möchte ein Ritual sprechen. Bitte hör einfach zu!« Meine Hände hielt ich vor meinem Herzen und sprach: »Lieber Gunter, ich vergebe dir, was du mir angetan hast. Du hast mich mit deiner Sucht, mit Ekel und Gestank konfrontiert, mein Auto demoliert, die Glasscheibe an der Badtür zerschlagen und viele andere Untaten begangen. Ich gebe dich frei. Bitte vergib auch du mir, was ich dir angetan habe, dass ich dich einmal verdroschen, dir öfter mit Rausschmiss gedroht und dich beschimpft habe. Bitte gib mich frei!« Danach herrschte Stille. Plötzlich spürte ich in mir deutlich ein Freiheitsgefühl. Seine Aggressivität berührte mich nicht mehr. Nachdem er überlegt hatte, sagte er: »Du hast mir nichts angetan. Ich habe dir nichts zu vergeben. Außerdem gebe ich dich niemals frei. Ich bin dir für immer und ewig verbunden, auch nach meinem Tod!« »Wenn du mich freigibst Gunter, fühlst du dich besser.« »Ich fühle mich gut, und noch besser, wenn ich weiß, dass du keinen neuen Macker hast Adelheit!« Das ließ ich einfach so stehen.

Wenn ich Mutsch im Spital besuchte, strahlte sie vor Freude, mich zu sehen. Einmal nahm sie meine Hände in ihre und sagte: »Du solltest meine Tochter sein Adelheit. Du sorgst dich um mich und meinen Sohn und bist dabei täglich im Dienst.« »Das mache ich gern Mutsch, du bist pflegeleicht.« Für ihr hohes Alter war sie, wie der Doktor mir sagte, noch sehr agil. Da stimmte ich ihm zu. Zu ihrer Thrombose gesellte sich noch eine *Colitis ulcerosa*. Es war mir neu, dass ein Mensch im hohen Alter diese Krankheit noch bekommen konnte. Zum Abschied sagte sie: »Ich freue mich, wenn du wieder kommst meine Kleene!« Sie war eine gute Seele. Beim Reiki-Abend gab mir Heidrun einen Tipp: »Bevor du das Hospital betrittst, zieh dir einen Schutz über den Körper, dann prallen die negativen Energien an dir ab.« Ich befolgte ihren Rat und zog mir täglich, wenn ich Gunter oder Mutsch besuchte, vor dem Gebäude rituell einen Schutz über den Körper.

Später einmal, als ich gerade durch das Foyer im Spital zu Gunter ging, kam Schwester Traudel mit einer Spritze in der erhobenen Hand aus dem Schwesternzimmer und ging langsam vor mir her in Gunters Zimmer. Im Türrahmen blieb ich stehen und sah zu, wie sie an sein Bett herantrat und Gunter melodisch aufforderte: »Schauen Sie einmal Herr Spulhe, was ich hier für Sie habe!« Was sie dann beide veranstalteten, wirkte wie eine Komödie auf mich. Gunter riss seine blauen Augen und den Mund breit grinsend auf, sodass sein komplettes Gebiss zu sehen war. Die Schwester krempelte ihm den Hemdsärmel ganz nach oben und er hielt ihn fest, damit er nicht herunterrutschte. Dann setzte sie ihm in aller Ruhe die Kanüle auf die Haut und stach durch sie hindurch. Langsam injizierte sie im das Medikament Morphium in die Vene. Mit Genugtuung sah ihr Gunter bei der Arbeit zu, bis die Spritze völlig entleert war, dass ja kein Tropfen verloren ging. Sein Geist war nur damit beschäftigt, die Handlung der Schwester zu verfolgen, sodass er mich gar nicht zur Kenntnis nahm. Zum Schluss sah mich Schwester Traudel vielsagend an, und ich verstand. Wie unter Hypnose sagte Gunter: »Danke Schwester Traudel! Jetzt habe ich keine Schmerzen mehr. Sie haben mir doch das richtige Schmerzmittel injiziert Schwester Traudel?« »Aber ja!«, sagte sie theatralisch. »Wie können Sie daran zweifeln Herr Spulhe?« Sodann strahlte Gunters Gesicht vor Glückseligkeit. Immer noch im Türrahmen stehend, verfolgte ich aufmerksam diese Inszenierung. Die Schwester schauspielerte bewusst, und Gunter täuschte sich gewaltig. In der Spritze war kein Morphium, sondern ein völlig harmloses Mittel und Gunter genoss den puren Placeboeffekt. Anschließend trat ich in Erscheinung und sogleich spuckte der Schauspieler Feuer. Nicht ahnend, dass ich ihn beim Genuss seiner Scheindroge beobachtet hatte, beschimpfte er mich nun von A bis Z. Ich störte ihn in der Phase seines eingebildeten Hochgenusses, die er ganz allein auszukosten wünschte – wie er es sonst auch tat, wenn er sich in seiner Manie sielte. Ich kannte das zur Genüge und ging wieder.

Wochen später fuhr ich Mutsch vom Krankenhaus nach Hause. Eine Woche später brachte ich sie wieder zurück, weil ihr Darm blutete und sie an Kraft verlor. Vier Wochen später schlug ich Gunter eine Idee vor: »Wollen wir Mutsch im Spital besuchen? Ihr habt euch doch eine lange Zeit nicht gesehen.« Nach einiger Zeit des Nachdenkens fragte er: »Wie stellst du dir das vor Adelheit? Ich kann nicht laufen, keine Schuhe anziehen ...« »Ich kaufe dir ein Paar größere Turnschuhe, in denen du mit deiner verbundenen Zehe viel Platz hast. Laufen brauchst du nicht. Mit dem Rollstuhl fahre ich dich bis zum Auto.« »Nein, das geht schon gar nicht! Auf keinen Fall!«, weigerte er sich und gab als Gründe nur Ausflüchte an. »Es war ja auch nur eine Idee von mir Gunter. Du sollst gar nichts!« Wieder daheim, klingelte bald darauf das Telefon. Ich nahm den Hörer ab und hörte Gunter am anderen Ende sagen: »Ich sprach mit der Schwester über deinen Vorschlag und sie meinte, das ließe sich machen!« »Na wunderbar Gunter! Das freut mich!« Nach seiner Zusage war ich guter Dinge, kaufte ihm weiche weiße Turnschuhe und brachte sie gleich ins Spital, damit er sie schon einmal anprobieren konnte. Dabei meinte er: »Was ich anpacke, hat zu funktionieren. Da brauche ich keine Probe!«

Eine Woche später, an einem Sonntagnachmittag, verpackten zwei Schwestern Gunters Leib dicht und fest. »Zwei Stunden hält der Verband«, sagte Schwester Traudel. »Was denn, nur zwei Stunden?«, echauffierte sich Gunter. »Ja, bitte nur zwei Stunden Herr Spulhe!«, diktierte ihm die Schwester und wandte sich dann an mich: »Frau Tholei, bitte bleiben Sie nur zwei Stunden außer Haus, auf keinen Fall länger!« »Versprochen Schwester, ich gebe Ihnen mein Wort. Und vielen herzlichen Dank für die Erlaubnis.« In der Zwischenzeit holte die andere Schwester den Rollstuhl, in den sich Gunter hineinsetzte. Ich schob ihn dann nach einem Jahr und drei Monaten das erste Mal durch das Foyer ins Freie. Genießerisch sog Gunter die frische Luft ein und wartete vor der Eingangstür, bis ich mit dem Auto vorfuhr und ihm beim Einsteigen half. Mit Schwung setzte er sich auf den Beifahrersitz. Den Rollstuhl verstaute ich im Kofferraum und ab ging es auf die Autobahn gen Süden, hin zur Mutsch in das Neuköllner Spital. Vom Besuch ihres Sohnes ahnte sie nichts. Als wir dort ankamen, setzte sich Gunter nicht wieder in den Rollstuhl, sondern ging selbstständig die Treppen zur zweiten Etage hinauf. Er mutete seinem Körper viel zu und bemühte sich, gesund zu wirken.

Vor der Tür zu dem Zimmer, hinter dem Mutsch seit geraumer Zeit ein Bett belegte, klopfte er an. Sogleich hörten wir klar und deutlich ihre Stimmer: »Ja bitte!« Als Gunter die Tür öffnete und Mutsch ihren Sohn sah, stieß sie einen Freudenschrei aus: »Oh, mein Junge kommt mich besuchen!« Sie lief ihm entgegen und umarmte ihren Bub. Die anderen Patientinnen staunten und eine meinte: »Wie kann das sein, dass Ihr Junge, der selbst im Krankenhaus liegt, Sie besuchen kommt?« »Tja, das ist eben mein Junge!«, sagte Mutsch pfiffig. Zu ihrer Rechten nahm ich Platz, dabei drückte sie fest meine Hand und sprach leise: »Das war doch deine Idee Adelheit. Gunter würde nie auf solch einen Gedanken kommen.« »Ja Mutsch, das war mein Angebot an Gunter.« Sogleich wandte er ein: »Nein, das war mein Vorschlag.« »Mutsch, lass ihn in dem Glauben«, flüsterte ich. Beide plapperten dann um die Wette über ihre Krankheiten. Dabei wollte einer kränker sein als der andere, als hätten sie sich nichts anderes zu erzählen gehabt. Plötzlich hatte ich das unheimliche Gefühl, Mutsch und ihr Sohn sehen und sprechen sich heute, hier und jetzt zum letzten Mal. Zum Abschied begleitete uns Mutsch zum Fahrstuhl. Sie drückte und umarmte ihren Jungen noch einmal, dann schloss sich die Türen des Lifts.

Gunter wartete im Foyer, bis ich mit dem Wagen vorfuhr. Geschwind setzte er sich wieder auf den Beifahrersitz und meinte: »Nun fahr mich zu dir nach Hause Adelheit!« »Auf keinen Fall Gunter! Die Schwester hat dir zwei Stunden gewährt, und ich gab ihr mein Wort darauf. Nach einem Jahr und drei Monaten stationären Aufenthalts sind die Fahrt und das Wiedersehen mit deiner Mutter glücklich und herzlich verlaufen. Dabei wollen wir es auch belassen.« »Ich will mich aber davon überzeugen, dass du keinen neuen Macker hast Adelheit!« »Fakt ist, die Zeit ist um! Und ich kann dich beruhigen: Es wird keinen Mann an meiner Seite mehr geben. Wir fahren jetzt direkt ins Spital.« Dort setzte er sich dann wieder in den Rollstuhl und auf der Station bemühten sich die Schwestern gleich um sein Wohl. Im Bett stöhnte er geschwächt: »Endlich!« Ich verabschiedete mich von ihm mit einem Küsschen.

In dieser Nacht träumte ich: Ein kleiner Junge spielt am Strand allein im weißen Sand. Der Bub hat blondes kurz geschnittenes gescheiteltes Haar, ist bekleidet mit einem kurzärmligen hellen Hemd und kurzer Hose mit Hosenträgern. Er ist fünf bis sechs Jahre alt. Dort, wo er spielt, befindet sich in der Nähe eine Drahtseilbahn, auf die er sich draufzusetzen versucht, von der er aber immer wieder herunterfällt. Ich gehe zu ihm, setze ihn auf den Sitz und sage: »Halt dich gut am Griff fest!«, was er auch tut. Dann gebe ich ihm Schwung und er rollt auf dem Seil davon. Immer höher hinauf wird die Gondel gezogen, bis er in den Wolken verschwindet und ich ihn vom Strand aus nicht mehr sehen kann. Eilig kraxle ich einen Hang hinauf, um ihn von dort oben aus zu suchen. Auf dem Berg stehen große Bäume mit dicken Stämmen in saftigem Grün. Eine mächtige Angst plagt mich, den Bub nicht finden zu können. Von hier oben auf dem Berg schaue ich zu den Wolken hinauf, in die er hineingegondelt ist. Aber auch von hier aus kann ich ihn nirgends entdecken und beginne zu weinen. Ich bin schuld daran, dass der Bub so weit hinausgeschwebt ist und nicht mehr zurückkehrt. Den Weg zurück gehe ich am Strand entlang. Dort sehe ich einen toten Fisch liegen, an dem Würmer, Fliegen und Käfer nagen, die ihn schließlich auffressen. Dieser Anblick ekelt mich ungemein, sodass ich weine und den weißen Sandstrand entlang laufe, der offenbar unendlich ist. – Als ich dann aufwachte, weinte ich tatsächlich.

Am nächsten Tag, ich hatte dienstfrei, brachte ich Mutsch vom Spital nach Hause. Der Arzt verordnete ihr Schonkost und wir kauften sie gemeinsam ein. Bei einer Tasse Tee erzählte ich ihr dann meinen Traum. Sie stand auf, holte ihre Fotokiste, kramte darin und zeigte mir ein Foto, auf dem ich gleich den Bub aus meinem Traum erkannte. Ich fragte: »Wer ist das?« »Das ist Gunter mit fünf oder sechs Jahren.« »Was denn, er war wirklich einmal blond Mutsch?« »Ja Adelheit, in dem Alter war er blond.« Es zog mir fast die Schuhe aus, als ich das Bild betrachtete. Das war genau der Bub in meinem Traum: blonde kurze Haare mit Scheitel, das helle Hemd, die kurze Hose mit den Hosenträgern. Ich fand das sensationell, weil ich das Bild nie zuvor gesehen hatte und mir nicht vorstellen konnte, dass Gunter einmal tatsächlich blond war. Wenn Träume real sind, verarbeiten sie nicht nur den Tag in der Nacht, sondern zeigen auch auf, was geschehen kann …

Denn drei Tage später erhielt ich im Geschäft einen Anruf aus dem Spital. »Bitte kommen Sie!«, sagte Doktor Schnabel. Als ich dort eintraf, lag Gunter auf der Intensivstation und war nicht mehr ansprechbar. Wie mich die Erfahrung mit Sternchen aber gelehrt hatte, spürte er sicher, dass ich bei ihm weilte, dass er nicht allein war und ich ihn begleiten würde. Eine Lungenembolie war der Grund dafür, dass man ihn auf die Intensivstation verlegt hatte. Sein Gesicht war derart aufgedunsen, als hätte er eine Flasche Valorontropfen zusammen mit einer Flasche Wein geleert. Plötzlich begann ein ständiges Hin-und Herlaufen der Ärzte und Schwestern. Diese Unruhe behagte mir nicht. Ein mulmiges Gefühl stieg in mir auf, und ich hatte das Bedürfnis, Gunters Hand zu streicheln, an der vor Kurzem die Hautverpflanzung stattfand.

Zwei Stunden später gaben alle Gerätschaften, die an seinen Körper angeschlossen waren, nur noch einen Piepton von sich. Als dann die Schwester auch noch sämtliche Strippen von ihm entfernte, fragte ich aufgeregt: »Was machen Sie denn da?« Ich hatte Angst, sie würde ihm einfach den Hahn abdrehen. Doch sie wies mich sanft darauf hin: »Er ist tot.« »Oh mein Gott!«, stöhnte ich und begann zu weinen. Das Personal verließ den Raum, bis auf eine Schwester. »Bitte lassen Sie mich allein!«, sagte ich zu ihr. Ich wollte nicht, dass sie meine Tränen sah und wie ich von Gunter Abschied nahm. »Der Doktor hat veranlasst, dass ich hier bleibe«, meinte sie. »Bitte gehen Sie. Ich will allein sein!«, verlangte ich mit Nachdruck. Daraufhin verließ auch sie den Raum. Endlich konnte ich Abschied von ihm nehmen: »Hallo Gunter, hier im Bett liegt nur dein Leichnam. Deine Seele hat sich in Sekundenschnelle von dir getrennt und segelt bestimmt noch im Zimmer umher, ehe sie die himmlische Sphäre betreten wird. Das, wovor du dich so sehr gefürchtet hattest, ist nun eingetreten: der Tod. Ich möchte dir sagen, dass du mir mit der Empfindung höchster Lust ein großes Geschenk gemacht hast. Dafür danke ich dir. Wenn deine Seele noch hier bei mir weilen sollte, hört sie sicher, was ich dir mitteile. Finde in der Stille der himmlischen Sphäre deinen Frieden. Auf Wiedersehen Gunter!« Ich gab ihm einen letzten Kuss auf die Stirn, dann verließ auch ich den Raum, die Station, das Gebäude und für immer auch das Gelände.

Meine Aufgabe war es nun, Mutsch vom Tod ihres Sohnes in Kenntnis zu setzen. Auf der Fahrt zu ihr waren meine Gedanken bei Gunter. Dabei brach in mir ein tiefes Mitgefühl auf. Dieses sexuelle Gefühl, das ich einmal vergöttert hatte, bis mir der Verstand versagte, war das Liebe? Ein Wort, das ich lieber schluckte als aussprach. Ich half, unserer Liebe Bestand zu geben, glaubte an die Zukunft zu zweit, bis dann das große Leid hereinbrach.

Für das Ertragen neuer Wunden
war ich nicht bereit.
Seine Sucht, die ich nicht wollte,
angesichts derer ich lieber heulte
und die ich ertrug,
war das Dunkle an ihm,
das über mich herfiel.

Ich konnte nicht zurück,
weil ich glaubte an das Glück.
Das war verrückt!
Ich half vergeben und verzeihen,
um vom Schmerz mich zu befreien.
Bis die Seele zu mir sprach:
Wach auf und hör auf dich,
ehe du zerbrichst.
Lerne, positiv zu sehen.
Liebe und Hass verbinden
und verschwinden.

Loslassen wird das Beste sein,
bleibe lieber allein.
Ich lernte lieben,
hassen und verstehen,
und selber in die Tiefe gehen.

Schmerzen fügte er sich selber zu,
dann hatte er innere Ruh.
Waren sie auch noch so groß,
er genoss sie unverhüllt und makellos.
Er spürte keine Qual, kein Leid
und auch keine Traurigkeit.
Das war für ihn die größte Freud.

Das Schicksal schlug hart zu,
seine Seele verlangte nach endloser Ruh.
Doch er hielt am Leben fest –
das gab ihm den Rest.

Er betete zu Gott:
»Vergebe und verzeih!
Ich will nicht sterben allein!«

Und Gott sprach:
»Lös die Schatten auf, die du selber bist!
Dann führ ich dich heim ins Licht,
das ist meine Pflicht.«

Das Ende sah ich nah'n,
wie den Nebel über'm Ozean.

Mutsch starb kurz nach ihrem Sohn.

Einstieg in den Wandel

Auf das Ende, das durch Gunters Tod eintrat, folgte ein Neuanfang, der mich zu einer völlig neuen Weltanschauung führte. Aber was fing ich nun mit meiner Freizeit an? Schließlich war nichts mehr so, wie es war. Alles braucht seine Zeit, bis ein neues Ziel ins Auge gefasst werden kann. Dabei schien mir der Gang des Neuen eher zweitrangig. Vorrangig war zunächst mein Job. Jede neue Reise beginnt mit einem ersten vorsichtigen Schritt. Zeigt sich dann irgendwann das Neue, gewähre ich ihm Einlass in mein Bewusstsein. Solange aber, wie sich nichts Neues präsentierte, arrangierte ich mich akribisch mit meiner täglichen Arbeit. Um kontinuierlich beschäftigt zu sein, machte ich Überstunden, erledigte die liegen gebliebenen Aufträge der Kollegen, die ihren Job nur stunden- oder tageweise ausübten, während ich eine Vollzeitstelle innehatte. Schließlich benötigte der Kunde sein Hilfsmittel stets eilig, um seine Ausfallzeit so kurz wie nur möglich zu halten. Wenn Not am Mann war, meldete ich mich freiwillig, auch an den unbesetzten Samstagen zu arbeiten. Frei von Partnerschaft, hatte ich nichts anderes zu tun, als mir den Dienst selbst aufzuerlegen, um nicht in ein Loch zu fallen. Dabei räumte ich der Sicherung meiner materiellen Existenz großen Stellenwert ein. Ich akzeptierte den Wendepunkt in meinem Leben und war auch bereit die Blickrichtung zu ändern, aber welche sollte es sein? Ich verließ mich auf meine innere Stimme, die mir den richtigen Weg schon weisen würde. Bis dahin galt meiner täglichen Arbeit die volle Aufmerksamkeit. Sie sicherte mir meinen Lebensstandard; hier erfuhr ich Freude, Intensität und Sinnhaftigkeit.

Auf einmal signalisierte mir die Gefühlsströmung, etwas Neues zu erlernen, aber sie enthielt kein Thema. Oder war es nur ein Trugbild, weil ich Gunter und Mutsch pflichteifrig zur Seite stand und nun allein war? Worauf zielte dieser Impuls ab? War er immer schon da und ich hatte ihn wegen meiner Mühsal nur übersehen oder unterdrückt? Vielleicht würde er ja eines Tages auf mich zukommen und sagen: »He, hier bin ich!« »Na prima«, sage ich dann, »auf dich hab ich gewartet!« Dabei würde ich alle Sinnesorgane auf das Äußerste öffnen, um nicht zu verpassen, wenn sich etwas zeigte. Manchen Abend fühlte ich mich der Ohnmacht nahe, wenn ich heimkam. Das Gleichgewicht für das Alleinsein hatte sich noch nicht eingestellt. Dann wiederum fragte ich mich, wer sollte mir Klarheit und Wegweisung gewähren, damit ich meine Balance wiederfand? Oder hatte ich einfach Angst, Schritte in diese neue Freiheit zu setzen? Sah ich deshalb den Wald vor lauter Bäume nicht? Mein Leben allein auszurichten, ohne jemanden von außen einzubeziehen, fiel mir schwer. Über das, was mich innerlich bewegte, sprach ich mit niemandem und setzte meine Erkundungsreise des Neuen allein fort.

Plötzlich blitzte mir durch den Kopf, dass es die Bücher sind, die Ungewöhnliches für immer aufnehmen und bewahren. Als ich dann auch noch einen Brief von der »Schule des Schreibens« erhielt, dachte ich mir: Das ist es! Bequem von zu Hause aus begann ich, Belletristik zu lernen. Das Schreibhandwerk interessierte mich, weil ich ein begonnenes Manuskript entmutigt ins Schubfach verbannt hatte. Mit dem Studium der Belletristik füllte ich meine Freizeit. Dabei erstaunte mich, dass das Sprechen selbst viel einfacher ist, als das gesprochene Wort zu Papier zu bringen. Die Aufgabenstellungen waren schwerer, als ich anfangs angenommen hatte. Während ich mich auf das Medium der Sprache einließ, fehlte mir das Klangerlebnis dabei. Ich schuf mir zwar neue Sprachräume, verlor aber schon bald die Disziplin und das Interesse daran. Das rein sprachliche Denken war mir zu trocken. Dennoch blieb ich dabei, um den Abschluss zu erreichen. Mein Jagdinstinkt, mein Inneres brannte für etwas anderes und ich nahm erneut Fühlung zum Außen auf.

In einer Buchhandlung stach mir das Wort »Spiritualität« ins Auge. Das Wort bedeutet Geistigkeit, geistiges Wissen. Die Schlagworte lauteten: »Der Weg vom Ich zum Selbst«, »Ich-Werdung und Selbst-Werdung«, »Eine Ich-Identität und eine Persönlichkeit aufbauen«, »Geistig mit den Verstorbenen in Verbindung treten«. Oh, das hört sich gut an, dachte ich mir. An diesem Thema hielt ich fest, weil das die Richtung war, in die mein Geist mich auf den Weg schickte. Das spirituelle Themengebiet beinhaltet auch Reiki, die Astrologie und vieles mehr. Abgesehen von den Reiki-Abenden, hatte ich das Hobby in den Hintergrund geschoben, als Gunter noch unter den Lebenden weilte. Nun nahm ich das Thema wieder zur Kenntnis. Die universelle Energie bekam einen neuen Stellenwert und ich nahm das spirituelle Wissen genauer unter die Lupe. In Spezialgeschäften stöberte ich in einschlägigen Druck-Erzeugnissen, wo sich einige Autoren breit über Engel, Meditation, Yoga, Reinkarnation und Astrologie äußern. Dabei war meine Neugier auf diese Themen kaum zu stillen. Ich sättigte den Wissensdurst meines Geistes, indem ich mir verschiedene Exemplare zulegte und an den Wochenenden eifrig darin las.

Die Spiritualität brachte auch eine unruhige nachdenkliche Forschung im Gefüge meines Lebens mit sich, bei der ich eine introspektive Reise unternahm und mich stärker mit mir selbst beschäftigte. Ich ahnte, dass ich dabei vieles erfahren würde, was noch im Dunkeln in mir verborgen ruhte. Ich spazierte auf einem lebendigen spirituellen Weg, der ein letztes Geheimnis an den Tag bringen würde. Die Vorfreude darauf erfüllte mich mit Glück. Ich allein hatte es in der Hand, durch welche Pforte der Erkenntnis ich in naher Zeit gehen würde. Dabei konnte ich tun, was ich wollte, weil mir die Freizeit nun für mich allein zur Verfügung stand. Ich fühlte mich dem Leben nah und glücklich. Es gab keinen, der meckerte, stritt, mich beschmutzte oder krank vor Eifersucht zurechtzubiegen versuchte. Ich erlebte ein Freiheitsgefühl, das sich phänomenal anfühlte, meine Erholung förderte, mich auch sorglos und beschwingt werden ließ. Die neue Würze war, nur an mich selbst zu denken und selbstständig zu handeln. Auch die Zutaten fügte ich allein hinzu, veranlasst durch das Lernen, durch Friedhofbesuche oder auch einmal völlige Untätigkeit. Meine Unterwürfigkeit verflog wie nach einem Befreiungsschlag, der kraftvoller kaum sein konnte.

Endlich erkannte ich, dass das Alleinsein fabelhaft, reizvoll und für mein Wesen Balsam sein konnte. Dabei fühlte ich mich richtig gut. Nur noch für mich selbst da zu sein, war außergewöhnlich reizvoll. Die Thematik des spirituellen Wissens klebte auf einmal wie Zucker an mir: angenehm und süß. Konsequent und eifrig las ich nach Dienstschluss in dem Buch *Herrin der Dunkelheit – Königin des Lichts* von Zsuzsanna E. Budapest. Die geheimnisvollen Aufgaben darin, die Eigensegnung und Selbstbejahung, zogen mich magisch an und fesselten mich an dieser Segnung, die eine Frau über sich selbst spricht. Ein Ritual, das vorher nur von Mund zu Mund weitergegeben worden war, wurde in diesem Buch zum ersten Mal niedergeschrieben. Mit diesem Ritual begann ich allein zu visualisieren und zu meditieren. Dabei kam ich mit meinem höheren Selbst in Berührung. Bei der Durchführung des feierlichen Brauchs stand ich nackt im Bad vor einer Spiegelwand, die ich extra dafür selbst gefliest hatte. Angezündete Teelichter und Blüten lagen auf dem Badewannenrand. Auf dem Waschbecken errichtete ich einen kleinen Altar, auf dem ein Kelch, je zur Hälfte mit Wasser und Rotwein gefüllt, sowie diverse andere Artikel standen. Das Weihöl im warmen Wasserbad verströmte ein angenehmes Aroma im Raum, das meine Sinne aktivierte. Das Licht der Kerzen erhellte den Raum. Vor der Zeremonie ging ich in mich und meditierte, wodurch ich alle Reize ausschaltete. Hiernach rezitiere ich das Ritual. Am Ende des Brauchs fühlte ich mich sehr wohl, sodass ich ihn ein Jahr lang bei Vollmond und Sonnenuntergang praktizierte. Dabei erwachte die Göttin in mir neu, die ich durch Gunters Laster hatte hängen lassen. Durch dieses Programm nahm ich auch meine Weiblichkeit wieder an und versteckte sie nicht mehr. Die Venus in mir erwachte und leuchtete in neuem Glanz. So akzeptierte ich mich als Frau, wie ich bin. Das Ritual weckte starke Kräfte in mir. Nach seiner Ausführung schaute ich mehr nach oben gen Himmel als auf die Erde. Eine Korrektur fand statt, deren Effekt nicht zu übersehen war: eine positive geistige Entwicklung allemal. Ich selbst hielt es in der Hand und forderte von mir eine zukunftsorientierte Entwicklung, genauso wie ich über meine Lebenslage nachdachte und meine innere Einstellung dazu prüfte. Ich denke, dass jeder Mensch mehr als genug Entwicklungsmöglichkeiten in sich trägt, die zu erkunden es sich lohnt.

Im Zuge meiner Beschäftigung mit Spiritualität eröffnete ich meinem Leben ein neues Blickfeld. Aus meinem Kopf war der Umstieg in den neuen Einstieg nicht mehr wegzudenken. Das war es, was mich innerlich bewegte, dass ich im Außen fand und zu beseelen begann. Die Zeit wollte es so, dass ich mich auf das ganz neue Terrain der Spiritualität begab und mich intensiv darauf einließ. Die Lehre von der Wirklichkeit und Wirksamkeit des Geistes erhöhte und bereicherte meine Lebensqualität. Sensationslüstern und wissensdurstig schaute ich täglich auf das Nichtfassbare und wandelte mit großer Ernsthaftigkeit in der spirituellen Welt. Dabei ließ ich die innere Stimme gewähren und folgte ihr, wenn sie mich zu bestimmten Themen und Büchern führte.

Nachfolgend studierte ich das Wissen von der persönlichen Entwicklung, die Eroberung der eigenen Innenwelt und übersinnliche Wahrnehmungen, das Hellsehen und seine Anwendungen, Magnetismus, Hypnose, verschiedene Atemtechniken und deren Zusammenhänge mit physischen Dysfunktionen und der Psyche. Ich gewann auch Erkenntnisse auf dem Gebiet der Kartomantie, der Chirologie, der Numerologie und der Traumdeutung. Die Entwicklung der außersinnlichen Wahrnehmung reizte mich sehr. Die Edelsteine mit ihren Farbvarianten zogen mich in ihren Bann. Aus Büchern lernte ich deren Herkunft und Zusammensetzung, ihre Wirkung auf Körper und Psyche sowie ihre Besonderheiten kennen. Dabei legte ich mir eine perfekte Sammlung schöner Steine an. Das Pendeln interessierte mich insofern, als ich es selbst in der Hand halten konnte. Es löste eine Faszination in mir aus, weil ich die Antworten auf meine Fragen in Bildern vor mir sah, ein Aspekt und Sender auf einer Ebene der Weisheit, wo ich mein höheres Selbst, die geistige Welt anzapfte und von dort Informationen gesandt bekam. Dabei waren Konzentration und Geduld äußerst wichtig.

Danach lernte ich die sieben Geheimnisse der Eingeweihten kennen und erhielt einen Einblick in deren Aufgaben und Methoden. Anschließend meldete ich mich zu einem Heimlehrgang der Parapsychologie an. Bequem von zu Hause aus arbeiten zu können, wo ich mir die Zeit zum Lernen einteilen konnte, war eine wunderbare Sache. Hierzu bekam ich einen dicken Wälzer von eintausend Seiten zugeschickt. Themen, die ich bereits kannte, wiederholten sich darin. Mit den neuen Inhaltsstoffen zur Geisteslehre steigerte sich mein Interesse an den Erscheinungen von Seelen Verstorbener. Ich meldete mich auch zu einem Fernstudium der Astrologie an, bei dem man nach drei Jahren den Abschluss zum Meisterastrologen machen konnte. Jeden Monat erhielt ich eine Lektion und setzte mich damit auseinander. Abschließend waren bestimmte Aufgaben zu lösen und einzusenden, die ich dann zensiert zurückerhielt. So studierte ich von Grund auf daheim das Wissensgebiet der Astrologie. Es gab für mich nichts Schöneres, als nach Dienstschluss in Ruhe den Geist mit Wissen zu füttern. Astrologie ist eine Erfahrungswissenschaft, die auf der jahrtausendelangen Beobachtung des Sternenhimmels basiert. Die Menschen nahmen sich viel Zeit, den Himmel genau zu betrachten und stellten dabei fest, dass sich Ereignisse dort oben in gewisser Weise auf der Erde und im Menschen widerspiegelten. Wie innen, so außen, und wie unten, so oben. Diese Erfahrungen reiften zu einer umfassenden Erkenntnis heran, die in der Astrologie ihren Ausdruck fanden. Es war ein langer Weg, den zu gehen ich bereit war, um den Abschluss in der Aufgabenstellung der jeweiligen Lektion zu erreichen. Wichtig dabei war, dass ich dran blieb.

An einem Seminar zur Fußreflexzonen-Therapie nahmen fünfundsechzig Leute teil. Unter den vielen Menschen, in der allzu engen Räumlichkeit, erlebte ich ein positives Miteinander. In völliger Ruhe, Entspanntheit und Eintracht lief das Seminar dann ab, wobei die Seminarleiterin, eine deutschsprachige Philippinin, vorab autoritär verkündet hatte: »Wenn ich spreche, haltet bitte alle euren Mund!« Hiernach hätte man eine Stecknadel fallen hören können, so still war es im Raum. Auf Holzhockern, auf denen der Po nur knapp Platz fand, saßen alle beengt, wie Sardinen in der Büchse.

Jede freie Fußbodenfläche war von Teilnehmern besetzt. Plötzlich bekam ich Beklemmungen, sodass sich Angstschweiß auf meine Haut legte und ich flüchten wollte. Doch die Seminarkosten hatte ich vorab bezahlt und hätte keinen Pfennig zurück erhalten, wenn ich gegangen wäre. Also sagte ich zu meinem Selbst: Halte durch! Sei nicht zimperlich! Trotz der Beengtheit und meinen Schweißausbrüchen hielt ich aus. Schon bald galt meine Bewunderung der Friedfertigkeit unter den Teilnehmern. Eine schöne Erfahrung, die ich in einem so großen Rahmen noch nicht erlebt hatte, bereicherte mein Wesen und Wissen. Obwohl ich Menschenansammlungen ansonsten mied, weil ich an einer Angstphobie vor Menschenmassen litt, hielt ich es hier aus. Erst wenn ich mich dann erneut in eine Menschenmenge hinein begab, löste sich die Phobie auf – schließlich spielt sich alles im Gehirn ab! Und tatsächlich hat sich die Phobie nach diesem Seminar einfach aus dem Staub gemacht – na wunderbar!

Nachdem die Berliner Mauer am 9. November 1989 erstmals für alle durchlässig geworden war, wurde wenig später kurz vor Weihnachten auch das Brandenburger Tor wieder geöffnet. Inmitten dieser riesigen Menschenansammlung stand ich zwei Meter vom Tor entfernt und war froh, so weit vorn zu sein, wenn das Tor aufgehen würde. Alle warteten geduldig auf diese Eröffnung, bei der sich die Hoffnung von Millionen Menschen auf eine friedliche Zukunft richtete. Jeder wollte dabei sein, wenn das Brandenburger Tor nach so vielen Jahren wieder passierbar werden würde. Zuerst hieß es: »Die Menschen auf der Westseite stehen rechts vom Tor«, wo auch ich stand. Nach einer Weile wurden wir per Lautsprecheransage aufgefordert: »Die Menschen auf der Westseite gehen durch das linke Tor!« Und nun schob sich die ganze Menschenmenge von der rechten zur linken Seite hinüber. Das war absurd! Ihr könnt euch sicher vorstellen, was da los war, als sich diese dicht gedrängte Ansammlung in Bewegung setzte. Es wurde geschoben, gedrängelt, geschubst und gedrückt. Da hieß es: Nur nicht straucheln und hinfallen, sonst wirst du totgetrampelt. Die Menschen standen so dicht an dicht gepresst, dass ich große Mühe hatte, zu atmen. Den Kopf stets oben behalten und nur nicht nach unten schauen, hieß es da. Durch eine kleine Lücke drängten sich dann Tausende von Menschen und verteilten sich auf dem Pariser Platz auf der Ostseite des Tores. Seitdem leide ich unter einer Angstphobie vor Massenansammlungen. Unser Nervensystem merkt sich eben alles und entwickelt Abwehrreaktionen gegen Gefahren.

Während eine faszinierende spirituelle Welt meinen Geist öffnete, fütterte ich ihn weiterhin mit Vorträgen und Seminaren. Dabei spielten die Farben, die Weisheit des Buddhismus und das *Rebirthing* eine größere Rolle. Letzteres ist eine Atemtechnik und Methode der physischen und psychischen Selbstheilung. Mein Schreibmaterial führte ich stets bei mir. Was das Gehirn nicht so schnell erfassen konnte, schrieb ich auf. Daheim arbeitete ich den Stoff noch einmal durch und probierte die Methoden aus, um nichts aus dem Gedächtnis zu verlieren. Meinen spirituellen Wissensschatz dehnte ich immer weiter aus, entschlossen, mein Selbst zu finden, eine stärkere Persönlichkeit und ein bewussteres Ego zu entwickeln, auch um Halt im echten Glauben zu finden, der nichts mit der Kirche und ihren in mancher Hinsicht negativen Begleitphänomenen zu tun hat, wie z. B. den Hexenverbrennungen. Es gibt eine andere Form der spirituellen Existenz und der Begeisterung durch Wissen, der ich folgte.

Als ich bei einem Seminar etwas über Werk und Wirken der Hildegard von Bingen hörte, entzündete das sofort mein lebhaftes Interesse. Hildegard von Bingen war Ärztin, Naturforscherin, Visionärin und Äbtissin, die bedeutende Persönlichkeiten ihrer Zeit beriet und vieles auch notierte, was sie hörte und sah. Sie schrieb in Bildern und Symbolen. Ihre Natur- und Heilkunde ist heute noch von großer Bedeutung. Die Lehre von den Edelsteinen und ihrer medizinischen Wirksamkeit gehört dazu. Mein Glaube orientiert sich an dem, was mich innerlich berührt und womit ich umgehen kann, was nichts mit dem Glauben an die Kirche zu tun hat. Viele Lehren der geistigen Welt hörte ich mir an, probierte sie aus und ließ sie auch wieder los, weil sie nicht meiner Denkweise entsprachen. Auf meinem spirituellen Weg wünschte ich auch nicht, dass mir irgendjemand Grenzen zog. Frei entschied ich jene Angelegenheiten, was gut für mich ist und was nicht, schließlich geht es um mich ganz allein. Ich gehe meinen eigenen Weg, die anderen gehen ihre eigenen Wege. Ich folge meinem Streben und nicht irgendeinem Guru. Viele Anregungen zu sammeln war gut, doch selbst Lernender und Lehrer in einer Person zu sein noch besser. Auch diese Einstellung wollte ich verinnerlichen, dann brauchte ich keinen Guru, sondern nur mich selbst.

Heute fühle ich mich als Einzelgänger in dieser Welt gut aufgehoben. Warum dann einer Herde hinterherlaufen, der ich nicht bereit bin, mich anzuschließen? Ich bin gern allein, fühle mich aber nicht allein. Sich mit sich selbst zu beschäftigen, ist das Grundmuster. In der Kindheit lernen wir, uns mit dem Spielzeug selbst zu befassen, später kam die Selbstbeschäftigung des Kindes durch Fernsehen, Computer, Handys abhanden. Wir entwickeln uns zu Menschen, die nach dem Materiellen streben. Auch ich strebte danach, weil ich mir davon Sicherheit versprach. Das Merkmal dafür liegt im Hirn verankert. Viel stärker werden Kinder durch Verhalten geprägt und wird an die Nachkommen weitergegeben. Dass ich den Pfad der Spiritualität im eigenen Land an meinem Wohnort fand, verdanke ich meiner Seele und meinem Geist. Ich bin nicht in ferne Länder gereist, noch habe ich Kontinente umsegelt, um das zu finden, wonach ich gesucht habe, weil ich alles in mir selbst vorfand, so, wie jeder Mensch in seiner Seele und in seinem Geist einen Kontinent entdecken kann. Auf der persönlichen Empfänglichkeitsebene gestaltete ich mein Dasein durch den täglichen Umgang mit meinem Geist angenehm, und für Momente fühlte ich mich so sehr glücklich, dass es schon wehtat. Die Freude verlieh mir neue Flügel, und mit einem Flügelschlag wagte ich mich in die Höhen des Geistes. Kann es etwas Schöneres geben, als sich glücklich zu fühlen?

Eine alte Tür krachte zu und eine neue sprang auf. Das geschah nicht von heute auf morgen, sondern es war ein Prozess, den ich durchlebte. Dabei schenkte ich meinem Körper regelmäßig die universelle Reiki-Energie, und diese Entspannung war köstlich. Reiki, auch Strahlungstechnik genannt, ist eine Hilfe zur Selbsthilfe, die jeder für sich nutzen kann. Sie ist technisch gesehen eine Methode, die das Selbst aktiviert, harmonisiert und mit der universellen Energie verbindet. All das hatte ich auf dem Weg zu meinem ersten Reiki-Grad bereits wahrgenommen, es ist mir aber durch die schmutzige Last, die ich bis zu Ende zu tragen hatte, nach und nach abhanden gekommen. Dennoch bleibt der Reiki-Kanal für immer offen, selbst dann, wenn ich ihn nicht benutze. Diese Energie, die durch die Hände fließt, wurde von dem Japaner Mikao Usui in den 1920er Jahren während einer Trance entdeckt, methodisch angewandt und publiziert. Jeder trägt diese Gabe in sich, die durch Handauflegen wirksam wird. Reiki öffnet die Intuition mehr und mehr und bringt Veränderung in das Leben. Sie hilft allen Suchenden, ihre Bestimmung zu finden. Die Reiki-Abende bei Heidrun fanden nur noch zweimal im Monat statt, die ich nicht versäumte. In der Gruppe fühlte ich mich ganz im Hier und Jetzt, im Augenblick. Stillschweigend wandte ich dann Reiki bei einigen Kunden an, wovon sie nichts mitbekamen. Während einer Mittagspause behandelte ich die Knieschmerzen einer Kollegin durch Reiki. Danach war sie beschwerdefrei, und ich erhielt somit den Beweis, dass die Reiki-Methode Schmerzen lindern kann.

Der alte Chef ging in den Ruhestand und ein neuer besetzte seinen Platz. Bald darauf beklagten sich die Kollegen über ihn und schütteten ihren Frust bei mir aus, sodass sie anschließend erleichtert waren und ich Magenschmerzen bekam. Dann brach eine Zeit an, in der der neue Chef die alten Kollegen austauschte. Es gaben Kündigungen, Klagen vor Gericht und viele Tränen. Ich entspannte mich nach Dienstschluss durch Lernen, um an dem Frust im Geschäft nicht auch noch zu Hause zu kauen. Ich wurde eine Lernende des visuellen Typs, die Geschehnisse besonders leicht in Erinnerung behielt. Dabei beschäftigte mich stark das Wissen der Astrologie. Je schwerer der Stoff wurde, umso intensiver kniete ich mich hinein. Dieses Wissensgebiet kommt der Psychologie sehr nahe und ich investierte viel Zeit dafür.

Für Abwechslung sorgte dann das Thema Feng Shui. Nach dem Seminar übte ich mich darin, entsorgte die Schränke und anderes Inventar. Aus der Wohnung entfernte ich alles, was nicht mehr passte, um mir zum Atmen mehr Luft zu verschaffen. Ich tapezierte die Wände, strich Fensterrahmen und Türen. Handwerkliche Arbeiten führte ich immer schon selbst gern und gut aus. Mit nur wenigen neuen Einrichtungsgegenständen schmückte ich mein Domizil. Das alte Zuhause erhielt ein neues Kleid. Somit schuf ich mir ein anderes Wohngefühl, das Seele und Geist befreite. Die Farben meiner Garderobe revidierte ich ebenfalls. Vorher mied ich Rottöne grundsätzlich, doch nun trug ich sie in jeder Nuance. Nachdem ich so Nägel mit Köpfen gemacht hatte, ließ ich das Thema Feng Shui wieder los. Meine Erfahrungen mit dieser Thematik aber nahm ich weiterhin ernst.

Die letzten Knöpfe reißen ab

Dafür wandte ich mich nun der Reinkarnationstherapie zu und besuchte ein Seminar, bei dem ich die theoretischen Grundlagen kennenlernte und tiefere Einblicke in die Thematik erhielt. Der Seminarleiter Frank führte die Teilnehmer in eine kleine Entspannung. Bei der Rückführung offenbarten mir Bilder, wo, wie und mit wem ich schon einmal gelebt hatte. Dieser Prozess befreite mich aber nicht von meinem Trauma, was mir wichtiger war. Dennoch beschäftigte ich mich weiterhin mit dieser Aufgabenstellung und nahm später bei Frank an einer Einzelsitzung teil. Dabei geleitete er mich zurück zu meiner Krebserkrankung und dann zu der Nahtoderfahrung, bei der ich mich wieder im Schoß des jungen Mannes liegen sah. Frank sagte: »Nun sterbe! Dein Begleiter ist bei dir. Siehst du ihn Adelheit?« »Ja.« »Nun stirb!«, forderte er mich auf. »Ich bin doch schon tot«, sagte ich. »Es ist ein himmlisches Gefühl. Hier will ich bleiben!« »Nein, komm zurück!«, rief Frank erregt. Als ich mich wieder auf der Liege wahrnahm, sprach er: »Es ist das erste Mal, dass ich mitbekommen habe, wie ein Klient sein Erlebnis wahrhaft noch einmal erlebt. Ich habe von dir gelernt Adelheit.« »Na prima Frank, dann haben wir voneinander gelernt.«

Frank ist auch Mentaltrainer, und so meldete ich mich für ein ausgedehntes Seminar in dieser Fachrichtung an. Der Kurs fand in Bagenz südöstlich von Berlin statt. Dafür nahm ich mir eine Woche Urlaub und lenkte das Auto in Richtung Forst. Bagenz ist ein kleiner Ort, umgeben von einem Waldgebiet. Der Unterricht fand in einem alten Schloss statt. Im Inneren des Gemäuers knarrten die Treppen und Dielen wie in einem Spuckschloss. Die Zimmer waren renoviert und komfortabel eingerichtet worden. Bei dem Seminar lernte ich neue Leute kennen, die sich, wie ich selbst, spirituell entwickeln wollten. Während uns Frank an neue Techniken und Methoden heranführte, zum Beispiel das Lesen der Aura, übten wir uns sogleich darin, im anderen zu sehen, was uns die Vergangenheit aufblätterte oder die Zukunft zeigte. Klaus und ich lasen einander gegenseitig. Dabei sah ich, was er als Kind erlebte und wie er sich dabei fühlte. Und Klaus meinte: »Bei dir geht ein Reißverschluss bis zur Mitte auf und dann schließt er sich wieder. Du hast nichts preisgegeben!« »Oh, das tut mir leid Klaus. Dafür sah ich dich als trauriges Kind, aber warum du traurig warst, hast du nicht verraten.«

Dann erlernten wir verschiedene Visualisierungstechniken, das Hellsehen und -fühlen, im Herzen des Gegenüber sein und bleiben und mit dem Begleiter zu arbeiten. Ich begriff: Bei allem, was man tut, strebt man ein Gefühl an. In der Freizeit trainierte ich die Übungen des Tai Chi. Am Abend spielten wir gemeinsam Spiele, ohne Alkohol, Musik, Zigarettenqualm und Lärm. Nach einer Woche endete das Seminar und jeder kehrte in seine eigene Welt zurück. Auf der Heimfahrt fuhr ich auf der Autobahn zufällig einer schwarzen Limousine hinterher. Mit meinen Gedanken weilte ich noch bei dem Seminar. Der Abstand zwischen der Limousine und meinem Wagen verkürzte sich immer mehr. Unerwartet bremste der Fahrer. Die Stopplichter blitzten auf und signalisierten mir eine Gefahr, sodass ich sogleich eine Vollbremsung ausführte, bei der die Reifen quietschten, qualmten und es nach verbranntem Gummi roch. »Oh meine Güte!«, stieß ich aus. Was hatte ich getan? Ich wechselte die Fahrspur und rekonstruierte den Vorgang: Nicht das schwarze Auto fuhr immer langsamer und bremste mich aus, sondern ich war immer dichter aufgefahren, ohne dass es mir bewusst wurde. Bloß gut, dass mir der Fahrer mit seinen Stopplichtern ein Zeichen gesetzt hatte, damit ich seinen Wagen nicht rammte. Am nächsten Tag sagte der Meister in der Autowerkstatt zu mir: »Was haben Sie denn gemacht? Sie brauchen vier neue Reifen!« »Gleich vier neue Reifen?« Das wurde ein recht teures Seminar. »Eine Vollbremsung hab ich gemacht Meister.« Danach rief ich Frank an und erzählte ihm von dem Ereignis auf der Autobahn. Dazu meinte er: »Du hättest noch einen Tag im Schloss bleiben und die Erfahrungen sacken lassen sollen, ehe du heimfuhrst.« Ich lernte dazu.

Das uralte Wissen der Astrologie ist fundiert durch die zwölf stimmigen Charakteristiken der Tierkreiszeichen. Im Laufe meiner Beschäftigung damit lernte ich viel über Menschenkunde. Die Astrologie ließ mich meine Weisheit entdecken, wodurch ich mein Wesen und das anderer besser kennen und verstehen lernte. Vom Gegenüber erfahre ich Achtung oder auch nicht. Jeder Mensch ist ein Individuum, d. h. unteilbar, und somit verpflichtet, seinen Lebensstrom als Ganzes zu entwickeln. Wenn ein Mensch das Licht der Welt erblickt, trägt er Anlagen und Erwartungen in sich. Kinder werden von Eltern erzogen und bekommen Grenzen gesetzt, die dann ein Leben lang im Gehirn haften. In der Jugend suchen sie die Zugehörigkeit zu einer Gruppe, wobei ihnen auch diese Gemeinschaft wieder Grenzen setzt. In der Partnerschaft will dann meist der eine den anderen erziehen, anstatt ihn sich weiter entwickeln zu lassen. Der junge Erwachsene sammelt Erfahrungen und entfaltet sie, um seinen Platz in der Gesellschaft zu finden. Die Gegensätze zwischen Männern und Frauen können dazu führen, dass sie einander abstoßen oder anziehen. In jedem Fall lernt man voneinander. Was ich nicht habe, entdecke ich am anderen, angenehme und abstoßende Eigenschaften. Seine Wut ist nicht die meine, also lasse ich sie bei ihm. Meine Fröhlichkeit löst beim anderen Aggression aus. Dabei zeige ich ihm, was er nicht hat, was er aber entwickeln kann. Wenn seine Aggression nichts mit mir zu tun hat, kann sie mir dennoch zeigen, wo ich besser in die Offensive gehen sollte. Das Horoskop eines Menschen ist wie ein Foto des Sternenhimmels im Augenblick seiner Geburt. Auf diesem Bild scheint alles stillzustehen. Dabei stoppen die Sterne ihren Lauf jedoch nie wirklich. Sie bleiben immer in Bewegung. Auch die Zeit bleibt ja niemals stehen, höchstens die Uhr, mit der man sie misst. So können wir uns bei der Betrachtung eines Horoskops leicht vorstellen, wie Sterne und Planeten in Zukunft weiterlaufen werden. Heute hat längst der Computer diese Rechenaufgaben übernommen, die früher noch schriftlich erledigt wurden, was auch ich noch erlernt habe. Mit dem PC geht das nicht nur schneller, sondern auch präziser.

Das Thema Astrologie motivierte mich, im Familienclan zu recherchieren und mich auf das Gebiet der Familienforschung zu begeben. Zwischendurch meditierte ich immer wieder, um dem Geist Ruhe zu schenken. Während meiner Nachforschungen und Erinnerungen an die Eltern spürte ich noch immer die Präsenz des Hasses, den ich in der Kindheit auf sie entwickelt hatte. Doch ein Großteil dieser Schattenarbeit stand mir erst noch bevor. Allein der Kraftaufwand des Lebensrückblicks und des Schreibens würde nicht ausreichen, das Böse aus meinem Gehirn verdunsten zu lassen. Ich spürte: An dieser Aufgabe sollte ich noch arbeiten, um ein erfülltes Leben führen zu können. Aber warum fiel es mir nur so schwer, über meinen Schmerz zu reden? Den Dreck einfach herauszuplappern, war unmöglich. Wer oder was hinderte mich daran? Später erfuhr ich es. Mein Horoskop gab mir Einblick in die drangsalierte Kindheit: Pluto (Plutonium) die Macht, die Gewalt, die zerstörerische Kraft steht in meinem Radix in Haus vier. Dieses Haus wird traditionell mit der Herkunft, der Familie und dem eigenen Heim in Verbindung gebracht. Es dient dazu, die individuellen Merkmale des Selbst zu stabilisieren. Das lernte ich gerade: mein Selbst stärken, damit es nicht in Schieflage gerät und vielleicht zu kippen droht. In der Mythologie wird Pluto der »Fürst der Finsternis« genannt; er regiert das Reich der Toten. Dort fühlte Gunter sich heimisch, wenn ihn die Sucht rief. Er war ein Skorpion und Pluto war sein Regent. In der Unterwelt wacht der Herrscher Pluto eifersüchtig über seine Rechte. Die Eltern lehrten mich in der Kindheit, dass es für mich keine Verteidigungsstellung gibt. So demonstrierten sie mir in aller Deutlichkeit ihre Macht. Der Alte war eine Jungfrau mit Aszendent Skorpion, der ein Zerstörer ist, der keine Angst hat, jemanden zu verletzen, der immer neue Herausforderungen sucht, um verwunden zu können. Er hat keine Hemmungen, dorthin zu stoßen, wo es ohnehin schon schmerzt. Er fordert den Hass geradezu heraus. Und ich hasste den Alten tatsächlich wie die Pest, obwohl er längst tot war. Skorpione zerstören ohne Notwendigkeit. Einfach aus der Lust heraus fahren sie ihren Giftstachel aus. Der Alte dachte sich stets etwas Neues aus, womit er die Mutter überzeugen konnte, ich hätte mich herumgetrieben. Gunter ging ebenso vor und dachte sich während seiner Manie stets etwas Neues aus. Anschließend bohrte er nach, ob ich ihm auch wirklich treu gewesen war. Er fürchtete den Tod so sehr, dass er sich fünfzehn Monate lang an ein Bett im Spital kettete, ehe die Seele losließ.

Meine Mutter war ein Steinbock, ebenfalls mit dem Skorpion als Aszendent. Ihren Stachel bekam ich zu spüren, insofern ich von ihr nicht beschützt wurde, wenn ihr Mann, neben ihr im Bett liegend, die eigene Tochter sexuell beschmutzte. Vor Eifersucht strafte sie mich, indem sie mich bis in die Nacht hinein mit Arbeit überhäufte. Meine Entdeckungen offenbarten mir: Erst wenn ich den Missbrauch an seinen Wurzeln packen und herausziehen würde, wäre ich von dem Trauma befreit. Und wenn es mir nicht gelingen sollte, mich bis tief an die Wurzeln des Bösen vorzugraben, würde ich immer wieder in das vierte Haus zurückstolpern, den Sitz der Heimat und der Ahnen. Denn hier liegt der tiefste Punkt, der Urgrund meines Wesens. Ein wenig Bange hatte ich schon davor, was sich mir noch manifestieren würde. Doch ich verspürte auch deutlich den Drang, jene Schwierigkeiten der Inkarnationen aus dem Weg zu räumen, das dunkle Geheimnis des Familienclans ans Licht zu holen und zu reinigen. Im astrologischen Vergleich sondierte ich die Position der Mutter: Ihre Mond-Pluto-Konjunktion stand auf meinem Karma-Planeten Saturn. Saturn holt die Vergangenheit in die Gegenwart und stellt so einen wichtigen Schritt im Entwicklungsprozess jedes Individuums dar. Im Horoskop der Mutter steht eine Mars-Saturn-Konjunktion in Haus fünf, im Widder. Kein Wunder, dass sie die Jungen stets vorzog, weil das fünfte Haus Sexualität und Kinder repräsentiert und Mars die Jungen. Und ein Venus-Merkur-Quadrat zu Pluto steht in meinem Horoskop in zwölf und Haus vier, was bedeutet, nicht aufbegehren zu können. Das zwölfte Haus symbolisiert eine psychische und geistige Orientierung. Es hat viel mit inneren Entwicklungen, Bewusstseinserweiterung, Transzendenz, Ahnungen, Eingebungen, Stille, Zurückgezogenheit und Besinnung zu tun. Dabei symbolisiert Lilith den schwarzen Mond, das Verhältnis zum Absoluten, zum Opfer, jenes Loslassen, mit der Idee, sich zu öffnen, sich mit den Schattenseiten zu konfrontieren, um sie aufzulösen. Chiron vermittelt zwischen Vergangenheit und Zukunft. Er ist der Schlüssel zu einer neuen Zeit. Er ist die Triebfeder zur Ganzwerdung und markiert die Wendepunkte.

Alles in allem, befand ich mich auf dem richtigen Weg zur Ganzwerdung. Dass ich dem Pfad der Spiritualität folgte, meinen Fuß über die Schwelle zum Nichtfassbaren setzte, ließ mich anders denken. Es eröffnete mir völlig neue Denkhorizonte, wobei ich so viel lernte, wie niemals zuvor. Während dieser Zeit studierte ich vor allem außergewöhnliche Themen und setzte mich mit ihnen mutig, enthusiastisch und konsequent auseinander. Während ich im Außen lebte und mobil war, büffelte ich in der Freizeit bis in die Nacht hinein und an den Wochenenden rund um die Uhr. Das Studium der Astrologie ist kein Zuckerschlecken, es fordert viel Zeit und Energie. Stets wenn ich geistiges Wissen paukte und an mir ausprobierte, durchlebte ich einen Prozess. Nichts funktionierte sofort, alles brauchte seine Zeit. So brauchte auch mein Vertrauen, das in der Kindheit abhanden gekommen war, eine gewisse Zeit für seine Rückkehr. Bei einer harmonischen Entwicklung spielt die Zeit keine Rolle, allerdings die Konzentration auf die Werkzeuge, Methoden, Techniken und Übungen des geistigen Wissens. In dieser Phase ignorierte ich meine innere Stimme, denn das Gehirn war auf Pauken trainiert und es langweilte sich schnell, wenn ich es nicht fütterte. Alles, was ich aufnahm und anstrebte, erprobte ich zunächst an mir selbst. Dabei ging es mir gut und ich war glücklich. Stets lernte ich Neues hinzu, nichts Abgedroschenes. Allerdings schlief ich zu wenig, um mehr Zeit für das Studium aufzubringen.

Eines Tages sandte mir die innere Stimme völlig unerwartet eindringlich demonstrative Alarmzeichen: Denk an dich, eh du zerbrichst! Ich ignorierte diese Warnung, hielt mich für stark und immens belastbar. Ich wollte mir keinen Arbeitsausfall erlauben und den Chef nicht enttäuschen.

Täglich lieferte ich im Dienst meine hundert Prozent und mehr ab. Da wollte ich keine Schwäche zeigen. Schließlich hatte ich auch Freude an meiner Beschäftigung. Ein wiederholtes Signal meiner inneren Stimme machte mir dann ultimativ klar, dass sich mein Körper wahrhaft schwach fühlte. Da ich den Körper während meiner Beschäftigung fast völlig vergaß, wich peu a peu die Energie aus mir. Nun bedauerte ich sehr, das erste Warnzeichen der inneren Stimme missachtet zu haben. Ich konnte es aber nicht rückgängig machen, so gern ich es auch wollte. Während ich in der Außenwelt diente, bereiteten mir die Hilfe und der tröstende Zuspruch bedürftigen Menschen gegenüber ein Glücksgefühl. Daheim wandte ich mich dann der geistigen Welt zu und mehrte mein Wissen. Dabei übersah ich völlig, dass ich mein Erdenleben wie eine kontinuierlich funktionierende Maschine führte. Beim täglichen Wechsel vom Broterwerb ins Hobby vergaß ich völlig das Spielen. So, wie mir in der Kindheit die Eltern das Spielen untersagten, so versagte ich mir jetzt selbst Spiel und Erholung.

Diese Erkenntnis ernst nehmend, ließ ich mich morgens zwei Stunden früher wecken, um den Körper vor Dienstantritt mit Reiki-Energie aufzuladen, Tai Chi zu trainieren und dann in völliger Ruhe das Frühstück einzunehmen. Am Abend ließ ich mich dann auf der Couch liegend von sanften Klängen einlullen. All das half jedoch nicht, dem Körper wieder Lebensenergie zuzuführen. Wenn dieser keine Energie mehr lieferte, konnte ich ihm auch keine schenken. Sodann wandte ich verschiedene Methoden und Techniken aus der spirituellen Heilkunde an – leider ohne Erfolg. Sodann widmete ich mich den Essenzen, den Bachblüten und dem Aura-Soma. Dies half mir zwar vorübergehend ein wenig, aber nicht anhaltend. Unaufhaltsam verringerte sich mein Energiehaushalt. Was hatte ich übersehen? Womit konnte ich mir sonst noch dienen? Ich gab nicht auf und war überzeugt davon, mir selbst aus der Talsohle heraushelfen zu können.

Ich ging zum Friedhof. Dort sprach ich mit den toten Gebeinen. Die Ruhe und Stille auf dem Totenacker tat mir gut. Am Steinkreuz, das mitten auf einer großen Wiese einbetoniert steht, fragte ich die innere Stimme, was ich tun konnte und sah dabei zum blauen Himmel empor, wo mir ein kleines Mädchen mit einem Buch in der Hand erschien. Sogleich flog es in meine Richtung nach Hause davon, ich mit dem Auto hinterher. Auf der Fahrt überlegte ich: Sollte ich am Manuskript weiter arbeiten? Doch zu jener Zeit kämpfte ich mit meiner Lebensenergie, da gab es weder Platz noch Kraft für das Schreiben. Mein Energiepegel reduzierte sich weiterhin rasant und es schien mir unmöglich, diesen Prozess allgemeiner Schwächung zu stoppen. Immerhin war mir klar, wenn sich die mentale Verfassung derart stark auf den Energiehaushalt des Körpers auswirkte, würde ich genötigt sein, dort mit dem Aufräumen zu beginnen, damit der verdammte Müll endlich aus meinem Leben verschwand und ich frischen Wind in mich aufnehmen konnte.

Doch das hartnäckige Trauma meiner Kindheit ließ sich nicht einfach so aus meinem Leben verbannen und ich ahnte, dass mir da harte Arbeit bevorstand. Die Wochenenden zu dieser Zeit hatte ich regelrecht verschlafen, um für die neue Arbeitswoche fit zu sein. Den Kollegen gegenüber zeigte ich mich wie immer: nett, höflich, gut gelaunt und positiv eingestellt. Ich wollte mir nur keine Schwäche anmerken lassen. Dabei ging es mir zunehmend miserabler. Doch der Chef bürdete mir noch mehr Arbeit auf, sodass ich etliche Überstunden anhäufte. Wollte ich dann welche abbummeln, um auszuruhen, fiel plötzlich eine andere Kollegin aus und ich hatte für sie die Samstage zu übernehmen, sodass der Stress permanent fortdauerte. Die Tätigkeit ging vor, sie war mir heilig. Doch das Verlangen nach Schlaf und Erholung wuchs immens. Wo war meine Vernunft geblieben? Von nun an kontrollierte ich meine Aufgaben doppelt, um bloß keinen Fehler durchgehen zu lassen. Als mich der Lehrling dann auf einen hinwies, dachte ich bei mir: Jetzt bist du dran! Die Röte stieg mir ins Gesicht. Ich fühlte mich ertappt und schuldig. Wie sollte ich aus dieser Krise herausfinden? Kein Außenstehender hätte mir geglaubt, wenn ich gesagt hätte, ich sei vor Schwäche am Ende, weil ich stets gute Laune ausstrahlte und mein Pensum schaffte. Statt die Warnungen meines Körpers ernst zu nehmen, disziplinierte ich mich weiterhin. Dann wurde mir schlecht und ich suchte die Toilette öfter auf, als mir lieb war. Ich fühlte mich in der Tat am Ende, wie bei der Satansstrahlentherapie auf der sogenannten »Endstation« der Krebsbehandlung. Die Zeit wollte es offenbar so, dass ich die Weichen neu stellte, mir vertraute und mich auf mich selbst konzentrierte. Als dann auch noch der Kollege Klausner zu mir sagte, »Sie sehen aber schlecht aus Frau Tholei! Geht es Ihnen nicht gut?«, flog meine Schwäche auf. Ich sprach aber nicht darüber, weil ich mich nur erschöpft fühlte, total ausgelaugt und leer. Ich gestand mir nicht ein, dass ich meinen Körper bis zur Ohnmacht strapazierte und so den Energiemangel selbst verursachte. Alles, was mir gelang, entfachte Freude in mir. Ich wollte nicht glauben, dass geistige Arbeit dem Körper ebenso viel Energie entzieht, wie körperliche. Dass ich durch Lektüre und Studium meinen Körper bis zur Erschöpfung überfordern konnte, war mir rätselhaft. Eines aber wurde mir klar: Gesunden konnte ich nur, wenn ich eine Auszeit nahm.

Also suchte ich den Arzt auf. Dieser überwies mich zu einem Spezialisten, der sich in Onkologie, Hämatologie und Gerinnungsstörungen auskannte. Der Doktor stellte einen chronischen Eisen- und Ferritinmangel fest. Bei der Erläuterung seiner Diagnose bekam ich zu hören: »Kein Wunder, dass sie sich kraftlos fühlen: Ihr Energiehaushalt ist auf das Niveau eines sechsjährigen Kindes heruntergefahren!« Und bei der Magen- und Darmuntersuchung diagnostizierte er ein *Helicobacter pylori*. »Was bedeutet das Herr Doktor?«, wollte ich wissen. »Zu viel Stress. Daraus wird Krebs, Magenkrebs!«, sagte er. Oh mein Gott, nicht schon wieder Krebs! Dabei schrillten alle Alarmglocken bei mir auf. Ich war fix und fertig. Mit sechsundfünfzig Jahren fiel es mir unheimlich schwer, eine Auszeit zu nehmen, aber ich hatte nur diese eine Wahl, wenn ich gesunden wollte. Während der vier Wochen Krankschreibung erholte ich mich kein bisschen. Als dann die Wirbelsäule zusammen klappte, fuhr ich im Januar zur Kur. An einem anderen Ort in ruhigem Milieu konnte die Psyche abschalten. Allein unternahm ich ausgedehnte Spaziergänge durch den Wald und genoss die Ruhe. Ich lauschte der Natur und richtete die Konzentration auf mich selbst, was Balsam war für meine Seele. Das Nichtstun fiel mir leichter, als ich dachte. Es war ein wunderbares Gefühl. Manchmal schloss ich mich einer Gruppe an, doch am wohlsten fühlte ich mich ganz allein.

Nach vier Wochen Erholung hatten mich die Tätigkeit und meine Kollegen wieder. Mit frohem Mut ging ich der Beschäftigung wieder nach. Doch zurück in der alten Umgebung und dem gewohnten Rhythmus, begann alles wieder von vorn. Während der Urlaubszeit meiner Kollegen im Sommer nahm der Stress täglich zu und ich kämpfte erneut mit meiner Gesundheit. Der Energiemangel war so extrem, dass ich sogar nach Luft hechelte. Die Batterie war völlig leer, die Sonne verglüht, und ich war nur noch ein Wrack, das sich nach der Matratze sehnte. Im November war ich dann am Nullpunkt angelangt und lag ausgebrannt am Boden. Heute wird dieser Zustand »Burn-out-Syndrom« genannt. Dabei sah ich als letzte Möglichkeit den Gang zum Doktor. War es mir auch noch so peinlich, mich schon wieder krankschreiben zu lassen, blieb mir objektiv nur diese Wahl, denn ich war nicht mehr fähig, morgens aufzustehen. Für die letzten zwei Wochen im Jahr schrieb der Doktor mich arbeitsunfähig, und ich überreichte dem neuen Chef zusammen mit meiner Krankschreibung den Aufhebungsvertrag. Somit verließ auch die letzte übernommene Mitarbeiterin den Betrieb. Von der Einbildung, ständig gebraucht zu werden und unersetzlich zu sein, hatte ich mich gelöst. Doch es war schwer für mich zu akzeptieren, dass ich über meinen Energiehaushalt die Kontrolle verloren hatte. Dabei sah ich nur die Alternative, mich von der Außenwelt zu lösen. Ich glaubte, nur auf diese Weise der Abwärtsspirale meiner Lebensenergie entgegenwirken zu können. Hiernach richtete ich den Blick auf mich selbst, den Körper und die innere Stimme. Dabei schenkte ich dem Körper, wonach er gierig schmachtete: Ausruhen, Entspannung, die Augen schließen, lang ausstrecken. Doch es kam noch schlimmer ...

Ich fiel erst einmal in ein tiefes dunkles Loch der Depression und verharrte darin. Es war mühselig, überhaupt aufzustehen. Täglich heulte ich mir die Seele heraus, dass ich dieses Leben so satt hatte. Dabei dachte ich an meinen Freund, den Tod, der mich davon erlösen würde. Ich fieberte danach, in der Sphäre zu schweben, die ich schon einmal geschnuppert hatte – dort wollte ich hin! Sodann legte ich mir für meinen Abgang alles Nötige zurecht. Am Abend zog ich mein schönstes Nachtgewand an, setzte mich auf die Bettkante und rief meine Helfer zu mir: meinen Begleiter, die Seele, meinen Geist und mein höheres Selbst. Als sie herbeikamen, offenbarte ich ihnen meine Absicht: »Ich bitte euch, entlasst mich während des Schlafes in die himmlische Sphäre. Ich danke vorab für eure Hilfe.« Anschließend ruhte ich entspannt auf der Matratze und schlief ein.

Wenn ich am Morgen darauf dann meinen Herzschlag spürte, war ich enttäuscht, nicht für immer eingeschlafen zu sein. Die innere Stimme meinte: Deine Aufgabe ist nicht erfüllt! Ich lernte dazu, dass man so einfach, wie ich es anstrebte, auf keinen Fall aus dem Leben scheiden kann. Selbst Hand anzulegen, wäre noch eine Möglichkeit. Sodann vertraute ich der inneren Stimme und quälte mich erst einmal, um vielleicht doch noch zu versuchen, aufrecht zu gehen. Geduldig harrte ich aus und akzeptierte es, nicht mehr gebraucht zu werden. Völlig handlungsunfähig schlief ich unbeschränkt Monate lang. Mein Wille reichte nicht mehr aus, irgendetwas anzufangen. Die konsequente Antwort auf das Ausbleiben höherer Führung war unerbittlich. In dem mir bevorstehenden Lösungsprozess aber war alles enthalten: die Beendigung, die Trennung und der Rückzug, aber auch die Aufklärung, Erleichterung und Befreiung. Sodann war ich bereit, die Knöpfe, die vor der Tür verstreut lagen, selbst wieder anzunähen.

Aus einer Rose kann keine Margerite werden

... und aus einem Reh kein Raubtier.

Ich entwickelte mich zu einem zarten Pflänzchen, das depressiv und melancholisch den Tag verbrachte. Meine sensiblen Anteile waren so sehr verletzt, dass ich mich ins Domizil verkroch und einschloss. Nur die telefonische Verbindung zu meiner Tochter Diana hielt ich aufrecht, ansonsten nahm ich kein Telefonat entgegen. Meine Schwäche und Mutlosigkeit verschwieg ich Diana, denn schließlich lebte sie ihr eigenes Leben. Da wollte ich ihr mit meinen Wehwehchen nicht zur Last fallen. An meinem Gebrechen fühlte ich mich selbst Schuld. Mit der Zeit akzeptierte ich, anderen nichts mehr wert zu sein und nur noch mir selbst dienen zu können. Ich assistierte mir selbst und fügte mich in mein Schicksal. Mit der Diagnose Magenkrebs im Kopf rasten meine Gedanken zu den Jahren zurück, in denen ich schon einmal mit dem Befund Krebs konfrontiert worden war und anschließend Jahre der Genesung benötigte. Nun hörte ich das Wort Krebs ein zweites Mal in Bezug auf meinen Körper, woraufhin es mir den Boden unter den Füßen wegzog.

Um dem Höllenfeuer dieser Krankheit zu entgehen, sah ich nur die Chance, dem Konflikt zu entfliehen, indem ich alles hinter mir ließ. Nach der körperlichen Zerstörung würde ich viel Zeit benötigen, ehe ein Wiederaufbau beginnen könnte. Wenn der Wille das geistige Mittel im Bewusstsein für den Beginn einer Handlung ist, dann war ich wahrhaft willenlos. Dazwischen gab es nur jene Brücke, die zum Kaufladen führte, wenn mir die Lebensmittel ausgegangen waren. Am frühen Morgen schlich ich mich im Dunkeln wie ein Dieb aus dem Haus, um das Nötigste zu besorgen und dabei niemandem zu begegnen. Dieser Gang war für mich eine große Anstrengung, sodass sich der Körper anschließend auf die Matratze zurücksehnte. In der Zurückgezogenheit und Einsamkeit hörte ich dann die Stille – und sie war wunderbar.

In dieser Zeit lernte ich das Alleinsein schätzen und lieben. Jenes Lauschen auf die Intuition war so real, wie ich es nie zuvor erlebt hatte. Welches Gefühl und welche Warnung mir die Seele auch präsentierte, ich folgte ihr. Dabei sprach sie: Bleib ruhig, du versäumst nichts. Dass ich sie so präzise hören konnte, war ein Geschenk. Es konnten nur die Seele und der Geist sein, die miteinander kommunizierten und mir ihre Zeichen sandten.

Sie zeigten und kümmerten sich bei manchen Begebenheiten und Zwischenspielen. Sie wussten und wissen es immer noch besser als ich, was ich brauche oder lieber bleiben lassen sollte – nur sagen können sie es nicht. Sie lassen es mich aber spüren, und das grenzt an ein Wunder. So war es, als ich im Geschäft jene Gefühlsströmung spürte, die mir signalisierte, dass ich Sternchen eilig im Spital aufsuchen sollte, um das letzte Aufflammen seiner Lebensgeister mit ihm gemeinsam erleben zu dürfen. Dabei erfuhr ich allerdings auch, wie es ihm wirklich ging. Ein letztes Mal durften wir miteinander sprechen, konnten uns spüren und erleben, wie uns die Situation mit Liebe umhüllte. Dabei hörten wir unsere Herzschläge und küssten uns ein letztes Mal. Die Seelen geben und zeigen uns viel mehr, als wir glauben, wenn wir nur auf sie hörten. Doch die schnelle wandelbare Außenwelt und das laute Treiben halten uns davon ab, die zarten Weisungen der Seele wahrzunehmen.

Das Schaffen hatte ich ad acta gelegt und mein Augenmerk nur auf mich selbst gerichtet, um wieder zu gesunden. In dieser Phase gab es für mich nichts Wichtigeres, als wieder mobil zu werden und eine gute körperliche Verfassung zurück zu erlangen. Dabei zischte die Kindheit wie ein D-Zug an mir vorbei und ich rief: »Jetzt nicht!« Erst wollte ich durch Ruhe und Erholung wieder zu Kräften kommen und mich anschließend ausgiebig mit ihr beschäftigen. Am bittersten empfand ich dabei meine Machtlosigkeit und die nur ferne Aussicht auf Heilung. Mit der Zeit selektierten meine Sinne stärker, was die Verdauungsorgane vertragen konnten. Sie verlangten nach chemisch möglichst unbehandelter Nahrung. Ich aß ohnehin nur noch, wenn der Magen etwas verlangte. Plötzlich fielen Depressionen wie Regengüsse über mich her. So rapide, wie sie erschienen waren, so kometenhaft wollte ich sie wieder loswerden – ohne Arzt und Pharmaka versteht sich. Keine Gifte!, warnte mich die innere Stimme. Ich ließ mich von sanfter Musik einnebeln, sodass mir die Wasserfälle nur so aus den Augen plätscherten. Ich gab nicht auf und wiederholte diese Darbietung täglich. Dabei forderte ich die Melancholie heraus, und es tat mir gut, so alles herauszuweinen. Während der bezaubernden Klänge sah ich mich plötzlich auf dem großen Wasser gemächlich dahingleiten und die Depressionen auf den Meeresgrund hinabsinken, wo sie in den Sand fielen und stecken blieben. Nun wünschte ich mir, sie mögen nie mehr auftauchen. Der Erfolg dieser Methode zeigte sich jedoch erst später. Das waren Geschenke meiner Seele und meines Geistes, denn schließlich waren sie Zeugen meiner täglichen Mühe und belohnten mich dafür – mein Dank geht an euch!

Der erste Schritt war getan und ein kleiner Lichtblick zu meiner Genesung tat sich auf. Dabei zeigte sich mein kleiner Wille hoffnungsvoll und felsenfest: Alles wird gut! Nun besann ich mich wieder auf das Autogene Training. Damals überstrapazierte ich mein Wesen ebenso, da hieß es: Tu was, tu was, tu was! Du arbeitest nicht genug! Du brauchst noch mehr Beschäftigung! Wie im Hamsterrad drehte ich mich täglich, ohne auszuruhen immer schneller. Diese Schufterei erinnerte mich an die Kindheit. Die Mutter trug mir bis in die Nacht hinein Arbeiten auf und der Alte ließ mich dann nicht einmal durchschlafen. Heute nun ging ich selbst mit meinem Körper so brachial um und entzog sogar meinem Geist jegliche Energie. Mein Erschöpfungszustand war das Ergebnis reinster Selbstausbeutung unter Einbezug aller Organe. Trotz monatelanger Übungen brachte mir das Autogene Training nicht den erhofften Erfolg. Dennoch hielt ich mit Mühe, Geduld und Ausdauer daran fest. Dann aber begann ich allmählich die Lorbeeren dafür zu ernten und war sehr glücklich über den Erfolg. Noch heute praktiziere ich das Autogene Training, weil es äußerst entspannend wirkt.

In meiner Einsiedlerzeit ließ ich Verwandte, Freunde und Kollegen los und nabelte mich vom überholten materiellen, körperlichen und falschen Gefühlen verhafteten Leben ab, ganz nach dem Wunsch von Seele und Geist. Schließlich ließen sie meine Energie aus dem Körper fließen, damit ich aufwachte, die Perspektive änderte und den Blick nach innen richtete. Denn sonst wäre ich auch nicht bereit gewesen, meine sichere Tätigkeit aufzugeben. Während meiner Zurückgezogenheit läutete ich das längst fällige Ende einer überholten Phase meines Lebens ein, indem ich die Außenwelt gegen die Selbstwahrnehmung eintauschte. Mein größter Wunsch jedoch war es, die Sparflamme meiner Lebensenergie möge sich wieder zum hell brennenden Licht erheben. Dabei war die Zeit nicht maßgebend. Seit ich mich von allem zurückgezogen hatte, war ich zwar allein, fühlte mich aber nicht einsam, weil Menschen um mich herum wohnten. Der Kontakt zu ihnen war spärlich und ich wechselte kaum ein Wort mit ihnen, aber sie waren da und demnach konnte ich gar nicht allein sein. Alles, was ich tat und was mir vorschwebte, besprach ich laut mit der Seele und dem Geist. Da brauchte ich die Meinung der anderen nicht. Sie würden nur störend auf mich wirken.

Nach vierundzwanzig Monaten der Zurückgezogenheit erhielt mein Körper spärlich neue Lebensenergie. Die Flamme war noch klein aber ein Zeichen dafür, dass es gesundheitlich aufwärts ging und ich die Hausarbeit wieder schaffte. Dafür sauste am Nachmittag die neue Kraft wieder talwärts, sodass ich mich auf der Matratze von wohltuend weichen Klängen einlullen ließ und dabei zurück in die Gedankenwelt meiner Kindheit geführt wurde. Als mir dann nachts auch noch kleine Männchen seltsame Szenen und charakteristische Auftritte des heimischen Geschehens präsentierten, rief ich im Schlaf: »Lasst mich in Ruhe!« Am Morgen darauf war der Traum noch immer gegenwärtig. Ohne Mut und Kraft gelang es mir nicht, dass sich die Schatten wie der Nebel bei Sonnenaufgang auflösten, geschweige denn in liebevolle Wesen verwandelten. Doch ich hatte Zeit und wartete geduldig auf den Moment, an dem sich meine Kindheit zu klären begann.

Als Erdenbewohner verfüge ich über eigene körperliche Dispositionen, Anlagen und Empfänglichkeiten, über einen Blutkreislauf, eigene Energie, Bedürfnisse und Intensitäten sowie eigene Wünsche, Gefühle und eine bestimmte Strecke des Lebens. Und mein Zauberwort auf der Gefühlsebene hieß: »Hass den Eltern!« Gerade der Schmerz aus der Kindheit bleibt im Gehirn am längsten haften. Ihn abzuwerfen, kann nicht ohne emotional gravierende Einschnitte geschehen. Bei der Niederschrift dieser Phase durchlebte ich das Dunkle noch einmal. Vor dem Klären jedoch blühte die Angst, was auch kein Wunder war, denn der schlechte Samen fand keine Ruhe, da mich die Mutter mit ihrer Macht weiterhin beherrschte. Während einer Meditation sprach die innere Stimme: »Die Schattenseiten gehören nicht in die Zukunft. Du lebst jetzt. Also fang an und räume auf. Beginne dort, wo alles anfing!« »Und wo fing alles an?«, fragte ich zurück.

Mit dem dürftigen Geschenk von etwas wiedergewonnener Lebensenergie begann ich ein Fernstudium mit der Aufgabenstellung: Angst- und stressfrei leben. Das Bedürfnis, zu lernen, hatte mich wieder. Bei dieser Themenstellung erfuhr ich, was der Stress in der Kindheit ausgelöst hat und wie mit Angst- und Stresssituationen umzugehen ist. Dabei wurde ich mit den Schwächen, Hemmungen und der Struktur meiner Kindheit konfrontiert, die mein Gehirn gespeichert hat. Angst und Stress sind biologisch sinnvolle Reaktionen auf Bedrohungen. Sie führen dazu, dass ein Mensch in einer gefährlichen Situation vorsichtig ist und kein unnötiges Risiko eingeht. Kinder lernen Angst spielerisch kennen. Wird sie jedoch zu groß, kann sie ihre Funktion als Alarmsignal und -reaktion nicht mehr erfüllen. Dauert sie zu lange an, bringt sie mehr Nachteile als Vorteile, dann tritt die Angstreaktion, wie bei einem Fehlalarm, schon bei geringsten Veränderungen auf. Der Frieden, die Harmonie und die Präzision sind dann gestört.

Bei meiner wieder aufgenommenen Lektüre erfuhr ich auch Einiges über das Burn-out-Syndrom und dessen Folgen. Burn-out ist ein schleichender Prozess des inneren Ausbrennens, der sich in sinkender Belastbarkeit und Leistungsunfähigkeit zeigt. Es handelt sich um einen Zustand körperlicher, geistiger und seelischer Erschöpfung aufgrund innerer und äußerer Überforderung, der sich aus lange andauerndem Stress und Energieeinsatz ergibt. Bei mir wirkte sich das Burn-out-Syndrom als Abwärtsspirale meiner Lebensenergie aus, was sich über einen längeren Zeitraum entwickelt hat, bis ich ausgebrannt am Boden lag, wobei es schließlich zu einer Zerreißprobe gekommen war. Dass dieses Syndrom eine ernst zu nehmende Krankheit ist, kann ich nur bestätigen, denn ich war nicht einmal mehr fähig, morgens aufzustehen. Dafür erschien mir der Tod so nah, rein und klar, dass ich ihn direkt vor mir sah. Dabei wollte ich wissen, wie es sich anfühlt, in einem Sarg zu liegen und fuhr zu einem Beerdigungsinstitut. Dort legte ich der Empfangsdame mein Anliegen offen. Sie empörte sich derart, dass sie mir sogleich die Tür wies: »Von so einem ungeheuerlichen irrationalen Ansinnen habe ich ja noch nie gehört!«, sagte sie und hielt die Tür offen. »Raus hier!« »Warum sind Sie so ungehalten mir gegenüber?«, fragte ich. Doch sie schubste mich regelrecht vor ihre Ladentür und schloss sie gleich hinter mir ab. Eine Straßenecke weiter betrat ich das nächste Bestattungsgeschäft. Hier war die Frau nett, höflich und offen für meine Bitte. Sie ging mit mir in den Nebenraum und entfernte von einem Sarg den Deckel, woraufhin sein mit weißem, gerafften Satin ausgestattetes Inneres zum Vorschein kam. Langsam und sanft bettete ich meinen Körper darauf und genoss eine Weile lang die Ruhe, die im Raum herrschte. Dabei verspürte ich kein Gefühl, geradeso, als läge mein Leichnam auf dieser weichen Unterlage. Anschließend überreichte ich der Frau ein Geschenk.

Meiner inneren Stimme blieb ich treu, setzte den Weg der spirituellen Entwicklung fort und hielt meinen Geist stets aktiv. Damit sich das Alarmsignal der Angst der Norm wieder anpassen konnte, hatte ich reichlich zu tun. Dadurch wurde ich freilich keine andere Adelheit, denn aus einer Rose kann keine Margerite werden, genauso wie aus einem Reh kein Raubtier wird.

Meinem Schicksal beugte ich mich und übertrieb es nicht wieder. Die Sensibilität gehört nun zu mir und ich habe mir klar vor Augen geführt, dass ich auch einmal schwach sein darf. Das Lernen haftete wieder wie Honig an mir. Endlich musterte ich die Bücher aus, zu denen ich keinen Bezug mehr hatte, und zog andere hervor, die längst von mir gelesen werden wollten, z. B. *Über die Psychologie, Schlüssel zum Geheimnis der Seele* von Ebertin. Das Besprechen von Krankheiten eignete ich mir selbst an. Zusammen mit der Reiki-Energie angewandt, ergibt sich hieraus eine gute Heilwirkung. Zwischendurch meditierte ich, entspannte mich und praktizierte Autogenes Training, um den Bogen nicht zu überspannen. Schließlich war mir die neu gewonnene, gleichwohl aber dünn gesäte Energie heilig. Während ich mich auch in der Gehmeditation übte und das Gleichgewicht ausbalancierte, bemühte sich der Geist die Gedanken nur auf das eine Ziel zu konzentrieren, nämlich den Gang langsamer zu vollziehen, als eine Schnecke kriecht. Das war zwar anstrengend, aber eine gute Erfahrung für den ganzen Körper.

Eines Tages war ich ganz plötzlich bereit, dem inneren Krieger jene Tür zu öffnen, hinter der das Trauma eingemauert seine Gravitation ausstrahlte. Ohne professionelle Hilfe wollte ich die Aufarbeitung angehen. Schließlich kann sich niemand nur annähernd in meine Lage versetzen, noch nachspüren, was meine kleine Seele während der Kindheit durchlebt hatte. Bei einem Vortrag über das Thema Psychotherapie und Spiritualität hörte ich folgenden Leitsatz, den ich sogleich als Zielstellung notierte: »Die Fähigkeit, auf das zuzugehen, was ich brauche, von dem wegzugehen, was ich nicht brauche und gegen das anzugehen, was mich bedroht.« Mit Letzterem, dem Angehen gegen die Bedrohung, beschäftige ich jetzt meinen Geist, darauf zielte ich ab. In der Folgezeit schweiften die Gedanken öfter als mir lieb war zu den Eltern. Sodann wandte ich das Wort »Stopp!« an, damit erst gar keine Gedankenkette aufkam, die mich in einen Strudel reißen könnte. Der Gedankenstopp wurde für mich zu einer Methode, die ich beim Angst- und Stressstudium kennengelernt hatte. Bei einem aufkommenden negativen Gedanken an die Eltern sagte ich laut »Stopp!« und spürte dabei deutlich, wie sehr ich sie hasste. So destruktiv und gewalttätig, wie sie mit meiner ungewollt geborenen Seele in der Kindheit umgegangen waren, bin ich auf meiner gesamten Lebensstrecke mit niemandem umgegangen. Ganz im Gegensatz dazu suchte ich das Positive in jedem und erhielt dafür die Keule auf den Kopf. Da konnte ich noch so viele »Stopps« auf die Eltern verwenden, ich hasste sie abgründig. Doch von der Mutter in der Heimat war bis in mein Domizil ein Gummiband gespannt, worauf jene Melodie entlang schwang: »Komm bald wieder nach Hause, komm zu mir!« Und ich folgte dem Klang, der mich auf jene Reise schickte, die in die Heimatstadt zur Mutter führte. Der herzliche Empfang tröstete mein Wesen dann für eine Übernachtung, doch am nächsten Tag fuhr ich wieder heim.

Das Familienstellen

Das Familienstellen kam auf und war plötzlich in aller Munde. Fernsehen, Rundfunk und Zeitschriften berichteten darüber. Neugierig und wissensdurstig verfolgte ich dieses Thema. Dann wollte ich dieser Methode auf den Grund gehen und meldete mich für eine Aufstellung an. Beim Institut für Systemaufstellungen füllte ich vorab einen Fragebogen zu Eltern, Krankheiten, Unfällen, Abtreibungen, Verstorbenen usw. aus. In der Gruppe lernte ich Menschen kennen, die alle ein Problem mit sich herumtrugen, das sie durch die Aufstellung zu lösen wünschten – so, wie ich auch. Einfühlsam begleiteten die Seminarleiter Jan und Sahra die Gruppe durch ihre Aufstellungen. Aus der Gruppe wählte ich zwei Akteure aus, die meine Eltern vertraten. Den Alten platzierte ich weit von der Mutter entfernt, genauso wie ich es als Kind empfunden hatte. »Wie fühlst du dich?«, fragte Jan den Akteur, der für den Alten stand. »Ich fühle mich schlecht. Will näher bei meiner Frau sein!«, sprach dieser. »Dann geh zu ihr!«, forderte Jan ihn auf. Der Akteur trat an sie heran und sogleich umarmten sich beide herzlichst. Dann legte der Alte seinen Kopf an den der Mutter. »Wie fühlst du dich jetzt?«, fragte Jan den Akteur, der den Alten vertrat. »Hier fühle ich mich besser«, sagte dieser. Doch ich sah hier ein völlig verzerrtes Bild gegenüber dem, was ich von den Beobachtungen der Eltern als Paar in mir trug. Die Darbietung der Akteure, wie sie da als meine Eltern eng beieinander vor mir standen, hatte nichts mit mir und meiner Wahrnehmung von ihnen zu tun.

Danach stellte Jan hinter die Mutter einen Akteur, der den tödlich verunglückten Großvater symbolisierte, und dahinter stellte er mich. Plötzlich schluchzte ich mir die Seele heraus und hockte mich hin. Obwohl ich den Opa nie kennengelernt hatte, fehlte er mir und ich vermisste seine Kraft. Es tat mir furchtbar weh, dass er so jung gestorben war. Danach nahmen mich beide Akteure, die Mutter und der Alte, in ihre Mitte. Da weinte ich vor Glückseligkeit, von den Eltern einmal in die Arme genommen, gehalten und getragen zu werden, sodass ich mich von ihnen geliebt fühlen konnte. Das war meine große Sehnsucht, einmal von den Eltern so gedrückt zu werden. Die stellvertretenden Eltern erfüllten mir den sehnsüchtigsten Wunsch meiner Kindheit und ich sagte: »Was immer zwischen euch ist, das lasse ich bei euch, denn ich bin nur das Kind.«

Weil ich anschließend immer noch weinte, wandte Jan eine Klopftechnik an, die ich zu Hause weiterhin praktizierte. Er stellte nur ein Thema auf, das für mich von höchster Energie war. Die Aufstellung erbrachte den Beweis dafür, dass ich während meiner Nahtoderfahrung infolge des Narkosefehlers im Schoß des Großvaters als jungem Mann lag. Zwar hatte ich vorher tatsächlich eine Ahnung davon, der Beweis fehlte jedoch. Leider hat der Opa seinen Frieden nie finden können, weil er ganz plötzlich zu Tode kam und seine Seele unruhig umherirrt. Sein Tod erschütterte die Familie zutiefst und stürzte seine Frau mit den Kindern in den finanziellen Ruin. Später würde ich dem Opa helfen, seinen Frieden zu finden.

Anschließend stellte mich Jan als abgetriebenes Kind auf. Es war die neunte Unterbrechung einer Teilnehmerin, die die Rolle meiner Mutter übernahm. Ich sagte: »Ich bin das neunte Kind meiner Eltern, und die Mutter wollte mich abtreiben lassen.« Auf dem Platz des Ungeborenen der Frau begann ich plötzlich mächtig zu weinen. Es traf mich wie ein Schock. Alle Knochen waren in Aufruhr, sodass ich am ganzen Körper Schmerzen verspürte. Als ich dann auch noch ein kleines Mädchen in der Sonne spielend, tanzend und lachend vor mir sah, wusste ich, es wollte leben. In jeder Zelle meines Körpers nahm ich ein Gebrechen wahr. Es ging mir dermaßen schlecht, dass Jan eine Pause veranlasste. Ich zog mich in einen anderen Raum zurück und schluchzte dort laut meine Qualen heraus. Da mein Unterkiefer bebte, dass mir die Zähne klapperten, presste ich das Gebiss dermaßen fest aufeinander, das es sich später nur schwer wieder lösen ließ. Die Kindheit verbrachte ich häufig in einem ähnlich angespannten Zustand. Zurück in der Gruppe, konnte ich die Frau, für deren neunte Abtreibung ich stand, nicht mehr ansehen. Trafen sich unsere Blicke doch einmal, fing ich sofort mächtig an zu weinen. Nach dieser Aufstellung war ich physisch und psychisch fix und fertig – und ebenso die Frau. Am nächsten Tag lag sie mit einer Decke am Boden und konnte am Seminar nicht mehr teilnehmen.

Das Familienstellen wühlte mich tief auf und war äußerst schmerzhaft. Danach konzentrierte ich mich darauf, was ich nach der Aufstellung in meinem Leben verändern würde. In der Folgezeit sah ich die Eltern noch einmal vor mir. Der Geist und die Seele offenbarten mir, dass die Mutter die Schändungen ihres Mannes am eigenen Kind wie weißes Gold hütete. Da sie selbst und keines der Geschwister an der Gerichtsverhandlung teilgenommen hatten, fühlte ich mich von ihnen im Stich gelassen. Die ganze

Familie – und wir waren viele – wandte sich in dieser schweren Situation von mir ab, außer Anne. Die Mutter legte nie ihre schützende Hand über mich. Stattdessen breitete sie, wie es in der Aufstellung zum Ausdruck kam, sogar noch eine dunkle Decke über das weiße Gold, damit es fortan unsichtbar bliebe. Fragte eines der Kinder, »Wo ist der Vater?«, so antwortete sie darauf: »Er ist zur Kur.« Jahrelang ist er also ›zur Kur‹ gewesen. Stellt nur keine weiteren Fragen, das kommt euch teuer zu stehen, war ihr Motto. Also fragte keiner die Mutter ein zweites Mal, wo der Vater abgeblieben ist. Am besten jedoch wäre gewesen, die Eltern hätten sich getrennt, um der Sippschaft dieses Drama zu ersparen. »Bis dass der Tod uns scheide!« – daran hielten beide fest. Eine Trennung wäre für sie eine Schande gewesen. Lieber legte die Mutter ihre Sexualität auf Eis, wo sie lange frisch blieb. Dabei schob sie, unbewusst oder bewusst, das ungewollt geborene Kind ihrem Mann zu, damit sie selbst nicht mehr hinhalten brauchte. Und schließlich wies sie ihrem unschuldigen Kind auch noch die Verantwortung dafür zu, dass ihr geliebter Mann in den Knast kam. Mit diesen Lügen und Selbsttäuschungen hat sie es sich sehr einfach gemacht und das Kind für all das bestraft, was sie zu lösen nicht imstande war. Darunter habe ich physisch und psychisch ein Leben lang gelitten. Umso klarer durchschaute ich nun die Intrigenspiele der Mutter, die voller Verlogenheit, Bosheit und Hinterhältigkeit waren.

Die Schattenseiten zeigten sich bei mir stets in einem psychisch der Kindheit verhaftet sein, was langfristig zu einer großen Belastung wurde, die sich auf den Körper übertrug und durch die auch er Schaden nahm. Solange ich beschäftigt war, wich ich dem Dreck aus, doch bei jeder kleinen Szene, die mich an das Trauma erinnerte, brach alles auf und ich sah entsetzt die düsteren Trümmer vor mir liegen. Doch an der Aufarbeitung des Bösen wollte ich unbedingt dranbleiben, bis ich das Übel an den Wurzeln packen und herausreißen konnte. Dabei war der Ursprung jedoch erst noch ausfindig zu machen, ehe Licht in die Dunkelheit fallen konnte. Wenn auf dem Grunde meines Bewusstseins eine überwältigende Angst vor Zurückweisung verankert sein sollte, dann wünschte ich diese Tür zu öffnen, hinter der das Trauma lauerte, um es auflösen zu können.

Monate später meldete ich mich zu einer spirituellen Familienaufstellung an. Bei der Fachspezialistin namens Carla stellte ich mich vor. In einem hellen gemütlichen Raum saßen wir uns auf Schaumgummimatten gegenüber. Dabei zogen wir es vor, einander zu duzen, was die Gemeinsamkeit hervorhob. Durch das Ansinnen führte sie mich allein, ohne Einbezug anderer Teilnehmer. Die Aufstellung mit Akteuren kannte ich ja bereits, umso neugieriger war ich darauf, wie sie hier nur zwischen uns beiden ablaufen würde. Zuerst beantwortete ich Carla einige Fragen. Es waren zweifellos dieselben, die mir Jan gestellt hatte. »Was ist mit Missbrauch Carla?«, fragte ich sie schließlich direkt, denn um dieses Thema ging es mir in erster Linie. Sie antwortete: »Das ist von großer Wichtigkeit Adelheit! Hast du damit zu tun?« »Ja, mein Erzeuger.« Mehr wollte sie darüber vorerst nicht wissen, machte sich aber eine Notiz. Carla ist eine kleine zierliche Frau mit großen dunkelbraunen Augen. Das schulterlange mittelblonde Haar trug sie offen. Die Lippenkontur hatte sie leicht rot nachgezogen. Sie wirkte sympathisch auf mich. Ihre Stimme klang einfühlsam, mit einem leicht autoritären Unterton allerdings. Bei ihr sollte ich etwas über mein inneres Wissen erfahren, über die guten Kräfte und Mächte des Lichts, die zu Wort kommen sollten. Ziel der Aufstellung war es, einen guten Lösungsweg zu finden, um mit Liebe vertrauensvoll und eigenverantwortlich im Leben stehen zu können.

Carla arbeitet mit dem Erzengel Elohim vom goldenen Strahl. Während ich symbolisch auf Jesus stand, dessen Namen sie auf ein großes Blatt Papier geschrieben und auf den Boden gelegt hatte. Dann forderte sie mich auf: »Stell die Verstorbenen, die vor dir da waren nacheinander vor den goldenen Lichtstrahl. Danach geleitest du sie durch den Strahl hindurch und dann hinaus in den Kosmos. Bitte nimm vorab den tödlich verunglückten Großvater an. Wie kam er zu Tode Adelheit?« »Zwei Waggonpuffer haben ihn während seiner Tätigkeit zerquetscht. Er war sofort tot.« »Bleib während deiner Ausführungen auf Jesus stehen. Er verleiht dir die Kraft zur Visualisierung.« Dabei dachte ich mir: Jesus hängt am Kreuz. Wie kann er mir da Kraft verleihen? Doch ich beugte mich ihrer Anweisung und blieb auf dem Blatt mit seinem Namen stehen. »Und nun visualisiere vor deinem inneren Auge den Opa. Verbeuge dich vor ihm und sage: ›Lieber Opa, ich erkenne dich an, wie du bist. Ich gebe dir die Ehre.‹ Und dann platziere ihn vor dem goldenen Strahl. Siehst du ihn dort stehen Adelheit?« »Ja Carla.« »Bitte geleite den Opa jetzt durch den Strahl hindurch hinaus in den Kosmos.« In Gedanken wiederholte ich, was Carla mir auftrug: Lieber Opa, ich erkenne dich an, wie du bist. Ich gebe dir die Ehre – und allen, die vor dir waren, fügte ich hinzu. Hiernach geleitete ich den Opa durch den Strahl hindurch hinaus in den Kosmos. Plötzlich kamen sehr viele Seelen gelaufen, die durch den goldenen Strahl hinaus in den Kosmos wollten und denen es auch gelang. Sie marschierten ohne anzuhalten einfach durch den Strahl, hinaus in die Sphäre. Ein Ende ihrer Schlange war nicht absehbar und ich staunte: »Oh Mann, hier ist ja was los!« »Was ist los Adelheit? Warum dauert das so lange? Kannst du visualisieren?« »Ja, kann ich gut Carla.« Doch die Schlange der toten Seelen riss einfach nicht ab. »Was hast du gesagt Adelheit? Dass da so viele kommen?« »Ja, alle die vor dem Opa da waren«, sagte ich Carla. »Aber das brauchst du nicht zu sagen Adelheit!« »Jetzt wird die Schlange weniger.« Es kamen noch Vereinzelte, dann Nachzügler und schließlich brach ich ab, weil noch eine Menge Seelen nach oben wollten. »Carla, viele die vor dem Opa gestorben waren, folgten ihm durch den goldenen Strahl hinaus in den Kosmos.« So etwas hatte ich nie zuvor gesehen. »Mit der Zwillingsschwester deines Vaters fahre fort Adelheit, sag aber nicht ›und alle die vor ihr waren‹, sonst nimmt die Aufstellung heute kein Ende. Wenn du sie annimmst, bleibe auf Jesus stehen.« Jesus ist ein Symbol, wie konnte er mir Kraft verleihen? Das war gewiss Unsinn, aber er gehörte nun einmal zu dieser Aufstellung dazu und ich befolgte, was sie wünschte. Sodann nahm ich die Zwillingsschwester des Alten an, gab ihr die Ehre und stellte sie vor den goldenen Strahl. Ich leitete sie hindurch und entließ sie hinaus in die Sphäre.

Plötzlich geriet mein Körper derart in Aufruhr, dass alle meine Knochen schmerzten und ich zu weinen begann. Während Carla mich umarmte, sagte sie: »Lass die Tränen kommen Adelheit, sie ehren deine Tante!« Danach beruhigte ich mich langsam. »Adelheit, nimm jetzt deinen Vater an!« »Niemals!«, protestierte ich. Niemals wollte ich den Alten anerkennen! Dafür hatte er mir als Kind viel zu sehr wehgetan. Doch Carla bestand darauf: »Wenn deine positive Kraft fließen soll Adelheit, bleibt dir nichts anderes übrig, als ihn anzunehmen, wie er ist – egal, wie sehr er dich missbraucht und dir Schmerzen zugefügt hat. Wenn du Ordnung in deine Seele bringen willst, nimm ihn an! Wie soll sich der Raum, in dem der Dämon festsitzt, sich öffnen, wenn du nicht bereit dazu bist!« »Bitte Carla, heute nicht. Ich will erst noch einmal darüber nachdenken. Aber ich habe einen Onkel und einen Neffen, die beide mit fünfundzwanzig Jahren bei Unfällen zu Tode kamen. Beide möchte ich annehmen, ihnen die Ehre geben und sie durch den Strahl hinaus in den Kosmos schicken.« »Tu das Adelheit! Wie ist der Neffe verunglückt?« »Er war Unteroffizier. Zwei Laster standen mit den

Hecks zueinander, weil sie an derselben Stelle defekt waren und gleichzeitig repariert wurden. Der Neffe stand genau zwischen den beiden Fahrzeugen. Als ein Soldat in einen der Laster stieg und statt des ersten Ganges den Rückwärtsgang einlegte, wurde der Neffe zerquetscht und starb noch auf dem Transport ins Spital. Nachkömmlinge hatte er keine. Onkel Paul starb nur Monate später – auch an den Folgen eines Unfalles. Er hinterließ ebenfalls keine Nachkommen.« Sodann nahm ich beide an, gab ihnen die Ehre und entließ sie durch den goldenen Strahl in die Sphäre.

Hiernach widmete sich Carla meiner Krebserkrankung und fand heraus: »Adelheit, du hast nur überlebt, weil du ein Kind geboren hast!« »Oh Carla, ich bin glücklich, dass du meine Ahnung bestätigst. Ich habe im Familienclan zu denjenigen recherchiert, die mit fünfundzwanzig oder sechsundzwanzig Jahren gestorben sind und dabei dasselbe herausgefunden wie du. Ich bin sehr erfreut und es berührt mich sehr, das von dir bestätigt zu wissen.« Dann liefen mir die Tränen über die Wangen. Es war also meine Aufgabe, zu überleben und Ruhe in den Clan zu bringen. Während Carla sich dann auf ein Blatt Papier stellte, auf dem das Wort »Kindheitstrauma« stand, horchte sie tief in sich hinein. Ich blieb währenddessen weiterhin auf »Jesus« stehen. Nach einer Weile des Schweigens sagte sie: »Dein Vater liebte dich mehr, als die anderen Kinder Adelheit!« Jetzt hielt ich mich nicht zurück und rief: »Wenn er mit mir Schweinerei machte, war das doch kein Wunder oder?« Dazu schwieg Carla. Anschließend bat sie mich: »Bitte Adelheit, nimm die Schwangerschaftsunterbrechung an, die vor deiner Tochter und ihrem Vater lag.« Nachdem ich das Ungeborene angenommen hatte und hinauf in den Kosmos schicken wollte, ertrank ich fast im Tränenfluss. In diesem Moment umarmte mich Carla und sagte: »Lass die Tränen fließen. Sie kommen deiner Tochter zugute Adelheit. Du wirst sehen, dass sich bei ihr hiernach etwas verändern wird.«

Am Schluss lagen wir uns in den Armen und ich dankte Carla für ihre Mühe, Einfühlsamkeit und Herzenswärme bei der Aufstellung. Zehn Tage später traf ich mich mit Diana. Plötzlich verfügte mein Kind über eine magische Ausstrahlung. Mit dem körperlichen Problem, das sie durch den Reitunfall seit Jahren belastete, konnte sie besser umgehen und fühlte sich freier. Beide waren wir sehr glücklich über diese Korrektur.

Anerkennen, was ist und wie es ist

Später hörte ich mir einen Vortrag von Bert Hellinger an, einem Förderer der *Familienaufstellung* in Deutschland, über das Thema »Annehmen und Anerkennen, was ist«. Diese Thematik interessierte mich sehr, weil ich bei Carla nicht bereit war, den Alten anzunehmen. Hellinger sagte: »Die Eltern annehmen, wie sie sind, ist relevant.« Darüber wollte ich erst noch nachdenken, ob ich das kann und will. Das Trauma sollte ich demnach ebenfalls annehmen, wie es war. Das ist ja grotesk und überkandidelt, dachte ich bei mir. Dazu war ich nicht bereit, auf keinen Fall. Ich wehrte mich heftig dagegen. Für seine grausame Tat sollte ich ihm noch die Ehre erweisen? Wie irre war das denn? Niemals!

Als ich dann schreibenderweise den Weg zurück in die Kindheit nahm, wurde mir das volle Ausmaß der Verletzungen noch einmal bewusst. Es schmerzte, brannte und nagte in mir. Und jetzt sollte ich den Alten annehmen und ihm noch die Ehre geben? Wie idiotisch war denn das? Für mich klang das völlig absurd. Hellinger aber sagte: »Der Wahrheit ins Gesicht sehen, auch den Dingen, die im Leben nicht funktionieren. Die eigenen Gedanken und Gefühle in Bezug auf das Selbst anerkennen – dazu sollte ich mich selbst auch annehmen, sonst funktioniert gar nichts.«

Ich denke und fühle positiv. Denn wie ich fühle, so denke ich. Die Eltern klammerte ich dabei jedoch aus. Sie aber anzunehmen, wie sie waren – würde ich jemals bereit dazu sein? Ich zweifelte. Hellinger sagte: »Will man den anderen verbiegen, so verschließt er sein Herz und man bekommt keinen Zugang mehr zu ihm. So, wie du bist, bist du die richtige Mutter für mich. Das ist Anerkennen. Dass diese Eltern die richtigen sind, das heißt Anerkennen. Es gibt keine anderen.« Das leuchtete mir ja ein, schließlich hat der Alte mich gezeugt und die Mutter hat mich bis zur Geburt ausgetragen. Das sind meine Eltern, das erkenne ich an. »Was will der Mensch noch mehr, nachdem er ein Kind gezeugt hat?«, fragte Hellinger.

Und ich dachte bei mir: Vier Kinder zeugen akzeptiere ich ja, aber gleich eine ganze Fußballmannschaft auf Mutter Erde auszusetzen, wie es die Eltern taten, dafür habe ich kein Verständnis, weil sie ihre Pflichten auf mich übertrugen – zumal der Alte sein zwölftes Kind mit seiner Enkelin gezeugt hatte! Auch dieses Thema blieb nicht verborgen, aber alle schwiegen sie darüber. Als ich bei einer Geburtstagsfeier in Bautzen das dreijährige Kind zum ersten Mal sah, dachte ich, der Alte steht in Miniatur vor mir. Hatten die anderen es auch gesehen oder wollten sie es nicht sehen? Ulrich war der Einzige, der es zu erkennen gab, der seine Augen verdrehte und den Kopf schüttelte. Er wohnte damals noch bei den Eltern und ihm entging nicht, wie der Alte sich um das Kind kümmerte, wie er es mit Liebe, Fürsorge und Geschenken überhäufte, was er vorher keinem anderen seiner Kinder hatte zukommen lassen.

»Die Eltern anerkennen, wie sie sind, sich vor ihnen verneigen und ihnen in Demut die Ehre geben: Du bist meine Mutter, du bist mein Vater und ich bin euer Kind – dann erkenne ich mich an. Dann erkenne ich, was sie mir auf meinen Lebensweg mitgaben und was sie mir auch als Last aufbürdeten, weil sie nicht anders konnten.« So klangen Hellingers Worte. Und so schnell konnte ich gar nicht mitschreiben, wie er redete. Mein Verstand rebellierte: Was? Sie konnten nicht anders? Sie hätten mich sehr wohl liebevoll behandeln und Kind sein lassen können, anstatt mich mit Pflichten zu überhäufen und mich gefügig zu machen, um mich dann zu beflecken. Sie spielten mit meinem Leben. Doch Hellinger offenbarte: »Ich bin meine Eltern! Ich bin die Fortpflanzung meiner Eltern.« Das war mir klar, dass ich die Fortsetzung meiner Eltern bin. »Wenn ich etwas an den Eltern ablehne, lehne ich auch an mir etwas ab«, fügte er hinzu. Das konnte ich gut nachvollziehen, weil ich als Kind meine Weiblichkeit abgelehnt habe und lieber ein Junge sein wollte. Dann wieder wünschte ich mir überhaupt nicht geboren worden zu sein. Am Ende applaudierten die Zuhörer Hellingers zusammengefasstem Vortrag.

Auf dem Heimweg kreisten meine Gedanken um das Annehmen, wie es ist. Hellinger führte mir eine Lernaufgabe vor Augen. Um entscheiden zu können, was ich nicht mehr will und was ich erreichen möchte, und dann mit neuer Körperkraft und Lebensenergie in die Zukunft zu segeln, blieb mir gar keine andere Wahl, als die Eltern so anzunehmen, wie sie sind. Schließlich sind meine Denkstrukturen, die ja in der Kindheit geprägt wurden, von Angst bestimmt. Diese Schatten ausfindig zu machen, sie aufzulösen und aus meinem Gehirn zu verbannen, sollte ein hartes Stück Arbeit werden.

Plötzlich sagte die innere Stimme: Was dich behindert, das hat mit dir nichts zu tun. Sei mutig! Hat nichts mit mir zu tun?, wiederholte ich. Bei dem Gedanken verspürte ich eine Bangigkeit. Angst machte mich wachsam für eine Gefahr. Welches Unheil könnte sich mir in den Weg stellen, wenn ich die Eltern annehmen würde, wie sie sind und ihnen die Ehre gäbe?

Plötzlich klangen Carlas Worte in mir wieder: »Wenn du wünschst, dass es dir gesundheitlich besser gehen soll, hast du keine andere Chance, als die Eltern anzunehmen und ihnen die Ehre zu geben!« Warum aber hatte ich Angst davor, sie anzunehmen? Die Aufklärung dieser ängstlichen Gefühlsströmung blieb mir jedoch versagt. Später erfuhr ich es dann. Während ich mich ausführlich mit der Thematik von Hellinger auseinandersetzte und das Geschriebene noch einmal studierte, bekam ich langsam ein Gefühl dafür, dass ich auf dem richtigen Weg balancierte. Wenn ich die Eltern in Demut annahm, wünschte ich mir auch die Aussicht auf Erfolg. So bizarr das auch klingen mag: Ich meditierte erst einmal über das Thema. Dazu lud ich meine Seele und meinen Geist ein.

Während der Meditation sah ich mich plötzlich im Bauch der Mutter als Embryo. Auf einmal erschrak ich. Etwas Dunkles bewegte sich vor ihrem Bauch. Mit einem Mal plumpste etwas auf meinen Kopf. Beim Geburtsvorgang wollte ich nicht hinaus. Nach einer Weile flutschte ich dann hinaus und fror gewaltig. Überraschend stand die Mutter vor mir und ich sah sie ohne Worte an. Dabei spürte ich ein mulmiges Gefühl im Leib und fürchtete mich, sodass ich die Meditation abbrach. Ich weinte vor Rührung, dankte der lieben Seele und dem Geist für diese wunderbare Erfahrung, die ich machen durfte. Mich im Rückblick als Embryo gesehen zu haben, bleibt ein intensiver Erfahrungsschatz, der mir in Fleisch und Blut übergegangen ist.

Danach recherchierte ich: Was war das Dunkle auf dem Bauch der Mutter? Vermutlich das Stethoskop, mit dem der Doktor die Herztöne des Fötus abgehorcht hatte. Wovor erschrak ich dermaßen? Als die Mutter acht Kinder nannte. Da waren mir die vielen Kinder schon ein Gräuel. Was fiel mir auf den Kopf? War es die Erleichterung der Mutter, dass der Eingriff zum Schwangerschaftsabbruch nicht stattfand?

Tage später stimmte ich mich achtsam auf das Annehmen und Anerkennen der Eltern ein. Auf dem Teppich kniend, die Hände vor dem Herz, visualisierte ich mir die Mutter. Wie ein Blitz erschien sie vor meinen Augen, als wäre sie in der Nähe gewesen. Sodann verneigte ich mich vor ihr und sagte: »Mutter, ich erkenne dich an, wie du bist, ich gebe dir die Ehre. Du konntest mir nichts anderes geben, als du geben konntest. Ich nehme das Leben an, das du mir geschenkt hast. Du bist die Richtige für mich, es gibt keine Andere! Du bist meine Mutter und ich bleibe immer dein Kind.« Dann hielt ich ihr Bild noch einen Moment lang fest. Völlig unerwartet wurde sie wütend, schüttelte den Kopf und sagte mit harter Stimme: »Was bist du nur für ein Mensch geworden?« »Lass mich jetzt in Ruh!«, rief ich ihr zu. Dennoch war es mir wichtig, dass ich die Eltern nicht mehr hasste. Letztendlich benötigte mein Körper noch reichlich neue Lebensenergie. Die Annahme verlief gleichwohl vielversprechend und ich sah voller Hoffnung, dass sich meine Wünsche erfüllen würden.

Eine Weile später war ich auch bereit, den Alten anzunehmen. Obwohl er bereits gestorben war, könne er noch dieselbe Wirkung entfalten, behauptete Hellinger. Meine ganze Aufmerksamkeit konzentrierte sich darauf, wie sich der Alte mir zeigen würde. Auf dem Teppich kniend, die Hände vor dem Herz, visualisierte ich mir den Alten. Auf Anhieb erschien er mir leicht, lächelnd und locker. Dann richtete er sich erhaben auf, genauso wie im realen Leben. Ich verneigte mich vor ihm und streckte die Arme nach oben aus. Dabei spürte ich, dass ich ihn nicht mit »Vater« ansprechen konnte und sagte deshalb: »Erzeuger, ich kenne dich an, wie du bist. Ich gebe dir die Ehre. Für mich bist du der Richtige. Es gibt keinen Anderen. Ich nehme das Leben an, das du mir geschenkt hast. Du bist mein Erzeuger und ich bleibe immer dein Kind. Die Schuld lasse ich bei dir.« Dann hielt ich sein Bild noch eine Weile lang fest. Als er jedoch höhnisch zu lachen begann, ließ ich los. Er hatte sich kein bisschen verändert. Wie im realen Leben nahm ich ihn wahr und hörte noch lange sein verletzendes gallenbitteres Lachen.

Im Anschluss an diese Zeremonie begann ich das Kindheitstrauma anzugehen. Indem ich es anerkannte und mich ihm fügte, würde ich eins mit dem Schicksal und das Trauma zöge sich zurück – so zumindest laut Hellingers Prognose. Da war ich aber gespannt, wie das funktionieren sollte, dass es sich einfach so zurückzog! Nach der Annahme durch mich könnte es also verschwunden sein. Ich begann mit großer Erwartung. Auf dem Teppich kniend verneigte ich mich vor meinem Schicksal und sprach: »Ich nehme mein Schicksal an, wie es war. Die Schuld lasse ich bei den Eltern.« Einige Minuten später ging ich zum normalen Tagesgeschäft über. Meine Neugier war groß und ich wartete voller Hoffnung, was sich entfalten, darstellen und herauskristallisieren würde. Doch Linderung und Heilung sollten sich erst allmählich einstellen.

Wochen vergingen, ohne dass ich auch nur einmal an die Eltern dachte. Als sie mir dann ganz plötzlich beim Frühstück erschienen, war ich verblüfft, dass meine destruktive Gefühlsströmung und der Hass ihnen gegenüber verschwunden waren. Plötzlich empfand ich sogar Liebe für sie. Dabei entsprang meinem Inneren ein Wohlgefühl. Dieses Geschenk und die Weisheit erhielt ich von Seele und Geist. Sie wissen alles über mich und weit mehr darüber hinaus. Nun gelang es mir, mich von den Eltern abzunabeln, was vorher unmöglich schien. Meine Wurzeln sind nun einmal die Eltern, Ureltern, Urureltern und alle, die vor ihnen da waren. Von Hellingers Methode war ich angenehm überrascht: sie funktionierte! Bis heute kann ich ohne Hassgefühle an die Eltern denken. Darüber bin ich erleichtert, erfreut und glücklich. Eine Metamorphose hatte stattgefunden. Mein Schicksal hatte ich zwar angenommen aber aus dem Gedächtnis war das Trauma nicht verschwunden. So einfach, wie Hellinger behauptete, war es dann doch nicht.

Mit der Mutter einen persönlichen Dialog über meine Kindheit zu führen, war undenkbar. Also schrieb ich einen Brief an sie, schickte ihn aber nie ab. Darin teilte ich ihr meinen ganzen Frust mit, den ich viele Jahre lang ins Exil verbannt hatte:

»Liebe Mutter!

Von Liebe kann keine Rede sein. Ich will Dir einmal sagen, wie ich mich als Kind an Deiner Seite gefühlt habe. Nahrung und ein Dach über dem Kopf gabst Du mir. Doch neben Dir fror ich wie ein im Winter ausgesetztes unbekleidetes Kind. Erst liebte ich Dich über alles, dann hasste ich Dich abgrundtief. Für die Schändung Deines Mannes am eigenen Kind gabst Du mir die Schuld. Dabei warst Du die Schuldige. Auf den ehelichen Matratzen wolltest Du nicht sehen, hören, fühlen, wahrnehmen, was neben Dir passierte. Dabei gewährtest Du mir keinen Schutz, keine Hilfe. Du Luder! An Deiner Macht über mich hast Du Dich ergötzt. Du Miststück! Lass die Geheimnisdudelei los! Nur wenn der Missbrauch offen zur Sprache kommt kann er im Keim ersticken. Ansonsten setzt er sich fort und fort. Du kalte Bärenschnauze! Dir diesen Brief geschrieben zu haben, entlastet mein Herz. – Gruß, Adelheit.«

Unerwartet schnell sah ich die Mutter vor mir. Kaltschnäuzig sagte sie: »Und? Geschadet hat es dir nichts!« »Verschwinde! Hau ab! Lass mich in Ruh!«, rief ich ihr zu. Einige Tage später spürte ich eine Erleichterung und ein Gefühl der Freiheit der Mutter gegenüber. Eine schriftliche Botschaft an den Vater folgte. Ich war stolz auf mich, das Wort »Vater« wieder aussprechen zu können.

»Lieber Vater!

Lieb bist Du nicht. Ich will Dir sagen, wie ich mich als Kind an Deiner Seite fühlte. Als meinen Vater lehnte ich Dich ab, weil Du mich dort berührtest, wo ich es überhaupt nicht leiden konnte, mit acht Jahren. Du Scheusal! Dafür hasste ich Dich wie die Pest. Täglich hast Du mich in Deine dreckige verdammte Koje unter Druck zitiert und mich dann beschmiert. Du Monster! Deine Aggressionen hast Du an meinem kleinen Körper ausgetobt, sonst warst Du auch nur ein Krüppel. Du Miststück! Bei alldem fühlte ich mich ekelhaft, verdammt, zum Kotzen. Angst, Bitterkeit, Verzweiflung hast Du mir eingeflößt und zum Tode mich verurteilt, du Lumpenhund! Diese Zeilen an Dich befreiten mein Herz. Ich vergebe Dir. Die Schuld lasse ich bei Dir. – Gruß, Adelheit.«

Während des Schreibens spürte ich keine Angst, kein Hassgefühl ihm gegenüber, sondern Erleichterung und Befreiung. Das war ein Geschenk meiner Seele und meines Geistes, das mich glücklich machte. Später las ich die Briefe noch einmal durch und stellte fest, dass zur Mutter eine größere Feindseligkeit bestand, als zum Vater, obwohl er der Täter war. Danach schrieb ich noch viele Briefe, an Florian, Diana, mein inneres Kind und an mich selbst.

Und was vorher unmöglich schien, nämlich den Kontakt zu mir selbst als Kind aufzunehmen, gelang mir plötzlich gut. Dazu kaufte ich eine Babypuppe. Während des Zelebrierens saß das Püppchen auf meinem Schoß und ich visualisierte mir den Vater, wie er mich das erste Mal an den Genitalien berührte. Unerwartet schnell sah ich mich als Kind auf dem oberen Flur, mit einem langen Besenstiel in der Hand, ihm gegenüber stehen. Den Stiel hielt ich vor sein Gesicht und wünschte mir, er würde mich vor seiner Tat schützen. Dabei sagte ich ängstlich zu ihm: »Lass das! Ich will das nicht, dass du mich dort antatschst, wo ich es überhaupt nicht leiden kann! Das ist verboten. Ich schreie und petzte es allen, die im Haus sind, und erzähle es dann in der Siedlung herum!« Dabei sah ich lange und fest in seine Augen. Vor Zorn färbte sich seine Fratze rot. Sodann ließ er von mir ab, ging zwei Stufen hinunter und blieb dann dort stehen. Dabei sah er mich so grimmig an, dass in mir Aggressionen aufstiegen, ich den Blick aber beibehielt. Endlich ging er die Treppen hinunter in die Küche. Danach fühlte ich mich stark, drückte die Puppe fest an mich und flüsterte: »Du trägst keine Schuld an dem, was dich in der Kindheit quälte. Als der Dreck begann, warst du ein kleines unschuldiges achtjähriges Mädchen.« Anschließend schlummerte ich mit der Puppe im Arm durch die Nacht.

Wieder erwacht, stand die Mutter vor meinen Augen. Ich nahm sie, wie sie war, und so wollte auch ich von ihr angenommen werden: »Mutter, bitte seh in mir dein Kind. Ich achte dich als meine Mutter. Ich bin nur das Kind. Jetzt wünsche ich mir von dir eine gute Kraft!« Dabei spürte ich ihre gewaltige Macht auf meinem Körper, die mich fest auf die Matratze drückte und mich immer kleiner werden ließ, bis ich nur noch ein hockendes Knöllchen war. Im Kindesalter zehrte sie von mir, und das belastete mein Wesen. Heute noch übt sie Macht über mich aus und wünscht sich, dass ich den Dreck dort belasse, wo er ist: tief in meinem Gehirn vergraben. Doch meine Aufgabe ist eine andere. Mein Geist erlangte Reife und forderte: Geh deinen eigenen Weg, und was die Mutter unterdrückt, löse auf!

Einige Zeit später saß ich in einem Raum mit vielen Gleichgesinnten und lauschte einem Vortrag über das Thema »Mit dem Herzen hören.« Hier bekam ich die Gelegenheit, mein eigenes Herz intensiv wahrzunehmen. Es war wunderbar, so tief im Herzen berührt zu werden, dass es sich groß und breit ausdehnte. Wahrhaft spürte ich dort eine unerschöpfliche Quelle von Liebe, als könnte ich die ganze Welt umarmen. Vor der Außenwelt wollte ich es jedoch bedeckt halten, denn wenn das Herz so weit offen steht, könnte es reinregnen und vor den äußeren Gefahren nicht geschützt sein. Ich will mein Herz schützen, weil es das einzige Organ ist, vor dem sogar der Krebs Respekt hat. Vielleicht hat die Liebe eines Tages Sehnsucht nach Freigang und zeigt sich wie ein Blitz im Außen. Zunächst aber sprudelte das Entzücken daheim noch nach.

Selbstbewusstwerdung

Nach sanften Atemwellen vertraute ich dem Fluss der Ereignisse des Tages. Und da ich mich selbst nicht liebte, das Wort Liebe nicht einmal über meine Lippen kam, lernte ich es vor einem Spiegel aussprechen. Dabei schaute ich mir tief in die Augen und rezitierte zehnmal: »Ich liebe dich Adelheit, wie du bist, mit all den Schwächen und Ängsten, der Liebenswürdigkeit und Schönheit. Du bist es wert, geliebt zu werden. Ich liebe dich Adelheit.« Jeden Tag wiederholte ich fünf Monate lang dieses Ritual. Das Wort Liebe steht heute im Vordergrund, denn ohne Liebe geht nichts und gelingt nichts. Ohne Liebe bin ich nichts. Jedes Wort wäre hohl, leer, ohne Klang. Wörter sind Schwingungen – sie wirken ewig, liebevoll, mitfühlend, hart oder robust. Liebe ist geduldig und freundlich. Sie kennt keinen Neid. Sie prahlt nicht. Sie ist nicht verletzlich. Sie ist nicht nachtragend. Sie erträgt viel und glaubt viel.

Bei der morgendlichen Meditation schweiften die Gedanken völlig unerwartet durch die Verästelungen meines Gehirns. Und ich dachte noch bei mir: In diesem Wirrgarten liegt alles gespeichert. Wenn ich das Trauma fände, würde ich es packen, winden, zu einem Knäuel zusammendrücken und es durch den goldenen Strahl hinaus in den Kosmos werfen. Tatsächlich kraxelte ich nun in meinem Gehirn umher, wo es drunter und drüber ging, wo dicke und dünne Strippen gespannt waren. Plötzlich raste mein Herz. Dann liefen mir Tränen über die Wangen und ich verspürte ein starkes Angstgefühl. Trotz dieser negativen Gefühlsströmung ging ich der Ursache weiter auf den Grund. Was will die Angst mir sagen, worauf mich hinweisen? Mutig will ich sein! Ganz am unteren Ende der linken Gehirnhälfte entdeckte ich einen schwarzen Fleck, der mein Herz stolpern ließ. Dann blieb es fast stehen und ich hielt den Atem an. In der Mitte dieses schwarzen Flecks hockte jemand. Die Arme umschlossen die Knie und der Kopf ruhte darauf. Dieses Etwas war dunkel gekleidet. Langsam und gleichmäßig pulste mein Herzschlag nun wieder. Freundlich fragte ich: »Wer bist du?« Keine Antwort. Ich wiederholte: »Wer bist du?« Noch immer erhielt ich keine Antwort. Nach meinen weiteren Fragen dauerte es noch eine ganze Weile, ehe ein Zeichen von dem Fleck kam. Schließlich sagte das Wesen: »Das Vertrauen!« Leise wiederholte ich: »Das Vertrauen?« Ich überlegte, wann es wohl verloren gegangen sein konnte.

Unerwartet sah ich mich als sechsjähriges Mädel mit der Sturmlampe in der Hand auf einem Bürgersteig dahinkriechen. Damals wollte mich die Mutti nicht mehr bei sich haben, wenn ich das Geld nicht zurückbringen sollte. Mir war jedoch nicht bewusst, dass ich das Vertrauen damals schon verloren hatte. Das war ja eine Ewigkeit her. Seitdem saß es dort in der dunklen Ecke in meinem Gehirn fest. Weil eine andere Tragödie später noch schmerzhafter und traumatischer an mir zerrte, war mir nicht bewusst, wann ich es verloren hatte. Während ich doch wünschte, das Trauma zu finden, gewann ich das Vertrauen zurück. Sanft näherte ich mich dem Wesen und sagte einfühlsam: »Alles ist gut! Liebe sei mit dir. Komm mit mir nach Hause, mein Liebes.« Es zögerte. Vorsichtig richtete es sich dann auf, sah mich scheu an und mit einem Mal verwandelte sich der dunkle Fleck in strahlend helles Licht. Sogar das kleine Geschöpf war jetzt adrett und farbenfroh gekleidet. Während wir uns in den Armen lagen, weinten wir Freudentränen und ich spürte: Alles wird gut. Dabei öffnete sich mein Herz nach vorn und dehnte sich aus. Das Vertrauen sagte: »Ich gehöre zu dir, wie das linke Auge.« Etwas Neues kam zu dieser Zeit in mein Herz. Einander an den Händen haltend, liefen wir über den Balken im Gehirn zurück nach Hause. Doch bevor ich das Vertrauen im Wurzelchakra integrieren konnte, war es zu reinigen. Und bei dieser Säuberung krabbelten dort viele kleine Käfer und Würmer heraus. Sie schufen Platz für das Vertrauen. Anschließend spülte ich das Chakra mit klarem Wasser durch, bis es sich rot färbte.

Eine Woche lang wiederholte ich jeden Tag die Reinigung im Wurzelchakra. Dort, wo sich das Urvertrauen, der körperlicher Wille zum Sein befindet, baute ich durch die Reinigung ein festes Fundament und gliederte das Vertrauen dort ein. Für meine Existenz war dies ein wichtiger Baustein. Wenn ein Wind die Gefühls- und Gedankenwelt in Turbulenzen verwirbeln sollte, würde das Vertrauen nicht gleich wieder drohen, zu kippen. Die Integration des Vertrauens dauerte lange, ehe es seinen ursprünglichen Platz dauerhaft wieder einnehmen konnte. Als es dann fest verankert saß, war ich zumindest bereit dazu, wieder zu vertrauen. Ob es auch gelingen würde, war nicht klar.

Der Organismus ist ein intelligentes fleißiges System, dem nichts verloren geht und wohin alles zurückfindet: die Liebe, das Leid, der Schmerz, die Freude, das Glück und das Vertrauen. Sogar mein Trauma kehrte zurück, worauf ich gern verzichtet hätte. Die Seele und der Geist faszinierten mich insofern, als sie mich immer wieder vor dem endgültigen Absturz bewahrten, indem sie mich aufforderten, die Blickrichtung zu ändern. In der Einsamkeit und Stille nahm ich neue Wege und gewann im alltäglichen Leben tiefe Einsichten. Spontan aufkommende Gefühle wiesen mich darauf hin, den Schritt entweder zu wagen oder zu vermeiden. Strikt hielt ich mich daran und richtete meinen Lebensstrom danach aus.

Eine Weihung mit den Erzengeln und den Meistern vollzog ich selbst. Dabei spielte die Lektüre von Ulrike Hinrichs *Alles ist wahr* eine große Rolle. Das darin enthaltene Gebet für den Aufstieg rezitierte ich täglich dreißig Tage lang. Während der Weihungen kam ich mit Gott in Berührung. Als Mann mit Bart, so, wie ich ihn als Kind gesehen hatte, haftete er in meinem Gehirn. Plötzlich stand er vor mir und ich kam mir neben ihm wie ein Zwerg vor. Er trug einen schweren Sack auf dem Rücken. Wir liefen beide auf einem hellen Sandweg nebeneinander her geradeaus auf eine Tür zu, die mit einer bunten Blumenpracht geschmückt war. Vor der Tür stiegen wir ein paar Stufen hinauf. Dann öffnete sich die Tür von innen her wie von selbst und ein strahlend helles Licht schien auf uns, das uns aber in keiner Weise blendete. Dann schüttete Gott den schweren Sack aus und heraus fielen viele schwarze Brocken. Dabei fragte ich ihn: »Gott, ist das mein vieler Dreck, den du hier ausschüttest?« »Ja!«, sagte er. »Gott, bin ich jetzt rein?« Dazu schwieg er. Also bin ich noch immer nicht sauber, dachte ich bei mir. Die Seele ist immer noch schmutzig, weil das Trauma hartnäckig an mir klebt. Auf dem Rückweg liefen wir stumm wie zwei Fische nebeneinander her, ehe unsere Wege sich trennten.

Nun wurde ich neugierig auf Gott und begegnete ihm ein zweites Mal. Nach einer kleinen Entspannung sah ich ihn vor mir. Diesmal trug er einen noch schwereren Sack auf dem Rücken, als bei unserer ersten Begegnung. Neben mir auf der Erde lag mein Sack, wie eine Ziehharmonika zusammengelegt. Ich hob ihn auf und trug ihn wie Gott auf dem Rücken zur Tür hin. Während die sich wieder von innen her öffnete, blendete das Licht auch diesmal gar nicht. Dabei behielt Gott den vollen Leinensack auf dem Rücken und ich fragte: »Gott, warum schüttelst du den Sack nicht aus?« »Weil er nicht dir gehört«, meinte er. Sodann schüttete ich meinen Sack aus und heraus fiel nichts. Jetzt schämte ich mich, Gott nicht vertraut zu haben, dass mein Sack leer war. Hiernach schwebte Gott durch das helle Licht davon und ich schaute ihm nach, bis er mit dem Licht eins wurde.

Den Heimweg ging ich dann allein und dachte bei mir: Ich vertraue noch nicht ganz. Gott war die Person, die mir im Religionsunterricht eingebläut worden und im Kopf haften geblieben war. Mein Geist und die Seele wussten, was ich sehen wollte und schickten mir die vertraute Gestalt, die ich in der Kindheit als Gottes Gestalt eingepflanzt bekam: ein Mann mit Bart. Dabei ist Gott kein Wesen, sondern ein Symbol, eine Fantasiefigur, wie die Engel und die vielen anderen liebenden Gefährten auch. Sie existieren nur in unserer Fantasie, die in der Kindheit von der Kirche besiedelt wurde. Später, nach der Zelebrierung, fand eine Metamorphose statt. Der Zugang zu den höheren Welten stand für mich offen. Die Kräfte und Gaben der feinstofflichen Welt erspüren zu können, war ein Geschenk meiner Seele und meines Geistes. Dabei erfuhr ich mehr über die himmlische Sphäre, die ich während meines Nahtodes wahrhaft erlebt hatte.

Da ich die Mutter inzwischen angenommen und losgelassen hatte, besuchte ich sie fortan nicht mehr. Doch dann kam ein Brief von ihr, in dem sie schrieb: »Mein körperlicher Zustand verschlechtert sich und Du hältst es nicht für nötig, mal zu kommen. Hast wohl für mich nichts mehr übrig? Du kannst wohl auch über Leichen gehen!« Ich wollte erst nicht glauben, was ich da las und schrieb dann zurück: »Liebe Mutter, ich erkenne Dich an, wie du bist, ich gebe Dir die Ehre. Du konntest mir nichts anderes geben, als Du geben konntest. Ich nehme das Leben an, welches Du mir schenktest. Ich achte Dich als meine Mutter. Du bist die Richtige für mich. Achte auch Du mich als Dein Kind. – In Liebe, Adelheit.«

Bei meiner morgendlichen Meditation sah ich, dass die Mutter in einem Sarg aus dem Haus getragen wird. Oh, sie wird sterben!, dachte ich, brach die Meditation ab und telefonierte mit Ulrich. »Wie geht es der Mutter?«, wollte ich Gewissheit haben. »Gestern ist sie ins Spital eingeliefert worden«, sagte er. Für mich gab es keine weitere Sekunde der Überlegung für den Entschluss, die Mutter zu besuchen. Während ich ein paar Sachen in die rote Reisetasche steckte, ertönte plötzlich ihr Ruf in mir: Komm zu mir! Ich befehle es dir! Komm sofort! Ich dachte erschrocken, vielleicht stirbt sie tatsächlich? Während ich dann bergauf und bergab durch die kahle und ruhige brachliegende Landschaft fuhr, drehten sich meine Gedanken nur um die Mutter. Mir war bange davor, die Mutter anzunehmen und ihr die Ehre zu erweisen, weil ich glaubte, bei der Meditation die Wahrheit geschaut zu haben. Das Fundament ihres Lebensturms bröckelte, sodass er ins Wanken geriet. Doch darauf konnte ich keine Rücksicht nehmen, wenn ich ganz gesunden wollte. Ich wünschte mir, dass sie keine Macht mehr über mich ausübte. Dass ihr Lebensturm sich neigte, zeigte mir, dass in den verschiedenen Methoden eine starke Intensität steckt und dass sich alles Destruktive zum Positiven wandeln kann. Es braucht eben alles seine Zeit des Begreifens, der Entfaltung von Wirksamkeit und Heilung. Bei den vielen Methoden, die ich erlernt, durchdacht und angewandt hatte, geschah eben nichts von heute auf morgen. Ich durchlief mehrere Prozesse, auf die ich mich geduldig einließ – so auch beim Besuch der Mutter.

Ich trat ans Krankenbett, in dem die Mutter lag und schlief – zumindest glaubte ich, sie würde schlafen. Sanft streichelte ich zur Begrüßung über ihren rechten Handrücken, woraufhin sie die Augen öffnete, mich ansah und sie sogleich wieder schloss. Dann sagte sie völlig unerwartet mit geschlossenen Augen: »Mein Opa machte Schweinerei mit meinen Geschwistern, den Brüdern – seinen Enkeln!« »Oh mein Gott!«, stöhnte ich leise. Sie stammte selbst aus einer Missbrauchsfamilie! Bis zu ihrem nahenden Tod hatte sie gewartet, ehe sie ausgerechnet mir dieses Geheimnis preisgab, als wäre ich der Priester, der ihr die Beichte abnehmen könnte. Sie wollte mit mir ihren Frieden machen, daran bestand kein Zweifel. Ihr Leben und meines erschienen mir nun in verändertem Licht. Bestürzt saß ich an ihrem Bett und dachte in schnellen Sprüngen darüber nach

Über den Dreck des Großvaters stapelte die Mutter schützend schwere Goldbarren und hielt ihn vor der Öffentlichkeit geheim, so, wie sie später auch meinen Missbrauch durch ihren Mann wie weißes Gold hütete und eine dunkle Decke darüber breitete, als könnte sie ihn so ungeschehen oder zumindest unsichtbar machen. Dabei suggerierte sie mir aus der Ferne: »Wehe du beschmutzt meine Familie, dann Gnade dir!« Deshalb war es für mich so schwer, auch nur einmal über mein Trauma zu sprechen, geschweige denn, es abzubauen. Für ihre »reine, erbgesunde und sittlich anständige Herkunft« hatten ihr die Nazis das »Mutterkreuz in Gold« verliehen. Doch die Ahnenreihe war durch den Missbrauch ihres Großvaters beschmutzt. Nach ihrer letzten Geburt lebte die Mutter sexuell asketisch und legte ihre Libido auf Eis. Durch ihr Schweigen aber gab sie den Dreck der Ahnen weiter an ihren Mann, indem sie ihm den Beischlaf verweigerte und es stillschweigend billigte, dass er sich an mir verging. Somit beschmutzte sie selbst auch ihre eigene Familie. Doch davon wollte sie bis kurz vor ihren Tod nichts wissen und schob ihre Schuld dem ungewollt geborenen Kind zu, ihrem leibeigenen Haus- und Kindermädchen, das nie dagegen aufbegehren durfte. Der Wahrheit ins Gesicht sehen, tut immer weh.

Über die Schandtaten des Großvaters der Mutter hielten alle den Mund. Sehr lange konnten auch die Vergehen ihres Mannes an mir geheim gehalten werden, bis der Missbrauch des Nachbarn Bach an seinem Enkel öffentlich bekannt wurde. Mit dieser Familie wohnten meine Schwester Anne und ich Wand an Wand, nur eine Ziegelsteinmauer von diesen Schandtaten entfernt. Von klein auf war Enkel Lukas in der Obhut seiner Großeltern. Anne und Lukas' Mutter Edelgard kannten sich von Kindheit an. Heute ist mir klar, dass dieser bekannt gewordene Missbrauchsfall Anlass dafür war, dass auf Annes Betreiben hin auch unser Vater vor Gericht kam. Den Prozess konnte die Mutter nicht mehr verhindern und behauptete nach außen hin stets die Unschuld ihres Mannes, denn sie wusste genau, dass sein Schuldeingeständnis auch ihres gewesen wäre, schließlich hat sie davon gewusst, es erlebt, ertragen, gebilligt und als Mitverschworene ihres Mannes geheim gehalten. Dieses Verwirrspiel spielte sie weiter, bis ich sie nicht mehr hasste, sondern liebte. Darüber war ich glücklich, was der Mutter zum Verhängnis wurde.

Wenn Träume tatsächlich Botschaften nicht nur über innere Situationen und Probleme enthalten, sondern auch Hinweise auf frühere Inkarnationen, dann hat mein Traum, den ich jedes Mal beim Besuch der Mutter geträumt habe, mit der Herkunft ihrer Familie zu tun, was mir durch ihre letzte Offenbarung erst bewusst geworden ist. Das Karmische in meinem Horoskop ist der sexuelle Übergriff im Familienclan. Zum Glück bleibt die Zeit nicht stehen, sie verändert sich. Man spricht heute zwar offener über den Missbrauch als Straftat, aber noch immer kaum darüber, welche Spuren er im Gehirn und im Denken, in Charakter und Verhalten, schließlich im ganzen Leben des Geschädigten hinterlässt. Das Böse, Destruktive und seine Verheimlichung werden in der Kindheit im Gehirn an einen Platz verdrängt, wo es sich ballt, gärt und schwärt, bis es aufbricht und hinaus will. Es drängt und bahnt sich seinen Weg, verschafft sich Raum und Aufmerksamkeit. Hört der Mensch dann nicht auf das, was ihm Seele und Geist deutlich signalisieren, greift diese dunkle, destruktive Kraft seinen Körper an. Meine eigenen Erfahrungen haben mich das gelehrt.

Für die Mutter im Krankenbett war ihr Geständnis mir gegenüber die letzte Möglichkeit, sich vom Dämon ihrer Herkunftsfamilie zu befreien und mich so indirekt für unschuldig zu erklären. Ihre Augenlider öffnete sie nicht mehr. Sie konnte mir nicht ins Gesicht sehen, nicht sagen, dass es ihr leidtat, was sie mir angetan und was ich durch sie zu ertragen hatte. Dennoch flüsterte ich ihr voller Herzenswärme zu: »Auf deiner Reise ins Licht, in die himmlische Sphäre, wünsche ich dir alles Liebe und Gute. Ich vergebe dir Mutter. Dein Mann, die Söhne Alfred und Willy werden deine Seele in Liebe in der Sphäre in Empfang nehmen.« In diesem Moment fühlte ich, dass ich sie jetzt und hier am Krankenbett ein letztes Mal lebendig sah. Ich verabschiedete mich von ihr, wie ich sie begrüßt hatte, mit einem sanften Streicheln ihrer Hand – und ging lautlos.

Anschließend traf ich mich mit Willys Witwe, meiner Schwägerin Hilda. Während dieser Kaffeestunde sprach ich das erste Mal nach der Verhandlung wieder mit einem Familienangehörigen über mein Kindheitstrauma. Ich redete und redete und Hilda zeigte sich bestürzt über das, was ich ihr da offenbarte. »Als wir die Mutter einmal fragten: ›Wo ist der Vater?‹, sagte sie, er sei zur Kur. Dabei saß er im Zuchthaus Adelheit!« »Ja Hilda, er saß im Knast, zu drei Jahren verurteilt. Nur zwei davon hat er hinter Gittern verbracht. Wegen guter Führung bekam er ein Jahr geschenkt. Und an mich, die Geschädigte, dachte niemand dabei. Allein war es mir vergönnt, mich durch das Chaos, den Missbrauch und die Macht der Eltern zu strampeln«, sagte ich bitter. »Euer Elternhaus war doch so streng Adelheit? Wie konnte das passieren? Mich schauert es bei dem, was du da erzählst!« »Naja Hilda, gerade weil es bei uns so streng zuging, ahnte und glaubte auch keines der Geschwister, was der Alte tatsächlich mit mir anstellte. Einmal aber hörte ich, wie sie leise über mich redeten: ›Adelheit ist den Vater seine Geliebte!‹ Ich war schockiert, entsetzt und traurig, wie die Geschwister über mich dachten und redeten. Aber keiner sprach mich daraufhin an. Heute bin ich glücklich Hilda, mit dir darüber reden zu können.« Das Schloss an meinem Mund war aufgesprungen und abgefallen. Ein neuer Silberstreifen zeichnete sich am Horizont ab. Ich hatte meine innere Freiheit erlangt, die ich auch nicht mehr als bedroht empfand. Auf der Heimfahrt verweilten meine Gedanken bei der Tatsache, dass die Mutter nicht in einem Sarg aus dem Haus getragen wurde, sondern auf einer Bahre und so den Tod gleich mitnahm. Sie starb in den frühen Morgenstunden des Tages nach meinem Besuch im Alter von dreiundneunzig Jahren.

Mein Umgang mit den Mitteln der geistigen Welt zeigte Wirkung. Das lebenslang betonierte Bemühen der Mutter, inmitten dunkler Mächte und im Bunde mit ihnen das Gleichgewicht zu halten, bekam Risse im Fundament und brach mit der Zeit auseinander. So stand sie schließlich inmitten der Trümmer und wusste: Ohne diesen Pakt mit der Macht war ihr Leben auf dem Planeten Erde nichts mehr wert. Ihre letzte Geburt war lebensbedrohlich. Folglich zwang sie sich zur Askese und konfrontierte ihren Mann mit Keuschheit. Der wollte sich diesem verordneten Zölibat jedoch nicht unterwerfen. Aus Angst, dass dieser Konflikt eskalieren könnte, schob sie ihrem Mann schließlich die ungeliebte Tochter zu. Auch ihre Großmutter schloss einst die Liebesdose ab, um keine Nachkommen mehr zu gebären, was ich heute gut verstehe. Sie verweigerte dem Großvater den Beischlaf und der wandte sich den kleinen Jungen zu, seinen Enkelbuben, an denen er seine Wolllust abreagierte. Miststück! Dreckskerl! Die Spirale sexueller Übergriffe in der Familie setzte sich fort – in wechselnden Personen aber aus demselben Grund und mit derselben Verschwiegenheit. Das ist schändlich, katastrophal, widerlich! Wer weiß, über wie viele Generationen hinweg dieser Inzest im Clan schon Bestand hatte, denn wenn alle Angehörigen darüber Stillschweigen wahrten, war auch nicht mit Bestrafung zu rechnen – mein Vater war die Ausnahme.

Zum Glück wurde die Antibabypille erfunden und erfolgreich angewandt. Mit ihr ging auch das Zeitalter der Großfamilien zu Ende. Zur Freude von Frau und Mann wurde der Sex furchtloser und freizügiger. Die Zeiten und Verhältnisse ändern sich nun einmal und werden auch künftig nicht konstant bleiben. Missbrauch hat es schon immer in den Familien gegeben und er wird auch kommende Generationen beschäftigen. Das ist eine Schande und äußerst verhängnisvoll für jedes Kind, weil diese unverschuldet über ihm hereinbrechende Katastrophe unauslöschlich im Gehirn gespeichert bleibt. Missbrauch und Vergewaltigung sind unbedingt zur Anzeige zu bringen, denn nur wenn die durch Zwang und Angst aufrechterhaltene familiäre Verschworenheit aufgebrochen und die Schandtat als Verbrechen angezeigt wird, kann auch ermittelt, verhandelt und bestraft werden. Wie aber soll ein Kind wissen, an wen es sich wenden kann, um sein Geheimnis ›verbotenerweise‹ preiszugeben? Woher soll es Gewissheit haben, dass die Androhungen des Schandtäters nicht in die Tat umgesetzt werden? Es hat ja unbedingtes Vertrauen zu den älteren Verwandten und noch keinen juristischen Begriff von Recht und Unrecht. Dieser entwickelt sich erst mit der Pubertät, doch dann ist es bereits zu spät, denn die Traumatisierung durch diese Schandtaten hat längst stattgefunden, sich fest und unauslöschlich im Gehirn verankert. Es lässt sich eben nicht wie die Festplatte eines Computers löschen oder zerstören, wenn man weiterleben will. Es braucht viel Zeit, Geduld, Mühe und Ausdauer, das Trauma denkend, sprechend und handelnd zu durchdringen und so seine lähmende destruktive Kraft abzuleiten bzw. zu entäußern. Es völlig aus dem Gedächtnis zu entfernen, wird wohl nie gelingen.

Nunmehr arbeitete ich ohne Angst und Druck, fleißig wie eine Ameise an Abbau und Entsorgung der grauenhaften Altlasten in meiner Vergangenheit, mit Nachsicht und Liebe meinem Schöpfer gegenüber. Wochen später hielt Professor Doktor Spitzer einen Vortrag über die neue Gehirnforschung und Missbrauch in der Kindheit – zwei gewichtige Gründe, mir diese Rede anzuhören. Während der Professor sprach, hing ich mit höchster Konzentration an seinen Lippen. Was meine Ohren zu hören bekamen, ließ mich erschaudern: Ein Missbrauch in der Kindheit ist ungesunder Stress, der ein Leben lang im Gehirn gespeichert bleibt. Die für das Lernen und Formen von Erinnerungen eminent wichtigen Hippocampusareale können durch diesen Stress geschädigt werden und ihr Volumen verringern. Ein Vergessen dieser Taten kann es nicht geben. Die Narben reichen bis in den Hormonhaushalt und sogar die Gene. Auch die Gene der Mutter und das Umfeld, in dem das Kind aufwächst, spielen eine Rolle dabei. Nun wusste ich, weshalb es so schwer war, den Unrat in meinem Gehirn abzubauen: weil er dort längst dick vernarbt und überwachsen war. Ich drohte zu resignieren: Die Gene der Mutter in mir? Bin ich ihre Fortsetzung? Sind wir beide die Fortsetzung ihrer Großeltern?

Am nächsten Tag wollte ich es wissen und setzte mich medial mit dem Urgroßvater in Verbindung, der seine Enkelbuben missbraucht hatte. Dabei nahm ich ihn an und gab ihm die Ehre. Die Schuld jedoch ließ ich bei ihm. Anschließend entließ ich ihn durch den goldenen Strahl hinaus in den Kosmos, damit in die Sippe Ruhe einkehre. Anschließend nahm ich mental mit dem tödlich verunglückten Opa Verbindung auf. Dazu stellte ich zwei Stühle einander gegenüber. Auf den einen setzte ich mich und auf den anderen legte ich eine Herrenmütze, die den Opa repräsentierte. Mit einer kleinen Entspannung und tiefen Atemzügen stimmte ich mich auf das Vorhaben ein. Bei geschlossenen Augen und völlig entspannt sprach ich kämpferisch laut und provozierend mit Opa: »Weshalb hast du dich einfach aus dem Staub gemacht? Was hatte dein plötzliches Verschwinden aus der materiellen Welt zu bedeuten? Weshalb hast du deine Frau mit den acht Kindern allein gelassen und ihr die ganze schwere Last aufgebürdet?

Was hast du dir eigentlich dabei gedacht? Mir hast du auch gefehlt Opa!« Damit ich eine mediale Antwort empfangen konnte, tauschte ich rasch die Plätze. Wo eben noch die Mütze lag, setzte ich mich nieder und wartete geduldig, was der Opa antworten würde. Schnell zeigte er sich, als hätte er geradezu darauf gewartet, dass ich Kontakt zu ihm aufnehmen würde. Vor mir stand schemenhaft eine gebeugte traurige Gestalt und sagte: »Es war mir alles zu viel! Das Leben ertrug ich nicht mehr. Es tut mir leid, so plötzlich meiner Frau all die schwere Last übertragen zu haben. Hoffentlich vergibt sie mir. Bitte frag sie einmal.« – Was ich dann auch tat.

Auf den Stuhl, wo zuvor die Mütze lag, legte ich jetzt ein Kopftuch. Nach ein paar tiefen Atemzügen rief ich nach der Oma. In aufrecht stehender, heller Gestalt stand sie vor mir. Freundlich und höflich sagte ich: »Liebe Oma, der Wunsch deines Mannes, meines Opas, ist, dass ich Kontakt zu dir aufnehme. Er wünscht, dass ich dir sage, es tue ihm leid, dass er dich blitzschnell verlassen und die große schwere Last des Lebens in deine Hände gelegt habe.« Hiernach wechselte ich rasch die Plätze, um die mentale Antwort der Oma zu empfangen. Temporeich und ohne Umschweife sagte sie: »Ich vergebe ihm!« Darüber war ich erstaunt, wechselte den Platz, legte die Mütze wieder auf den Stuhl und rief nach dem Opa. Zügig stand er wieder gebeugt vor mir und ich sagte: »Hallo Opa, deine Frau vergibt dir, lässt sie dir durch mich ausrichten.« Plötzlich richtete sich der Opa auf, stand kerzengerade vor mir und sagte: »Jetzt bin ich glücklich!« Unerwartet stand nun auch seine Frau neben ihm und gemeinsam stiegen sie in eine höhere Sphäre auf. Ich freute mich darüber, beide vereint zu wissen und dazu meinen Beitrag geleistet zu haben. Durch seinen plötzlichen Tod fand der Opa keinen Frieden und schwebte stets in meiner Nähe – als hätte er geahnt, dass ich diejenige sein würde, die ihm einmal helfen könnte, sich mit seiner Frau wieder zu vereinen. Beide finden nun Frieden in der Sphäre und können die Stille des Paradieses genießen.

Geschaut wird, was zuvor noch blind

Ich hatte einen Punkt erreicht, an dem ich nicht mehr weiter wusste. Die Seele und der Geist drängten: Gib nicht auf! Botschaften aus dem Universum warten auf dich. Ich fragte: »Meine liebe Seele, sind die Blockaden in mir aufgelöst?« Die innere Zerrissenheit hatte ich überwunden, das Hassgefühl den Eltern gegenüber wandelte sich in Liebe. Auch Liebe zu mir selbst und allem, was ist, hatte ich erreicht. Das Vertrauen war im Wurzelchakra wieder integriert. Das Kindheitstrauma hat im Hippocampus dicke Narben hinterlassen und kann nicht vergessen werden. Im Zuge seiner Aufarbeitung aber schmerzt es nicht mehr so wie früher – damit kann ich leben. Aus dem Gedankenknast bin ich raus und nehme mich an, wie ich bin. »Ja meine liebe Seele, ich spüre, mit dem Erreichten bin ich nur durchschnittlich zufrieden.« – Etwas fehlte noch.

Obwohl sich mein Forschergeist inzwischen stark ausgeprägt hatte, war ich zum inneren Kern des Problems noch nicht vorgedrungen. Der Ursprung des Grauens, seine Intensität, befindet sich im Tiefgrund der Seelen. Meine Sehnsucht und Neugier zum Urgrund vorzudringen, kann ich nicht leugnen. Ich wollte auch nicht nur davon träumen, sondern hautnah erleben, was in der Sphäre noch so alles vor sich ging. Um die Zukunft begreifen zu können, sollte ich weiter zurück in die Vergangenheit reisen, wo die Seelen der Verstorbenen noch aktiv sind. Dieser Weg zum Kern wäre eine einmalige Erfahrung. Sonst würde ich nie erfahren, was vor meinem Leben passiert ist. Und ich lernte weite. Das Leben war mein Lehrer. Ich wollte es mit dem Blick des Schöpfers sehen und zu seinem Urgrund aufbrechen, auf das Abenteuer der Heilung hoffend. Zunächst überlegte ich, wie ich das Experiment dieser Abenteuerreise in den Kern der Seelentiefe angehen konnte. Mein Augenmerk galt dem Tor der Seelenwelten, über dessen Schwelle ich zu treten hatte, um den Einstieg zum Kern ausfindig zu machen. Als spirituellem Menschen eröffneten sich mir viele Pfade durch Bilderwelten, anhand derer ich den Urgrund entdecken und erkunden konnte. Über das rein rational Erklärbare ging ich dabei hinaus, doch der Zugang zu den Sensationen der verstorbenen Seelen blieb dennoch unsichtbar. Ein Traum verriet mir: Lass für die Nachkommen etwas zurück! Da graute bereits der Morgen, doch der Traum beschäftigte mich noch lange. Alles hat nun einmal seinen Sinn. Vor der eigenen Seele kann ich nicht fliehen, das ist nur ihr selbst erlaubt.

Den Meisterabschluss der Astrologie in der Tasche, stöberte ich erst einmal im Karma der Mutter: Pluto und Mond stehen in Konjunktion und sitzen auf meinem Saturn in einem Boot, was das Böse in ihrer Sippe anzeigt. Das war erledigt und nichts, was mit der Suche nach dem Weg zum Kern zu tun hatte. Während der Meditation fragte ich die Seele und den Geist: »Wie finde ich den Pfad zu den Toren der Seelen?« Da fiel mir plötzlich ein, dass der Schamanismus eine uralte Methode ist, Kontakt zur Seelenwelt der Ahnen aufzunehmen. Durch ihn würde ich Aufschluss und Einblick in die Seelenwelten erhalten. Beglückt darüber, hierin eine Möglichkeit entdeckt zu haben, ließ ich mich auf den Schamanismus als ein neues geistiges Terrain ein. Voller Spannung und Aufmerksamkeit widmete ich mich der neuen Aufgabe, die viel mit der Natur, deren Sinnen und Kräften zu tun hat. Überhaupt tat es mir gut, in die Natur hinauszugehen, um vor Ort die Methoden auszuprobieren, die Werkzeuge einzusetzen und Erfahrungen zum Thema zu sammeln. In völliger Gelassenheit und ohne Leistungszwang erlernte ich das Handwerk der Schamanen, kaufte Bücher darüber und vertiefte so mein Wissen. Ohne mich selbst unter Druck zu setzen, las ich konzentriert Seite für Seite in dem Buch *Seelenrückholung* von Alberto Villoldo. Ganz andächtig war ich bei der Sache und lud alle Sinnesorgane ein, mich jedes Gefühl und jeden Gedanken, die beim Lesen auftauchten, wahrnehmen zu lassen. Langsam und mit Denkpausen sprach ich die exklusiven Texte vom Garten Eden bis zur Seelenrückholung auf ein Diktiergerät. Dadurch vertiefte ich die Aufgabenstellung zur Seelenrückholung. Das Wichtigste aber war dabei, dass ich mir selbst vertraute, denn wenn ich mich auf den Weg der Seelen begab, sollte mir stets klar sein, dass alles, was ich sehen würde, aus mir selbst käme, von der Seele und vom Geist. Dieser Grundsatz war mir bereits vertraut, schließlich bin ich selbst der Schöpfer, der alles erschafft. Kein anderer kann für mich etwas erschaffen, das kann nur der Schöpfer selbst.

Als ich mit der Sitzung im Garten Eden begann, überwältigte mich zunächst eine bezaubernde Bilderwelt, die ich so noch nie gesehen hatte. Vor meinen Augen lagen saftige grüne Wiesen mit farbenprächtig blühenden Blumen, Pflanzen und kräftigen Bäumen. In aller Gelassenheit grasten verschiedene Tiere friedlich beieinander: Wölfe, Tiger, Löwen, Hasen, Katzen, Mäuse. Fern am Horizont zogen sich hohe Bergketten mit weißen Spitzen hin. Die sanften Hügel davor waren dicht bewaldet, so weit das Auge reichte. Ich staunte und ruhte im Gras. Von einem blauen See mit klarem sauberem Wasser her war das sanfte Plätschern der Wellen, die an sein Ufer schlugen, wohltuend hörbar. In dieser Welt spürte ich große Vertrautheit und Schönheit, die mich sprachlos machten. Die Glückseligkeit, der Frieden, die Stille hier in meinem ganz persönlichen Paradies, waren rein, edel, fein, süß, von hinreißender Schönheit und Freiheit. Ich wusste nun: Hierher kann ich immer wieder kommen, in mein ganz persönliches Paradies zurückkehren, wenn ich es möchte.

Später unternahm ich dann jene Gänge, die mich in die verschiedenen Kammern der Wunden führten. Hier lernte ich den weißen Adler kennen und begegnete meinem persönlichen Krafttier, einer schwarz-weißen Katze, die sich sogleich um meinen Hals legte, sodass mich eine angenehme Wärme durchströmte. Die nächste Aufgabe machte mich neugierig, aber auch ängstlich: Ich sollte mit den himmlischen Eltern sprechen, zwei freien Archetypen. Wie würde es sich anfühlen, wenn ich Kontakt zu ihnen aufnähme und mit ihnen arbeitete? Mochte es mich auch noch so sehr erschüttern, was ich auf der Reise zu den himmlischen Eltern zu sehen bekäme, ich war entschlossen, anzunehmen, was sie mir zeigen würden. Als ich damit beginnen wollte, schickten mir die Seele und der Geist erst einmal ein mulmiges Gefühl in den Bauch. Diese emotionale Aufwallung machte mir Bange. Also legte ich das Material zunächst ein paar Tage beiseite und ließ es auf mich wirken, ehe ich damit beginnen wollte.

Die Sonne ging gerade auf und meine Gedanken kreisten während des Frühstücks um das Vorhaben. Damit ich die himmlischen Eltern aufspüren und kontaktierten konnte, waren absolute Ruhe und Eintracht notwendig. Deshalb legte ich mich flach auf eine Matte und balancierte meinen Körper gut aus. Mit einer kleinen Entspannung bereitete ich mich auf den Augenblick vor. Dabei verspürte ich Freude und ein Glücksgefühl angesichts der neuen Aufgabe. Während ich innerlich zur Ruhe kam, erhielt ich Zugang zu meinem Geistführer. Ich wünschte, dass er mich auf den Reisen zu den himmlischen Eltern begleitete und rief nach ihm: »Geistführer, bitte zeig dich mir!« Er erschien recht schnell. »Ich bitte dich, mir behilflich zu sein, wenn ich Angst bekomme auf den Reisen zu den himmlischen Eltern.« Und er sagte: »Ich bin bereit, dir dienlich zu sein.« Doch er machte mich darauf aufmerksam: »Bitte denke daran: Krisen haben ihre Antennen, die auf Hürden, auf widerwärtige Situationen hinweisen. Sie stehen konträr zur Evolution, weshalb sie abgestellt werden sollten. Erwarte also nicht zu viel, keine augenblickliche Heilung auf allen Ebenen. Denn Heilung erfolgt später.« Ich erwiderte: »Mein Geistführer, dass Heilung später eintritt, ist mir vertraut. Mit all meinen Sinnen will ich auf- und annehmen, was sich mir auf den Reisen präsentiert.«

Zunächst führte mich die Meditation nicht zu den Wurzeln des Baues, sondern in die höchsten Zweige, von denen aus ich mich auf eine weiße Wolke hinaufschwang. Von dort aus rief ich die himmlischen Eltern an: »Meine himmlischen Eltern, bitte zeigt euch mir! Ich möchte Kontakt mit euch aufnehmen.« Plötzlich kamen zwei Gestalten, eine leuchtende und eine dunkle mit einen weißen Schweif ringsherum, langsam auf mich zu. Während mein Herz begann, schneller zu schlagen, standen sie in einigem Abstand vor mir und ich fragte: »Wie seid ihr mit mir verwandt?« »Wir sind deine himmlischen Eltern«, sagte die Frauengestalt. Während ich die Eltern genauer betrachtete, sprach die leuchtende Gestalt der himmlischen Mutter mit sanft einladender Geste: »Willkommen zu Hause mein Kleines. Alles ist gut.« Der Vater war die dunkle Gestalt mit dem Schweif. Dann sagte ich: »Bitte ruft dasjenige Leben herbei, in dem ich am meisten Wissen und Macht besessen, diese Gaben aber missbraucht habe.«

Plötzlich sah ich mich als französischen Offizier in blau-weiß-roter Uniform und mit einem Säbel in der Hand um 1826 auf einer weiten Wiese in der Bretagne kämpfen. In einer Gefechtspause schwangen sich die Soldaten eilig auf ihre Pferde und ritten davon, direkt zum Waldrand hin, wo ein Mädel stand. Sie trieben es auf die Wiese und bildeten mit ihren Pferden einen Kreis um es herum. Die junge Frau hatte keine Chance zu entkommen. Dann fuchtelten alle Soldaten mit den Säbeln an ihrer Kleidung herum. Sogleich wusste ich, was in den Köpfen der Männer vorging und galoppierte zu ihnen. Der Reihe nach wollten sie das Mädchen missbrauchen. Zur rechten Zeit traf ich ein und befahl die Soldaten auf ihre Posten zurück. Ich, der Offizier, nahm mich des Mädchens an und dachte bei mir: Das ist die Gelegenheit! »Komm Morgen um dieselbe Zeit wieder!«, sagte ich ihr.

Am nächsten Tag stand die junge Frau am Waldrand. Ihr jugendlich-frisches und hübsches Aussehen übte eine fesselnde Wirkung auf mich aus: siebzehnjährig und bestimmt noch jungfräulich! Ihr Liebreiz löste den Wunsch in mir aus, sie zu besitzen. Sanft und zärtlich bezirzte ich die liebreizende Maid. Auf einmal sagte sie: »Ich bin unberührt.« Daraufhin hielt ich das Bedürfnis, sie zu besitzen, nicht mehr aus. Ich folgte meiner Begierde und machte das zauberhafte Wesen gefügig, indem ich meine Liebe gestand. Sie ließ geschehen, was ich tat. Ich, der Offizier, verführte das unschuldige, zarte, schöne Geschöpf. Innerlich verspürte ich Stolz und Macht, dass mir das unschuldige bezaubernde Wesen vertraute und ich es entjungfern durfte. Voller Stolz kehrte ich hoch erhobenen Hauptes anschließend zur Truppe zurück. In der Folgezeit trafen wir uns immer wieder am Waldrand.

Später sagte mir die junge Frau: »Ich bekomme ein Kind!« Ich dachte bei mir: Das kann ich nicht brauchen. Frau und Kind warten daheim. Also schickte ich zum nächsten vereinbarten Treffen einen Soldaten, der das wunderschöne liebreizende schwangere Geschöpf töten und im Wald vergraben sollte. Das Wäldchen gehörte einem Bauern, bei dem das Mädel diente. Der Soldat kehrte zurück und meldete grinsend: »Befehl ausgeführt! Mädel tot, Herr Offizier!« Dabei spürte ich deutlich und sagte ihm ins Gesicht: »Du hast dich vorher noch an ihr vergangen!« Der Soldat gestand es und ich zog mich kommentarlos zurück, schließlich hatte er ja gehorcht. Während des nächsten Gefechts bekam ich die Spitze eines Säbels mitten in die Brust gestoßen, sodass ich umfiel und in den blauen Himmel sah. Niemand war bei mir. Doch dann hörte ich eine weiche Mädchenstimme sagen: »Ich vergebe dir! Finde im Tod Frieden und Vergebung.« Ich lächelte ihr noch zu, bevor mit einem letzten Seufzer meine Seele entwich, über mir schwebte und dann in die Atmosphäre aufstieg. Dort nahmen die himmlischen Eltern sie in Empfang und die Mutter sprach: »Es ist Zeit, nach Hause zu kommen, mein Kleines. Alles ist vergeben.« Sogleich sah ich, wie mein wahres Selbst, das ich einmal war, einen ruhigen friedvollen Ausdruck annahm und erkannte, dass alles vergeben ist. Im Anschluss daran fragte ich die himmlischen Eltern: »Warum habe ich gerade diesen Ort meiner Geburt gewählt?« »Du warst ein Mann mit Macht, die du missbraucht hast. Statt zu kämpfen, ließest du morden. Das Schicksal rächt sich«, sagte die himmlische Mutter bestimmend. Ich stöhnte auf vor Schmerz, dankte dann aber meinem wahren Selbst für die Erfahrung, die ich machen durfte.

Bei meiner nächsten Ausschweifung sollte ich eine Zeit erleben, in der ich am meisten gelitten habe! Nach einer kleinen Entspannung rief ich nach den himmlischen Eltern, die sogleich langsam auf mich zukamen. »Sieh richtig hin!«, sagte der Geistführer. »Danke für den Hinweis«, antwortete ich. Es waren immer dieselben himmlischen Eltern, denen ich begegnete. Die himmlische Mutter sagte: »Willkommen zu Hause mein Liebes!« Dabei machte sie tänzerische Bewegungen mit dem Oberkörper, lehnte sich dann an die Schulter des Vaters und schmunzelte. Sie verhielt sich wie eine Schmusekatze. Die himmlische Mutter war eine sehr bewegliche, anschmiegsame, helle Lichtgestalt, der Vater dagegen ein stets konzentrierter, schweigsamer Beobachter. Nun formulierte ich meinen Wunsch: »Ich bitte euch, meine himmlischen Eltern, mir jene Landschaft zu zeigen, in der ich am meisten gelitten habe.« Sodann stiegen sie höher in die Sphäre auf. »Folge uns!«, rief die himmlische Mutter und winkte: »Komm!« Ich folgte ihnen immer höher in die Atmosphäre hinauf, wobei es stetig dunkler wurde. Plötzlich fühlte ich mich von einem enormen Freiheitsgefühl getragen, vor mir den unendlich leeren, dunklen Raum. Diese unermessliche Weite und Stille wirkten wunderbar friedvoll auf mich – genau so, wie ich es einst an der Schwelle zum Tod erlebt hatte. Die himmlische Mutter sagte: »Hier kannst du dein Selbst, die Inkarnation sehen, in der du am meisten gelitten hast.« Plötzlich spürte ich Angst aufkommen und rief: »Geistführer, bist du da?« »Ja, ich bin«, sprach er. Als meine Bangigkeit dadurch nachließ, fragte die Mutter: »Geht's?« Darüber war ich mehr als erstaunt.

Um in jene Landschaft eintreten zu können, in der ich am meisten gelitten habe, nahm ich einen tiefen Atemzug. Beim langsamen Ausatmen tauchte eine weite Steppe unter klarem Himmel auf. »Wo bin ich?«, fragte ich in die Stille hinein, in der Hoffnung, von den himmlischen Eltern noch eine Antwort zu bekommen. »In Usbekistan!«, hallte die Stimme der himmlischen Mutter. »Sie weiß noch nicht einmal, wo sie gelebt hat!«, flüsterte sie amüsiert zum Vater. »Dreh dich um!«, rief sie mir zu. »Hinter dir liegen ein Wald und dahinter das Dorf, wo du wohnst.« Ich vergewisserte mich erneut: »Geistführer, bist du da?« »Ja, hab keine Angst. Ich bin bei dir!«, sagte er. Hinter mir die Steppe und vor mir den Wald, stieg ich eine Anhöhe empor. Dabei kletterte ich über Laub und umgestürzte Baumstämme. Während ich immer höher den Hang hinaufstieg, rief der Geistführer: »Warte, ich will dir etwas zeigen!« Er schob vor einem Baum das Laub zur Seite und ein Skelett kam zum Vorschein. »Wer ist das?«, fragte ich. »Das wirst du gleich erfahren. Lass uns erst in Deckung gehen. Versteck dich rasch! Reiter kommen des Weges!«, rief er jetzt aufgeregt. Ich verbarg mich hinter einem kahlen Gebüsch und sah Pferdebeine gemächlich an mir vorbeitraben.

Auf der anderen Seite der Hügelkette ging es steil durch den Wald nach unten, wo sich auf einer Lichtung die dunklen Holzhütten des Dorfes befanden, vier rechts des grauen Sandweges und vier links davon. Hinter den Häusern erstreckten sich die Gärten und gingen dann in die weite flache Steppe über. Kinder spielten auf dem Mittelweg: mein fünfzehnjähriger Bruder Tom, meine jüngere neunjährige Schwester Olga und ich als zwölfjährige Mascha. Zusammen spielten wir auf dem grauen, staubigen Sandweg zwischen den Hütten. Da und dort wucherte trockenes Gestrüpp. Ein Junge gesellte sich zu uns und ich fragte ihn: »Wie ist dein Name? Und wie alt bist du?« Plötzlich hörte ich die himmlische Mutter sagen: »Wenn du russisch sprichst, versteht er dich nicht. Sprich usbekisch!« Also wiederholte ich meine Fragen auf usbekisch. »Was kriege ich dafür, wenn ich dir meinen Namen verrate?«, antwortete der Junge. Dabei hörte ich, was seine Seele sagte: »Ich will dich haben, in dich eindringen!« Und ich dachte bei mir: Auch Tom wartet schon darauf, bis ich so weit bin. Ich selbst wusste aber gar nicht, was damit eigentlich gemeint war. Der Junge sagte: »Ich bin siebzehn Jahre alt und heiße Wladimir!« Dabei zählte ich auf dem Rücken mit den Fingern die Zahl siebzehn ab. Da rief die Mama plötzlich vom Haus her: »Mascha komm!« Die Spielzeit war um.

Drinnen in der Hütte war es eng und dunkel. Hier tapste noch ein kleiner Bub namens Aljoscha um Mutters Beine. In der Mitte des Raumes stand ein derber Holztisch. An den Wänden hangen und lagen irgendwelche Gerätschaften. Die Mama sagte: »Mascha, bald kommt der Vater aus der Schlacht zurück. Wenn er unverletzt heimkehren sollte, habe ich versprochen, ihm eine Freude zu bescheren. Eine größere Freude als die, ihm eine Jungfrau zu schenken, kann ich ihm nicht machen. Du bist zwölf Jahre alt und noch Jungfrau. Du wirst dich ihm hingeben Mascha!« Ich wusste nicht, was eine Jungfrau ist, versprach ihr aber zu gehorchen. »Der Vater kommt! Er ist unverletzt«, rief die Mama freudig am Fenster stehend und lächelte. Während der Vater seinen Körper reinigte, forderte die Mama mich auf: »Mascha, leg dich hier auf den Tisch!« »Auf den harten Holztisch soll ich mich legen? Weshalb Mama?« »Frag nicht! Leg dich!«, sagte sie bestimmt. Als der Vater mit der Körperreinigung fertig war, schüttete er das Wasser aus der Schüssel mit Schwung vor die Tür. Ich lag auf dem Tisch und Mama streifte mein Kleid nach oben, sodass ich jetzt unten herum völlig nackt da lag. Meine Arme führte sie an den Ohren vorbei und hielt sie fest. Was wird passieren?, fragte ich mich bange. Vater und Mama sprachen kein Wort; sie verstanden sich auch so. Sie sprachen überhaupt wenig miteinander. Dann stellte sich der Vater zwischen meine Beine und versuchte sein Glied irgendwo unten an mir einzuführen. Da es nicht so recht klappen wollte, tat er es schließlich gewaltsam und stieß fest zu. Was er da tat, schmerzte mich sehr und ich schrie: »Aua, aua! Was machst du da? Hör auf!« Große Angst umklammerte mein Herz, doch ich hielt aus. Der Vater hörte aber nicht auf zu stoßen. Immer tiefer drang er vor, sodass ich plötzlich einen starken Aufprall am Herzen spürte und laute Schreie ausstieß: »Hör auf! Aua! Aufhören!« Der Schmerz brannte innerlich so sehr, dass mir die Tränen in Strömen aus den Augen flossen. »Halte aus Mascha! Der Vater ist gleich fertig!«, sagte die Mama. Aber vor Schmerzen hielt ich es eben nicht mehr aus. »Hab dich nicht so Mascha! Es ist doch gleich vorbei«, sagte die Mama. Aber für mich dauerte das, was er da tat schon viel zu lange. Auf einmal stieß der Vater noch gewaltiger zu, wobei er einen Schrei der Befreiung ausstieß. Ich rief: »Aufhören! Aufhören!«

Dann war es endlich vorbei. Hiernach lief aus mir unten die Flüssigkeit heraus. Die Mama forderte mich auf: »Du kannst aufstehen Mascha. Der Vater will speisen.« Doch dann rief sie plötzlich aufgeregt: »Nein, nein, bleib liegen Mascha! Aus dir läuft ja Blut heraus!« Da es nicht aufhören wollte zu fließen, stellte sie ein Gefäß darunter. Meine starken Schmerzen hörten auch nicht auf und ich weinte sehr. Nun hatte der Vater Hunger und wollte die Lammkeule essen, die Mama für ihn vorbereitet hatte. Doch immer noch lag ich auf dem Tisch. Und als er nun sah, was er angerichtet hatte, tat es ihm leid. Sein Mitgefühl spürte ich deutlich: »Frau, was machen wir jetzt?« Dabei nahm ich wahr, dass Angst in seiner Stimme lag. »Mann, wir können für Mascha nichts mehr tun«, sagte die Mama bedrückt. Aus einiger Entfernung sah der Vater mich an und konnte nicht helfen. Inzwischen fröstelte es mich sehr, sodass Mama eine Decke über meinen Körper breitete. Fünf Minuten vor meinem Tod sah ich Bruder Tom weinend in der Tür stehen. Ich hörte seine Seele sagen: »Mascha, du gehörtest mir! Ich wollte nur warten, bis du so weit bist!« Zwei Minuten vor meinem Tod sagte ich zu den Eltern: »Ich vergebe dir Vater. Ich vergebe dir Mama. Friede sei mit euch.« Ein letztes Mal atmete ich ein, und beim Ausatmen ging die Seele aus meinem Körper. Ich war tot. Ohne Schmerzen und ohne Angst lag der Körper friedlich auf dem Tisch. Ich starb im Jahre 1606 im Alter von zwölf Jahren.

Des Vaters Pflicht war es nun, den Leichnam zu vergraben. Vor der Tür wartete meine Seele, bis er mit dem leblosen Körper herauskam. Er trug den Leichnam mit ausgestreckten Armen vor sich her ins Freie. Während er langsam Schritt für Schritt den Weg zum Wald hinauf ging, sprach er mit dem leblosen Körper: »Mascha es tut mir so leid, was ich dir angetan habe. Du warst noch nicht so weit, dass ich leicht in dich eindringen konnte. Doch Mama wollte mich glücklich machen. Nur deshalb hat sie dich mir geschenkt. Als ich in dich eindrang, war ich in der Tat glücklich. Doch dieses Gefühl hielt nur kurz, denn jetzt bin ich unglücklich, dich verloren zu haben. Wenn meine Zwillingsschwester noch leben würde, könnte ich mich besser fühlen. Leider ist sie jung gestorben. Bitte verzeih mir Mascha, was ich dir angetan habe.« Und meine Seele, die über ihm schwebte, sprach, was er natürlich nicht hören konnte: »Das Herz erleichtern und um Verzeihung bitten, ist gut.« Im Wald, mitten auf der Anhöhe, legte er den Leichnam an einem Baum ab und grub mit der kleinen Schaufel, die er der Jackentasche entnahm, eine Vertiefung. Er legte den Leichnam hinein, bedeckte ihn mit Erde und Laub und sah in alle vier Himmelsrichtungen, um sich den Standort des Baumes über Maschas Grab fest einzuprägen.

»Geistführer, ich sehe dich!« »Ich sehe dich auch. Unsere Seelen sind es. Nun weißt du, wer das Skelett ist, das ich dir zuvor gezeigt habe.« »Ja, das bin ich Geistführer.« Hiernach war meine Seele bei den himmlischen Eltern angekommen und die Mutter sagte: »Willkommen zu Hause mein Kleines. Alles ist vergeben.« Sodann sah ich, wie mein wahres Selbst, das ich einmal war, einen friedvollen, ruhigen, seligen Ausdruck annahm und erkannte, dass alles vergeben worden war. »Meine himmlischen Eltern, was sollte ich auf dieser Reise lernen und erfahren? Wie sollte ich dienen?« Die himmlische Mutter antwortete mit laut hallender Stimme: »In deinem Vertrag steht: ›Will mich opfern, niemanden verpetzen, dienen und schweigen sowie diejenigen, die vor mir da waren, ehren.« Dabei entrollte sie eine große Schriftrolle, hielt sie hoch und sprach: »Hier in deinem Vertrag steht es geschrieben. Lies selbst!« »Ich kann die Schrift nicht lesen«, sagte ich. »Sie kann nicht einmal lesen, was sie selbst geschrieben hat«, sagte die himmlische Mutter zum Vater. Und der meinte: »Dann lies ihr doch vor.« Die Mutter wiederholte noch einmal, was darauf geschrieben stand. Ich fragte: »Warum suchte ich mir gerade diese Eltern aus? Und warum wählte ich diesen Ort für meine Geburt?« Wieder hörte ich die Mutter im Hall sagen: »Um sie glücklich zu machen! Um den Schmerz, das Leid, die Ungerechtigkeit zu erfahren. Um zu lernen, dass das Leben hart ist. Um das Leben neu zu erkunden. Um die Vorgänger zu ehren und es an die Nachkommen weiterzugeben!« Da stieg plötzlich Wut in mir auf und ich bat den himmlischen Vater, mich zu umarmen und festzuhalten, bis mein Herz erleichtert sein würde. Ohne Worte hielt er mich fest. Das war die einzige Tat, die er je auf diesen Reisen vollzogen hat. Nach einer Weile fragte er: »Ist es gut?« »Ja«, seufzte ich und er ließ mich los. Hiernach sagte die himmlische Mutter: »Was willst du noch? Die Vereinbarungen hast du eingehalten. Höre jetzt auf deinen inneren Führer!« »Meine himmlischen Eltern, ich bitte euch ein letztes Mal, sehen zu dürfen. Bitte zeigt mir jene Landschaft, in der ich glücklich war!« Sodann sah ich die himmlischen Eltern noch höher in die Sphäre und Dunkelheit aufsteigen. Unerwartet vollzogen sie einen Schwenk nach links. Ich sah ihnen hinterher, um sie nicht aus den Augen zu verlieren. Da sagte die himmlische Mutter zutraulich »Schau!« und beschrieb mit der Hand einen weiten Bogen.

Sogleich sah ich mich auf steinigem Boden am Rand des Himalaya stehen, vor mir die weiß bedeckten Bergspitzen, die wie Diamanten in der Sonne funkelten, hinter mir ein steiniger Abhang, den die Sonne beschien. Rechts von mir stand einige Meter entfernt eine kleine Hütte, in der ich allein lebte. Den Standort der Hütte, ganz oben am Ende des Weges, weit entfernt von allen anderen, hatte ich selbst gewählt, um der Sonne näher zu sein. Bevor ich die Hütte verließ, kleidete ich mich warm an, umwickelte Kinn und Nase, denn es wehte ständig ein eisiger Wind, den ich dennoch sehr liebte. Während ich den steinigen Weg mit langsamen Schritten in völliger Ruhe abwärts ging, dabei immer die Sonne im Gesicht, fühlte ich mich glücklich und frei. Das Gemächliche und die Harmonie um mich herum waren wunderbar erholsam. Hier bildeten wir eine Gemeinschaft in Verbundenheit, Gleichheit und Harmonie bei ähnlicher Gesinnung. Dabei sprach ich kaum ein Wort mit den anderen, nur wenn ich gefragt wurde. Auf dem Rückweg nach oben fühlte ich mich glücklich, mit mir wieder allein zu sein. Wenn ich die Tür der Hütte öffnete, lagen manches Mal Naturalien auf dem Tisch. Blieben sie aus, wusste ich, dass auch alle anderen nur wenig zu essen hatten. All das vollzog sich im stillschweigenden Einverständnis, in einem Milieu der Rück- und Umsicht, ohne Hast und Streit – Friede sei mit mir. Fünf Minuten vor meinem Tod brauchte ich niemandem vergeben. Zwei Minuten vor dem Tod kreisten die Augen noch einmal durch die Hütte. Und mit einem letzten Atemzug entwich die Seele in völliger Entspanntheit, Klarheit und Frieden. Ich war tot – sechsundfünfzigjährig gestorben im Jahre 1506. Beim Verbrennen des Leichnams sah die Seele zu. Während die anderen Steine zusammentrugen, fühlte ich mich glücklich, weiterhin unter ihnen zu weilen. Mit den Steinen bildeten sie einen geschlossenen Kreis und stapelten weitere Steine übereinander. Aus der Mitte des Kreises wehte die Asche des Leichnams der Sonne entgegen.

Zurück bei den himmlischen Eltern, sagte die Mutter: »Willkommen zu Hause mein Kleines. Alles ist gut!« Ich dankte den himmlischen Eltern, dass ich Kontakt zu ihnen aufnehmen, sie kennenlernen durfte und Einblicke in meine früheren Leben gewinnen konnte. Ich dankte auch dem Geistführer für seine Hilfe und Unterstützung bei meinen Exkursionen. »Habe ich doch gern getan für dich!« Mein Dank galt auch meiner Seele und dem Geist, dass ich über die Grenzen des Bewusstseins hinausgehen und dabei Erfahrungen sammeln durfte. Während der Episoden nahm ich die Gefühle und Gedanken wirklichkeitsgetreu wahr, als lebte ich tatsächlich in diesen Momenten in jener Zeit, an jenem Ort, in jenem Land mit der jeweiligen Biografie. So schnell hätte ich mir die ganzen Einzelheiten gar nicht ausdenken können, wie alles vor mir erschien. Dabei speicherte mein Gehirn sämtliche Details dieser Ausschweifungen, sodass ich mich noch lange daran erinnern werde. Ich wusste nun: Meine Seele hatte schon mehrmals gelebt. Und wenn mein Körper stirbt, dann wird die Seele in irgendeinen anderen neugeborenen Körper wieder eintreten. Das bedeutet ewiges Leben. Die Seelen, die bereits länger tot sind, steigen in höhere Sphären auf, um den Neuankömmlingen weiter unten Raum zu gewähren. Von der Sphäre aus schauen die Seelen auf uns herab und sehen, wo etwas fehlt, wo durch einen plötzliches Schicksal eine Öffnung klafft, durch die ein Neuankömmling gestopft wird, weil das Unrecht nicht gebüßt wurde. Wenn Seele und Geist schon mehrmals gelebt haben, wissen sie auch über mein vorherbestimmtes Leben Bescheid. Schließlich kommt alles von mir und aus mir selbst heraus, eben von Seele und Geist.

Während ich anschließend neugierig im Internet über die Usbeken recherchierte, fand ich heraus, dass zu jener Zeit um 1506 Sexualität unter Geschwistern und Eltern tatsächlich üblich war. Geschwister durften sogar heiraten. Mit der Sexualität wurde es bei ihnen nicht so genau genommen. Dadurch drohte das Volk aber auch zu degenerieren. Als schon im frühen Mittelalter islamisiertem Land war hier der Genuss von Alkohol und

Schweinefleisch verboten. Das Volk der Usbeken siedelt weit von Mitteleuropa entfernt. Niemals hatte ich mich zuvor mit dem Land und dessen Kultur beschäftigt. Aber ein Blick zurück zeigte mir auf, dass ich mit Anfang zwanzig wie eine Mongolin aussehen wollte, dabei die Außenkannte der Augen schwarz in die Länge zog. Fleisch esse ich schon lange nicht mehr und Alkohol ist Gift für meinen Körper. Nach dieser Seelenschau begann ich mich für die Geschichte der Usbeken zu interessieren. Dass ich in der Kindheit lieber ein Junge sein wollte, bewies mir die Rolle des französischen Offiziers während des Krieges in der Bretagne. Die Ruhe, Stille und Harmonie am Rande des Himalaya genieße ich heute in meinem Domizil. In der Zurückgezogenheit fühle ich mich glücklich und harmonisch im Einklang mit mir und meiner Umwelt, stets die Sonne im Gesicht. Den Wind mag ich heute ebenso, wie zur damaligen Zeit am Fuße des Himalaya. Etwas verblüffte mich wirklich sehr, dass sich nämlich die möglichen bzw. gewollten Tode in meinem jetzigen Leben genau mit den Lebensaltern decken, zu denen ich auf meinen Seelenwanderungen gestorben bin: dem zwölften, sechsundzwanzigsten und sechsundfünfzigsten Lebensjahr. So erkannte ich, dass es ein richtiger Entschluss war, bis zu den Wurzeln vorzudringen, denn keine Erfahrung ist umsonst.

Rückblick auf das Labyrinth der Dornen

Am Ende meiner Reise steht die Erkenntnis, dass ich einen großen Fortschritt erreicht habe und im Herzen ohne Grund glücklich bin. Ich spüre eine erlöste, ausgeglichene, erfreute Seele in einem gesunden Körper. Lebensbejahend und warmherzig betrachte ich die Welt mit dem Blick des Schöpfers. Ja, ich selbst bin der Schöpfer, der alles selbst und immer wieder neu erschafft. Ich bin heilfroh, aller Lasten ledig und frei zu sein. Meine Seele und mein Geist sind es, die mich durchs Leben tragen, die meine Organe gesund halten oder angreifen, mich auf Hindernisse aufmerksam machen. Wenn ich, der Schöpfer, in der so bunten, lebhaften und turbulenten Welt nur stets auf sie hören würde, könnte ich mir Schmerz, Unrecht und Herzweh manches Mal ersparen. Die Seele sieht, hört und fühlt alles mit, weil sie dicht und durchsichtig an mir hängt, wie an jedem Menschen. Ich durfte sie sehen und erleben, bei meiner Nahtoderfahrung und beim Tode Sternchens. Danach dockte sich seine Seele monatelang an die meine, was ich deutlich wahrnehmen konnte. Sie mischte sich in mein Leben, meinen Alltag und meinen Charakter ein und nahm bis zu meiner Liebschaft mit Gunter Einfluss auf mich.

Wahrhaft gibt es mich zweimal: einmal als Paar aus Seele und Geist, die sich schleunigst vom Körper trennen, wenn es für sie kein Zurück ins Leben mehr gibt. Ohne Seele und Geist bleibt der Körper regungslos zurück. Seele und Geist kommunizieren miteinander, ohne sie ist der Mensch tot. Für den Schöpfer ist die Seele unsichtbar, aber sie ist da, sie existiert. Ich allein bin mein Schöpfer, in allem, was ich tue, doch ohne Seele und Geist erschafft der Schöpfer nichts mehr. Heute kann ich damit umgehen, dass Wunden verheilen, vernarben, aber nie ganz verschwinden werden. Diese Erfahrungen sind spezifische Erlebnisse meines Seelenplanes, die kann mir keiner nehmen. An die Mühsal erinnere ich mich gut, auch an die schönen Momente in meinem Leben. Dafür bin ich dankbar. Ich, der Schöpfer, ergriff die Initiative, rettete und therapierte mich beherzt, zielbewusst und geistig selbst. Dabei beschäftigte ich mich mit mir selbst als Ganzheit. Wäre ich nicht in ein tiefes Loch der Energielosigkeit gestürzt, hätte ich womöglich niemals etwas von den unreifen, faulen und honigsüßen Früchten meiner Seele und meines Geistes erfahren, die mir den Leidensweg einer unerwiderten Mutterliebe und schließlich den Weg zu mir selbst vor Augen führten.

Meine auf Erfahrung beruhende Bibliothek des Leidens ist reichlich gefüllt. Im Verlauf dieses Lebens veränderten sich die Zeit und ihre Qualität. So, wie die Natur stetigem Wandel unterliegt, so ist auch der Mensch seiner inneren Uhr unterworfen, dem biologischen Rhythmus in physischer und psychischer Hinsicht. Meinen Seelenplan habe ich erfüllt und dabei die Mauern des eigenen Kerkers durchbrochen, in dem ich mich selbst angekettet hatte. Diese Zeit und der Weg durch sie hindurch war kein Königsweg, auch kein mit Zuckerguss glasierter Pfad, vielmehr durchschiffte ich kleine Tümpel, Seen und Flüsse, ehe ich jenseits der Mündung die Lösung im Ozean fand. Dabei brachte ich Bewegung in die endlose Schleife meiner mir selbst auferlegten Schutzhaft und Sicherungsverwahrung. Dabei zerrupfte ich meine Geschichte bis in die Kindheit zurück, pusselte sie wieder zusammen und schrieb sie nieder. Was ich mir in der sechsten Schulklasse aufzuschreiben vornahm, dauerte lange und kostete mich auch viel, bis ich damit beginnen konnte. Von der alten gewohnten Bahn war erst abzurücken, damit eine neue Ordnung funktionierte, mit der Neuland beschritten werden konnte.

Zu resignieren oder der Aufarbeitung zu entsagen, kam für mich nie infrage. Schließlich ist der höchste Wert des Schöpfers sein Selbst. Ein der Vergangenheit verhafteter Sklave weint viel. Erst wenn er sich von Fron und Schatten der Vergangenheit befreien kann, findet er das Sonnenlicht wieder, gelangt zu Trost und Heilung. Dass mich die Seele und der Geist den Weg zur Spiritualität suchen und finden ließen, war ein großes Geschenk. Die Lehre des Geistes, des nichtfassbaren Wissens basiert auf der feinstofflichen Welt, die die materielle Welt umgibt. Sie hat nichts mit Religiosität zu tun, ist auch kein Bestimmungsort, sondern wirkt sich auf die Seele aus. Sie ist jene Lehre von der Wirklichkeit und Wirksamkeit des Geistes, die benötigt wird, um ein geistiges Wesen werden zu können. Mich brachten dabei meine individuellen Erkundungsreisen voran, ohne Vorurteile, Zweifel und Skepsis dem geistigen Wissen gegenüber. Das spirituelle Leben machte mich freier, reifer, weiser und glücklicher. Eine Voraussetzung für den spirituellen Weg ist vorab jedoch anzuerkennen: Dass wir alle gleich sind, einander achten und ehren, so wie wir sind.

Durch das geistige Wissen fand ich auch den Glauben an mich selbst, denn es gibt keinen anderen Glauben, als den an sich selbst. Gott ist keine Wesenheit, sondern ein Symbol, eine Idee der Kirche. Das kann keinem Menschen konkret helfen. Der Impuls zur Hilfe kann nur von jedem selbst ausgehen. Das Selbst ist der Schöpfer von Hilfs- und Heilungsprozessen. Aber dieser symbolisch personifizierte Gott und der Glaube an ihn sind zwei Jahrtausende lang vom Klerus in die Köpfe der Menschen getrieben worden, wie ein Reklame-Ohrwurm. Dadurch erhielt die Kirche Macht über die Menschen, und als sie um ihre Macht fürchtete, ließ sie sogar Tausende Kräuterfrauen, die sie »Hexen« nannte, verfluchen, foltern, verbrennen und in kochendes Wasser tauchen.

Und heute, sogar im 21. Jahrhundert noch, nehmen sich Kirchenhäupter das Recht, kleine Buben sexuell zu missbrauchen. Eine größere Schandtat unschuldigen Kindern gegenüber gibt es nicht. Dabei glaubte die Kirche, mit Geld ließe sich der von ihr propagierte Glaube magnetisieren. Diesen Glauben an Kirche, Gott, Engel, Jesus, Allah und wie die Angebeteten alle heißen mögen, brauchen wir nicht. Sie alle sind nur Leitbilder und können ihren Anhängern in keiner Weise helfen. Weder stiften sie Frieden, noch Gleichheit und Toleranz. Schließlich gibt es nur einen Glauben, den Glauben an sich selbst als Schöpfer, der sich immer wieder neu erschafft.

Sodann will ich keine neuen Stauungen entstehen lassen und in Empfang nehmen, was da komme, ohne Wenn und Aber. Frisch wie ein Neugeborenes flaniere ich auf dem Weg der Lehre von der Echtheit und Wirksamkeit des Geistes in reiner Liebe weiter, in der Tasche mein restauriertes Selbstwertgefühl, dank dessen ich in der mir noch verbleibenden Zukunft frei entscheiden kann, was ich tue und warum ich es tue. Nach sieben Jahren der Zurückgezogenheit erlangte mein Körper neue Lebensenergie. Zwar steht mir die volle Leistungskraft noch nicht zur Verfügung, doch ich danke meiner Seele und meinem Geist für das große Geschenk, dass sie mir das Rückgrat stärkten und mich wieder aufrecht gehen ließen.

Ein kleines Gedicht zum Schluss

Ein Schlupfloch für mich allein,
dort brauche ich nicht mehr hinein.
Ich bin allein,
fühle mich nicht allein.
Ich bin frei!